KB163039

폐후의 아이는
누구의 것인가

손가지 장편소설

II

동아

폐후의 아이는 누구의 것인가 Ⅱ

초판 1쇄 인쇄일 | 2022년 04월 01일
초판 1쇄 발행일 | 2022년 04월 12일

지은이 | 손가지
펴낸이 | 박성면
펴낸곳 | (주)동아

출판등록 | 제406-3960100251002007000071호
주소 | 경기도 파주시 문발동 223-1 2층
전화 | (031)8071-5201
팩스 | (031)8071-5204
E-mail | bear6370@hanmail.net

정가 | 13,000원

ISBN 979-11-6302-572-6 (04810)
     979-11-6302-570-2 (set)

II

ZERO NOVEL

폐후의 아이는
누구의 것인가

손가지 장편소설

동아

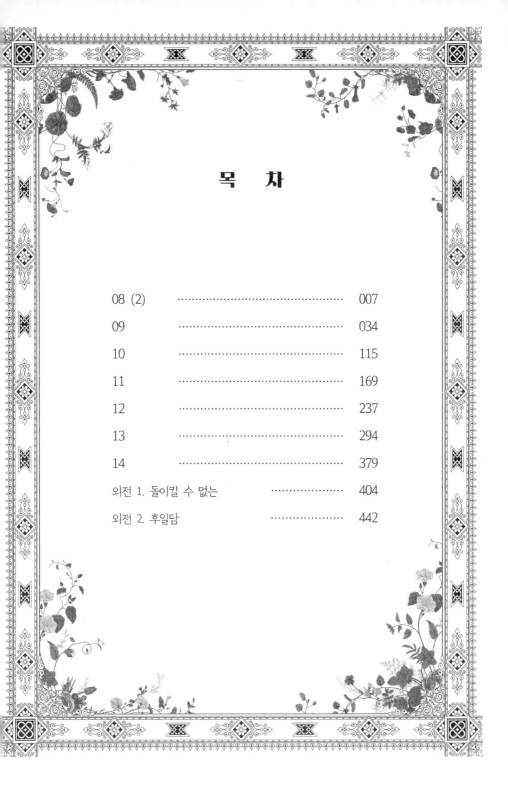

목 차

08 (2)

푹!

날카로운 것이 몸을 꿰뚫는 소리가 들려왔다. 그러나 고통은 느껴지지 않았다. 로라는 조심스레 눈을 떴다. 남자의 손에서 검이 툭 떨어졌다. 그리고 화살이 꽂힌 육중한 몸이 그대로 바닥에 쓰러졌다.

쿵, 소리가 난 다음에야 로라는 고개를 들었다. 다리에 힘이 풀렸다. 그리고 저 멀리서 다가오는 것은…….

"……황후 폐하."

그렇게 미웠던 사람이 왜 이토록 반갑게 느껴지는 건지. 다각, 다각, 말발굽이 바닥에 부딪히는 소리가 가까워졌다. 품에 안긴 아이가 엄마를 향해 손을 휘저었다.

"엄마아."

"그래, 조시."

테네르는 아이에게 작게 웃어 주었다. 그러고는 말없이 로라를 등지고 섰다. 틀어 올린 머리는 반쯤 헝클어져 있었고 옷에는 흙과 먼지가 묻어 있었지만, 커다란 말 위에 올라탄 사람은 너무나도 커 보였다.

테네르는 화살을 꺼내어 시위를 당겼다. 피융, 피융, 조준조차 제대로 하지 않는 듯 빠른 동작이었지만, 그녀가 시위를 놓을 때마다 외마디 비명 소리가 들려왔다.

로라는 바동거리는 아이의 눈을 가린 채 멍하니 그 모습을 바라보았다. 그녀를 엄호하는 근위대도, 멀찍이서 기사들을 지휘하는 황제도 눈에 들어오지 않았다. 빠르게 질주하는 흑마와 그 위에서 망설임 없이 시위를 당기는 여자. 서늘한 옆얼굴에 선명하게 들어찬 분노가 보일 뿐이었다.

'내가 미쳤지…….'

어쩌자고 덤볐담. 자칫하면 저 화살에 꿰이는 게 제 목이 될지도 모르는 일이었는데.

근위대가 함께였기에, 달려드는 침입자들이 모두 나가떨어지는 데에는 오랜 시간이 걸리지 않았다. 테네르는 여전히 활에다 화살을 꿴 채 로라에게 다가왔다.

"헤일 영애."

"저, 제가 그런 거 아니에요……."

감사의 말보다 먼저 튀어 나간 것은 변명이었다. 테네르의 손에 들린 활 때문이었다. 로라는 세상에서 가장 억울한 표정을 지으며 울먹거렸다.

"저, 저는 그냥…… 수, 수상한 사람이 보여서……. 못 보던 하녀랑 후, 후작님이 후원 쪽에서……."

"근위대가 마중을 오느라 잠깐 자리를 비웠나 봐요. 폐하께서 후원 쪽으로 가셨으니, 이제 걱정 마요."

"흐엉, 흐어엉……."

지저분해진 얼굴에서 눈물이 줄줄 흘러내렸다. 테네르는 그녀에게서 아이를 받아 들었다. 조슈아는 오랜만에 본 엄마가 반가운 듯 목을 껴안고 매달렸다.

"아이를 지켜 줘서 고마워요, 영애."

테네르는 아이의 등을 다독이며 말했다. 로라는 그저 목 놓아 울 뿐이었다.

* * *

"피를 많이 흘리시긴 했지만, 다행히 급소를 빗겨 가 생명에는 지장이 없을 듯합니다."

의사가 머리를 조아리며 말했다. 테네르는 그제야 얼굴을 가리고 울음을 터뜨렸다. 레온하르트가 그녀를 품에 안고 등을 쓸어내렸다.

"곧 의식을 차릴 겁니다."

"하, 하지만, 피를 너무 많이……."

아이를 안고 레온하르트에게 갔을 때, 들것에 실린 에리히의 모습을 보고 얼마나 놀랐던가. 눈밭을 붉게 물들인 피가 제 오라비 것이라는 걸 알고는 그 자리에서 혼절할 뻔했다. 아마 아이가 없었더라면 그대로 정신을 놓았으리라.

"……침입자들은?"

"숨이 붙은 이들은 구금하였고, 죽은 이들은 소지품을 뒤져 신분을 확인하고 있습니다. 몇몇 이들이 자작가의 표식을 가지고 있었으나, 대부분 분실물을 습득하거나 절도한 것입니다."

"누군가 협조해 주지 않았다면 그렇게 쉽게 숨어 들어오지는 못했을 것이다. 철저히 조사하라. 제이콥이라는 이도."

"예, 폐하."

보고를 마친 보좌관은 남은 조사를 마치기 위해 방을 나갔고, 영지를 비웠던 헤일 자작은 죄지은 사람처럼 머리를 조아렸다.

"아랫사람을 제대로 관리하지 못한 제 죄입니다. 죽여 주십시오, 폐하."

자작의 말에 따르면, 황제와 황후가 자리를 비운 사이 영지 내에 갑작스러운 폭동이 일어났다고 했다. 혹 황제가 이를 알아채면 영지를 제대로 관리하

9

지 못했다는 질책이 있을까 봐 소자작과 기사들을 이끌고 몰래 진압하러 갔
다는 거였다.

"물론 그대에게 죄가 있다면 면밀히 조사한 후 응당한 처분을 내릴 것이다."

"소, 송구합니다."

정말 벌을 내리겠다고 할 줄은 몰랐던 듯 자작은 연신 고개를 숙였다. 레
온하르트는 그를 쳐다보지도 않은 채 테네르를 다독이고 있었다.

감히 어떤 자가 황자를 노린단 말인가.

가장 먼저 떠오르는 것은 단연 살바토르 공작이었다. 자신에게 친부 대접
을 할 수 없는 것을 이해하니, 황후의 아비로라도 대하라 선심 쓰듯 말하던
그자. 다른 이일 가능성 또한 놓쳐서는 안 되겠지만, 지금 당장 의심이 가는
것은 역시나 그자였다.

'그자의 짓이라면.'

아니, 그 누구의 소행이라 할지라도 결코 용서치 않으리라. 감히 제 아이
를 노리고 황후의 오라비를 다치게 한 죗값을 반드시 치르게 하리라.

"……폐하."

그가 생각에 잠긴 사이 테네르가 고개를 들었다. 아직 울음에 잠긴 목소리
였다. 레온하르트는 그녀를 돌아보았다. 테네르는 눈물을 닦아 낸 후 쉰 목소
리를 갈무리했다.

"비록 세작의 침입을 허용했다고는 하나, 자작의 여식인 로라 헤일 영애가
몸을 바쳐 황자를 지켜 내었으니 참작해 주시길 청합니다."

그녀의 간언에 고개 숙인 자작의 얼굴에 화색이 돌았다. 레온하르트는 천
천히 고개를 끄덕였다.

"알겠습니다."

"화, 황공합니다, 폐하."

"이만 나가 보게."

레온하르트의 명령에 자작은 허리를 깊게 숙여 인사한 후 방을 나갔다. 문

이 닫히자 레온하르트는 테네르의 손을 꼭 잡았다.

"내 잘못입니다, 테네르."

"……."

"내가 조슈아를 두고 성을 비워서, 그래서……."

"절 쫓아오신 것뿐인데, 그게 어떻게 폐하의 잘못일까요."

후회하는 것은 테네르도 마찬가지였다. 다시는 볼 수 없을 어미가 무엇이 그렇게 중요하다고. 제 욕심 채우겠다고 오라비에게 조슈아를 맡기는 바람에 이렇게 된 게 아닌가.

그러나 책망하고 자책하는 것은 중요하지 않았다. 테네르는 잠든 아이를 바라보았다. 제 아이를 해치려고 한 이들이었다. 또 이런 일이 없으리란 보장은 어디에도 없었다.

"……이전과 같은 이들일까요?"

"……."

"제게도…… 말씀해 주시면 안 될까요?"

조심스레 물었지만, 레온하르트는 대답하지 않았다. 왜 아무 말도 해 주지 않는 것인가. 테네르는 그에게서 눈을 떼지 않았다.

"제 아이를 해치려고 한 자들입니다. 그런데 왜 제게는 아무 말도……."

"아직 확실한 건 아무것도 없습니다, 테네르."

"절 사랑한다고 하셨잖아요."

그 사랑을 믿지 않는다고 했던 게 바로 자신이었지만, 우습게도 지금의 그녀가 가장 매달릴 수 있는 건 바로 그 말이었다.

"설령 그 말이 거짓이라고 하더라도, 절 정말로 황후라고 생각하신다면 작은 단서 하나라도 말씀해 주실 수 있지 않나요?"

이미 한 차례의 습격을 경험했으면서도, 테네르는 그들에 대해 물은 적이 없었다. 레온하르트에 대한 믿음 때문이었다. 그가 자신을 사랑하든, 사랑하지 않든 황제로서 황자인 조슈아와 황후인 자신을 지켜 내리라 믿었기에.

그러나 자작 성에 있는데도 같은 일이 반복되지 않았나. 심지어 운 좋게 아무도 다치지 않았던 그때와는 달리, 이번에는 오라비가 크게 다친 상황이었다. 그러니 더는 묻지 않을 수가 없었다.

"살바토르 공작인가요?"

"……."

"저와 조슈아를 없애고 공녀를 황후에 올리기 위해서 그런 건가요?"

반쯤 확신에 찬 물음이었다. 레온하르트는 여전히 대답이 없었다.

"살바토르 영애는 황후가 될 생각이 없다고 하셨잖아요. 그럼 누가…… 제가 모르는 다른 사람인가요?"

"테네르."

"곧 황궁으로 돌아가게 될 텐데, 제가 누구를 조심해야 하는지는 알아 둬야 하지 않을까요."

"그럴 필요 없습니다."

레온하르트가 입을 열었다. 그의 손이 테네르의 뺨을 부드럽게 감쌌다.

"황궁에 도착하기 전에 그자의 손발을 묶어 둘 수 있습니다. 더는 이런 일 없게 할 테니, 날 믿고……."

"제가 폐하를 따르는 것은, 폐하께서 저와 조슈아를, 오라버니를 지켜 주시리라 믿기 때문입니다."

테네르가 그의 눈을 피하며 말했다. 그가 안전을 확보해 주지 않는다면 그의 곁에 있을 이유가 없다는 의미였다. 그 말에 심장이 덜컥 내려앉는 듯했다.

"그런데 누가, 왜 아이를 노리는지조차 말씀해 주지 않으시면, 제가 어떻게 폐하를 계속 믿을 수 있을까요."

짧은 침묵이 내려앉았다. 레온하르트가 얼굴을 성마르게 쓸었다.

"살바토르 공작을 의심하고 있는 건 맞습니다. 아직 증거를 찾지 못했을 뿐입니다."

"폐하께서 의심하시는 데에는 합당한 이유가 있겠지요. 하지만 공녀가 황후가 될 생각이 없는데 왜 자꾸만 저와 아이를 노리는 걸까요."

"······."

"제가 알아서는 안 되는 일이 있나요?"

정곡을 찌르는 말에 레온하르트는 입을 다물었다. 그 침묵만으로도 테네르는 천천히 머리를 주억거렸다.

"······제가 주제넘은 것을 물은 모양입니다."

"그런 게 아닙니다."

"그럼 왜······."

테네르는 고개를 숙였다. 그러나 레온하르트는 말할 수 없었다. 어디부터 어디까지 말한단 말인가. 아이작 살바토르가 왜 제 딸을 황후로 밀어 넣으려 하는지, 왜 자신이 그를 단호히 거절하지 못하고 미온적으로 굴었는지, 제 어미를 철석같이 믿고 있을 그녀에게 어떻게 말한다고.

미심쩍은 구석을 발견할 작은 빌미 하나조차 주고 싶지 않았다. 모르고 넘어가면 될 일이다. 어차피 없던 일이 될 테니까.

테네르는 생각에 잠긴 레온하르트를 흘깃 보았다. 한참을 침묵하던 그녀가 입을 열었다.

"황자를 해치려 한 이들입니다. 부디 엄히 다스려 주세요."

레온하르트는 테네르가 조슈아를 굳이 황자라 칭하는 이유를 알고 있었다. 더는 아이를 다른 곳에 데려가겠다는 말을 하지 않을 테니, 황자로서 안전을 보장해 달라는 의미였다.

내리깔린 눈에 담긴 것은 체념인가, 회한인가. 레온하르트는 천천히 손을 뻗어 그녀의 손을 잡으려 했다.

똑똑.

돌연 들려온 노크 소리에 두 사람은 고개를 들었다. 문을 열고 들어온 것은 보좌관 델루스 사이언이었다.

"폐하, 침입자 중 살바토르 영지의 기사가 섞여 있었습니다!"

황제의 보좌관 델루스 사이언은 레온하르트가 살바토르 공작을 싫어하는 것을 알고 있었다. 그가 찾아올 때마다 황제의 심기가 불편해진다는 사실도, 테네르가 황궁에서 회임하지 못한 것에 그가 관련 있다는 것도 마찬가지였다.

그렇기에 침입자들이 살바토르 공작의 사람임을 밝혀낸 것은 유의미한 성과였다. 그의 보고에 레온하르트는 자리에서 벌떡 일어났다. 의자가 넘어지는 소리에 놀란 조슈아가 어미의 품에서 작게 칭얼거렸다.

"확실한가?"

"예, 폐하. 근위대에 안면 있는 이들이 있었습니다."

막연한 예감이 확신이 되는 순간이었다. 레온하르트는 새삼스러운 분노에 치를 떨었다.

감히 황손을, 제 아이를 해치려 한 자였다. 그리고 그가 기사를 보내어 대놓고 이런 짓을 할 수 있었던 것은 공식적인 처벌을 받지 않으리란 확신 때문이리라. 아마 자신이 또 암살을 시도하리라 생각하고 공작저의 경비나 강화하고 있을 테지.

원래라면 그의 방심을 유도해 조용히 처리하는 게 맞았다. 궁지에 몰리면 허튼소리를 지껄일 테니, 그럴 틈도 없이 살수를 보내거나 사고를 위장하여 목숨을 빼앗아야만 했다. 인내하며 기회를 노려야 했다.

그러나 제 아이를 해치려 하고 제 사랑을 울게 한 이를 상대로 언제까지 인내해야 한단 말인가. 레온하르트는 더 이상 그를 참아 주고 싶지 않았다. 자신을 보고 있는 테네르의 시선 때문에 더욱 그랬다.

"아이작 살바토르를 구금하라."

레온하르트는 단호하게 명령했다. 자신을 사랑한다고 했던 사람이, 또한 제 사랑을 믿지 못한다고 했던 사람이 절박한 얼굴로 자신을 바라보고 있었다. 아이를 데려가게 해 달라 내뱉은 건 없던 일인 듯 그렇게.

"예, 폐하. 죄목은……."

귀족의 아이를 해치려 한 것과 황족을 시해하려고 한 것은 그 죄의 무게가 닮았다. 비록 레온하르트가 황자로 대우하게 하고는 있으나, 조슈아는 공식적으로는 폐후의 사생아였다. 심지어 서류상으로는 등록조차 되지 않았으니, 그의 결정에 따라 처벌의 수위가 달라질 터였다.

"불순한 목적으로 다른 이의 영지를 침범하여 성내의 치안을 어지럽혔으며, 힘없는 자작 영애와 제국의 후작을 다치게 했다. 또한······."

레온하르트는 잠시 말을 멈추고 테네르를 보았다. 눈물 젖은 시선이 그를 마주 보고 있었다. 이 말을 뱉는 순간 그녀의 말을 들어주지 못하게 될 것임을 알고 있었다. 처음부터 들어줄 생각도 없었으면서 잠깐이나마 망설이는 건 일종의 위선일까.

"황자가 아직 어리다고는 하나, 제국의 유일한 황손으로 장차 황위를 이어받을 사람이다. 황실의 유일한 후계를 해하려 든 것은 황실의 근간과 안위를 위협한 일로, 반역에 준하여 처벌하겠다."

"예, 폐하."

델루스는 지체 없이 허리를 굽혔다. 그의 명령에 테네르는 그제야 안심한 듯 미소 지었다. 레온하르트 또한 그녀의 표정을 보며 입꼬리를 올렸다.

고작 이 정도의 일을 지금껏 질질 끌어 왔다는 게 믿어지지 않았다. 이렇게 쉬운 방법으로 웃게 할 수 있는 것을.

* * *

테네르는 오라비의 곁에 앉아 있었다.

생명에는 지장이 없다고 하나, 피를 많이 흘려 하얗게 질린 얼굴을 보고 있자니 울컥하는 것은 어쩔 수 없었다.

"오라버니······."

저택에서부터 지금까지 내내 자신을 지켜 준 사람이었다. 아비가 폭언을 하거나 손찌검한 다음이면 몰래 방으로 찾아와 서툴게 위로해 주던 사람. 아비가 한동안 저택을 비우면 몰래 제 말을 빌려주거나 활을 구해다 주기도 했다.

멍청이라느니, 호구라느니 모진 말을 할 때도 있었지만, 그가 언제나 자신을 걱정하고 위해 주는 것은 알고 있었다. 가끔 그의 말을 받아치면 발끈하는 척하면서도 비죽비죽 올라가는 입꼬리조차 숨기지 못했으니.

그런 그가 제 아이를 지키다 다쳤는데도 할 수 있는 일이 없었다. 그저 그의 곁을 지키며 깨어나기를 기다리는 것밖에는.

"……죄송해요."

테네르는 축 늘어진 손을 꼭 잡아 제 볼에 가져다 대었다. 미동 없던 손이 작게 움찔했다.

"……우냐?"

쉰 목소리가 들려오자 테네르는 고개를 들었다. 눈을 뜬 에리히가 그녀를 바라보고 있었다.

"오, 오라버니……."

"조시 우는 거 달래느라 얼마나 힘들었는데, 너까지 울면 어쩌자고."

투덜대는 말과 달리, 뻣뻣한 손이 조심스레 눈물을 닦아 주었다. 그가 물었다.

"만났어?"

"……네."

"잘했다. 이젠 홀가분하겠네."

에리히가 씩 웃었다. 테네르는 고개를 숙였다.

"죄송해요. 괜히 저 때문에 오라버니만 이렇게 다치고……."

"뭔 소리야. 네가 찔렀냐?"

"……."

"네가 찌른 것도 아닌데 왜 네 잘못이야. 제일 잘못한 건 나 찌른 놈이랑 그거 사주한 놈이고, 그다음은…… 내가 너무 잘나서 그렇지, 뭐. 애 맡기고 다녀올 만큼 믿음직한 오라비라서. 그치?"

그가 키득거리며 묻자, 테네르 또한 눈가에 눈물을 매단 채 고개를 끄덕였다. 힘없는 손이 그녀의 어깨를 툭툭 쳤다.

"조슈아는?"

"잠들었어요."

"하긴……. 그렇게 울어 댔으니 피곤하겠지. 나도 졸리네. 오래 잔 것 같은데……."

"진통제 때문에 그럴 거예요. 좀 더 주무세요."

테네르가 몸을 일으켜 그의 이불을 덮어 주었다. 에리히는 얌전히 누워 있었다. 테네르가 열을 재기 위해 그의 이마에 손을 얹었을 때였다.

"……넌 폐하가 왜 그렇게 좋나?"

"네?"

"애 데려가려고 네 마음 이용한 사람인데, 뭐가 그렇게 좋냐고."

정곡을 찌르는 말에 테네르는 말문이 막혔다. 에리히는 그녀의 표정을 보곤 픽 웃었다.

"내가 모를 줄 알았냐? 내가 너랑 알고 지낸 지가 몇 년인데, 표정만 봐도 알지."

"……누가 남매를 그런 식으로 말해요. 거리감 느껴지게."

"틀린 말도 아니잖아. 너 태어날 때부터 옆에 있었으니까, 네 나이만큼 알고 지낸 거지."

에리히는 킬킬 웃었다. 듣고 보니 맞는 말이라, 테네르 또한 작게 웃었다.

"……내가 너한테 미안해서 그래."

처음 듣는 말에 이마를 짚은 손이 조금 굳었다. 에리히는 눈을 들어 테네르를 보았다.

"네가 폐하를 그렇게 쉽게 좋아했던 게 내 탓 같아서. 아버지나 나나 너한테 다정히 굴진 않았으니까……. 그래서 누가 조금만 잘해 줘도 홀라당 넘어간 건 아닌가 하고."

에리히는 태후를 조심하라 말했을 때 테네르가 짓던 표정을 기억하고 있었다. 들뜬 얼굴이 풀 죽은 듯 가라앉고, 꼭 먹던 사탕을 억지로 내놓는 어린 애처럼 시무룩해지던 것도.

그러니 겉으로라도 제게 사랑을 주는 태후가 좋다는 말에 다그치지 못했던 것이다. 그녀가 얼마나 사랑에 굶주려 있었는지 알고 있기에.

"오라버니 잘못 아니에요. 항상 저 도와주셨잖아요."

"나도 그게 돕는 거라고 생각했어. 근데 돌이켜 보면 그렇더라. 난 그때도 소후작이었고, 내가 마음먹고 덤볐으면 아버지도 어쩔 수 없었을 텐데, 그런데도 널 그렇게 대한 건 결국 밉보이기 무서워서 그랬던 거 아닌가 하고."

"……."

"비겁했던 거야, 결국. 아무리 좋게 포장해도, 네가 날 계속 오라비 취급해 주는 거 보면서 안심해도, 난 결국……."

에리히는 작게 이마를 찡그리곤 천천히 눈을 감았다. 약 기운이 도는 모양이었다. 테네르가 막 몸을 일으키려던 순간이었다.

"……난 폐하 마음을 모르겠다."

"……."

"그렇게 너 좋은 티를 내는데 그게 다 거짓말이라고 하고. 그래 놓곤 왜 매번 너만 쳐다보고 있는 건지. 너 갔다니까 뒤돌아보지도 않고 쫓아가는 건 왜 그런 건지……."

"……."

"아무튼 난 좀 잘게. 무슨 진통제가 이렇게 독하냐……."

그 말을 마지막으로 에리히는 다시 잠들었다. 테네르는 물수건으로 그의 얼굴을 조심스레 닦아 준 후 몸을 일으켰다.

* * *

방에 돌아온 테네르는 잠든 아이를 아기 침대에 눕혔다. 자신이 없는 사이

밤낮없이 울었다던 조슈아는 거짓말처럼 잠들어 있었다. 생채기 하나 없는 모습에 안심이 되었지만, 한편으로는 아이를 지키기 위해 다친 오라비를 생각하니 여전히 마음이 무거웠다.

"이젠 이런 일 없을 거야, 조시."

테네르는 아이의 보드라운 머리카락을 쓸며 속삭였다.

"아빠가 지켜 주실 테니까, 이제 괜찮아."

그것은 믿음일까. 혹은 다짐일까. 테네르는 확신할 수 없었다. 분명 배후를 밝혀냈다는 보고를 들었는데, 그녀 또한 살바토르 공작을 의심하고 있었는데, 아비의 반역 소식을 들었을 때처럼 영 찜찜한 기분이었다.

'정말 공작의 짓인가?'

하지만 공작 또한 이 일이 밝혀지면 처벌받을 것을 예상하지 않았겠나. 그렇다면 이렇게 드러내 놓고 공작가 소속의 기사를 보내지는 않았을 텐데.

'다른 이가 공작의 기사를 매수해 그에게 뒤집어씌우려 한 거거나, 혹은 공작이 들킬 위험을 감수하고서라도 먼저 처리하려고 한 것이거나……'

혹은 들키지 않고 확실하게 처리할 수 있으리란 확신이라도 있었던 걸까. 그것도 아니면 들키더라도 처벌받지 않으리라는 확신이…….

'……모르겠어.'

분명 레온하르트는 알레이나도, 자신도 서로와 결혼하고픈 마음이 전혀 없다고 했었다. 양쪽 모두 그럴 마음이 없는데 공작이 위험을 감수하면서 자신과 아이를 해치려고 했다는 게 테네르는 전혀 이해가 가지 않았다.

'내가 알아선 안 되는 일이라는 건…….'

테네르는 침대 난간을 두드리며 생각에 잠겼다. 몸은 당장이라도 쓰러질 듯 피곤했지만, 편히 쉴 수가 없었다. 무언가를 숨기는 듯한 레온하르트의 태도 때문에 더욱 그랬다.

'사랑한다면서…….'

그의 말을 믿지 않는다 해 놓고, 막상 무언가 숨기는 듯한 그의 태도에 서운한 것이 우스웠다. 믿게 하고 싶다면 불가능한 일을 가능하게 해 달라고 떼를 써 놓고 결국은 그에게 기대했던 것이.

노크 소리가 들린 것은 그 순간이었다. 테네르는 얼른 몸을 일으켰다. 당연히 레온하르트일 거라고 생각했지만, 문을 열고 들어온 것은 다른 사람이었다.

"황후 폐하를 뵙습니다."

"……헤일 영애."

절뚝거리며 들어온 로라가 무릎을 굽혀 공손히 인사했다. 한쪽 뺨에는 반창고를 붙인 채였다. 슬쩍 눈치를 보는 모양새가, 제게 에반 영애라 부르며 못마땅한 기색을 숨기지 않던 때와는 다른 사람 같았다.

"몸은 좀 괜찮은가요?"

"살펴 주신 덕입니다. 후작께서는……."

"아까 잠깐 눈을 떴어요. 약기운 때문에 금방 다시 잠들긴 했지만."

"다행이에요."

로라는 안도한 듯 가슴을 쓸어내렸다. 테네르는 그녀를 바라보며 천천히 입꼬리를 올렸다.

"……그날 위협했던 거 미안해요. 영애 덕분에 어머닐 만나고 왔어요."

"……."

"여러 가지로 도움을 받았는데, 혹시 원하는 게 있나요?"

로라로서는 애타게 기다리던 말이었다. 벽을 타고 내려갈 생각을 하면서도, 검을 든 살수를 눈앞에 두고서도 그녀의 머릿속에는 황자를 구해 낸 보상을 받을 생각이 가득했으니까.

가족들이 만족할 만큼 많은 재물과 괜찮은 혼처, 작위와 영토, 혹은 황후와의 친분.

그러나 놀라울 정도로 아무 생각이 들지 않았다. 큰 부상을 입은 후작 때문인지, 눈가가 붉게 부어오른 황후 때문인지 알 수 없었다.

"……모르겠어요."

아니, 무엇을 받아야 할지 생각하고 싶지 않았다. 들뜬 얼굴로 자신을 찾아온 가족들 때문에 더욱 그랬다. 그 와중에 얼굴에 난 상처를 지적하던 꼴들이란. 로라는 그들에게 발을 더 다쳤다는 걸 말할까 했지만 그만두었다. 생각해야 하는 많은 것들이 그저 지긋지긋할 뿐이었다.

테네르는 지친 얼굴의 그녀를 보며 고개를 갸웃했다.

"전에는 내 시녀가 되고 싶다고 했잖아요."

"하지만…… 저 싫어하시잖아요."

로라가 고개를 푹 떨어뜨렸다. 제 살길이 그뿐이라 여겨 그랬던 거지, 그녀 또한 자신을 좋아하지도 않는 사람과 가까이 있고 싶지는 않았다. 애초에 자신을 좋아하는 사람이 있을지는 모르지만.

"전에도 말했지만, 난 영애를 싫어하지 않아요. 그저 조금…… 맞지 않는다고 생각했을 뿐이에요."

테네르가 곤란한 얼굴로 말했지만, 로라에게는 결국 같은 의미였다. 로라가 우물우물 입을 열었다.

"……죄송해요."

"……."

"제가, 못되게 굴어서."

"7년 전 이야기예요, 영애. 날 죽이거나 해치려고 한 것도 아니고, 고작 몇 마디 말실수였을 뿐이고요. 그런 일로 사람을 미워할 만큼 좀스럽지는 않아요. 그리고……."

테네르가 잠시 말을 멈추었다. 옅은 눈이 부드럽게 휘어졌다.

"내 아이를 구해 준 사람에게 무엇인들 못 해 주겠나요."

"……."

"원하는 게 없다면, 폐하께 말씀드려서 자작가에……."

"자, 자작가 말고요."

자작가라는 말에 로라는 얼른 입을 열었다. 테네르는 조금 놀란 듯 그녀를 보았다. 로라는 고개를 푹 숙이고 입을 우물거렸다.

"제가…… 제가 한 거잖아요. 자작가가 아니라. 저는 그냥……."

"……."

"……저 혼자서 잘 먹고 잘 살고 싶어요."

테네르는 대답이 없었다. 괜한 말을 했나. 로라는 제 발끝만 바라보며 황후의 시선을 견뎠다. 생각에 잠겨 있던 테네르가 그녀 쪽으로 고개를 돌렸다.

"동생들을 돌봐 왔다고 들었어요."

들려오는 목소리는 여전히 나긋했다. 구구절절한 가정사라도 물으려는 것일까. 로라는 천천히 고개를 끄덕였다.

"형편이 좋은 곳은 아니라서요. 유모도 하나뿐이고……."

"아이는 잘 돌보나요?"

"네?"

로라는 놀라 고개를 들었다. 질문의 의도를 그제야 이해한 탓이었다.

"영애만 괜찮다면, 황자의 유모가 되어 줬으면 하는데."

"저, 제가요? 하, 하지만 유모를 뽑을 땐…… 인성도 중요하게 보셔야 하는데……."

"……그렇긴 하지만."

황손의 유모는 철저한 검증을 거쳐야 했다. 가정교사를 들일 나이가 되기 전까지 아이의 생활과 교육 전반을 전담하기에 더욱 그랬다. 가문과 교양, 인품, 건강 등 많은 것들이 평가 요소였고, 유모로 뽑힌 이는 황실의 신뢰를 받는다고 여겨지곤 했다.

그런 자리에 다른 사람도 아닌 로라 헤일을 올리려는 것은 비단 그녀가 황자를 구했기 때문만은 아니었다.

'전 그 일이 있기 전까진 살바토르 영애와 가깝게 지냈어요. 그러니 분명, 분명 언젠가는 쓸모가 있을 거예요.'

만약 정말로 살바토르 공작이 조슈아를 해치려 한 게 맞다면, 그의 딸인 알레이나 또한 경계해야 할 대상이었다. 만약 살비토르 공작이 아닌 제삼자의 소행이라 한다면 누구를 믿어야 할지 모르는 상황이 아닌가.

'이 일을 벌였을 가능성이 가장 적은 사람이니까.'

누가 조슈아를 해치려 했는지 모르는 상황이라면, 살수를 보낸 이가 아니라 확신할 수 있는 건 로라 헤일뿐이었다. 거기다 겁을 집어먹은 채로도 습관처럼 아이의 눈을 가리던 것이 기억에 남기도 했고.

"아이 앞에서만 잘 숨겨 주면 될 것 같아요."

테네르는 작게 웃으며 말했다. 로라는 코끝이 빨개진 채로 세차게 고개를 끄덕였다.

* * *

에리히가 눈을 뜬 것은 다음 날 오후였다. 정신을 차린 그의 눈에 보인 것은 다름 아닌 로라였다. 물론 내내 옆에 붙어 있던 것은 테네르였고, 로라가 잠깐 들어왔을 때 타이밍 좋게 눈을 뜬 것뿐이었지만, 자작가에 대한 불신으로 가득 찬 에리히가 착각하기에는 충분했다.

"……허."

"아, 일어나셨어요?"

로라는 의사를 불러오기 위해 얼른 몸을 일으켰다. 에리히가 손을 들어 그녀를 막았다. 쉰 목소리가 흘러나왔다.

"전에는 황제 폐하더니, 이제는 납니까?"

"네?"

"타겟을 바꾸기로 했냐고요."

이러나저러나, 에리히에게 있어 로라는 동생의 남편에게 눈독을 들이던 못된 여자였다. 그런 이가 자신을 간호하고 있었으니 분명 꿍꿍이가 있으리라 생각했다. 로라는 그를 빤히 보다가 스스럼없이 고개를 끄덕였다.

"네."

"허 참. 하기야 유부남 노리는 것보단 이쪽이 낫지."

"황자 전하를 좀 노려보려고요."

"뭐, 이 미친?"

담담한 목소리에 에리히는 놀라 벌떡 일어났다. 그러고는 고통스러운 얼굴로 옆구리를 쥐었다. 로라의 얼굴이 사색이 되었다.

"사, 상처 벌어지잖아요! 흥분하지 마세요!"

로라가 황급히 그를 말렸지만, 에리히는 얼굴이 시뻘겋게 된 채 그녀에게 삿대질했다.

"아니, 이거 완전 도둑놈 아냐? 차라리 날 노리는 게 낫지, 어디서 그 어린 애를……."

"다 큰 후작님을 키울 순 없잖아요!"

로라가 빽 소리를 지르자, 에리히는 그제야 얼빠진 얼굴로 입을 다물었다. 팔이 침대 위로 툭 떨어졌다.

"……뭐라고?"

"황후 폐하께서…… 황자 전하의 유모가 되어 달라고 하셨어요."

"거짓말. 유모에게 인성이 얼마나 중요한데."

"……잘 숨겨 보기로 했어요."

"그게 숨겨지는 겁니까?"

로라는 대답 없이 고개를 돌렸다. 에리히는 미심쩍은 얼굴로 그녀를 보다가 한숨을 푹 내쉬었다. 제 동생의 결정에 토 달지 않겠다는 의미였다.

"……애는 잘 돌봅니까?"

"딸린 동생이 몇인데요."

"할 줄 아는 거 없다더니 많네."

"원해서 잘하는 건 아니지만요."

로라는 어깨를 으쓱하며 말했다. 바람 빠지는 소리를 내며 웃은 에리히가 다시 몸을 누였다.

"조시에게 무슨 짓 하면 가만 안 둘 겁니다."

"후작님에게 죽기 전에 황후 폐하가 먼저 절 쏴 죽일걸요."

"……."

"누워 계세요. 의사 불러올 테니까. 두 분 폐하도 같이 모셔 올게요."

새침하게 내뱉은 로라는 얼른 몸을 일으켰다. 에리히는 대답조차 하지 않고 고개를 돌렸다.

* * *

반역죄와 반역에 준하는 죄는 달랐다. 제국의 주인은 한 사람이었지만 그 후계는 여럿이 될 수도 있었고, 당장은 한 사람뿐이라 할지라도 얼마든지 다시 생겨날 수 있기 때문이었다.

그러니 반역죄와 달리 준반역죄는 관련된 이들만 처벌받을 뿐, 그 가족까지 함께 벌하지는 않았다. 물론 공식적인 처벌이 없을 뿐, 한동안 황실에 납작 엎드려 그 충정을 시험받아야만 했지만.

공작가의 외동딸, 알레이나 살바토르는 제법 한가로운 나날을 보내고 있었다. 첫째로는 황제의 순행으로 황궁에 드나들 이유가 없어진 까닭이었고, 둘째로는 저택에 머무르는 숙부 칼리언 때문에 아비가 몸을 사리는 탓이었다.

'좋은 아버지는 포기해도 좋은 형으론 남고 싶은 모양이지.'

알레이나는 내심 빈정거리며 찻잔을 들었다. 칼리언은 싱글벙글 웃으며 그녀 쪽으로 접시를 밀어 주었다. 아직 결혼을 하지도, 자식을 보지도 않은 칼리언은 하나뿐인 조카인 알레이나를 친딸처럼 아꼈다.

"케이크가 아주 맛있더구나. 네가 좋아한다고 들어서 조금 사 왔단다."

"……조금요?"

"어차피 남은 건 주방 하인들이 먹을 테니, 양껏 먹고 남기렴."

25

칼리언이 사 온 케이크는 일곱 사람이 먹고도 남을 법한 양이었다. 자주 만나는 사람은 아니었지만, 만날 때마다 칼리언은 알레이나를 살찌우기로 작정하기라도 한 양 온갖 간식거리를 사 오곤 했다. 어디 그뿐인가. 여행이라도 다녀온 다음이면 온갖 특산물을 비롯한 선물을 한 아름 가져오기도 했으니, 알레이나로서는 자작가의 재정을 걱정하지 않을 수 없었다.

"기왕 제도에 오셨으니 신붓감이나 찾으세요. 숙부님도 결혼하셔야죠."

"너도 네 아버지랑 똑같은 잔소리를 하는구나. 이 나이쯤 먹었으면 포기할 때도 되지 않았니?"

"더 늦기 전에 후계도 보셔야죠."

"후계는 무슨."

칼리언은 고개를 설레설레 저었다.

"알레이나. 자고로 남자는 자기보다 일곱 살은 많은 여자를 만나야 한단다. 여자는 평균적으로 남자보다 7년쯤 오래 사는데……."

기나긴 설교의 결말은 언제나 하나였다. 자신은 쉰이 가까워지는 나이이고 자신보다 일곱 살 많은 여자는 아이를 낳기가 힘들 테니, 뒤늦게 결혼하기 위해 애쓰기보다는 지금처럼 유유자적하게 살고 싶다는 이야기였다.

"그러니 알레이나, 너도……."

너도 일곱 살 어린 남자를 만나야 한다고 말하려던 칼리언은 문득 입을 다물었다. 알레이나가 황후의 꿈을 버리지 못했다던 형의 말을 떠올린 탓이었다.

"……폐하의 나이를 낮출 수야 없지만, 정부를 들인다면 일곱 살 어린 이들로 들이도록 하렴."

황제가 북부에서 폐후와 그 아이를 데리고 돌아온다는 소식은 이미 제도에 파다하게 퍼져 있었지만, 공작저에서는 대부분 쉬쉬하는 이야기였다. 예비 황후로 자라 온 알레이나 때문이었다.

레온하르트와 결혼하고 싶지 않아 도망쳤던 알레이나는 그의 말에 부정도 긍정도 하지 않고 포크를 들었다. 그녀가 막 접시에 담긴 케이크를 먹으려던 순간이었다.

"아가씨! 자작님!"

비명 같은 외침과 함께 방문이 벌컥 열렸다. 알레이나가 이마를 찡그렸다.

"허락도 없이 문을 열다니, 무례하게 무슨 짓이니?"

"죄, 죄송해요, 아가씨. 지금 근위대가, 근위대가 공작님을……!"

"뭐라고?"

알레이나와 칼리언은 동시에 벌떡 일어났다.

두 사람은 누가 먼저랄 것도 없이 정문으로 달려갔다. 정문에는 공작가의 가주인 아이작 살바토르가 근위대에 둘러싸인 채 굳은 얼굴로 서 있었다.

"살바토르 공작가의 가주, 아이작 살바토르는 에브게니아의 공작으로서 여타 귀족들의 귀감이 되어야 마땅하나, 불온한 목적으로 타인의 영지를 침범하여 그 식솔을 해치고 질서를 어지럽힌 죄 결코 가볍지 않다. 또한 황실에서 친히 작위를 내린 후작과 제국의 하나뿐인 황자를 해하려 한 죄는 반역에 준할 만큼 무거운바. 이에 아이작 살바토르를 하옥하고 황법에 따라 처벌한다!"

근위대장의 명령에도 아이작은 미동이 없었다. 그저 황제의 칙서를 매섭게 노려보고 있을 뿐이었다. 꽉 쥔 주먹이 부들부들 떨렸다.

"감히……."

짓씹은 입술이 하얗게 질렸다. 감히 나를 벌하겠다고? 자식이 감히 아비를 벌하겠다고?

"살바토르 공작은 황명을 받들라!"

공작이 무릎을 꿇지 않자, 근위대가 일제히 그에게 다가왔다. 그들이 막 그를 연행하려던 순간이었다.

"감히 어디에 손을 대는 것이냐!"

노기 띤 외침에 기사들이 멈칫했다. 아이작이 눈을 부라렸다.

"기사들 따위가 감히 살바토르 공작을 포박하려 하는가!"

"황명을 받들고 온 이들이오. 응하지 않는다면 항명으로 간주하여 포박하겠소!"

근위대장이 사나운 기세로 외치자, 근위대가 포승줄을 들고 아이작에게 다가왔다. 아이작은 분노했다. 공작저의 사용인들이 어쩔 줄 모르고 그를 보고 있었다. 알레이나와 칼리언도 마찬가지였다. 공작가의 수장인 자신을 아랫사람들 앞에서 욕보이려 한단 말인가. 아비인 자신에게 배은망덕하게도.

이렇게 된 바에야 이제는 어쩔 수 없었다. 황제가 끝내 알레이나를 황후로 들이지 않겠다면, 자신을 기어코 처형하려는 거라면…….

"근위대장과 기사들은 황제의 부친에게 예를 갖추어라!"

넓은 공작저를 쩌렁쩌렁하게 울릴 만큼 커다란 목소리였다. 그러나 그 말뜻을 쉬이 알아들은 이는 얼굴이 하얗게 질린 알레이나밖에 없었다. 아이작 살바토르는 당황한 얼굴의 근위대를 둘러보며 더욱 큰 소리로 외쳤다.

"황제는 황실의 핏줄이 아님을 들키고 싶지 않아 친부인 나에게 누명을 씌우려 하는가! 무릇 야만인들조차 부모를 모시는 것을 당연히 여기는데, 제국의 황제라는 이가 고작 제 허물 감추기 위해 친부를 제거하려 드는가!"

"뭣들 하는가. 죄인의 말에 귀 기울이지 말고 어서 끌고 가라!"

근위대장의 명령에 기사들은 정신을 차리고 아이작의 몸을 묶었다. 아이작은 최후의 발악이라도 하듯 고래고래 소리쳤다.

"내가 바로 황제의 친아비다! 감히 나를 이런 식으로……!"

"저자의 입을 막아라!"

공작가를 호령하던 살바토르 공작은 기사들의 힘에 의해 무릎이 꿇렸다. 기사들은 그의 입에 재갈을 물렸다. 아이작은 거세게 저항했으나 혼자서 당해 내기엔 역부족이었다.

"이거 놓아라. 놓……. 으읍! 으으읍!"

근위대장은 제국의 공작 중 하나가 입에 재갈이 물린 채 개처럼 끌려가는 것을 보며 이맛살을 찡그렸다. 일이 곧 치 아프게 돌아갈 것 같다는 느낌이 들었다.

* * *

수하의 보고를 받은 레온하르트는 얼굴을 굳혔다. 공작을 연행하는 과정에서 그가 떠벌린 내용 때문이었다. 황제가 자신의 아들이며, 황실의 피를 잇지 않은 것을 감추기 위해 친아비인 자신을 제거하려 누명을 씌웠다는 이야기였다.

이런 상황이 올 것을 우려하여 구금을 망설였던 것이다.

충분히 예상한 상황이었지만, 그것이 현실이 되자 입맛이 쓴 건 어쩔 수 없었다. 아마 이 틈을 타 황권을 흔들려는 이들이 있을 테고, 최악의 경우 정통성을 문제 삼아 그를 끌어내리고 방계를 허수아비 황제로 내세우려는 이들이 생길지도 몰랐다.

공작을 감옥에 수감하였으니 당장 조슈아와 테네르의 안전은 어느 정도 확보했지만, 정통성의 문제는 그에게서 끝나는 게 아니었다. 조슈아가 황위에 올랐을 때에도 혈통을 문제 삼는 이들이 생길지 모르니, 그의 손발을 묶어 둔 지금 어떻게든 해결해야 했다.

'본보기로 서너 명쯤 제거하면.'

살바토르 공작가를 비롯해 그 수족을 전부 제거하고 나면 아마 한동안은 조용할 것이다. 그러나 그 또한 단기적인 효과만을 가져올 뿐, 시간이 지나면 숨어 있던 이들이 슬금슬금 바퀴벌레처럼 기어 나와 심기를 거스르겠지. 어쩌면 그를 핏줄에 대한 열등감으로 폭정을 일으키는 폭군으로 취급할지도 모를 일이었다.

'알레이나 살바토르도 마찬가지고.'

지금이야 자신과 결혼하고 싶지 않은 마음에 같은 편을 들고 있지만, 제게 해가 되는 것마저 모른 척할 만큼 충성스러운 이는 아니었다. 공작가의 수족을 제거하면 장차 공작이 될 제 수족이 잘려 나가는 셈이라 그 꼴을 내버려 두지는 않으리라.

레온하르트는 골치 아픈 듯 얼굴을 쓸어내렸다. 지척에 누가 왔는지조차 모른 채였다.

"아빠!"

무릎 아래에서 들려오는 소리에 레온하르트는 놀라 고개를 숙였다. 눈이 마주치자 조슈아는 까르르 웃으며 그의 다리를 껴안았다. 테네르가 잰걸음으로 그에게 다가왔다.

"조시. 뛰면 다친다니까."

가볍게 타박한 테네르는 얼른 조슈아를 안아 들었다. 레온하르트가 그녀에게서 아이를 받았다.

"준비는 끝나셨습니까?"

"예, 폐하."

"이이잉."

조슈아는 내려 달라고 칭얼거렸지만, 이제 마차에 올라야 하니 그럴 수는 없었다. 짐을 든 사용인들이 줄지어 계단을 내려오고 있었다.

"에반 경은요?"

"로라 양과 같은 마차를 타기로 했습니다."

"정말 출발해도 괜찮겠습니까? 벌써 마차를 타기에는 무리일 텐데요."

"자작 성에 있는 게 마음이 불편하다고 하시던걸요. 하도 영애들을 들이밀어서 홧김에 남색가라 둘러댔더니 그제는 영식이 간호하러 들어왔다고……."

"으음……."

정말이지 목적 하나는 뚜렷한 가문이었다. 레온하르트는 작게 침음하며 테네르에게 손을 내밀었다. 테네르는 스스럼없이 그 손을 잡고 마차에 올랐다.

제도까지는 이제 정말로 얼마 남지 않았다. 달리는 마차 안에서 테네르는 멍하니 창밖을 보았고, 레온하르트는 그런 그녀를 보았다.

자작 성으로 돌아온 후로도 테네르는 전과 다를 바 없었다. 손을 내밀면 잡았고, 눈이 마주치면 웃었고, 간간이 먼저 말을 걸어오기도 했다.

그러나 단지 그뿐이었다. 테네르는 그의 이름을 부르지도 않았고, 사랑을 속삭이지도 않았고, 그렇다고 아이와 함께 보내 달라는 말도 다시 하지 않았다. 마치 그날의 고백이 없던 일이기라도 한 것처럼.

"폐하. 하실 말씀이라도……."

시선을 느낀 테네르가 고개를 들었다. 엄마에게 매달려 있던 아이도 덩달아 고개를 돌려 그를 보았다. 레온하르트는 잠시 입을 다물었지만, 이내 대답했다.

"후회하지 않으시겠습니까?"

"무엇을요?"

"헤일 영애 말입니다."

하고픈 말이야 수없이 많았다. 가장 궁금한 것은 그녀의 마음이었다. 그날의 고백을 이렇게 모른 척 넘어갈 것인지, 여전히 제 사랑을 믿지 못하는 건지, 여전히 제 곁을 떠나고픈 마음을 눌러 참고 있는 것인지.

그러나 차마 그 물음을 꺼낼 수 없는 건 두려움 때문일까. 행여 싸늘한 대답이 돌아올까 봐 두려워서.

"그저 어린 시절의 말실수인 뿐인걸요."

테네르가 웃으며 대답했다. 그러나 레온하르트는 영 마뜩잖았다. 그뿐이 아니지 않은가. 그녀가 제 옆자리를 노렸던 걸 모르지도 않으면서.

불편한 심기의 원인은 명백했다. 제 정부가 되려고 하던 이를 스스럼없이 유모로 들이겠다는 그 무던함 때문이었다.

왜 신경 쓰지 않나. 질투조차 나지 않는 건가. 누구는 고작 말 이름에 오해하고, 오라비와 친밀한 것만으로도 날을 세웠는데.

"말실수만 했던 건 아닐 텐데요."

"……"

"조슈아를 구해 낸 일에는 응당 보상을 해야겠으나, 반드시 곁에 두어야 할 필요는 없습니다."

황실의 직할령 중 적당한 곳을 떼어 내어 주면 끝나는 일이었다. 작위만 있다면 원치 않는 자와 결혼할 필요도 없고, 가족들과 연을 끊을 수도 있지 않겠나. 그러나 테네르는 고개를 저었다.

"헤일 자작은 소자작을 제외한 자식들에게 영지 경영을 가르치지 않았습니다. 아마 작위를 주더라도 당장은 감당하지 못할 거예요."

적자를 제외한 자식들에게 후계 수업을 하지 않는 건 흔한 일이었다. 특히 로라는 하다못해 밀 수확을 도왔을지언정 수로를 건설하는 데에 예산이 얼마나 들지조차 모르는 사람이었다. 그런 상황에서 영토와 작위를 줘 봤자 제대로 운영할 수 있을 리 만무했다.

"……가장 잘하는 일을 하게 해 주고 싶었습니다."

테네르가 말했다. 오라비가 알았다면 호구라며 투덜거렸을 이야기였다.

그러나 레온하르트는 그녀의 이런 모습을 좋아했다. 누구도 함부로 미워하지 않고, 남의 불행을 바라지 않고, 용서에도 박하지 않은 사람이었다.

그러니 자신 또한 그녀를 곁에 두는 것만으로도 안심하는 게 아닌가. 곁에 붙잡아 두기만 하면 언젠가 다시 세세 마음을 열지도 모른다는 생각에.

"또 만찬 때처럼 굴면 어쩌시려고."

그래도 질투 한 점 없는 모습이 눈에 거슬리는 건 사실이라, 레온하르트는 저도 모르게 툭 내뱉었다. 유치한 속내가 빤히 보일 듯했지만, 고백까지 한 마당에 거리낄 게 있겠나.

제 부모가 무슨 말을 주고받는지도 모르는 아이는 의자에 쪼그려 앉은 채 토끼 모양 장난감을 만지작거리고 있었다. 아이가 입을 와앙 벌리고 그 안에 장난감을 집어넣으려 하자, 테네르가 얼른 말렸다.

"안 돼, 조시. 지지야."

"이잉."

조슈아는 조금 칭얼거렸지만, 품에 안아 주자 더 고집을 부리지는 않았다. 테네르는 아이에게 가볍게 입을 맞추고 고개를 들었다.

"하지만…… 이전에 폐하께서 말씀하셨잖아요. 굳이 정부를 둘 생각은 없다고."

저 말이 애정에서 비롯되지 않았다는 건 알고 있었다. 테네르가 믿는 것은 황제로서의 레온하르트였다. 그러니 그의 사랑을 믿는 것이 아니라, 그저 그가 황실의 후계를 조금이라도 위태롭게 하지 않으리라는 믿음일 뿐이었다.

그걸 알면서도 저 말에 서운한 마음이 눈 녹듯 사라지는 건 왜인가. 그녀의 담담함과 무심함이 자신에 대한 무관심이 아닌 믿음에서 비롯되었다는 것이 왜 이토록 기쁜지.

'머저리가 다 됐군.'

레온하르트는 쓰게 웃었다. 테네르는 아이의 입가에 묻은 침을 닦아 주고 있었다. 자신을 꼭 닮은 아이와 눈을 맞추며 세상에서 가장 사랑스러운 이를 보듯 웃기도 했다.

제 아이 질투하는 것만큼 추한 아비는 없겠지.

레온하르트는 천천히 손을 뻗어 아이의 머리를 쓰다듬었다. 아이는 아비의 속도 모르고 방긋방긋 잘만 웃었다.

09

순행을 마친 황제가 제도에 돌아왔다. 사라진 폐후와 그녀가 낳은 적통 황자와 함께였다.

원래라면 그것만으로도 온 제도가 소란스러워야만 했다. 반역자의 딸인데다 4년간 회임조차 하지 못해 스스로 폐위를 청했던 폐후였고, 그 후 2년간 수절한 황제였다. 그러니 돌아온 폐후와 황자에게, 그리고 황제의 순애보에 온 시선이 쏠려야만 했다.

그러나 그보다 큰 화제가 이미 제도에 번진 상황이었다. 황제의 약혼녀였던 알레이나 살바토르가 그와 이복 남매였다는 소문이었다. 또한 황제가 이를 감추기 위해 친부에게 누명을 씌워 제거하려고 한다고 했다.

"황후께 쓸데없는 말이 전해지지 않도록 주의하라."

언제까지고 숨길 수야 없겠지만, 막 제도에 돌아온 테네르에게 괜한 걱정을 끼치고 싶지는 않았다. 레온하르트가 아랫사람들의 입을 단속한 덕분에 테네르는 아무 소식도 전해 듣지 못한 채 황궁에 발을 들였다. 오랜만에 본 황궁은 전과 마찬가지로 크고 웅장했다.

"황자도 있으니 식은 전보다 성대하게 치르는 편이 좋겠습니다. 준비에 시간이 걸릴 테니, 그동안은 별궁에 머무르시면 될 듯합니다."

에리히는 후작저에서 남은 치료를 이행하려 했지만, 주인 없는 저택을 지키는 사용인들이 아직 남아 있을 리 만무했다. 연통을 받은 옛 집사가 돌아오고 새 사용인과 의사를 뽑으려면 시일이 걸릴 테니, 에리히 또한 몸이 완전히 회복될 때까지 황궁에 머물기로 했다.

로라는 조슈아의 손을 꼭 잡은 채 테네르의 옆에 서 있었다. 아이를 잘 돌본다던 말이 거짓은 아닌지, 마차를 타고 오는 며칠 동안 그녀는 조슈아와 빠르게 친해진 모양이었다. 벌써부터 유모, 유모, 하고 따르는 것을 보니, 아무래도 경험은 못 이기겠구나 싶었다.

"우선 오늘은 여독을 푸시고, 내일은 피로가 조금 풀리면 함께 황궁을 둘러보지요. 내가 안내하겠습니다."

레온하르트는 꼭 뭔가를 벼르고 있는 사람 같았다. 실상 황궁은 테네르 또한 4년간 살아온 곳이니 굳이 안내가 필요하지 않았지만, 자신이 없던 사이 무언가 달라진 건 싶기도 했다.

"예, 폐하. 기다리겠습니다."

그 짧은 대답에 화색이 도는 얼굴이 그 자리에 있었다. 테네르는 그것이 조금 의아했지만, 구태여 말을 보태지는 않았다.

"그럼 저는 이만……."

테네르는 얼른 표정을 갈무리하고 발을 옮겼다. 레온하르트가 얼른 그녀의 손을 잡아 왔다. 화들짝 놀라 고개를 돌리자 머쓱하게 웃는 얼굴이 있었다.

"모셔다드리고 싶은데."

"……."

"허락해 주시겠습니까?"

굵직한 손가락이 손가락 사이로 깍지를 껴 왔다. 테네르는 조금 놀란 듯하면서도 순순히 고개를 끄덕였다. 그들의 모습을 보던 로라는 고개를 갸우뚱 했지만 이내 아이와 함께 그 뒤를 따랐다.

장미 궁 앞에는 낯익은 얼굴들이 테네르를 기다리고 있었다. 황후궁의 시녀들이었다. 그들은 하나같이 반가운 얼굴로 정중히 인사한 후 그녀 쪽으로 다가왔다.

"잘 오셨어요, 황후 폐하."

"다시 모시게 되어 기쁩니다."

테네르는 그들의 손을 하나하나 잡고 인사를 건네었다. 그중에는 눈물을 흘리거나 주저앉아 우는 이도 있어 얼른 다독여 주어야 했다.

"이 아이가 조슈아란다. 이쪽은 유모인 로라 헤일이고."

테네르가 소개하자, 로라가 조금 어색한 얼굴로 시녀들과 인사를 나누었다. 테네르는 조슈아의 손을 들어 시녀들에게 인사하듯 흔들어 주었다. 아이가 까르르 웃음을 터뜨렸다.

"황제 폐하와 닮으셨다는 말은 들었는데, 정말이네요."

"정말 다행이에요, 황후 폐하."

4년간 황후궁에서 함께 지내 온 이들이었다. 생전 태후가 새로운 황후를 위해 직접 선별했던 시녀들은 데네르가 아비의 반역과 불임으로 황궁을 떠나는 것을 진심으로 안타까워했다. 그런데 석녀라 알려졌던 그녀가 황제를 빼닮은 황자를 데리고 돌아왔으니 그 기쁨은 이루 말할 수 없었다.

테네르는 시녀들과 반가운 인사를 나누며 레온하르트를 돌아보았다. 몇몇 얼굴이 보이지 않기 때문이었다. 레온하르트가 그녀의 귓가에 입을 가져갔다.

"……살바토르 공작과 조금이라도 관련되어 있던 이들은 조사 후 처분했습니다."

시녀들 중에서도 공작의 사람이 있었다는 이야기였다. 황궁에 제 회임을 방해하던 이가 있었다는 걸 알고 있는데도 괜스레 입맛이 썼다.

테네르가 보일 듯 말 듯 고개를 끄덕이자, 레온하르트는 몸을 바로 세웠다.

"그럼 저녁에 다시 오겠습니다."

"저녁에요?"

"식사 같이하셔야죠. 조시도 함께."

다감한 목소리와 함께 손등에 입술이 가볍게 내려앉았다. 그 말에 황궁에 돌아왔다는 것이 정말로 실감이 나는 듯했다.

* * *

식사 시간이 되기 전, 테네르는 따뜻한 물로 목욕을 했다. 시녀들이 그간 거칠어진 몸을 정성껏 씻겨 주었다. 아직 꽃이 피지 않아 장미꽃잎을 띄울 수는 없었지만, 짙게 우려낸 장미수를 욕조에 붓자 그리운 향기가 욕실 안에 가득 찼다.

"태후께서 계셨다면 좋았을 텐데."

테네르는 욕조에 몸을 기댄 채 중얼거렸다. 흉흉한 소문을 아는 시녀들이 서로를 쳐다보았지만, 눈을 감고 있는 테네르가 알 턱이 없었다.

"목욕을 끝내면 감실에 가 보고 싶구나. 괜찮겠니?"

"······그럼요. 두 분 폐하께서는 황궁의 주인이신걸요. 머리를 감겨 드릴 테니 고개를 뒤로 젖혀 주시겠어요?"

"응."

테네르는 욕조 등받이에 등을 기대고 고개를 뒤로 젖혔다. 부드러운 손길이 머리를 꼼꼼히 씻겨 주었다. 두피를 만지는 손길이 퍽 능숙해 온몸이 나른해졌다. 지친 눈이 끔뻑끔뻑 감겼다.

좋은 냄새와 따뜻한 물, 기분 좋은 손길, 긴 여행으로 지친 몸. 졸음이 쏟아지지 않는 게 더 이상하지 않을까.

테네르는 그대로 잠들고 말았다. 자신을 부르는 목소리도 듣지 못한 채였다.

* * *

"잠드셨다고?"

테네르를 데리러 별궁에 온 레온하르트는 시녀의 보고를 듣고 그 자리에 멈춰 섰다.

"여독이 쌓여 피곤하셨던 모양입니다. 깊게 잠드셔서……."

시녀는 황제에게 머리를 조아렸다. 깨워야 할지 말아야 할지를 묻는 거였다.

하기야 긴 여행인데다 아이까지 데리고 있었으니 지칠 만도 했다. 레온하르트는 길게 고민하지 않고 대답했다.

"피로가 쌓이셨을 테니, 편히 주무시게 두어라."

"예, 폐하."

공손히 대답한 시녀는 욕실로 다시 발을 옮겼다. 그러나 레온하르트가 다시 그녀를 불러 세웠다.

"황후께서 욕실에서 잠드신 건가?"

"그렇습니다, 폐하."

"……."

레온하르트는 무언가 생각하듯 턱을 만지작거렸다. 시녀는 두 손을 모아 쥔 채 그의 지시를 기다렸다.

"직접 옮길 테니 몸을 닦고 그 위에 수건을 덮어 드려라."

잠든 이를 깨우고 싶지도 않았고, 그렇다고 힘 약한 시녀들에게 옮기라 명령할 수도 없었다. 부부간인데 구태여 몸을 가리라고 하는 건 오히려 이상하게 들리지 않을까 했지만, 아직 식을 올리지 않았으니 시녀도 그럭저럭 납득한 눈치였다.

시녀들이 욕조에 받은 물을 빼고 테네르의 몸을 닦는 동안 레온하르트는 찬찬히 침실을 둘러보았다.

어미가 머물던 방이었다.

황제의 총애를 상징하는 궁이지만, 아비는 이 궁을 어미에게 주기는커녕 폐쇄하다시피 했었다. 선황이 죽은 후 장미 궁을 보수하여 태후에게 주었던 것은 어미에 대한 위로이며 아비에 대한 반항이었다.

'외로워서 그랬습니다.'

레온하르트는 그 일이 베아트리스의 잘못이라고 생각하지 않았다. 아비가 어미를 그렇게 방치하지만 않았다면 일어나지 않았을 일이 아닌가. 그러나 그렇게 생각하면서도 그는 이 궁을 테네르에게 주지 않았었다. 어미가 죽은 후 관리를 맡고 싶다기에 흔쾌히 맡기기야 했지만 단지 그뿐, 그녀의 소유는 아니었다.

아마 불안이었으리라. 행여 아비의 경고처럼 조부의 전철을 밟게 될까 봐.

그러나 다시 결혼식을 치르고 나면 이 궁은 테네르에게 주어질 것이다. 그럼 제 마음을 조금이라도 믿어 줄까. 조금이라도 기뻐할까. 아주 잠깐이라도 좋으니, 그때처럼 활짝 웃어 줄까. 멍하니 서 있던 그를 부른 것은 시녀의 목소리였다.

"폐하, 준비가 끝났습니다."

황후를 옮길 준비가 끝났다는 의미였다. 레온하르트는 고개를 끄덕이고는 습기 찬 욕실에 천천히 발을 들였다.

테네르는 여전히 깊게 잠들어 있었다. 시녀들이 욕조의 물을 빼고 몸을 닦는데도 깨어나지 않은 걸 보니 어지간히 피곤했던 모양이었다.

'계속 무리하긴 했으니……'

그의 시선이 잠든 이를 찬찬히 훑었다. 물기를 닦아 내었다고는 하나 갓 목욕을 끝낸 몸은 촉촉한 수분을 그대로 머금고 있었다. 젖은 입술이 살짝 벌어진 것을 보며 레온하르트는 마른침을 삼켰다.

잠든 사람을 보며 무슨 생각을 하는 건가. 아직 제 마음 믿지도 않는 사람에게.

레온하르트는 내심 고개를 젓고는 이내 조심스럽게 그녀를 안아 들었다. 제 품에 안기고도 테네르는 미동이 없었다.

자신이 지금 무슨 생각을 하고 있는지 안다면 이렇게 무방비하게 잠들어 있진 못할 텐데. 레온하르트는 작게 웃으며 침대 위에 그녀를 내려놓았다. 덜 마른 머리카락이 팔을 가볍게 스쳤다.

* * *

레온하르트는 홀로 식사를 마친 후 집무실에 앉아 있었다. 보좌관들이 모두 퇴근한 시각까지 책상 앞에 앉아 있었지만, 아직 할 일이 꽤 쌓여 있었다. 원래라면 다음 날 해야 할 일까지 붙잡고 있기 때문이었다.

'내일 같이 시간을 보내려면…….'

오늘은 함께 식사조차 하지 못했으니, 내일은 낮부터 함께 있어야지. 우선 아직 몸이 낫지 않은 오라비를 걱정할 테니 같이 병문안을 가고, 그다음 넓은 황궁과 마구간을 둘러보고, 함께 식사하며 시간을 보내고.

'모레는 재봉사들이 올 테니.'

새 드레스를 맞출 때는 짬을 내어 잠깐 구경을 가도 좋을 테다. 어울리는 옷을 직접 골라 주는 것도 괜찮겠지. 놀란 얼굴을 생각하니 꼭 당치 않은 연애 놀음을 하는 것만 같아 입꼬리가 자꾸만 비죽비죽 올라갔다.

"폐하."

서둘러 펜을 움직이는 그를 멈춰 세운 것은 시종의 목소리였다. 조심스레 들어온 그는 황제의 눈치를 보며 머리를 조아렸다.

"살바토르 공작 영애가 알현을 청합니다."

그 말에 레온하르트는 미소 띤 얼굴 그대로 굳었다. 아비를 잡아들였으니 곧 찾아오리라 생각은 했지만, 미리 허락도 구하지 않고 다짜고짜 찾아올 줄이야.

"이 시간에 말인가?"

"예, 폐하. 시간이 늦었으니 돌아가라 할까요?"

작게 속삭이는 게, 아무래도 비밀스레 찾아온 모양이었다. 레온하르트는 잠깐 고민했다.

'어차피 만나야 할 사람이긴 하니.'

상의도 없이 제 아비를 준반역으로 잡아들였으니 잔뜩 화가 나 있으리라. 척을 져서 좋을 상대는 아니니 잘 달래어 보고, 달랠 수 없다면 다른 결정을 내려야 할 터였다.

"조용히 들여보내라."

레온하르트의 명령에 시종은 조용히 머리를 조아리곤 물러났다.

얼마간의 시간이 흐른 후 다시금 노크 소리가 들려왔다. 예상대로, 문을 열고 들어온 알레이나는 표정이 좋지 않았다. 레온하르트는 의자를 향해 턱짓했다.

"앉게."

알레이나는 인사조차 하지 않고 소파에 몸을 붙이고 앉았다.

"차는 됐습니다. 오래 있을 생각은 없어서요."

"반가운 말이군."

레온하르트가 눈짓하자, 시종은 얼른 머리를 조아리곤 집무실을 나갔다. 문이 닫히자 알레이나는 기다렸다는 듯 입을 열었다.

"지금 사람들이 제게 뭐라고 하는 줄 아시나요?"

"글쎄."

"제가 제도를 떠났던 거, 폐하의 아이를 가져서 그런 거 아니냐고요."

그 말에 태연하던 얼굴이 확 구겨졌다. 알레이나는 그의 표정을 보며 비웃 듯 입꼬리를 올렸다.

"아주 대단한 소설가들 납셨던데요. 이복 오라비의 아이를 가진 공녀가 선황께서 승하하신 날 출생의 비밀을 알게 되고, 그대로 도망쳐서 그 아이를 낳고 살았다고. 지금 정보 길드에서는 있지도 않은 아이를 찾느라 난리래요."

"뭐……."

"그런 말도 있어요. 선황께서 황제 폐하가 황실의 핏줄이 아니라는 걸 뒤늦게 알고, 손주라도 황실의 핏줄을 이어야 한다며 다음 황후가 될 공녀에게 손을 댄 거라고."

"……."

"더 할까요?"

사소한 가십이 부풀려지는 건 흔한 일이었다. 그러나 이런 식의 저급한 말까지 돌 줄이야. 레온하르트는 한숨을 내쉬며 제 머리를 흐트러뜨렸다.

"소문의 진원지를 찾아보겠네."

"도대체 어쩌자고 그러신 건가요? 아버지가 허튼소리 할 거 알고 계셨잖아요! 마차야 실패했다고 해도 다른 방법으로 해치우면 되지, 어쩌자고 그런 누명까지 씌워서……!"

"누명이라니?"

레온하르트가 울분을 토해 내는 그녀에게 되물었다. 그 물음에 알레이나가 멈칫했다.

"……정말이었어요?"

묻는 꼴을 보아하니, 제 아비를 처리하기 위해 없던 죄를 뒤집어씌운 거라 생각하는 모양이었다. 공작이 무슨 짓을 저질렀는지 모른다는 건, 그의 신뢰를 완전히 얻어 내지는 못했다는 의미인가.

"두 번이네. 처음엔 황후와 황자를 함께 해치려 했고, 두 번째는 내가 황후와 함께 영지를 비운 사이 황자를 해치려 했지. 그 과정에서 에반 경이 큰 부상을 입었고."

그 말에 알레이나는 눈을 질끈 감은 채 이마를 짚었다. 화를 억누르려는 듯 숨을 크게 들이마시기도 했다.

"……그래요. 알겠어요."

"뭘 알겠단 말인가?"

"없는 죄를 지어낸 것도 아니고, 준반역을 준반역이라 하신 것뿐이라는 거죠. 아버지의 손발을 묶어 두지 않으면 계속 테네르, 아니······. 황후 폐하와 황자 전하를 노렸을 테니까."

다 이해한다는 듯 말하고 있었지만, 알레이나는 여전히 화를 꾹 눌러 참는 듯한 표정이었다. 좀 더 펄펄 뛸 줄 알았는데 순순히 이해하는 듯한 모습에 레온하르트는 도리어 의아해졌다. 알레이나가 그런 그를 흘깃 보았다.

"차 한 잔만 주실래요? 아무래도 좀 더 이야기해야 할 것 같은데."

"그러지."

레온하르트는 스스럼없이 자리에서 일어났다. 그가 막 찻주전자에 불을 올리려 하자 알레이나가 만류했다.

"그냥 시종에게 시키시면 안 될까요? 폐하가 우린 차 정말 맛없단 말이에요."

"······황후는 그런 말 한 적 없는데."

"저니까 말하는 거죠."

뻔뻔한 대답에 레온하르트는 컵에다 물을 따라 그녀의 앞에 놔 주었다. 접시에는 보좌관들이 두고 먹는 사탕과 초콜릿 몇 개를 대강 올려 두었다. 알레이나가 헛웃음을 뱉었다.

"이제 저한테는 예의 차리지 않기로 하신 거예요?"

"그대의 아비가 우리가 남매라 공언했는데, 그런 게 필요할까."

"남매 소리에 질색하신 건 언제고."

"지금도 질색이긴 하지."

서로에게 별다른 적의가 없다는 걸 확인하자, 두 사람의 분위기는 퍽 부드러워졌다. 알레이나는 사탕 껍질을 까서 입에 쏙 집어넣었다.

"황후 때문인가?"

먼저 입을 연 것은 레온하르트 쪽이었다. 갑자기 태세를 전환한 것에 대한 물음이었다. 알레이나는 사탕을 입 안에서 굴리며 무언가를 곰곰이 생각하다 고개를 끄덕였다.

"반쯤은요."

"나머지 반은?"

"솔직히 말하자면, 폐하에 비해선 손해 볼 것 없거든요."

자신을 둘러싼 저급한 소문에 대해 말하며 역정을 내던 것과는 다른 모습이었다. 의아해하는 것을 깨달았는지, 알레이나가 씩 웃었다.

"지금 저보다 곤란한 건 폐하 아닌가요?"

"……."

"저야 소문이 사실이든 아니든 살바토르 공작가의 적녀지만, 폐하께선 황실의 정통성에 타격을 받으신 거니까."

대화의 주도권을 가져오기 위한 수작질이었다는 의미였다. 하기야 제도에 돌아왔을 때 번지던 온갖 소문에도 눈 하나 깜짝하지 않았던 사람이니 그럴 만도 했다.

"그래도 황실 모독으로 벌할 수 있는 말들이니, 그들은 이쪽에서 벌하겠네."

"그럼 저야 감사하죠. 그나저나, 그럼 그 말도 사실인가요? 로라 헤일을 유모로 들였다는 거."

알레이나는 무언가 마음에 들지 않는 듯 못마땅한 얼굴이었다. 레온하르트는 스스럼없이 고개를 끄덕였다.

"폐하께선 모르시겠지만, 그 여자 몇 년 전 제 생일 파티에서 황후 폐하께……."

"황후께 들었네. 그리고 그녀를 유모로 들인 것 또한 황후의 결정이고."

"아니, 유모 구할 때 인성은 안 보시는 거예요?"

"지금 그 이야기가 중요한 건 아니지 않나?"

레온하르트의 지적에 알레이나는 그제야 입을 다물었다. 그러나 불만스러운 표정을 지울 수는 없었다.

"……아버지가 절 완전히 신뢰하진 않은 것 같아요."

알레이나는 한참이 지나서야 입을 열었다.

"폐하께서 순행을 가신 다음 숙부님이 오시고, 한참 조용했거든요. 아버지가 숙부님 앞에서 항상 좋은 사람 행세를 하다 보니, 몸을 사리는 거라고 생각했는데. 뒤에서 그런 짓을 한 줄은 몰랐어요."

"……."

"생각해 보면 당연한 일이죠. 얼마나 교활한 사람인데 절 그대로 믿겠어요? 폐하를 설득하겠다고 해 놓곤 약혼도, 결혼도 계속 미뤘고, 황궁에 있는 끄나풀 색출하려고 저택을 휘젓고 다녔으니. 들키지 않았다고 생각했지만……. 알면서 모른 척한 거겠죠."

말하는 모양새를 보니, 딱히 이쪽에 앙금이 남지는 않은 모양이었다. 한참 주절거리던 알레이나가 문득 고개를 들었다.

"기왕 감옥에 보냈으니, 그냥 깔끔하게 죽이죠. 재판까지 갈 필요 없이 독살은 어때요?"

"지금은 안 되네. 지금 그자를 죽이면 입막음을 위해 손을 쓴 거라고 분명 말이 나올 테니."

"알 게 뭔가요. 이러나저러나 공작가 평판은 땅에 떨어졌는데. 살바토르 공작은 궁지에 몰려 입을 놀리는 사기꾼이거나 외로운 태후를 유혹한 꽃뱀이고, 전 사기꾼의 딸이거나 꽃뱀의 딸이거나 둘 중 하나인걸요. 어느 쪽이든 뒤통수가 얼얼해요, 지금."

아니, 앙금이 단단히 남았나.

레온하르트는 공녀를 달랠 만한 보상을 머릿속으로 추려 보았다. 브리트니 광산 채굴권 정도면 적당할까.

"그대에게 미리 말하지 못했던 건 인정하네. 미리 말한다고 달라질 건 없었겠지만. 어쨌거나 이번 일로 공작뿐 아니라 그대 또한 타격을 입었으니, 그대가 공작위를 물려받고 나면 브랜디아 지역 한 구를 공작령으로 삼는 걸 허락하겠네."

"그 황무지를요? 차라리 브리트니 광산 채굴권을 주세요."

"그래? 그럼 그렇게 하든가."

황급히 말하던 알레이나는 담백한 대답에 얼굴을 확 일그러뜨렸다. 레온하르트는 어쩌라는 거냐는 듯 어깨를 으쓱했다. 그러면서도 선하게 웃는 얼굴은 여전해서, 알레이나로서는 기가 찰 노릇이었다.

"어쨌거나, 방법은 있나요? 아버지가 귀족파를 끌어들이려 할 텐데."

"그자의 말을 거짓으로 만들어야지. 그자가 내 어머니와 주고받았다던 밀서를 찾아보게."

"저도 어디 있는지 모르는데요."

"아마 저택 어딘가에 숨겨 두었을 걸세. 잘 찾아봐. 그리고 그 자리엔 조잡하게 만든 가짜 밀서를 두어도 괜찮겠군."

아마 재판에서 그는 태후와 주고받은 밀서를 증거로 내세우며 제 핏줄을 다시금 운운할 테다. 그러나 감옥에 있는 이상 그 증거를 바꿔 치기 하더라도 쉬이 알아채지 못할 터.

조작된 증거만큼 신뢰를 떨어뜨리는 것도 없을 테니, 증거만 잘 없앤다면 공작의 주장을 얼마든지 거짓으로 만들 수 있을 터였다.

"……맨입으로요?"

메실리에서 장사꾼 기질이라도 몸에 배어 온 건지, 알레이나는 방글방글 웃으며 그를 보았다. 계속 내어 주었다간 나중에 황위라도 달라고 할 판이라, 레온하르트는 반쯤 빈 컵에나 물을 가득 따라 주었다.

"이거라도 마시게."

"……."

"아니면 차를 줄까?"

"정말……."

알레이나는 그를 가볍게 쏘아보고는 자리에서 일어났다. 가득 찬 물 잔에는 손도 대지 않은 채였다.

"마부가 기다리고 있으니 전 이만 일어나겠습니다. 참, 조만간 황후 폐하를 뵙고 싶은데, 자리를 좀 만들어 주세요. 제가 직접 찾아가기엔 이목이 쏠릴 것 같아서."

"그러지. 하지만 황후께 쓸데없는 말은 하지 말게. 사용인들에게도 미리 입단속을 시켜 두었으니."

레온하르트가 선선히 고개를 끄덕였다. 그러나 그가 덧붙인 말에 알레이나는 미간을 좁혔다.

"이미 온 제도에 퍼진 이야기예요. 저잣거리 어린애들도 살바토르 공작이 무슨 헛소리를 지껄였는지 알걸요. 그런데 그걸 황후 폐하만 모른다고요?"

"오늘 막 황궁에 돌아온 사람을 걱정하게 해서야 되겠나. 일이 해결된 다음 말해도 늦지 않네."

레온하르트는 태연하게 말했다. 알레이나는 불만스러운 듯한 얼굴이었으나, 토 달지 않고 고개를 끄덕였다. 눈앞에 있는 자는 제국의 황제였고, 알레이나는 좋든 싫든 그 가신이었다. 아비가 정말로 황자와 황후를 해치려 했다면 그 죄로 처형될 테니, 공작위를 물려받을 자신이 굳이 황제에게 밉보일 필요도 없었다.

'적정선만 지키면 너그러운 사람이니까.'

그와 피가 섞인 게 사실이든 아니든, 명색이 몇 년간 약혼했던 사이였다. 연인이 되지는 못했을지언정 친우쯤은 되었던지라, 알레이나는 그에 대해 어느 정도는 잘 알고 있다고 자부했다. 심기를 거스르지 않는다면 자신을 완전히 내치지는 않으리라.

아비를 처형한 후에도 공작가가 전과 다를 바 없는 위세를 이어 갈 수 있도록 알게 모르게 손을 써 줄 터였다.

그것이 옛 약혼녀에 대한 배려이든, 충성스러운 가신에 대한 자비이든, 혹은…… 피 섞인 여동생일지 모르는 이에 대한 정이든.

"알겠습니다. 그럼 증거를 확보하게 되면 전언을 드릴게요."

그렇게 말한 알레이나는 다시금 로브를 뒤집어쓰고 집무실을 나왔다. 기다리고 있던 시종이 그녀를 비밀 통로로 은밀히 이끌었다.

* * *

본디 귀족들은 벌을 받을 때조차 특권을 누리기 마련이었다.

특히 고위 귀족은 어지간한 일로는 차가운 감옥에 갇히지 않았다. 작지만 질 좋은 침대와 외모를 단장할 수 있는 화장대, 겨울에는 난로까지 내어 주어 판결이 날 때까지 그 품위를 지키게 했다.

그러나 귀족의 권위와 품격이란 황실이 내어 주는 것이 아닌가. 황실의 권위에 도전한 이들은 그 자격을 상실하였으니, 그 의혹만으로 여타의 죄인들과 마찬가지로 지하 감옥에 수감되곤 했다.

"아직 확실하게 판결이 난 것도 아닌데, 어떻게 한 제국의 공작을 이런 곳에 가둘 수가 있나!"

귀에 익은 목소리가 점점 다가왔다. 동생인 칼리언의 목소리였다. 아이작은 천천히 몸을 일으켜 차가운 돌벽에 기대어 앉았다.

"황명입니다. 제국의 유일한 황자 전하를 해치려 한 것은 황실의 후계를 해하려 한 것으로, 이는 준반역에……."

"그러니까, 제대로 된 판결이 나오기도 전에 너무 성급한 것 아니냐는 말일세."

"……제게는 항명할 자격이 없습니다."

간수는 칼리언을 아이작이 갇힌 독방 앞으로 이끌었다.

"형님."

늘 공작가의 격에 어울리는 것만 걸치던 아이작이 고작 허름한 죄수복 하나 입고 있는 것을 믿을 수 없었다. 빗질하지 못해 헝클어진 머리도, 제대로 씻지 못해 먼지와 눈곱이 그대로 남은 얼굴도 마찬가지였다.

"어떻게 공작을 이런 꼴로……."

칼리언이 믿을 수 없다는 듯 중얼거렸다. 그의 시선이 초라한 감옥 안을 훑었다. 몸을 누일 침대는커녕 차디찬 돌바닥에 깔 모포 두어 장이 고작이었고, 창문조차 없는 내부는 공작저의 사용인들 방보다도 좁았다.

"자리를 비워 주겠나."

먼저 입을 연 것은 아이작이었다. 점잖지만 힘 있던 목소리에는 가래가 잔뜩 끼어 있었다.

"죄송합니다. 중죄인을 측근과 단둘이 두고 자리를 비울 수 없습니다."

"거, 사람 참 깐깐하게……."

칼리언이 얼른 품에서 작은 주머니를 꺼내어 간수에게 건네었다. 간수는 고개를 저었다.

"이러시면 안 됩니다. 뇌물은……."

"뇌물이라니. 사람을 뭐로 보고……. 아직 추위가 완전히 가시지도 않았는데, 덮을 것이 저 얇은 모포뿐이라는 게 말이 되는가?"

"……."

"넉넉히 넣었으니 밖에 나가서 질 좋은 모포 좀 넉넉히 사 오고, 혹시 남으면 자네 술값이나 하게. 재판도 전에 얼어 죽으면 자네들도 곤란해지지 않겠나."

간수는 곤란한 얼굴이었지만, 자작이 소지품을 검사해 보라는 듯 손까지 들어 보이자 이내 천천히 고개를 끄덕였다.

"삼십 분 후 교대 시간이니 그 전에 돌아오겠습니다."

"그래. 조심히 다녀오게나."

칼리언은 간수에게 기분 좋게 손을 흔들었다. 그리고 그가 사라지자마자 아이작에게 고개를 돌렸다.

"형님. 어쩌자고 그런 말씀을 하셨습니까."

"거짓이 아니다, 칼리언. 황제는, 레온하르트는 내 아들이다."

"그런……."

"나는 태후의 정부였다. 선황이 전쟁으로 제도를 비울 때마다 태후의 곁에서 그 외로움을 달래 주었지. 레온하르트는 그 시기에 생긴 내 아이다."

아이작의 말에 칼리언은 할 말이 떠오르지 않는 듯 입을 다물었다. 한참 동안 초조하게 얼굴을 쓸어내리던 그가 입을 열었다.

"약을, 약도 드시지 않으셨습니까."

황후가 정부를 들이는 것은 후계를 생산한 다음이었다. 그마저도 황실의 피를 잇지 않은 아이가 태어나면 곤란하니, 황후의 정부는 그녀를 모시기 전 임신을 피하기 위한 약을 먹곤 했다.

"남녀 간의 일이 그렇지 않으냐. 때로는 경우도, 원칙도 없이 이루어지기 마련이지."

"……."

"표정을 보니 너도 알긴 아는 모양이구나. 그간 연애 한 번 하지 않기에 모를 줄 알았더니."

아이작이 너털웃음을 터뜨리자, 칼리언은 그의 시선을 피했다.

"그런데도 알레이나를 황후로 들이려 하셨습니까."

칼리언은 제 형이 그리 나쁜 사람이라 생각해 본 적 없었다. 장자에게만 온 신경을 쏟던 부모와 달리, 아이작은 아무것도 물려받지 못한 동생에게 선 뜻 스튜어트 자작위를 내어 준 사람이었다.

그러니 그가 세 피를 이은 지식들을 결혼시키려 들었을 거라곤 생각할 수가 없었다. 그저 이 모든 일에 자신이 모르는 이유가 있으리라 생각할 뿐이었다.

"나도 뒤늦게야 알았다. 선황께서 승하하시기 전, 그 사실을 밝히고 떠나 셨지. 선황께서는 회임할 수 없는 몸이었고, 그렇기에 태후와 나의 관계를 모 른 척하고 있었던 것이다. 나 또한 뒤늦게 그 사실을 알고 두 사람을 파혼시 키려 했으나……."

아이작이 처연히 고개를 떨어뜨렸다.

"내가 자식을 잘못 키운 죄다."

"……형님."

"행여 어미 잡아먹고 태어났다고 주눅이라도 들까 봐 원하는 건 무엇이든 들어줬었지. 거기다 황태자의 약혼녀까지 되었으니 세상이 제 것 같았을 게다."

"……."

"막무가내더구나. 파혼은 안 된다고, 자신은 황후가 되어야 한다고, 파혼하게 된다면 다신 돌아오지 않겠다고 가출까지 했으니……."

알레이나가 들으면 분노로 펄펄 뛸 이야기였지만, 아이작은 태연하게 말을 이었다.

"폐하께서 새로이 황후를 들이셨는데도 미련을 버리지 못하더구나. 시간이 지나면 그 아이도 헛된 꿈을 버릴 수 있을 거라 생각했는데, 루드비히 에반이 실성하여 반역을 일으켰지. 그러니 또 헛바람이 든 모양이야."

"……."

"그 아이가 그러더구나. 어차피 황제도 황실의 핏줄이 아니라면 그 후계가 누구의 핏줄이건 무슨 상관이냐고. 합방이야 시늉만 하고 정부를 통해 아이를 보면 되지 않냐고."

"그런……. 말도 안 되는……."

"그래. 말도 안 되지. 하지만 나 또한 그 말도 안 되는 소리에 홀렸다. 그 아이를 다시 공작저에 데려오기 위해 그렇게 해 주겠노라고, 무엇이든 해 줄 테니 돌아오기만 하라고 말했지."

칼리언은 한동안 말이 없었다. 들려오는 말이 믿어지지 않았다. 그러나 황제와 폐후에 관련한 이야기만 나오면 표정을 굳히던 조카의 모습이 아이작의 이야기에 신빙성을 더해 주고 있었다.

"폐하께서도…… 알고 계십니까?"

"폐하께서는 이 모든 게 내 뜻이라고 알고 계신다. 혹 알레이나에게 해코지할까 봐……."

"그래서 형님께 이런 누명을……."

칼리언이 혼란스러운 얼굴로 중얼거리자, 아이작은 씁쓸하게 웃었다.

"사실, 처음에는 나도 누명이라 생각했지만……. 어쩌면 알레이나가 나 몰래 벌인 일일지도 모른다는 생각도 드는구나. 그 애는 황후 자리에 미련을 버리지 못했으니, 폐후와 황자가 눈엣가시였을 게 아니냐."

"……."

"칼리언."

아이작이 나직하게 입을 열었다. 칼리언은 고개를 들어 자신의 형을 보았다.

"내가 네게…… 부탁을 하나 해야겠구나."

"말씀하십시오."

"알레이나를 지켜다오."

"……."

"그 애는 아마 내 말을 거짓으로 만들려고 할 게다. 황제와 남매지간만 아니라면 황후가 될 수 있다고 믿고 있으니. 그러니 그 애가 허튼짓을 하지 않도록 네가 지켜봐다오."

말썽쟁이 아이를 맡기는 듯한 표정이었다. 칼리언이 묵묵히 고개를 끄덕이자 아이작은 목소리를 낮추어 덧붙였다.

"태후와 주고받았던 밀서가 있다."

"밀서……요?"

"행여 알레이나가 그것을 없애려 할까 봐 집무실에 숨겨 두었다. 아마 내가 잡혀 들어왔으니 그 애는 그간 출입을 금지했던 곳에 들어가려 할 거다. 그러니 그 애가 그걸 찾아내기 전에 퍼뜨려야 한다."

음산한 목소리가 어둑한 지하 감옥에 낮게 울렸다. 찍, 찍찍. 쥐 울음소리가 간간이 들려왔다.

* * *

살바토르 공작과 이야기를 마친 후, 칼리언은 다시 공작저로 향했다. 형의 당부가 머릿속에 가득한 채였다.

그가 젊은 시절 태후와 어떤 관계였는지는 이미 알고 있었다. 자신의 형수인 이자벨이 진작 말해 주지 않았던가. 그러나 다른 이도 아닌 태후와 밀회를 즐기며 약조차 먹지 않았다니.

'그리 경솔한 분이 아닌데…….'

제 형이 어디 분위기에 휩쓸릴 사람이던가. 그는 오히려 분위기를 주도하는 데에 익숙한 사람이었다. 뒷일 생각하지 않고 저지를 사람이 아니었다.

'선황이 불임인 건 확실한 이야기인가?'

혹 착각한 건 아닐까. 그의 말이 사실이라면 태후는 도대체 누구의 씨를 품었단 말인가.

묻고 싶은 말은 많았지만, 그는 끝내 물어보지 못했다. 오랫동안 묵혀 온 죄책감이 그의 입을 틀어막았다.

'이자벨…….'

칼리언은 얼굴을 감싸 쥐었다. 그녀의 말을 듣는 게 아니었다. 도와달라는 말에 흔들리는 게 아니었다.

그러나 시간을 돌려 그때로 돌아간다 할지라도 자신이 같은 선택을 할 것임은 자명했다. 어떻게 그녀의 부탁을 듣지 않을 수가 있을까. 어떻게 그녀에게 거절의 말을 뱉을 수가 있단 말인가.

마차는 어느덧 공작저에 도착해 있었다. 주인이 사라진 저택은 조용했다. 칼리언이 마차에서 내리자, 집사장이 그를 맞이했다.

"오셨습니까, 자작님."

"알레이나는?"

"안에 계십니다."

"기분은 좀 어떤가."

"그게……."

집사는 고개를 숙였다. 하기야 기분이 좋을 리 없었다. 황후가 되고 싶었던 아이였고, 아비의 말로 그 모든 것이 물거품이 될 처지였으니.

그러나 형을 살릴 방법이 이것뿐이라는 걸 알고 있었다. 아이작 살바토르는 황제의 친부여야만 했다. 그것이 사실이든 아니든 간에.

* * *

테네르가 눈을 뜬 것은 아침이 되어서였다. 부드러운 이불의 감촉에 그녀는 흠칫 놀라 고개를 돌렸다.

"여긴……."

"일어나셨나요?"

시녀가 방긋 웃었다. 테네르는 그제야 자신이 장미 궁의 침실에 와 있음을 깨달았다.

"어제 분명……."

목욕을 하다가 눈을 감았던 것은 기억나는데, 그 이후는 전혀 기억이 나지 않았다. 혼란스러운 얼굴을 보며 시녀가 말했다.

"폐하께서 데리러 오셨는데, 잠드셨다고 말씀드리니 주무시게 두라고 하셨습니다. 많이 피곤하신 것 같다고요."

"누가 여기까지 날 옮긴 거니? 무거웠을 텐데."

"폐하께서 직접 옮기셨습니다."

"……뭐?"

시녀의 대답에 테네르는 놀라 벌떡 일어났다.

직접 옮겼다고? 목욕을 하다가 잠들었었는데?

물기 없이 말끔하게 닦인 몸과 그 몸을 덮은 부드러운 슈미즈를 보자 그녀의 얼굴이 새빨갛게 달아올랐다.

"옷은……. 옷도 폐하께서 입히신 거니?"

"아닙니다. 저희에게 맡기셨습니다."

그 말에 테네르는 간신히 가슴을 쓸어내렸다. 그러다 시녀와 눈이 마주치자 변명하듯 말했다.

"그간 몸이 많이 상해서……. 폐하께 보이기가 부끄럽구나."

"그런 말씀 마세요. 황자 전하를 낳으신 몸인데."

"맞습니다. 거기다 욕실에는 수건으로 몸을 덮은 다음에야 들어오신걸요. 나중에 민망해하실 거라고요."

시녀들의 위로에 테네르는 그제야 고개를 끄덕였다. 그러나 그렇다고 해서 그런 꼴을 보인 게 부끄럽지 않은 건 아니었다. 테네르는 얼굴을 가리고픈 걸 꾹 참고 입을 열었다.

"어제 폐하와 함께 식사하기로 했는데, 괜히 헛걸음하셨겠네."

"식사는 오늘 하셔도 되는걸요."

"이제 계속 황궁에 계실 거잖아요."

다정한 말들에 테네르는 천천히 고개를 끄덕였다. 그녀의 시선이 선반 위의 바구니에 가 닿았다.

"저건 뭐니?"

"초대장과 방문 요청서입니다. 간밤에 온 게 이렇게나 많아요."

시녀는 얼른 바구니를 가져다주었다. 바구니에는 온갖 귀족가에서 보내온 편지 봉투가 소복하게 쌓여 있었다.

테네르는 잠에서 덜 깬 채 편지를 하나하나 뜯어 읽었다. 황제가 어떤 논란에 서 있든, 그녀는 황자를 낳은 사람이었다. 곧 성대한 결혼식과 함께 다시 황후의 자리에 오를 테니, 조금이라도 빨리 눈도장을 찍으려는 심산이리라.

조금이라도 눈에 띄려는 듯, 초대장은 온갖 향수 냄새와 금가루, 말린 꽃으로 범벅이 되어 있었다. 덕분에 아직 날도 풀리지 않았는데 편지를 몇 번 열어 본 다음엔 환기를 시켜 줘야 했다.

"답신을 쓸 테니 분류해서 보관해 주렴. 황자는 일어났니?"

"아직입니다. 유모에게 황자 전하를 깨우라고 할까요?"

"아니, 좀 더 자게 두어도 괜찮아."

테네르는 따뜻한 소셋물에 세안을 하고 옷을 갈아입었다. 단장을 끝낸 후엔 책상 앞에 앉아 답신을 썼다. 물론 아직 살바토르 공작이 살아있는 데다 결혼식조차 올리지 않았으니 정중한 거절 문구를 담았다.

'방문 요청 정도는 승낙하는 게 좋을까.'

황궁을 오래 비웠으니, 식을 올리기 전 몇몇 이들을 만나는 것이 사교계의 동향을 살피는 데에 도움이 되리라.

테네르는 방문 요청서 몇 장을 한쪽으로 밀어 두고 남은 답신을 썼다. 초대에 거절할 때는 사용인을 시켜 똑같은 문구를 쓰게 하는 경우도 많았지만, 테네르는 언제나 직접 답장을 쓰곤 했다. 베아트리스에게 배워 온 습관이었다. 비슷한 문구를 돌려쓸지언정, 베아트리스는 언제나 손수 답장을 쓰길 좋아했다.

살아생전 태후가 머물렀던 곳이니만큼, 별궁 곳곳에는 아직도 그녀의 흔적이 남아 있었다. 태후가 쓰던 책상을 쓰고 있는 것이 새삼스럽게 느껴졌다.

'여기서 같이 책을 읽었었는데……'

하필이면 장미 궁에 머물게 되어서일까. 테네르는 간헐적으로 죽은 이를 떠올렸다. 침대에 누워서도, 목욕을 하면서도, 책상 앞에 앉은 지금도.

"황후 폐하, 황자 전하께서 일어나셨다고 합니다."

시녀가 황자의 기침을 전한 것은 테네르가 스물두 번째 답신에 마침표를 찍었을 때였다. 테네르는 향수를 뿌린 카드를 곱게 접어 봉투에 집어넣었다.

"유모는?"

"황자 전하의 목욕을 돕고 계십니다."

시녀의 말에 테네르는 봉투 입구를 봉한 후 몸을 일으켰다. 아직 답장을 쓰지 못한 건 서랍에 넣어 두기 위해 가지런히 정리했다. 그녀가 막 오래된 서랍을 열어 본 순간, 무언가 반짝이는 것이 눈에 들어왔다.

'이건……?'

서랍에 들어 있는 것은 손가락 정도 길이의 작은 열쇠였다. 얇은 금박은 오래되어 이리저리 벗겨졌지만, 열쇠 머리에 화려한 장식이 있는 것이 필시 귀한 이가 쓰던 물건인 듯했다. 테네르는 그것을 만지작거리며 물었다.

"혹시 내가 돌아오기 전에 별궁에 머무른 사람이 있었니?"

"아닙니다. 황후 폐하께서 후작저로 가신 후엔 줄곧 비어 있었습니다."

베아트리스가 승하한 후론 테네르는 종종 자수 모임을 가지며 별궁을 관리했으나, 그때는 이런 물건을 본 적이 없었다. 자신이 떠난 후 놓인 물건이라는 의미였다.

"그간 별궁을 관리한 책임자를 데려오렴."

"예."

시녀는 공손히 머리를 조아리곤 방을 나갔다. 그러고는 얼마 지나지 않아 몸집이 크고 건강해 보이는 중년 여자를 데려왔다. 여자는 긴장한 기색이었지만 이내 정중하게 인사했다.

"황후 폐하를 뵙습니다. 별궁을 관리하던 에밀리 디에고라고 합니다."

"서랍에 못 보던 열쇠가 있는 게 의아해 불렀단다. 네가 가져다 둔 거니?"

부드러운 목소리에 에밀리는 천천히 고개를 들었다. 그녀의 시선이 테네르의 손에 들린 열쇠에 가 닿았다.

"예. 황후께서 후작저로 가신 후 별궁을 청소하던 하녀가 발견했습니다. 태후 폐하의 물건인 듯한데, 열쇠를 끼울 만한 물건을 찾지 못하여 우선 서랍에 보관해 두라 지시했습니다."

"그랬구나. 나중에라도 뭔가 발견하게 된다면 내게 가져다줘."

"예."

에밀리는 들어올 때와 마찬가지로 공손히 인사하곤 방을 나갔다. 테네르 또한 몸을 일으켜 아이의 방으로 향했다.

별궁 안에 마련된 아이의 방은 테네르의 바로 옆방이었다. 식을 치르기 전

임시로 마련된 방이었지만 알록달록한 벽지에 온갖 종류의 인형과 장난감이 준비되어 있었다. 아마 레온하르트가 미리 황궁에 전언을 보내어 준비시킨 것이리라.

"목욕하고 나니 기분 좋으시죠? 몸도 깨끗해지고, 좋은 향기도 나고."

로라는 막 목욕을 끝낸 조슈아의 몸을 닦아 주고 있었다. 그녀는 아이의 주의를 끄는 법을 잘 아는 듯했다. 억양의 높낮이를 조절하거나 그때그때 과장된 추임새를 넣으며 시선을 끌었고, 눈이 마주치면 활짝 웃어 주기도 했다.

"좋은 아침이에요, 로라."

"화, 황후 폐하."

테네르가 인사를 건네자, 로라는 벌떡 일어나 인사했다. 엄마의 목소리를 들은 아이가 까르르 웃었다.

"엄마. 엄마."

"잘 잤니, 조시?"

테네르는 아이의 이마에 입을 맞추었다. 눈치를 살피던 로라가 얼른 입을 열었다.

"목욕이 기분 좋은 걸 알려드렸어요. 제 동생들은 여덟 살만 되면 목욕하기 싫다고 매번 도망 다녀서……."

황급히 주절거리는 모습이, 꼭 나쁜 짓을 하지 않았다고 변명하는 듯했다. 테네르는 그녀를 다독이는 대신 물었다.

"그 나이엔 보통 그러나요?"

"제 동생들은요. 사용인들이 적다 보니 매번 목욕 시중을 받기는 어려워서 자기들끼리 들여보내기도 했거든요. 그런데 온갖 핑계 대면서 도망을 다녀 놓곤, 막상 욕실에 들어가면 장난치고 노느라 두 시간 동안 나오질 않았어요."

"귀여웠겠네요."

"귀엽긴요. 말을 너무 안 들어서 한 번씩 쥐어박고 싶……. 아, 아니, 제 동생들이라 때린 거지, 황자 전하는 절대 때리지 않을 거예요."

무심코 내뱉던 로라는 얼른 손을 내저으며 변명했다. 바짝 긴장한 모습이었지만, 아이의 몸을 닦고 기저귀를 채우는 손길은 여전히 능숙해 보였다.

"동생들은 몇 살 때부터 돌본 건가요?"

"사실…… 기억이 잘 안 나요. 워낙 어릴 때부터라서."

로라는 조금 민망한 듯 입을 열었다. 일손이 부족한 유모를 도와 동생들을 돌보고, 또 동생들이 태어나고. 제도에서 데뷔탕트를 치르고 나서도 사교 시즌이 끝나면 고향으로 가 일손을 돕고.

테네르는 그녀의 이야기를 가만히 들었다. 분명 맞지 않는다고 생각한 사람인데, 잠깐이나마 민가에 살았다고 시골 영지 이야기에 친밀감을 느끼는 것이 조금은 우스웠다. 테네르는 한참 동안 로라와 이야기를 나누다가 몸을 일으켰다.

"조시를 데리고 감실에 다녀올게요. 아이 보느라 여독도 풀지 못했을 텐데, 잠깐이라도 푹 쉬어요."

"아……. 네. 다녀오세요, 황후 폐하, 황자 전하."

로라는 두 사람에게 얼른 공손히 인사했다. 테네르는 아이의 손을 잡고 발을 옮겼다.

* * *

로라는 테네르의 말을 듣지 않았다. 그녀는 테네르가 나가자마자 자신에게 배정된 시녀들을 불러 단장을 돕게 했다.

외출할 채비를 마친 로라는 곧바로 도서관으로 향했다. 도서관은 고위 귀족들과 친해지기 위해 그들의 가계도를 보러 온 게 고작이었지만, 오늘은 육아서가 가득 꽂힌 책꽂이 앞에 발을 멈추었다.

〈요람에서 걸음마까지〉, 〈미네르바 부인의 육아 대백과〉, 〈예민한 아이 다루기〉, 〈엄마도 돌봄이 필요해〉, 〈화내지 않고 아이를 키우는 21가지 방법〉,

〈센스 있는 유모를 위한 101가지 지침서〉. 수많은 책들을 훑어본 그녀는 음흉하게 웃었다.

'내가 바로 황실 유모란 말이지.'

로라는 흠흠 헛기침하며 콧대를 세웠다. 퍽 오만한 얼굴로 책 몇 권을 뽑아 책장을 넘겨보기도 했다. 어떤 책들은 갓 글을 뗀 어린아이도 읽을 수 있도록 쉽게 쓰여 있었고, 어떤 책들은 온갖 전문용어가 쓰여 있었다. 로라가 택한 건 단연 후자였다.

'황실 유모라면 이 정돈 읽어 줘야지.'

테네르가 결혼식을 치르고 다시 황후가 되면 자신에게도 관심이 쏟아질 게 뻔했다. 그러니 그 전에 황자의 유모로서 어울리는 모습을 갖추어야 했다. 황궁 유모라면 모름지기 육아서 스무 권쯤은 통달해야 하는 것 아니겠나. 하지만.

'……뭐야. 이게 무슨 말이야?'

온갖 육아서를 통달한 지적이고 완벽한 유모가 되려던 로라는 책장을 몇 장 넘기기도 전에 당황하고야 말았다. 인지 발달, 행동주의, 대상 영속성과 동화, 심리 사회 이론…….

유모를 도와 아이를 돌봐 온 것은 사실이나, 그것은 그저 몸으로 경험한 일일 뿐이었다. 책에는 처음 들어 본 이론과 온갖 학자의 이름, 심지어 북대륙어까지 쓰여 있어 무슨 소린지 알아들을 수 없을 지경이었다.

'이걸 누가 읽어?'

로라는 빠르게 뒷장을 보았다. 참고 서적이 적힌 게 두 페이지가 넘어가는 것을 확인한 그녀는 미련 없이 책을 덮고 자리에서 일어났다.

'……인생은 실전이지.'

이론 따위가 무슨 소용일까. 아이만 잘 키우면 되는 것을. 이런 쓸데없는 공부를 할 시간에 황자에게 동화책이나 하나 더 읽어 줘야지.

로라는 거침없이 육아서가 꽂혀 있던 쪽으로 발을 돌렸다. 그러나 그것도 잠깐, 문득 들려온 목소리가 그녀의 발목을 잡았다.

"이러니까 부인은 정숙한 여자로 들여야 한다니까요. 얼마나 끔찍합니까? 남의 씨를 제 자식으로 알고 평생 키워야 한다니."

"아니, 무슨 말을 그런 식으로 하시나요? 밖에서 낳은 사생아를 부인에게 키우라고 던져 주는 경우가 얼마나 많은데……. 차라리 가주는 여자로만 뽑는 편이 낫겠네요. 그럼 누구 핏줄일지 골머리 썩을 필요 없을 테니."

"어쨌거나 이번 일은 좀 심각하지 않습니까? 폐하께서 황실의 핏줄이 아닐 수도 있다는 거잖아요."

수군거리는 사람들은 책을 들고 있는 한 무리의 젊은 귀족들이었다. 로라는 얼른 책꽂이 뒤에 몸을 숨겼다.

'방금 뭐라고?'

황제가 황실의 핏줄이 아니라고?

레온하르트가 사용인들의 입단속을 시켜 두었기에, 황자와 테네르 곁에 붙어 있던 로라 또한 온 제도에 퍼진 소문을 들은 적이 없었다. 갑작스러운 이야기에 그녀는 당혹감을 감추고 숨을 죽였다.

"그 말이 사실이든 아니든 살바토르 공작은 미친 거죠. 감히 황제 폐하의 핏줄을 가지고 거짓말을 하는 거거나, 오누이를 결혼시키려고 했거나, 둘 중 하나니까요."

"귀족파만 신났습니다, 지금. 하필이면 폐하께서 태후를 닮으셔서 핏줄을 증명할 방법도 없을 거고."

들려오는 말들은 더욱 가관이었다. 누가 미쳤다고? 황제를 누구와 결혼시키려고 했다고?

로라는 책꽂이에 몸을 바짝 붙였다. 젊은 귀족들은 자신들끼리 작게 속삭이고 있었지만, 조용한 도서관에서는 어렵지 않게 그들의 말을 들을 수 있었다.

"……그래서 폐후가 황자를 낳았는데도 조용하군요."

"그분만 딱하게 됐죠. 황자 전하도 그렇고."

"딱하긴요. 설령 공작 말이 사실이더라도 황실의 후계로 나고 자라신 분인데, 설마 어떻게 되려고요."

"그것도 모를 일입니다. 지금 귀족파에서는 황실의 방계를 찾느라 난리예요."

목소리를 낮춘 속삭임에 영식이 화들짝 놀랐다.

"아니, 찾아서 뭘 어쩌려고요? 설마 반역이라도……."

"쉿. 누가 들어요."

거기까지 들었을 때, 로라는 천천히 발을 옮겼다. 이야기를 주고받던 이들은 그녀가 다가오는 것도 모른 채 저들끼리 수군거리기 바빴다.

"꼭 그런 게 아니더라도……. 황실의 피가 확실히 섞인 방계를 데리고 있으면 폐하를 압박할 수도……."

"지금 무슨 소리들 하는 거죠?"

로라가 날카롭게 묻자, 이야기를 주고받던 이들이 화들짝 놀라 고개를 돌렸다. 로라는 책을 꼭 껴안은 채 그들에게 성큼성큼 다가갔다.

"감히 황실 도서관에서 황제 폐하에 대한 불순한 말을 주고받다니, 황실의 은혜를 입는 귀족으로서 부끄럽지도 않으신가요?"

고개를 뻣뻣이 들고 나무라자, 젊은 귀족들의 얼굴이 하얗게 질렸다. 로라는 턱을 치켜든 채 그들을 찬찬히 둘러보았다.

"가문과 이름을 밝히세요."

"저기, 그게……."

"당신들이 뭐라고 지껄였는지 이 자리에서 큰 소리로 알려야 하나요?"

"그, 그러는 당신은 누군데요?"

한 영애가 물었다. 혹 지위가 낮은 영애라면 찍어 누르려는 심보였지만, 로라로서는 기다리던 물음이기도 했다.

"난 로라 헤일이에요. 황후 폐하께서 친히 뽑으신 황자 전하의 유모죠."

황자의 유모라는 말이 주는 파장은 어마어마했다. 젊은 귀족들은 로라가 꼭 안고 있는 책을 보고는 헉 소리를 냈다. 로라는 어쩐지 뿌듯한 기분이었지만, 티 내지 않으려고 큼큼 헛기침했다. 키 작은 남자가 입을 열었다.

"위, 윈체스터 자작가의 헨리 윈체스터입니다."

그를 시작으로 함께 수군거리던 이들이 차례대로 제 이름과 가문을 읊기 시작했다. 로라는 그들의 이름을 하나하나 곱씹었다.

"저흰 그저…… 세간에 떠도는 헛소문에 대해 이야기했을 뿐입니다. 불순한 의도를 가지고 한 말이 아니라……."

"헛소문을 들었다면 들은 걸로 끝내셔야죠. 굳이 입 밖으로 꺼내서 말을 퍼뜨리는 저의가 뭔가요?"

로라는 나이 든 고위 귀족이라도 된 양 그들을 나무랐다. 그러나 누구도 그녀의 말에 반박할 수가 없었다.

"저희가 경솔했습니다."

"부디 이번 한 번만 너그러이 넘어가 주세요."

제게 머리를 조아리는 귀족들을 보며 로라는 제법 짜릿한 심정이었다. 그녀는 고민하는 척 턱을 만지작거리다가 입을 열었다.

"……나쁜 목적으로 한 말은 아닌 듯하니, 이번 일은 함구하도록 하겠어요. 다만 앞으론 불필요한 오해를 사지 않도록 말조심하는 게 좋겠네요."

"가, 감사합니다."

"앞으론 조심하겠습니다."

사과를 받아 낸 로라는 여전히 콧대를 세운 채 몸을 홱 돌렸다. 입꼬리가 비죽비죽 올라가는 것을 간신히 끌어 내렸다.

'아……. 권력의 맛…….'

로라는 뿌듯한 마음으로 몸을 돌렸다. 막 별궁으로 돌아가려던 그녀는 자신이 책을 아직도 꼭 안고 있다는 것을 깨달았다. 귀족들의 시선이 이 책에 잠깐 머물렀음을 떠올리기도 했다.

'내가 그래도 황실 유문데, 이 정도쯤은…….'

로라는 품에 안은 책을 들여다보며 마른침을 꿀꺽 삼켰다.

* * *

감실에는 역대 황제와 황후, 국서들의 가장 훌륭하거나 가장 한심한 모습을 새겨 둔 조각상들이 줄지어 있었다.

테네르는 베아트리스의 조각상 앞에서 발을 멈추었다. 베아트리스는 깃펜을 들고 책상 앞에 앉아 있었다. 그녀의 주위에는 어린아이들이 춤을 추듯 뛰어다니는 모습이 조각되어 있었다. 검을 치켜든 채 군사를 이끄는 선황 하인리히와는 대조된 모습이었다.

"이분이 태후 폐하란다. 조시, 네 할머니 되는 분이셔."

테네르는 조슈아를 안아 들고 베아트리스의 조각상을 가까이 보여 주었다. 아이는 신기한 듯 눈을 동그랗게 뜨곤 손을 뻗었다.

"널 보셨다면 정말 기뻐해 주셨을 텐데……."

그저 웃을 줄밖에 모르던 자신을 살뜰히 챙겨 주던 사람이었다. 아무런 준비도 없이 황후가 된 자신이 성에 차지 않을 법도 한데, 언성 한번 높이지 않고 다정히 대해 주던 사람.

다신 볼 수 없는 사람이라는 걸 알고는 있었지만, 아쉬운 마음이 남는 건 어쩔 수 없었다.

누군가 회임을 방해하지만 않았더라면 진작 황손을 안겨 줄 수 있었을 텐데. 그럼 예쁜 손주가 눈에 밟혀 여행을 가지 않았을지도 모르고, 그럼 마차 사고가 나지도 않았을 테고…….

"엄마. 엄마아."

한참 동안 베아트리스의 조각상을 만지작거리던 조슈아가 고개를 돌렸다. 자그마한 손이 그녀의 뺨을 서툴게 만졌다. 흡사 위로라도 하는 모양새라, 테네르는 작게 웃고 말았다.

"이렇게 예쁘고 착한 아인데, 얼마나 좋아하셨을까."

테네르는 베아트리스가 했던 것처럼 화병에 새 꽃을 끼운 다음 마른행주로 유골함을 닦았다. 죽은 이에 대한 그리움이 짙어지는 것은 오랜만에 감실에 온 탓일까, 아니면 그녀가 살던 장미 궁에 머물게 된 탓일까.

테네르는 아이를 꼭 안은 채 한참 동안 그 자리에 서 있었다. 베아트리스가 매일같이 감실을 찾은 이유를 알 것 같다고 생각하며.

* * *

장미 궁으로 돌아왔을 때, 로라는 서재에서 책을 읽고 있었다. 낮잠이라도 자고 있을 줄 알았는데, 조금은 의아한 모습이었다.

"로라?"

"아, 황후 폐하."

조심스레 부르자, 로라는 사리에서 벌떡 일어나 예를 갖추었다. 테네르의 눈길이 서재의 책상 위를 훑었다.

"독서를 좋아하나 봐요."

"그, 그건 아니지만……."

로라가 어물어물 말끝을 흐렸다.

"명색이 황자 전하의 유모인데 조금이라도 공부해 두는 게 좋을 것 같아서……."

내뱉는 말 또한 의외였다. 로라가 읽는 책은 글씨가 빡빡할 뿐 아니라 주석이 페이지의 반을 차지하고 있었다. 거기다 그 옆에는 온갖 학자들의 이론서와 북대륙어 사전까지 쌓여 있었다. 기대조차 하지 않았던 모습에 테네르는 조금 감동하고야 말았다.

"……황후 폐하께서 절 유모로 골라 주셨잖아요. 나중에 후회하시면 안 되니까요."

"고마워요, 로라."

로라는 쑥스러워하듯 볼을 빨갛게 물들였다. 조슈아가 그녀에게 손을 휘저으며 서툰 발음으로 유모, 유모, 했다. 테네르가 아이를 달렸다.

"쉬이, 조시. 유모는 지금 열심히 공부하고 있으니까, 우린 방에 가서 놀까?"

"어머, 아니에요. 제 일인걸요."

로라는 얼른 일어나 조슈아를 받아 들었다. 그리고 슬쩍 테네르의 눈치를 살폈다.

"황후께선…… 이따 폐하와 데이트도 가셔야 하잖아요."

"그저 황궁을 안내해 주시는 것뿐이에요."

"그게 데이트죠, 뭐. 황자 전하는 제가 잘 돌볼 테니, 이상한 소문은 너무 신경 쓰지 마시고……."

"이상한 소문이라뇨?"

테네르가 미간을 가볍게 좁혔다. 책을 덮던 로라는 당황한 듯 고개를 들었다.

"모르……셨나요?"

"황자에 대해 나쁜 소문이 돌고 있나요?"

재차 묻자, 로라는 얼른 도리질했다.

"아니에요. 황자 전하가 아니라……. 황제 폐하에 대해서요. 아니, 태후 폐하에 대해서라고 해야 하나……."

"자세히 말해 줘요."

로라는 조금 머뭇거렸지만, 이내 도서관에서 들었던 대화에 대해 천천히 늘어놓기 시작했다. 황제가 선황이 아닌 다른 이의 핏줄이며, 심지어 그의 친부라 주장하는 이가 다름 아닌 살바토르 공작이라는 말에 테네르는 당혹감을 감추지 못했다.

"감히 누가 그런 소리를……."

"헨리 윈체스터랑 샬몬 테일러, 에이드리언 포브스요. 제가 다 외워 놨어요."

물론 그들에게는 함구해 주겠다고 했지만, 로라는 그런 사소한 약속은 안중에 없었다. 그러게 누가 그런 헛소리를 지껄이고 다니랬나.

"입조심하라고 나무랐으니 더 떠벌리지는 않을 것 같긴 한데, 알아보니 살바토르 공작이 구금되는 과정에서 소리를 질러 댔다고 하더라고요. 그래서 아마…… 제도 전체에 소문이 번져 있는 것 같아요."

"그런……."

테네르는 말을 잇지 못했다. 그래서 알레이나가 황후가 될 생각이 없다고 했던 건가. 그래서 시녀들의 눈치가 조금 이상했던 건가. 레온하르트가 무언가 숨기는 기색이던 것도 전부…….

그러나 어지러이 뒤엉키던 상념은 길게 이어지지 않았다. 베아트리스가 그랬을 리 없다는 믿음 때문이었다.

자신을 냉대하던 선황을 사랑하던 사람이었다. 매일같이 감실을 찾아가 유골함과 화병을 닦고 새 꽃을 꽂던 사람. 그를 사랑했냐는 물음에 울 것 같은 얼굴로 고개를 끄덕이던 사람.

그런 사람이 선황이 아닌 다른 이를 품었을 리 없었다. 거기다 그 말이 사실이라면 애초에 레온하르트를 알레이나와 약혼시켰을 리도 없지 않은가.

"……공작이 궁지에 몰리니 시간을 끌기 위해 수작을 부리는 것 같네요."

테네르는 그렇게 결론을 내렸다. 살바토르 공작이 준반역으로 처형당할 것이 두려워 못된 잔꾀를 부리는 것이다. 황제의 친부라 주장하는 자신을 서둘러 처형하게 되면 의심을 살 테니, 그의 말이 거짓임을 증명하기 전까지는 형을 집행하지 못할 거라고 판단해서.

'그런데 왜 내게는 아무 말도…….'

공작이 압송 과정에서 그런 말을 하고 그 사실이 제도에 퍼졌다면 레온하르트에게 보고가 올라가지 않았을 리 없었다. 그런데 왜 자신은 그 사실을 이제야 알았단 말인가.

"……걱정하실까 봐 말씀하지 않으신 것 같아요."

어두운 표정을 본 로라가 조심스레 말했다.

"폐하께서 황후 폐하를 각별히 아끼시잖아요. 황궁에 온 지 고작 하루밖에 지나지 않았는데, 그런 소문이 도는 걸 알면 편히 쉬지 못하실 수도 있으니까…….”

“……그래요.”

테네르는 서운한 마음을 갈무리하려고 했다. 이런 이야기를 그가 아닌 다른 사람을 통해 듣게 된 것이 썩 유쾌하지는 않으나, 그도 생각이 있어서 말하지 않은 것 아니겠나.

배려일지도 모른다. 공작을 준반역으로 잡아들이는 과정에서 벌어진 일이니, 자신이 쓸데없는 죄책감을 느낄까 봐 일부러 말하지 않은 걸지도 몰랐다. 혹은 단순히 아직 말할 타이밍을 맞추지 못해서……. 이를테면 오늘 함께 황궁을 둘러보며 이야기하려고 하는 걸지도 모르지 않나.

“금방 가라앉을 소문이니, 너무 신경 쓰지 말아요.”

그 말이 로라를 향하는 것인지 테네르 자신을 향하는 것인지는 알 수 없었다. 로라는 당연하다는 듯 고개를 끄덕였고, 아이는 묵직한 책을 들어 보려는 듯 낑낑거렸다.

* * *

점심 식사를 끝내고 얼마 지나지 않아 레온하르트가 별궁을 찾았다. 어쩐지 조금은 들뜬 듯한 얼굴이었다.

“몸은 좀 괜찮으십니까?”

“예, 폐하.”

분명 꽤 복잡한 심경이었는데, 막상 레온하르트를 마주하니 간밤의 일이 떠오르는 건 어쩔 수 없었다. 다시금 피어오르는 민망함에 테네르의 뺨이 조금 붉어졌다.

“간밤에는…… 추한 꼴을 보였습니다.”

“아닙니다. 여독이 쌓인 걸 미처 생각지 못했습니다.”

레온하르트는 웃으며 손을 내밀었다. 테네르는 그 위에 조심스레 손을 포개었다. 슬쩍 안색을 살폈지만, 그는 나쁜 소문에 시달리는 사람으로는 보이지 않았다. 정말로 신경 쓰지 않는 건지 괜찮은 척하는 것인지는 알 수 없었지만.

두 사람은 에리히의 방에 잠깐 문병을 하러 간 후 천천히 황궁 안을 거닐었다. 내빈실과 의전실, 갤러리, 오페라 공연을 하는 극장과 정무 회의가 열리는 회의장, 마구간과 사냥터, 행정 관료들의 집무실, 황제와 황후가 머무는 본궁의 집무실과 응접실까지.

황궁은 테네르가 떠나기 전과 같은 모습이었다. 높게 솟은 청회색 첨탑도, 벽면의 패널 하나하나까지도.

"……변한 게 없네요."

새삼스럽게 안내해 주는 것이 의아할 정도로 달라진 것 없는 곳이었다. 레온하르트는 고개를 끄덕이곤 그녀의 손을 꼭 잡았다.

"그대가 없는 궁이 참 쓸쓸했는데, 이렇게 같이 걸으니 좋습니다."

"……."

"기억나십니까? 그대가 황궁에 온 다음 날 여기서 잠깐 마주쳤었는데."

레온하르트는 복도에 잠깐 멈춰 선 채 입을 열었다. 테네르는 낯익은 풍경을 둘러보며 작게 웃었다.

"폐하께서 같이 자수를 놓자고 말씀해 주셨던 날요?"

"그대가 어머니와 자수를 놓아도 되냐고 허락받으려 하셨던 날이지요."

결혼식을 치른 다음 날, 회의가 끝나고 집무실로 돌아가던 길. 건너편에서 어쩐지 들뜬 얼굴로 걸어오던 테네르를 기억했다. 한결 편안해 보이는 표정을 보니 괜히 기분이 좋아서 말을 걸었던 것도, 어미를 만나고 왔다는 말에 혹시 불편하지 않았을까 당치 않은 노파심이 들었던 것도.

"폐하도 같이 자수를 놓기로 했다는 말에 아버지가 얼마나 놀라셨던지요."

"……."

"저도…… 사실 정말 와 주실 줄은 몰랐습니다."

"자수 실력이 끔찍해서 그렇지, 약속은 잘 지킵니다."

농담을 건네자 작은 웃음소리가 들려왔다. 레온하르트는 꼭 잡은 손에 가볍게 힘을 주었다.

"……그때 이렇게 같이 황궁을 둘러봤으면 좋았을 텐데요."

"……"

"이렇게 함께 걸으며 이야기하면 좋았을 것을."

짙은 회한이 느껴지는 목소리였다. 테네르는 대답하지 않았다.

"내가 그대에게 잘못한 게 많습니다."

나직한 목소리와 쓴웃음이 꼭 진심처럼 느껴졌다. 그러나 그는 거짓 사랑을 속삭일 때도 이렇게 굴던 사람이었다. 아무리 다정히 굴어도, 달콤한 말을 속삭여도, 그는 사랑 없이도 이럴 수 있는 사람이 아닌가.

다디단 목소리가 마음을 흔들 때마다 시시때때로 지난 일들이 떠올랐다. 그저 황손을 데려가기 위해서일 뿐이라던 냉랭한 목소리도, 그 말 한마디에 발아래로 곤두박질하던 제 마음도.

"사과하실 일이 아닙니다. 폐하께선 늘 절 부족함 없이 대해 주신걸요."

테네르는 아무렇지도 않은 듯 말했다. 아무것도 기대하지 않으면 되는 거였다. 그의 사랑을 기대하지 않고 그저 늘 하던 대로 적정선을 지키면 된다. 무엇이든 이야기하면 듣고, 말해 주지 않으면 모른 척하고.

"테네르."

레온하르트가 제 이름을 부르자, 테네르는 그를 돌아보았다. 그가 꺼낼 말을 기다리던 그녀는 자신들이 황후의 침실 앞에 와 있다는 것을 깨달았다.

"……들어갈까요."

테네르가 천천히 고개를 끄덕이자, 레온하르트는 문을 열었다.

열린 문 사이로 보이는 것은 익숙한 가구와 침구였다. 금실로 자수가 놓인 화려한 캐노피, 큰 침대와 상단이 둥근 큰 창문, 몸을 누일 수 있을 만큼 기다란 소파, 마호가니 목재로 만든 티 테이블까지.

테네르는 천천히 방으로 들어갔다. 익숙한 공기가 그녀를 반겼다. 2년이나 자리를 비웠는데도 달라진 것 없는 방이었다.

"식을 올리고 그대가 쓸 방입니다."

침대 머리맡에 놓인 사셰를 발견한 건 그때였다. 테네르는 침대에 걸터앉아 그것을 집어 들었다. 수놓은 천 안쪽으로 말린 허브가 바스락바스락 만져졌다. 고작 이런 물건을 남겨 두었다고 괜히 울컥하는 건 왜인지.

"아무것도 버리지 않으셨네요."

"그대가 돌아오기만을 바랐으니까요."

레온하르트는 그녀의 곁에 앉았다. 테네르는 고개를 돌렸지만, 자신을 보는 시선만은 여실히 느껴졌다.

"돌아와 주어 고맙습니다, 테네르."

"……."

"그대가 내 곁에 머물러 주는 게 얼마나 안도가 되는지 모릅니다."

커다란 손이 손등을 감싸 쥐었다. 테네르는 피하지 않았지만, 그의 말을 곧이곧대로 믿지도 않았다.

아무것도 말해 주지 않으면서.

꾹 눌러 둔 불만이 불쑥 머리를 들었다. 신경 쓰지 않으면 되는 일인데. 그저 아무것도 기대하지 않으면 되는 건데. 벌써부터 그가 진심일지 모른다고 생각하기라도 했던 건지.

"부속실도 그대로 두었습니다. 거기도 한번……."

"폐하."

테네르는 막 몸을 일으키려는 레온하르트의 옷깃을 저도 모르게 붙잡았다. 그가 무슨 일이냐는 듯 고개를 돌렸다. 선한 눈을 보며 테네르는 마른침을 삼켰다.

먼저 물어보는 것도 괜찮지 않을까.

먼저 말 꺼내기 어려워 머뭇거리는 걸지도 모르지 않나. 이런 것쯤 물어보는 것에 큰 의미를 부여하는 게 더 이상하지 않나. 그가 자신을 사랑하는 게 진심이든 아니든, 자신은 황후였다. 그러니 이 정도쯤은.

"좋지 않은 소문이 돌고 있다고 들었습니다."

"……."

"괜찮……으신가요."

머뭇거리는 말에 레온하르트의 입매가 조금 굳었다. 괜한 말을 꺼냈나. 좀 더 기다릴 걸 그랬나. 고민하던 찰나였다.

"괜찮지 않다고 하면, 위로해 주실 겁니까?"

큰 손이 다가와 흘러내린 머리를 귀 뒤로 쓸어 넘겼다. 어쩐지 목소리가 은근하게 느껴지는 것은 착각인가.

"당연하지 않나요. 왜 지금껏 제게는 아무 말도……."

"침실에서 그런 말씀 하셔서야 되겠습니까. 내가 오해라도 하면 어쩌시려고."

빙긋 웃는 얼굴에 장난기가 들어찼다. 경직되었던 표정이 거짓인 것 같았다. 말뜻을 이해한 테네르가 무어라 나무라기 전, 그는 낮게 웃고는 그녀의 어깨에 머리를 기대었다. 테네르는 조금 멈칫했지만, 가만히 그에게 품을 내어 주었다.

"……그대가 듣지 않기를 바랐는데."

"황궁의 모든 이들이 그 소문을 아는 듯한데, 저만 몰라서야 되겠나요."

"괜히 신경 쓰게 하고 싶지 않았습니다."

테네르는 레온하르트의 표정을 볼 수가 없었다. 그러나 그가 이렇게 털어놓는 것만으로도 마음이 놓였기에, 구태여 그의 얼굴을 확인하려 하지는 않았다. 그저 천천히 손을 뻗어 그의 등을 쓸어내렸다.

"어차피 헛소문인걸요."

"글쎄요."

레온하르트가 잠깐 뜸을 들였다.

"품은 것도 어머니고 낳은 것도 어머니인데, 내 아버지가 누구인지 어떻게 알겠습니까."

"폐하. 그런 말씀은……."

"그대도 이렇게 말하지 않았습니까. 조슈아가 내 아이인지 어떻게 확신하냐고."

어쩐지 뜨끔하는 마음에 테네르는 잠깐 입을 다물었다. 레온하르트가 작게 웃었다.

"조시가 날 **빼닮은** 걸 알면서도 말문이 막혔었는데, 난 아버지를 닮은 구석이 없으니."

"그런 말씀 하시면 안 됩니다."

"……"

"폐하의 혈통을 의심하는 건 태후 폐하의 부정을 의심하는 것과 마찬가지입니다. 궁지에 몰린 공작의 농간일 뿐이니, 마음 쓰실 가치조차 없는 일입니다."

그의 사랑을 믿지 않기로 결심했다고 해서 그를 미워하는 것은 아니었다. 안색이 좋지 않으면 걱정이 되었고, 약한 모습을 보일 때면 보듬어 주고 싶었다. 이것이 묵은 사랑인지, 혹은 우애나 우정인지는 확언할 수 없었지만.

"폐하께서 그분을 믿어 주셔야죠."

다정히 말하며 손등을 쓰다듬자, 멈칫하던 레온하르트가 웃으며 대꾸했다.

"……그래요. 그대 말이 맞습니다."

긍정의 말에 테네르는 그제야 조금 안심했다. 그러나 레온하르트는 여전히 그녀의 어깨에 얼굴을 묻고 있었기에 그의 표정은 볼 수가 없었다.

"그대가 엄살에 약하다는 걸 알았다면 진작 말했을 텐데."

레온하르트가 어리광을 부리듯 이마를 문질렀다. 괜찮다는 의미임을 알고 있었지만, 테네르는 다독이는 손을 멈추지 않았다.

"테네르."

"예, 폐하."

"그대가 날 아직 사랑하길 바라는 건 너무 큰 욕심일까요."

갑작스러운 물음에 테네르는 입을 다물었다. 등을 쓸어내리던 손이 잠깐 멈추었다.

그날 이후 누구도 먼저 꺼내지 않은 이야기였다. 한쪽은 대답을 미루고 싶어서, 다른 한쪽은 또다시 거절당하는 것이 두려워 아무 일 없었던 것처럼 굴지 않았던가. 그러나 그가 다시 그 이야기를 꺼낸 만큼, 테네르는 대답을 해야만 했다.

"……제 감정이 어떻든, 황후로서 폐하의 곁을 떠나지 않겠습니다."

테네르는 공손하게 말했다. 레온하르트는 대답이 없었다. 짧게 침묵하던 그가 다른 말을 꺼내었다.

"……어제 공녀가 비밀리에 찾아왔습니다."

"예?"

나직한 목소리에 테네르는 놀라 고개를 돌렸다. 공녀라면 알레이나 살바토르를 말하는 게 아닌가. 그 사람이 왜?

"공작을 잡아들인 일로 앙심을 품고 있을까 염려했는데, 척을 지지는 않을 듯합니다."

"고작…… 그 말을 하러 온 건가요?"

테네르가 불쑥 물었다. 아니, 아무 말 하지 않는 게 나았을까. 속이 뻔히 들여다보이는 말을 뱉은 듯해 어쩐지 부끄러웠다. 그러나 레온하르트가 내뱉은 말은 의외의 것이었다.

"그대를 만나게 해 달라고 말했습니다."

"……저를요?"

"지금 공작가에 이목이 쏠려 있으니 정식으로 알현을 청하는 건 부담이 되는 모양입니다. 줄곧 그대에게 할 말이 있던 듯한데."

레온하르트가 이어 말했지만, 테네르는 그의 말이 이해가 되지 않았다.

알레이나가 자신을? 도대체 왜?

"제게 무슨 말을요?"

"그건 말해 주지 않았습니다. 하지만 나쁜 의도는 없어 보였습니다."

"……."

왜 그녀를 감싸듯 말하는 건가. 왜 그 사람을 그렇게 믿는 건가.

묻고 싶었지만 하잘것없는 자존심에 입이 꾹 다물렸다. 궁금할 이유가 없지 않은가. 그에게 아무런 기대도 실망도 하지 말자고 결심했건만.

테네르는 의연한 척 익숙하게 입꼬리를 올렸다.

"알현 요청이 많아 당분간은 어렵겠지만……. 시간을 내어 보겠습니다."

* * *

"문을 열어라."

알레이나 살바토르는 굳은 얼굴로 아비의 집무실 앞에 서 있었다. 가주가 없는 지금, 유일한 적녀인 그녀는 아비의 집무실에 출입할 수 있는 유일한 사람이었다. 그러나 그리 쉽지만은 않았다.

"누구도 들이지 말라는 가주님의 명이 있었습니다."

"집사장은 내가 누구인지 모르는 건가?"

알레이나를 막아선 것은 저택의 총집사장이었다. 아비의 총애를 받는다는 이유로 언제나 고개를 뻣뻣하게 들고 다니는 재수 없는 늙은이.

"물론, 아가씨는 살바토르 공작가의 공녀이십니다. 하지만 가주이신 공작님께서 허락받은 사람 외에는 집무실에 들어오게 하지 말라고 하셨습니다."

집사장이 차분히 말했다. 그는 시종일관 공손한 태도였지만, 알레이나는 그가 자신을 진심으로 섬기지 않는다는 걸 잘 알고 있었다.

너무도 고리타분하게도, 그는 여자가 가주직을 물려받는 것이 바람직하지 않다고 생각하는 사람이었다. 여자는 아름답게 외모를 가꾸고 부인으로서 안살림을 도맡아야 한다고 생각하는 사람이기도 했다.

그나마 레온하르트와 약혼지간이었을 때는 황태자의 약혼녀라는 이유로 정중히 대했지만, 선황이 죽고 도망갔다 붙잡혀 온 후로는 묘하게 불순한 태도였다.

"아버지는 지금 준반역 혐의로 감옥에 수감되었어. 이 가문의 적녀인 내가 출입하지 못할 이유는 없을 텐데."

"죄송하지만 아가씨. 가주님이 아가씨 또한 집무실에 출입하게 하지 말라고 하셨습니다."

집사장은 꼭 철없는 어린아이를 달래듯 말했다. 알레이나가 눈썹을 추켜세운 건 당연한 일이었다.

"기사들에게 개처럼 끌려가 봐야 정신을 차리겠나?"

"……."

"난 살바토르 공작의 딸이고, 그의 부재를 대신할 권한과 의무가 있어. 자네의 인사권도 내가 가지고 있다는 말이지."

"아가씨, 죄송하지만……. 아가씨에겐 그럴 권한이 없으십니다."

"뭐라고?"

알레이나는 나이 든 집사장의 입꼬리가 보일 듯 말 듯 올라간 것을 놓치지 않았다. 그녀가 막 기사들을 향해 고개를 돌리던 순간이었다.

"그만두렴, 알레이나."

다정히 들려오는 목소리가 그녀를 붙잡았다. 집사장이 그쪽을 향해 공손히 머리를 조아렸다.

"오셨습니까, 소공작님."

'뭐라고?'

알레이나는 당황한 얼굴로 뒤를 돌아보았다. 그 자리에 있는 것은 숙부 칼리언이었다. 아비를 꼭 닮았지만 부드러운 얼굴로, 그는 알레이나의 어깨를 가볍게 당겼다.

"숙부님!"

"얼굴이 많이 상했구나. 잠은 잘 잤니?"

"숙부님. 이게 무슨 소리예요? 소공작은 저잖아요."

"알레이나, 너도 알겠지만……. 소가주가 누구인지는 가주가 정하는 거란다. 그리고 형님은 동생인 나를 소공작으로 삼으셨지."

알레이나의 얼굴이 배신감으로 물들었다. 늘 자신에게 딸 같다고 말하던 숙부였다. 어릴 때부터 자신을 유달리 예뻐하며, 스튜어트 자작위 또한 그녀에게 물려주겠다고 호언장담하던 사람이기도 했다.

"처음부터 이럴 작정으로 공작저에 오신 건가요? 공작위를 물려받으려고……."

"다들 물러가라."

칼리언이 명령하자, 집사장을 비롯한 사용인들이 일제히 자리를 물렸다. 빈 복도에 남은 것은 칼리언과 알레이나 둘뿐이었다.

"……진정하렴, 알레이나."

칼리언이 그녀를 다독였다.

"난 네 자리를 빼앗으려는 게 아니란다. 그저 네가 아직 어리니 좀 더 나이가 많은 내가 이 일을 맡게 된 것뿐이야. 설령 형님이 내게 공작 자리를 주신다고 하더라도 난 그대로 네게 물려줄 생각이란다."

"그걸 어떻게 믿어요!"

"각서라도 써 주마."

칼리언의 말에 알레이나의 입이 그대로 다물렸다. 칼리언이 그녀를 보며 부드럽게 웃었다.

"네가 원하는 걸 내가 주지 않은 적이 있었니?"

알레이나는 그 말에 대꾸할 수가 없었다. 사실상 아비도 아닌 숙부에게 무언가 사 달라 조른 적도 많지 않았지만, 칼리언은 알레이나가 원하는 거라면 무엇이든 해 주려 애쓰는 사람이었다.

알레이나의 기세가 수그러들자 칼리언은 그제야 조금 안심한 듯했다.

"너만 원한다면, 지금 당장 각서를 써서 폐하께 공인을 받을 수도 있단다. 다만 지금은 형님이 투옥된 상황이야. 형님뿐 아니라 다른 이들마저 엮여 들어갈 수도 있지. 지금은 몸을 사릴 때야. 아무것도 모르는 순진한 영애처럼 굴어야 한다."

"……."

"네 아버지가 널 얼마나 사랑하는지 알잖니. 널 위험하게 두는 건 네 아버지도 원하지 않는단다."

칼리언의 목소리는 진심인 양 곧았다. 적어도 조카의 작위를 빼앗으려는 숙부나 형을 도와 모종의 음모를 꾸미는 이로는 보이지 않을 정도는 되었다. 그러나 그 내용은 얼마나 말도 안 되는 것인가.

"절 사랑한다는 사람이 그런 짓을 해요?"

"알레이나."

"황제 폐하가 아버지 자식이라면서요. 어떻게 피 섞인 자식들을 결혼시키려 하냐고요."

분통을 터뜨리는 알레이나를 보며, 칼리언은 잠시 입을 다물었다. 형의 당부가 떠오르는 탓이었다.

'그 애의 말을 믿지 말아라. 행여 쓸데없이 자극해서도 안 된다.'

제 행동을 아비에게 뒤집어씌우는 것을 보면 부끄러움은 아는 듯하니 그나마 다행일까. 칼리언은 내심 안도하며 부드럽게 웃었다.

"일단 방으로 돌아가렴."

"……집무실에 들어가야겠어요."

"혹 이 안에 찾는 물건이라도 있니?"

직설적인 물음에 알레이나가 멈칫했다. 그러나 그것도 잠깐, 이내 고개를 빳빳이 들고 물었다.

"그러는 숙부님이야말로, 저 안에 숨겨 둔 물건이라도 있나요?"

꼭 닮은 두 쌍의 눈이 서로를 주시했다. 꿍꿍이를 찾아내려는 듯 집요한 시선이었다. 칼리언은 말없이 집무실의 문을 열었다.

"함께 차라도 마시자꾸나."

"……."

"어서 들어오렴."

칼리언의 말에 알레이나는 대답 없이 열린 문 안쪽으로 발을 들였다.

집무실은 어릴 때와 달라진 것 없는 모습이었다. 알레이나는 칼리언의 맞은편에 앉아 집무실을 찬찬히 둘러보았다. 칼리언은 모른 척 설렁줄을 당겨 사용인을 불렀다. 하녀가 차를 가져올 때까지 두 사람은 말이 없었다.

"무엇을 찾고 있는지 내게 말해 줄 수 있겠니?"

길지 않은 침묵을 깬 것은 칼리언 쪽이었다. 그는 머뭇거리는 조카를 퍽 사랑스럽게 바라보았다.

"내게 말하고 싶지 않다면 어쩔 수 없겠지만……. 혹시나 도움이 될 수도 있잖니."

"……별일 아니에요."

"그래."

칼리언은 대수롭지 않게 대답하곤 찻잔을 들었다.

"뭐가 필요한지는 몰라도, 네가 원하는 걸 주지 않을 수는 없지."

"……."

"보지 않을 테니 찾아보렴. 필요한 게 있다면 말하고."

칼리언은 집무실 책상을 등진 채 말했다. 알레이나는 가득 찬 찻잔을 쳐다보지도 않고 몸을 일으켰다. 저벅. 저벅. 서류가 어지러이 널브러진 책상 앞에 멈춰 섰지만 칼리언은 돌아보지 않았다.

"……기왕 그리로 갔으니, 다음 달 예산안을 가져다주겠니? 할 일이 없어 심심하구나."

알레이나는 말없이 서류 더미를 뒤적였다. 제도로 돌아온 후 집무실에 출입하진 못했지만, 아비가 어떤 서류를 어느 위치에 두는지 정도야 기억하고 있었다.

"여기요. 검토에 참고하시라고 최근 3년 것도 같이 가져왔어요."

"고맙구나."

그 후로는 침묵만이 맴돌았다. 간간이 큰소리가 났지만 칼리언은 끝내 뒤를 돌아보지 않았다.

* * *

장미 궁으로 돌아와 몸을 씻는 내내 테네르는 생각에 잠겨 있었다. 하나는 레온하르트를 둘러싼 소문 때문이었고, 다른 하나는 그가 해 준 말 때문이었다.

'고작 척을 지지 않겠다는 말을 하러 황궁에 왔을 리 없는데.'

공작이 준반역으로 지하 감옥에 구금된 상황이었다. 거기다 근위대에 잡혀가면서 자신이 황제의 친부라는 말도 안 되는 소리를 늘어놓지 않았던가. 제도의 온 시선이 그 일가를 향하고 있을 텐데, 남의 눈에 띌 위험을 감수하면서까지 몰래 황궁에 숨어들어 와 고작 그런 이야기만 한단 말인가.

'거기다 난 왜?'

더 알 수 없는 건, 그녀가 자신을 따로 만나고 싶어 한다는 사실이었다.

선황이 임종을 맞기 전, 몇 번을 다가가도 자신을 본체만체하던 사람이었다. 억지로 다가가 말을 걸고 나면 알레이나는 몇 마디 받아 주다가 돌연 자신을 빤히 보곤 했다.

'할 말은 그게 단가요?'

싸늘한 목소리에 지레 겁을 먹고 그 자리를 뜬 것이 몇 번이던가. 테네르는 그녀가 자신을 좋아하지 않는다고 확신하고 있었다. 알레이나가 먼저 사냥을 가자고 제안했을 때 잘못 들은 게 아닌가 싶었을 정도로.

레온하르트와 다시 만난 후 그녀가 자신을 싫어하지 않는다는 말을 들었으나, 테네르는 그것이 호감이라 생각한 적이 없었다. 싫어하지 않는다는 말이 곧 좋아한다는 말은 아니지 않은가.

테네르는 그것이 자신이 로라에게 품었던 것과 비슷한 종류의 감정이라고 여겼다. 귀찮고 번거롭지만, 눈앞의 불행을 묵인하고 싶지는 않고, 그렇다고 구태여 가까이하고 싶지도 않은 그런 감정. 자신을 싫어하지 않는다는 말은 그저 황후의 자리를 빼앗은 것을 너그럽게 이해한다는 의미로 받아들였었다.

'하지만 살바토르 공작이 정말로 조시를 해치려고 한 거라면⋯⋯.'

그렇다면 그 딸인 알레이나의 온전한 결백을 어떻게 확신한단 말인가. 여러 방향으로 생각해 보려 했지만 어느 쪽이든 금방 막다른 길에 다다르는 느낌이었다. 무언가를 숨기는 듯하던 레온하르트의 모습 때문이었다.

'내가 미덥지 못한 건가.'

문득 드는 생각에 테네르는 멈칫했다. 몸을 주무르던 시녀가 불편한 기색을 기민하게 알아차리고 하던 일을 멈추었다.

"황후 폐하, 혹시 불편하신가요?"

너무도 당연하다는 듯 제게 황후라 부르는 이들이었다. 그러나 테네르는 어쩐지 그 호칭이 낯설게 느껴졌다. 자신이 정말로 황후라면 말해 주지 못할 말이 어디에 있단 말인가.

"⋯⋯아니야. 잠깐 다른 생각을 하느라."

테네르가 익숙하게 입꼬리를 올리자, 시녀는 다시금 그녀의 몸을 정성스레 마사지하기 시작했다. 네 사람이 들어가도 남을 법한 커다란 욕조와 깍듯한 사용인들. 다시 익숙해져야 할 것들이 왜 낯설게만 느껴지는지.

* * *

목욕을 끝낸 테네르는 곧바로 조슈아를 찾았다. 사람을 좋아하는 아이는 유모 또한 금방 좋아하게 된 모양이었다. 방문을 완전히 열기도 전에 까르르 웃음소리가 들려왔다.

"우리 황자 전하 어디 계실까? 어디로 가셨지?"

"까아."

까꿍 놀이를 하던 게 엊그제 같은데 이젠 숨바꼭질도 하는 모양이었다. 인기척을 느낀 로라가 고개를 돌렸다.

"어머, 황후 폐하 오셨어요?"

"엄마!"

"앗, 황자 전하 찾았다!"

엄마의 모습을 본 조슈아가 고개를 빼꼼 내밀자, 로라는 기다렸다는 듯 소리쳤다. 아이는 까르르 웃으며 커튼 뒤로 다시 몸을 숨겼다. 그래 봤자 커튼을 움켜쥔 손과 그 아래로 삐져나온 발이 적나라하게 보였기에, 테네르는 고민하던 것도 잊고 작게 웃고 말았다.

"으음, 방금 목소리가 들렸는데. 황후 폐하, 우리 황자 전하 어디 계신지 못 보셨나요?"

"그러게요. 나도 아까 본 것 같은데, 워낙 감쪽같이 숨어서 어디로 갔는지⋯⋯."

테네르는 로라에게 장단을 맞추며 주위를 두리번거렸다. 얼른 찾아 달라는 듯 또다시 고개를 내민 아이는 눈이 마주치자 까르르 웃은 후 다시 얼굴을 숨겼다.

로라는 여전히 주변을 이리저리 살피며 조슈아가 숨은 커튼 쪽으로 다가갔다. 한참을 두리번거리던 그녀는 아이가 호기심을 이기지 못하고 얼굴을 보이자 얼른 껴안았다.

"찾았다!"

"까아!"

로라는 얼른 아이에게 간지럼을 태웠다. 까르르 웃으며 몸을 비틀던 조

슈아는 얼른 엄마에게 달려와 안겼다. 테네르는 아이를 안은 채 몸을 일으
켰다.

"오늘도 고생 많았어요. 힘들진 않나요?"

"전혀요. 얼마나 순하신지⋯⋯."

로라는 손사래를 치며 대답했다.

"처음엔 낯을 조금 가리시는 것 같던데, 원체 정이 많은 분이라서요. 아까
책상 모서리에 부딪혔더니 와서 토닥여 주시더라고요."

"저런, 다치진 않았나요?"

"조금 빨개지긴 했었는데, 우리 황자 전하께서 호오 해 주시니 금방 나았
어요. 그렇죠?"

로라가 웃으며 말하자, 조슈아는 그녀를 보며 까르르 웃었다. 로라는 한참
동안 아이에게 손장난을 쳐 주다가 슬쩍 고개를 들었다.

"폐하와 이야기해 보셨나요?"

"네."

테네르는 고개를 끄덕였지만, 자세한 내용을 말해 주지는 않았다. 로라 또
한 테네르가 자신을 완전히 믿어서 데려온 게 아니라는 걸 알기에 새삼 서운
한 기색을 보이지는 않았다.

"어차피 헛소문일 테니 금방 가라앉을 거예요. 저도 소문을 빨리 가라앉힐
방법을 생각해 볼 테니, 너무 걱정 마세요."

"고마워요."

테네르는 고개를 끄덕였지만, 그녀의 도움이 필요하리라 생각지는 않았
다. 자신의 말을 증명해야 하는 건 공작 쪽이지 이쪽이 아니었다. 궁지에
몰린 이가 아무렇게나 내뱉은 수작질이니 제대로 된 증거가 있을 리도 만무
했다.

"⋯⋯그보다 로라, 살바토르 영애가 날 만나고 싶어 한다는데⋯⋯. 왜일
까요?"

로라의 도움이 필요하다면 차라리 이런 쪽이었다. 그녀 입으로 직접 말하지 않았던가. 알레이나와 가까이 지냈으니 분명 도움이 될 거라고.

"그건…… 저도 잘 모르겠어요."

로라가 슬쩍 눈치를 살폈다.

"살바토르 공작과 관련하여 도움을 청하려는 게 아닐까요? 공작이 그런 소리를 한 이상 이제 황후가 되는 건 글렀으니……. 아니, 그런 소리를 하지 않았더라도 그 사람이 황후가 될 리는 없겠지만요. 어쨌든…… 모른 척 황후 폐하께 눈도장을 찍으려는 걸지도 몰라요."

"공작이 황자를 해치려고 했는데, 공녀는 그 일과 아무런 연관이 없는 걸까요?"

"음……. 죄송해요."

잘 모르겠다는 의미였다. 하기야 로라가 알고 있는 건 과거의 알레이나이니, 지금 그녀가 무슨 생각을 하는지 추측하기는 어려우리라.

"내가 제도를 떠난 후 공녀가 뭘 했는지 알고 있나요?"

"초반에는 다른 사람이 된 것처럼 한동안 칩거했는데, 어느 순간부터 파티에도 자주 참여하고, 원래 친우들과도 자주 어울리고……. 사냥을 하지 않는 걸 빼면 전과 다를 바 없었어요. 간간이 황제 폐하를 따로 알현하기도 했고요."

"폐하와 다시 약혼할 거란 밀은 공녀가 직접 한 건가요?"

"확실하게 말하진 않았지만 늘 그런 뉘앙스였어요. 자기보다 황후에 어울리는 사람 있으면 나와 보라는 식으로요. 폐하께서도 파티가 있을 때면 항상…… 그 사람과 첫 춤을 췄고요."

마지막 말을 하며 로라의 목소리는 점점 작아졌다. 테네르는 표정을 굳히지 않기 위해 애써야 했다. 그러나 불편한 기색이 티가 났는지 로라는 얼른 다시 입을 열었다.

"그, 그래도 끝내 약혼하지 않으셨잖아요. 사실 폐하와 살바토르 영애는 약혼했을 때도 연인이라기보다는 꼭 사업 파트너 같았어요. 왜, 그런 거 있잖아요. 사랑과 결혼이 별개인 정석적인 정략결혼. 황후 폐하를 대할 때와는 눈빛부터 달랐다니까요."

자신과 레온하르트 또한 사랑해서 결혼했던 건 아니지만, 테네르는 굳이 대꾸하지 않았다.

"그리고요. 혹시 눈에 띄는 점은 없었나요?"

"그 외에 딱히 특별한 건 없었지만……. 저, 혹시 살바토르 영애가 제도를 떠나기 전 이야기도 괜찮을까요?"

조심스러운 물음은 의외의 것이었다. 테네르가 천천히 고개를 끄덕이자, 로라는 조금 머뭇거리다 입을 열었다.

"황후 폐하께서도 아시겠지만, 전 항상 살바토르 영애를 따라다녔거든요. 황후 폐하께서 영애에게…… 자주 다가오시는 것도 봤고."

로라는 돌려 말했지만, 그녀의 말에 테네르는 속절없이 얼굴이 붉어졌다. 늘 자신을 본체만체하던 사람에게 한마디 말이라도 붙여 보려고 애쓰던 옛일이 떠오른 탓이었다.

"……민망하네요. 내가 늘 공녀에게 귀찮게 굴었으니."

"그게…… 저도 처음엔 그렇게 생각했어요."

로라의 말에 테네르는 무슨 말이냐는 듯 그녀를 보았다.

"처음엔 저도 공녀가 황후 폐하를 별로 좋아하지 않는다고 생각했거든요. 그런데 황후 폐하께서 이야기를 마치고 다른 곳으로 가시면 항상 그쪽을 쳐다보고 있는 거예요."

"……네?"

테네르는 깜짝 놀라 눈을 동그랗게 떴다. 로라가 말을 이었다.

"그리고 파티장에서 황후 폐하께서 좀 멀리 떨어져 계실 때는 일부러 그 근처로 자리를 옮긴 적도 있었고요. 그러니까 제가 볼 때는……."

로라는 하던 말을 멈추고 조금 머뭇거렸다.

"꼭 황후 폐하께서 말을 걸어 주시길 기다리는 것 같았어요."

* * *

집무실에서는 아무것도 찾을 수가 없었다.

방으로 돌아온 알레이나는 개인 서재에 앉아 있었다. 황제에게 전달할 밀서를 작성한 그녀는 손끝으로 책상 위를 톡톡 두드렸다.

"집무실에는 없다는 건가?"

알레이나가 집무실을 눈여겨본 것은 이번이 처음이 아니었다. 제도로 돌아온 후, 살바토르 공작은 알레이나가 혼자 집무실에 있도록 내버려 둔 적이 없었다. 꼭 그녀가 집무실을 뒤져 볼 거라 예상하듯이.

"집무실 쪽으로 시선을 끌기 위해 일부러 그랬던 거라든가……."

혹 생각지도 못한 곳에 둔 것은 아닌가. 땅에 묻었다든가, 저택이 아닌 영지에 두었다든가, 혹은 그 증거라는 게 어디에도 없다든가.

'하지만 숙부님이 아버질 만나고 왔다고 했는데.'

뱀 같은 아비가 제 동생에게 무슨 말을 지껄였을까. 소가주직까지 자신이 아닌 그에게 내어 준 것을 보면, 지금껏 말을 듣지 않은 자신은 버리는 패로 삼았다는 의미이리라.

'날 또 그곳으로 보내려고 할까.'

알레이나는 작게 입술을 물었다. 쓸모없어진 자신을 버리려고 할까. 어떻게든 풀려 나와서 자신을 밑바닥으로 떨어뜨리려고 할까. 차라리 칼리언에게 모든 것을 털어놓는다면…….

'……아냐.'

칼리언은 알레이나를 각별히 아꼈지만, 그것은 그녀가 형인 아이작 살바토르의 딸이기 때문이었다. 형과 조카, 둘 중 하나를 택한다면 전자를 고르는 게 당연하지 않은가.

'집무실에 한 번 더 가 봐야겠어.'

한번 뒤져 보기야 했지만, 행여 비밀 공간이 있을지도 모르지 않나. 이를 테면 칼리언이 앉아 있던 의자 아래라든가.

알레이나는 서신을 정리한 후 몸을 일으켰다. 하녀도 잠을 청하러 간 야심한 시각이었다. 집무실 앞에 호위를 세워 둔 것도 아닐 테니, 어쩌면 어렵지 않게 들어갈 수 있을지도 몰랐다.

어두운 복도에는 아무도 없었다. 알레이나는 나이트가운을 꼭 여미곤 천천히 발을 옮겼다. 그런데 왜 계단 아래에서 희미한 빛이 느껴지는 것인지.

"너무 염려 마십시오."

"우리가 압력을 넣으면 폐하라 하더라도……."

조용히 들려오는 목소리에 알레이나는 몸을 낮춘 후 계단 난간 사이로 고개를 내밀었다. 낯익은 얼굴의 귀족들이 수군거리며 응접실로 들어가고 있었다.

* * *

드레스를 맞추기 위해 온 디자이너는 낯익은 얼굴이었다. 그녀는 테네르의 첫 결혼식 드레스를 만든 사람이기도 했는데, 웨딩드레스뿐 아니라 황궁에서 입던 옷들 전부가 그녀의 손을 거쳤다고 해도 과언이 아니었다.

테네르는 카탈로그를 찬찬히 들여다보았다. 사교계의 유행은 주기적으로 바뀌는지라, 카탈로그에 그려진 옷 몇 개가 테네르가 알던 것과 상당히 다른 느낌이었다. 리본이나 꽃 같은 장식보다는 레이스를 많이 사용하는 듯했고, 길게 늘어진 소매 대신 손목, 혹은 팔뚝까지 감싸는 장갑이 쓰이는 듯했다.

"이거 예쁘지 않나요? 이것도 어울리실 것 같은데."

로라는 들뜬 얼굴로 재잘거렸다. 그녀는 비싼 레이스 천이 듬뿍 쓰인 웨딩드레스를 보며 제 결혼식인 양 신나는 기색이었다.

"이건 노출이 과하지 않나요? 차라리 이쪽이……."

"에이, 이건 부해 보일 거예요. 노출이 부담스러우시면 이쪽이 낫지 않을까요? 이런 식으로 꽃을 달아도 좋고요."

"꽃은 유행이 지난 것 같은데."

"유행이 뭐 별건가요? 황후 폐하께서 하시면 그게 유행이 되는 거죠."

듣고 보니 맞는 말이라, 테네르는 저도 모르게 고개를 끄덕였다. 로라는 팔을 휘젓는 조슈아를 달래 주고는 다시 카탈로그를 들여다보았다.

"거기다 두 번째 결혼식이니, 첫 번째보다 더 화려하게 하셔야 하잖아요. 여기다 보석도 달고, 그리고……."

"테네르."

문 사이로 문득 들려온 목소리에 테네르와 로라는 동시에 고개를 들었다. 그 자리에 있는 것은 다름 아닌 레온하르트였다. 품에는 커다란 꽃다발이 안겨 있는 채였다.

"폐하."

테네르는 카탈로그를 내려놓고 천천히 자리에서 일어나 인사했다.

"바쁘실 텐데……. 어쩐 일이신가요?"

"보고 싶어서 왔습니다."

그 말에 로라가 어머, 하고 입을 가렸다. 소파에서 내려온 조슈아는 우다다 달려가 아빠의 다리를 껴안았다. 까르르 웃음소리가 들려왔다.

"수고 많았네. 황자는 내가 데리고 있을 테니, 유모는 잠깐 쉬도록 하게."

레온하르트는 아이를 번쩍 안아 들며 말했다. 로라는 얼른 인사하곤 후다닥 방을 나갔다.

"드레스는 고르셨습니까?"

레온하르트는 로라가 사라진 방향은 쳐다보지도 않고 테네르의 옆자리에 몸을 붙이고 앉았다. 테네르는 고개를 저었다.

"고르고 있었습니다. 디자이너가 실력이 좋은 것도 문제인 듯해요."

황후의 칭찬에 디자이너는 황송한 듯 머리를 조아렸다. 레온하르트는 고개를 끄덕이곤 카탈로그를 훑어보았다.

"이건 너무 수수한 듯하고."

"장식을 넣으면 괜찮지 않을까요? 이쯤에 코르사주를 달아도 괜찮을 것 같은데."

테네르는 황후의 결혼식 드레스가 수수해선 안 된다는 것을 알고 있었다. 비단 웨딩드레스뿐 아니라 황후가 걸치는 것 모두가 그 품격을 드러내어야 했다. 설령 편의를 위해 간편한 옷을 입더라도 그 재질부터가 달랐고, 하다못해 단추에 보석이라도 달기 마련이었다.

"몇 벌 입어 보고 결정해야 할 것 같은데, 샘플은 가져왔나?"

"물론입니다, 폐하."

레온하르트의 물음에 디자이너는 얼른 대답했다. 테네르가 카탈로그에 그려진 것 몇 개를 짚자, 조수들이 옷걸이에 걸려 있던 드레스들을 빠르게 찾아내어 대령했다.

"착의를 도와드리겠습니다."

조수들이 테네르를 탈의실로 이끌었다. 조슈아는 자리에서 일어나는 엄마를 보며 바동거렸지만, 레온하르트가 과자를 하나 쥐여 주자 금방 얌전해졌다.

"아빠, 이거. 까까."

"그래, 조시."

옷을 갈아입는 데에는 시간이 걸렸지만, 재롱을 부리는 아이가 있으니 퍽 심심하지는 않았다. 과자를 우물거리던 조슈아는 접시에 담긴 것을 하나 더 집어 아빠에게 건네었다. 먹으란다고 정말 먹어서 아이를 울린 전적이 있는지라, 레온하르트는 받아먹는 시늉만 했다. 그러나 조슈아는 그런 아빠가 못마땅한 듯 도리질했다.

"이이잉. 이거어."

앙탈을 하듯 칭얼대던 아이는 아빠의 입에다 기어이 과자를 밀어 넣었다. 행여 씹는 순간 또 울음을 터뜨릴까 걱정이 되었지만, 조슈아는 어쩐지 기대에 찬 눈으로 아빠를 보고 있었다.

"어머, 황자 전하, 폐하께 나눠 드리는 건가요?"

"어쩜 마음씨도 이렇게 착하실까."

다음 드레스를 준비하고 있던 조수 몇 명이 탄성을 질렀다. 제 아이 칭찬하면 저도 모르게 우쭐해지는 게 부모의 마음인지라, 레온하르트는 입꼬리가 주책맞게 올라가는 것을 꾹 참고 입을 움직였다. 조슈아는 아빠가 먹는 것을 보곤 손뼉을 치며 웃었다.

'……이제 울지 않나?'

건네는 걸 정말 먹었다고 울음을 터뜨린 게 엊그제 같은데, 이제는 손뼉까지 치며 기뻐하는 게 우습고도 기특했다. 가신들이 성군이라며 입바른 소리를 할 때도 이렇게 뿌듯진 않았는데…….

"폐하, 황후께서 착의를 마치셨습니다."

"테네르. 조슈아가 지금……."

레온하르트는 아이의 기특한 행동을 어서 알려 주기 위해 고개를 들었다. 그러나 그의 말은 이어지지 않았다. 옷을 갈아입고 나온 테네르 때문이었다.

착의를 마친 테네르는 어색함을 감추려는 듯 짐짓 태연한 얼굴이었다.

어깨와 쇄골을 드러낸 새하얀 드레스는 섬세한 레이스로 짜여 있어 밋밋하지 않으면서도 우아해 보였고, 가느다란 허리 아래 풍성한 셔링이 잡힌 치마는 몸을 움직일 때마다 꽃잎처럼 나풀거렸다. 그녀가 레온하르트 쪽으로 발을 옮기자 불빛을 받은 비딩 장식이 눈부시게 빛났다. 조슈아기 까르르 웃으며 손뼉을 쳤다.

"……이상한가요?"

넋을 놓고 있던 레온하르트는 조심스럽게 들려온 물음에 그제야 정신을 차렸다. 한참 동안 입술을 뻐끔거리던 그는 간신히 내뱉었다.

"아름답습니다, 정말로……."

온갖 찬사와 미사여구로 치장한 말을 건네도 모자랄 판에, 나오는 말이란게 고작 이런 꼴이었다. 그러나 어떤 말을 꺼냈더라도 전하려는 의미는 같지 않은가. 눈앞의 그녀는 지나치게 아름다웠고, 그 앞에서 자신은 꼭 첫사랑을 경험하는 어설픈 소년이 된 느낌이었으니.

"감사합니다."

테네르는 언제나와 같은 미소를 지으며 짧게 대답했다. 거울을 보며 디자이너와 무어라 이야기를 주고받던 그녀는 이내 다른 드레스를 입어 보기 위해 다시 탈의실로 향했다.

"폐하. 차가운 음료를 한 잔 드릴까요?"

시녀가 조심스레 물었다. 아직 날이 완전히 풀리지 않은지라 의아한 제안이었다. 그러나 거울에 비친 제 모습을 본 순간, 레온하르트는 시녀가 왜 갑자기 그런 말을 꺼냈는지 대번에 알아차리고야 말았다.

"그래. 조금…… 덥구나."

레온하르트가 대답하자, 시녀는 머리를 조아리고는 얼음을 띄운 레몬차를 가져다주었다. 아이는 아빠의 붉어진 얼굴이 신기한 듯 눈을 동그랗게 뜨고 관찰했다. 차가운 차를 몇 모금 마시자 홧홧한 얼굴이 그제야 조금 가라앉는 것 같았다.

다음 드레스는 꽃 모양 레이스가 가슴에서부터 허리를 감싸고 내려오는 디자인이었다. 몸에 달라붙는 머메이드 라인이라 몸의 굴곡이 그대로 드러나기도 했다.

"이런 건 어떤가요? 이쯤에 진주 장식을 달아도 괜찮을 것 같은데."

"이쪽도 아름답습니다."

옷은 달라졌지만 어째 나오는 말은 똑같았다. 할 줄 아는 말이 이것뿐이란 말인가. 좀 더 경탄을 담을 수 있지 않나. 하다못해 어디가 어떻게 아름답다고 구체적으로 말할 수도 있을 텐데.

하지만 뭘 입어도 아름다운 걸 어쩌란 말인가. 셔링이 잡힌 풍성한 드레스는 정석처럼 우아했고, 라인이 드러나는 드레스는 지나치게 고혹적이었다. 소매를 부풀린 드레스는 고풍스러웠고, 치마가 허리 아래로 자연스럽게 떨어지는 드레스는 백합처럼 청초했다.

"폐하께선 어떤 게 가장 마음에 드셨나요?"

테네르는 일곱 벌의 드레스를 입어 본 후 얼른 조슈아를 안았다. 잠깐 떨어졌던 아이가 보고 싶기라도 했던 양 입을 맞추기도 했다. 레온하르트는 그 모습을 빠뜨리지 않으려는 듯 눈에 담았다. 어디 드레스뿐인가. 평상복을 입은 모습도 이토록 아름답고 사랑스러운 것을.

"결혼식을…… 일곱 번 하는 건 어떨까요."

무심결에 내뱉은 말에 테네르의 눈이 동그래졌다. 주변에 서 있던 이들이 저도 모르게 웃음을 터뜨렸다.

"……그대가 뭘 입어도 아름다우니 고르기가 어렵지 않습니까."

"아……."

그러나 정작 테네르는 다른 이들처럼 웃지 않았다. 그저 놀란 얼굴을 갈무리한 후 어색하게 입꼬리를 올릴 뿐이었다.

"……감사합니다."

낯선 모습은 아니었다. 그 오두막에서도 이러지 않았던가. 사랑한다는 말에 못 들을 이야기라도 들은 양 표정을 굳히고, 이내 억지스러운 미소를 지었었지. 꼭 제 고백에 거부감을 느끼기라도 하듯이.

성급하게 굴지 말자고 몇 번이고 다짐했으면서도, 이런 모습을 볼 때마다 괜한 조바심이 이는 건 어쩔 수 없었다.

행여 시간이 지나도 달라지지 않으면 어쩌나. 제 사랑을 믿어 주지 않고 거북해하고, 몸은 곁에 있으면서도 마음으로는 떠나고 싶다는 생각을 품고 있다면. 버티고, 버티고 또 버티다가 결국 견디지 못하고 도망치려고 한다면.

제 마음을 조금만 일찍 깨달았어도 일어나지 않을 일이었다. 홀대받던 어미를 모른 척한 조부가 원망스러워 허세를 부리지만 않았어도, 아비의 망령에 휘둘려 제 마음을 부정하지만 않았어도 이렇게 불안할 일은 없었을 터였다.

잃어버린 것들은 너무도 까마득했다. 되찾아 오리라 결심했지만, 시간이 지날수록 막막하기만 했다. 언제나 미소 짓고 있으니 기뻐하던 것들을 해 주어도 기쁜지 아닌지 알 수 없었고, 설령 그녀가 기쁘다고 말하더라도 그것이 진심인지 아닌지 알 수 없었다.

"폐하께서 고르기 어려우시다면 디자이너와 상의하여 결정하도록 하겠습니다."

테네르는 공손하게 말했다. 이상한 낌새를 눈치챈 건 레온하르트뿐만이 아닌 듯했다. 두 사람을 보며 웃고 있던 디자이너와 조수들이 서로의 눈치를 살폈다.

"그, 그래도 결혼식 드레스인데, 폐하께서 바쁘지 않으시다면 직접 골라 주시는 것도……."

"고르기 어려우시다면 하나씩 빼 보시는 건 어떠신가요?"

"아아."

안달복달하는 디자이너의 말을 들은 레온하르트는 대수롭지 않은 척 입을 열었다.

"그럼 세 번째는 첫 번째 결혼식에서와 비슷한 디자인이니 빼는 게 어떻겠습니까?"

"예, 폐하."

"다섯 번째와 여섯 번째는 장식을 추가해도 수수할 듯하니 제하고."

"네."

레온하르트가 몇 가지 의견을 제시했고, 테네르는 묵묵히 고개를 끄덕였다. 다른 생각에 잠기기라도 한 듯한 모양새였다. 그녀의 모습을 흘깃 본 레온하르트가 잠시 침묵하다가 입을 열었다.

"일곱 번째는 품이 넓어 내가 입어도 될 듯한데, 어떠십니까?"

"네, 그것도 괜찮……. 네?"

무심코 대답하던 테네르는 뒤늦게 화들짝 놀라 고개를 들었다. 옅은 보랏 빛 눈이 동그래진 것을 보며 레온하르트는 부드럽게 웃었다.

"집중하셔야죠."

"아……."

테네르는 민망한 듯 고개를 돌렸다.

"송구합니다. 제가…… 잠깐 다른 생각을 하느라."

"잠은 제대로 주무셨습니까?"

"그게……."

테네르는 주변에 서 있는 이들을 흘깃 보고는 입을 열었다.

"결혼식 드레스를 맞춘다고 생각하니 들떠서요. 잠을 좀 설쳤습니다."

주위의 시선을 다분히 의식한 말이었다. 행여 황후가 황제를 냉랭히 대한다는 말이 돌기를 바라지 않기 때문이었다.

"식장의 샹들리에가 화려하니, 처음 입은 것도 괜찮을 것 같습니다."

테네르가 웃으며 말하자, 디자이너는 기다렸다는 듯 그녀의 선택을 추켜세웠다. 비딩 장식이 불빛을 받으면 더욱 화려하게 빛날 거라는 말과 함께였다.

드레스를 결정하고 나니 다음 진행은 훨씬 수월해졌다. 액세서리와 면사포, 부케, 웨딩 슈즈는 드레스와 어울리는 것들로 골랐기 때문이었다.

보좌관 델루스가 황급히 들이닥친 것은 두 사람이 피로연 드레스를 고르기 시작할 때쯤이었다. 얼굴이 하얘진 그는 열린 문을 붙잡고 헐떡거렸다.

"폐하, 자, 잠시 와 보셔야 할 것 같습니다."

"오늘은 일정이 있다고 분명 말했을 텐데."

레온하르트가 눈썹을 가볍게 찡그렸다.

"송구합니다, 폐하. 사안이 시급한지라……."

델루스는 테네르에게 양해를 구하듯 머리를 숙이고는 레온하르트에게 무어라 귀엣말했다. 미려한 얼굴이 그의 말에 와작 일그러졌다.

"……급한 일인 듯한데, 어서 가 보세요, 폐하."

심상찮은 기색을 느낀 테네르가 얼른 말했다. 레온하르트는 짧은 한숨을 내쉬었다.

"아직 피로연 드레스를 고르지 못했는데요."

"지금껏 함께 봐 주신 것만으로도 기쁜걸요. 나머지는 로라 양과 함께 보면 될 것 같습니다."

테니르는 부드럽게 웃으며 말했다. 레온하르트는 여전히 탐탁잖은 기색이었지만 결국은 고개를 끄덕였다.

* * *

피로연 드레스까지 고르고 나니 벌써 날이 어둑해졌다. 몇 벌의 드레스를 입었다 벗었다 하는 것도 꽤 피곤한 일이었다.

"우선 결혼식과 피로연에서 입을 드레스를 모두 결정하셨으니, 평상복과 연회용 드레스는 조만간 샘플을 가지고 다시 방문하도록 하겠습니다."

디자이너와 그 보조들은 정중히 인사하고 방을 나갔다. 테네르는 기진맥진하여 소파에서 잠깐 휴식을 취했다.

"……피곤하시죠?"

"조금요."

테네르는 등받이에 등을 기댄 채 눈을 감았다.

'참았어야 했는데…….'

시시때때로 제 마음 흔들려는 듯 달게 굴면서 정작 중요한 이야기는 해 주지 않는 게 서운하기라도 했나.

그래도 그런 식으로 티 내지는 말았어야 했다. 다른 이들의 앞이었고 아이가 보는 앞이었다. 거기다 단둘이 있었다고 한들 자신은 그의 아량에 기대는 처지가 아니던가. 관대한 사람이라 할지라도 주제넘게 굴어서는 안 되는 건데.

"……황자를 데리고 오라버니에게 가 보려고 하는데, 같이 갈래요?"

에리히는 아직 침상에서 일어나지 못했다. 본인은 멀쩡하다고 주장하고 있으나, 궁의가 적어도 두 주 정도는 얌전히 누워 있으라고 말했기 때문이었다. 덕분에 전날 레온하르트와 함께 찾아갔을 때도 좀이 쑤신다며 야단법석이었다.

로라가 고개를 끄덕이자, 테네르는 자리에서 일어나 문을 열었다. 오라비의 방에 도착할 때까지 그녀는 아무 말도 하지 않았다.

* * *

제도에 온 지 며칠이나 되었다고, 에리히는 하루가 다르게 혈색이 좋아지고 있었다. 그는 테네르가 들어오자마자 읽던 신문을 내려놓고 반겨 주었다.

"왔나?"

"삼쮼!"

조슈아는 까르르 웃으며 삼촌에게 달려갔다. 테네르는 얼른 아이를 제지했다.

"안 돼, 조시. 삼촌은 아직 몸이 안 좋으셔서."

"이이잉."

"괜찮아. 다 나았는데 뭐. 조시, 이리 와."

"하지만……."

"괜찮다니까."

에리히가 재차 말하자, 테네르는 아이를 침대에 올려 주었다. 에리히는 상체를 반쯤 일으키곤 팔을 벌렸다. 그러나 조슈아가 제 품에 돌진하자 억 소리를 내며 옆구리를 감싸 쥐었다.

"조시!"

"후작님!"

테네르와 로라는 동시에 비명을 질렀다. 테네르는 얼른 조슈아를 에리히에게서 떼어 놓았고, 로라는 상처를 살폈다.

"괜찮으세요, 오라버니? 궁의를……."

"됐어. 그냥 놀란 것뿐이라서. 애 놀란 거나 좀 달래 줘라."

테네르는 울상이 된 아이를 얼른 얼렀다. 궁의를 부르려고 했지만, 에리히가 만류했기에, 두 사람은 결국 의자에 몸을 붙이고 앉았다.

"오늘 드레스 맞췄다며?"

먼저 운을 뗀 것은 에리히 쪽이었다. 낮에 있었던 일을 벌써 전해 들었다니, 발 없는 말이 빠르기도 했다.

"궁내에 소문이 자자하더라. 폐하께서 장미 궁에 직접 가셨다며? 결혼식 일곱 번 한다는 건 또 무슨 소리야?"

"……."

퍼지는 말은 왜 또 그런 종류란 말인가. 아까는 무심히 넘긴 말인데 오라비의 입을 통해 들으니 새삼 낯이 뜨거워졌다.

"그냥……. 농담하신 거예요. 디자이너가 실력이 좋아서 고르기 힘들다는 의미로."

"어? 전 황후 폐하가 뭘 입어도 아름답다는 뜻에서 그렇게 말씀하셨다고 전해 들었는데……."

로라가 눈치 없이 끼어들자, 테네르의 입이 딱 다물렸다. 에리히가 붉어진 얼굴을 보며 낄낄거렸다.

"이거 봐. 딱 걸렸어. 너 지금 애 앞에서 거짓말하냐?"

"……그런 거 아니에요."

테네르는 멋쩍게 고개를 돌렸다. 침대 머리맡에 접힌 신문이 놓여 있는 게 눈에 들어왔다. 아주 가깝지는 않아서 내용을 볼 수는 없었지만, 살바토르 공작이라는 말이 쓰인 걸 보니 어떤 내용이 적혀 있을지는 어렴풋이 짐작이 갔다.

테네르의 시선이 닿는 곳을 알아챈 에리히는 대수롭지 않은 듯 신문을 들어 한쪽으로 던져 버렸다.

"참, 공작이 개소리를 지껄였다던데."

오늘의 날씨를 말하듯 가벼운 목소리였다. 테네르는 천천히 고개를 끄덕였고, 아이를 껴안은 로라가 작게 중얼거렸다.

"미친놈이에요, 정말."

"로라."

테네르가 아이를 흘깃 보며 읊조리자, 로라는 화들짝 놀라 제 입을 막았다. 조슈아는 내려 달라는 듯 바동거렸다. 유모의 품에서 내려온 아이는 삼촌의 방을 혼자 탐험하기 시작했고, 로라는 얼른 아이의 뒤를 따라갔다.

"……괜찮나?"

에리히가 작게 물었다. 테네르는 고개를 끄덕였다.

"어차피 금방 가라앉을 헛소문이잖아요."

"야, 근데 어쩌면……."

무언가 이야기하려던 에리히는 슬쩍 눈치를 보곤 입을 다물었다. 그러나 테네르는 그가 무슨 말을 하려는지 알 것 같았다.

"이전에 태후 폐하와 공작이 가까이 지냈던 일 때문에 그러세요?"

"아니, 뭐. 예비 사돈이었으니 가까이 지내는 거야 당연하겠지만."

에리히는 테네르가 처음 베아트리스와 가까이 지낼 때에 그녀가 살바토르 공작과 친밀한 사이였음을 알려 준 사람이었다. 근거가 아예 없는 소리가 아닐지도 모른다고 말하고 싶은 것이리라. 그러나 테네르는 고개를 저었다.

"그 말이 사실이라면 처음부터 공녀를 폐하와 약혼시켰을 리가 없잖아요."

"그렇긴 한데……. 구금되면서 그런 소리 지껄였다는 거 보면 보통 미친 놈은 아닌 것 같아서."

"……."

"뭐……. 폐하께서 다른 말씀은 없으셨지?"

"뭐라도 말씀해 주시면 좋을 텐데요. 도움이 필요하진 않은지, 제가 할 일은 없는지……."

그가 아무 말도 해 주지 않으니, 테네르는 꼭 자신이 쓸모없는 사람이 된 기분이었다. 하다못해 당장은 말하기가 어려우니 조금만 더 기다려 달라고 한다면 마음을 놓고 기다릴 텐데.

울적한 얼굴을 보며 에리히가 입을 열었다. 그가 막 위로의 말을 건네려던 순간이었다.

"저……. 생각해 봤는데요."

슬그머니 입을 연 것은 어느새 돌아온 로라 쪽이었다. 그녀가 슬쩍 테네르와 에리히의 눈치를 살폈다.

"……말해도 돼요?"

"그럼요."

"새로 황손을 보시는 건……. 어떠세요?"

조심스러운 말에 테네르와 에리히는 무슨 소리냐는 듯 동시에 그녀를 돌아보았다. 로라는 아이를 번쩍 안아 들고 말했다.

"저희 집 여섯째가 부모님을 하나도 안 닮았거든요. 그런데 돌아가신 할아버지랑 똑같이 생겼다는 거예요."

"……."

"그러니까 황제 폐하와의 사이에서 태어난 황손이 선황 폐하를 닮으시면……. 살바토르 공작이 아무리 그럴듯한 말을 지어내도 거짓이라는 게 증명되는 거잖아요?"

어째 말도 안 된다 싶으면서도 묘하게 그럴싸하게 느껴지는 의견이었다. 하기야 황궁에서 태어나지 않은 조슈아가 황자로 대우받는 데에 아무런 잡음이 없는 건 황제를 유달리 닮은 외모 때문이었으니. 그러니 레온하르트와의 사이에서 태어난 아이가 선황을 닮는다면, 그를 둘러싼 의혹 역시 금방 사그라들리라.

하지만 그렇다고 해서 로라의 말에 쉽게 고개를 끄덕일 수도 없었다.

"아니, 애는 오늘 만들면 내일 태어납니까?"

어처구니없다는 듯 입을 연 건 에리히 쪽이었다. 아직 식을 치르지 않은 건 둘째 치고, 지금 아이가 생긴다고 하더라도 태어나는 건 일 년 가까이 지나야 하지 않느냐는 거였다. 로라가 대꾸했다.

"그건 아니지만……. 사실 공작이 그럴듯한 증거를 가지고 있다고 해도 폐하께선 황실의 후계로 나고 자라신 분이잖아요. 이미 제위에 있는 분을 당장 몰아내려고 하지는 않을 것 같단 말이에요."

"그건 그렇지만."

"결국 공작은 귀족파에게 황권을 약화시킬 먹이를 던져 준 거고, 장기적인 문제가 될 것 같으니 폐하께서도 장기적인 방법을……. 황자님, 그거 지지예요, 지지."

주절주절 말하던 로라는 화병에서 떨어진 꽃잎을 입에 넣으려는 조슈아를 얼른 만류했다. 아이는 잇자국이 남은 꽃잎을 뱉어 내며 맛없다는 듯 얼굴을 찡그렸다. 가만히 있던 테네르가 입을 열었다.

"그런데…… 새로 태어날 황손이 누굴 닮을지는 아무도 모르는 거잖아요. 어쩌면 날 닮을 수도 있는 거고."

혹 대대로 다산을 했다는 로라의 가문은 조부를 닮은 아이를 낳는 비법이라도 있는 건가? 당당한 주장에 조금은 어처구니없는 생각마저 들었다. 물론, 그런 신묘한 비법이 있을 리 없었다.

로라는 손가락 다섯 개를 떡하니 펼쳤다.

"그러니까 한 다섯 분 정도 낳으시면……. 그중 한 분 정도는……."

"미안한데, 좀 돌았습니까?"

"……오라버니."

참다못한 에리히가 조금 언성을 높이자 테네르는 얼른 그를 만류했다. 에리히는 조슈아가 있는 것을 확인하고는 얼굴을 찌푸리며 목소리를 낮추었다.

"……지금 남의 동생에게 뭔 소릴 하는 겁니까? 애 낳는 게 그렇게 쉬우면 그쪽이 대신 낳든가."

"아니, 황후 폐하께서 버젓이 계신데 제가 황손을 왜 낳아요? 그리고 전…… 그냥 고민하시는 것 같아서 당장 생각나는 걸 말씀드린 것뿐이에요."

"아, 말도 안 되는 소리를 하니까 그렇지. 사람이 애 다섯을 어떻게 낳습니까?"

"왜 말이 안 돼요? 전 일곱 명 낳을 건데."

로라가 눈을 동그랗게 뜨며 대구하자, 에리히는 말문이 막힌 듯 입을 다물었다. 헤일 영지에서 봤던 그녀의 남매들을 떠올리니 할 말이 없어진 탓이었다.

"……어쨌든 고마워요, 로라. 폐하와 상의해 볼게요."

"야, 상의는 무슨……."

"조시도 동생이 있으면 좋을 것 같아서요."

테네르가 말하자 로라는 거 보라는 듯 에리히를 보았다. 에리히는 여전히 뭔가 마음에 들지 않는 듯 구시렁거렸다.

* * *

레온하르트는 굳은 얼굴로 신문을 펼쳐 보았다.

구금된 공작이 지껄인 말은 이미 많은 신문사에서 기사로 다루고 있었다. 황실과 우호적인 관계의 큰 신문사에서는 살바토르 공작의 준반역 혐의에 중점을 두고 있었지만, 귀족파를 뒷배로 둔 곳은 조금 달랐다. 얼핏 보기에는 중립적인 입장을 취하는 듯하면서도 공작이 어떤 주장을 하고 있는지를 지나치게 상세하게 다루고 있었다.

거기다 보좌관이 사색이 되어 가져다준 신문에는 단독으로 입수했다는 태후의 편지에 대해 적혀 있었다. 고작 몇 구절이었지만, 이런 내용이 지면에 실린 것만으로도 파장이 적지 않을 터였다. 아마 제도 밖으로 퍼져 나가는 것도 시간문제겠지.

'귀족파가 움직이는 모양이군.'

귀족의 권력과 품위는 황실에서 내어 준다고 하나, 주어진 것 이상을 욕심내는 이들은 너무도 많았다. 특히나 젊은 나이에 황위에 오른 황제는 으레 반대파 귀족들의 견제를 받기 마련이었으니.

감옥에 있는 공작이 움직였을 리 없으므로 필시 그 측근의 소행이었다. 레온하르트는 공작의 면회인들 목록을 찬찬히 살폈다. 그의 동생인 스튜어트 자작과 귀족파의 귀족들. 그리고 목록에는 없지만…….

'알레이나 살바토르.'

무슨 이유에선지 여전히 이쪽에 협조한다고 했지만, 그녀는 아이작 살바토르의 딸이었다. 앞에서는 제 편인 척하면서도 뒤로는 몰래 증거물을 빼돌렸을지도 모를 일이었다. 아마 그녀가 알면 인간 불신이라며 펄펄 뛰겠지만, 이런 일이 벌어졌으니 어쩔 수 없지 않나.

"뒷배를 알아보게."

"예, 폐하."

"또한, 다른 신문사를 통해 공작의 망상증에 대해서도 언급하도록 하고."

레온하르트는 델루스에게 몇 가지를 지시한 후 한동안 생각에 잠겼다.

누구의 소행이든, 그쪽이 증거를 먼저 확보했다면 이쪽은 다른 대책을 세워야 했다. 필적감정인을 매수하고, 새로운 기사를 낼 것을 지시하고, 공작가와 그 측근을 감시할 인원을 늘리고.

땅거미가 지기 시작할 시간이 되어서야 레온하르트는 창밖을 내다보았다. 멀찍이 테네르가 머무는 장미 궁이 보였다.

'드레스는 다 맞췄을까.'

레온하르트는 불 켜진 장미 궁을 보며 낮의 일을 떠올렸다. 눈부시게 새하얀 드레스를 입은 테네르가 자신을 바라보던 모습을.

그녀를 보고 말문을 잃었던 건 비단 그 모습이 아름다워서만은 아니었다. 웨딩드레스를 입은 그녀를 보자 다시 결혼하는 것이 비로소 실감이 난 탓이었다. 이제 식을 치르고 나면 그녀는 다시 누구도 부정할 수 없는 제 부인이 된다는 사실이 괜히 벅차올라서.

하지만 정작 테네르의 반응은 어땠던가.

'송구합니다. 제가…… 잠깐 다른 생각을 하느라.'

레온하르트는 어색하던 웃음과 다른 생각에 잠긴 듯 멍한 얼굴을 떠올렸다. 그녀는 들떠서 잠을 설쳤다고 말했으나, 주위의 시선을 의식하여 둘러댄 말임을 모를 리 없었다.

'정말로 돌아가고 싶은 건가.'

그 모습을 떠올릴수록 레온하르트는 꼭 무뢰배가 된 기분이었다. 마치 원치 않는 결혼을 강제하는 것 같지 않은가. 그것도 아이를 인질로 삼아서.

'놓아줄 생각도 없으면서.'

곁에 묶어 두고 다시 자신을 사랑하게 만들 거라 결심해 놓고, 당치 않은 죄책감이 이는 게 우스웠다. 어차피 활짝 웃고 있었다고 한들 그 웃음이 진심이라 확신할 수도 없으면서.

생각에 잠긴 그를 깨운 것은 문득 들려오는 노크 소리였다. 문을 열고 들어온 시종이 머리를 조아렸다.

"폐하, 황후께서 뵙기를 청하십니다."

"황후께서?"

트라벨 영지에서의 그날 이후론 용건 없이 자신을 찾지 않던 사람이었다. 혹 자신이 잘못 들은 건 아닌가 싶어 되물었지만 시종은 부정하지 않고 머리를 조아렸다.

"예, 폐하. 차를 내어 올까요?"

"그래."

시종은 황제가 황후의 갑작스러운 방문을 거절하리라는 생각조차 하지 않는 듯했다. 레온하르트 또한 거절할 생각 따위는 없었지만.

레온하르트가 고개를 끄덕이자, 얼마 지나지 않아 테네르가 천천히 방으로 들어왔다. 그녀가 치마를 살짝 들어 올리며 공손히 인사했다.

"폐하를 뵙습니다."

"어서 들어오세요."

레온하르트는 얼른 테네르를 소파로 안내했다. 얼마 지나지 않아 시종이 차와 다과를 내어 왔다.

"어쩐 일이십니까?"

마주 앉아 대화를 나누다 자연스럽게 물어보려 했는데, 나오는 말이 어쩐지 전에 없이 다급했다. 레온하르트는 테네르가 놀란 눈을 동그랗게 뜨는 걸 보곤 얼른 덧붙였다.

"그대가 날 먼저 찾아 준 게 반가워서요."

"아아……."

테네르는 알겠다는 듯 고개를 끄덕였다. 어려운 이야기를 꺼내려는 듯 머뭇거리는 모습을 보며 레온하르트는 북부에서의 그녀를 떠올렸다. 아이를 품에 꼭 안은 채로, 보고 싶어서 왔다고 스스럼없이 말했었지. 제 눈치 살피지도 않고, 아랫사람처럼 공손히 굴지도 않고.

"여쭤보고 싶은 게 있어서 왔습니다."

그렇게 말하고 나서도 테네르는 찻잔의 손잡이를 만지작거리며 뜸을 들였다. 레온하르트는 어쩐지 조마조마한 심정으로 그녀가 입을 열기를 기다렸다. 한참을 망설이던 그녀가 조심스레 입술을 뗐다.

"식을 치르고 나면……. 새로 황손을 보실 마음이 있으신가 해서요."

"……예?"

레온하르트는 진심으로 당황하여 되물었다. 지금 무슨 말을 들은 건가. 아이를 더 낳자고? 갑자기?

정수리가 제 턱에 간신히 닿는 작은 사람에게 다시 산고를 겪게 하진 않으리라 결심한 게 무색하게도, 레온하르트는 테네르의 말에 자신이 꿈을 꾸는 건가 생각했다.

혹 다시 자신을 사랑하게 되었다는 말을 돌려서 하는 것은 아닌지, 사랑하지 않는다고 해 놓고 다시 말을 바꾸기가 민망해 저런 말을 하는 건 아닌지. 고작 저 한마디에 피어오르는 기대감이란.

"갑자기 왜……."

"아까 로라 양의 이야기를 들었는데, 아이가 대를 건너뛰어 조부모를 닮는 경우가 있다는 말을 들었습니다."

여전히 조심스러운 목소리에 레온하르트는 말문이 막혔다.

그래, 신경이 쓰이지 않는 게 이상한 일이었다. 더군다나 핏줄의 문제는 아이에게도 이어질 테니 서둘러 해결하고픈 마음이겠지.

레온하르트가 대답이 없자, 테네르는 어쩐지 민망한 듯 말을 이었다.

"꼭 그런 이유가 아니더라도, 황손이 많은 건 황실의 안정을 위해서라도 좋은 일이고……. 그리고 조시에게도 동생이 있으면 좋을 것 같아서요."

테네르가 말을 마쳤으나, 레온하르트는 차마 선뜻 그러자고 대답하지 못했다. 우선 그는 처음부터 새로 황손을 볼 생각이 없었고, 행여라도 태어날 아이가 조부를 닮게 된다면 그것이 행운일지 불운일지 알 수 없지 않은가.

"조시를 건강히 낳아 준 것만으로도 고마운 일인데, 다시 산고를 겪게 할 수야 있겠습니까."

레온하르트는 웃으며 대답했다. 절반쯤의 진실이었다.

"그대가 마음 써 준 것만으로도 기쁘니, 이 일엔 더 신경 쓰지 않아도 됩니다."

그래도 무엇 하나 제대로 말해 주지 않는 자신을 위해 이런 말까지 해 주는 사람이었다. 설령 사랑이 아니라 할지라도, 어떻게든 도움을 주려고 하는 게 고맙지 않은가. 레온하르트는 어쩐지 기쁜 마음으로 말을 돌렸다.

"그보다, 이전에 말한 이야기 말입니다. 혹 살바토르 영애와 이전에 만난 적이 있습니까? 기억하지 못할 거라고 하던……."

"……전 신경 쓰지 말라고요?"

싸늘한 목소리에 레온하르트는 고개를 들었다. 웃음기가 사라진 얼굴이 그 자리에 있었다. 레온하르트는 아차 하고 얼른 입을 열었다.

"그런 의미가 아닙니다. 난 그저……."

"제가 왜 이런 이야기를 꺼냈는지 아시지 않나요?"

"……."

"아직 식을 올리지 않았다고 해도 전 황후고, 황자의 어머니입니다. 어떻게 신경을 쓰지 않을 수가 있을까요."

"테네르."

레온하르트의 부름에 테네르는 잠시 입을 다물었다. 꼭 그가 변명할 기회를 주기라도 하려는 것처럼. 그러나 그가 아무 말도 하지 못하자 다시 입술을 떼었다.

"제가 없는 동안 공녀와 다시 약혼하실 거란 이야기가 돌았다고요. 들어 보니 독대도 꽤 자주 하셨고……. 사교 파티에선 매번 그녀와 첫 춤을 추셨다고."

"……."

"제가 잘못 알고 있는 사실이 있나요?"

테네르가 물었지만, 레온하르트는 이번에도 대답하지 못했다. 그녀의 말이 모두 사실이기 때문이었다.

무슨 말부터 꺼내야 할까. 어디까지 말해 줘야 할까. 그녀가 답답해하는 걸 알고 있었지만 더 이상 무슨 말을 해야 할지 알 수가 없었다. 바로 전날, 그녀가 제 손을 꼭 잡고 이야기하지 않았던가.

'폐하께서 그분을 믿어 주셔야죠.'

공작의 말이 거짓이라고 철석같이 믿는 사람이었다. 그런 사람에게 무엇을 말하란 말인가. 태후를 어미 대신이라 여길 만큼 따랐던 사람에게.

"……공작의 눈을 속이기 위해서였습니다."

"……."

"살바토르 공작은 나와 결혼하고 싶지 않아 도망쳤던 공녀를 겁박하여 데려왔습니다. 제도에 돌아왔을 땐 꽤…… 겁에 질려 있을 정도로요. 나 또한 그녀와 결혼하고 싶은 생각이 없었지만 눈속임이 필요할 듯하여 맞춰 준 것뿐입니다."

레온하르트는 사실 중 몇 가지를 골라 이야기했다. 테네르는 무언가 더 묻고 싶은 게 있는 눈치였다. 이를테면 왜 그런 눈속임을 해야 했는지, 그저 거절하면 되는 일이 아니었는지. 베아트리스가 부정을 저질렀을 거라곤 생각조차 하지 못하는 사람처럼.

"제가 알아선 안 되는 이야기가 있다고 하셨었죠."

"……."

"어쩔 수 없는 일이라 생각했는데……. 지금은 폐하께서 저를 정말 황후로 여기시는 게 맞나 조금 의심스럽습니다."

테네르는 눈을 내리깔았다. 한참을 침묵하던 그녀가 입술을 달싹거렸다.

"적어도 북부에선…… 제가 쓸모없는 사람이란 생각은 들지 않았었는데요."

거기까지 말한 테네르는 레온하르트가 무어라 말하기도 전에 몸을 일으켰다. 들어올 때처럼 정중히 인사한 그녀는 출입문을 붙잡고 문득 고개를 돌렸다.

"살바토르 영애와는 데뷔탕트 전에 잠깐 만난 적이 있습니다."

"……."

"특별한 일은 없었던 데다 워낙 어릴 때라……. 그쪽도 기억은 못 하는 것 같던데요."

* * *

본궁에 다녀온 지 하루가 지났지만, 테네르는 누구의 알현도 받지 않았다. 누군가를 만나고 싶은 생각도, 새로운 것을 신경 쓰고픈 마음도 없었다.

그녀는 그저 생각을 지우려는 사람처럼 바늘을 놀렸다. 자수틀에 그림이 완성되어 갔지만 마음은 좀처럼 가라앉질 않았다.

"……혹시 폐하랑 싸우셨어요?"

내내 눈치를 살피던 로라가 묻자, 테네르는 그제야 고개를 들었다. 따끔, 바늘이 손가락을 찔렀다.

"……아."

"어머!"

찔린 자리에 핏방울이 생기자, 로라는 화들짝 놀라 자리에서 일어났다. 고무공을 굴리며 놀고 있던 조슈아가 이쪽을 돌아보았다.

"엄마아."

조슈아는 들고 있던 고무공을 내동댕이치고 얼른 엄마에게 다가왔다. 테네르가 얼른 손수건으로 피를 닦아 내었지만, 생각보다 깊게 찔렸는지 상처 사이로 다시 피가 올라왔다.

"엄마. 아야. 아야."

피가 나는 걸 본 조슈아가 울먹거렸다. 로라가 시녀에게 약을 가져다 달라고 하는 사이, 아이는 엄마에게 꼭 붙어 손을 토닥이고 호오 하고 바람을 불어 주었다. 손끝이 따끔한 것보다야 아이가 기특한 것이 먼저였기에, 테네르는 저도 모르게 작게 웃고 말았다.

"우리 조시 덕에 다 나았구나."

얼른 아이를 껴안고 입맞춤하자, 로라가 얼른 약을 가지고 달려왔다.

"……그래도 약은 바르셔야 해요."

"고마워요."

로라는 상처가 난 부분에 연고를 발라 주며 슬쩍 눈치를 보았다.

"폐하께서…… 뭐라고 하셨는데요?"

"그냥……. 그 일은 너무 걱정하지 말라고요. 그리고 둘째는 생각이 없으시대요."

"왜요? 두 분 금실도 좋으시면서!"

불과 얼마 전까지만 해도 황제의 옆자리를 차지한 제게 세모눈을 떴으면서. 테네르가 웃으며 바라보자, 로라 또한 지레 찔리는 듯 작게 헛기침했다.

"……산고를 다시 겪게 하고 싶지 않다고 하셨어요. 몸에 무리가 갈까 봐 걱정되시나 봐요."

"아, 사랑싸움하셨구나. 괜히 걱정했네요."

로라는 그제야 안심했다는 듯 가슴을 쓸어내렸다. 사랑싸움이라. 싸움이라 할 만큼 심각한 문제는 아니긴 했지만, 따지고 보면 그런 걸까.

제 서운함의 이유를 모를 리 없었다. 첫째로는 자신에게 무언가를 숨기려는 것이, 둘째로는 알레이나 살바토르를 감싸듯 하는 것이 서운하지 않았던가. 로라 헤일을 유모로 들이며 의연한 척했지만, 알레이나 이야기만 나오면 온 신경이 그리로 쏠려선.

'······이제 와서.'

아니, 자신은 처음부터 그랬었다.

자신이 알레이나 살바토르의 자리를 차지하고 있다는 생각에, 시시때때로 그녀와 자신을 비교하지 않았던가. 그 사람이라면 이런 실수는 하지 않았을 텐데, 그 사람이라면 이렇게 했을 텐데, 그 사람에게도 이런 말을 했을까, 그 사람은, 그 사람처럼······.

그러니 레온하르트가 자신의 알현을 거절하고 알레이나를 만난다는 소식에 그토록 불안해했던 게 아닌가. 그가 돌아온 알레이나를 황후의 자리에 올리고 자신은 아이를 빼앗긴 채 버려질까 봐.

추잡한 질투이고 열등감이었다. 그의 사랑을 믿지 않겠다고 몇 번이고 다짐했으면서 결국은 기대했던 것이다. 믿지 않는다며 고개를 저어도 그가 자신을 계속 붙잡아 주기를, 한 점 의심조차 할 수 없도록 그 사랑을 증명해 주기를 바라서.

"그런 건 폐하도 타고나셨나 봐요."

상념을 깨뜨린 것은 로라의 목소리였다. 테네르는 무슨 말이냐는 듯 그녀를 보았다.

"황실은 대대로 손이 귀했잖아요. 금실이 좋은 분들도요. 어쩌면 선대도 일부러 황손을 더 낳지 않은 거 아닐까요? 황후 폐하를 아끼는 마음이 커서."

물론 베아트리스와 하인리히는 그리 다감한 관계가 아니었지만, 선대를 운운하는 것은 필시 헛소문을 염두에 둔 이야기일 터였다. 어떻게든 위로해 주려는 그 마음 씀씀이가 참 고마웠다.

"고마워요, 로라."

"별말씀을요."

아무것도 해결되지는 않았지만, 그래도 제 편을 들어 주는 사람이 있다는 건 큰 위안이었다. 테네르는 자수틀과 바늘을 정리했다.

"어머, 황자 전하 또 숨으신 거예요? 갑자기 사라지셨네."

로라의 목소리에 테네르는 얼른 고개를 들었다. 티 테이블 아래에서 까르르 웃음소리가 들려왔다. 테이블 아래로 비죽 나온 발과 궁둥이를 본 테네르는 작게 웃으며 몸을 일으켰다.

"조시, 어디 있니?"

엄마의 부름에 아이는 고개를 번쩍 들었다. 엄마! 하고 소리치고는 다시 머리를 숨겼다. 테네르는 아이에게 다가가 찾는 시늉을 하며 볼록 나온 발바닥과 엉덩이를 콕콕 찔렀다.

"까아."

조슈아는 자지러지게 웃으며 슬쩍 고개를 들었다. 엄마와 눈이 마주치자 이번에는 침대 쪽으로 우다다 달려갔다. 아이의 몸은 침대 밑에 쏙 들어갈 수 있을 정도로 작았다. 로라가 얼른 그쪽으로 달려갔다.

"안 돼요, 황자님! 거기 먼지가 얼마나 많은데⋯⋯."

아무리 사용인들이 매일 청소를 한다고 해도, 기둥에 고정된 침대를 옮겨 바닥을 닦을 수는 없는 노릇이었다. 하지만 조슈아는 유모의 말을 듣지 못한 듯 침대 아래에 머리를 넣었다. 그나마 완전히 기어들어 가지는 않은 게 다행일까.

"조시, 얼른 나와."

"지지예요, 지지."

테네르와 유모가 얼른 붙잡자, 조슈아는 순순히 머리를 들었다. 그리고 눈을 동그랗게 뜬 채 테네르를 돌아보았다.

"엄마!"

"응?"

"이거."

고사리 같은 손이 침대 아래를 가리켰다.

"이거, 이거어."

"안에 뭐가 있니?"

테네르는 무릎을 꿇고 앉아 상체를 숙였다. 로라 또한 그녀를 따라 침대 아래를 보았다. 빛이 들어오지 않는 어두운 틈새에 무언가 반짝이는 것이 보였다.

"뭔가 있는데요?"

로라는 침대 아래로 손을 뻗었다. 그녀의 손끝이 무언가 단단한 물체에 닿았다. 테네르가 아이를 꼭 안은 채 그녀를 말렸다.

"막대기를 가져오라고 할게요. 혹시 모르니 손으로 잡지 말고……."

"괜찮아요, 황후 폐하. 그냥 상자예요."

로라는 별일 아니라는 듯 침대 아래에 있던 것을 쑥 꺼내었다. 그녀가 꺼낸 것은 손잡이 없는 큰 상자였다. 낡은 상자는 오랫동안 방치되었던 듯 먼지가 가득 쌓여 있었다.

"이게 뭐지?"

"모지?"

조슈아가 테네르를 따라 말했다. 로라는 얼른 손수건에 물을 묻혀 상자의 먼지를 닦았다. 테네르는 행여 아이가 지저분한 것을 만지지 않도록 꼭 안고 있었다.

회색 먼지가 거두어지고 보인 것은 가장자리가 금으로 장식된 화려한 자개함이었다. 로라는 작게 탄성을 질렀고, 아이는 만져 보고 싶은 듯 팔을 바동거렸다.

"이건……."

"태후 폐하의 물건일까요? 잠겨 있는데……. 열쇠 같은 건 없나?"

상자를 열어 보려던 로라는 열쇠를 찾아보려는 듯 침대 밑을 다시 한번 들여다보았다. 그 순간, 테네르의 머릿속에 무언가 빠르게 스쳐 지나갔다.

"⋯⋯잠시만요."

그녀는 얼른 자리에서 일어나 부속실로 달려갔다. 서재의 서랍에는 얼마 전 넣어 두었던 열쇠가 고스란히 들어 있었다.

'맞을까?'

짧게 고민했지만, 맞지 않아도 그리 상관은 없었다. 아마 레온하르트에게 말하면 다소 강제적인 방법을 통해서도 열어 볼 수 있을 테니.

그러나 금박이 여기저기 벗겨진 열쇠를 열쇠 구멍에 넣은 순간, 테네르는 자신의 고민이 괜한 기우였음을 알아챌 수 있었다. 조금 뻑뻑하다 싶었지만, 힘을 주어 돌리자 이내 철컥 소리가 들렸다.

"여, 열렸어요."

로라가 어쩐지 긴장된 목소리로 말했다. 조슈아 또한 호기심 가득한 눈으로 이쪽을 보고 있었다. 테네르는 조심스레 자개함을 열었다.

열린 자개함 안에는 몇 권의 양장 노트와 여러 장의 편지 봉투, 그리고 자그마한 보석함이 있었다. 테네르는 연고를 바른 손가락이 닿지 않게 살짝 든 채로 노트를 펼쳤다. 세월의 흔적이 묻은 익숙한 글씨가 그 자리에 있었다.

"로라, 잠시만⋯⋯."

"아, 네. 나가 있을게요."

눈치 빠른 유모는 얼른 아이를 안고 몸을 일으켰다. 테네르는 유모의 품에 안긴 아이에게 입을 맞추고는 상자를 들고 침대에 걸터앉았다. 이런 곳에서 태후의 흔적을 발견한 것에 괜스레 가슴이 뛰었다.

'이런 곳에 일기장을⋯⋯.'

테네르는 노트를 내려놓고 오래된 편지 봉투를 집어 들었다. 봉투에는 이름이 없었다. 조금 망설이던 그녀는 조심스레 편지를 꺼내었다. 그리고 그 안에는⋯⋯.

[내 사랑의 주인, 내 진실한 영혼의 반쪽, 베아트리스.]

[당신을 만나지 못한 지 고작 사흘이 지났을 뿐인데, 꼭 몇 년이 지난 것처럼 그리움을 주체하기가 힘이 듭니다.]

'……뭐라고?'

유려하게 쓰인 글씨를 보자 테네르의 손이 멈추었다. 떨리는 시선이 믿을 수 없다는 듯 그 아래를 훑었다.

[그날 당신의 사랑을 확인했는데도 전보다 더한 갈증이 나는 건 왜일까요. 그분은 왜 당신처럼 아름답고 사랑스러운 분을 그냥 두시는 걸까요. 이기적이라 욕하셔도 어쩔 수 없지만, 난 당신의 진가를 알아보지 못한 그분에게 감사하고 있습니다. 그분이 당신을 지독한 외로움에 방치하지 않았더라면 당신은 나 같은 사람을 거들떠보지도 않았을 테니.]

혹 잘못 본 게 아닌가 했지만, 몇 번을 다시 읽어도 그 내용이 달라지지는 않았다. 가슴이 세차게 두방망이질했다. 설마. 설마…….

'그럴 리 없어.'

테네르는 도리질했다. 그러나 눈앞에 있는 연서는 분명 태후의 이름을 부르고 있었다.

'설마 그 소문이…….'

생각조차 하고 싶지 않은 가정이었다. 그러나 만약 그게 사실이라면 모든 아귀가 맞아떨어진다는 것도 부정할 수 없었다.

종적을 감추기 전 아비에게 화가 나 있던 알레이나. 그녀가 남기고 간 징그럽다는 말. 만약 정말로 레온하르트가 살바토르 공작의 핏줄이라면, 공작이 그 사실을 가지고 지금껏 레온하르트를…….

'아버지가 어머니를 그렇게 대하신 결과가 바로 접니다, 조부님.'

기억 속에 묻어 둔 목소리가 머리를 치켜들었다. 어쩌면, 정말로 어쩌면,

트라벨 공작저에서의 그 말이 이걸 뜻하는 거라면.

한 번 피어난 생각은 당최 사그라지질 않았다. 그렇다면 레온하르트의 약혼녀였던 알레이나가 황후가 될 생각이 없다고 한 것도, 그러면서도 자신이 없던 사이 레온하르트와 가까이 지냈던 것도, 레온하르트가 공작의 구금을 망설였던 것도, 그가 제게 무언가 숨기려고 하는 것도, 전부 설명이 되는데.

'그분이 그러셨을 리가……'

다른 사람이라면 몰라도, 태후가 그랬을 리 없었다. 선황을 사랑했느냐 물었을 때 젖은 눈으로 고개를 끄덕이던 사람이었다. 매일같이 감실을 찾아가 꽃을 두고, 죽은 이를 그리워하는 기색을 숨기지 못하던 사람.

테네르는 편지를 내려놓고 다시 일기장을 꺼냈다. 가슴속에 여전히 희망 한 줄기를 남겨 둔 채였다.

'공작의 일방적인 구애일지도 몰라. 망상증이 있다든가. 설령 정말로 그를 정부로 들이셨다고 하더라도 폐하를 낳기 전일지 후일지는 모르는 일이니까.'

어쩌면 이 안에 공작의 주장을 부정할 작은 단서라도 있을지 모른다.

테네르는 얼른 노트를 펼쳤다. 꽤 어린 시절부터 일기를 썼던 건지, 첫 장에 나온 것은 크고 삐뚤빼뚤한 글씨였다. 테네르는 연도를 확인하고는 종이를 빠르게 넘겼다.

'황후로 즉위하신 연도가……'

한참 동안 몇 권의 일기장을 넘겨 보던 테네르는 마침내 한 문장 앞에서 손을 멈추었다.

[첫눈에 반한다는 게 이런 느낌일까.]

10

황후의 눈물을 보지 못하는 황제가 있었다.

그는 긴 가뭄으로 국민들이 굶어 죽고 있다며 눈물 흘리는 황후를 위해 곡창을 열었다. 제국에도 가뭄으로 고통받는 이들이 많았지만, 활짝 열린 곡창은 황후의 모국인 조엘 왕국을 위한 것이었다.

황제는 집무실에 가지 않았다. 그는 황후에게 내려 준 장미 궁이 제 집인양 매일 그곳에 머물렀다. 정무는 대부분 하나뿐인 황태자에게 맡기고 황후의 치마폭에 놀아나기 바빴다.

매일 웃음과 눈물로 황제를 홀리는 황후도, 고작 왕국에서 온 볼모였던 황후에게 놀아나는 황제도 사람들에게 곱게 보일 리 없었다. 충신들은 등을 돌린 지 오래였고, 간신들은 타국 출신의 황후에게 납작 엎드려 비위를 맞추었다. 그리고 황후의 모국이라는 이유로 우방국의 자리를 차지하고 있던 조엘 왕국은 에브게니아를 침략해 왔다.

황후의 짓이었다. 그녀가 황제를 홀려 알아낸 군사기밀을 모국에 넘겼다고 했다. 황제는 그 사실을 알고 나서도 그녀를 감쌌다. 어지러운 상황을 종결한 것은 황태자 하인리히였다. 정신 나간 아비를 대신해 어린 나이부터 정무를 보던 그는 이번에도 아비 대신 군대를 재정비했다.

선봉에 선 그가 가장 먼저 한 일은 장미 궁에 난입하여 부모의 목을 베는 거였다. 그다음엔 그대로 왕국군을 진압했고, 스스로 황제의 관을 머리에 썼다.

"안쓰럽기도 하지."

성년식도 치르지 않은 황태자가 눈물을 흘리며 부모를 참살했다는 소식에 사교계는 온통 떠들썩했다. 몇몇 이들은 부모를 죽인 패륜아라고 했고, 또 몇몇 이들은 친부모를 죽인 그의 심정을 헤아리며 딱하다고 했다.

베아트리스는 후자에 속하는 사람이었다.

그녀는 제국을 위해 패륜을 택해야 했던 하인리히가 퍽 안쓰러웠다. 사교계에서 몇 번인가 만났던 그가 조금 무뚝뚝하지만 무례한 사람은 아니었기에 더욱 그랬다.

"이제 곧 즉위식을 하고 황후를 뽑으시겠죠?"

"그렇겠지. 아르베크의 공주와도 파혼하셨으니."

아마 타국 출신 황후 때문에 그런 일이 생겼으니, 새로운 황후는 제국의 귀족 중에서 찾게 되리라.

베아트리스는 살비토르 공작가와 혼담이 오가고 있었지만, 아직 정식으로 약혼한 것은 아니었다. 거기다 살바토르 소공작인 아이작 살바토르는 어느 남작 영애와 만나고 있는 모양이었고.

"전 황후의 자리에 가장 어울리는 건 아가씨라고 생각하지만……. 아가씨가 황후가 되진 않았으면 좋겠어요. 아무래도 무서우니까."

"그런 말 하지 말렴. 그분이 결단을 내리지 않았다면 우리가 이렇게 평온하게 있을 수 있겠니?"

"그건 그렇지만요."

하녀는 어쩐지 불안한 얼굴이었지만, 베아트리스는 수틀을 잠깐 내려놓고 그의 모습을 떠올렸다. 부드러운 윤기가 흐르는 은발에 깊고 푸른 눈. 또래 영애들 중에서는 큰 편이던 자신도 올려다봐야 할 정도로 큰 키까지.

'자수를 좋아할까?'

아마 트라벨 공작가의 적녀인 자신보다 황후에 걸맞은 영애는 많지 않을 테다. 꼭 황후가 되어야겠다는 생각이 있는 건 아니지만, 그래도 호기심이 생기는 건 어쩔 수 없었다.

* * *

새로이 황제로 즉위한 하인리히를 만난 건 얼마 지나지 않아서였다.

황제의 관을 쓴 하인리히는 여전히 앳된 얼굴이었지만, 그 자리에는 전에 없던 그늘이 져 있었다. 진부한 표현이지만, 베아트리스는 그가 꼭 상처 입은 어린 야수 같다고 생각했다. 화려한 연회장 안, 한 점 웃음조차 짓지 않고 홀로 서 있는 남자.

하인리히의 곁에는 그의 공을 칭송하는 사람들이 있었지만, 정작 당사자의 시선은 싸늘할 뿐이었다. 그는 자신을 둘러싼 사람들에게 눈길조차 주지 않고 주위를 둘러보았다. 그리고 남몰래 그를 흘깃거리던 베아트리스는 시리도록 푸른 벽안과 눈이 마주치고야 말았다.

그 순간 가슴이 전에 없이 두방망이질했다. 하인리히가 제 눈을 피하지 않기에 더욱 그랬다. 빤히 보는 시선에 어쩐지 귀밑이 화끈거렸다.

담대함과는 거리가 먼 자신에게 어디서 그런 용기가 났는지는 알 수가 없었다. 그녀는 함께 이야기하던 영애들에게 양해를 구하고 조심스레 그에게 다가갔다. 트라벨 공작가의 공녀가 황제에게 다가가자, 그를 둘러싸고 있던 이들이 일제히 자리를 내어 주었다.

"무슨 일인가?"

방금까지 자신을 뚫어져라 쳐다보고 있던 하인리히가 물었다. 베아트리스는 조금 머뭇거렸다.

"……눈이 마주쳐서요."

"……."

"춤을 청하시기엔 제가 너무 멀리 있는 것 같아서……."

고래 뼈 코르셋의 유행이 지나고, 여자 가주가 더는 드물지 않은 시기였다. 그러나 신사 쪽에서 먼저 춤을 청하는 불문율은 달라지지 않았기에, 마음에 드는 이가 생긴 숙녀는 이런 식으로 에둘러 마음을 표현하곤 했다.

베아트리스는 말을 뱉은 다음에야 자신들에게 온 이목이 집중되었다는 것을 깨달았다. 혹 거절하지 않을까. 당신에게 춤을 청할 생각 없었다며 무안을 주지는 않을까. 조마조마하던 찰나, 그가 제게로 성큼성큼 다가왔다.

"살인귀와 춤을 추려는 사람이 있을 줄은 몰랐는데."

"제국을 지켜 낸 영웅이신걸요."

베아트리스가 대답하자, 하인리히는 돌연 그녀를 빤히 보았다. 그러고는 천천히 그녀의 손을 잡아 올렸다. 손등에 닿는 입술이 퍽 뜨거웠다.

음악이 시작되었지만, 하인리히는 말없이 그녀의 허리에 손을 감고 몸을 움직일 뿐이었다. 먼저 춤을 추고 싶다는 의사를 내비친 건 이쪽이면서, 베아트리스는 춤을 추는 내내 무슨 말을 꺼내야 할지 몰라 머뭇거렸다.

"그리 영광된 자리는 아닐 텐데."

먼저 입을 연 것은 하인리히였다.

"황후가 되지 않더라도 그대는 트라벨 공작가의 공녀가 아닌가."

"……."

"부모 죽인 남자가 취향일 리는 없을 테고."

하인리히는 질 나쁜 농담을 하듯 말했다. 베아트리스는 머뭇거리다 대꾸했다.

"폐하께선 어쩔 수 없는 선택을 하신 것뿐입니다."

"글쎄. 유폐로 끝나도 됐을 일이라고 말들이 많더군."

"……."

"내가 무섭지 않나?"

베아트리스는 마지막 말을 뱉는 그가 어쩐지 서글퍼 보인다고 생각했다. 그렇기에 얼른 고개를 젓고 대답했다.

"그저 폐하께 작게라도 도움이 되고픈 마음일 뿐입니다."

베아트리스의 말에 하인리히는 또다시 입을 다물었다. 꼭 그녀의 말이 진심인지 가늠해 보려는 듯이.

곡이 끝나자, 베아트리스는 황급히 그에게 손수건을 건네고는 자리를 떴다.

그녀를 시작으로 몇몇 영애들이 비슷한 방식으로 하인리히에게 다가갔다.

하인리히는 베아트리스에게 했던 것처럼 그들에게도 춤을 청했다. 그러나 베아트리스는 그의 시선이 내내 자신을 향하는 걸 알고 있었다.

그날 밤, 공작저로 돌아온 베아트리스는 잠을 이루지 못했다.

미소 한 점 짓지 않던 얼굴을 떠올렸고, 차갑고 무뚝뚝하던 목소리를 떠올렸다. 자신을 보던 푸른 눈은 잔혹하기보다는 그저 슬퍼 보였다. 꼭 안아 주고 위로해 주고 싶을 정도로.

'다정했어.'

보이는 모습과는 달리, 허리를 감은 손길도 자신을 이끌던 몸짓도 지극히 부드러웠다. 다른 영애와 춤을 추면서도 자신을 향하던 눈길은 또 어떤가.

그 눈을 생각할수록 가슴이 주체할 수 없이 콩닥거렸다. 늘 점잖은 이들과 어울리던 베아트리스는 그토록 날것의 시선을 마주한 적이 없었다. 뜨겁고, 강렬하고, 짙은 열망이 어린 그…….

베아트리스는 달아오른 얼굴을 감싸 쥐었다. 그의 얼굴이 머릿속에서 지워지질 않았다.

트라벨 공작가에 구혼서가 도착한 건 얼마 지나지 않아서였다.

베아트리스는 공작의 목을 껴안고 뛸 듯이 기뻐했다. 공작은 조금 걱정스러운 얼굴이었으나 이미 예상한 일인 듯 고개를 끄덕일 뿐이었다.

급하게 준비한 결혼식은 초라했다. 그러나 하인리히의 즉위식 또한 성인식을 겸하여 단출하게 이루어졌으니 그리 신경 쓰이지는 않았다. 그저 그날의 가슴 설렘을 느낀 게 자신만이 아니라는 사실에 들떴을 뿐이었다.

'안살림이야 저택에서도 해 왔으니까.'

직무를 알려 줄 태후가 없는 건 아쉬웠지만, 몸이 약해 요양하는 어머니를 대신하여 저택의 안살림을 해 온 베아트리스는 그것이 큰 문제라 생각하지는 않았다.

그녀는 그저 희망에 차 있을 뿐이었다. 공작가의 적녀로 살아 온 베아트리스는 하고 싶은 일은 무엇이든 할 수 있었고, 누구에게나 사랑받았으니. 그러나 그 설렘과 기대는 결혼식이 끝난 후 그와 함께 찾은 감실에서 깨어지고야 말았다.

감실에 출입할 수 있는 건 황족이나 황족의 허가를 받은 사람뿐이었다. 선대의 모습을 조각한 조각상은 그 후손이 결정하기 마련이었는데, 보통은 제 부모의 가장 영광스러운 모습을 새기라 지시하곤 했다.

하지만 선황 에드윈은 겁에 질린 채 자신의 황후를 껴안고 있는 모습으로 만들어져 있었다. 꼭 그를 조롱하듯이.

"일부러 이렇게 만들라 했습니다."

하인리히는 당황한 표정의 베아트리스를 보며 입을 열었다. 그는 넓은 감실을 찬찬히 둘러보며 유골함 앞에 놓인 조각상의 의미를 하나하나 설명하기 시작했다. 처음 에브게니아를 제국으로 칭제한 초대 황제와 대륙의 절반 이상을 제국의 것으로 만든 정복왕, 문맹을 해결했다고 알려진 자와 음악과 예술을 부흥시킨 이까지.

그의 발길이 멈춘 곳은 제 부모의 앞이었다. 날은 어두워진 지 오래라, 죽은 이들을 모신 감실에는 어쩐지 스산한 기운이 감돌았다.

"내 부모입니다. 내가 이분들의 목을 베었고, 앞으로도 그들의 과업을 수습하느라 바쁠 겁니다."

무능한 선황으로 인해 제국의 이름은 유명무실해진 지 오래였다. 에드윈이 즉위한 후 에브게니아의 영토는 절반 가까이 줄어들었고, 약해진 국력을 틈타 침략의 기회를 노리는 이들이 포진해 있었다.

"난 한가로이 사랑놀음할 시간도, 여유도 없습니다. 그러니 내게 사랑을 기대하지 마세요."

차가운 목소리였지만, 베아트리스는 그것이 일종의 배려라고 생각했다. 전쟁으로 황궁을 자주 비울 테니 외로워질 것을 걱정하는 거라고.

"알고 있습니다."

베아트리스는 하인리히의 손을 꼭 잡은 채 눈을 접어 웃었다.

"폐하께 도움이 될 수 있도록, 좋은 황후가 되겠습니다."

그 속내에 일종의 오만함이 있다는 건 부정할 수 없었다. 자신이 이 사람의 상처를 위로할 유일한 사람이 될지도 모른다는 유치한 기대감, 그리고 선황을 휘둘러 나라를 위태롭게 한 태후와는 다른 사람이 될 거란 오만함이었다. 그러나 그 속내를 읽기라도 한 것인지, 하인리히는 그녀의 손을 떼어 냈다.

"트라벨 공작에게 북부를 하사할 생각입니다."

여전히 차가운 목소리였다. 베아트리스는 그의 말뜻을 빠르게 이해하지 못했다.

"그에게 직접 관리를 명할 겁니다."

"폐하. 그건……."

국혼을 치르고 나면 황후나 국서의 가문에는 영지가 내려지곤 했다. 자원이 풍부하거나, 항구가 있거나, 하다못해 풍경이라도 아름다운 영지가.

그러나 춥고 척박한 북부가 웬 말인가. 전대 영주의 수탈로 많은 영지민들이 도망쳐 화전민이 되고, 맹수들이 우글거리는 숲이 있는 곳이 아닌가. 거기다 직접 관리하라니.

"아버지를…… 그런 곳에 보내신다고요?"

"그저 트라벨 공작이 적임자라 판단했을 뿐입니다."

"……."

"좋은 황후가 되겠다고 했으면서, 공적인 일에 사감을 섞으라 말하진 않겠지요."

그 말에 베아트리스는 그제야 하인리히의 얼굴을 마주 보았다. 어둑한 감실에서 푸른 눈이 차갑게 빛나고 있었다. 이 눈에 열기가 서렸던 것이 거짓인 것처럼. 그녀가 떨리는 목소리로 물었다.

"왜 제게…… 청혼하신 건가요?"

하인리히는 그날처럼 물끄러미 그녀를 내려다보았다. 들려오는 목소리는 찬 바람이 부는 양 냉랭했다.

"그대는 트라벨 공작가의 적녀가 아닙니까."

"……."

"황후의 자리에 가장 적합하다고 판단했을 뿐입니다."

베아트리스는 완벽한 황후가 되지 못했다.

하인리히는 정해진 합방일이 아니면 그녀를 찾지 않았고, 베아트리스는 태후 대신 부관들에게 직무를 배워야 했다. 당연하게도 실수투성이었으나, 수습해 줄 사람도 위로해 줄 사람도 없었다.

죄지은 것처럼 고개를 숙이면 하인리히는 짧은 한숨을 내쉬거나 쯧, 하고 혀를 찼다. 언성을 높이거나 화를 내지는 않았지만, 단지 그것만으로도 베아트리스는 심장이 철렁 내려앉는 기분이었다.

공작저에서 온실 속의 화초처럼 자라 온 베아트리스는 자신을 그런 식으로 대하는 사람을 본 적이 없었다. 그녀는 언제나 친절과 다정에 익숙한 사람이었다. 트라벨 공작의 든든한 비호 속에 있는 그녀를 누가 함부로 대한단 말인가.

그러나 늘 자신을 지켜 주던 아비는 차디찬 북부로 떠났고, 남편이 된 하인리히는 곁을 내어 주지 않았다. 그녀가 의지할 수 있는 건 공녀 시절부터 친했던 친우들뿐이었다.

"날 사랑해서 청혼한 게 아니었어요. 직무 외에 얼굴을 볼 수 있는 건 합방일뿐이에요."

결혼한 지 한 달도 되지 않아 하인리히는 전쟁을 하러 떠났다. 베아트리스는 친한 친우들에게 서러움을 털어놓았다. 언제나 다정하던 친우들은 안타까운 표정으로 그녀를 위로했다.

"폐하께서도 황후 폐하의 마음을 알아주실 거예요."

"수를 놓아 선물하시는 건 어떠세요?"

곁에서 눈물을 닦아 주고 품을 내어 주던 친우들을 보며 베아트리스는 조금 안도했다. 그러나 베아트리스는 그것이 큰 실수임을 미처 알지 못했다.

* * *

황제가 황후를 홀대한다는 이야기가 사교계에 번진 것은 얼마 지나지 않아서였다. 믿었던 친우들에게서 번져 나간 이야기였다. 늘 호의적인 시선만을 받아 온 베아트리스는 자신의 불행을 바라는 이가 그토록 많은 줄은 미처 알지 못했다. 사람들은 꼭대기에 있는 자의 추락을 즐겼고, 비호해 줄 이 없는 황후는 좋은 먹잇감이었다.

처음에는 부채로 입을 가린 채 황제와의 금실에 대해 묻는 이들이 있었다. 그다음에는 그녀가 이야기할 때 함부로 끼어들거나 그녀를 보며 노골적으로 수군거리는 이들이 있었다. 파티에 초대하며 드레스 코드를 일부러 알려 주지 않거나, 옷에다 일부러 와인을 흘리거나, 그녀가 주최한 파티에서 일부러 사용인들에게 트집을 잡거나 소란을 피우는 이들도 있었다.

정무 회의라고 다를 건 없었다. 황후는 황제가 부재했을 때 그를 대리하는 위치에 있었으나, 가신들은 그녀를 노골적으로 무시하며 자신들끼리 이야기를 주고받았다. 베아트리스가 작게 의견을 내면 황체의 허락을 받은 의견인지를 먼저 물었고, 어떤 이들은 이전의 실수를 운운하며 에둘러 모욕하기도 했다.

베아트리스는 그런 일들에 대처하는 법을 배운 적이 없었다. 그녀의 아버지인 사무엘 트라벨은 높은 곳에 있을수록 자비를 베풀 줄 알아야 한다고 가르치던 사람이었다. 그러나 그는 자비란 강한 이들만이 베풀 수 있다는 걸 딸에게 알려 주지 않았다.

베아트리스는 여전히 모든 사람에게 다정했다. 심지어 자신을 모욕하던 이들에게도 마찬가지였다. 어느 동화 속 이야기처럼 착하게 굴면 언젠가 상을 받으리라고 생각한 걸까. 혹은 자신의 선함이 상황에 따라 벗어던질 수 있는 액세서리가 아니라는 오만이었을까. 그녀는 제 웃음과 친절이 다른 이들에게는 비굴로 보이리라 생각지 못했다.

그녀를 무시하기 시작한 건 비단 사교계의 귀족들뿐만이 아니었다. 황궁의 사용인들 또한 힘없는 황후를 홀대하기 시작했다. 환기를 하겠다며 노크도 없이 방에 들어와 창문을 열었고, 아침마다 가져오는 소셋물은 점점 차가워졌다. 식사할 때 포크나 나이프가 하나씩 빠져 있는 건 예사였고, 다시 가져오라 명령하면 한숨을 내쉬거나 대놓고 구시렁거리기도 했다. 옷시중을 들 때는 몸을 대놓고 훑거나 일부러 옷과 어울리지 않는 장신구를 가져다주기도 했다.

생활을 돕던 이들에게까지 무시를 당하니, 제국의 황후 꼴이 말도 아니었다. 의지할 이 없는 곳에서 베아트리스는 점점 웃음을 잃어 갔다.

그녀를 버티게 한 것은 먼 타국에 있는 하인리히였다. 그가 돌아오면 모든 일이 해결될 것이다. 그가 자신을 도와줄 것이다. 사랑을 바라지 말라고 했지만, 자신은 황후가 아닌가. 황실의 체면을 위해서라도 조치해 줄 것이다. 그 믿음만이 그녀를 견디게 했다.

2년 만에 전쟁을 승리로 이끈 하인리히가 황궁으로 돌아왔을 때, 베아트리스는 일부러 초라하게 단장하고 그를 맞이했다. 시녀들은 그녀의 속셈을 알아채기라도 한 듯 안절부절못했고, 그것만으로도 베아트리스는 퍽 통쾌한 심정이었다.

"승전을 축하드립니다, 폐하."

공손히 인사했지만, 하인리히는 대답하지 않았다. 커다란 말에서 내린 그는 오랜 전쟁으로 허름한 꼴이었다. 그러나 거칠어진 몸이나 짙은 눈매는 오히려 전보다 더한 위압감을 주었다. 차가운 시선이 베아트리스의 모습을 천천히 훑었다. 베아트리스는 그 불쾌감이 썩 기꺼웠다.

"이게 무슨 꼴입니까."

"……."

베아트리스는 대답하지 않았다. 그녀가 입을 열지 않자, 하인리히는 시녀를 돌아보았다.

"황후께서 왜 이런 꼴로 계신 건가."

"송구합니다, 폐하. 황후께서 직접 고르신 옷인데……."

"옷을 새로 맞추도록 하십시오."

하인리히는 베아트리스를 보며 말했다. 그러나 베아트리스는 고개를 저었다.

"제국을 위해 친히 전쟁에 나서신 폐하께서 계신데, 황후 된 몸으로 사치할 순 없습니다."

"황후가 걸치는 것은 곧 황실의 품격입니다. 그대의 눈에는 이 황실이 그토록 초라해 보인단 말입니까?"

나무라듯 하는 말이었지만, 베아트리스는 그의 말에 비로소 안도했다. 이제 다 끝났구나. 적어도 당신이 황궁에 머무는 동안에는 아무도 나를 무시하지 않겠구나.

그녀는 마음을 놓으며 고개를 숙였다.

"……내일 디자이너와 재봉사를 부르겠습니다."

하인리히는 고개를 끄덕이고는 그녀를 스쳐 지나갔다. 살가운 안부 인사도, 애정을 담은 포옹이나 입맞춤도 없었지만, 베아트리스는 그것으로 만족했다.

하인리히는 한동안 황궁에 머물렀다.

여전히 의무적인 합방일에만 그녀를 찾는 무뚝뚝한 사람이었지만, 그가 황후의 옷을 새로 맞추라 명령한 것만으로도 시녀들은 금방 태도를 달리했다. 사교계의 귀족들도 화려한 옷을 갖춰 입은 그녀에게 그제야 예의를 다했다.

그러나 그것도 잠시뿐이었다. 황제는 그저 집무실에 틀어박혀 있을 뿐 황후에게는 아무런 관심도 보이지 않았다. 시녀들은 그저 황후를 단장시키는 데만 공을 들일 뿐, 그 외의 것들은 소홀히 하기 시작했다.

시간이 지날수록 베아트리스는 점점 불안해졌다. 그녀도 알기 때문이었다. 공녀 시절 자신에게 적이 없었던 건 아버지인 트라벨 공작 때문이었던 것을. 그리고 황제의 비호가 없는 황후는 사용인들에게조차 무시당할 수밖에 없다는 것을.

소셋물이 다시 얼음장처럼 차가워진 어느 날, 베아트리스는 직접 수놓은 손수건을 들고 밤늦게 그의 침실을 찾았다.

"어쩐 일이십니까?"

"긴히 드릴 말씀이 있어서요."

하인리히는 놀란 기색도 없이 그녀를 방에 들였다. 시종에게 차 한 잔 내어오라 하지도 않은 채였다. 용건만 말하고 가라는 의미임이 명백해 서운했지만, 베아트리스는 꾹 참고 가져온 것을 건네었다.

"폐하를 생각하며 만들었습니다."

하인리히의 눈과 같은 색의 꽃을 수놓은 데다 귀퉁이에는 직접 짠 레이스를 단 손수건이었다. 퍽 정성 들인 물건이었지만, 하인리히는 그것을 선뜻 받지 않았다.

"폐하……?"

"황후가 할 일은 한가로이 수나 놓는 게 아닙니다."

늘 그래 왔듯 차가운 목소리였다.

"그럴 시간이 있으면 차라리 책을 읽으십시오."

하인리히는 더 보고 싶지 않다는 듯 고개를 돌렸다. 베아트리스는 황급히 그의 옷깃을 잡았다. 그때는 받아 주지 않았던가. 자신을 황후로 들인 게 정말로 트라벨 공작의 딸이라는 이유뿐이란 말인가. 비참함에 간신히 들고 있던 고개가 맥없이 툭 떨어졌다.

"절 조금만…… 도와주시면 안 될까요."

"……."

"시녀들이 절 어떻게 대하고 있는지 아시잖아요. 조금이라도 좋으니……."

"황후."

머리 위에서 묵직한 목소리가 들려왔다. 베아트리스는 일말의 기대감을 안고 고개를 들었다. 그러나 자신을 바라보는 얼굴은 그저 싸늘할 뿐이었다.

"내게 필요한 건 함께 싸울 전우이지, 지켜야 할 꽃줄기가 아닙니다."

"……."

"황후 된 사람이 고작 시녀들 하나 관리하지 못하여 내게 도움을 청하신단 말입니까."

한심한 이를 대하는 듯한 목소리였다. 하인리히는 붉어진 얼굴을 외면하며 말했다.

"알아서 하십시오."

"폐……."

"난 이만 자야겠습니다. 시간이 늦었으니 황후께서도 이만 돌아가십시오."

오밤중에 찾아온 부인을 이런 식으로 돌려보내는 남편이 어디에 있을까. 그의 무심함과 냉랭함이 원망스러웠지만, 베아트리스는 아무 말도 하지 못했다. 그가 뱉은 말은 마치 그에게 도움을 주기 위해 황후가 되고 싶다던 제 모습을 꼬집는 듯했으니.

하인리히의 말대로 베아트리스는 바늘 대신 펜을 들었다. 집무실에 있는 시간을 늘리자 시녀들과 마주칠 일이 줄어든 건 다행스러운 일이었다. 소셋 물은 계속 얼음장처럼 차가웠지만, 하인리히가 아무것도 해 주지 않은 건 아니었다.

그는 아이작 살바토르를 황후의 새로운 부관으로 임명했다. 작위 승계를 앞둔 그는 한미한 남작 영애와 결혼했다고 하여 한동안 사교계의 관심을 몰고 다니던 사람이었다. 얼마 전 루드비히 에반이 숲의 유랑 민족인 파트로나를 부인으로 들인 후론 그 관심이 어느 정도 사그라진 모양이었지만.

"에반 후작에게는 고마운 일입니다. 그러잖아도 이자벨이 많이 힘들어했던지라……."

아이작은 농담을 좋아하는 청년이었다. 목덜미를 덮지 않을 만큼 짧게 자른 붉은 머리에 싱그러운 녹색 눈을 가진 그는 부인을 아끼는 마음을 숨기지 않았다. 그가 부인에 대한 이야기를 꺼낼 때마다 베아트리스는 조금 신기했다.

'하긴, 연애결혼이라고 했으니.'

연애결혼 한 이들은 스스로 결혼을 선택한 만큼 그 책임이 요구되었다. 정부를 들이는 것은 상대에 대한 큰 배신으로 여겨졌고, 시시때때로 배우자에 대한 애정을 과시하는 게 큰 미덕이라고 했다.

그걸 알면서도 베아트리스는 이자벨이 조금 부러웠다. 차라리 이 사람과 결혼했더라면 더 나았을까. 그럼 지금보다 행복했을까. 그런 생각이 들어서였다.

부정한 생각이라는 죄책감이 없는 건 아니었다. 그러나 결혼 전 자신과 혼담이 오갔던 소공작을 자신의 부관으로 임명한 하인리히를 생각하면 이 정도쯤이야 어떤가 싶기도 했다.

아이작을 베아트리스의 부관으로 임명한 하인리히는 얼마 지나지 않아 전쟁을 하러 먼 타국으로 떠났다.

황제가 자리를 비우자 베아트리스는 더욱 외로워졌다. 시녀들은 황제의 눈만 속이면 된다는 듯 다시금 유행이 지나거나 계절에 맞지 않는 드레스와 상황에 맞지 않는 장신구를 가져와 베아트리스를 우스꽝스럽게 만들려고 했다. 베아트리스가 다른 옷을 가져오라 명령하면 알아듣지 못한 척 되묻거나 짜증 섞인 한숨을 내쉬기도 했다.

정무 회의도 여전했다.

"황후 폐하께서 남궁의 증축을 제안하셨으나, 이는 우선적으로 황제 폐하의 승인을 받아야 하는 일입니다. 함께 말씀하신 보육원의 증설 또한 좋은 취지인 건 맞지만……. 폐하께서 허락하실지……."

타국에 빼앗긴 영토를 되찾아 오기 위한 정복 전쟁이 이어지고 있었으니, 고아와 난민 또한 기하급수적으로 늘어나는 상황이었다. 그들을 거두어 줄 시설이 필요한 건 당연한 일이었으나, 가신들은 온실 속 화초처럼 자라 온 황후의 말을 순순히 들으려 하지 않았다.

하인리히였다면 눈을 부라리거나 호통을 치거나 하다못해 검이라도 빼 들었겠지만, 베아트리스는 그런 식의 대처를 누구에게도 배운 적이 없었다. 그녀가 착잡한 얼굴을 감추기 위해 고개를 숙이려던 순간이었다.

"그럼 백작의 성과 저택에 고아와 빈민을 들이는 건 어떻습니까?"

"……예?"

침묵 속에서 입을 연 것은 아이작이었다. 결혼하고 얼마 지나지 않아 공작 위를 물려받은 그는 나이 든 귀족들 앞에서도 거침이 없었다.

"전쟁으로 부모를 잃은 아이가 이토록 많은데, 폐하의 명령이 떨어지기 전까지는 보육원도 세울 수 없다고 하지 않았습니까. 백작 또한 취지 자체에는 동의하는 듯하니……. 고아든 빈민이든 백작이 직접 거두어 준다고 하면 모두가 만족스러운 결과가 나오지 않겠습니까?"

"공작, 그게 무슨……!"

"턱없이 부족한 숫자이긴 하나, 백작의 저택에는 50명, 성에는 100명씩 들인다면 작게나마 도움이 될 듯합니다. 혹 황후 폐하의 의견은 어떠십니까?"

아이작은 베아트리스를 돌아보며 물었다. 베아트리스는 얼굴이 시뻘게진 백작과 서로의 눈치를 살피며 침묵하는 귀족들을 둘러보았다. 그 모습이 통쾌하게 느껴지는 건 무슨 까닭일까.

"……좋은 생각입니다. 폐하께서 돌아오시는 데에는 시일이 걸릴 테니, 그동안 백작이 직접 맡아 준다면야 나 또한 크게 안심이 될 듯합니다."

"화, 황후 폐하! 그 많은 인원을 어떻게……!"

베아트리스의 말에 본넷 백작은 얼굴이 하얘져 소리쳤으나, 아이작은 퍽 능글맞게 입을 열었다.

"폐하의 허락을 받지 않은 일에 나라의 예산을 함부로 쓸 수 없다고 말한 건 백작이지 않습니까?"

"고, 공작!"

"하나 백작의 저택과 성을 증축하는 건 나라의 예산을 쓸 필요도, 폐하의 허락을 받을 필요도 없는 일 아니겠습니까."

베아트리스는 언성 한번 높이지 않고 백작을 몰아가는 아이작이 정말로 신기했다. 이렇게 쉽게 해결될 일을 그렇게 휘둘려 온 자신이 한심하게 느껴지기도 했다. 눈이 마주치자 아이작은 장난스레 눈을 찡긋거렸다. 그리고 다시 입을 열었다.

"하지만 증축을 해 봤자 백작가에서 수용할 수 있는 건 이백이 되지 않을 텐데……. 아까 황후 폐하의 의견에 반대하던 이가 또 누구였습니까?"

그 물음에 대답하는 이는 아무도 없었다. 졸지에 혼자서 뒤집어쓰게 생긴 본넷 백작만이 얼굴을 일그러뜨릴 뿐이었다.

그 어느 때보다도 성공적인 회의였다. 제 말을 듣는 척도 하지 않던 가신들이 일제히 제 의견에 찬성하던 것도, 본넷 백작의 얼굴이 붉으락푸르락해지던 것도, 생각하면 할수록 괜한 웃음이 나왔다.

"아주 멋졌습니다, 황후 폐하."

아이작은 집무실 문이 닫히자마자 호탕하게 웃으며 그녀를 추켜세웠다. 전부 아이작이 한 일이라, 베아트리스는 조금 민망했다.

"난 그저 공작이 해 준 말에 맞장구만 쳤을 뿐인 것을요."

작게 소리 내어 웃자, 아이작이 그녀를 빤히 보았다. 혹 너무 크게 웃었나. 웃음소리가 이상했나. 민망해지려던 순간이었다.

"웃으시니 보기 좋습니다."

"……."

"웃는 모습이 참 아름답다고 생각했었는데, 황궁에 들어오신 후론 도통 웃질 않으셔서 걱정하던 참이었습니다."

부드러운 목소리에 베아트리스는 할 말을 잃고 말았다. 한참을 침묵하던 그녀가 어색하게 입을 열었다.

"사랑하는 부인도 있는 사람이 다른 여자에게 함부로 그런 말을 해선 안 되지 않겠나요. 혹 불필요한 오해를 사면 어쩌려고."

황제에게 사랑받지 못하는 외로운 황후를 한 번쯤 유혹해 보려는 이들이야 많았다. 어떤 이들은 유행에 뒤떨어진 드레스를 보고도 아름답다며 입에 발린 소리를 했고, 또 어떤 이들은 황제가 곁에 없어 외롭지 않냐며 노골적으로 다가왔다.

그럴 때마다 베아트리스는 난처하면서도 동시에 우스운 안도감을 느꼈다. 비록 하인리히는 자신을 쳐다보지도 않지만, 그래도 이렇게 자신을 원하는 이가 있다는 것에 대한 비참한 안도였다. 거절하는 순간 태도를 달리해 냉랭하게 구는 걸 볼 때면 그 안도감마저 수치스러워졌지만.

"송구합니다. 다른 뜻은 없었습니다."

아이작은 정중히 고개를 숙였다. 그 말에 베아트리스는 조금 안심했다. 그러나 이어진 말에 그녀의 얼굴이 다시금 굳었다.

"하지만 가끔은…… 제 옆에 있는 게 이자벨이 아닌 황후 폐하였으면 어 땠을까 하는 생각도 듭니다."

"공작."

베아트리스가 나무라듯 말했다.

"……이런 말을 하는 걸 알면 부인이 서운해할 겁니다."

결국은 이 사람도 그럴 목적이었을까. 자신을 한 번 꾀어 보기 위해 그런 식으로 도와줬던 걸까. 그녀는 조금 실망스러웠고, 혹 그 또한 거절의 말에 돌변하여 제게서 돌아설까 두렵기도 했다. 그러나 아이작은 씁쓸히 웃을 뿐 이었다.

"괜한 말씀을 드려 황후 폐하께 심려를 끼쳐 드린 듯합니다. 불순한 의도 를 품고 한 말은 아니니, 부디 노여워하지 말아 주십시오."

"노여운 건 아닙니다. 결혼 생활의 고충이야 어느 부부에게나 있는 법이겠 죠. 무슨 일인지는 모르지만……. 잘 해결되길 바라겠습니다."

"하면, 황후 폐하."

아이작의 부름에 베아트리스는 고개를 돌렸다. 짙은 녹색 눈이 그녀를 바 라보고 있었다.

"사적인 이야기지만……. 혹 들어 주실 수 있으신지요.

"……."

"그래도 명색이 공작인데, 부부간의 일을 아랫사람들에게 터놓는 건 조 금……. 격이 떨어지지 않겠습니까."

아이작은 멋쩍은 듯 볼을 긁었다. 퍽 소탈해 보이는 모습에 베아트리스는 혹 괜한 경계를 했나 싶은 생각이 들기도 했다.

"……나라도 괜찮다면요."

베아트리스는 조금 망설이다 대답했다. 그 대답에 아이작의 입꼬리가 보 일 듯 말 듯 올라간 건 착각인가.

아이작은 조금 뜸을 들이다가 이자벨과의 생활에 대한 고충을 늘어놓기 시작했다. 작은 영지에서 살아온 부인은 공작저의 안살림에 서툴렀고, 부모는 그런 그녀를 못마땅하게 여겨 고부 갈등이 잦다고 했다. 또한, 주는 것 없이 받는 것만 요구하던 처가는 요구하는 금액을 점차 늘리고 있었다고.

"물론 연애결혼이 아니더라도 어려움이야 있겠지만, 차라리 비슷한 가문끼리 결혼했더라면 이런 일도 없었을 거란 생각이 자꾸만 들어서……."

"……."

"하여 차라리 아버지가 원하던 대로 황후 폐하와 결혼했었다면 어땠을까 하는 마음을 잠깐 품었던 것뿐입니다. 괜한 심려를 끼쳐 면구스럽습니다."

그의 고충은 생각 외로 현실적이라, 베아트리스는 저도 모르게 그럴 수도 있겠다는 생각을 했다. 그러나 그녀는 제 부인과의 결혼 생활을 불행하다 떠벌리는 이들을 함부로 동정해선 안 된다는 사실을 알지 못했다. 꿍꿍이를 지닌 이들은 으레 그 동정을 타고 접근한다는 것도.

그날 이후 아이작과의 관계는 제법 편안해졌다. 아이작은 간간이 이자벨과의 결혼 생활에 대한 어려움을 말하며 동정을 샀고, 베아트리스는 그를 위로하며 종종 제 이야기를 털어놓았다. 믿었던 친우들이 자신의 치부를 떠벌리고 다녔던 것도, 귀족들이 자신의 말을 무시한 것도, 시녀들이 불순한 태도를 보이는 것도.

괜한 이야기를 꺼내는 건가 하는 생각도 들었지만, 아이작은 퍽 진지하게 그녀의 이야기를 들어 주었다. 파티장이나 정무 회의에서는 그녀의 옆을 지키며 도움을 주기도 했다. 물론 자신을 지켜 주는 아이작이 없는 날이면 이전과 다를 바 없는 처지였으나, 알아서 하라며 방에서 내보내던 하인리히에 비해선 훨씬 든든했다.

"시녀들에 대한 일은 폐하께 부탁드리는 건 어떠십니까?"

"폐하께선 내게 알아서 하라고 하신 것을요."

아이작의 제안에 베아트리스는 고개를 저었다. 아이작이 퍽 능글맞게 웃었다.

"제가 황후 폐하의 침실에도 들어갈 수 있다면, 분명 해결해 드렸을 텐데요."

"그런 말 하지 말래도요."

가볍게 타박했지만, 베아트리스는 자신이 하인리히가 아닌 아이작과 결혼했으면 어땠을지 종종 생각했다. 그럼 자신을 홀대하는 시녀들을 벌하고, 누구도 자신을 건드리지 못하도록 지켜 주었을 거란 생각이 들어서.

작게 소리 내어 웃던 아이작이 입을 열었다.

"송구합니다. 한데……. 폐하께서 알아서 하라고 하셨다고요?"

"네."

"외람되지만, 그럼 정말로 알아서 하시면 되지 않습니까?"

"……무엇을요?"

"그러니까, 속된 말로 하자면……."

아이작은 베아트리스의 귀에다 입을 가져갔다. 그의 숨결이 얼굴 근처로 다가오자, 베아트리스는 작게 어깨를 움츠렸다.

"엎어 버리는 겁니다, 전부."

들려오는 목소리가 지나치게 선명했다.

얼마 지나지 않아 하인리히가 돌아왔다. 여느 때처럼 승전보와 함께였다. 돌아오자마자 집무실에 틀어박힌 것도 전과 다를 바 없었다.

시녀들의 태도 또한 달라지지 않았다. 그들은 방을 환기한다는 명목으로 노크도 없이 들어와 창문을 활짝 열었고, 추위에 몸을 웅크리는 베아트리스를 함부로 깨웠다.

"소셋물을 가져왔습니다."

그 말에 베아트리스는 간신히 몸을 일으켰다. 그리고 얼음이 동동 떠다니는 차가운 소셋물을 보고 얼굴을 굳혔다.

"이건……."

"잠을 깨기가 어려우신 듯하여 시원한 물을 가져왔습니다."

소셋물을 가져온 시녀가 머리를 조아리며 말했다. 주위에 서 있던 이들이 피식피식 웃음을 흘렸다. 노골적인 조롱이었다.

"날이 추우니 창문을 닫으렴. 소셋물은 따뜻하게 해서 다시 가져오고. 폐하께서도 오셨는데, 내가 감기라도 걸리면 너희도 곤란하지 않겠니?"

베아트리스는 애써 침착하게 다시 명령했다. 또 못 알아듣는 척할까 싶었지만, 시녀들은 자신들끼리 무어라 눈짓을 주고받더니 순순히 창문을 닫고 방을 나갔다.

'시녀들에게는 이 정도로만 말하면 될까.'

아이작은 엎어 버리라고 조언했지만, 남에게 싫은 소리를 못 하는 베아트리스는 차마 그럴 수가 없었다. 그녀는 크게 화내지 않아도 된다는 것에 안심하며 다시 몸을 누웠다. 그리고 얼마 지나지 않아 또다시 문이 열렸다.

"물을 새로 가져왔습니다, 황후 폐하."

시녀들이 가져온 것은 하얀 김이 올라오는 뜨거운 물이었다. 끓는 물을 그대로 대야에 들이부었는지 수면에는 아직 기포마저 남아 있었다. 베아트리스가 다시금 얼굴을 굳히자, 작게 키득거리는 소리가 들려왔다.

"춥다고 하셔서 따뜻하게 데워 왔습니다. 어서 세안하시고 폐하를 뵈러 가셔야죠."

시녀는 대야를 베아트리스의 앞에 옮겨 주며 말했다. 그것을 본 순간 새삼스럽게도 실감할 수 있었다.

나는 줄곧 얕보이고 있었구나. 이 자들은 내 자비를 비굴이라 여기고 코웃음 치고 있었겠구나. 침실에는 나를 지켜 줄 이 아무도 없고, 어쩌면 나는 평생을 이런 식으로…….

'알아서 하십시오.'

그 말이 떠오른 건 그 순간이었다. 울컥하고 속에서 무언가 치밀어 올랐다. 베아트리스는 베드 테이블을 있는 힘껏 내동댕이쳤다. 뜨거운 물이 담긴 대야와 화장수, 마른 수건이 시녀들을 향해 날아갔다.

쨍그랑!

"까악!"

"앗, 뜨거……!"

요란한 소리와 함께 사기로 된 대야가 바닥에 떨어져 깨졌다. 누군가는 화장수 병에 이마를 얻어맞았고, 누군가는 뜨거운 물을 그대로 뒤집어썼다. 베아트리스는 주춤주춤 물러나는 이들을 보며 몸을 일으켰다. 물을 맞은 시녀는 주저앉은 채 얼굴을 가리고 있었다.

"뜨겁니?"

"화, 화, 황후 폐하……."

"또 같은 질문을 네댓 번 해야 대답하겠니?"

온기 한 점 없는 물음에 시녀는 여전히 얼굴을 가린 채 머리를 조아렸다. 베아트리스는 그대로 그녀의 머리채를 휘어잡고 뒤로 확 젖혔다.

"컥!"

"저런. 많이 뜨거웠나 보구나. 얼굴에도 맞았으니, 이를 어쩐다."

시녀의 한쪽 뺨은 시뻘겋게 달아올라 있었다. 베아트리스는 가볍게 혀를 차고는 그녀를 바닥에 내동댕이쳤다. 고개를 들자 당황한 표정들이 눈에 들어왔다.

"뭐 하고 있니? 소셋물을 새로 가져오지 않고."

차갑게 명령하자, 눈이 마주친 시녀가 황급히 방을 나가선 새 대야에 물을 받아 왔다. 나쁘지 않은 온도였지만, 베아트리스는 다시금 그것을 내동댕이쳤다. 그리고는 얼굴이 하얗게 질린 시녀들을 둘러보며 말했다.

"대야가 마음에 들지 않는구나. 다시 가져오렴."

베아트리스는 총 다섯 개의 대야를 내동댕이쳤다. 시녀의 걸음걸이가 마음에 들지 않는다, 수건이 뻣뻣하다. 그렇게 트집을 잡은 그녀는 마지막에는 겁에 질린 표정을 지적했다.

"아까는 뭐가 그리 우스운지 잘만 키득거리더니, 표정들이 왜 이럴까."

시녀들은 어깨를 움츠렸다. 그중 한 명이 얼른 무릎을 꿇었다.

"요, 용서해 주세요, 황후 폐하."

뜨거운 물을 가져다주었던 이였다. 가장 가까이 있던 탓에 뜨거운 물을 뒤집어쓴 그녀는 한쪽 뺨이 여전히 벌게져 있는 채였다.

"뭘 용서해 달란 거니, 잔느. 얼굴에 화상을 입을 만큼 뜨거운 물을 소셋물이라고 가져온 것? 감히 주인의 허락도 없이 함부로 방문을 열고 들어와 잠을 깨운 것? 찢어진 드레스를 입혔던 것?"

"……."

"그것도 아니면, 옷시중을 들며 일부러 문을 활짝 열었던 걸 말하는 거니? 시키지 않은 일을 해 놓곤 내 명령이라고 우겨 댔던 일을 말하는 거니? 내가 곤란해하는 걸 보며 너희들끼리 웃던 걸 말하는 걸까?"

"자, 잘못했습니다. 저희가 잘못했습니다."

"자비를 베풀었더니 끝도 없이 기어오르더구나. 일어나렴, 잔느. 그리고 너, 이리 가까이 와."

베아트리스가 명령하자, 구석에서 눈치를 살피던 시녀가 쭈뼛쭈뼛 가까이 다가왔다. 목욕 시중을 들 때 일부러 얼굴에 물을 끼얹고는 키득거리던 시녀였다.

"이 아이의 뺨을 때리렴. 이렇게 가까이서 말했는데, 설마 또 못 들었다고 말하진 않겠지."

황후궁에서 소란이 일어났다는 소식에 하인리히가 찾아왔을 때, 베아트리스의 침실은 그야말로 아수라장이었다. 바닥은 깨진 대야로 엉망이었고, 바닥에 쏟아진 장미수로 머리가 아플 만큼 짙은 향기가 풍겼다.

그리고 베아트리스는 침대에 걸터앉은 채 시녀의 뺨을 내리치고 있었다. 그녀는 흐느껴 우는 얼굴을 보며 냉랭하게 말했다.

"웃지 않고 뭐 하는 거니?"

시녀가 울음을 그치고 입꼬리를 올리면 베아트리스는 기다렸다는 듯 다시 손을 들었다. 철썩, 매서운 소리와 함께 시녀의 고개가 홱 돌아갔다.

그 모습을 본 하인리히가 성큼성큼 방 안으로 발을 들였다.

"이게 무슨 짓입니까, 황후."

거친 손이 그녀의 손목을 붙잡았다. 베아트리스는 그의 눈썹 사이가 작게 구겨진 걸 보며 입을 열었다.

"별일 아닙니다. 시녀들의 태도가 불순하여 벌을 주고 있었습니다."

"……."

"제가 도움을 청할 땐 알아서 하라고 하셨으면서, 이렇게 찾아오실 줄은 몰랐네요."

하인리히는 베아트리스의 말에 대답하지 않았다. 그저 그녀의 손목을 움켜쥔 채 고개를 돌려 명령할 뿐이었다.

"……궁의를 불러오라."

"폐, 폐하. 황후께서……. 으흑……."

바닥에 엎드린 시녀들은 황제가 자신들을 구해 주리라 믿는 듯 흐느끼며 울었다. 베아트리스는 잡힌 손을 빼내기 위해 힘을 줬지만, 돌처럼 단단한 몸은 꿈쩍도 하지 않았다. 굳은 옆얼굴을 보자 덜컥 겁이 났다. 그가 이 자리에서 제게 화를 내거나 나무랄까 봐.

"알아서 하라고 하셨잖아요."

"……."

"폐하께서 말씀하신 대로 하고 있는데, 왜……!"

"다치라는 뜻은 아니었습니다."

그 말에 베아트리스의 몸에서 힘이 풀렸다. 하인리히는 그제야 그녀의 손목을 놓아주었다. 침대에 툭 떨어진 손바닥이 뒤늦게 아렸다.

"아랫사람들을 시켜도 될 일을 왜 황후께서 직접 하신단 말입니까."

시녀들의 흐느낌이 일제히 멈추었다. 그들은 믿을 수 없다는 듯 황제와 황후를 보고 있었다. 망설이던 베아트리스가 입을 열었다.

"시녀에게 시켰으나, 때리는 것이 영 시원찮아 직접 하던 중이었습니다."

"앞으로는 힘을 써야 할 일이 있다면 차라리 기사들을 부르십시오. 손을 다치면 펜을 들기가 힘들 테니."

들려오는 목소리는 여전히 냉담했다.

그러니까, 황후로서 직무를 수행하는 데에 차질이 생기게 하지 말라는 의미였다. 새삼스레 실망하게 되는 건 왜인가. 제 손을 걱정해 주던 그에게 다른 기대라도 품었던 것처럼.

"궁내의 사용인은 황후의 관할이다. 다시는 이런 일로 나를 찾지 마라."

하인리히는 시녀장에게 명령하고는 그대로 몸을 돌렸다. 그가 막 황후의 침실을 나가려던 순간이었다.

"앞으로도…… 이렇게 하면 될까요?"

베아트리스의 물음에 하인리히는 발을 멈추었다. 그는 웃음기 하나 없는 얼굴로 그녀를 돌아보았다.

"그대의 시녀들을 관리하는 데에 왜 내 의견을 묻는단 말입니까. 알아서 하시되 죽이지만 마십시오."

"……"

"정 죽여야 할 이가 생긴다면 그때 날 찾으십시오. 내 검을 빌려드릴 테니."

시종일관 온기라곤 없는 목소리였다. 숨을 죽이고 있던 시녀들이 숨을 헉 하고 들이마셨다. 그의 말은 여기 있는 시녀들 모두의 목을 베어도 문제 삼지 않겠다는 것과 같은 의미였다.

"사, 살려 주세요. 살려 주세요, 황후 폐하."

황제를 구명줄처럼 바라보던 시녀들은 얼른 바닥에 엎드려 애원하기 시작했다. 하인리히는 아무래도 상관없다는 듯 그대로 방을 나가 버렸다.

황후궁의 시녀들이 물갈이되었다. 기존의 시녀들은 흠씬 매질을 당한 후

추천장 하나 없이 쫓겨났다. 더하여 황궁에 출입하는 것 또한 엄격히 금지되었으니, 다시는 시녀로 일하지 못할 터였다.

베아트리스는 손을 다쳤다는 이유로 하루 동안 방에서 휴식을 취했다. 새 시녀를 선발해야 해서 완전히 쉴 수는 없었으나, 앓던 이가 빠진 듯 후련한 마음은 지울 수 없었다.

무거운 대야를 몇 번이나 엎어 생긴 근육통이 잦아들었을 무렵, 베아트리스는 하인리히의 집무실을 찾았다.

"사교계에서 제게 불순하게 구는 이들이 있습니다."

"……."

"폐하께서 도와주실 건가요? 아니면, 이번에도 제가 알아서 하면 될까요?"

퍽 당돌한 물음에 하인리히는 여전히 냉담하게 대답했다.

"혹 실수로 죽이게 된다면 그때 말씀하십시오."

그녀가 무슨 짓을 해도 관여하지 않겠다는 의미였다.

베아트리스는 제게 무례하게 구는 이들을 더는 내버려 두지 않았다. 몇 번인가 일부러 제 드레스에 와인을 흘린 귀부인의 얼굴에다 샴페인을 끼얹었고, 갈아입을 옷을 빌려주겠다며 상황에 맞지 않는 드레스를 내어 주어 망신을 주기도 했다. 황제의 사랑을 받지 못하는 황후를 한번 꾀어내 보려 접근하던 남자들은 함께 춤을 추며 발등을 사정없이 밟아 주었다.

그녀는 더 이상 아비의 든든한 보호를 받던 소녀가 아니었다. 상냥하게 웃기만 해도 칭송을 받던 공녀가 아니었다. 패악질을 부릴수록 제게 머리를 조아리는 이들의 모습은, 그리고 그들을 보며 통쾌함을 느끼는 제 모습이 왜 이토록 허무한지.

하인리히는 베아트리스의 마음을 위로해 주지 못했다. 그는 베아트리스에게 아무런 관심이 없었으니까. 그녀의 마음을 달래 주는 것은 언제나 아이작이었다.

"황후께서 성정이 다정하셔서 그런 겁니다. 그간 그 마음을 알아주지 못한 이들이 아둔한 거지요."

"그렇게 편을 들어 줘도 난 줄 게 없습니다, 공작."

베아트리스가 농담을 던지자, 아이작은 천천히 그녀에게 다가왔다. 둘만 남은 집무실은 지독히도 적막했다.

"정말로 없으십니까?"

아이작의 손이 그녀의 입술을 조심스레 만지작거렸다. 아이작은 마치 베아트리스가 받아들일 수 있는 선을 시험하듯 천천히 다가왔다. 어느 날은 손끝이 닿고, 어느 날은 손을 잡고, 어느 날은 손깍지를 끼고, 또 어느 날은 어깨나 허리를 부드럽게 감싸 안고. 베아트리스는 그가 자신을 원할 때마다 조마조마했지만 싫지는 않았다. 적어도 그와 함께 있을 때는 외롭지 않았고, 제 편이 있다는 사실이 든든했으니.

처음으로 집무실에서 아이작과 입을 맞추며, 베아트리스는 꼭 복수를 하듯 통쾌한 심정이었다.

당신이 날 사랑하지 않아도 이렇게 나를 원하는 사람이 있다고. 그러니 난 더 이상 당신의 사랑을 원하지 않는다고. 당신이 진작 날 사랑했더라면 이런 일은 일어나지 않았을 거라고. 허무감을 지워 내려는 듯 베아트리스는 몇 번이고 되뇌었다.

"황후 폐하를 온전히 가지고 싶습니다. 단 한 번이라도 좋으니……."

아이작은 딱 베아트리스가 만족할 만큼 애걸하는 남자였다. 그가 갈급한 얼굴로 자신을 바라볼 때마다 베아트리스는 하인리히를 떠올렸다. 제게는 아무런 관심도 주지 않는 남자. 누군가 자신을 공격하더라도, 자신이 누군가에게 패악을 부려도, 아무것도 신경 쓰지 않던 남자.

"아직 황손을 보지 않았습니다. 폐하께서 아시면 어쩌려고요."

"약을 먹으면 되지 않겠습니까."

"……."

"황후 폐하, 아니……. 베아트리스. 내 마음을 알지 않습니까."

아이작이 그녀의 귓가를 간질이며 말했다.

"난 늘 당신을 위하고 있는데, 왜 매번 안 된다고만 하십니까."

"여긴 황궁입니다, 공작. 사용인들의 눈과 귀가 곳곳에 있다고요. 그러니 내가 황손을 낳을 때까지는……."

"그럼, 황궁이 아니라면…… 괜찮은 겁니까?"

아이작이 뱀처럼 속삭였다. 기대에 찬 눈을 보며 베아트리스는 또다시 하인리히를 떠올렸다. 아마 당신은 평생 나를 이런 식으로 쳐다보지 않겠지. 어쩐지 울컥하는 마음에 그녀는 천천히 고개를 끄덕였다.

* * *

얼마 지나지 않아 베아트리스는 하인리히를 찾았다. 하인리히는 늘 그래 왔듯 한 치의 흐트러짐 없이 놓인 서류들 사이에서 펜을 들고 있었다. 왔느냐는 말도, 앉으라는 말도 없이.

베아트리스는 인사 한마디 없는 그를 보다가 툭 내뱉었다.

"조금이라도…… 쉬시지 않고요."

"몸이 좋지 않다면 알아서 쉴 테니, 그대가 걱정할 것 없습니다."

하인리히는 베아트리스를 쳐다보지도 않고 말했다. 정말이지 말 한번 곱게 하는 법 없는 남자였다. 베아트리스는 그를 물끄러미 보다가 입을 열었다.

"……요즘 살바토르 공작의 도움을 많이 받고 있습니다."

"그렇습니까."

탁탁. 하인리히는 다 검토한 서류를 세워 반듯하게 정리했다. 별 관심 없다는 듯한 태도였다. 이럴 걸 알면서도 굳이 공작의 이야기를 꺼낸 이유는 무엇인가. 새삼 다른 반응이라도 기대한 것처럼.

"더 하실 말씀이 있습니까?"

할 말이 끝났으면 이만 나가라는 의미였다. 그래, 하기야 아이작을 제 부관으로 임명한 것도 이 사람이었다. 베아트리스는 아랫입술을 꾹 물었다.

"휴가를 좀 다녀오고 싶습니다."

그 말에 하인리히는 그제야 고개를 들었다. 베아트리스는 그의 눈을 보지 않았다.

"……조금 쉬고 싶어서요."

밤낮없이 일하는 사람을 앞에 두고 하기에는 조금 민망한 이야기였다. 베아트리스는 말을 거둘까 고민했지만, 하인리히는 선뜻 고개를 끄덕였다.

"그러십시오."

"……예?"

순순한 승낙에 베아트리스는 도리어 당황하고 말았다. 이토록 쉽게? 핀잔한마디 없이? 멍청하게 서 있는 그녀에게 하인리히가 덧붙였다.

"수도 외곽에 있는 자베르 호수에 별장이 있습니다. 그리 멀지 않은 데다 풍경도 아름답고, 음식도 입에 맞을 테니……. 며칠 정도는 푹 쉬었다 오셔도 좋습니다."

풍경이 어떻다고? 내 입맛을 당신이 어떻게 알고? 들어 본 적 없는 말들이 낯설기 그지없었다. 그러나 의아함을 표현할 만큼 친밀한 관계도 아니었기에, 베아트리스는 그저 고개를 끄덕일 뿐이었다.

베아트리스는 홀로 여행을 떠났다. 여행이라고 해 봤자 수도 외곽의 작은 호수일 뿐이었지만, 결혼한 뒤 내내 황궁에서 지내 온 그녀는 그것만으로도 제법 들떠 있었다.

침실에서 호수를 볼 수 있는 별장은 정말로 아름다웠다. 창문을 열면 시원한 바람이 더위를 식혀 주었고, 밤이 되면 풀벌레 우는 소리가 들렸다. 음식 또한 향신료를 많이 쓰지 않아 자극적인 것을 좋아하지 않는 그녀의 입맛에 잘 맞았다.

별장의 사용인들은 공작저의 사용인들처럼 정중했다. 베아트리스는 하루 종일 침실에서 노닥거리거나 근위대를 동반한 채 녹음이 우거진 나무 아래를 산책했다. 간만에 찾은 평화에 긴장한 몸도 마음도 풀리는 것만 같았다.

아이작은 밤마다 그녀를 찾아왔다. 그녀가 머무는 별장 근처에 숙소를 잡고 밤이 늦으면 창문을 두드렸다.

"베아트리스, 내 사랑……."

아이작은 제 부인에게도 몇 번이고 속삭였을 사랑을 속삭이며 그녀에게 입 맞춰 왔다. 베아트리스는 얼른 정신을 차리고 그를 밀어내었다.

"약은, 약부터 먹어야지요."

"미리 먹고 왔습니다. 당신을 보고 나면 도저히 참을 수 없을 것 같아서."

끈적한 목소리가 발목을 휘어 감고, 뱀처럼 넝쿨처럼 온몸을 옭아매었다. 들어 본 적 없는 다디단 말들이 귓가에 울렸다. 베아트리스는 그의 부인도 같은 말을 들었을 거라 확신했지만, 모른 척 그의 목을 껴안았다.

초여름에 접어들어 제법 더워진 날씨였다. 베아트리스는 목을 가리는 터틀넥 드레스를 입고 황궁으로 돌아왔다. 몸에 기어이 자국을 남긴 아이작 때문이었다.

'그렇게 말했는데도…….'

여름에 목과 어깨에다 자국을 남겨 놓곤 허허 웃던 꼬락서니라니. 베아트리스는 원망과 불안을 감추고 집무실을 찾았다. 하인리히는 늘 그래 왔듯 그 자리에 앉아 있었다.

"오셨습니까."

"예, 폐하."

하인리히는 짧은 여행에 대해 시시콜콜 묻지 않았다. 베아트리스 또한 그런 그를 붙잡고 이랬네 저랬네 이야기하고픈 마음은 없었다. 그녀가 정중히 인사하고 황후궁으로 돌아가려던 순간이었다.

"……날씨가 더워지는데."

그 말에 베아트리스는 발을 멈추었다. 고개를 돌리자, 하인리히가 자신을 빤히 보는 게 눈에 들어왔다.

"긴 옷을 입으셨습니다."

"……."

"혹 감기에라도 걸리셨습니까?"

그 물음에 심장이 세차게 두방망이질했다. 혹 알고 있는 건 아닌가. 떠보려는 건 아닌가. 베아트리스는 변명하기 위해 얼른 입을 열었다.

"저, 폐하. 그게……."

"나을 때까진 방에서 쉬십시오. 몸이 좋지 않으면 직무에 방해가 될 테니."

거기까지 말한 하인리히는 다시 펜을 들었다. 사각, 사각, 펜촉이 종이를 긁는 소리가 들려왔다. 베아트리스는 마른침을 꿀꺽 삼켰다.

"그러겠습니다."

어쩐지 조마조마한 마음에 심장이 입 밖으로 튀어나올 것만 같았다. 베아트리스는 다시 한번 인사한 후 도망치듯 집무실을 빠져나왔다. 하인리히의 시선이 제 뒷모습을 좇는 것도 모른 채로.

황후궁으로 돌아온 베아트리스는 모든 시중을 마다하고 시녀들을 물렸다. 아주 진한 자국은 아니었지만, 하필이면 잘 보이는 곳에 남겨 사나흘은 몸을 꽁꽁 싸매고 있어야 할 것 같았다.

'다음 합방일 전까지는 지워져야 하는데.'

그나마 몸이 좋지 않다는 핑계로 며칠 방 안에 박혀 있을 수는 있었지만, 혹 궁의라도 찾아오면 큰일이었다. 혼자서 옷을 갈아입고 시중 없이 목욕하면서도 불안이 도통 가시질 않았다.

하인리히가 찾아온 것은 그날 밤이었다. 어둑해진 시각, 문을 열고 들어온 그를 보며 베아트리스는 화들짝 놀라 손으로 목을 가렸다.

"어, 어쩐 일로……."

"몸은 좀 어떠십니까."

하인리히는 허락도 받지 않고 성큼성큼 방으로 들어왔다. 그러고는 그녀의 이마에 손을 가져다 대었다. 흡사 열이라도 재 보려는 모양새라 베아트리스는 당황하고야 말았다.

"폐하……?"

"열은 없는 듯하니 궁의를 부를 필요는 없겠습니다."

"……."

"다른 불편한 곳은 없으십니까?"

평생 그에게선 들어 보지 못하리라 생각했던 물음이었다. 얼떨떨했지만, 무뚝뚝한 표정이나 차가운 목소리는 분명 하인리히의 것이 맞았다.

"……직무에 누가 되어 송구스럽습니다. 내일부터는 차질 없이 복귀할 테니, 너무 심려치 마세요."

베아트리스가 내린 결론은 그것이었다. 그는 시녀들을 벌하다 손을 다쳤을 때도 펜을 들기 힘들 거라 말하던 사람이었다. 그러니 몸이 좋지 않으면 직무에 문제가 생길 것을 걱정하는 것이리라.

원하는 답을 해 주었으니 베아트리스는 그가 다시 방으로 돌아갈 거라고 생각했다. 그러나 하인리히는 돌아가지 않았다. 이마를 짚던 손이 천천히 아래로 내려와 뺨을 감쌌다.

"폐하……?"

"여행은 즐거우셨습니까."

묵직한 목소리가 너무도 지척에서 들려왔다. 베아트리스는 덜컥 겁이 났다. 혹 알고 묻는 것인가. 아직 황손도 낳지 않은 몸으로 자신이 무엇을 했는지를. 쿵, 쿵, 심장 소리가 들려왔다.

"폐하께서…… 살펴 주신 덕에……."

"풍경은 어땠습니까. 별장의 사용인들은, 말을 잘 들었습니까?"

그러나 하인리히는 아이작에 대한 이야기를 꺼내지 않았다. 그저 휴가지에서의 일들을 물을 뿐이었다. 무엇이 즐거웠는지, 음식은 입에 맞았는지, 무엇을 하며 시간을 보냈고 무슨 생각을 했는지.

도무지 알 수 없는 것투성이였다. 이런 것을 묻는 사람이 아니었지 않나. 제게는 언제나 관심조차 보이지 않던 사람이 아닌가. 한참 동안 질문하던 그가 마침내 입을 다물었을 때, 베아트리스는 조심스레 물었다.

"술을…… 드셨나요?"

그 물음에 하인리히는 말없이 그녀를 빤히 보았다. 베아트리스는 그가 술을 먹지 않는 걸 기억하곤 민망하게 덧붙였다.

"……취하신 것 같아서요."

"글쎄요."

"……."

"그럴지도 모르겠습니다."

하인리히는 낮게 웃으며 그녀의 얼굴을 가볍게 당겼다. 그가 무엇을 하려는지 알아챘을 때, 꾹 다물린 입술은 이미 포개어진 다음이었다.

베아트리스는 화들짝 놀라 저도 모르게 몸을 뒤로 물렸다. 하인리히가 입술을 떼고는 고개를 들었다. 그에게서는 술 냄새가 전혀 나지 않았다.

"피하지 마십시오."

"저, 합방일도 아닌데 왜……."

후계를 생산하기 위한 합방이야 있었지만, 그 외에 그가 입을 맞춰 온 것은 처음이었다. 심지어 그녀가 밤늦게 찾아갔던 날도 돌아가라 말하지 않았던가.

"싫으십니까."

"……예?"

"나와 이러는 게 싫으시냔 말입니다."

"……."

"결정하십시오. 내 뺨을 때리거나, 혹은 견디거나."

하인리히는 정말로 뺨을 때려도 좋다는 듯 하던 일을 멈추고 그녀를 보았다. 그러나 베아트리스는 그저 굳어 있을 뿐이었다. 제 목을 가려야 한다는 것조차 잊은 채로. 베아트리스가 아무 말도 하지 않자, 하인리히는 다시금 그녀에게 입을 맞추었다. 입술과 볼, 그리고 목.

그의 입술이 목에 닿자, 베아트리스는 불에 덴 듯 놀라 그를 밀어냈다. 하인리히가 고개를 들었다. 그의 시선이 향하는 곳을 깨닫자 심장이 주체할 수 없을 정도로 두방망이질했다.

"폐, 폐하, 이건……."

"벌레에 물리셨습니까."

"예?"

갑작스러운 물음에 베아트리스는 놀라 고개를 들었다. 하인리히는 대답을 기다리듯 그녀를 보고 있었다. 자신을 주시하는 푸른 눈이 그 자리에 있었다.

언젠가 본 적 있는 시선이었다. 파티장에서의 그날, 그에게 다가가 춤을 청해 달라 하고 손수건을 건넸던 그 날, 다른 영애들과 춤을 추면서도 제게서 눈을 떼지 않던 그…….

"호수 주변이라 벌레가 꽤 많았던 모양입니다."

묵직한 목소리가 상념을 깨뜨렸다. 멍청하게 있던 베아트리스는 그제야 핑곗거리를 찾은 양 허겁지겁 대답했다.

"예, 마, 맞습니다. 벌레가, 벌레가 몸을 물어서……."

그 대답에 하인리히는 퍽 느른하게 웃었다. 그러고는 그 자국 위에 입술을 가져다 대었다.

"폐, 폐하."

베아트리스는 화들짝 놀라 만류했지만, 하인리히는 그저 붉은 자국이 남은 부위에 하나하나 입을 맞출 뿐이었다. 그의 입술이 지나간 자리에 짙어진 자국이 꽃잎처럼 남았다. 그는 아이작이 남긴 자국에 모두 입 맞추고 난 다음에야 고개를 들었다.

"합방에서 남은 자국을 보며 흉 볼 이는 없을 겁니다. 날씨가 더우니, 내일 부터는 목을 가리지 마십시오."

하인리히는 여전히 냉랭하게 말했다. 그러나 혼란을 감추지 못하는 베아트리스와 눈이 마주치자, 작게 입꼬리를 올렸다.

"황후께서 고작 벌레 한 마리 때문에 목을 가리셔야 되겠습니까."

"……."

그날 밤, 하인리히는 처음이자 마지막으로 황후궁에서 잠들었다. 베아트리스는 자신이 꿈을 꾸는 것 같다고 생각했다. 잡아먹을 듯한 입맞춤도, 집요한 손길도, 모두 낯설기만 해서.

그러나 다음날, 오후가 되어서야 간신히 눈을 뜬 베아트리스의 옆자리는 텅 비어 있었다. 그저 몸에 울긋불긋하게 남은 흔적만이 간밤의 일을 증명할 뿐이었다.

얼마 지나지 않아 베아트리스는 회임을 했다. 결혼 시기에 비하여 늦은 회임이었지만, 그간 하인리히가 전쟁으로 자주 자리를 비운 데다 합방일 또한 많지 않았으니 따지고 보면 아주 늦은 것도 아니었다.

궁의가 회임을 진단했을 때도 하인리히는 큰 반응이 없었다. 다른 남편들처럼 눈물을 흘리거나 얼싸안고 입을 맞추리라 예상한 건 아니지만, 기쁜 기색조차 보이지 않아 궁의마저 당황하고 말았다.

"몸에 무리가 가지 않도록 업무량을 줄이겠습니다."

그의 반응은 거기서 끝이었다. 수고했다든가, 고맙다든가, 그런 말조차 해 주지 않고 다시 집무실로 가 버릴 뿐이었다.

원래라면 그저 서운하고 말았을 일이겠지만, 찔리는 게 있는 베아트리스로서는 서운함을 느끼는 것마저 죄책감이 들었다. 혹 그날의 일을 알고 있는 건 아닌가. 그래서 제 아이가 아닐지도 모른다고 의심하는 것 아닌가.

시간이 지날수록 돌이킬 수 없는 일들에 대한 후회가 짙어졌다. 제 앞에서 약을 먹는 걸 확인했어야 했는데. 자신을 믿지 못하는 거냐고 서운한 기색을 보여도 마음이 약해지지 말았어야 했는데.

불안을 이기지 못한 베아트리스는 아이작 살바토르를 붙잡고 그날 약을 먹은 게 맞는지 몇 번이고 확인했다. 아이작은 웃으며 그녀를 안심시켰다.

"정 불안하시면 이렇게 할까요. 저 또한 부인과 후사를 준비 중이니……. 황후께서 딸을 낳으시고 제가 아들을 낳으면, 혹은 황후께서 아들을 낳으시고 제가 딸을 낳으면 둘을 결혼시키는 겁니다."

"……."

"이렇게 말씀드리면 좀 믿으시겠습니까?"

사람 좋은 웃음에 베아트리스는 그제야 조금 안심했다. 상식적인 사람이라면 피 섞인 남매를 결혼시키려 들지는 않을 거란 생각에서였다. 그녀는 선선히 고개를 끄덕였다.

베아트리스는 건강한 사내아이를 낳았다. 보일 듯 말 듯 한 붉은 기가 맴도는 검은 머리에 금색 눈을 지닌 아이였다. 하인리히도, 아이작도 닮지 않은 아이를 보며 베아트리스는 불안을 간신히 억누를 수 있었다.

하인리히는 아이를 한번 안아 보았지만, 그저 그뿐이었다.

"그대를 많이 닮았습니다."

짧게 감상을 말한 그는 아이를 돌려주었다. 베아트리스가 아이에게 젖을 물리는 걸 보며 덧붙였다.

"몸이 많이 상했으니, 당분간 집무실에 나오지 말고 쉬십시오. 휴가는 다섯 달이면 되겠습니까?"

"아닙니다. 두세 달 정도면……."

"큰일을 치른 후에 무리하게 되면 몸이 망가집니다. 앞으로 몇십 년은 더 사실 텐데, 고작 몇 달 더 쉬는 걸 아까워하셔야 되겠습니까."

"……."

"최소한 다섯 달입니다. 혹 휴식이 더 필요하다면 그때 다시 말씀하십시오."

그것이 자신의 몸을 걱정한 배려인지, 혹은 오랫동안 직무를 수행해야 할 황후가 건강으로 일에 차질을 줄 것을 우려해서인지 알 수 없었다. 베아트리스는 그것이 후자라고 생각했다. 그에게 더 이상의 기대는 하고 싶지 않았으니.

그녀의 몸이 완전히 회복될 때까지 하인리히는 전쟁에 나가지 않았다.

이자벨 살바토르는 딸을 낳다가 죽었다.

부인을 잃고 상심에 찬 아이작은 황후의 부관에서 사직하고 싶다는 의사를 밝혔다. 베아트리스는 기꺼이 윤허하며 그를 위로했다.

그 뒤로는 달라질 것 없는 일상이 이어졌다. 아이작과의 관계는 자연스레 정리되었고, 아주 친밀하지는 않지만, 호의적인 관계를 이어 갔다. 새로운 부관으로 온 뒤페라크 백작 부인은 그를 대신하여 퍽 괜찮은 친우가 되어 주었다.

베아트리스는 하인리히에게 레온하르트를 알레이나와 약혼시키는 건 어떠냐 제안했다. 하인리히는 늘 그래 왔듯 그녀를 쳐다보지도 않고 대답했다.

"알아서 하십시오."

세월이 지나도 냉랭한 태도는 달라진 게 없었다. 이제는 익숙했지만, 그렇다고 상처를 받지 않는 것도 아니었다. 이 사람은 이런 사람이구나, 영원히 달라지지 않겠구나, 그렇게 받아들이면서도 쓸쓸한 마음을 지울 수는 없었다.

레온하르트와 알레이나는 아무런 잡음 없이 약혼했고, 베아트리스는 알레이나를 황궁에 자주 불러 직무를 가르쳤다. 어미 없이 자란 아이는 베아트리스를 잘 따랐다.

베아트리스는 언제까지고 이런 일상이 이어질 거라고 생각했다. 마지막 정복 전쟁에서 하인리히가 큰 부상을 입고 돌아오지만 않았어도.

궁의는 손쓸 방법이 없다며 머리를 조아렸다. 베아트리스는 믿을 수 없는 말을 들으며 하인리히를 보았다. 의식을 잃은 이는 쌕쌕 숨을 몰아쉴 뿐이었다. 눈을 뜨지 못하는 와중에도 간간이 고통스러운 듯 얼굴을 일그러뜨리기도 했다.

"……임종을 준비하는 게 좋을 듯합니다."

나이 든 궁의가 조심스레 말했다. 베아트리스는 고개를 끄덕였다. 황후가 약을 준비하게 했다는 소식에 귀족들은 황제의 임종을 맞이하기 위해 일제히 황궁을 찾았다. 베아트리스는 궁의가 준 약을 하인리히의 입 안에 천천히 흘려 넣었다.

황제가 임종을 앞두고 먹는 약은 품위 있는 죽음을 위한 일종의 극약이었다. 반나절에서 한나절 정도 고통이 사라지고 정신이 맑아지며, 마지막에는 잠을 자는 것처럼 편안한 죽음을 맞이할 수 있다고 했다.

입 안에 약이 들어간 지 얼마 지나지 않아 하인리히가 눈을 떴다. 그가 침상에 누운 채 천천히 베아트리스를 돌아보았다.

"약을…… 먹이셨습니까?"

"예."

"그럼……."

하인리히는 눈을 질끈 감았다가 떴다.

"……내가 죽습니까?"

차갑기만 하던 푸른 눈이 전에 없던 절박함을 담고 있었다. 얼음 같고 목석같던 사람도 죽음이 두렵기는 한 모양인지.

"예."

베아트리스는 담담히 고개를 끄덕였다. 하인리히는 짧게 침음했다. 혼란스러운 얼굴을 보면서도 베아트리스는 그리 슬프지 않았다. 그저 국상과 레온하르트의 즉위식 절차에 대해 생각했고, 이 사람도 이런 표정을 지을 수 있는 사람이었구나 생각할 뿐이었다.

하인리히는 빠르게 혼란을 갈무리하고 죽음을 준비했다. 복도에 줄지어

기다리는 귀족들을 보며 베아트리스는 내내 레온하르트와 함께 하인리히의 곁을 지켰다.

"그간 고생 많았습니다."

"폐하께서도요."

하인리히의 목소리는 어느덧 평소대로 돌아와 있었다. 두 사람은 퍽 담담하게 작별 인사를 주고받았다. 하인리히는 무언가 할 말이 있는 듯 입을 달싹거렸지만, 끝내 다른 말은 하지 않았다.

마침 제도에 와 있던 트라벨 공작가가 황제의 침실에 가장 먼저 발을 들여 황제와 마지막 인사를 나누었다. 그다음은 황태자와 약혼 관계인 살바토르 공작가였다.

"황후의 부관으로 있을 때 그대가 황후를 많이 도와주었다고 했지."

"그저 폐하께서 명하신 바를 따랐을 뿐입니다."

알레이나는 아비의 인사가 끝나길 기다리며 레온하르트의 곁에 섰다. 굳은 얼굴로 서 있던 레온하르트와 작게 눈짓을 주고받기도 했다.

베아트리스는 침대 옆에 앉은 채 하인리히와 아이작이 인사를 주고받는 모습을 멍하니 지켜보았다. 한결 편안해진 표정 탓인지 아직 아무것도 실감이 나지 않았다. 죽는다니. 죽음도 다가오지 못하게 할 것 같은 저 사람이……

쨍그랑!

갑작스러운 소리에 베아트리스는 고개를 돌렸다. 테이블에 있던 화병이 깨어진 채 널브러져 있었고, 레온하르트의 소매는 축축하게 젖어 있었다. 알레이나가 얼른 머리를 조아렸다.

"송구합니다. 갑자기 화병이 넘어지는 바람에."

"괜찮으니 옷을 정리하고 오렴."

베아트리스는 젖은 옷을 보며 말했다. 두 사람은 고개를 숙이고는 얼른 부속실로 향했다. 그들이 사라진 것을 본 아이작이 다시 황제에게 고개를 돌렸다.

"그러잖아도 폐하께 따로 드릴 말씀이 있었는데…….. 아이들이 자리를 비워 다행입니다."

베아트리스는 그 또한 황제의 임종을 앞두고 정신이 없는 것이라 생각했다. 알레이나라면 모를까, 황태자인 레온하르트까지 '아이들'이라고 칭하다니. 그러나 눈이 마주친 아이작이 자신을 보며 슬며시 입꼬리를 올린 순간, 베아트리스는 난데없는 불안감에 등골이 싸늘해졌다.

"부디 용서하십시오, 폐하. 제가 황제 폐하의 믿음을 저버리고…….. 황후 폐하와 정을 통하였습니다."

아이작이 내뱉은 말에 베아트리스의 손이 뻣뻣하게 굳었다. 아이작은 하인리히를 향해 정중히 고개를 숙였다.

왜 갑자기 저런 말을 하는 것인가. 무슨 이유로. 베아트리스는 당황하여 입을 열었다.

"갑자기……. 갑자기 무슨 말을 하는 겁니까, 공작."

"송구합니다, 황후 폐하. 폐하께서 마지막 가시는 길이라 생각하니 양심에 찔려…… 도저히 숨기지 못하겠습니다."

처연하게 눈썹을 일그러뜨리고 있었지만, 베아트리스는 꼭 아이작이 연극을 하는 것 같다고 생각했다. 마치 그간 황후와 놀아난 것을 몰랐던 황제를 조롱하려는 것처럼.

그녀가 다급하게 하인리히를 돌아보았다.

"아, 아닙니다. 아닙니다, 폐하. 전 그런 적…….."

"괜찮네. 그간 내가 무심하여 황후께서 제법 적적해하셨는데, 그대로 인하여 잠깐이라도 외로움을 달래셨으니 고마운 일이지."

하인리히가 대답한 것은 그 순간이었다. 평온하기 그지없는 표정을 보며 베아트리스는 그대로 얼어붙었다. 당황한 것은 아이작 또한 마찬가지인 듯했다.

"……알고 계셨습니까?"

아이작이 물었다. 하인리히가 보일 듯 말 듯 입꼬리를 올렸다.

"내가 황후에 대해 모르는 게 있을 거라고 생각하나?"

"……."

"모를 거라 생각한 게 의외로군."

죽음을 앞둔 이의 목소리는 전과 같은 위엄도 울림도 없었다. 그러나 그 내용에 두 사람은 함부로 입을 열지 못했다. 낯선 웃음소리가 들려왔다.

"하나 짧은 불장난으로 끝난 걸 보면, 황후께서 그대를 퍽 마음에 두진 않으신 모양이네."

"무슨……."

"교태라도 좀 부려 보지 그랬나? 그럼 좀 더 오래 곁에 두셨을지도 모를 텐데."

그 말에 아이작의 얼굴이 확 일그러졌다. 하인리히는 대수롭지 않은 양 말을 이었다.

"그대가 황후와 무슨 짓을 했건 황후가 내 사람이라는 건 달라지지 않네. 지금도 황후께선 그대가 아닌 내 임종을 지켜 주고 계신데, 문제 삼을 것 있겠나."

퍽 너그러운 조롱이었다. 긴 침묵이 이어졌다.

다 알고 있었다고. 도대체 언제부터. 베아트리스는 아무 말도 하지 못한 채 하인리히를 보았다.

"……폐하께서 이토록 자비로운 분일 줄은 미처 몰랐습니다."

오랜 정적을 깨뜨린 것은 아이작이었다. 그는 묘한 얼굴로 하인리히를 보고 있었다. 베아트리스는 어쩐지 그가 불쾌해 보인다고 생각했다. 한참 동안 하인리히를 보던 아이작이 입을 열었다.

"그렇다면 폐하, 혹 제가 약을 먹지 않았다고 해도……. 너그러이 용서해 주실는지요."

"공작!"

놀라 비명을 지른 것은 베아트리스 쪽이었다. 그러나 아이작은 베아트리스쪽은 쳐다보지도 않았다. 그저 반응을 살피듯 하인리히를 바라볼 뿐이었다.

하인리히는 놀란 듯 미간을 좁혔다. 그의 눈꺼풀이 위아래로 천천히 움직였다.

"……그건 미처 몰랐군."

"폐하, 거짓입니다. 공작이 거짓을……."

"공녀는 알고 있었나?"

하인리히의 물음에 베아트리스와 아이작은 동시에 뒤를 돌아보았다. 두 사람의 시선이 닿는 자리에 알레이나가 서 있었다. 몇 발자국 떨어져 있던 레온하르트도 얼굴을 굳힌 채 그들을 바라보고 있었다.

"……처음 듣는 이야기입니다, 폐하."

알레이나가 얼굴을 일그러뜨리며 입을 열었다. 그녀의 시선이 아비인 아이작을 향하고 있었다.

"제 생애 들어 본 가장 역겨운 이야기예요."

"그렇다고 하는군, 공작."

하인리히가 중얼거렸다. 아이작이 얼굴을 구기며 그를 돌아보았다. 입을 꾹 다문 채 아비를 노려보던 알레이나는 그대로 출입문을 열고는 밖으로 뛰쳐나갔다. 아이작이 황급히 자리에서 일어나 그녀를 뒤쫓았다. 베아트리스는 그 자리에 못 박힌 듯 앉아 있었다.

내가 무슨 말을 들은 건가. 분명 약을 먹었다고 하지 않았던가.

왜 그런 거짓말을…….

"……어머니."

멍하니 앉아 있던 그녀를 깨운 것은 늘 다정하던 아들의 목소리였다. 저벅. 저벅. 발소리가 천천히 가까워졌다.

"어머니, 이게 무슨……."

"태자는 잠시 물러나 있어라."

"폐하."

"네 어머니와 따로 할 말이 있다."

"아버지!"

레온하르트는 언성을 높였으나, 아무 말도 덧붙이지 못했다. 그는 얼굴을 성마르게 쓸어내리곤 그대로 몸을 돌렸다. 그의 발소리가 사라질 때까지 베아트리스는 고개를 들지 못했다.

"……황후."

먼저 입을 연 것은 하인리히였다. 베아트리스는 말이 없었다.

"황……."

"증거 없는 헛소립니다."

"……."

"설령 저자가 정말로 약을 먹지 않았다고 해도……. 레온하르트가 저자의 핏줄이란 증거 또한 없지 않습니까."

매정히 내뱉는 말과 달리 드레스를 움켜쥔 손은 잘게 떨리고 있었다. 만에 하나 레온하르트가 정말로 황실의 핏줄이 아니라면, 그러면…….

"……폐하의 잘못입니다."

잘못했다는 말은 죽어도 나오지 않았다. 다 당신 때문이다. 당신이 나를 사랑하지 않았으니 이렇게 된 것 아닌가. 주지 않는 사랑을 내놓으라 떼를 쓰는 대신 다른 이를 찾은 게 아닌가. 당신이 조금만 정을 주었다면, 조금만 다정히 대했다면 일어나지 않았을 일일 텐데.

이십 년이 넘는 외로움 속에서 몇 달도 채 되지 않는 기간이었다. 그중에서도 선을 넘은 건 그 별장에서의 며칠이 고작이었다. 그러니 정말로 잘못한 게 누구겠느냔 말이다.

"폐하께서 제게 그렇게 냉랭히 대하셨으니 이렇게 된 겁니다."

불안과 죄책감만큼이나 억울한 마음이 가시질 않았다. 손수 수놓은 손수건을 받아 주었던 주제에 결혼식을 치르자마자 사랑을 바라지 말라고 말하던 남자였다. 태후가 없어 직무를 제대로 배우지도 못할 때 무엇 하나 다정히 알려 주지 않던 사람이었다. 사교계에서 비웃음을 당하고 시녀들에게 무시당할 때도 도움은커녕 괜찮으냐는 말 한마디 하지 않던 사람.

베아트리스는 도저히 그에게 용서를 구할 수가 없었다. 다 알고 있었다고? 그런데도 모른 척했던 거라고? 공작으로 인해 외로움을 달랬으니 고마운 일이라고? 그저 지독히도 무관심했던 것뿐이면서.

"그대 잘못이 아닙니다."

들려오는 목소리는 들어 본 적 없이 다정했다. 베아트리스는 천천히 고개를 들었다. 하인리히는 잘 움직이지 않는 팔을 들어 그녀의 손등을 천천히 다독였다.

"그대도 몰랐지 않습니까. 이제라도 파혼시키면 되는 일입니다. 전부 되돌릴 수 있으니, 너무 자책하지 마세요."

그의 입에서 나오는 위로의 말이 낯설었다. 왜 이제 와서 이런 말을 하나. 왜 죽을 때가 되어서야 다정한 남편 흉내를 내나. 생전 미소 한 점 지어 주지 않았던 주제에. 손 한 번 잡아 주지 않았던 주제에, 왜.

"……언제부터 알고 계셨나요."

베아트리스는 하인리히가 그래 왔듯 차가운 얼굴로 그를 보았지만, 짐작 가는 바가 없는 건 아니었다. 합방일도 아닌데 방에 들어와 아이작이 남긴 흔적에 입술을 가져다 대었을 때. 여름철 목을 가린 드레스를 입은 모습을 보며 감기에 걸렸냐고 물었을 때. 아니, 그 이전에 휴가를 다녀오고 싶다는 말에 스스럼없이 고개를 끄덕였을 때. 그럴 리 없다고 부정하던 모든 순간들이.

"난 늘 그대를 보고 있었습니다, 베아트리스."

하인리히는 작게 소리 내어 웃었다.

"정 많은 그대를 내내 외롭게 했는데, 그깟 애완동물 잠깐 들인 게 뭐가 대수라고."

"……."

"내가 주지 못한 것을 그자가 대신 줬을 뿐입니다. 내 이기심에 그대를 곁에 묶어 두었는데, 그 정도도 이해 못 할까 봐요."

늘 차갑기만 하던 푸른 눈이 베아트리스를 향했다. 전에 없던 미소가 걸린 채였다. 그 웃음이 퍽 부드러워 보이는 것은 그저 나이가 들어 처진 눈매 때문인가.

"그대 잘못이 아니니 울지 마십시오. 내게 주어진 시간이 얼마 남지 않았는데, 부디 웃는 얼굴을 보게 해 주세요."

베아트리스는 대답하지 않았다. 아무 말도 할 수가 없었다. 꼭 깨문 아랫입술이 하얗게 질렸다. 그 모습을 보며 하인리히가 입을 열었다.

"내 부모 목을 베어 이 자리에 올라왔는데, 행여라도 내가 그들의 과오를 반복하게 될까 봐 두려웠습니다."

하인리히는 잠깐 말을 멈추고 숨을 크게 들이마셨다.

"혹 내가 죽고 나면 그대 홀로 남는 게 두려워, 그리도 모질게 다그쳤는데."

성년식도 치르지 않은 열여덟, 제 부모를 참살하고 황제의 관을 머리에 쓰며 무엇을 결심했던가.

아비의 과오를 청산하리라. 그가 망가뜨린 제국을 다시금 일으켜 세우리라. 다시는 그와 같은 일이 반복되지 않도록 하리라. 몇 번이고 다짐했었다.

그러나 끝없는 전쟁에서 자신은 언제 목숨을 잃을지 알 수 없었고, 그저 귀하게 자라 온 부인은 너무도 여렸다.

정을 주지 말자. 어느 날 자신이 사라지더라도 혼자서 버텨 낼 수 있도록. 자신이 없어도 이 황궁 안에서 살아남을 수 있도록. 그렇게 밀어내고 밀어내던 것이 얼마나 길었던가.

"이렇게 오래 살 줄 알았으면 조금이라도 다정히 대해 줄 것을. 좋아한다, 사랑한다 말이라도 한 번 해 볼 것을……."

"……."

"이번 전쟁만 치르고 나면 정말 끝이라고, 돌아가면 그대를 붙잡고 용서를 구하리라 생각했는데. 그대만 허락한다면 이제라도 손 꼭 잡고 산책이라도 가 보려고, 둘이서 여행이라도 가 보려고, 그렇게 기대했었는데…….”

힘없이 흘러나오는 목소리가 잘게 떨렸다. 가느다란 흐느낌이 믿어지지 않았다. 언제나 냉랭히 자신을 보던 저 눈에 눈물이 고인 것이. 그러면서도 위로라도 하려는 양 손등을 다독이는 것이.

“……미안합니다.”

“…….”

“내가, 내 아비처럼 굴게 될까 두려워 줄곧 그대를 아프게 했습니다. 사랑한다 말하면 행여 마음이 풀어질까 두려워 부러 박정히 대했습니다. 달래 줄 기회마저 없을 줄도 모르고.”

가득 차오른 눈물이 천천히 흘러내렸다. 미안합니다, 미안합니다, 용서를 구하는 목소리에 울음이 섞였다.

“사랑했습니다, 베아트리스.”

“…….”

“그대가 내게 와 주었던 그때부터, 줄곧 사랑해 왔습니다.”

베아트리스는 아무 말도 하지 못하고 그를 보았다. 그의 목소리가 아주 먼 곳에서 들려오는 것 같았다. 무언가 말을 하려는 듯 입을 열었지만 결국은 무슨 말을 해야 할지 몰라 입을 다물었다.

사랑이라니, 이제 와서.

그렇게 원할 때는 손 한 번 잡아 주지 않더니 왜 전부 포기하고 체념해 버린 지금에서야 저런 말을 하나.

짙은 원망의 한편에 일어나는 감정은 무엇인가. 처음으로 눈이 마주쳤던 그 날, 자신을 바라보던 시선이 다시금 떠오르는 것은. 자신이 잘못 본 게 아니었다고, 줄곧 자신을 보고 있었다고, 고작 그 사실에 마음이 풀어지려 드는 것이 왜 이토록 억울한지.

“……날 그렇게 아프게 해 놓곤, 이제 와서 그런 말 하면 단가요.”

한참을 침묵하다 뱉어 낸 말은 결국 원망이었다. 이십 년 전이라면 모를까, 죽기 직전에야 이런 말을 하면 무슨 소용인가.

"이제 와서 사랑했다고 하고, 이제 와서 너그러운 척하면 지난 일이 없던 게 되는 건가요."

"……."

"말이라도 곱게 하지 그러셨나요. 제가 이 황궁에서 혼자 얼마나 외롭고……. 무서웠는데."

친밀하게 굴던 이들이 제게 등을 돌리고, 난생처음 마주한 조롱과 적의를 혼자서 감당해야 했던 그때. 하다못해 혼자서도 잘 해낼 수 있을 거라 입에 발린 응원이라도 해 줬어야지. 텅 빈 침실에서 홀로 울 때 위로라도 해 줬어야지.

베아트리스는 하인리히를 용서할 수 없었다. 고작 저 말로 지금까지의 세월이 덮어진단 말인가. 그가 지금껏 제 부정을 눈감아 주고 있었다고 하더라도, 그가 줄곧 자신을 사랑했다 하더라도, 그래서 무엇이 달라지는데.

차오르는 눈물을 간신히 삼켰다. 마음이 흔들리는 것처럼 보이고 싶지 않았다. 일말의 용서조차도 기대하게 하고 싶지 않았다. 그저 그가 그랬던 것처럼 매정하게 밀어내며 상처를 주고 싶었다. 눈물을 흘리는 것조차 억울하고 서러워서.

"베아트리스, 제발."

떨리는 손이 볼을 감쌌다. 거친 손끝이 젖은 눈가를 닦아 내었다. 밀어내야 한다. 받아 주면 안 된다. 그렇게 생각하면서도 베아트리스는 그를 차마 밀어내지 못했다. 곧 죽을 사람이란 생각에 마음이 약해지기라도 한 건지, 혹은 메말라 없어졌다고 생각한 사랑이 조금이라도 남아 있는 건지.

"부탁이니 울지 마십시오. 내가 다 잘못했으니……."

"……."

"마지막으로 한 번만 웃어 주세요. 잠깐이라도 좋으니, 한 번만……."

애걸하는 목소리가 들려왔다. 뭘 잘했다고 저런 부탁을 한단 말인가. 그간 외롭게 두었던 게 누군데, 이제 와서…….

그러나 약한 마음은 천성인 건지, 몇 번이고 마음을 다잡아도 죽음을 앞둔 이에게 동정이 이는 건 어쩔 수 없었다. 사형수조차도 마지막 말 정도는 들어주지 않나. 죽기 직전 소원 하나쯤 들어주는 것 무엇이 대수라고.

부질없는 핑계를 대며 베아트리스는 천천히 입꼬리를 올렸다. 이것은 사랑도 용서도 아니라고, 그저 동정이고 적선일 뿐이라고 스스로 되뇌며. 그러나 입꼬리만 간신히 올린 이 웃음을 보며 선물이라도 받은 양 웃는 남자를 어떻게 대해야 한단 말인가.

"예쁩니다."

하인리히는 조금이라도 그 모습을 자세히 담으려는 듯 열심히 눈을 깜빡이며 눈물을 흘려보냈다.

"왜 그대는 나이가 들어서도 이렇게나 예쁜 건지……."

하인리히는 한참 동안 그녀의 얼굴을 만지작거렸다. 눈물이 고이면 달래었고, 입꼬리를 올리면 들어 본 적 없는 찬사를 몇 번이고 늘어놓았다. 졸음이 쏟아져 눈을 감을 때까지, 그는 베아트리스에게서 눈을 떼지 않았다.

하인리히가 더는 눈을 뜨지 않자, 베아트리스는 기다리고 있던 레온하르트를 불렀다. 눈을 감은 아비를 본 레온하르트는 입매를 굳힌 채 문을 열고 황제의 임종을 알렸다.

즉위식은 장례식과 함께였다. 원래라면 레온하르트와 함께 황후의 자리에 올라야 할 알레이나는 나타나지 않았다. 뒤늦게 돌아온 아이작이 굳은 얼굴로 서 있을 뿐이었다.

그날 밤, 레온하르트는 베아트리스를 찾았다. 낮에 들은 이야기의 진위를 묻기 위해서였다. 늘 외로워 보이던 어머니를 안쓰러워하던 레온하르트는 그녀가 털어놓는 이야기에 혼란스러운 기색을 감추지 못했다.

"새 황후를 들이고 나면 어미는 냉궁으로 가겠습니다."

베아트리스는 황제가 된 아들에게 머리를 조아렸다. 적어도 그에게 자신은 죄인이었으니. 레온하르트는 고개를 끄덕이지 않았다.

"조금만 시간을 주세요, 어머니."

그 자리에서 받아들이기에는 힘든 이야기였는지, 레온하르트는 그렇게 말한 후 방으로 돌아갔다. 화를 내지도 언성을 높이지도 않은 채로.

며칠 후, 레온하르트는 그간 닫아두었던 장미 궁을 다시 열라고 지시했다. 사람의 손을 타지 않아 황량해진 별궁에 보수공사가 진행되었고, 정원사들이 정원에 장미를 심었다.

"공사가 마무리되면 장미 궁에 머무르세요, 어머니."

아비를 닮지 않은 다정한 아들은 죄지은 어미를 박대할 생각조차 하지 않는 듯했다. 황제의 총애를 상징하는 장미 궁을 내어 준다는 말에 베아트리스는 당황했으나, 레온하르트는 그저 평소와 다름없이 웃을 뿐이었다.

"어머니께서 응당 누리셨어야 할 일입니다. 아름답게 꾸며 놓으라 지시했으니, 편안히 머무르시면 됩니다."

"폐하. 어미는……."

"그날 하신 말씀은 듣지 못한 거로 하겠습니다."

"……."

"다만 살바토르 영애를 황후로 들일 수 없게 되었으니, 새로 뽑게 될 황후는 공녀보다 직무에 능숙하지 못할 겁니다. 잘 해낼 수 있도록 어머니가 신경을 써 주세요."

하인리히가 늘 무표정한 사람이었다면, 레온하르트는 미소로 제 감정을 감추는 사람이었다. 자신을 탓하거나 나무라는 대신 장미 궁을 내어 주리라 결심하며 그가 홀로 무슨 생각을 했을지 베아트리스는 예상할 수가 없었다.

그러나 감춘 감정을 억지로 끄집어낼 엄두가 나지 않았기에 그녀는 그저 천천히 고개를 끄덕일 뿐이었다.

레온하르트가 새 황후를 들이겠다고 말한 건 선황이 죽고 일 년이 지나서였다.

황후를 들여야 한다는 말에 줄곧 지지부진하게 시간을 끌던 그는 의외로 빨리 황후감을 골랐다. 좀 더 신중하게 정해야 하지 않겠냐고 조심스레 묻자 레온하르트는 대답했다.

"누군들 상관없지 않겠습니까."

레온하르트는 여전히 웃고 있었지만, 그것이 알레이나 살바토르만 아니라면 괜찮다는 의미임을 모를 리 없었다. 베아트리스는 죄인처럼 고개를 숙였다.

구혼서를 보내고 얼마 지나지 않아 레온하르트는 결혼식을 올렸다. 공녀 시절의 자신이 그랬던 것처럼 황제에게 직접 수놓은 손수건을 건넸다는 사람이었다. 테네르 에반. 어미를 빼닮은 미인이었지만, 늘 조용하고 얌전해 눈에 들어오지는 않던 사람.

황후가 된 그 사람을 만났을 때, 베아트리스는 꼭 자신과 닮은 사람이라 생각했다. 두려움을 웃음으로 감춘 모양새가 가장 그랬다.

"태후 폐하를 뵙습니다."

공손히 인사하는 저 사람이 어떤 불안을 안고 있을지 추측하는 건 어렵지 않았다. 아마도 젊은 시절의 자신이 경험했던 감정을 고스란히 겪고 있으리라. 거기다 친정에서조차 평온히 지내지 못했던 모양이니.

"……내가 곁에서 도울 테니 너무 염려 마세요."

그 말을 내뱉으며, 베아트리스는 어쩐지 울컥하는 심정이었다. 그때의 내게도 이런 말을 해 주는 사람이 있었다면 얼마나 좋았을까. 아무것도 모르던 자신이 홀로 설 수 있도록 곁에서 지지해 주는 사람이 있었다면 어땠을까, 그런 마음이 생겨서.

내리깔린 눈을 보며 베아트리스는 조금 욕심이 생겼다. 죄지은 자신이 무언가에 욕심을 내는 것부터가 염치없고 뻔뻔하다는 생각이 들었지만, 베아트리스는 자신과 같은 사람을 만들고 싶지 않았다.

당연한 말이지만, 테네르는 실수가 잦았다. 시도 때도 없이 눈치를 살폈으니 당연한 결과였다. 그녀의 모습은 거울을 보듯 익숙했기에, 베아트리스는 한 번도 화를 내거나 핀잔하지 않았다. 꼭 어린아이를 대하듯 작은 것 하나 해내어도 칭찬해 주었고, 그녀의 아비인 루드비히 에반이 찾아왔다는 소식이 들리면 열 일 제쳐 두고 그녀를 찾아갔다.

답답할 때가 없는 건 아니었지만, 자신을 만날 때마다 고개를 숙이고 눈치를 보던 사람이 고개를 빳빳이 들 때마다 뿌듯한 마음이 드는 건 어쩔 수 없었다. 그녀가 어설프게나마 무언가 하려고 들 때마다, 기대하지 않은 일을 해낼 때마다 꼭 첫걸음마를 떼는 아이를 보듯 흐뭇하기도 했다.

그러나 사람의 마음이란 이리도 추악할까. 아니, 그저 자신이 추한 것뿐일까.

베아트리스는 가끔 어떤 상처도 받지 않고 티 없이 웃는 테네르가 밉기도 했다. 제 아들과 나란히 있는 모습을 볼 때면 더욱 그랬다.

"혹시 폐하께 허락을 받아야 하나 싶어 태후 폐하와 자수를 놓는다고 말씀드렸는데, 제가 말씀을 잘못 드린 것 같습니다. 폐하께서도 와 주시겠다고……."

그저 짧은 해프닝 정도로 여긴 말을 지키려는 양 별궁에 찾아온 아들을 보았을 때, 처음에는 그저 장난질인가 했었다. 그러나 매주 시간을 내어 찾아오는 그를 보자 점차 묘한 감정이 피어오르기 시작했다.

서투르게 자수를 놓는 모습, 그러다 난 도저히 못 하겠다 두 손 들고 나가떨어지는 모습, 그런 그를 보며 작게 웃음을 터뜨리는 테네르. 그 평화로운 광경이 왜 신경을 거스르는지…….

아들의 목적을 알기 때문이었다. 제 부인을 퍽 다정히 대하는 것도, 합방일도 아닌 날 그녀를 찾고 이유도 없이 함께 식사하거나 담소를 나누는 것도. 모두 제 아비처럼 굴지 않으려는 노력임을.

그러니 자신을 꼭 닮은 저 사람은 불행하지 않을 테다. 자신과 같은 일들을 경험하지 않을 테다. 누구에게도 무시당하지 않고, 누군가에게 화낼 필요도 없이, 자비롭고 온화하기만 한 황후의 모습으로 살아갈 수 있을 테다. 그 사실을 깨달을 때마다 베아트리스는 보상받을 길 없는 청춘을 되새겼다.

네가 밉다. 아무런 상처도 받지 않는 네가 밉고, 젊은 시절의 내가 가지지 못한 것을 그토록 쉽게 가지는 네가 밉다. 나도 너처럼 다정한 남편이 있었다면 얼마나 좋았을까. 누구에게도 무시당하지 않도록 지켜 주는 사람이 있었다면 얼마나 좋았을까. 그럼 난 너보다도 잘할 수 있었을 텐데.

'노망이 들 나이는 아닌데.'

미움과 질투가 마음을 잠식하려 들 때마다 베아트리스는 정신을 차리려고 애써야 했다.

못난 어른은 되지 말자. 더는 죄짓지 말자. 이 억울함은 이 사람의 잘못이 아니니, 애먼 사람 미워하지 말자. 되뇌고 또 되뇌었다.

그러다 가끔, 자신을 보는 저 눈에서 지울 수 없는 애정을 발견하고 나면, 이 속에 무엇이 들었는지도 모르면서 자신을 따르는 모습을 보고 있자면, 베아트리스는 불현듯 생각했다.

아니, 네가 아니라 내가 밉다. 네 행복을 질투하는 내가 밉고, 추악한 생각을 쉬이 흘려보내지 못하는 내가 밉다.

나쁜 마음을 갈무리하기가 힘든 날이면 베아트리스는 어김없이 감실을 찾았다. 죽은 이를 새긴 조각상을 보며 혼자 중얼거렸다.

"다 당신 때문입니다."

누구도 대답해 주지 않는 걸 알면서도 베아트리스는 투정을 부리듯 말했다.

"당신 때문에 내가 못난 마음을 품게 되잖아요."

살아서나 죽어서나 자신을 외롭게 만드는 사람이었다. 오래 살면서 제 원망받아 줘야 할 사람이 일찍 가 버렸으니 딸 같은 사람에게 못된 마음을 품게 되는 것 아닌가. 사실은 그 또한 자신을 사랑했다고 한들 무엇이 달라진다고. 결국은 아무것도 갚지 못하고 가 버렸으면서.

"사실 당신도 내가 미웠죠? 그러니 아무 말 없이 가려고 했었지."

아니, 사실 자신을 괴롭히고 싶어서 모두 털어놓고 가 버린 건 아닌가. 본인은 홀가분하게 떠나고, 남은 자신은 그런 그를 그리워하게 만들려고.

그간의 서러움이 없던 일인 양 마지막 모습만 떠오르는 건 무슨 이유일까. 그에게 남은 감정이 그리움뿐인 건 왜 이토록 억울한가.

한 이십 년쯤 박정하게 굴며 갚아 줘야 하는 건데. 아니, 수지가 안 맞긴 하지만, 그래도 그쪽은 다른 여자에게 한눈판 적은 없으니 한 이 년쯤 절절히 매달려 주면 그걸로 갚음할 수도 있었을 텐데. 혹시 아나. 그러고 나면 당신 말대로 손 꼭 잡고 산책도 가 주고 여행도 다녀 줬을지. 장성한 아들에게 빨리 황위를 물려주라 하고 늦은 사랑 놀음에 어울려 주었을지.

당신이 빨리 가 버리는 바람에 이런 것 아닌가. 서운한 맘 제대로 갚아 주지도 않고 그렇게 가 버렸으니 내가 이토록 못난 마음을 품지. 그러니 내 탓이 아니다. 모두 당신 때문이다. 억지를 부리듯 타박해도 죽은 이는 변명 한마디 하지 못했으니.

미움도 원망도 시간이 지날수록 희석되고, 그 자리를 채우는 건 지우지 못한 그리움이었다. 다 당신 때문이라 탓하고 원망하다가, 그래도 내 잘못도 조금은 있는 것 같다고 사과 아닌 사과도 하고. 그러다 혼자 울컥하여 당신이 잘했으면 나도 그러지 않았을 거라 투덜대기도 하고. 그렇게 한 해가 지나고 두 해가 지나고…….

"이젠 내가 없어도 잘하시네요."

직무에 익숙해진 테네르는 베아트리스의 도움 없이도 황실의 행사를 소화해 내었다. 가르친 입장에서는 퍽 뿌듯한 발전이었다.

"그간 태후께서 가르쳐 주신 덕분입니다."

차분한 목소리가 그저 곱게만 들리는 건 무슨 이유일까. 당치 않은 질투가 어느덧 사라지고, 내가 가지지 못했던 것 너라도 가져서 얼마나 다행인가 하는 생각이 들었을 때. 이제는 나 없이도 잘 해낼 수 있어 다행이라는 생각이 들었을 때.

그때 베아트리스는 문득 생각했다.

아.

이제는 죽어도 되겠구나.

이제는 안심하고 당신 곁으로 가도 되겠구나.

하고.

11

베아트리스의 일기는 거기서 끝이었다. 테네르는 빈 종이를 멍하니 넘겨 보았다. 분명 제 눈으로 보았는데도 쉬이 믿어지지 않았다.

'그럼……'

테네르는 얼굴을 가린 채 숨을 크게 들이마셨다 내쉬었다.

'처음부터 죽을 생각으로……'

그래서 자신이 여행 준비를 해 주겠다는 것도 만류하고 처음부터 끝까지 스스로 준비한 거였나. 행여 그녀가 죽은 후 자신이 쓸데없는 의혹에 휘말릴까 봐.

'폐하도 알고 계실까.'

말해야 할까. 혹 이미 알고 있던 거라면. 몰랐던 거라면.

묵은 상처를 후벼 파게 되는 건 아닐까. 혹은 모르고 넘어가도 될 일을 구태여 말하여 그를 아프게 하는 것은 아닐까.

그러나 염려되는 와중에도 당장 눈앞에 닥친 현실을 외면할 순 없었다. 살바토르 공작의 말이 사실이었다고. 정말로 그가 레온하르트의 친부일 가능성이 있는 거라고.

'품은 것도 어머니고 낳은 것도 어머니인데, 내 아버지가 누구인지 어떻게 알겠습니까.'

그저 여상히 여겼던 말이 어떤 의미였던가. 제 반응을 떠보려고, 자신이 그 이야기를 받아들일 수 있을지 가늠해 보려고 꺼낸 말임을 미처 모르고.

'폐하께서 그분을 믿어 주셔야죠.'

아무것도 모른 채 그렇게 내뱉었을 때 그가 어떤 표정을 짓고 있었는지 테네르는 알지 못했다. 멋모르고 단언했을 때 그가 어떤 심정으로 고개를 끄덕였는지도.

"……레온."

얼굴을 가린 손 사이로 착잡한 한숨이 번졌다. 하다못해 다그치지라도 말 것을. 신경 쓰지 말라는 말에 괜히 울컥해선.

테네르는 한참 동안 얼굴을 가린 채 앉아 있었다. 동정과 당혹감, 죄책감과 서운함. 어지러이 뒤엉킨 감정들이 내리는 결론은 방향은 하나였다.

그를 만나러 가야겠다.

지금 당장 그와 만나야겠다.

테네르는 일기장과 편지를 차곡차곡 정리해 넣고 몸을 일으켰다. 꼭 닫은 상자를 품에 안은 채였다.

* * *

하루의 일과를 마무리할 시간이었다. 집무실의 관리들은 퇴근 시간이 되자 하나둘 몸을 일으켰다. 레온하르트는 그들의 인사를 받아 주곤 다시 펜을 들었다.

"그대도 이만 돌아가게, 사이언 경."

"예, 폐하. 곧 마무리하겠습니다."

보좌관 델루스 사이언은 정중히 말하곤 얼마 남지 않은 서류를 넘겨 보았다. 레온하르트는 짧은 한숨을 내쉬고는 창밖을 내다보았다.

테네르는 어젯밤부터 장미 궁에서 한 걸음도 나오지 않았다고 했다. 기시감이 느껴지는 건 왜일까. 꼭 트라벨 공작성에서 제게 처음으로 화를 냈던 때가 떠오르는 건.

'제가 왜 이런 이야기를 꺼냈는지 아시지 않나요?'

모를 리 있겠나. 아이 이야기는 그저 핑계일 뿐, 사실은 살바토르 공작과의 일에 대해 제게도 자세히 알려 달라는 의미였을 텐데. 황후로서 조슈아의 어머니로서, 기약 없는 기다림에 초조했을 텐데.

그저 자신의 욕심일 뿐이었다.

상처를 받을까 염려된다는 건 그저 변명일 뿐, 그녀에게만큼은 제 흠결을 보이고 싶지 않다는 욕심이었다. 그녀가 자신을 완벽한 황제가 아니라고 여길까 봐. 그래서 그녀가 제게 실망하게 될까 봐. 애초에 그녀는 제게 완벽한 황제가 되어 달라 요구한 적조차 없는데도.

'적어도 북부에선…… 제가 쓸모없는 사람이란 생각은 들지 않았었는데요.'

그저 곁에 있는 것만으로도 위안이 되는 사람이었다. 제 손 꼭 잡아 주고 웃어 주는 것만으로도 힘이 되는 사람이라 여겼는데, 정작 그녀가 제 손을 잡아 주며 무슨 생각을 하고 있을지는 생각지도 못하고…….

'……변한 게 없군.'

공작성에서와 다를 게 없었다. 그녀가 무슨 생각으로 사과를 받아 주었는지도 모르면서 그저 안도했던 그때처럼, 그녀가 어떤 불안을 안고 있는지도 깊게 생각하지 않은 채 그저 숨기기에만 급급해서.

입으로는 사랑을 말했지만, 자신은 결국 이토록 이기적인 사람이었다. 곁을 떠나지도 못하게 했으면서 제대로 된 확신마저 주지 않았으니, 사랑이란 말이 이토록 무색할 수가 있을까.

"별궁으로 가시겠습니까?"

들려온 목소리에 레온하르트는 고개를 들었다. 충성스러운 보좌관 델루스 사이언이 퍽 걱정스러운 얼굴로 그를 보고 있었다. 레온하르트는 헛웃음을 뱉었다.

"티가 많이 났던가?"

"그게…… . 조금……."

"괜찮으니 솔직히 말해 보게."

부드럽게 말하자 델루스는 말하기 어려운 듯 머뭇거렸다. 그러나 그것도 잠깐, 그는 눈을 질근 감고는 머리를 조아렸다.

"……내내 별궁 쪽을 보셨습니다."

"……."

"오늘 도통 집중을 하지 못하시는 듯해서, 혹 황후 폐하와 싸우기라도 하신 건 아닌가 하고 다들 걱정을……."

"……그런가."

레온하르트는 짧게 대답했다. 델루스는 젊은 황제를 흘깃 보았다.

"폐하, 별궁에 사람을 보낼까요?"

눈치 빠른 보좌관이 있어 다행인 걸까. 조심스러운 물음에 레온하르트는 천천히 고개를 끄덕였다. 언제까지고 숨길 수는 없는 일이었다. 그녀가 알기를 원한다면 더더욱. 계속 숨기려 드는 것보다는 차라리 지금이라도 솔직히 털어놓는 편이 나으리라.

레온하르트의 허락을 받자, 델루스는 시종을 부르기 위해 얼른 몸을 일으켜 문가로 다가갔다. 그가 막 문고리를 돌린 순간이었다.

"화, 황후 폐하?"

열린 문 사이로 나타난 인영에 델루스는 놀란 눈을 끔뻑였다. 테네르를 부르는 말에 레온하르트는 자리에서 벌떡 일어났다. 델루스가 얼른 비켜서자, 테네르가 가슴에 큰 상자를 안은 채 집무실로 발을 들였다.

"······테네르."

당혹감이 어린 목소리에 테네르가 고개를 들었다. 급하게 달려온 듯 가쁜 숨을 몰아쉬던 그녀는 레온하르트와 눈이 마주치자 울컥하고 얼굴을 일그러뜨렸다. 발개진 눈을 본 레온하르트는 당황한 채 그녀에게 다가갔다.

"테네르, 무슨 일입니까?"

혹 누군가 괴롭히기라도 했나. 장미 궁의 시녀들이라든가, 혹은 유모라든가. 왜 저런 얼굴로······.

생각은 길게 이어지지 않았다. 상자를 내려 둔 테네르가 돌연 그를 껴안아 온 탓이었다.

"······."

레온하르트의 몸이 뻣뻣하게 굳었다. 혹 꿈을 꾸는 것인가. 날 사랑하지 않는다고 했는데. 이렇게 먼저 안겨 올 리 없는데······.

그러나 꿈이라기엔 너무도 생생한 온기였다. 레온하르트는 영문도 모른 채 테네르의 등을 마주 안았다. 천천히 등을 쓸자, 크게 들썩거리던 어깨와 가슴이 천천히 가라앉았다.

"저, 저는······ 갑자기 급한 일이 생겨 먼저 가 보겠습니다, 폐하."

문가에 선 채 눈치를 살피던 델루스는 황급히 인사하곤 짐을 챙겨 집무실을 나갔다. 레온하르트는 그에게 가볍게 눈인사한 다음 다시 테네르를 보았다. 문이 닫히는 소리가 들려왔다.

"누가 그대를 힘들게 했습니까?"

부드럽게 물었지만, 테네르는 대답이 없었다. 레온하르트는 그녀가 입을 열기를 차분히 기다렸다. 목소리가 들려온 것은 한참이 지나서였다.

"······폐하께서요."

"······."

"제겐 뭐든 말해 달라고 하셨으면서, 왜······."

품 안에서 들려오는 목소리에 레온하르트는 입을 다물었다. 숨을 크게 들이마신 테네르가 말을 이었다.

"왜 지금껏 제게는 아무 말씀도 안 해 주시고, 왜 혼자서……."

테네르는 말을 잇지 못했다. 그 말에 그녀를 다독이던 손이 멈추었다. 어떻게. 왜. 흐린 의문의 한가운데에서 한 가지 확신이 선명했다.

모두 알게 되었구나. 내가 말해 주기도 전에 전부.

레온하르트의 시선이 그녀가 가져온 상자를 향했다.

"……어머니가 남기신 물건입니까?"

본 적 없는 물건이었지만, 저런 크기의 자개함은 꽤 이전에 유행하던 방식임을 알고 있었다. 어미가 살던 궁에서 지내던 사람이니 어미의 물건을 발견한 것일까.

"조시와 숨바꼭질을 하다가 발견했습니다."

들릴 듯 말 듯 자그마한 대답에 레온하르트는 작게 웃고야 말았다. 숨바꼭질이라니, 고 조그만 아이가.

"그런 건 대여섯 살은 되어야 할 줄 알았는데요."

"눈만 가리면 숨은 줄 알아요. 오래 찾는 척하면……. 얼른 찾아 달라고 고개를 빼꼼 내밀기도 하고."

"귀엽겠네요."

그 말에 테네르는 고개를 끄덕였다. 그녀가 머뭇거리다 다시 입을 열었다.

"……편지와 일기입니다."

그렇게 말하며 테네르는 안은 팔에다 힘을 주었다. 꼭 그를 위로하기라도 하려는 것처럼. 그 모습에 괜한 안도가 드는 건 왜인지.

"그래서 와 주신 겁니까?"

"……."

"날 사랑하지도 않는다면서."

"……사랑해야만 올 수 있는 건가요?"

테네르가 대꾸했다. 어째 전에 없이 퉁명스러운 목소리였다. 그러나 말과는 달리 손길은 그저 부드럽기만 했다. 레온하르트는 작게 웃었다.

"이렇게 다정히 안아 주시면 내가 착각할 텐데요."

"……."

"착각해도 됩니까?"

그 말에 테네르는 고개를 들었다. 붉어진 얼굴에 얼핏 원망이 스쳤다. 그러나 그것도 잠깐, 얼굴을 보고 싶지 않다는 듯 다시 가슴에 얼굴을 묻었다.

"폐하께서도 그러셨잖아요. 사랑을 바라지도 말라고 하셔 놓곤 쓸데없이 잘해 주셔선."

뾰로퉁한 목소리에 원망이 묻어났다. 그러나 예의상의 웃음보다야 이쪽이 훨씬 나았다.

"난 쓸데없이 잘해 준 적 없습니다."

"……."

"살바토르 영애에게 그대를 대하듯 하면 분명 뭘 잘못 먹었냐고 물을걸요."

낮게 웃으며 말했지만, 테네르는 대답이 없었다. 이 작은 온기가 위안이 되는 까닭은 무엇인가. 사랑하지 않는다고 말하면서도 품에 안겨 오는 것을 보고 희망을 품게 되는 것은.

"줄곧 그대를 사랑했습니다, 테네르. 그걸 인정하기가 두려워 계속 아니라고 했었지만……."

파티장에서 다른 이와 대화하면서도 자꾸만 그녀를 의식했던 것도, 짧게 터뜨린 웃음소리에 저도 모르게 말을 걸었던 것도. 손수건을 받으며 이 사람에게 구혼서를 보내리라 결심했던 것도, 모두 이 사람을 곁에 두고 싶기 때문이었음을 왜 몰랐을까.

아니, 알았더라면 오히려 밀어냈을 것이다. 마음이 깊어지기 전에 멀어지는 게 낫다고 생각했을 테니.

"믿을지 모르겠지만……. 지금 막 말하러 가려던 참이었습니다."

"……."

"그대에게만큼은 내 흠결을 보이고 싶지 않아서 숨기려고 했는데, 그게 그대를 더 불안하게 만든 것 같아서."

테네르는 대답이 없었다. 레온하르트가 말을 이었다.

"그대를 사랑하지 않은 적 없었습니다. 사랑을 바라지 말라고 말하던 그때 조차도."

"……."

"날 믿어 주면 안 될까요. 이젠 다신 그런 멍청한 짓 하지 않을 테니."

그래도 이렇게 달려와 안아 준 걸 보면 희망이 있지 않을까. 레온하르트는 품에 안긴 몸을 꼭 안으며 또다시 기대를 품었다. 설령 그녀가 또 고개를 젓는다고 하더라도 시간이 지나면 달라질 수 있을 거라고. 어쩌면 내내 기대와 실망을 반복하게 될지도 모르지만…….

"……나중에요."

테네르가 작게 말했다.

"지금은…… 먼저 해야 할 일이 있잖아요."

난 당신 마음이 제일 중요한데. 당신이 나를 사랑하는지가, 내 마음을 받아 줄지가 가장 중요한데.

그러나 저 입에서 나오는 게 거절의 말이 아니라는 게 얼마나 안도가 되는가. 자신을 걱정하고 이렇게 달려와 준 것은.

레온하르트가 고개를 끄덕이자, 테네르는 천천히 그에게서 몸을 떼어 냈다. 바닥에 내려 둔 상자를 테이블 위에 펼쳤다. 그 안에는 오래된 편지와 작은 보석함, 공책이 흐트러진 채 놓여 있었다. 테네르가 조금 민망한 얼굴로 입을 열었다.

"분명 정리를 해서 가져온 건데, 급하게 오느라…….”

"괜찮습니다. 그대가 없었다면 찾지도 못했을 텐데요."

"이게 살바토르 공작이 보내온 연서입니다. 그리고 이건…… 태후 폐하의 일기고요."

테네르는 공작의 편지를 끼워 둔 일기장을 펼쳤다. 선황 하인리히의 임종에 대해 적힌 부분이었다. 레온하르트의 시선이 반듯한 글씨 위를 찬찬히 훑었다. 덤덤한 얼굴을 보며 테네르가 말했다.

"선황께서는 태후께서 공작을 정부로 둔 걸 묵인하셨습니다."

"……."

"거기다 공작이 약을 먹지 않은 걸 알게 되신 후에도 폐하를 태자직에서 폐한다는 말씀은 하지 않으셨고요. 그저 공녀와 파혼시키면 된다고 말씀하셨을 뿐이니……. 선황께선 폐하가 황실의 후계임을 부정하지 않으신 거예요."

태후의 일기는 살바토르 공작과의 불륜을 인정하는 증거이기도 했지만, 선황이 그 사실을 알고도 레온하르트를 황태자로 받아들였다는 증거이기도 했다. 만에 하나라도 핏줄을 이유로 그를 실각시키려는 이가 있다면, 태후의 친필이 적힌 일기가 방패막이 되어 주리라.

"선황께서 태후 폐하의 행동을 묵인해 주셨다면, 분명 사용인들 중에도 그 사실에 대해 알고 있는 이가 있을 겁니다. 그러니 공작이 태후 폐하의 정부였다는 것 자체는 인정하는 편이 낫지 않을까 해요."

테네르가 조심스레 말했다. 레온하르트는 천천히 일기장을 넘겨 보다 입을 열었다.

"……몰랐습니다."

"……."

"어머니와 공작이 어떤 관계였는지는 들어 알고 있었지만, 아버지가 그걸 알고 계셨을 줄은 몰랐습니다."

"태후께서 말씀하지 않으신 건가요?"

"묻고 넘어가기로 한 일이라……. 나 또한 자세한 이야기를 여쭙지는 않았습니다."

구태여 듣고 싶지 않은 이야기였다. 박대하는 아비에게 지쳐 잠깐 한눈을 팔았다는 어미에게 무엇을 더 묻는단 말인가. 그저 아무 일 없었다는 듯 대하는 것이 어미를 향한 최대의 배려였으니.

"그대 말대로 아버지가 그 사실을 알고도 날 황태자로 인정하셨다면, 일이 틀어지더라도 최악의 상황은 면할 수 있을 겁니다. 다만 공작이 내 친부일 가능성을 조금이라도 인정하게 된다면 그에 대한 면책 요구도 제법 거세지겠지요."

제국을 다시금 일으켰다는 평가를 받는 선황 하인리히조차도 제 부모를 직접 죽였다는 오명에서만큼은 자유로울 수 없었다. 낳아 준 부모의 목숨을 앗아 가는 것은 금기시된 일이었고, 보통은 아무리 큰 죄를 지어도 유폐 형에 처하는 것이 고작이었으니.

더군다나 선황 에드윈의 즉위 당시 약해진 황권으로 큰 권력을 누리던 귀족파는 지금이라도 하인리히에게 빼앗긴 권력을 되찾고자 혈안이 되어 있을 터였다. 아마 혈통이라는 빌미가 생겼으니 살바토르 공작을 어떻게든 황제의 친부로 만들고 그를 통하여 황실에 영향력을 행사하려고 할 게 뻔했다.

"두 번째 습격이 있기 전에는 그가 허튼소리를 하지 못하게 암살을 하려고 했으나, 그가 내 친부 취급을 받게 되면 그마저도 조금 곤란해질 겁니다."

그렇다면 뭉쳐 있는 귀족파를 우선적으로 분열시켜야 할 터였다. 이쪽으로 회유가 가능한 이들은 누구인가. 귀족파 내에서 큰 대우를 받지 못하는 이들은. 혹 지나친 영향력을 지닌 이들은.

"저, 폐하. 그 부분도 생각해 보았는데……."

테네르가 조심스레 말했다. 레온하르트는 고민하던 것을 멈추고 그녀를 돌아보았다.

"공작이 태후 폐하의 정부였다고 할지라도, 폐하의 친부일 가능성이 아예 없다면 되지 않을까요?"

테네르는 무언가 덧붙이려는 듯 머뭇거렸지만, 쉬이 말을 잇지 못했다. 레온하르트는 차분히 그녀의 말을 기다렸다. 한참을 망설이던 그녀가 마침내 입을 열었다.

"그러니까, 공작의 생식 능력에…… 이상이 있다면 어떨까 해서요."

"그럼……."

생각지 못한 이야기였다. 생식 능력에 이상이 있게 하라는 건, 그러니까…….

"……자르라는 말씀이십니까?"

예?"

되묻는 말에 테네르는 놀란 눈을 동그랗게 떴다. 레온하르트는 퍽 심각한 얼굴로 턱을 만지작거렸다.

"어차피 감옥에 구금되어 있으니 불가능한 건 아니지만……."

"저……. 그러니까 폐하, 무엇을 자르신다고……?"

테네르가 조심스레 물었다. 레온하르트는 그녀를 빤히 마주 보다가 슬쩍 목소리를 낮추었다.

"……그대가 생각하는 그거요."

"아. 그거……."

테네르는 낮게 탄식하며 입을 가렸다. 생각지 못한 반응이었는지, 레온하르트는 조금 당황한 얼굴이었다.

"불구로 만들라는 것 아니었습니까?"

"비슷한 의미로 드린 말씀이긴 하지만……. 물리적인 방법을 말씀드린 건 아니었습니다."

"……."

"그리고 폐하, 방금 말씀하신 건 여러모로 증거가 남으니……. 그리 좋은 방법은 아닐 듯해요."

테네르의 말에 레온하르트는 반박하지 않고 고개를 끄덕였다. 그 또한 불가능하지 않다고 생각할 뿐 최선의 방법이라고 여긴 건 아니었다. 물론 솔깃한 마음이 아예 없었다고 한다면 거짓말이겠지만.

"……그럼 무엇을 말씀하신 겁니까?"

레온하르트는 작게 헛기침하고 물었다. 테네르는 여전히 민망한 얼굴로 입을 열었다.

"실은, 북부에 있을 때 조금 특이한 풀을 본 적이 있었습니다. 눈처럼 하얀 풀이었는데……."

테네르는 북부에서 마을 남자들을 오들오들 떨게 만든 풀에 대해 이야기하기 시작했다. 여전히 조심스러운 목소리였지만, 그녀의 말이 이어질수록 레온하르트의 얼굴에 당혹감이 들어찼다.

"그 풀을 만지면 불임이 된다는 겁니까?"

"아뇨. 만지는 것만으로 불임이 되는 건 아니지만, 먹으면 불임이 된다고 들었습니다. 다만 마을 남자들이 만지는 것조차 질색하던 걸 보니 효과는 상당한 것 같았어요."

"……."

"그러니 공작에게 그걸 먹이고……. 공개적으로 불임 검사를 하는 건 어떨까 해서요."

맥을 짚어 간단하게 불임 여부를 진단하는 여성과 달리, 남성의 불임 검사는 주사기로 채취한 체액에다 시약을 떨어뜨려 반응을 확인하는 식으로 진행되었다. 상당한 고통을 동반하기도 했고, 몇몇 남자들은 그런 식의 검사를 모욕적으로 받아들여 어지간해선 잘 쓰이지 않는 방법이었다.

"아마 그런 검사를 요구하는 것만으로도 공작과 귀족파를 어느 정도 압박할 수 있을 거예요. 거절하면 자신이 없어서 그런 거라고들 여길 테니 거절할 수도 없을 테고, 시약 검사는 그 자리에서 반응을 확인할 수 있으니 불임 판정을 받게 되면 꽤 화제가 될 거고요."

거기다 공개적인 자리에서의 불임 진단은 공작을 꽤나 우스꽝스럽게 만들 터였다. 황제의 뒷공작을 의심하는 이들이 없지는 않겠지만, 황제의 친부를 자처한 이가 알고 보니 생식불능이었다는 식의 이야기가 퍼진다면 금방 묻히지 않겠나.

그러나 레온하르트는 그녀의 말에 쉬이 고개를 끄덕이지 않았다.

"하지만 테네르, 그대도 알다시피……. 살바토르 영애는 나보다 나이가 어립니다."

"……아."

레온하르트의 말에 테네르가 짧게 탄식했다. 그의 말대로 알레이나는 레온하르트보다 나이가 어렸으니, 만약 공작이 불임이라면 레온하르트의 출생 다음에 태어난 공녀의 존재를 설명할 수 없었다.

"거기다 공녀가 공작을 꽤 닮기도 했으니, 오히려 역풍을 맞을지도 모릅니다."

"그렇겠네요. 제가 거기까진 생각이 미치지 못해서……."

테네르는 난처한 듯 눈썹을 휘었다.

"……괜한 말씀을 드렸습니다."

"아닙니다. 자르는 것보다야 훨씬 실효성 있는 의견인 것을요."

농담을 던지자 테네르는 작게 웃었다. 그러나 걱정스러운 표정을 감출 수는 없었다. 레온하르트는 일기장을 앞쪽으로 찬찬히 넘기며 입을 열었다.

"……아버질 그리 좋아하진 않았습니다."

"……."

"아버지가 무엇을 경계하는지 알고는 있었지만, 늘 과하다고 생각했습니다. 저럴 필요까진 없을 텐데, 아무리 제국을 위해서라 할지라도 가장 가까운 이 하나 챙기지 못하면 그게 무슨 의미인가 하고."

자신이 아비의 핏줄이 아닐지도 모른다는 말에 가장 먼저 든 생각은 어미에 대한 원망이 아니었다. 피 섞인 여동생과 결혼할 뻔했다는 당혹감의 한편에는 정의 내리기 어려운 통쾌함이 있었다.

어쩌면 자신의 존재 자체가 아비에 대한 복수일지도 모른다고. 황실의 핏줄이어야 할 자신에게 다른 이의 피가 섞인 것이 어쩌면 아비의 죄에 대한 벌일지도 모른다고.

"공작을 완전히 아버지로 여긴 건 아니지만, 그래도 한때나마 어머니의 외로움을 달래 준 사람이니 아주 밉지도 않았습니다. 훗날 공작에게 물어보니, 약제사의 실수로 다른 약을 먹은 걸 뒤늦게 알았다고 하더군요."

"……."

"거기다 공녀가 사라진 후로는 공작 또한 퍽 얌전하게 굴었기에, 그 일은 그저 사고라고 여겼습니다. 어머니가 돌아가신 후 그자가 부러 귀족들에게 그대의 회임 문제를 거론하게 하기 전까지는."

테네르로서는 처음 듣는 이야기였다. 그녀는 살바토르 공작이 처음 제 회임 문제가 거론되었을 때 자신을 두둔했다는 것만 알고 있었으니.

"뭔가 꿍꿍이가 있다고는 생각했지만, 공녀를 다시 황후로 들일 속셈이라곤 생각지 못했습니다. 난 그저……. 그자가 내 경계를 풀기 위해 얕은수를 쓰는 거라 여겼습니다."

"폐하의 눈 밖에 나지 않기 위해 절 감싼 거라고요?"

테네르가 묻자, 레온하르트는 천천히 고개를 끄덕였다.

"공녀를 찾으면 그대를 밀어내려고 계속 준비했던 듯합니다. 추측일 뿐이지만, 에반 후작이 갑자기 반역을 준비한 것 또한 그자의 손이 닿은 일일지 모릅니다."

아이작 살바토르가 어떤 뒷공작을 했든, 허락받지 않은 징집을 한 건 후작 본인이었다. 거기다 황궁에 끌려와서까지 헛소리를 지껄인 건 사실이니 아예 없던 일이 될 수는 없었다.

그러나 레온하르트의 말에 테네르는 오래전 오라비가 해 주었던 말을 떠올릴 수밖에 없었다. 아비가 돌연 살바토르 공작의 측근인 란데르크 자작과 가깝게 지낸다던 말을.

"살바토르 영애를 찾기 전에 절 폐위시키면 다른 이를 황후로 들일지도 모르니 일부러 절 두둔한 거네요."

"아마 불임 약이 아닌 피임약을 먹였던 것도 그 이유 때문일 겁니다. 행여 궁의를 교체할 것을 염두에 두고."

테네르는 알레이나가 돌아오기 전 황후의 자리를 계속 지켜야만 했다. 혹 그녀가 폐위되고 새로 들어올 황후가 지나치게 강한 세력을 가지고 있다면 곤란할 테니. 언제든 내칠 수 있는 만만한 사람이 필요했겠지.

"내 잘못입니다, 테네르."

모두 제 안일에서 비롯된 일이었다. 잠깐이나마 마음을 놓는 게 아니었는데. 처음부터 의심했어야 했는데. 아비의 경고처럼 흔들리지 말았어야 했는데.

"핏줄을 내치는 게 그리 쉬운 일이던가요."

나긋한 목소리에 레온하르트는 고개를 돌렸다. 눈이 마주치자, 테네르는 부드럽게 웃었다.

"저도 스무 해가 훌쩍 넘어서야 아버질 밀어낼 수 있었던 걸요. 폐하와 태후 폐하를 만나지 못했더라면 그마저도 못 했을 테고."

"……"

"폐하께서 망설이셨던 건 아주 잠깐일 뿐이니, 너무 마음 쓰지 마세요."

다정히 웃는 얼굴이 그 자리에 있었다. 예나 지금이나 늘 제 편이 되어 주는 사람이었다. 자신이 그녀를 속인 다음에도, 아이를 황손으로 인정하지 않겠다고 말한 뒤에도 마찬가지로. 한참 동안 그녀를 바라보던 레온하르트는 무언가 생각난 듯 입을 열었다.

"……이전에 그렇게 말씀하셨지요. 품은 것도 그대이고 낳은 것도 그대인데, 어떻게 닮았다는 이유만으로 조시가 내 아이라 확신하냐고."

나직한 목소리에 테네르는 당황한 얼굴로 손을 내저었다.

"폐하, 그 이야기는 그저 홧김에 드린 말씀입니다."

"지난 일을 운운하려는 게 아닙니다. 난 그저……."

레온하르트가 잠시 말을 멈추었다.

"공녀 또한 같은 입장이 아닐까, 그런 생각이 문득 들었을 뿐입니다."

"……"

"품은 것도 공작 부인이고 낳은 것도 공작 부인인데, 닮았다는 이유로 그녀가 공작의 딸이라 확신할 수는 없을 것 같다는 생각이 들어서."

그 말에 테네르는 천천히 눈을 깜빡거렸다. 그러니까, 지금 하려는 말은…….

"살바토르 영애를…… 공작의 친딸이 아니게 만들자는 말씀이신가요?"

"어머니의 편지가 유출되었습니다."

레온하르트의 말에 테네르는 헉 하고 입을 가렸다.

"공녀에게 먼저 빼돌리라 말했었는데, 여의치 않았던 모양입니다. 물론 그녀의 짓일 가능성도 빼놓을 순 없고요."

"……."

"만약 공녀가 배신한 거라면 이참에 공작과 함께 처리하고, 그게 아니라면……. 협조를 구해 봐야겠지요."

듣자 하니 살바토르 공작은 알레이나가 아닌 동생 칼리언을 소공작으로 삼았다고 했다. 만약 알레이나를 버린 패로 삼은 게 확실하다면, 작위를 무사히 승계하게 하고 약간의 보상을 얹어 주는 것만으로도 회유할 수 있을지 모른다.

"북부의 조부님에게 먼저 연락을 해 보겠습니다. 말씀하신 그 풀을 구해 오는 사이 영애를 설득하면 될 테니, 너무 염려 마십시오."

가십을 덮기 위해선 더 큰 가십이 필요하기 마련이었다. 자신이 황제의 친부라 고래고래 소리를 지르던 공작이 알고 보니 딸조차 제 핏줄이 아니라고 한다면 퍽 우스꽝스러운 그림이 나오리라.

"저, 그럼 폐하."

듣고 있던 테네르가 입을 열었다. 레온하르트가 그녀를 보았다.

"살바토르 영애와는 제가 이야기해 봐도 될까요?"

테네르의 말에 레온하르트는 조금 당황한 얼굴이었다. 테네르가 눈을 휘어 웃었다.

"어차피 만나 봐야 할 사람이잖아요."

"공녀와 둘이서…… 말입니까?"

"폐하께서 바쁘지 않으시면 함께 만나도 될 듯하고요."

"……."

레온하르트는 잠시 망설였지만, 이내 고개를 끄덕였다. 테네르의 시선이 펼쳐진 일기장에 가 닿았다. 그녀의 시선에 머뭇거림이 느껴진 것은 착각인가.

"일기장……. 읽어 보실 건가요?"

들려온 물음은 의외의 것이었다. 무슨 의미냐는 듯 고개를 돌리자, 테네르는 눈을 내리깔았다.

"……괜찮으실까 해서요."

"괜찮지 않을 게 뭐가 있겠습니까."

웃으며 대답했지만, 테네르는 마주 웃지 않았다. 그저 그의 손을 꼭 잡아 줄 뿐이었다.

* * *

테네르가 별궁으로 돌아간 후, 레온하르트는 홀로 앉아 베아트리스의 일기장을 펼쳤다. 그저 묻고 넘어가려 했던 일들을 찬찬히 들여다보았다. 외로움과 쓸쓸함, 불안과 애정, 미움. 어미가 말한 적 없던 날것의 감정들이 차분한 필체에 녹아 있었다.

한참 동안 종이를 넘기던 레온하르트는 아비의 임종 날에 다시 멈추었다. 죽음을 앞두고서야 사랑을 고백했다는 아비에 대한 이야기를 다시 읽으며 레온하르트는 저도 모르게 중얼거렸다.

"……이렇게 한심한 걸 보면 이쪽이 내 아버지가 확실한데."

누구를 향한 것인지 모를 비웃음이 입가에 머물렀다 사라졌다. 함부로 휘둘려선 안 된다고, 누구에게도 흔들리지 말라고, 그렇게 말했으면서.

"내게 한 말이 아니었나."

설령 제게 한 말이었다고 한들 이제 와서 말 잘 듣는 어린애처럼 굴 생각
도 없지만.

레온하르트는 턱을 괸 채 무심하게 페이지를 넘겼다. 그리고 그의 눈이 마
지막 문장에 닿았을 때. 그는 일기장을 두고 가며 머뭇거리던 테네르의 모습
을 떠올렸다.

"……아."

그래서 눈이 붉었구나. 읽지 않기를 바라는 듯하던 모습은 이것 때문이었
구나. 어머니의 죽음이 사고가 아니었다는 걸 알게 되면 행여 상처를 받거나
자책하게 될까 봐.

이렇게 걱정하고 위해 주면서 정작 사랑은 아니라니, 매정하기도 하지.

레온하르트는 쓰게 웃으며 빈 종이를 들여다보았다. 날이 밝아 오고 있었다.

* * *

"소공작님, 란데르크 자작이 전언을 남겼습니다. 조만간 뵙기를 청한다
고……."

"알겠네."

집사장이 정중히 말하자, 칼리언은 천천히 고개를 끄덕이고 발을 옮겼다.
스튜어트 영지와 비교도 할 수 없이 화려한 저택은 언제나 그를 짓누르는 듯
했다. 그 또한 작위를 받기 전까진 이곳에서 살았는데도.

"……알레이나는?"

"낮에 펜싱 수업을 받으신 후 쉬고 계십니다."

"펜싱은 한동안 하지 않는 것 같더니."

"그동안 집에만 계셨더니 답답하신 모양입니다."

나이 든 집사장은 알레이나를 대할 때와 달리 정중하고도 공손했다. 칼리
언은 고개를 끄덕이고는 발을 멈추었다. 그가 멈춰 선 곳은 죽은 공작부인의

방 앞이었다. 집사장이 머리를 조아리며 설명했다.

"돌아가신 마님의 방입니다."

"알고 있네. 나 또한 형님께 자작위를 받기 전까진 이 집에 머물렀지 않나."

그 말에 집사장은 입을 다물었다. 칼리언은 닫힌 방문을 멀거니 바라보며 입술을 떼었다.

"곧 알레이나의 생일이로군."

"예, 소공작님."

"알레이나가 쓸데없는 생각을 품지는 않겠지?"

"물론입니다. 가주님께서도 특별히 명령하신 부분입니다."

어미의 죽음과 함께 태어났기에, 알레이나의 생일은 곧 이자벨의 기일이었다. 그러나 공작가의 하나뿐인 공녀가 주눅이 드는 걸 바라지 않던 아이작은 언제나 그녀의 생일에 호화로운 파티를 열어 주곤 했다.

"형님이 계시지 않으니 나라도 큰 파티를 열어 줘야 할 텐데, 상황이 여의치가 않으니."

"아가씨도 분명 이해하실 겁니다."

집사장이 대답했지만 칼리언은 한동안 말이 없었다. 그는 죽은 이를 떠올리기라도 하듯 방문 앞에 못박힌 채 꿈쩍도 하지 않았다.

"……들어가도 되겠나?"

한참을 침묵하던 그가 입을 열었다. 집사장이 고개를 숙였다.

"소공작님께서는 현재 살바토르 공작가의 주인이십니다. 저택 어디든 소공작님이 가지 못하실 곳은 없습니다."

집사장의 말에 칼리언은 고개를 끄덕였다. 천천히 문고리를 돌리자, 주인 없는 방이 모습을 드러내었다.

빈 침대를 가린 캐노피와 물소의 가죽으로 만든 카우치, 빛의 방향에 따라 여러 색으로 빛나는 자개 테이블. 지금은 유행 지난 물건들이 그 자리에 고스란히 보관되어 있었다. 그리고 잔꽃 무늬 벽지 위에 걸린 커다란 액자까지.

칼리언은 이자벨의 초상화 앞에 멈춰 섰다. 이자벨은 그림 속에서 은은한 미소를 짓고 있었다. 언제나 그의 시선을 잡아끌던 웃음이었다. 칼리언은 그 웃음을 빤히 보다가 입을 열었다.

"……자네는 형님과 형수님의 결혼을 반대했었지."

"나쁜 의도가 있었던 건 아닙니다. 그저 가문의 격차가 너무 크다고 생각 했을 뿐입니다."

"탓하려는 건 아니네. 나도 반대했었지 않나."

칼리언은 사람 좋게 웃으며 말했다. 집사장은 황송한 듯 머리를 조아렸다. 또다시 긴 침묵이 내리깔렸다.

"알레이나는 이곳에 자주 오나?"

"어릴 때는 종종 오셨지만, 성년식을 치르신 다음엔 잘 오지 않으십니다."

"이리로 불러 주게."

칼리언의 명령에 집사장은 군말 없이 방을 나갔다. 빈방 안에서 칼리언은 멍하니 초상화를 보았다.

"이자벨……."

아주 오래전, 살바토르 공작가의 일원이라는 자긍심과 성년이 되면 공작가 에서 내쳐지리라는 불안감 속에서 혼란스럽던 시기에 처음 만난 사람이었다.

소년과 청년의 어디쯤, 사내 태가 나기 시작하는 제 모습이 신기해 틈만 나면 거울 앞에서 시간을 보내고, 하루가 멀다 하고 커지는 키 때문에 매달 새로 옷을 맞추던 시절. 뺨에 난 여드름을 가리기 위해 몰래 분을 바르다가 부모에게 번갈아 가며 혼쭐이 나던 시절.

차기 가주가 될 형의 손에 제 미래가 달려 있다는 사실을 애써 모른 척하 던 그는 형의 연인을 차마 고운 눈으로 볼 수가 없었다.

'당신 꽃뱀이죠?'

모욕감을 느끼라고 내던진 말에 웃음을 터뜨리던 얼굴을 기억했다. 불안과 열등감에 찌든 소년을 보며 이자벨은 놀리듯 말했었다.

'왜, 부러워요?'

그 짧은 한마디가 가슴 한구석을 쿡 찔러 왔다. 그녀의 말이 사실이기 때문이었다.

이자벨의 말대로, 칼리언은 그녀가 부러웠다. 자신이 나고 자란 집에 들어오게 될 사람이었다. 그러나 자신은 언젠가 나가야 할 처지이니, 꼭 그녀가 자신의 자리를 빼앗는 것처럼 느껴지지 않았던가.

'부러우면 당신도 꽃뱀 해요. 안 말릴 테니까.'

'내, 내가 그런 걸 어떻게……!'

'애먼 사람에게 시비 거는 것보단 그쪽이 훨씬 나을 텐데.'

이자벨은 상처받은 기색이 없었다. 아니, 아예 그에게 관심조차 없는 듯했다. 멀찍이서 개가 짖으면 잠깐 그쪽을 보고 이내 고개를 돌리듯, 더는 그를 쳐다보지도 않았다. 아무 일 없었다는 듯 형에게 달려가 팔짱을 낄 뿐이었다.

못된 여자 같으니.

칼리언은 그녀를 노려보며 생각했었다.

납작 엎드려 제 비위 맞추려 들어도 곱게 봐줄까 말까인데, 감히 그런 말을 해?

그러나 제 형을 보며 환하게 웃는 얼굴을 본 순간, 칼리언은 더 이상 아무 말도 할 수가 없었다. 애정이 담뿍 담긴 눈으로 서로를 보는 연인을 바라보며 그저 입을 삐죽일 뿐.

"소공작님, 아가씨가 오셨습니다."

상념에 빠졌던 그를 깨운 것은 집사장의 목소리였다. 고개를 돌리자, 열린 문 사이로 알레이나의 모습이 보였다. 어제와 마찬가지로 얼굴이 잔뜩 굳어 있는 채였다.

"찾으셨다고요."

그녀가 성큼성큼 방 안으로 들어오자 이윽고 문이 닫혔다. 알레이나는 어미의 초상화를 흘깃 보았다.

"누가 보면 숙부님이 정말 공작인 줄 알겠어요."

공작 부인의 방에 있는 그를 비꼬는 말이었다. 칼리언은 잠깐 침묵하다 입을 열었다.

"곧 생일이로구나, 알레이나."

"……."

"혹시 갖고 싶은 게 있니?"

"그다지요."

알레이나는 짧게 대답했다. 아비가 구금된 후 그녀는 단 한 번도 웃음을 짓지 않았다. 당연한 일이긴 했지만, 씁쓸한 마음이 드는 건 어쩔 수 없었다.

칼리언은 다시 초상화 쪽으로 고개를 돌렸다.

"……어머니가 보고 싶진 않니?"

"본 적 있어야 보고 싶죠."

알레이나의 태도는 여전히 냉랭했다. 칼리언은 소리 없이 웃었다.

"멋진 분이었단다."

"……."

"남작가에서 공작가로 오면서 주눅이 들 법도 한데, 그분은 어디서든 고개를 숙이는 법이 없었지."

"공작 부인으로 공작가에 왔는데 뭐 하러 고개를 숙이겠어요? 노예 시장에 팔려 갔다면 모를까."

"그건 그렇지만."

알레이나가 빈정거리자, 칼리언은 짧은 한숨을 내쉬었다. 그 또한 그녀가 겪은 일을 모르는 것은 아니었다. 다만 그 일이 질 나쁜 빚쟁이들이 벌인 일이라 생각할 뿐.

짧게 침묵하던 알레이나가 다시 입을 열었다.

"거기다 숙부님은…… 어머니가 아버지와 결혼하는 걸 반대하지 않으셨나요?"

"네가 그걸 어떻게……."

"모를 이유도 없죠."

정적이 내려앉았다. 칼리언은 무슨 말을 해야 할까 고민하다 입을 열었다.

"처음에는 그랬단다."

"……."

"그런데 나중에는…… 형님이 그분과 만나는 게 조금 아깝게 느껴지더구나."

그 말에 알레이나가 칼리언을 돌아보았다. 눈이 마주치자 칼리언은 짐짓 장난스레 입꼬리를 올렸다.

"형님께는 비밀로 해다오."

"……."

새치름한 눈초리는 어쩜 저리도 제 어미를 빼닮았을까. 칼리언은 낮게 웃으며 그녀의 머리를 쓰다듬었다.

"그리고 알레이나. 그 일은 네 탓이 아니란다. 안타까운 사고이긴 했지만……. 나는 물론 형님도 네 탓이라 생각하진 않아."

주어를 명확하게 말하지 않았지만, 무엇을 말하려고 하는지는 알레이나도 알아들은 듯했다.

"알고 있어요. 예전에 알려 준 사람이 있어서."

"……다행이로구나."

칼리언은 웃으며 대답했다. 알레이나는 고개를 돌려 그를 보았다.

"숙부님 짓인가요? 태후의 편지를 퍼뜨린 거."

발뺌할 생각 하지 말라는 듯, 알레이나의 시선은 매서웠다. 칼리언은 대답을 고민하다 입을 열었다.

"집무실에서 찾던 게 그거였니?"

"아버지가 시킨 거죠?"

"……."

"아버지가 그걸 찾아내서 퍼뜨리라고 시켰나요? 내가 먼저 찾아내서 없애 버릴까 봐 집무실에도 들어가지 못하게 했고요?"

"그래야 네 아버지를 살릴 수 있단다. 귀족파가 네 아버지를 죽게 두지 않을 테니."

칼리언의 대답에 알레이나가 입을 다물었다. 그녀의 얼굴이 일그러졌다. 칼리언은 조카의 등을 부드럽게 다독였다.

"너도 많이 놀랐겠지만……. 길게 생각해 보렴. 황제와 피가 섞였다는 게 너에게도 그리 나쁜 일은 아니지."

"아버지가 태후와 놀아났을지언정, 황제 폐하에게 그 피가 섞였다는 증거는 없어요. 그리고 설령 그게 사실이라 할지라도 우리 가문에 황실의 피가 섞인 게 아니라 황실의 핏줄에 불순물이 섞인 것뿐이죠."

"알레이나, 그건……."

"숙부님은 아버지가 정말로 좋은 사람이라고 생각하세요?"

쏘아붙이듯 묻는 말에 말문이 막혔다. 알레이나가 픽 웃음을 흘렸다.

"참 우습네요. 피 섞인 남매를 결혼시키려 든 사람이 좋은 사람이라니."

"……."

"설령 황제 폐하가 선황 폐하의 자식이 맞다고 하더라도, 아버지가 어머닐 두고 다른 여자와 놀아난 건 달라지지 않잖아요."

조카의 말에 칼리언은 대답하지 못했다. 하고 싶은 말이 있는 듯 입술을 달싹거렸지만, 결국은 나오려는 말을 목구멍으로 꿀꺽 삼키고야 말았다. 알레이나가 비웃듯 그를 보았다.

"전 결혼은 안 하려고요. 혹시라도 아버지나 숙부님 같은 사람 만날까 봐."

그렇게 말한 알레이나는 그대로 몸을 돌렸다. 칼리언은 그녀가 방을 나가는 것을 바라볼 뿐이었다.

* * *

"아가씨."

방으로 돌아온 알레이나를 부른 것은 레온하르트가 붙여 준 하녀였다. 그녀는 서신을 건네며 목소리를 낮추었다.

"폐하께서 보내셨습니다."

알레이나는 이맛살을 찌푸리며 편지를 받아들었다. 내용을 빠르게 훑은 그녀는 그것을 그대로 양초 위에 가져갔다.

"밤에 황궁으로 갈 테니 미리 준비해."

"예, 아가씨."

하녀는 머리를 조아렸다. 그녀가 자리를 비우자, 알레이나는 불길이 타오르는 편지 봉투를 빤히 보았다.

'생각보다 빠르네.'

태후의 편지가 유출되었으니 테네르를 만나게 해 달라는 말도 들어주지 않을 줄 알았는데. 그래도 변명할 기회쯤은 주려는 건지.

알레이나는 의자에 삐뚜름하게 앉은 채 손가락으로 손잡이를 톡톡 두드렸다. 어미의 방에 있던 숙부의 모습을 떠올렸다.

멋진 분이었다니. 그 멋진 분을 배신한 아비를 편드는 주제에. 그래 놓고 네 잘못 아니라고 하면 감동이라도 할 줄 알았나.

'그러고 보니 딱 일곱 살 차이였나.'

알레이나는 책상에 팔꿈치를 올리고 턱을 괴었다. 그러나 그리 중요한 사실은 아니었기에 얼른 고개를 저었다.

'황궁에 갈 준비나 해야지.'

오랫동안 만나지 못한 사람을 다시 만날 때였다. 그리운 얼굴을 떠올리며 알레이나는 입꼬리를 올렸다.

* * *

테네르와 레온하르트는 집무실에서 알레이나를 기다리고 있었다.

트라벨 공작에게는 곧바로 전언을 보냈으니, 늦어도 이달 안에는 리바노를 찾을 수 있을 터였다. 설령 좀 더 늦어진다 해도, 나중에라도 공작의 불임이 밝혀진다면 나름의 반전을 꾀할 수 있겠지.

"진작 그대에게 말했다면 좋았을 텐데요."

레온하르트는 한결 편안해진 얼굴을 보며 쓴웃음을 지었다. 어미의 장례식을 치르고 제게 품을 내어 주던 사람인데. 약한 모습 보여도 된다고 해 주었던 사람인데. 제 마음 깨닫고 나니 답지 않은 허세라도 부리고 싶었던 건지.

"그러게요. 진작 말씀해 주셨다면 북부에서 구해 왔을 텐데요."

옅은 눈이 늘 그래 왔듯 부드럽게 휘어졌다. 농담을 하듯 가벼운 목소리였지만, 레온하르트는 하릴없이 고개를 숙였다.

"……내가 잘못했습니다."

"……."

"그대가 내게 실망할까 봐 그랬습니다. 그럼 다시는 날 사랑해 주지 않을까 봐."

민망한 속내가 주절주절 잘도 흘러나왔다. 테네르는 잠깐 입을 다물었다 대꾸했다.

"제가 폐하께 실망했던 건 절 속이고 계셨다는 걸 알게 되었을 때뿐입니다."

그 말에 레온하르트는 죄지은 사람처럼 눈을 내리깔았다. 이제는 원망도 비난도 없었지만, 그녀가 더는 제 이름을 불러 주지 않는 게 무슨 의미인지는 충분히 알고 있었다.

사소한 다정에 기대를 품으면서도 행여 다른 마음을 품고 있지는 않을까

전전긍긍하고, 그러면서도 무의미한 미소에 어떻게든 의미를 부여하고.

그래도 언젠가는 다시 사랑을 속삭여 줄 날이 올까. 사랑한다는 말에 고개를 돌리지도 대답을 망설이지도 않고, 황후로서의 의무를 운운하지도 않을 날이. 사랑하지도 사랑을 바라지도 않겠다던 말을 스스로 거둘 날이.

"일기장, 읽어 보셨나요?"

작게 입을 연 것은 테네르 쪽이었다. 걱정스러운 시선이 그를 향했다. 레온하르트는 멈칫했지만 이내 고개를 끄덕였다.

"……그대는 괜찮으십니까?"

"예?"

"그대가 보기에 조금…… 좋지 않은 내용이 있었던 것 같아서요."

"……아."

테네르는 짧게 탄식했다. 그러나 이내 스스럼없이 고개를 끄덕였다. 괜찮지 않은 게 있을까. 베아트리스가 자신에게 어떤 마음을 품었건, 그 사람이 제게 해 준 것들이 달라지는 것도 아닌데.

생각해 보면 참 이상한 일이었다. 레온하르트가 자신을 속여 왔다는 걸 알게 되었을 땐 기만당한 것이 수치스럽고 화가 났는데, 베아트리스의 일기를 읽고 나서는 그저 그녀의 외로움이 안쓰럽게 느껴지는 것이.

"미움을 티 내지 않는 게 어디 쉬운 일이던가요."

"……."

"제가 그분의 마음을 알아챈 적이 한 번도 없다는 건……. 그만큼 그분이 노력하셨다는 의미일 거예요."

원치 않는 마음을 지워 내는 것은 얼마나 어려운 일인지. 자신을 미워하지 않으려 애썼다는 것은 또 얼마나 고마운 일인지.

테네르는 그녀의 노력을 부정하고 싶지 않았다. 마지막까지 좋은 사람이 되려고 애썼으니, 그녀는 결국 좋은 사람인 거라고.

"폐하야말로 괜찮으신가요?"

테네르의 물음에 레온하르트는 고개를 돌렸다. 여전히 걱정을 지우지 못한 표정을 보곤 입꼬리를 올렸다.

"유품이 잘 정리되어 있어서 의아하긴 했었는데."

"……."

"그래도 그대 덕에 뒤늦게라도 알게 되었습니다."

낮게 번지는 웃음에 테네르는 할 말을 찾지 못하고 고개를 숙였다. 긴 침묵이 이어졌다. 먼저 입을 연 것은 레온하르트 쪽이었다.

"공녀와는 이전에 만난 적이 있다고요."

테네르는 천천히 고개를 끄덕였다.

"이전에 말씀드린 대로, 데뷔탕트 전에 한 번 만난 적이 있습니다. 하지만 그 뒤론 교류가 전혀 없었어요."

제도에 사는 귀족 아이들이 부모 손에 이끌려 한두 번 만나는 거야 특별한 일이 아니었다. 부모가 사교 모임을 가지는 동안 아이들은 아이들끼리 방이나 정원에 모여 어울리는 경우가 많았으니. 그때의 인연이 데뷔탕트 이후로도 이어지는 경우도 있었지만, 일회성으로 끝나는 경우도 부지기수였다.

"그녀와 만났을 때 무엇을 하셨는지 기억나십니까?"

"그냥……. 기껏해야 소꿉장난이나 퍼즐 놀이 정도일 거예요. 제가 숫기가 없어서 공녀가 먼저 손을 내밀어 주긴 했었는데……."

테네르의 기억은 딱 거기까지였다. 무엇을 하고 놀았는지조차 제대로 기억나지 않아 그 나이에 종종 하던 놀이를 꼽아 보았지만, 그마저도 추측일 뿐이었다.

"저도 편지를 보내 보긴 했지만, 딱히 답장이 온 적도 없다 보니……. 그냥 만나고 싶지 않은 거라 생각했습니다."

루드비히 에반이 딸에게 손을 올리기 시작한 게 그즈음이었다. 황태자의 약혼 내정자인 살바토르 공녀와 척을 지게 된 것 아니냐고 윽박을 질렀었다.

눈물을 뚝뚝 흘리며 몇 차례 편지를 썼지만, 답장은 끝내 오지 않았고, 그렇게 시간은 흐르고 흘러서…….

"다시 만난 건 데뷔탕트 때였는데, 그때도 달리 절 기억하는 기색은 아니었습니다. 오히려 조금…… 짜증을 내던 것 같기도 했고…….."

시간이 되느냐는 물음에 바쁘다며 몸을 돌리던 모습이 눈에 선했다. 성가신 이를 바라보는 표정도 마찬가지였다.

"그대에게 조금 서운한 모양이던데요. 그대가 본인을 기억하지 못할 거라고."

"……그런가요."

테네르는 생각에 잠긴 듯 눈을 내리깔았다.

똑똑.

노크 소리가 들려온 것은 그때였다. 문을 열고 들어온 시종이 알레이나의 방문을 알렸다. 레온하르트가 고개를 끄덕이자, 얼마 지나지 않아 무늬 없는 로브를 뒤집어쓴 사람이 방 안에 발을 들였다.

"어서 오게."

문이 닫히자 레온하르트가 입을 열었다. 알레이나는 고개를 까딱하고는 후드를 내렸다. 손가락으로 반쯤 헝클어진 머리를 정리하며 테네르 쪽을 돌아보았다.

눈이 마주치자 테네르는 조금 긴장했지만, 이내 태연한 척 웃으며 인사했다.

"……오랜만이에요, 살바토르 영애."

테네르의 인사에 알레이나는 어쩐지 울컥한 얼굴이었다. 그러나 이내 예법에 맞추어 공손히 인사했다.

"알레이나 살바토르, 황제 폐하와 황후 폐하를 뵙습니다."

데뷔탕트를 치르는 열일곱 소녀처럼 정중한 인사였다. 서로 인사를 생략하는 게 익숙해진 레온하르트로서는 조금 어색해진 모습이기도 했다. 알레이나 또한 마찬가지인지, 조금 멋쩍은 얼굴로 그를 돌아보았다.

"황후께서는…… 어디까지 알고 계신가요?"

"내가 아는 것 전부."

레온하르트가 짧게 대답하자, 알레이나는 고개를 끄덕였다. 그녀가 레온하르트를 마주 보며 입을 열었다.

"우선 말씀드리겠습니다만, 폐하. 태후 폐하의 편지를 유출한 건 숙부님이에요."

"……."

"아버지가 숙부님을 소공작으로 삼는 바람에 집무실에 출입하는 게 자유롭지 않았어요. 숙부님은 폐하가 아버지 핏줄인 게 기정사실화되어야 아버지를 살릴 수 있다고 했고요."

"……계속 말하게."

어느 정도는 예상한 일이었기에, 레온하르트는 천천히 고개를 끄덕였다. 알레이나는 테네르 쪽을 흘깃 보고는 다시 그를 돌아보았다.

"폐하께서도 아시잖아요. 그 사람이 제게 무슨 짓을 했는지. 거기다 제가 아닌 숙부님을 소공작으로 삼은 건 더 이상 저를 믿지 않는다는 의미라는 것도요."

이전에 찾아왔을 때와 달리, 알레이나의 기세는 한층 누그러져 있었다. 아마 숙부가 소공작이 된 것에 불안을 품게 된 탓이리라.

"제가 원하는 건 폐하께서 아버지를 확실하게 처리해 주시는 것, 그리고 공작위를 무사히 물려받는 것, 이 두 가지예요. 아버지와 태후 폐하의 관계가 알려지는 건 제게 아무런 이득이 없어요."

"그럼 증명할 수 있겠나?"

레온하르트가 물었다. 알레이나로서는 예상치 못한 물음이었지만, 동시에 반가운 물음이기도 했다.

"제게 시킬 일이 있는 모양이네요."

"시킬 일이라기보단, 침묵해 줬으면 하는 일이지."

레온하르트의 말에 알레이나는 무슨 말이냐는 듯 그를 보았다. 지켜보던 테네르가 입을 열었다.

"북부에서 지낼 때 리바노라는 풀을 본 적이 있어요, 영애."

"……"

"여자는 먹어도 별다른 이상이 없지만, 남자가 먹으면 불임이 된다고 했고요."

"그럼……."

알레이나는 미간을 가볍게 좁혔다. 테네르가 하려는 말의 의미를 알아챈 탓이었다.

"영애에게는 불명예가 되리라는 걸 알아요. 황실에서는 그에 응당한 보상을 할 생각이고요."

"……제가 거절하면요?"

알레이나는 레온하르트를 돌아보았다.

"제가 이 문을 열고 나가서 지금 들은 말을 떠벌리고 다닐 수도 있잖아요."

"그러지 않길 바라네. 살바토르 공작가를 멸문시키고 싶진 않거든."

단호하게 말한 건 레온하르트 쪽이었다. 알레이나는 헛웃음을 뱉었다.

"진짜 동생일지도 모르는데 심한 거 아니에요?"

"친부모 목 베어 버린 사람 밑에서 컸는데, 동생 목이 대수겠나."

이러나저러나, 공작이 저지른 일을 알게 된 후론 서로를 반쯤 오누이로 여기는 사람들이었다. 레온하르트는 황제를 대한다기에는 다소 불손한 알레이나의 태도를 눈감아 주었고, 알레이나 또한 레이디를 대한다기에는 박정한 레온하르트의 모습을 웃어넘기곤 했으니.

"전 아버질 죽이고 공작위를 무사히 승계할 수 있다면 상관없어요. 하지만 말처럼 쉽진 않을 텐데요."

알레이나는 구불구불 물결치는 붉은 머리를 쓸어 넘기며 입을 열었다.

"아시다시피 전 아버질 닮았고, 갑자기 아버지를 불임으로 몰게 되면 의혹을 제기하는 이들이 분명 있을 거예요. 어떻게 해명하시려고요?"

"해명을…… 굳이 해야 할까요?"

대답한 것은 테네르 쪽이었다. 알레이나는 고개를 확 돌려 그녀를 보았다. 눈이 마주치자 테네르는 조금 어색하게 웃었다.

"공작의 불임 사실을 알린다고 해서 영애의 친부가 누구인지 증명할 의무가 생기는 건 아니잖아요."

"거기다 그대의 숙부 또한 공작을 닮지 않았나?"

레온하르트가 말을 받았다. 칼리언에 대한 이야기가 나오자 알레이나는 멈칫했다.

"그대의 숙부야 당연히 부정하겠지만, 아마 공작이 그대의 친부가 아니라고 한다면 필시 그에게 관심이 쏠릴 걸세. 물론 황실은 공녀의 친부가 누구인지에 대해서는 침묵을 유지할 거고."

다행스럽게도 아이작 살바토르의 자식은 알레이나뿐이었고, 그의 동생인 칼리언 외에는 달리 후계라 할 만한 사람이 없었다.

거기다 알레이나가 죽은 공작 부인의 소생임은 확실했으니 황실의 비호가 있다면 작위의 승계 또한 불가능하진 않을 터였다. 만약 칼리언이 알레이나의 암묵적인 친부 취급을 받게 된다면 더더욱.

레온하르트의 이야기를 들으며 알레이나는 퍽 묘한 표정이었다. 한참을 침묵하던 그녀가 입을 열었다.

"저라면 말하지 않았을 텐데요."

"……."

"폐하께서도 아시잖아요. 그냥 제게 말하지 않고 처리하는 게 훨씬 낫다는 거."

굳이 알려 주지 않아도 되는 일이었다. 행여 아이작을 불임으로 본 것에 알레이나가 의심을 품더라도 모르는 일이라고 잡아떼면 그만이 아닌가. 그렇다 할지라도 알레이나는 함부로 항의할 수 없을 터인데.

"전우에 대한 신의를 함부로 저버려서야 되겠나."

레온하르트는 퍽 가벼운 목소리로 대답했다.

알레이나가 소리 없이 웃었다.

"동생이라 생각하니 마음이 약해지신 건 아니고요?"

"조금쯤은."

그래도 같은 아비를 두었을지 모르는 관계였다. 거기다 내내 제게 협조해 오던 사람이니, 함부로 저버릴 수야 없었다. 물론 말없이 일을 진행시켰다가 무슨 짓을 저지를지 예상할 수 없다는 게 가장 큰 이유였지만.

그 속내를 아는지 모르는지 알레이나는 장난스레 웃었다.

"그럼 사석에서는 오라버니라고 불러도 되는 거예요?"

"……."

"인상 쓰실 것까진 없잖아요."

알레이나의 말에 테네르는 레온하르트 쪽을 돌아보았지만, 그는 언제 그 랬냐는 듯 평온한 얼굴이었다. 순식간에 표정을 바꾸는 그를 보며 알레이나 는 기가 찬 듯 헛웃음을 뱉었다. 테네르가 입을 열었다.

"……협조해 줘서 고마워요, 영애."

나긋한 인사에 알레이나는 대답 없이 테네르를 보았다. 빤히 보는 시선에 테네르는 어쩐지 긴장하여 그녀를 마주 보았다.

"……말씀드렸잖아요. 전 작위만 받으면 상관없다고."

"……."

"그간 북부에서 지내셨다고 들었는데……. 무사히 돌아오셔서 정말 다행 이에요."

알레이나의 목소리에는 적의가 느껴지지 않았다. 오히려 조금은 어색해 보였 고, 조금은 민망해하는 것처럼 느껴지기도 했다. 도도하게 턱을 치켜들고 있던 모습만을 기억하는 테네르로서는 그런 그녀의 모습이 다소 낯설게 느껴졌다.

"만나면 할 말이 많을 거라고 생각했는데……. 몰래 빠져나온 거라 길게 이야기하기는 좀 어려울 것 같아요."

"……."

"사냥은 안 좋아하시는 것 같으니, 다음에 여유가 생기면 같이 승마라도 해요. 체스도 괜찮고, 소꿉놀이도 괜찮고요."

마지막 말을 하며 알레이나는 퍽 장난스레 입꼬리를 올렸다. 테네르가 말없이 고개를 끄덕이자, 그녀는 천천히 몸을 일으켰다. 몸을 돌리기 전, 알레이나는 품에서 작은 상자 하나를 꺼내어 테네르에게 건네었다.

"……선물이라기엔 좀 뭐하지만요."

"이건……."

"이만 가 볼게요. 재판 날 뵈어요. 황제 폐하, 황후 폐하."

알레이나는 들어올 때와 마찬가지로 공손히 인사하고 후드를 뒤집어썼다. 문을 열자 대기하던 시종이 그녀를 이끌었다.

* * *

날이 제법 풀렸다고 생각했는데, 어두운 밤하늘에서 싸라기눈이 내리고 있었다. 마차에 올라탄 알레이나는 턱을 괸 채 창밖을 내다보았다. 자신을 보며 긴장하던 얼굴을 떠올렸다.

'손이 많이 상했었는데…….'

추운 북부에서 아이까지 낳아 기르며 몸조리는 제대로 한 건지, 고생만 한 것은 아닌지.

'……그러게 처음 도망갈 때 진작 쫓아갔으면 테네르도 고생 안 했잖아.'

그간 어떻게 지내 온 건지, 자신을 정말 기억하지 못하는 건지, 묻고 싶은 건 많았지만 모든 것은 아비를 죽인 다음이었다. 알레이나는 멍하니 창밖을 보았다. 소금처럼 흩어지는 눈발 사이로 황궁이 점점 멀어지고 있었다.

* * *

백합 같은 소녀였다.

테네르를 처음 봤을 때의 인상은 그랬다. 길게 늘어뜨린 밀 색 머리에 보석 같은 보랏빛 눈, 또래보다 큰 키에 옅은 미소까지.

주변 아이들에 비해 그리 화려하게 단장한 건 아니었지만, 아이답지 않은 차분한 분위기는 알레이나의 시선을 금방 잡아끌었다. 예나 지금이나 예쁜 것을 좋아하기에 더욱 그랬다.

"테네르 에반이에요."

소녀의 목소리는 퍽 고왔다. 그러나 그 이름에 어린 알레이나는 저도 모르게 이맛살을 찌푸리고 말았다.

그 이름을 모를 리 없었다. 제 어미의 죽음이 그녀와 친하게 지냈던 에반 후작 부인 때문이라며 수군대는 하녀들의 말을 듣지 않았던가.

지금 생각해 보면 파트로나 출신 후작 부인에 대한 멸시에서 비롯된 소문이었으나, 어린 알레이나의 눈에 그 딸이 곱게 보일 리는 없었다. 기이한 약초나 사특한 주술과는 거리가 먼 생김새였지만, 그래도 제 어미를 죽인 여자의 딸이었으니.

알레이나가 입을 삐죽이기도 전에 다른 아이들이 각자 자신을 소개했다. 지금에 와서는 기억나지 않는 이름들이었다.

"초대에 응해 줘서 모두 고마워요. 즐거운 시간 되시길."

소개가 끝난 다음에는 짐짓 점잖은 인사가 이어졌다. 사실상 어른들의 사교 모임에 방해가 되는 아이들을 한 방에 모아 놀게 한 것뿐이었지만, 집주인의 아이도 부모 손에 이끌려 온 아이들도 어른들의 사교 파티를 흉내 내는 데 여념이 없었다.

아이들의 앞에는 달콤한 과자와 케이크, 뜨거운 초콜릿이 한 잔씩 놓였다. 다들 집에서는 더 달라고 떼를 쓰는 간식이었지만, 이런 자리에서는 묘한 기 싸움이 오가기 마련이었다.

"전 집에선 주로 홍차를 마시는데……."

그렇게 말한 것은 알레이나였다. 아이들의 세계에서는 조금이라도 어른처럼 보이는 것이 무엇보다도 중요했는데, 뜨거운 초콜릿 대신 향이 강한 홍차를 마신다고 우쭐대는 것도 그 일환이었다.

알레이나의 말을 시작으로 홍차를 마신다고 하는 아이들이 속출하기 시작했다. 물론 그 아이들은 홍차를 한두 번 맛보고 이맛살을 찡그리거나, 아주 연하게 우려먹거나, 혹은 우유를 듬뿍 넣어서 먹는 게 대부분이었다.

그러나 자존심 강한 귀족 아이들은 누구도 이 경쟁에서 패배자가 되고 싶지 않았다.

급기야는 몇몇 아이들이 손을 들어 초콜릿 대신 홍차를 가져오라고 명령했다. 그 모습을 지켜보던 집사는 차를 바꾸고픈 사람이 있는지 물었고, 대부분의 아이들이 손을 들었다. 단 한 명만 제외하고.

"전…… 초콜릿이 더 좋아요."

그렇게 말한 것은 다름 아닌 테네르였다. 남들 앞에서 말하는 것이 부끄러운 듯 얼굴이 조금 붉어진 채였다. 누군가 빈정거리듯 물었다.

"에반 영애는 아직도 단 걸 좋아하나 봐요."

"홍차도 마셔 본 적은 있는데, 사실 무슨 맛인지 잘 모르겠어요. 우유를 넣어야 겨우 마셔요."

아무도 꺼내지 않은 말이었지만, 사실 알레이나를 포함해 그 방에 있는 모두가 공감하는 말이기도 했다. 그녀의 말에 몇몇 아이들이 서로의 눈치를 살폈다. 맞장구를 치고 싶은데 자존심이 상하는 기색이었다.

"……그럼 저도 그냥 초콜릿 마실게요. 에반 영애 혼자서 다른 걸 마시면 쓸쓸할 테니까."

누군가 슬쩍 손을 들고 말했다. 그리고 그것을 시작으로 다른 아이들도 입을 열었다.

"저도요."

"하기야 새로 차를 우려 오는 건 하녀들도 번거로울 거고요."

"저도……."

아마 아이들이 조금만 더 컸다면 주변에 서 있던 하녀들이 웃음을 꾹 참고 있는 걸 알아챘을 것이다. 그러나 누구도 그것을 눈치채지 못했기에, 아이들은 제 속 뻔히 보이는 것도 모르고 점잖을 떨었다.

"……그럼 나도 그냥 초콜릿 마실래요. 옛날 생각도 할 겸."

마지막으로 손을 든 것은 알레이나였다. 모든 아이들이 자신을 따라 초콜릿을 마신다고 하자 테네르는 붉어진 얼굴로 수줍게 웃었다.

예쁘긴 예쁘네. 알레이나는 내심 생각했으나, 이내 얼른 도리질했다.

'그 여자 딸이잖아.'

제 어미를 죽게 만든 여자의 딸이었다. 그게 뭐가 예쁘단 말인가.

그 순간, 얌전하게 뜨인 눈이 알레이나를 향했다. 큰 눈이 자신을 보며 부드럽게 휘어지자, 알레이나는 부러 고개를 확 돌렸다.

웃으면 누가 예쁘게 봐줄 줄 알고? 살인자의 딸 주제에.

어린애 같은 고집이라는 걸 모르는 건 아니었다. 설령 제 어머니의 죽음이 정말로 파트로나의 소행이라 할지라도, 그 딸에게 죄가 있는 건 아니지 않은가.

그러나 아니라는 걸 알면서도 우기고 싶은 건 도대체 무슨 심보일까. 제 원망을 받아 낼 이가 없어지는 게 두려웠던가. 그래서 자책하게 될까 봐 두려웠던가.

알레이나가 입을 삐죽거리자 누군가 입을 열었다.

"참, 에반 영애의 어머니는 파트로나라면서요?"

좋은 의도로 꺼낸 말은 아니었다.

지위가 그리 높지 않은 귀족들은 행여 제 아이들이 고위 귀족 자제와 분란을 일으킬까 봐 몇 번이고 경고했다. 얌전히 굴어라. 어떤 영애에게 버릇없이 굴지 마라. 어떤 영식과는 절대로 싸우면 안 된다.

그러나 아이가 부모 말을 가장 잘 듣는 시기는 '싫어요.'를 배우기 전이 아니던가.

실질적인 지위가 어떻든, 귀족이라는 이유로 떠받들어지며 자란 아이들이었다. 그들은 제 또래 아이들에게 굽실거리라는 말에 자존심 상해했고, 어떤 아이들은 오히려 반감을 느끼고 공격적으로 굴기도 했다.

그런 의미에서 테네르는 자존심 강한 귀족 아이들의 좋은 먹잇감이었다. 후작 영애지만 비교적 수수한 옷차림에 얌전한 얼굴, 수줍음 많은 성격까지 더해지니 그럴 만도 했다.

"파트로나가 뭐예요?"

"우리 어머니가 천한 핏줄이라고 하셨는데……."

"숲을 떠도는 유랑 민족이에요. 책에서 봤는데, 짐승을 잡아서 피를 마신대요."

누군가 말하자, 아이들은 징그럽다는 듯 얼굴을 찌푸렸다. 알레이나는 테네르의 얼굴이 하얗게 질린 것을 보았다. 명색이 후작 영애면서, 그녀는 한마디 대꾸도 하지 못하고 고개만 푹 숙이고 있었다.

'바본가?'

당연히 받아쳐야 하는 것 아닌가. 할 말이 없다면 케이크 접시라도 집어 던지면 그만인 것을.

"정말 그래요? 정말 피를 마시는 거예요?"

"우웩. 더러워."

본래라면 모임의 주최자가 중재해야만 하는 상황이었다. 그러나 주최자 격의 아이는 덩달아 분위기에 휩쓸린 지 오래였다.

"그럼 그것도 정말이에요? 파트로나는 이상한 주술도 쓴다고 하던데."

"그런 이야기도 있잖아요. 살바토르 공작 부인이 죽은 것도 파트로나 때문이라고."

"에이, 그건 미신이죠. 살바토르 부인은 공녀를 낳다가 죽은 거잖아요."

웅성거리던 아이들의 타겟은 우아하게 머그잔을 들고 사태를 관망하던 알레이나에게 향했다. 갑작스러운 말에 알레이나는 당황하여 고개를 들었다.

"뭐……."

"우리 아버지가 그러시던데요. 어미 잡아먹고 태어났다고."

그 말에 아이들은 일제히 알레이나를 돌아보았다. 몇 쌍의 시선이 자신에게 꽂히자, 알레이나는 그대로 얼어붙었다. 분명 입을 열고 대꾸해야 하는데, 하다못해 케이크 접시라도 집어 던져야 하는데. 왜 몸이 움직이질 않는 건지.

"그럼 공작 부인은 영애 때문에 죽은 거네요."

"불쌍해……."

악의 없고 생각 없는 날것의 말들이 가슴을 쿡쿡 찔러 왔다. 화를 내자니 찔려서 발끈하는 것처럼 보일 것 같았고, 입을 다물고 있자니 저런 헛소리들을 인정하는 것 같고.

그러면서도 한편으로는 자신이 아니었다면 어머니가 죽지 않았으리란 걸 알고 있기에, 알레이나는 얼굴이 새빨개진 채 입을 꾹 다물었다. 눈치를 보던 하녀 중 하나가 뒤늦게 분위기를 바꾸려는 듯 입을 열었다.

"참, 아가씨들, 도련님들, 우리……."

"……그런 거 아니에요."

장난감을 꺼내 들던 하녀는 말을 마치지 못했다. 돌연 입을 연 테네르 때문이었다. 내내 얌전히 앉아 있던 그녀는 머그잔을 꼭 쥔 채 고개를 들었다.

"그건 그냥 운이 나빴던 거예요. 영애 잘못이 아니라……."

"……."

"그리고 공작 부인은 영애를 사랑하니까 죽기를 택한 거예요. 그러니까 영애를 원망하지도 않을 거고……."

글쎄, 공작 부인의 죽음은 스스로 선택한 게 아니라 어쩔 수 없는 사고였지만.

스스로도 말도 안 된다는 걸 아는 듯, 테네르의 목소리는 점점 줄어들었다.

사실상 그것은 일종의 환상에서 비롯된 이야기였다. 자식을 위해 죽음을 택한 모성애 지극한 어머니에 대한 환상. 자신을 버리고 도망친 어미와는 다른, 절대적인 모성에 대한 동경.

그러나 알레이나는 어렸기에, 테네르가 어떤 생각으로 그런 말을 꺼냈는 지는 가늠하려 들지 않았다. 그저 얌전히 있던 그녀가 돌연 제 편을 들어 준 것에 당황했을 뿐이었다.

'뭐야?'

아까까지만 해도 천한 핏줄이니, 짐승의 피를 먹니 하는 말엔 아무 말도 못 하고 앉아 있던 사람이었다. 그런데 왜.

당혹감의 한편에는 스멀스멀 올라오는 부끄러움이 있었다. 꺼림칙하게 여 기던 사람의 도움을 받았다는 부끄러움, 그리고 정작 자신은 그녀가 곤란해 할 때 아무것도 하지 않았다는 부끄러움.

테네르가 더는 아무 말도 하지 못하자, 끼어들 눈치를 살피던 하녀가 얼른 장난감을 꺼냈다. 알록달록한 옷을 입은 인형과 집, 범선과 검 모형, 퍼즐과 체스판, 블록.

점잖은 척 어른인 척 허세를 부려도 아이들은 아이들인지라, 장난감을 본 아이들은 더 이상 테네르와 알레이나에게 관심을 보이지 않았다. 그저 자리 에서 벌떡 일어나 장난감 쪽으로 달려갈 뿐이었다.

알레이나는 아이들이 왁자지껄 노는 틈을 타 테네르에게 다가갔다. 그녀 와 눈이 마주친 테네르는 놀란 듯 몸을 크게 움찔거렸다. 알레이나는 아랑곳 하지 않고 그 옆자리에 앉았다.

"남 일에 참견하는 거 좋아하나 봐요."

툭 튀어나오는 말에 심술이 그득그득 담겼다. 테네르는 눈을 휘둥그레 뜨 더니 죄지은 것처럼 어깨를 움츠렸다. 그 모습은 또 왜 그리도 거슬리던지.

"미안해요."

테네르가 고개를 툭 떨어뜨렸다. 그 모습을 보며 알레이나는 조금 어처구 니가 없었다.

'……뭐야. 누가 때려?'

겁먹은 모양새가 영 마음에 들지 않았다. 누가 뭐랬나. 왜 혼자 겁먹어선.

"어, 어머니 일은······. 제가······."

웅얼웅얼 흘러나오는 이야기를 들으며 알레이나는 불현듯 깨달았다. 테네르는 정말로 자신의 어머니 때문에 제 어머니가 죽었다고 믿기라도 하는 모양이었다.

"그런 어린애 망상을 누가 믿어요?"

방금까지도 그 어린애 망상으로 세모눈을 뜨던 알레이나는 시치미를 떼고 말했다. 테네르가 슬쩍 고개를 들었다. 동그래진 눈을 보며 알레이나는 작게 콧방귀를 뀌었다.

"그쪽이 말했잖아요. 그냥 운이 나빴던 거라고."

테네르는 여전히 입을 꾹 다물고 눈치를 살폈다. 알레이나는 잠깐 고민하다가 그녀의 손을 잡아끌었다. 테네르는 조금 놀란 듯했지만, 순순히 그녀에게 이끌렸다.

의젓한 척, 우아한 척 어른 흉내를 내어도 뒤엉켜 노는 것을 좋아하는 아이들이었다.

실크 드레스에 보석이 박힌 인형으로 소꿉놀이를 하고, 새끼손가락을 살짝 든 채 오렌지 주스를 마시며 퍼즐을 맞추고, 날이 뭉툭한 모형 검을 들고는 다음 달부터 펜싱을 배울 거라 자랑하기도 하고, 티격태격하던 아이들과 다 함께 숨바꼭질도 하고.

우물쭈물하던 첫인상과는 달리, 테네르는 꽤 자주 웃었다. 알레이나는 그 모습이 퍽 보기 좋다고 생각했다.

온몸이 흙투성이가 될 정도로 뛰어노는 게 당연한 나이였다. 사용인들이 정원으로 안내하자 아이들은 그야말로 고삐 풀린 망아지처럼 뛰어다녔다. 테네르나 알레이나도 예외는 아니었다.

하녀들이 공들여 손질한 머리와 비싼 드레스에 흙과 나뭇잎이 묻어 엉망이었지만, 넘치는 힘을 놀이에 쏟아 낸 아이들은 연신 싱글벙글했다.

"또 봐요, 테네르. 다음엔 저택에 초대할게요."

"응. 기다릴게요, 알레이나."

집으로 돌아갈 시간이 되자 두 사람은 서로 이름을 부를 만큼 친해져 있었다. 알레이나는 퍽 개운한 마음으로 아비의 뒤를 따랐다. 새로운 친구를 다음 주쯤 저택에 초대해야겠다고 생각하며.

작은 문제가 있다면, 아이작 살바토르가 루드비히 에반을 그리 좋아하지 않는다는 거였다.

"천박하고 격 떨어지는 사내다. 저자의 딸이 올 줄 알았다면 널 데려오지 않았을 텐데."

"……."

"알레이나, 너는 살바토르 공작가의 하나뿐인 공녀. 아직 약혼식은 치르지 않았지만, 미래의 황후가 될 사람이기도 하지. 그러니 친우 또한 가려서 사귀어야 한다."

물론 부모 말을 얌전히 들을 나이는 지난 지 오래였으니, 알레이나는 고개를 끄덕인 다음에도 아버지 몰래 몇 번인가 테네르에게 편지를 썼다. 그러나 데뷔탕트도, 성년식도 치르지 않은 소녀가 아비의 눈을 피해 편지를 보내는 건 불가능한 일이었다.

몇 번인가 떼를 쓰고, 눈물이 쏙 빠지게 혼난 다음에야 알레이나는 더 이상 편지를 쓰지 않았다. 공작은 그제야 안심한 듯했지만, 글쎄. 아마 그는 몰랐을 것이다. 하지 말란 짓은 더 하고 싶은 게 사람의 마음인 것을. 차라리 하고 싶은 대로 내버려 두었다면 어린 시절의 놀이 친구로 끝날 수도 있었다는 것을.

'데뷔탕트만 해 봐.'

자신의 딸이 아비의 품에서 벗어날 날만 애타게 기다리고 있다는 것을.

지나간 기억은 미화되거나 퇴색되기 마련이라, 데뷔탕트를 앞두었을 때쯤 테네르에 대한 기억은 극도로 미화되어 있었다. 아비에 대한 반항심이 더해져 더욱 그랬다.

백합처럼 여려 보이지만 강단이 있고, 자기 일에는 움츠리더라도 다른 사람이 부당한 일을 당하면 가만히 있지 않던 소녀. 겉보기와 달리 용감하고, 정의롭고……. 여하간 그 비슷한 낯간지러운 수식어가 어울리는 아이.

죽은 어미에 대한 이야기를 들을 때마다 알레이나는 그녀를 생각했다. 사실 어느 순간부터는 그때 그녀가 정확하게 어떤 말을 했었는지조차 잊어버렸지만, 어미의 죽음이 제 탓이 아니라던 그 의미만은 선명하게 남았다.

그리고 대망의 데뷔탕트 날, 알레이나는 설레는 마음을 안고 황궁에 발을 들였다.

데뷔탕트를 치르는 영애들은 모두 하얀 드레스를 입고 있었기에 그녀를 찾는 것을 그리 어렵지 않았다. 눈부시게 하얀 드레스를 입은 테네르를 보며 알레이나는 저도 모르게 비죽비죽 입꼬리를 올렸다.

'키는 별로 안 컸네.'

어릴 때는 올려다봐야 할 만큼 큰 편이었는데, 지금은 오히려 자신과 큰 차이가 나지 않는 듯했다. 아니, 오히려 이쪽이 더 큰가.

뭐가 되었건, 길게 늘어뜨린 밀 색 머리와 신비로운 옅은 보랏빛 눈동자는 어릴 때와 다를 바가 없었다. 차분하고 고요한 분위기도 마찬가지였다.

거기다 명색이 후작 영애라서인지, 황후에게 선보이는 예법 또한 흠잡을 데가 없었다. 알레이나는 괜히 흐뭇한 마음으로 그쪽을 흘깃거렸다.

파티가 시작되면 말을 걸어야지. 훌륭했던 예법을 칭찬하고, 혹 예전에 만난 적이 있던 걸 기억하느냐 물어봐야지.

그리고 순서가 끝난 테네르가 자신을 돌아보았을 때. 마주친 눈이 부드럽게 휘어졌을 때. 그리고 그녀가 입을 열었을 때.

"처음 뵙겠어요, 살바토르 영애. 테네르 에반이라고 해요."

그녀가 자신을 기억조차 하지 못한다는 사실에 느낀 배신감이란.

알레이나는 지금껏 자신을 기억하지 못하는 사람을 본 적이 없었다. 그녀는 살바토르 공녀였고, 데뷔탕트만 치르고 나면 황태자와 정식으로 약혼할 예정이었으니, 마주치는 모든 사람들이 짧은 인연만으로도 말을 걸고 싶어 안달이 아니었던가.

그러니 처음 뵙는다는 그 말이 그녀의 자존심을 건드린 것도 무리는 아니었다.

"……만나서 반가워요, 에반 영애."

처음은 무슨. 싸늘하게 바라보자, 테네르는 작게 어깨를 움츠렸다. 예나 지금이나 눈에 거슬리는 모습이었다. 알레이나는 그녀를 잠깐 보다가 쌩하니 몸을 돌렸다. 그녀가 막다른 곳으로 가려던 순간이었다.

"저기, 살바토르 영애."

부르는 목소리에 알레이나는 그 자리에 멈춰 섰다. 이제야 기억이 나는 건가? 하기야 오래전 일이니 잠깐 헷갈렸을 수도 있지.

알레이나는 퍽 너그러운 얼굴로 고개를 돌렸다. 테네르가 그녀를 보며 수줍게 입꼬리를 올렸다.

"황태자 전하와 약혼하신다고 들었어요. 축하드린단 말을 하고 싶어서……."

"……."

알레이나는 입을 꾹 다물었다. 지금 뭐라고? 축하? 할 말이 정말 그것뿐이라고?

"끝이에요?"

"……네?"

"이야기 끝났냐고요."

"……."

겁먹은 얼굴이 눈앞에 있었다. 알레이나는 불쾌한 기색을 숨기지 않고 그녀를 보았다. 당황한 얼굴에 억지스러운 미소가 피어올랐다.

"아, 저기……. 괜찮으면 이번 주에……."

"바빠요."

짧게 대답한 알레이나는 다시 몸을 돌렸다. 테네르는 어쩔 줄 모르고 그 자리에 서 있을 뿐이었다.

* * *

돌이켜 생각해 보면 그야말로 당치 않은 배신감이었다. 제게 접근하는 이들 중 순수한 의도를 가진 이가 오히려 드물다는 것을 알고 있었으면서. 데뷔탕트를 앞두었던 자신에게 온갖 파티 초대장이 날아오고, 이름도 모르는 귀족들이 친한 체를 하던 이유를 알았으면서. 왜 그리도 실망했던 건지. 왜 그 사람은 그래선 안 된다고 생각했던 건지.

테네르는 파티장에서 매번 자신에게 말을 걸어왔다. 제 눈치를 살피며 관심도 없을 펜싱 이야기를 꺼내기도 했고, 몇 마디 대꾸해 주면 간신히 안도한 듯 표정이 풀어 주기도 했다. 그럴 때마다 알레이나는 내심 입을 삐죽였었다.

저럴 바에는 차라리 이름 한 번 불러 주지. 그럼 모른 척 넘어가 줄 수도 있을 텐데. 하다못해 우리 예전에 만난 적 있지 않냐고 진부한 수작질 같은 말이라도 던져 볼 것이지.

완벽한 숙녀니, 사교계의 꽃이니 칭송을 받아도 기회만 된다면 누구보다도 어린애처럼 굴 수 있는 열일곱이었다. 그깟 자존심이 그리도 중요했던지, 잘 넘겼다고 생각한 사춘기가 아직도 끝나지 않은 건지. 받아 주지도 않을 거면서 막상 다가오지 않으면 그쪽을 흘깃대던 게 왜 그리도 길었던지.

"도착했습니다, 아가씨."

마부의 목소리에 알레이나는 그제야 정신을 차렸다. 문이 열리자 알레이나는 얼른 마차에서 내린 후 마부에게 금화 하나를 쥐여 주었다. 우산을 들고 기다리던 하녀가 얼른 쪽문을 열어 주었다.

"숙부님은?"

알레이나는 로브에 묻은 눈을 가볍게 털어 내며 물었다.

"두 시간 전 잠자리에 드셨습니다."

"내일 숙부님 일어나시면 시간을 내줄 수 있냐고 여쭤봐."

"예, 아가씨. 방으로 모시면 될까요?"

"아니."

알레이나는 고개를 저었다. 침묵하라던 레온하르트의 말을 떠올렸다.

그가 말한 방법이 자신뿐 아니라 죽은 어미의 명예까지 실추하게 되리라는 걸 모르지는 않았다. 시동생과 정을 통했다는 말이 돈다면 어미에 대한 옅은 동정마저 거두어지고 말리라는 것도.

그러나 알레이나는 죽은 이의 명예보다는 제 삶이 더 중요한 사람이었다. 어미 또한 태후와 부정을 저질렀던 아비가 풀려나는 것보다는 이렇게라도 처형되는 것을 바라지 않겠나.

"어머니 방으로 모셔."

뭐가 되었건, 얌전히 기다리기만 하는 것은 알레이나 살바토르의 성에 차지 않았다. 소문을 만들어 내는 일에 자신이 빠질 수야 있겠나.

'숙부님을 내 아버지로 만들라는 거지.'

알레이나는 불 꺼진 저택을 바라보다가 발을 옮겼다. 눈이 녹은 땅은 발이 닿을 때마다 질척거리는 소리가 났다.

* * *

알레이나가 준 상자를 들고 별궁으로 돌아왔을 때, 로라는 서재에서 책을 읽고 있었다. 테네르가 문을 열고 들어서자, 그녀는 화들짝 놀라 자리에서 벌떡 일어났다.

"어머, 오셨어요?"

"조시는요?"

"방에서 주무시고 계세요. 아까 한번 일어나셔서 다시 재워 드렸어요."

순하고 얌전한 아이였지만, 매번 엄마와 한 방에서 자던 조슈아는 혼자 자는 것을 조금 어려워했다. 간간이 밤중에 깨어나 엄마를 찾으면 옆방에 있던 로라가 부리나케 달려가 아이를 달래곤 했다. 물론 조슈아가 유달리 엄마를 찾는 날이면 테네르에게 도움을 청하는 날도 있었지만, 대체적으로 로라의 선에서 해결되기 마련이었다.

"매번 고생이 많아요, 로라."

"고생은요. 그래도 황자 전하는 잠을 깊게 주무시니 크게 힘들 것도 없는 걸요."

까다로운 동생들을 돌봐 온 로라의 입장에서, 조슈아는 정말로 돌보기 편한 아이였다. 더구나 테네르나 레온하르트가 아이를 돌봐 주는 일도 잦았기에 개인 시간도 꽤 자주 가질 수 있었다.

"공부하는 건 어렵지 않아요?"

테네르는 펼쳐진 책을 흘깃 보며 물었다.

"처음엔 처음 보는 말들이 많아서 어려웠는데, 읽다 보니 아는 내용이 많더라고요. 외워 두면 잘난 척하기 좋을 것 같아서 보고 있어요."

장난스레 대꾸한 로라는 테네르가 가져온 상자를 흘깃 보았다.

"그런데 그건 뭔가요?"

"초콜릿이에요. 살바토르 영애가 주고 갔어요."

테네르는 상자를 열어 내용물을 보여 주었다. 작은 상자 안에 든 것은 곱게 포장된 초콜릿 몇 개와 작은 카드였다.

[아직 좋아할지는 모르지만]

카드를 본 로라의 눈이 새초롬해졌다. 그녀는 수상하다는 듯 상자 안을 들여다보았다. 윤기가 흐르는 둥근 초콜릿에는 막대기가 하나씩 꽂혀 있어 꼭 막대 사탕처럼 보였다.

"⋯⋯초콜릿 좋아하셨어요?"

"커서는 잘 먹지 않았지만요. 어릴 땐 다들 좋아하지 않나요?"

"아, 저는⋯⋯ 데뷔탕트쯤에 고모님 댁에서 처음 마셔 봐서요."

로라가 멋쩍게 볼을 붉혔다. 테네르는 초콜릿이 꽂힌 막대기를 이리저리 돌려 보다가 고개를 들었다.

"같이 마실래요? 눈도 오는데."

"어머, 눈이 와요?"

테네르의 말에 놀란 로라가 창밖을 내다보았다. 어두운 하늘에서 싸라기 눈이 내리고 있었다.

"날씨가 좀 풀렸다 싶더니 또 눈이네요. 우유 데워 올게요."

얼마 지나지 않아 로라는 뜨거운 우유가 든 머그잔과 은으로 된 티스푼을 가져왔다. 테네르는 어깨에 숄을 두르고 창틀에 걸터앉았다. 초콜릿을 막대 기째로 머그잔에 넣고 휘휘 젓자 흰 우유의 색이 점점 짙어졌다.

"⋯⋯."

천천히 녹아내리는 초콜릿을 보고 있자니 어쩐지 묘한 기분이었다. 테네르는 머그잔 안을 유심히 보았다. 눈치를 살피던 로라가 조심스레 입을 열었다.

"독 있을까 봐 그러시는 거죠? 혹시 모르니까 제가 먼저 마셔 볼게요."

"오랜만에 마시려니 느낌이 새로워서 그래요. 뜨거우니 천천히 마셔요."

설마하니 독이 든 걸 직접 전해 줄까. 테네르는 자신을 보던 낯선 표정을 떠올렸다. 눈이 마주치자 어쩐지 울컥한 얼굴이었지. 꼭 할 말이 있던 것처럼⋯⋯.

"그리고 혹시나 해서 하는 말인데⋯⋯. 로라, 당신도 독을 먹으면 죽어요."

"음⋯⋯. 그렇긴 하죠."

멋쩍은 대답에 테네르는 작게 웃었다. 따뜻한 머그잔을 꼭 쥐곤 눈 내리는 창밖을 멍하니 바라보았다.

"눈이 쌓여야 조시가 좋아할 텐데요."

가느다란 눈은 질척한 바닥에 닿자 흔적도 없이 사라졌다. 테네르는 그 모습을 잠깐 보다가 잔을 입에 가져갔다. 호호 불고 한 모금 입에 머금자 짙은 단맛이 입 안에 번졌다.

"맛있네요. 조시에게 주긴 아직 이르겠죠?"

"연하게 타서 드릴게요. 작은 잔에다."

로라의 말에 테네르는 천천히 고개를 끄덕였다. 그녀의 시선이 다시금 창밖을 향했다. 차가운 창문에 옆머리를 기대었다가, 다시 뜨거운 초콜릿을 한 모금 마셨다. 흰 싸라기눈을 멍하니 보다가, 그러다 불현듯.

"……아."

"왜 그러세요?"

짧은 탄식에 로라가 놀라 물었다. 테네르는 얼른 고개를 저었다.

"아니에요. 그냥…… 옛날 생각이 좀 나서."

짧게 대답한 그녀는 다시금 잔을 입에 가져갔다. 부드러운 단맛이 입 안에 가득 찼다.

"답례로 홍차 잎을 좀 보내야겠어요."

"네? 아, 네."

로라는 얼떨떨하게 고개를 끄덕였다. 밤이 깊어 가고 있었다.

* * *

'숙부님은 아버지가 정말로 좋은 사람이라고 생각하세요?'
'당신 형은 당신에게나 좋은 사람이겠죠.'

날카로운 목소리가 귓전을 울렸다. 아침이 되어 눈을 뜬 다음에도 칼리언은 한동안 침대에 멍하니 앉아 있었다.

쏘아붙이던 목소리는 영락없이 제 어미를 닮은 아이였다. 날카로운 눈초리와 치켜뜬 눈, 화를 억누르는 듯한 목소리 하나하나가 어미를 떠올리게 만들었다.

'그 방에 들어가는 게 아니었는데…….'

칼리언은 지끈거리는 이마를 짚으며 설렁줄을 당겼다.

방으로 들어온 것은 소셋물을 가져온 하녀와 집사장이었다. 살바토르 공작가를 오랫동안 모셔 온 노집사는 한때 공작가의 둘째 도련님이었던 칼리언을 주인처럼 모시고 있었다.

"일어나셨습니까, 소공작님."

고루하고 나이 든 집사장은 알레이나가 아닌 칼리언이 소공작이 된 것을 반기는 눈치였다. 둘째 도련님이라면 몰라도 새파랗게 젊은 아가씨를 주인으로 섬기고 싶지는 않다는 거겠지.

'알레이나가 이를 가는 모양이던데.'

알레이나가 공작위를 물려받게 된다면 곧바로 내쫓길 사람이었다. 그나마 형을 살릴 수 있다면 그 자리를 조금이라도 더 보전하겠지만, 만약 그러지 못한다면 짐 덩이 같은 공작위는 곧바로 알레이나에게 내어 줄 테니.

칼리언은 가볍게 세안을 하고 고개를 들었다.

"오늘 란데르크 자작이 방문하기로 했던가?"

"예, 소공작님. 오후에 빙문하실 예정입니다. 그리고 알레이나 아가씨가 잠깐 뵙기를 청하십니다."

"알레이나가?"

마른 수건으로 얼굴을 닦던 칼리언이 놀란 듯 물었다. 집사장이 머리를 조아렸다.

"예. 편하실 때 말씀해 달라고 하셨습니다."

성내며 쏘아붙이던 조카의 모습을 기억하는 칼리언으로서는 그의 말이 다소 의아하게 느껴졌다. 그러나 자신이 어디 알레이나의 말을 거절한 적이 있었던가.

"준비하고 바로 가겠네. 응접실로 가면 되나?"

"저……. 그게, 소공작님."

노련한 집사장이 조금 머뭇거렸다. 한참 망설이던 그가 말했다.

"공작 부인의 방에서 뵙자고 하십니다."

* * *

칼리언이 죽은 공작 부인의 방에 왔을 때, 알레이나는 침대에 걸터앉은 채 어미의 초상화를 보고 있었다. 칼리언은 조금 멈칫했으나 이내 태연한 척 입을 열었다.

"날 찾았다고 하더구나."

"일찍 오셨네요."

알레이나는 여전히 찬 바람이 쌩쌩 부는 냉랭한 목소리였지만, 이상하게도 기분은 그리 나빠 보이지 않았다. 눈이 마주치자 그녀는 눈을 살짝 휘어 웃었다.

"생일에 갖고 싶은 게 있냐고 물으셨던 게 생각나서요."

"그래. 갖고 싶은 게 생겼니?"

칼리언은 그녀의 옆에 걸터앉으며 물었다. 정말로 원하는 게 있어서 먼저 말을 거는 것이든, 그녀 나름의 화해의 제스처든, 칼리언으로서는 반가운 일이었다. 알레이나는 손가락으로 머리카락을 꼬며 뜸을 들였다.

"어머니 이야기…… 해 주시면 안 돼요?"

이윽고 뱉어진 말에 칼리언은 저도 모르게 표정을 굳혔다. 그 표정을 본 알레이나가 어린아이처럼 입을 삐죽였다.

"멋진 분이었다면서요. 아버지는 그런 이야기 해 주신 적 없단 말이에요."

알레이나의 눈은 기대에 차 있었다. 공작저에서 죽은 이자벨의 이야기는 금기에 가까운 탓이었다. 칼리언은 손을 들어 조카의 머리를 쓰다듬었다.

"다시 말하지만, 알레이나. 그분이 돌아가신 건 네 탓이 아니란다."

"그건 저도 알아요. 하지만 단지 그것뿐이에요."

"……."

"제가 어머니에 대해 아는 거라곤 그분이 황후 폐하의 어머니와 친했다는 것뿐이에요. 그것도 황후 폐하의 어머니가 주술이나 이상한 약초를 써서 어머니를 죽인 거라는 말도 안 되는 이야기 때문에 알게 된 거고요."

유랑 민족인 파트로나가 후작 부인이 된 것은 그야말로 전례가 없던 일이었다. 그나마 후처인데다 에반 후작가에는 이미 후계인 에리히가 있었으니 어떻게든 결혼이야 했지만, 질시와 비웃음이 어린 시선은 언제나 그녀를 따라다녔다.

공작 부인의 죽음이 그녀와 가까이 지내던 타샤와 연관 있다는 소문 또한 그녀에 대한 미움에서 비롯된 말이었다. 정말로 타샤가 그런 능력을 가졌다고 생각한다면 입도 벙긋하지 못하고 벌벌 떨었을 거면서.

"전 어머니가 뭘 좋아하셨는지 몰라요. 저랑 얼마나 닮았는지, 뭘 잘하셨는지조차요."

빈 침실에 긴 침묵이 내리깔렸다. 칼리언은 눈을 내리깔았다.

"숙부님이나 아버지가 원하시는 대로 얌전히 있을게요. 그러니까…… 조금이라도 알려 주시면 안 될까요? 사소한 거라도 좋으니까."

어쩐지 주눅이 든 것 같은 얼굴이었다. 늘 콧대를 세워야 하는 살바토르 공녀에게는 영 어울리지 않는 표정이기도 했다. 망설이던 칼리언이 천천히 입을 열었다.

"눈매가 많이 닮았단다."

"……."

"화내는 것도 닮았고."

그렇게 말하며 칼리언은 알레이나의 얼굴을 찬찬히 살폈다. 꼭 그녀의 얼굴에서 이자벨과 닮은 부분을 찾아내듯이. 한참을 그러고 있던 그는 이윽고 결심한 듯 몸을 일으켰다.

"서재에 그분이 좋아하던 책이 있는데, 같이 가 보겠니?"

"……좋아요."

알레이나는 얼른 고개를 끄덕였다. 칼리언은 웃으며 그녀에게 팔을 내밀었다. 알레이나는 스스럼없이 그 위에 손을 얹었다.

그러나 칼리언은 미처 알지 못했다. 자신의 조카가 저 고분고분한 얼굴로 무슨 생각을 하고 있는지를. 자신이 뱉을 말이 어떤 소문으로 번지게 될지도.

* * *

에리히의 몸은 하루가 다르게 회복되고 있었다. 이제는 목발을 짚은 채 가볍게 산책하기도 했고, 종종 조슈아를 번쩍 안아 주기도 했다. 물론 그럴 때마다 테네르와 로라는 기겁하여 아이를 빼앗아 안곤 했지만.

"너도 은근히 잔소리가 심하단 말이야. 고 조그만 애 안아 본다고 큰일 나겠냐?"

에리히는 절뚝절뚝 정원을 걸으며 볼멘소리를 했다. 그러나 테네르는 어림없다는 듯 말했다.

"자꾸 그렇게 말씀하시면 북부에 연락해서 앙즈 부인을 부를 거예요."

"……그건 진짜 너무한데."

등짝을 맞았던 기억이 떠올라 에리히는 저도 모르게 어깨를 부르르 떨었다. 테네르는 작게 웃고는 그와 보폭을 맞추었다.

"그래도 사용인들이 많이들 돌아왔다니 다행이에요."

"어차피 이제는 나 혼자라서, 굳이 많이 올 필요는 없는데."

에리히가 황궁에서 머무르는 사이, 연락을 받은 집사장은 빈 저택으로 돌아와 옛 사용인들을 다시 불러 모으는 모양이었다. 테네르가 폐위된 후에도 저택에 머무르던 이들은 물론, 루드비히 에반의 반역 이후 곧바로 후작가를 떠났던 이들 또한 다수가 돌아왔다고 했다.

"그런 말씀 마세요. 어차피 결혼하시면 식구도 늘어날 텐데."

"결혼을 혼자 하나? 상대가 있어야 하지."

에리히는 투덜거렸지만, 테네르가 다시 황후가 되고 후작가가 면책된다면 그와 결혼을 원하는 가문이 제법 많아질 터였다. 테네르도 그 사실을 알고 있었기에 구태여 말을 더 보태지는 않았다.

"결혼식 하기 전에 저택에 오는 거지?"

"구혼서는 저택에서 받는 게 원칙이니까요."

테네르가 웃으며 답했다. 원칙적으로 구혼서는 가문과 가족의 보호 아래에서 받아야 했다. 가족과 사이가 좋지 않은 이들에게는 다소 껄끄러운 원칙이었으나, 원래는 상대의 강압으로 인해 억지로 결혼을 승낙하는 걸 막는다는 취지였다.

"참 웃기네. 웨딩드레스도 다 맞춰 놓고 뒤늦게 구혼서라니."

"저택에 갈 상황이 아니었잖아요. 거기다 얼른 결혼식을 치러야 조시도 정식으로 황자가 될 거고."

어차피 결혼이야 할 예정이니, 구혼서를 받고 바로 식을 치를 수 있도록 미리 준비하는 것이 테네르의 입장에서도 나쁘지는 않았다. 에리히는 불만스러운 표정이었지만 크게 나무라진 않았다.

"요즘 좀 괜찮나?"

"네?"

"요즘 폐하께서 매일 별궁에 가신다던데. 선물도 자주 보내신다고."

웨딩드레스는 시작이었다는 듯, 장미 궁에는 하루가 멀다 하고 온갖 선물이 쌓여 갔다. 드레스와 액세서리, 이국의 비단과 향유, 도자기와 모피, 태엽을 돌리면 도자기로 만든 동물들이 빙글빙글 춤을 추는 오르골과 보약, 보석이 장식된 문구함과 금으로 만든 공작새……

하루 이틀 만에 만들 수 있는 물건은 아니었으니, 필시 황궁에 도착하기도 전에 미리 준비하라 명령해 두었으리라.

"트라벨 공작 영지에서도 이 정도는 아니었던 것 같은데. 어째 더 심해지는 것 같냐."

"……."

"하기야 거기서 이랬으면 짐 옮길 마차가 부족했으려나."

에리히가 작게 중얼거렸다. 테네르가 민망한 듯 고개를 돌렸다.

"아니, 사랑하는 것도 아니라면서? 근데 사람이 왜 그러냐? 진짜 선대 흉내라도 내는 거야?"

"그게요, 오라버니."

선물을 보내는 것뿐 아니라, 레온하르트는 하루의 일과가 끝나면 매일같이 테네르를 찾아왔다. 함께 식사하고 산책하며 시간을 보내고, 밤이 늦어서야 아쉬운 얼굴로 자신의 궁으로 돌아가곤 했다.

그 모습에 대해서는 말들이 많았다. 조부의 전철을 밟을지 모른다는 우려의 목소리가 있었고, 직무에는 차질이 없으니 과한 걱정이라는 말도 있었다. 몇몇 이들은 황제가 살바토르 공작의 주장을 부정하기 위해 일부러 조부의 흉내를 내는 게 아니냐는 의혹을 내비치기도 했다.

"……제가 확답을 드리지 않아서 그런 것 같아요."

"뭘?"

"실은 지난번에 폐하께서……. 제게 사랑한다고 말씀하셔서……."

"뭐라고?"

에리히의 눈이 휘둥그레지자, 테네르는 민망한 듯 고개를 돌렸다. 에리히는 충격을 받은 듯 입을 뻐끔거렸다.

"야, 너는 무슨……. 그런 이야기를 나한테는 왜……."

"……죄송해요."

에리히에게 무슨 이야기든 미주알고주알 늘어놓은 것은 사실이지만, 그날의 이야기에 대해 말하는 것은 쉽지 않았다. 그가 어떤 분위기에서 그런 말을 했는지, 자신이 그를 거절하며 무슨 말을 했는지 오라비에게 털어놓기가

223

영 민망하기 때문이었다. 거기다 부상이 낫지 않은 사람에게 고작 이런 이야기를 하기엔 망설여지기도 했고.

"……언제였는데?"

"그게……. 어머니 뵈러 갔다가…… 돌아오는 길에……."

"허."

에리히는 어처구니없다는 듯 테네르를 빤히 보았다. 서운한 기색이 역력했기에, 테네르가 우물쭈물 변명했다.

"……경황이 없었어요. 그때 오라버니가 다치시기도 했고, 또……."

"아, 됐어. 괜히 걱정했네, 그럼."

"죄송해요."

"일단 좀 앉자. 힘들다."

에리히가 벤치를 턱짓하며 말했다. 산책이 길어져 힘에 부치는 모양이었다. 에리히가 벤치에 털썩 주저앉자 테네르도 조심스레 그의 옆자리에 앉았다. 에리히는 그녀가 등받이에 등을 기대기도 전에 입을 열었다.

"자존심은 있다더니, 거짓말은 아니었네."

레온하르트의 고백에 아직 확답을 하지 않은 걸 일컫는 말이었다. 테네르는 민망한 듯 고개를 돌렸다. 에리히가 그 모습을 보며 낄낄 웃었다.

"그럼 나 이세 안심해도 되는 거지?"

"……물론이죠."

테네르가 웃으며 답했다. 에리히는 손을 들어 그녀의 머리를 쓰다듬었다. 때늦은 눈이 온 뒤로 추워졌던 날씨는 어느덧 봄처럼 푸근해져 있었다. 한참을 앉아 있던 에리히가 입을 열었다.

"엄마랍시고 너무 참고 그러진 마라."

테네르는 무슨 말이냐는 듯 그를 돌아보았다.

"네 어머니, 너 두고 혼자 도망갔다고, 모성애도 없는 여자라고 얼마나 욕을 먹었냐."

"……."

"근데 그분이 뭘 택했든 똑같았을 거야. 너 데리고 도망쳤으면 후작 영애로 풍족하게 살 수 있는 애를 자기 욕심에 데려가서 사생아로 키운다고 했을 거고, 그렇다고 참고 살았으면 왜 저렇게 미련하게 당하고 사냐고 했을 테니까."

만에 하나 타샤가 루드비히의 바람대로 여느 귀부인들처럼 굴어 그의 비위를 맞추었다고 해도, 그녀는 천한 핏줄이 귀족을 흉내 낸다는 비난에서 자유로울 수 없을 터였다. 테네르는 묵묵히 고개를 끄덕였다.

"만약에 네가 조슈아 때문에 억지로 황궁에 남으려는 거더라도, 그것도 결국은 네 선택이겠지. 근데 그것도 생각해 봐. 애는 계속 자랄 거고, 나중에 엄마가 자길 위해서 원하지도 않는 결혼을 했다는 걸 알면 무슨 생각을 할지."

"……."

"물론 네가 아직 폐하가 좋아서 그러는 거라면 어쩔 수 없겠지만, 그게 아니라면……. 계속 싸워 보는 것도 나쁘진 않겠지."

"……싸우다뇨?"

테네르가 눈을 동그랗게 뜨고 물었다. 에리히가 그녀를 마주 보며 답했다.

"구혼서는 거절하면 돼. 네가 원하지 않으면."

"……."

"폐하랑 결혼 안 하고, 그냥……. 조시가 폐하의 아이가 아니라고 끝까지 우겨도 되고."

"하지만……. 이미 황손으로 인정한걸요. 살바토르 공작도 준반역으로 구금했고."

"……그건 그렇지만."

테네르의 말에 에리히는 어쩔 수 없다는 듯 고개를 끄덕였다. 그러곤 짜증스레 뒷목을 긁었다.

"뭐, 방법이야 찾아보면 되지 않겠냐? 정 안 되면 애 데리고 또 도망가도 되는 거잖아."

"……."

"혹시나 해서 말해 본 거야. 폐하께서 너 좋다고 하시는데도 아직 확답 안 했다는 거 보니까, 다른 생각이라도 하는 건가 하고."

에리히가 아는 테네르는 레온하르트가 다시 사랑을 속삭이면 금방 넘어갈 사람이었다. 지난 일을 오래 담아 두는 사람도, 괜한 자존심을 세우는 사람도 아니었으니. 그러니 그녀가 레온하르트를 받아 주지 않은 것에 다른 이유가 있는 건 아닌가 걱정하지 않을 수가 없었다.

"……고마워요, 오라버니. 너무 걱정하지 않으셔도 돼요."

테네르는 작게 말했다. 부드럽게 휘어진 눈을 보며 에리히는 쯧, 하고 혀를 찼다.

* * *

하루가 멀다 하고 탄원서가 올라오고 있었다. 레온하르트는 짐짓 굳은 얼굴로 귀족들을 둘러보았다. 란데르크 자작이 머리를 조아렸다.

"폐하, 한낱 짐승도 제 부모를 해치지는 않는 법입니다. 살바토르 공작의 말이 사실일 가능성이 조금이라도 있다면, 필히 선처를 고려하셔야 합니다."

"살바토르 공작이 스스로 황제 폐하의 친부라 주장하긴 하나, 이는 그가 준반역으로 구금되는 과정에서 꺼낸 말입니다. 어떠한 증거도 없는 말을 믿고 형을 감경할 수는 없습니다. 오히려 확실치 않은 이야기를 사실인 양 호도하고 황실을 능멸한 죄를 더하여 더욱 엄히 벌해야 합니다."

"하지만 태후께서 과거 공작을 보좌관으로 두셨을 당시 그를 가까이하신 것은 사실이 아닙니까. 당시 사용인들의 말에 따르면……."

정무 회의에서는 매일같이 살바토르 공작의 처분에 대한 이야기가 오갔다.

보아하니 공작의 편에 선 이들은 벌써 사용인들의 증언까지 확보한 모양이었다. 레온하르트는 턱을 괸 채 어지러이 떠도는 말들을 들었다. 물 만난 물고기처럼 신이 나 떠드는 모습들을 보고 있자니 그 꼴들이 참 우습기도 했다.

"……그러니 폐하, 공작의 처벌은 신중에 신중을 기하셔야 하는 일입니다."

인정하고 싶지는 않지만, 선황 하인리히의 즉위 당시보다 지금 황권이 약해진 것은 부정할 수 없는 사실이었다. 감히 저런 소리를 지껄이는 것부터가 그랬다.

하인리히는 무너져 가던 제국을 일으킨 영웅이었고, 동시에 누구에게도 온기를 내어 주지 않은 사람이었다. 정무 회의에서 거리낌 없이 검을 뽑아 들곤 내 부모처럼 목이 떨어져 볼 테냐고 일갈하던 사람이기도 했다.

두려움의 대상이던 선황이 죽고 젊은 황제가 그 자리에 올랐으니, 그간 몸을 사리던 이들이 슬금슬금 고개를 들기 시작하는 것도 당연한 일이었다. 거기다 베아트리스가 죽고 황후의 친정으로서 황실에 보탬이 되어야 할 에반 후작가는 돌연 반역을 저질렀지 않은가.

'얕보일 만도 했지.'

조언을 구할 선황과 태후도, 의지가 될 황후나 형제도, 뒤를 이을 후계조차도 없이 홀로 버텨야 했던 2년이었다. 황궁에 붙어 있던 세작을 파악해 추려 내고, 공작가에 사람을 심어 감시하고, 새 황후를 들여 후계를 낳아야 한다는 목소리를 몇 번이고 묵살하며 테네르의 행적을 찾아 헤매던 2년.

그러니 틈을 보이게 된 것도 무리는 아니었으리라.

"란데르크 자작, 그대의 어미는 과거 자작가의 기사를 정부로 두었었다지."

레온하르트는 여전히 삐뚜름하게 턱을 괸 채 말했다. 란데르크 자작은 살바토르 공작이 구금되자 공작의 저택에 집결한 이들 중 하나였다. 공작의 수족 격 되는 자이니, 아마 그가 구금되기 전부터 이 일에 대해 알고 있었을 가능성이 컸다.

"그리고 피아제 후작. 그대의 어머니는 전 란데르크 자작과 지나치게 친밀했다는 소문이 있던데."

레온하르트는 두 사람을 보며 짐짓 입꼬리를 올렸다. 떨떠름한 눈길들이 퍽 기꺼웠다.

"두 사람은 앞으로 사이좋게 지내도록 하게. 어쩌면 남매일 가능성도 있을 테니."

"폐하!"

"그리고 또 누가 있던가? 제폴린 백작?"

레온하르트가 고개를 돌리자, 귀족들은 일제히 입을 꾹 다물었다. 황제파의 귀족들이 이내 그의 말에 맞장구쳤다. 레온하르트는 대강 장단을 맞춰 주며 살바토르 공작의 자리로 눈을 돌렸다. 그 자리에 앉아 있던 칼리언은 눈이 마주치자 공손히 머리를 조아릴 뿐이었다.

* * *

테네르가 장미 궁으로 돌아왔을 때, 레온하르트는 정원에서 그녀를 기다리고 있었다. 아직 꽃이 피지 않은 정원을 둘러보던 그는 인기척이 들리자 얼른 고개를 돌렸다.

"아빠!"

조슈아는 레온하르트를 보자마자 까르르 웃으며 달려왔다. 아직 넘어질까 조마조마하긴 했지만, 원래 아이란 부모의 걱정은 안중에도 없이 뛰어다니는 법이었다.

"그래, 조시."

레온하르트가 퍽 능숙하게 아이를 안아 들자, 테네르는 잰걸음으로 그에게 다가왔다. 조슈아는 아빠가 들고 있던 꽃다발 쪽으로 손을 뻗었다.

"꼬옷."

"그래, 이건 꽃이란다."

아이가 입술을 오물거리자, 레온하르트는 꽃다발에서 꽃 한 줄기를 꺼내어 아이에게 건네었다. 조슈아는 두 손으로 줄기를 꼭 잡고는 와앙 하고 입을 벌렸다. 테네르가 얼른 아이를 말렸다.

"먹으면 안 돼, 조시."

"이잉."

아직은 무엇이든 만져 보고 입에 넣어 봐야 직성이 풀리는 나이였다. 꽃은 먹으면 안 된다는 걸 몇 번 일러 주었는데, 보들보들한 꽃잎이 퍽 먹음직스러워 보이는 모양이었다. 테네르는 아이에게 다시 주의를 주고는 레온하르트 쪽으로 고개를 돌렸다.

"정무를 보실 시간 아닌가요?"

"잠깐 짬이 나서 왔습니다."

정확하게 말하자면 짬을 내서 온 거였지만. 레온하르트는 더 덧붙이지 않고 노란 수선화가 활짝 핀 꽃다발을 테네르에게 건네었다. 테네르는 스스럼없이 그것을 받아 들었다. 그녀가 고개를 숙여 꽃향기를 맡자, 아이는 엄마를 따라 꽃봉오리에 코를 가져다 댔다. 레온하르트는 아이를 바닥에 내려 두며 말했다.

"조부님의 답신이 왔습니다. 수색을 명령했다고 합니다."

"얼른 찾아야 할 텐데요."

대책이야 마련했으니 이제 남는 건 기다리는 것뿐이었다. 헛된 욕심을 품은 귀족들이 공작을 비호하고 있었지만, 그 모든 것은 아이작이 레온하르트의 친부라는 가정하에 이루어진 일이 아닌가.

"여차하면 잘라 버리면 되니 걱정 마십시오."

레온하르트가 웃으며 말했다. 테네르는 잠시 멈칫했다가 물었다.

"……뭘요?"

"여기를요."

레온하르트는 자신의 목을 톡톡 쳤다. 목을 자르는 것 또한 다른 곳을 자르는 것만큼이나 부적절한 방법이라 여겼는지, 테네르는 놀란 눈을 동그랗게 떴다.

"폐하, *그선*……."

"농담이 아닙니다."

"……."

"만에 하나 일이 틀어진다면 그 자리에서 공작의 목을 벨 겁니다."

선황 하인리히는 레온하르트가 제 핏줄이 아닐 수도 있다는 걸 알면서도 그를 폐하지 않았다. 그것은 그를 다음 황제로 인정했다는 의미였으니, 누구도 선황의 뜻에 반하여 그를 실각시킬 수는 없을 터였다.

"……폐하께서 폭정을 하신다고 할 거예요. 그럼 평판에도 문제가……."

"그럼 조시가 대신 성군이 되어 줄 겁니다."

"폐하."

테네르가 나무라듯 그를 보자, 레온하르트는 웃으며 그녀의 손을 잡았다.

"황실에 대한 두려움이 없다면 주제를 모르는 이들은 점점 늘어날 겁니다. 그건 그대와 조시에게도 좋지 않을 테고."

어설픈 위협은 반발을 사기 마련이었지만, 감히 고개조차 들지 못하도록 확실히 찍어 누르는 것도 그리 나쁜 방법은 아닐 터였다. 레온하르트는 테네르의 손에 깍지를 끼곤 그 위에 그대로 입을 맞추었다. 금빛 눈동자에는 지울 수 없는 애성이 선명하게 들어찼다.

"이젠 누구도 그대를 함부로 건드리지 못하게 할 겁니다."

테네르도, 조슈아도, 누구도 감히 손대지 못하게 만들 것이다. 그것을 위해서라면 손에 피를 묻히는 것쯤 뭐가 대수로울까.

"사랑합니다, 테네르."

테네르는 대답이 없었다. 마주 사랑을 속삭이지 않았지만 잡은 손을 놓지도 않았다. 이제는 퍽 익숙해진 모습이었다. 그러나 제게 달려와 안겨 오던 것을 생각하면 초조함도 조바심도 가라앉아선.

그래, 이제는 무엇도 걱정할 것 없었다. 그저 당신이 나를 사랑하기를 기다리는 것밖에는.

* * *

레온하르트가 돌아간 것은 두 시간이 훌쩍 지나서였다. 똑같은 놀이를 질
릴 때까지 반복하길 좋아하는 조슈아는 아빠와 함께 한 시간 동안 숨바꼭질
을 하고 나머지 한 시간 동안은 공놀이를 했다. 간식으로 연하게 탄 초콜릿
한 잔을 마시곤 신이 나서 몸을 들썩이기도 했다.

"눈이 동그래졌던데요. 입에 맞았나 봐요."

테네르는 춤을 추듯 팔을 파닥거리던 아이를 생각하며 작게 웃었다. 로라
도 그녀를 따라 키득거렸다.

"가끔 드려 볼게요. 꽃은 정리해서 화병에 꽂으라고 할까요?"

"그래요."

꽃이야 그제도 받았지만, 별궁에는 화병을 둘 자리도 많으니 문제 될 건
없었다. 밝은 노란색이니, 침실에 두면 퍽 화사하겠지.

"장미 궁이니 장미 향이 나야 할 텐데, 요샌 그냥 꽃 궁이에요. 워낙 자주
가져다주시니까."

로라의 말에 테네르는 말없이 웃었다. 꽃다발을 시녀에게 건넨 로라는 얼
른 아이를 번쩍 안아 들었다.

"근데 저 궁금한 게 있는데요, 황후 폐하."

"뭔가요?"

"전부터 생각했는데, 왜 폐하를 계속 폐하라고만 부르시는 건가요?"

예상치 못한 물음에 테네르는 멈칫했다. 그녀가 대답하지 않자 로라가 덧
붙였다.

"폐하께서는 황후 폐하를 이름으로 부르시잖아요."

큰 의미가 있는 물음은 아닌 듯, 로라는 아이를 눕히고 기저귀를 확인했

다. 테네르는 아이와 눈을 맞추며 몇 마디 말을 건네곤 고개를 들었다.

"……아무래도 황제 폐하이신데, 남들 잎에서 그렇게 편하게 대할 순 없으니까요."

"그래도 이름이나 애칭으로 불러 주면 좋아하실 텐데요."

"내가 너무 매정해 보이나요?"

"에이, 아니에요. 그냥 궁금해서 여쭤본 거예요."

로라는 깨끗한 기저귀를 확인하곤 다시 아이의 바지를 입혀 주었다. 두 시간 동안 신나게 뛰어논 조슈아는 조금 피곤한 듯 작은 입을 한껏 벌리며 하품을 했다. 테네르는 로라가 아이를 재우는 모습을 멍하니 보았다.

'남들 앞에선 이상해 보이려나.'

에리히의 말대로 레온하르트는 매일 별궁에 찾아오고 있었다. 직접 꽃을 가져오는 것뿐 아니라, 틈만 나면 보내오는 선물이 이제는 방 한 칸을 채울 지경이었다.

반면 자신은 아직도 그를 폐하라 부르며 선을 긋고 있지 않은가. 황제와 황후가 서로를 대하는 태도에 큰 차이가 난다면 그 모습이 그리 좋게 보이진 않을 텐데도.

'……싫은 건 아니지만.'

그가 자신을 사랑하는 마음을 애써 부정해 왔다는 것도, 뒤늦게 미음을 깨달았다는 것도, 아주 못 받아들일 말은 아니었다. 거기다 자신 또한 베아트리스의 일기를 읽곤 곧바로 그에게 달려가 안기지 않았던가.

그런데 자신은 왜 지금껏 그의 사랑에 화답하지 않는 걸까. 당신을 믿는다고, 나 또한 당신을 사랑한다고 말하면 모든 일이 끝나는 걸 알면서도. 로라의 말대로 이름을 불러 주면 그가 얼마나 기뻐할지 알면서도. 왜 도통 그럴 마음이 들지 않는 건지.

'너는 어떻게 하고 싶은데?'

테네르는 잠든 아이를 바라보며 오라비의 말을 떠올렸다. 하지만 조슈아

가 황자라는 것도, 자신이 다시 황후가 되어 이곳에서 살아가게 되리라는 것
도 분명한 사실이 아닌가. 그러니 결국은 부질없는 물음인 것을.

* * *

어둡고 습한 감옥 안에서 들리는 발소리는 퍽 질척하고 음산하게 느껴졌다.
눈을 뜬 아이작이 천천히 몸을 일으켰다. 감옥에 갇힌 지 며칠이 지났지만
차가운 바닥에서 자는 것은 영 익숙해지지 않았다. 그는 이맛살을 찌푸린 채
뻣뻣한 몸을 이리저리 돌렸다.

"공작님, 면회입니다."

정중한 목소리에 아이작은 고개를 끄덕였다.

"목욕을 좀 하고 싶군."

제대로 씻지 못한 얼굴은 꾀죄죄했고, 붉은 머리는 기름이 져 제멋대로 엉
겨 붙어 있었다. 오기로 버티고야 있었지만 매일 푹신한 침대와 따뜻한 목욕
물을 누리던 입장에서는 버겁지 않을 수가 없었다.

"죄송합니다. 대신 물수건을 준비해 드리겠습니다."

그래도 제국의 공작인지라, 간수의 태도는 그리 나쁘지 않았다. 간간이 들
어오는 사치스러운 사식도 눈감아 주곤 했으니.

아이작은 간수에게서 따뜻한 물에 적신 수건을 받아 얼굴과 목을 벅벅 문질렀
다. 몸에서 불쾌한 냄새가 나는 것이 신경 쓰였지만 어찌할 수 없는 일이었다.

"……폐하께서는 날 살려 두지 않을 셈이로구나."

"……."

"그렇지 않나? 그러니 재판도 전에 나를 중죄인으로 취급하고 계시는 것
아닌가."

아이작은 동정을 사려는 듯 처연히 중얼거렸지만, 간수 또한 더 해 줄 수
있는 말은 없었다. 머뭇거리던 그가 변명하듯 말했다.

"반역과 준반역은 혐의만으로도 어쩔 수 없는 일입니다."

"그 혐의가 사실이 아니라면 어쩔 텐가."

"……."

"세상에 어느 자식이 아비를 이렇게 대한단 말인가."

아이작이 작게 한숨짓고는 다 쓴 물수건을 쟁반 위에 올려 배식구로 밀어 주었다.

"찾아온 이는 칼리언인가?"

"공작저의 집사입니다."

"들이게."

늘 사람을 부리며 살아온 이는 허름한 죄수복을 입고 감옥에 갇혀서도 달라진 게 없었다. 간수 또한 당연한 듯 자신을 부리는 그에게 군말 없이 허리를 굽혔다. 죄인의 명령을 듣는 건 간수로서 안 될 일이었지만, 상대는 일국의 공작이 아니던가.

얼마 지나지 않아 공작저의 집사장이 지하 감옥으로 발을 들였다. 그는 벽에 기댄 채 앉아 있는 아이작을 흘깃 보고는 정중히 고개를 숙였다.

"갈아입을 옷과 사식을 가져왔습니다, 가주님. 검수가 끝나는 대로 받아 보실 수 있을 겁니다."

"그래. 저택은 좀 어떤가."

"소공작님이 계시니 큰 문제는 없습니다."

아이작은 묵묵히 고개를 끄덕였다. 둘째라는 이유로 작위 계승에서는 배제되었지만, 그래도 별 탈 없이 제 영지를 꾸려 오던 아이였다. 아마 큰 무리는 없을 테지.

"잘 보필하게. 문제가 생긴다면 내게 보고하고."

"예, 가주님. 그런데……."

집사장은 간수의 눈치를 보며 슬쩍 목소리를 낮추었다.

"최근 소공작님이 아가씨와 자주 시간을 보내고 있습니다."

아비가 구금된 후, 홀로 남은 딸이 숙부에게 의지하는 거야 그리 이상한 일이 아니었다. 그러나 나이 든 집사장은 쓸데없는 말을 꺼내는 법이 없었다. 분명 두 사람이 뭔가 수상하다는 의미이리라. 아이작은 한쪽 눈썹을 추켜세웠지만 모른 척 말했다.

"그런가."

"예. 이번 일로 아가씨가 상심이 크셔서 소공작님이 위로해 주시는 듯합니다."

"그래. 칼리언은 알레이나를 아꼈으니 걱정이 될 만도 하겠지."

"거기다 곧 아가씨의 생일이니 걱정이 많으신 모양입니다. 돌아가신 마님의 방에서 자주 시간을 보내고 계십니다."

"이자벨의 방에서?"

집사의 보고에 아이작은 의아한 얼굴이었다. 알레이나는 이자벨의 방을 잘 찾지 않기 때문이었다.

"……그간 내가 그 아이의 마음을 헤아리지 못한 모양이로구나."

아이작은 부성애 지극한 아비처럼 탄식했지만, 그 속내는 그렇지 않았다. 아무리 칼리언이 자신을 잘 따른다고 해도 구금 기간이 길어질수록 불안이 짙어지는 것은 사실이었으니. 행여 칼리언이 알레이나에게 넘어가기라도 했다면 큰일이 아닌가.

'칼리언도 완전히 믿으면 안 되겠구나.'

"알레이나는 아직 밤 산책을 하나?"

알레이나가 몰래 황궁에 출입한 것을 일컫는 말이었다. 집사장은 고개를 저었다.

"소공작님과 자주 시간을 보내게 된 후론 주로 집에만 계십니다."

그렇다면 다른 꿍꿍이를 부리지는 않는 걸까. 그러나 구금된 후 면회 한 번 오지 않는 딸이었다. 이제 와서 제 편으로 돌아섰을 리가.

"적적하겠구나."

"간간이 아가씨의 친우들인 뒤페라크 영애와 오베론 영애가 방문하시니 걱정하지 않으셔도 됩니다."

집사장의 말에 아이작은 짐짓 태연하게 고개를 끄덕였다. 그러나 어릴 때부터 그를 보아 온 집사장은 그의 심기가 편치 않다는 것을 금방 알아챘다.

"가주님이 돌아오실 때까지 아가씨가 편히 지내실 수 있도록 제가 잘 모시겠습니다."

"……그래. 부탁하지. 다른 소식은 없나?"

"예. 다른 일이 생긴다면 곧바로 보고드리겠습니다."

황궁에 심어 둔 세작들이 내쫓기는 바람에 황제의 수작질을 알아내기가 여의치 않은 상황이었다. 구금과 동시에 내쫓았다는 것을 보면 새로운 이를 심을 것을 염두에 두고 지금껏 묵인해 왔던 모양이었다. 그나마 아직 들키지 않은 이들이 있긴 했지만, 죄다 쓸모없는 말단이었다.

'괘씸하게도.'

아이작은 다시금 이를 갈았다. 이곳을 나가기만 한다면 당장 귀족들을 불러 모으리라. 귀족파는 황실에 영향력을 끼치기 위해 어떻게든 자신을 지지할 테고, 그렇게만 된다면 자신은 일개 공작이 아닌 준황족이나 다를 바 없어질 터였다.

'이제야 내 자리로 돌아가는 거지.'

황제의 사생아가 다음 황제로 즉위하면 그 친모는 출신과 관계없이 태후에 준하는 대접을 받기 마련이었다. 그렇다면 황제의 친부 또한 그에 마땅한 대우를 받는 것이 당연하지 않은가. 지금껏 입을 다물어 준 것을 고맙게 여기지는 못할망정.

"알레이나는 아직 어리고, 칼리언은 경험이 부족하네. 자네가 두 사람을 잘 보필해 주게."

"여부가 있겠습니까, 가주님."

집사장은 정중히 고개를 숙였다.

12

에반 후작가에 사용인들이 돌아오고, 낡은 저택의 보수공사가 어느 정도 마무리되었다. 에리히 또한 상처가 거의 다 아물어 이제는 목발을 짚은 채 씩씩하게 돌아다니곤 했다. 이제는 저택으로 돌아갈 때였지만, 테네르의 얼굴은 밝지 않았다.

"어떡해요, 흉터가 남는다는데……."

"야, 이런 거 좀 남아야 나중에 조시 크면 생색 좀 내지. 일부러 옆구리 뚫린 옷 입고 다닐 거야. 좀 보라고."

에리히는 제 옆구리를 툭툭 치고는 영광의 상처라며 낄낄거렸다. 아무것도 모르는 아이는 유모의 품에 안겨 과자를 먹고 있었다. 테네르는 걱정스러운 얼굴로 오라비를 보았다.

"아직 무리하면 안 되는 거……. 아시죠?"

"다 나았다니까, 진짜."

"그래도 좀 더 머물다 가시지……."

"내가 저택에 있어야 네가 와서 구혼서도 받지. 안 그래?"

에리히는 동생의 머리를 일부러 헝클어뜨리며 말했다. 테네르는 여전히 조금 서운한 얼굴이었다. 에리히는 과자에 열중한 조슈아를 돌아보았다. 제게 시선조차 주지 않는 조카를 보며 퍽 심술궂게 물었다.

"야, 조시. 너는 삼촌이 좋냐, 과자가 좋냐?"

삼촌의 물음에 조슈아는 과자를 꼭 쥔 채로 눈을 깜빡거렸다. 에리히가 재차 물었다.

"응? 삼촌이 좋아, 까까가 좋아?"

"……까까."

"뭐라고?"

에리히는 조카의 대답을 예상하지 못한 듯 크나큰 충격을 받은 얼굴이었다.

"야, 너……. 내가 너한테 어떻게 했는데……."

"……."

"내가 너 기저귀도 갈아 주고, 어? 내가 얼마나……."

"황자 전하, 그럼 까까가 좋아요, 삼촌이 좋아요?"

지켜보던 로라가 얼른 다시 물었다. 조슈아는 또다시 눈을 끔뻑거렸다.

"까까가 좋아요, 삼촌이 좋아요?"

"……심쭌."

그 대답에 에리히는 그제야 안도한 듯 가슴을 쓸어내렸다.

"아, 진짜……. 서운할 뻔했네."

"아마 뒤에 말한 걸로 대답하시는 걸 거예요."

"아아. 그래요? 그럼 조시, 너 엄마가 좋냐, 삼촌이……."

"오라버니."

테네르가 타박하듯 입을 열자, 에리히는 낄낄 웃으며 아이의 볼을 톡톡 두드렸다. 테네르는 여전히 시무룩한 얼굴이었다.

"……조시가 오라버니 많이 보고 싶어 할 거예요."

"당연하지. 나 같은 삼촌 어디 있다고."

"저도 보고 싶을 거고."

"네가 애냐?"

그렇게 말하면서도 에리히는 다시금 동생의 머리를 쓰다듬었다. 이제는 손을 올려도 몸을 움츠리지 않는 게 새삼 기특하다는 듯이.

"뭐……. 어려운 일 있으면 연락하고."

"네."

"편지도 자주 쓰고."

"그럴게요."

"야, 이렇게 말하니까 되게 멀리 가는 것처럼 들리는데, 우리 저택 황궁이랑 그렇게 안 멀다. 마차 타면 삼십 분도 안 걸려."

"……알아요."

"아니, 근데……. 그걸 아는 애가 왜 우는 건데."

에리히가 난감한 얼굴로 타박했다. 테네르는 작게 훌쩍이고는 손수건으로 눈가를 닦아 내었다.

"그냥……. 기분이 그렇잖아요."

"야, 나 그냥 우리 집 가는 거거든? 내일도 오고 모레도 올 거야."

에리히가 황급히 달랬지만 테네르는 좀처럼 울음을 그치지 못했다. 내내 곁에 있어 주던 오라비가 저택으로 돌아간다는 게 못내 서운한 탓이었다. 엄마가 우는 걸 본 조슈아는 따라 울먹거리기 시작했고, 지켜보던 로라도 작게 코를 훌쩍거렸다. 에리히는 어처구니없다는 듯 그녀를 돌아보았다.

"아니, 애는 그렇다 치고 그쪽은 왜 웁니까?"

"……달래 달라고 안 할 테니까 신경 쓰지 마세요. 그냥 배경이라고 생각하시면 되잖아요."

"아, 뭔 말을 해도……."

에리히가 중얼거리자, 테네르는 아예 얼굴을 가리고 흐느끼기 시작했다.

에리히는 짜증스레 머리를 긁고는 엉거주춤 그녀를 안아 주었다.

"야. 네가 울면 내가 어떻게 편하게 가겠냐. 응?"

"……죄송해요."

"아니, 누가 사과하래? 하여간 너는 진짜……."

"……."

"내가 어느 날 속 터져 죽으면 범인은 너야. 미리 유서를 써 놓든가 해야지 원."

농담을 던졌지만 테네르는 당최 울음을 그치지 못했다. 그 꼴을 보고 있자니 에리히 또한 눈가가 시큰해지는 건 어쩔 수 없었다.

* * *

"에반 경, 혹시 울었나?"

"……아닙니다."

레온하르트의 물음에 에리히는 얼른 고개를 저었다. 그러나 부은 눈과 빨개진 코를 가릴 수는 없었다.

아무리 봐도 울었던 것 같지만, 캐묻는 것은 신사의 예의가 아니었다. 레온하르트는 모른 척 고개를 끄덕여 주었다. 에리히는 그런 그에게 예의 바르게 허리를 굽혔다.

"그간 황궁에서 신세를 졌습니다. 늘 편의를 살펴 주신 것에 감사드립니다, 폐하."

"그런 말 말게. 황후의 가족이면 내 가족과 마찬가지이니, 언제든 황궁에 머물러도 좋네."

날을 세워 경계하던 이전과 달리 레온하르트는 퍽 편안하게 그를 대했다. 조슈아를 구해 준 것뿐 아니라 그간 테네르를 안전하게 지켜 준 자였다. 그리고 아마 앞으로도 오롯이 테네르의 편에 서 줄 사람.

"아직 황자를 구해 준 사례를 하지 않았네, 후작."

"……."

"뿐만 아니라 내내 황후와 황자를 지켜 주었는데, 마땅한 보상을 받아야 하지 않겠나. 원하는 게 있다면 편히 말하게."

"당연한 일을 했을 뿐이라 특별한 보상을 생각지 못했습니다. 생각나는 게 있다면 말씀드리겠습니다."

에리히 또한 어딘가 뾰루퉁하던 이전과 달리 정중한 태도였다. 그것이 레온하르트에 대해 더는 나쁘게 생각하지 않아서인지, 앞으로 황궁에서 살게 될 동생과 조카를 위해서인지는 모르지만.

"곧 황후를 보내겠네. 결혼식 준비는 이미 마쳤으니 재판이 끝나자마자 구혼서를 전달하고 식을 치를 예정이네."

레온하르트의 말에 에리히는 고개를 끄덕이다 무심코 물었다.

"그럼 황자 전하는 황궁에 계시는 겁니까?"

"유모가 있으니 너무 걱정하지 말게. 황자도 황궁에 익숙해졌고, 아비인 나도 있지 않나."

형식적으로 치르는 간단한 절차라고는 해도 조슈아는 아직 어린 나이였다. 이제 겨우 황후의 시녀들과도 얼굴을 익혔는데, 굳이 또 마차를 타고 후작저에 가 낯선 사용인들과 만날 필요가 있을까. 거기다 자신이 그간 에리히에게 좀스러운 마음을 품었던 것도 사실이니, 테네르가 결혼 전 잠깐이라도 친정 오라비와 아이 없이 편안히 시간을 보내길 바라는 마음도 있었다.

그러나 에리히에게는 그의 배려가 썩 와닿지 않았다. 제 동생은 두고 온 아이 걱정에 구혼서를 받자마자 황급히 황궁으로 돌아가려 할 게 뻔했으니.

거기다 당연한 듯 그녀를 황후로 들이려는 모습도 영 마음에 들지 않았다. 아직 테네르는 그의 마음에 화답하지 않았다고 말하지 않았던가.

"……여쭙고 싶은 게 있습니다, 폐하."

원래라면 모른 척 넘어갔어야 할 일이었다. 묵은 죄책감이야 자작 성에서 모두 털어 버렸으니, 이제는 자신 또한 제 삶을 찾아야 하는 것 아닌가.

그러나 머리로는 그렇게 생각하면서도 입이 벌어지는 건 어쩔 수 없었다. 어쩌겠나. 제 성질머리가 이렇게나 고약한 것을.

"테네르를 정말 사랑하십니까?"

툭 내뱉은 물음에 레온하르트는 조금 놀란 얼굴이었다. 그러나 그것도 잠깐, 그는 이내 여상히 고개를 끄덕였다.

"그렇네."

"테네르도 그렇다고 합니까?"

곧 식을 치르고 황후가 될 사람에게 함부로 이름을 부르는 건 안 될 일이었지만, 레온하르트는 딱히 지적하지 않았다. 저 물음에 동생에 대한 염려가 담겨 있음을 알기 때문이었다.

"마음을 돌리실 때까지 기다리려고 하네."

어미의 유품을 발견하곤 제게 달려와 준 사람이었다. 자신을 안아 주고, 위로해 주고, 걱정해 주던 사람. 아직은 제 마음에 답하지 않았지만, 레온하르트는 얼마든지 그녀를 기다릴 수 있었다. 보답받지 못한 사랑을 오랫동안 이어 온 사람이니, 이제는 자신이 그 마음을 그대로 돌려줘야 하지 않겠나.

"그럼 테네르의 의사는 처음부터 중요하지 않았던 겁니까?"

날카로운 목소리가 들려온 것은 그 순간이었다. 무슨 말이냐는 듯 눈을 들자, 에리히는 비웃듯 한쪽 입꼬리를 말아 올렸다.

"어차피 그 애 의사와는 상관없이 곁에 두실 것 아닙니까. 그럼 마음을 돌릴 때까지 기다린다는 게 도대체 무슨 의미인가 해서요."

에리히의 말에 레온하르트는 말문이 막혔다. 짧게 침묵하던 그가 다시금 입을 열었지만, 에리히는 레온하르트가 말을 뱉기를 기다려 주지 않았다.

"아이는 사랑하십니까?"

이어진 물음은 마찬가지로 예상치 못한 것이었다. 레온하르트는 잠깐 멈첫했지만, 이내 천천히 고개를 끄덕였다.

"아비가 아이를 사랑하는 건 당연하지 않은가."

"그렇습니까? 제가 볼 땐, 그저 황실의 피를 이은 후계와…… 테네르를 붙잡을 인질이 필요하신 것 같아서요."

"……."

"제 말이 틀렸습니까?"

에리히의 눈초리는 매서웠다. 황제를 대하기에는 지나치게 불충하고 사나운 얼굴이었다. 그러나 레온하르트는 그를 나무라지 않았다. 아니, 나무라지 못한 것일까.

"……말도 안 되는 소리를 하는군, 후작."

"……."

"동생과 조카를 아끼는 마음은 이해하지만, 이쯤 하는 게 좋지 않겠나?"

레온하르트는 애써 너그럽게 말했다. 상대는 황후의 오라비였다. 동생을 지극히 아끼는 마음에서 나온 말이니, 굳이 발끈할 필요 없는 일이었다. 그러나 에리히는 그의 아량을 끝내 받아들이지 않았다.

"허락하신다면 하나만 더 묻겠습니다, 폐하."

레온하르트는 손을 들어 그의 말을 막으려 했지만, 에리히는 애초부터 허락받을 생각이 없었던 듯 입을 열었다.

"만약 테네르가 폐하를 사랑한다고 하면, 그 말을 믿을 수 있으십니까?"

"뭐……."

"궁금해서 말입니다. 폐하께선 황자를 데려가기 위해 거짓으로 사랑을 말씀하셨으면서, 테네르가 그러지 않으리라곤 어떻게 확신하시는 건지."

그 말에는 레온하르트 또한 완전히 당황하고야 말았다. 에리히는 대답을 기다리듯 굳은 얼굴로 그를 보았다.

"마음이 없어도 사랑한다는 말은 할 수 있습니다, 폐하. 폐하께서 그러셨던 것처럼."

"……."

"제가 그 애라면 지금쯤 열심히 머리를 굴리고 있을 겁니다. 언제, 어느 타이밍에 폐하의 마음을 받아들여야 할지. 어떻게 마음을 여는 게 가장 자연스러워 보일지를요. 본인 마음이야 어찌 되었건 그게 아이를 위해서 좋을 테니."

황제의 동반자라고는 하나, 황후에 대한 대우는 황제의 총애에 따라 달라지기 마련이었다. 또한 황후의 대우는 그 자식에게도 영향을 끼치기 마련이니 어떻게 황제를 거절할 수 있을까.

"그저 잘 웃는 인형이나 애완동물이 필요하신 거라면 이해하겠지만, 거기에 사랑이라는 말은 좀 과분하지 않겠습니까?"

거기까지 말한 에리히는 몸을 일으켰다. 찻물이 가득 찬 찻잔에는 손도 대지 않은 채였다.

"원하는 보상이 있다면 말하라고 하셨지요, 폐하."

"……."

"제가 원하는 건 방금 드린 불충한 말을 폐하께서 너그러이 용서해 주시는 겁니다."

에리히는 과장스럽게 허리를 굽혔다. 그가 알현실을 빠져나갈 때까지 레온하르트는 아무 말도 하지 못했다.

* * *

에리히는 후작저로 돌아가는 마차에 몸을 실었다. 그를 데리러 온 집사가 정중히 허리를 굽혔다.

"그간 고생이 많으셨습니다, 후작님."

"뭐……. 무책임한 주인 때문에 자녀들이 고생했지."

동생을 위해서라고는 하나, 저택에서 일하는 사용인들을 나 몰라라 하고 도망친 건 사실이었다. 그런데도 제법 많은 사용인들이 돌아와 주었다고 하니, 에리히의 입장에서는 참 고마운 일이었다. 집사는 공손히 말했다.

"두 분이 떠나신 후, 폐하께서 저희가 새로운 일자리를 찾을 수 있도록 도와주셨습니다."

"……그건 감사한 일이네."

에리히는 짧게 중얼거리곤 등받이에 등을 기대었다. 그리곤 삐딱하게 팔짱을 낀 채 손가락으로 팔을 두드렸다.

'괜한 소리를 했나.'

홧김에 내뱉은 말이긴 했지만, 그래도 상대는 황제였다. 자신뿐 아니라 테네르와 조슈아의 안위까지 좌우할 수 있는 사람이니 참았어야 했는데.

'……그래도 애먼 데 화풀이할 사람은 아니니까.'

아이러니하게도, 그가 레온하르트에게 싫은 소리를 할 수 있었던 건 그에 대한 믿음이 있기 때문이었다. 그가 이런 일로 자신이나 테네르, 조슈아에게 불이익을 주지 않으리란 걸 알기에.

'나쁜 사람이 아니란 건 알지만.'

아비의 반역에도 최대의 아량을 베풀어 주었던 것도, 그가 테네르를 아끼는 것도 알고는 있었다. 그러나 제 동생 눈에 눈물 낸 이를 마냥 곱게 볼 리가.

'어디, 애 좀 타 보라지.'

에리히는 콧방귀를 뀌곤 입을 삐죽거렸다. 황궁이 점점 멀어지고 있었다.

* * *

테네르는 승마를 하고 있다고 했다.

처음의 우려와 달리, 까다로운 말 제임스는 황궁에 무리 없이 적응하고 있었다. 주인이 매일같이 찾아와 돌봐 주니 당연한 일이었다.

레온하르트가 그녀를 찾아왔을 때, 테네르는 막 사냥터를 한 바퀴 돌고 온 참이었다. 시녀 중 하나가 그녀에게 마른 수건을 건네었다.

"잘생겼다고 전해 듣긴 했는데, 이 정도일 줄은 몰랐어요."

제임스의 미모는 시녀들 사이에서도 꽤 화제였다. 크고 야성적인 몸에 우수에 찬 눈빛, 윤기가 흐르는 검은 갈기. 거기다 다른 이들에게는 까다로워도 주인 앞에서는 순한 양처럼 온순해진다는 점까지 꽤 매력적으로 느껴지는 모양이었다.

"사냥터가 넓어서 다행입니다. 답답해할까 봐 걱정 많이 하셨잖아요."

"그러게 말이야."

테네르는 시녀들의 말에 대꾸해 주며 이마의 땀을 닦아 내었다. 말의 갈기를 부드럽게 쓰다듬자, 제임스는 아양을 떨듯 그녀의 목덜미에 콧등을 문질렀다.

"간지러워, 제임스."

레온하르트가 다가온 것은 그때였다. 인기척에 테네르가 고개를 돌리자, 시녀들은 그녀의 시선이 향하는 곳을 향해 일제히 머리를 조아렸다.

"……폐하."

웃음기가 어려 있던 눈은 레온하르트를 발견하곤 놀란 듯 동그래졌다.

"어쩐 일이신가요?"

늘 그래 왔듯 호의적인 물음이었다. 레온하르트는 테네르의 곁에 서 있던 제임스에게 짧게 시선을 주었다가 다시 그녀를 돌아보았다.

"보고 싶어서 왔습니다."

부드럽게 대꾸했지만, 테네르는 별 대답이 없었다. 그저 말고삐를 꼭 쥔 채 웃으며 다가올 뿐이었다.

"막 승마를 끝내고 돌아가려던 참입니다. 함께 산책이라도 할까요?"

퍽 다정한 권유였다. 레온하르트는 천천히 고개를 끄덕였다. 테네르는 하인에게 고삐를 건네고 제임스의 엉덩이를 가볍게 두드렸다. 주인을 돌아보던 제임스는 순순히 하인을 따랐고, 시녀들 또한 허리를 굽혀 인사한 후 장미 궁으로 돌아갔다.

제법 햇빛이 따사로워 산책하기 좋은 날씨였다. 테네르가 라이딩 코트를 벗자 레온하르트는 얼른 그것을 받아 들었다. 테네르는 조금 놀란 듯했지만 말리지는 않았다.

"……인사는 잘하셨습니까?"

팔짱을 낀 채 걸으며, 레온하르트가 조심스레 물었다. 테네르는 고개를 끄덕였다.

"예, 폐하."

"에반 경 눈이 붉던데요."

"마음이 여린 분이십니다. 조시가 태어났을 때도 많이 우셨고……."

테네르는 지난날을 떠올리듯 잠깐 허공을 보았다. 저 얼굴에 담긴 것이 그리움은 아닐까. 레온하르트는 문득 생각했다.

"테네르."

"예, 폐하."

테네르는 여전히 온순하게 대답했다. 딱히 선을 긋는 것 같지는 않았지만, 그렇다고 전과 같은 애정이 담긴 것도 아니었다. 꼭 그날의 일이 꿈인 것처럼.

이름을 불러 달라 요구하면 들어주리라는 걸 알고 있었다. 이 자리에서 입맞춤을 청해도, 늦은 시각 침실을 찾아가도 거부하지 않으리란 것도.

"……무슨 일 있으신가요?"

레온하르트가 말을 잇지 않자 테네르는 걱정스레 물었다.

제게는 사랑을 바라지 말라며 쓸데없이 다정히 대했다고 타박해 놓고, 이쪽도 마찬가지가 아닌가. 제게 그렇게 달려와 놓고, 안겨 놓고, 이렇게 걱정하면서도 아직 제 이름조차 불러 주지 않다니.

"……테네르."

레온하르트는 발을 멈추고는 조심스레 그녀의 어깨를 당겨 안았다. 테네르는 조금 놀란 듯했지만 그를 밀어내지 않았다. 그저 습관처럼 그의 등을 다독여 줄 뿐이었다.

"……자리를 옮길까요?"

테네르가 조심스레 물었다. 혹 은밀히 해야 할 이야기가 있냐는 의미였다. 레온하르트는 그녀를 꼭 안은 채로 고개를 저었다.

"그냥……. 불안해서 그럽니다. 자꾸만 나쁜 생각이 들어서."

다정이 곧 사랑이 아님을 알고 있었다. 자신을 보며 웃음 짓는 것이 애정을 의미하는 게 아니라는 것도.

그러나 지워지지 않는 불안 속에서도 끝없이 기대를 품게 되는 것은 누구의 탓인가. 언젠가 당신이 뱉게 될 사랑이 진심일지, 아이가 없어도 당신은 내 곁에 남으려고 할지, 모든 것이 불확실한데도.

"너무 염려하지 마세요, 폐하. 공녀도 협조해 주고 있으니 잘 해결될 거예요."

테네르는 위로하듯 속삭였다. 레온하르트는 그녀를 꼭 안은 채 묵묵히 고개를 끄덕일 뿐이었다.

※ ※ ※

트라벨 공작 영지 밖 작은 마을에 살던 앙즈 부인은 오지랖이 넓고 잔소리가 심한 사람이었다. 하나뿐인 남편에게는 더더욱 그랬다.

"아휴……. 내가 못 살아. 당신, 내가 정신 똑바로 차리라고 했어, 안 했어?"

"아니, 했는데……."

어머니와 할머니에게 귀엽고 깜찍하다는 평을 듣는 앙즈는 부인의 잔소리 앞에서 언제나처럼 고개를 숙였다. 우락부락한 근육질의 몸이 맥없이 움츠러들었다.

"약초 가방이야 그렇다 쳐. 그 큰 항아리는 무슨 정신으로 빼놓고 옮긴 건데? 안 그래도 무슨 서류니 뭐니 바빠 죽겠는데 여길 또 와야겠냐고. 응?"

영지 밖에서 사는 것은 자유로웠지만 그만큼 위험도 뒤따랐던지라, 마을 사람들은 결국 트라벨 공작 영지로 거처를 옮기게 되었다. 거주지도 제공이 되는 데다 정착 지원금까지 넉넉하게 주어져, 다들 별다른 불만 없이 수레에 짐을 가득 싣고 새로운 보금자리로 떠날 수 있었다.

그러나 숲에 설치한 덫을 수거하느라 정신이 없던 앙즈는 술을 담근 항아리와 부인의 약초 가방을 깜빡 잊는 실수를 저질렀고, 덕분에 이렇게 정든 마을로 잠깐 돌아오게 되었다.

"그…… 내가 잘못했어, 사라. 응? 바빴던 거 알잖아."

앙즈는 얼른 부인을 껴안고 쪽쪽 입을 맞추며 아양을 떨었다. 이러나저러나 금실 좋은 부부인지라, 사라는 간지럽다고 그를 밀어내면서도 결국은 웃고야 말았다. 수레를 몰던 한스가 그들을 흘긋 돌아보고는 웩 소리를 냈다.

"아, 저러다 오늘 여섯째 생기겠네. 그런 건 좀 둘만 있을 때 하면 안 돼요?"

"얀마. 둘만 있으면 뽀뽀로 끝내겠냐?"

"아휴, 정말 주책 좀 떨지 말라니까."

앙즈 부인은 남편의 등짝을 철썩철썩 때렸다. 한스는 못 말린다는 듯 고개를 절레절레 저었다.

"다 왔으니까 내릴 준비나 하세요."

빼곡하게 들어찬 나무들 너머로 마을이 점점 가까워지고 있었다. 한스는 퍽 능숙하게 앙즈의 집 앞으로 수레를 이끌었다. 말발굽 소리가 멎자 앙즈는 먼저 내려 부인의 손을 잡아 주었다.

사람들이 떠난 마을은 텅 비어 있었다. 인적 없는 마을을 둘러보던 사라가 작게 입을 열었다.

"……그분들은 잘 지내려나 모르겠네."

"누구?"

"누구긴 누구야, 우리 황후 폐하랑 황자 전하랑 후작님이지."

"아, 당연히 잘 지내겠죠. 아주머니한테 등짝 맞을 일도 없고."

한스가 낄낄대며 말했다. 그가 사라에게 등짝을 얻어맞는 사이, 앙즈는 창고의 문을 열고 술을 담근 항아리를 수레에 싣기 시작했다.

"뭐, 여기보다는 거기랑 어울리는 분들이니 잘 지내지 않겠어? 나중에 시찰 오실 때 잠깐 뵐 수 있을지도 모르고. 그건 그렇고 한스, 너도 짐 좀 옮겨라."

"예, 예."

"싣고 있어. 난 집에 또 빠뜨린 거 없나 보고 올게."

사라는 문을 열고 집 안으로 들어갔다. 그사이 앙즈와 한스는 창고를 오가며 열심히 짐을 옮겼다. 날씨가 제법 풀려서인지, 무거운 항아리 몇 개를 옮기자 금방 땀이 흘렀다.

"어? 앙즈 아저씨."

셔츠로 땀을 대충 닦아 내던 앙즈는 자신을 부르는 한스의 목소리에 고개를 들었다. 한스의 시선은 멀찍이 떨어진 숲에 가 있었다.

"저기 봐요, 저기. 사람이 있는데요?"

"사람?"

한스의 말에 앙즈 또한 눈을 가늘게 뜨고 그쪽을 보았다. 두툼한 털옷을 입은 두 사람이 숲에서 분주하게 움직이고 있었다.

"여행자인가? 저기 있으면 위험할 텐데."

"약초꾼 같은데요? 가방 들고 있는 걸 보니."

시력 좋은 한스가 말했다. 그사이 숲을 뒤지던 이들 또한 이쪽을 발견한 모양이었다. 그들은 자기들끼리 무어라 이야기를 주고받더니 나무에 묶어 둔 말에 올라탔다.

"아. 이쪽으로 온다."

"사라랑 잠깐 들어가 있어라."

앙즈는 수레에서 도끼를 집어 들며 말했다. 한스는 조금 불안한 얼굴이었지만, 군말 없이 집 안으로 들어갔다.

말을 탄 여자들이 가까이 다가오고 있었다. 다그닥, 다그닥. 말발굽 소리가 그의 앞에서 멈춰 섰다.

"……누구시오?"

앙즈는 경계 어린 목소리로 물었다. 갈색 머리 여자가 대답했다.

"약초를 좀 찾고 있습니다."

"무슨 약초?"

"리바노라는 풀을 아시나요? 북쪽 숲에서 자라는 흰 풀이라고 하던데."

여자가 말을 뱉은 순간 앙즈는 못 들을 말이라도 들은 듯 어깨를 움츠렸다. 그리고 그런 그를 구해 주려는 듯 꼭 닫혀 있던 창문이 벌컥 소리를 내며 열렸다.

"고자 풀 찾는 거예요?"

그렇게 말한 것은 창문으로 고개를 빼꼼 내민 사라였다.

"사라, 들어가 있으라니까."

"그건 겨울에나 찾을 수 있을 텐데. 지금은 날이 풀려서 찾기 어려울 거예요."

앙즈가 창문을 닫으려고 했지만, 사라는 그의 어깨를 철썩 소리 나게 때리며 여자들 쪽으로 고개를 돌렸다. 여자들은 서로를 바라보며 난처한 표정을 지었다.

"혹시 구할 수 있는 곳이 있을까요? 당장 구해야 하는데……."

"아아니, 그런 흉악한 걸 도대체 왜 구합니까? 당장 불태워서 씨를 말려 버려야지."

그 이름만으로도 소름이 돋는 듯 앙즈는 질색하며 말했다. 여자들은 어색하게 웃었다.

"저희도 높으신 분들의 명령을 받은 거라서요."

"혹시 아실 만한 분 안 계실까요? 사례는 충분히 하겠습니다."

"음……."

사라는 창틀에 기댄 채 여자들의 모습을 샅샅이 훑어보았다. 한참 동안 뜸을 들이던 그녀가 마침내 입을 열었다.

"내가 알기론, 구할 수 있는 곳이 딱 한 군데 있긴 한데……."

"어디로 가면 되나요?"

여자들이 반색하며 물었다. 사라는 문을 가리키며 말했다.

"일단 잠깐 들어와 봐요. 한스 넌 나가 있고."

사라의 말에 한스가 작게 구시렁거리며 밖으로 나가자, 여자들이 얼른 집으로 들어왔다. 문이 닫히자, 사라는 기다렸다는 듯 눈을 빛냈다.

"왜, 왜. 무슨 일인데?"

"네?"

"아니, 멀쩡한 남자도 고자로 만드는 풀인데, 무슨 일인지도 모르고 어떻게 알려 줘요? 나한테만 슬쩍 이야기해 봐요. 아무한테도 말 안 할게. 응?"

잔소리쟁이에 남 일에 참견하길 좋아하는 사라는 호기심 가득한 얼굴로 그들을 보았다. 여자들은 난감한 듯 손을 저었다.

"저희도 명령만 받은 거라 자세한 내막은 잘 모릅니다. 그러니……."

"왜, 그 높으신 분 남편이 바람이라도 피워?"

사라의 물음에 여자들은 당황한 얼굴이었다. 그 표정을 긍정으로 받아들인 사라가 안타까운 얼굴로 손뼉을 쳤다.

"아휴. 맞네, 맞아."

사라의 머릿속에는 이미 바람난 남편이 사생아라도 만들어 올까 봐 안달복달하는 귀부인의 모습이 그려져 있었다. 눈치를 보던 여자들 중 하나가 얼른 맞장구쳤다.

"비밀로 해 주셔야 해요. 높은 분들은 이런 일이 알려지는 걸 싫어해서……."

물론 그들은 상부의 명령을 받았을 뿐, 그 풀을 왜 구해 오라고 하는지는 알지 못했다. 다만 눈앞의 아낙이 무언가 알고 있는 듯해 혹시나 하는 마음에 장단을 맞추는 것뿐이었다. 그러거나 말거나, 원하던 대답을 들은 사라는 퍽 뿌듯한 얼굴이었다.

"거 봐, 내가 이런 건 딱 보면 안다니까? 그런 놈들은 확 잘라 버려야 하는데."

"저기, 그래서 어디에서 구할 수 있는지……."

"잠깐만 있어 봐요. 내가 줄게. 당장 필요한 사람이 써야지."

사라는 여자들이 대꾸할 틈도 주지 않고 약초 가방에 손을 집어넣었다. 가방 안을 몇 번 뒤적거리던 사라는 이내 작은 주머니 하나를 꺼내었다.

"아주머니……?"

여자들은 놀란 눈으로 사라를 바라보았다. 그러니까, 왜 평범한 아낙이 이런 걸 가지고 있냐는 듯한 표정이었다. 사라는 퍽 의기양양하게 웃었다.

"내가 이래 봬도 이 마을에서 신파 일 했었거든. 약초라면 좀 알지."

"아아……."

"실은, 저이가 나이를 먹고도 자꾸만 주책을 부려서……."

"……."

"내가 이 나이에 임신이라도 해 봐. 매번 피임약 먹는 것보단 이거 한 스푼 먹는 게 낫다 싶은데, 저이는 리바노 이야기만 꺼내도 벌벌 떨어서 먹으란 말도 못 하고……."

딱히 남의 부부 생활에 대해 알고 싶지는 않았지만, 여자들은 최선을 다해 사라의 말에 맞장구를 쳤다. 남편이 얼마나 귀찮게 구는지 한참 동안 수다를 떨던 사라는 문득 깨달은 듯 입술에 검지를 가져다 대었다.

"이거 내가 줬다고 말하면 안 돼요. 내가 이거 가지고 있던 거 저이가 알면 울고불고 난리가 날 테니까."

"물론이죠, 부인."

"티스푼으로 한 스푼만 먹여요. 불안하면 한 스푼 더 먹이고. 수프에 섞어서 먹이면 티도 안 날 거야."

사라는 목소리를 낮추어 당부했다. 여자들은 고개를 끄덕였다.

* * *

트라벨 공작이 황궁에 도착한 것은 재판이 열리기 일주일 전이었다. 레온하르트가 서신으로 부탁한 약을 들고서였다. 레온하르트는 테네르와 함께 그를 맞이했다.

"직접 와 주실 줄은 몰랐습니다, 조부님."

"결혼식도 볼 겸 왔습니다. 만약의 사태에도 대비해야 하고요."

레온하르트는 공작에게 약을 먹여 불임으로 몰고, 만약 일이 틀어지게 된다면 그 자리에서 그를 참살하겠다고 했다. 만약 그렇게 된다면 곁에서 비호할 이가 필요할 터였다.

눈썹과 수염이 하얗게 센 노인이었지만, 사무엘 트라벨은 제국의 세 공작 중 하나였다. 그러니 결코 방해가 되지는 않으리라.

"말씀하신 물건입니다. 황후께서 머무셨던 마을에서 산파 일을 하던 이에게 받았다고 합니다."

사무엘은 테네르에게 작은 주머니를 건네었다. 익숙한 이를 일컫는 말에 테네르는 얼른 주머니를 열어 보았다. 눈처럼 새하얗던 풀은 말린 후에도 소금처럼 흰 빛깔이었다.

"……이렇게 도움을 받네요."

테네르는 도움이 필요하면 말하라던 푸근한 얼굴을 떠올리며 작게 중얼거렸다. 아마 그녀는 이 풀이 제 손에 들어온 것을 생각지도 못하겠지만.

"최근 사식을 많이 찾는다고 하니, 검수 과정에서 섞으라 지시하겠습니다."

평생을 귀족으로 살아 온 살바토르 공작은 감옥에서 지내는 것이 점점 힘들어지는 모양이었다. 목욕물이나 침구, 의사를 요청하는 빈도수가 잦아지고 있다고 했다.

그나마 죄인에게 허용할 수 있는 것은 집에서 가져다주는 사식 정도였지만, 그 또한 매번 검수를 거쳐야만 했다. 위험한 물건을 반입할 여지가 있고, 죄인에게 너무 호화로운 음식이 주어져서는 안 된다는 이유였다.

"예, 폐하. 그럼 저는 살바토르 공작의 측근들을 면밀히 살피겠습니다."

사무엘은 늘 그래 왔듯 정중하게 말했다. 레온하르트는 약이 든 주머니를 꼭 쥐었다.

* * *

"……단 건 별로 좋아하지 않으셨단다. 특히 과일은 새콤한 걸 좋아하셨지."

"그건 저랑 다르네요. 전 단 게 좋은데."

칼리언은 매일 알레이나를 만났다. 두 사람은 꼭 부녀지간처럼 함께 식사하며 도란도란 대화를 나누었다.

구금된 공작에 대한 이야기는 둘 중 누구도 꺼내지 않았다. 그것이 이 평화를 유지하기 위한 불문율이라도 되듯이.

그러나 칼리언은 알레이나에게 알리지 않고 종종 아이작의 면회를 가곤했다. 감옥에 있는 형의 태도가 어쩐지 전과 다른 것 같긴 했지만.

'뭔가 숨기는 기색이셨지.'

칼리언은 괜스레 씁쓸한 기분으로 포크를 움직였다. 자신이 최근 알레이나와 자주 시간을 보내는 것이 형의 귀에 들어가지 않을 리 없었다. 알레이나가 바깥출입도 잘 하지 않고 얌전히 굴고 있는데도 영 불안한 모양이었다.

'황후 자리에 미련이 남은 것 같지는 않은데…….'

한동안 알레이나를 자주 만나 이야기를 나누었지만, 알레이나는 딱히 황후 자리에 큰 욕심을 둔 것 같지 않았다. 곧 다시 황후가 될 폐후에 대한 악감정도 없는 듯했다. 황후가 되는 것을 이제야 포기한 건지, 혹은 다른 속내가 있는 건지는 모르지만.

"황후 폐하의 어머니 말고 달리 친한 사람은 없었어요?"

알레이나의 물음에 칼리언은 고개를 들었다. 대답을 기다리는 얼굴을 보며 그는 얼른 입꼬리를 올렸다.

"그분과 가까이 지내고 싶어 하는 이들은 많았단다. 하지만 친우라고 할 만한 사람은 전 후작 부인이 전부였지. 아무래도 비슷한 처지라고 생각하셨던 모양이야."

말하자면, 신데렐라끼리의 친분이었다. 한쪽은 한미한 남작 영애에서 공작 부인이 되었고 한쪽은 파트로나에서 후작 부인이 되었으니, 동질감이 느껴지기도 했으리라. 칼리언의 대답에 알레이나는 문득 생각했다.

'테네르도 알고 있으려나?'

친분이 있었다는 것을 모르지는 않겠지만, 그쪽도 어미에 대해서는 자세히 알고 있을 것 같지 않았다. 사교계에서 몇 번 마주쳤던 루드비히 에반은 타샤를 후처로 들였던 것을 수치스러워하는 것 같았으니.

'진작 눈치챘어야 했는데.'

반역으로 처형된 에반 후작은 물귀신처럼 딸을 잡고 늘어졌다고 했다. 거기다 테네르가 석녀라 회임하지 못할 거라는 저주까지 퍼부었다고 하니, 후작가에서 딸을 대하던 태도도 알 만했다.

왜 그렇게 주눅이 들었었는지, 그러면서도 왜 자꾸만 제게 다가오는 건지, 조금만 생각했어도 금방 알아챘을 일이었다. 그깟 자존심이 뭐였기에.

"……무슨 일 있니?"

칼리언의 물음에 알레이나는 고개를 들었다. 그녀는 숙부를 보며 온순한 척 웃었다.

"그냥……. 좀 아쉬워서요. 어머니랑 친했던 분이 있으면 만나 봐도 좋을 것 같았는데."

"……"

"많이 외로우셨겠네요, 그럼."

알레이나는 쓸쓸하게 웃으며 말했다. 칼리언은 말없이 그녀를 보았다. 하고픈 말이 있는 듯, 그의 입술이 작게 달싹거렸다.

"식사가 끝나면……. 같이 나가겠니?"

"어딜요?"

"그분과 함께 갔던 디저트 가게가 있거든. 너도 몇 번 먹어 보긴 했을 텐데……."

"어머니랑 데이트도 하셨어요?"

알레이나는 생각지도 못했다는 듯 웃음을 터뜨렸다. 칼리언은 멈칫했지만 이내 아무렇지도 않은 듯 웃었다.

"날 친동생처럼 대해 주셨단다. 내가 혼자 있으면 데리고 나가서 기분 전환을 시켜 주셨지."

"그랬군요."

알레이나는 고개를 끄덕이곤 손수건으로 입을 두드려 닦았다. 칼리언 또한 다 쓴 식기를 접시 옆에 내려 두었다.

"숙부님 시간을 너무 많이 뺏는 것 같아서 죄송한데……."

"그런 말 말렴. 넌 내……."

딸이나 마찬가지라고, 습관적으로 말하려던 칼리언은 입을 다물었다. 짧게 숨을 삼킨 그가 이어 말했다.

"……조카잖니."

"……."

"형님이 내게 널 맡기셨는데, 소홀히 하면 나중에 혼이 난단다."

"그래요?"

알레이나가 몸을 일으키며 말했다.

"알겠어요. 그럼 아버지가 안 계신 동안은 숙부님을 아버지라고 생각할 게요."

"……."

257

"얼른 가요, 숙부님."

알레이나는 아무것도 모르는 것처럼 웃었다. 저 웃음은 누구를 닮았나. 저 얼굴에서 이자벨의 모습을 빼면 누가 나올까.

칼리언은 속내를 들키지 않으려는 듯 태연하게 그녀에게 팔을 내밀었다. 이 아이는 내 딸이 아니다. 형님의 딸일 뿐이다.

그걸 알면서도 당치 않은 욕심이 머리를 드는 것은 왜인지.

* * *

칼리언이 알레이나와 가까이 지낸다는 것을 알게 된 후, 아이작은 집사장을 통해 저택의 소식을 전해 듣고 있었다.

두 사람은 매일 함께 식사하는 것뿐 아니라 이자벨의 방에서 비밀스러운 이야기를 하며 시간을 보낸다고 했다. 거기다 단둘이 외출하는 날도 잦다고 하니, 옅은 불안이 불신으로 번지는 데에는 오랜 시간이 필요하지 않았다. 외부와 차단된 감옥에 갇혀 있으니 더욱 그랬다.

"공작님, 저택에서 사식을 보내 왔습니다."

간수의 말에 아이작은 천천히 몸을 일으켰다.

황궁에 남은 세작은 눈에 띄지 않는 말단이 고작이었지만, 그렇다고 아주 쓸모가 없는 건 아니었다. 적어도 죄수가 먹기엔 조금 호화로운 사식을 눈감아 주거나, 깨끗한 속옷 한두 장쯤 몰래 넣어 줄 수는 있었으니.

귀족으로서는 참 격 떨어지는 말이었지만, 그래도 춥고 어두운 감옥에서 유일한 즐길 거리는 저택에서 보내 주는 사식뿐이었다. 더운물에 목욕조차 못 하는 몸이니 더욱 그랬다. 그러나 쟁반에 올려진 음식들을 본 순간, 아이작은 어쩐지 실망스러운 얼굴로 중얼거렸다.

"오늘은 꽤 단출하군."

"……."

검수를 거치는 시간이 있으니 저택에서처럼 따끈따끈한 음식을 먹을 수는 없었지만, 그래도 부드러운 흰 빵과 향신료를 듬뿍 써 구워 낸 고기를 자주 먹을 수 있는 건 큰 호사였다. 건더기가 듬뿍 들어 있는 수프도 마찬가지였다. 그러나 오늘은 웬일로 수프가 평소보다 훨씬 말간 색이었다. 감옥에 갇힌 후 저택에서보다 기름지고 자극적인 음식을 자주 찾는 걸 알고 있을 텐데도.

"……."

혹시 저택에 있는 알레이나나 칼리언이 사식에 손을 댄 건 아닌가. 아이작은 이맛살을 찌푸린 채 맑은 수프를 휘저었다. 덜그럭, 덜그럭, 수평이 맞지 않는 건지, 접시 바닥이 쟁반에 부딪혀 소리가 났다. 아이작은 한쪽 눈썹을 추켜세우곤 접시를 살짝 들었다. 거기에는 작은 쪽지가 숨겨져 있었다.

간수의 눈치를 살핀 아이작은 몰래 그것을 집어 들었다. 수첩을 찢어 갈겨 쓴 쪽지에는 삐뚤삐뚤한 글씨기 그려져 있었다.

[사용인이 수프에 수상한 가루를 넣는 걸 발견했습니다. 다른 죄수의 사식과 바꾸었으니 염려 마십시오.]

"……허."

내용을 확인한 아이작이 헛웃음을 뱉자, 간수가 무슨 일이냐는 듯 그를 돌아보았다. 아이작은 황급히 쪽지를 숨긴 후 혼잣말인 양 중얼거렸다.

"오늘은 수프가 싱겁구나."

죄인에게는 어울리지 않는 말에 간수는 못 들은 척 고개를 돌렸다. 아이작은 그 틈을 타 쪽지를 입에 집어넣었다. 입천장에 종잇장이 들러붙는 느낌은 영 불쾌했지만, 맑은 수프를 입에 넣고는 함께 꿀꺽 삼켰다.

'독살이라도 하려는 건가.'

설마하니 그런 얕은수를 쓸까 싶었지만, 궁지에 몰린 황제가 그냥 자신을 이대로 살해하려 들 가능성도 배제할 수는 없었다. 어쩌면 당장 죽음에 이르는 약이 아니라 오랫동안 서서히 죽어 가게 하는 약일지도 모르고.

'말단이라 해서 기대하지 않았는데, 아주 쓸모가 없지는 않았군.'

뭐가 되었건, 아이작은 순순히 당해 줄 생각이 없었다. 건더기 없는 수프는 영 맛이 없었지만, 그는 늘 그래 왔듯 그릇을 깨끗이 비웠다.

* * *

레온하르트가 테네르를 자주 찾을수록 장미 궁을 찾는 사람들도 늘어나고 있었다. 테네르는 황궁에 있을 당시 가까이 지냈던 이들을 위주로 방문을 허락했다. 알레이나의 친우인 제니스와 달리아도 마찬가지였다. 두 사람이 최근 알레이나와 자주 만나고 있었기에, 테네르는 그들로부터 그녀가 무엇을 하는지에 대해서 들을 수 있었다.

"두 사람이 알레이나와 자작에 대한 이야기를 퍼뜨려 줄 모양입니다."

테네르는 잠든 아이에게 담요를 덮어 주며 말했다. 사교계 활동을 활발하게 하고 있는 두 사람은 알레이나를 대신해 온갖 티 파티를 오가며 칼리언에 대한 이야기를 흘리고 있는 모양이었다.

'요즘 알레이나가 매일 공작 부인의 방에서 자작을 만나고 있거든요.'

'거기다 자작이 예전부터 그랬대요. 남자는 자기보다 일곱 살 많은 여자를 만나야 하는 거라고. 그런데 공작 부인과 자작의 나이 차이가 딱 맞아떨어지잖아요?'

두 사람은 재미있는 그림이 나오지 않겠냐며 퍽 즐거워했다. 당장은 아무도 이상하게 생각하지 않겠지만, 죽은 공작 부인과 칼리언의 관계에 작은 의혹이 생긴다면 누구나 떠올릴 법한 이야기들이었다. 그리고 소문이 기정사실화될 즈음에는…….

"스튜어트 자작을 죽이실 건가요?"

테네르가 물었다. 레온하르트는 천천히 고개를 끄덕였다.

"감옥에 있는 공작 대신 귀족파를 끌어들인 자입니다. 어머니의 편지를 유출한 이이기도 하고요."

"하지만 폐하, 죽이게 되면 분명 의심을 살 거예요."

"물론 자결로 위장할 겁니다."

나직한 목소리에 테네르는 멈칫했다. 그러나 그것도 잠깐, 이내 천천히 고개를 끄덕였다.

"……장소는 죽은 공작 부인의 방이 좋겠네요."

낮잠을 자는 아이의 옆에서 하기에는 그리 적절하지 않은 이야기였다. 그러나 제 아이에게 위협이 될 이를 내버려 두는 것이야말로 부모로서는 못 할 짓이 아닌가.

"그러겠습니다."

레온하르트 또한 천천히 고개를 끄덕였다. 테네르는 평온히 감긴 눈꺼풀을 한참 동안 바라보았다.

"……약은 무사히 먹인 건가요?"

"물론입니다. 만약을 대비하여 두 번에 걸쳐 먹였으니, 너무 걱정하지 마세요."

레온하르트는 얼른 대답했다. 이제는 그녀가 걱정할 일을 만들지 않겠다는 듯이. 테네르는 묵묵히 고개를 끄덕였다.

* * *

재판에는 꽤 많은 인파가 몰려들었다. 기자의 출입을 허용했으니 당연한 일이었다.

공개적인 재판이 열리자, 혹 황제가 공작이 친부가 아니라는 확실한 증거를 가지고 있는 건 아닌지에 대해서도 호기심 어린 시선이 쏠렸다. 레온하르트는 테네르와 함께 재판장에 나란히 발을 들였다. 허리춤에는 검을 찬 채였다. 후작저로 돌아갔던 에리히 또한 증인으로서 재판장에 발을 들였다.

준반역으로 구금되었던 아이작은 오랫동안 감옥에 갇혀 초라한 몰골이었다. 기사들에 의해 끌려 나온 그는 간만의 빛이 눈부신지 자꾸만 눈살을 찌푸렸다.

"재판을 시작하기에 앞서, 본 재판을 허해 주신 황제 폐하께 감사의 말씀을 드립니다."

나이 든 재판관이 공손한 태도로 레온하르트에게 인사했다. 선황의 혈통이 아닐지 모른다는 불명예를 감수하고 재판을 열어 준 황제에 대한 감사였다. 물론 재판 없이 아이작을 처형하면 불거질 의혹을 방지하기 위함일 뿐이었지만, 결론적으로는 황실이 법의 권위에 힘을 실어 준 셈이었으니.

"공정한 판결을 기대하겠네."

간단하게 인사한 레온하르트는 의자에 몸을 붙이고 앉았다. 재판관은 관중을 한번 둘러본 후 재판의 시작을 알렸다.

재판의 쟁점은 두 가지였다. 하나는 살바토르 공작의 준반역 혐의, 그리고 다른 하나는 살바토르 공작이 정말로 황제의 친부인지 여부. 레온하르트는 먼저 북부에서 잡은 세작들의 자백과 헤일 자작성에서 붙잡은 살바토르 공작가의 기사들을 내세웠다. 테네르 또한 2년 전 저택을 떠났던 당시를 회고했다.

"……하여 황궁에서 그간 회임하지 못한 것 또한 누군가의 입김이 들어간 일이라 판단했습니다. 폐후이기 이전에 한 아이의 어미로서, 저택과 황궁 모두 아이에게 안전하지 않을지 모른다고 생각했고요. 거기다 북부에서 들이닥쳤던 세작들 또한 패물을 내어 주겠다고 했는데도 기어이 나와 황자를 죽이려 했던 걸 보면……. 줄곧 우리를 노려 왔던 듯합니다."

"당시 세작들은 헤일 자작가 로라 헤일 영애를 황후로 들이기 위해 벌인 짓이라고 말했으나, 정작 영애가 누군지도 모르고 있었습니다. 거기다 그녀를 황자와 함께 해치려고도 했고요."

테네르의 이야기가 끝난 다음에는 헤일 영지에서의 일에 대한 에리히의 증언이 이어졌다. 그다음에는 파직된 전 궁의가 턱을 덜덜 떨며 죄를 고백했다.

"……황후 폐하의 회임을 방해하는 대신 금전적인 대가를 약속받았습니다. 의사로서, 그리고 궁의로서 사욕을 채우는 데 급급했던 점 깊게 반성하고 있으며……."

헤일 자작 성에 숨어들었던 공작가의 기사들 또한 공작의 사주를 받았음을 털어놓았으나, 당연하게도 아이작은 그들의 말을 부정했다.

"……모함입니다. 황제 폐하의 아이라면 제게는 손자나 마찬가지인데, 할아비 된 몸으로 어째서 손자를 해치려 하겠습니까."

아이작은 황제의 혈통에 관한 이야기를 재판의 중심으로 이어 가려는 듯했다. 탄원서를 올렸던 귀족파가 기다렸다는 듯 그를 감쌌다.

"……전통에 따르면, 역대 황제 폐하의 친모께서는 태후에 준한다고 하여 신분과 관계없이 궁을 하사받고 황실의 일원으로서 황궁에 기거하셨습니다. 살바토르 공작 또한 황제 폐하의 친부일 가능성이 조금이라도 있다면, 전통에 따라 준황족으로서……."

귀족파의 주장은 탄원서에서의 내용과 다를 게 없었다. 그들은 자베르 호수 별장의 사용인들과 당시 아이작이 머물렀던 여관 주인을 증인으로 내세우기도 했고, 베아트리스의 회임 시기가 그때와 맞물리는 점을 지적하기도 했다. 그들의 이야기를 듣던 재판관이 아이작을 돌아보았다.

"그 말이 사실이라면 공작, 왜 폐하와 공녀의 약혼을 추진한 겁니까?"

"저 또한 당시에는 아니라고 믿었습니다. 하지만…… 훗날 알아보니 약제사의 실수로 약이 바뀌었다더군요."

아이작은 당시의 약제사를 불렀다. 미리 매수해 둔 건지, 실수였다는 말만큼은 사실이었던 건지, 약제사는 모든 일이 자신의 잘못이라며 울먹였다. 각각의 증인이 증언을 마치자, 재판관이 아이작을 돌아보았다.

"공작, 그대가 태후 폐하와 무슨 관계였는지는 잘 알았습니다. 하지만 그것만으로 그대가 황제 폐하의 친부라 단언할 수는 없습니다. 혹 그 주장에 근거가 있습니까?"

어느 한쪽에 치우치지 않는 공정한 판결을 운운할지라도 재판관은 황실에 우호적인 입장을 취할 수밖에 없는 사람이었다. 그는 아이작의 주장을 부정할 근거를 찾듯 질문했다. 아이작은 망설이는 척하다가 이내 입을 열었다.

"불충한 말이지만, 태후께서는 선황 폐하와 수차례의 합방을 거치셨는데도 오랫동안 회임하지 못하셨습니다. 한데 공교롭게도 저와 부정을 저지르신 후 곧바로 회임하지 않으셨습니까."

하려는 말을 정확히 하지는 않았지만, 선황의 씨에 문제가 있는 것이 아니냐는 물음이었다. 황제의 편에 있는 몇몇 이들이 분노하여 소리쳤다.

"무엄합니다, 공작!"

"말을 삼가십시오!"

웅성거리는 목소리가 넓은 홀에 번졌다. 재판관이 정숙을 요구하기 위해 입을 연 순간이었다.

"그러니까, 선황의 생식 능력에 이상이 있었다, 이 말인가?"

레온하르트의 말에 웅성대던 소리가 삽시간에 가라앉았다. 어떤 이들은 행여 분노한 황제와 눈이라도 마주칠까 머리를 조아렸고, 어떤 이들은 공작과 황제를 번갈아 보며 눈치를 살폈다. 아이작은 무표정한 낯 앞에서 정중히 고개를 숙였다.

"송구합니다, 폐하."

긍정의 의미였다. 레온하르트는 한쪽 입꼬리를 비틀어 올렸다. 자연스레 운을 뗄 기회를 노리고 있었는데, 이렇게 기회를 줄 줄이야.

"그럼 나 또한 묻겠네, 공작. 그대의 씨에는 아무런 문제가 없다고 확신할 수 있나?"

"……예?"

레온하르트의 물음에 아이작은 당황한 얼굴이었다. 지켜보던 칼리언이 다급히 입을 열었다.

"폐하, 방금 하신 말씀은 온당치 않습니다. 형님은 폐하의 출생 후 딸인 알레이나를 낳으셨습니다. 그러니……."

"공작이 낳았던가?"

재차 이어진 물음에 칼리언은 멈칫하여 입을 다물었다. 아이작이 황제의 의중을 읽으려는 듯 이마를 찡그렸다. 레온하르트는 웃으며 관중을 둘러보았다.

"내가 알기로…… 공녀를 낳은 건 공작이 아닌 공작 부인인데."

짧은 한마디였지만, 그 말뜻을 알아듣지 못한 이는 없었다. 아이작은 얼굴을 구겼고, 내내 얌전히 앉아 있던 알레이나가 기다렸다는 듯 소리쳤다.

"지금 무슨 말씀을 하시는 건가요?"

당혹감이 어린 목소리는 연기라고 하기 어려울 만큼 자연스러웠다. 레온하르트는 팔짱을 낀 채 그녀를 돌아보았다. 알레이나는 뒤늦게 그의 눈치를 살피는 척 입술을 깨물고는 언성을 낮추었다.

"송구합니다만, 폐하. 지금 하신 말씀은 제 어머니의 부정을 의심하시는 것과 마찬가지입니다. 부디 말씀을 거두어 주세요."

"귀족들이 공공연하게 정부를 들이는 거야 다들 알고 있는 사실이지 않은가. 나 또한 내 어머니가 공작을 정부로 두었던 것에 큰 유감이 없고."

"하지만 폐하, 보시다시피 전 아버지와 닮았고……."

"글쎄, 붉은 머리에 녹안이 어디 하나뿐인가?"

레온하르트의 물음에 알레이나는 당황한 얼굴로 입을 다물었다. 레온하르트는 그녀의 옆자리를 턱짓했다.

"당장 그대 옆에도 한 명 앉아 있지 않나."

빈정대는 목소리에 재판장의 모든 시선이 칼리언에게 쏠렸다. 칼리언은 얼굴이 하얗게 질린 채 손을 내저었다.

"무, 무슨 말씀을 하시는 겁니까, 폐하. 전, 저는……."

물론 형수와 부정을 저질렀다는 이야기에 태연하게 부정하는 것도 수상해 보이겠지만, 말까지 더듬으며 황급히 부정하는 것도 뭔가 미심쩍어 보이긴 마찬가지였다.

거기다 일국의 황제가 아무런 근거도 없이 이런 이야기를 꺼낼 리가 없지 않은가.

"그러고 보니……."

작은 목소리로 입을 연 것은 알레이나의 친우이자 솔렌 소후작의 정혼자, 제니스 뒤페라크였다. 그녀의 연인인 이클립스 솔렌이 무슨 일이냐는 듯 고개를 돌렸다. 제니스는 주위의 눈치를 살피곤 그의 귓가에 입을 가져갔다.

"왜, 기억나요? 스튜어트 자작, 취향이 조금 독특하다고 했었잖아요."

"예?"

"일곱 살 연상을 좋아한다고……."

의미심장한 속삭임에 소후작은 굉장한 것을 깨달았다는 듯 무릎을 쳤다.

"죽은 공작 부인과도……. 딱 일곱 살 차이로군요."

"거기다 얼마 전에 들은 이야기인데, 저 사람……. 공작이 구금된 후론 매일 공작 부인의 방에 들을 들인다더라고요."

"……."

"폐하께서 아무 이유 없이 저런 말씀을 꺼내실 것 같진 않은데, 어쩌면……."

제니스는 주위의 눈치를 살피며 목소리를 낮추었지만, 듣고 있던 사람들이 그 뒷내용을 예상 못 할 바는 아니었다.

물론 칼리언이 공작 부인의 방에 출입하는 것은 알레이나의 부탁 때문이었지만, 소문이란 당사자의 사정을 고려하지 않는 법이었다. 중요한 건 형이 구금된 후 죽은 형수의 방을 뻔질나게 드나드는 동생의 모습이 아닌가.

"알레이나에게 죽은 공작 부인 이야기를 해 준다더라고요. 당신도 알잖아요, 부인이 알레이나를 낳다가 죽은 거. 알레이나가 티는 안 냈어도 어머닐 많이 그리워했었는데…….”

거기까지 말한 제니스는 주변이 지나치게 조용하다는 것을 깨달은 듯 입을 다물었다. 그러나 이미 그녀의 목소리를 들은 이들은 방금 들은 이야기를 당장 떠벌리고 싶어 안달이 난 표정이었다.

그녀와 떨어진 곳에 앉아 있던 달리아 오베론 또한 퍽 성공적으로 말을 퍼뜨리고 있는 모양이었다. 거기다 티 파티에서 스튜어트 자작의 특이한 이성 취향에 대해 들은 이들은 이미 옆 사람에게 귀엣말을 하고 있었다.

‘살인은 힘들지만, 이 정도쯤이야.’

제도를 떠나며 아비의 짓을 고백하던 알레이나의 모습을 제니스는 똑똑히 기억하고 있었다. 중간에 돌연 연락이 끊겼던 것도, 그러다 붙잡혀 온 그녀가 무슨 일을 겪었는지 털어놓은 것도. 그러니 그 복수를 돕는 것쯤이야 대수롭지도 않은 일이었다.

제니스는 웃음을 감추기 위해 부채로 입을 가렸다. 멀찍이 있는 알레이나와 눈이 마주치자 작게 고개를 끄덕였다.

“어떤가, 공작. 검사를 받겠는가?”

웅성거림을 잠깐 내버려 두던 레온하르트가 아이작에게 물었다. 퍽 여유 있는 목소리였다. 아이작은 굳은 얼굴로 제 동생과 딸을 보았다. 두 사람 모두 지극히 당황한 얼굴이긴 했지만, 다 큰 귀족들이 당혹감쯤 연기하는 게 무엇이 어려울까.

‘최근 소공작님이 아가씨와 자주 시간을 보내고 있습니다.’

‘돌아가신 마님의 방에서 자주…….’

이런 작당을 하려고 든 거였구나. 그렇다면 제게 먹이려던 수상한 약 또한…….

“푸하하하!”

아이작이 돌연 웃음을 터뜨린 것은 그 순간이었다. 무거운 정적이 내리깔렸던 재판장 안에 그의 웃음소리만이 가득 찼다. 그는 한참 동안 껄껄 웃다가 입을 열었다.

"좋습니다. 어디 한번 검사해 보시지요. 다만 폐하, 제 씨에 아무런 이상이 없다면……."

"안 됩니다, 형님!"

절박한 목소리가 들려온 것은 그 순간이었다. 얼굴이 하얗게 질린 칼리언의 것이었다.

"검사를 받으시면 안 됩니다. 거절하십시오!"

"……."

"폐하, 형님의 나이가 예순에 가까워지고 있습니다. 지금의 검사 결과를 가지고 몇 십 년 전 일을 판단하는 건 부당하지 않겠습니까!"

칼리언의 외침은 퍽 필사적으로 들려왔다. 그 모습은 어떤 이들의 눈에는 황제의 수작질에 대한 염려로 보이기도 했고, 또 어떤 이들에게는 제 발이 저려 발끈하는 것처럼 보이기도 했다. 그 모습을 보던 레온하르트가 입을 열었다.

"자작. 그대는 어떤 결과를 예상하기에 그렇게 필사적으로 반대하는 건가?"

직설적인 물음에 칼리언은 그제야 입을 다물었다. 그러나 그의 시선은 여전히 제 형을 향하고 있었다. 절대로 검사에 응해서는 안 된다는 듯이.

원래라면 단연 동생의 말에 귀를 기울였을 아이작이었다. 하지만 그는 칼리언을 외면하듯 고개를 돌렸다. 어쩌면 이미 제 딸에게 넘어갔을지도 모를 자였다. 그러니 지금 저리도 절박하게 자신을 말리는 것 또한 의도된 것일지도 모르지 않나.

"물론 자작의 말대로 그대 또한 나이가 있으니, 혹 사내구실을 못 할까 봐 몸을 사리는 것도 이해하겠네."

레온하르트가 빙그레 웃으며 말했다. 눈에 뻔히 보이는 도발임을 알고 있었지만, 만약 여기서 검사를 거부한다면 우스운 꼴이 되리라는 것을 알고 있었다.

거기다 나이가 들었다고 해도 그는 사내였다. 젊은 시절만큼 팔팔하지는 못하더라도, 자신이 사내구실을 못 할 리 없다는 근거 없는 믿음이 있었다.

"응하겠습니다."

"정말 괜찮겠나?"

"물론입니다."

수상한 약이 섞였다던 사식은 이미 바꿔치기했으니, 거리낄 건 전혀 없었다. 아이작이 고개를 끄덕이자, 레온하르트는 재판관에게 눈짓했다. 얼마 지나지 않아 흰 가운을 입은 중년의 의사가 단상으로 올라왔다.

"불임 검사는 체액에 시약을 떨어뜨려 반응을 확인하는 식으로 진행됩니다. 임신이 가능하다면 흰 연기가, 불임이라면 검은 연기가 납니다. 우선 체액을 채취해야 하니, 공작님께선 잠시 자리를 이동하셔야 할 것 같습니다."

"그러게."

레온하르트가 고개를 끄덕이자, 아이작은 선선히 몸을 일으켰다. 바꿔치기를 막기 위해 공작저의 사용인 두 명과 근위대 두 명이 함께였다. 아이작이 재판장에서 사라지자 사람들은 기다렸다는 듯 웅성거리기 시작했다. 에리히가 테네르 쪽으로 몸을 살짝 기울였다.

"자작 말이야. 좀 이상하지 않아?"

그의 말대로, 칼리언은 지나칠 정도로 초조한 기색이었다. 몇몇 귀족파 일원들이 그에게 말을 걸고 있었지만 제대로 대답조차 하지 못하는 듯했다. 테네르는 그를 주시하며 고개를 끄덕였다.

"반응이 과하긴 해요. 원래 긴장을 잘하는 사람인지는 모르겠지만, 유독……"

테네르는 작게 대답하곤 레온하르트 쪽을 돌아보았다. 그 또한 같은 생각을 하고 있는 건지 칼리언과 알레이나가 앉아 있는 자리를 유심히 살피고 있었다.

"폐하, 혹시 스튜어트 자작과도 말을 맞춘 건가요?"

테네르가 묻자 레온하르트는 고개를 저었다.

"처음 계획과 달라진 점은 없습니다."

"그런데 왜……."

"뭔가 있는 것 같은데."

"약은…… 확실히 먹인 거죠?"

"물론입니다. 실은……."

레온하르트가 막 무어라 말하려던 찰나, 문이 열리는 소리가 들려왔다. 열린 문 사이로 공작이 어기적어기적 걸어 들어오고 있었다. 어지간히 고통스러웠던 듯 이맛살을 잔뜩 찡그린 채였다.

바지춤을 움켜쥔 그를 보며 에리히가 가볍게 혀를 찼다.

"와, 진짜 고자처럼 걷네."

"오라버니."

테네르가 낮게 읊조렸다. 에리히는 뭐 어떻냐는 듯 어깨를 으쓱했다.

"아니, 봐. 걷는 게 너무 부자연스럽잖아."

"……."

"주사기로 그……. 거길 찌르는 거 맞지? 더럽게 아프긴 하겠다."

남자 귀족들이 불임 검사를 꺼리는 것은 비단 제 씨를 검사한다는 것 자체에 모욕감을 느껴서만은 아니었다. 남성의 불임 검사는 주사기로 채취한 체액이 있어야 했는데, 이때 고환에다 주삿바늘을 직접 찔러 넣어야 해 상당한 수치심과 고통을 동반했다. 품위를 중요시하는 귀족들로서는 확실히 거부감을 느낄 만한 검사였다.

황궁의 사용인이 작은 테이블을 가져오자, 의사는 체액이 담긴 병을 그 위에 올렸다. 그가 막 시약을 꺼내려던 순간이었다.

"……제가 감옥에서 재미있는 이야기를 들었습니다, 폐하."

입을 연 것은 아이작 쪽이었다. 레온하르트는 고개를 돌려 그를 보았다. 아이작은 조용한 관중을 둘러보며 말했다.

"닷새 전, 누군가 공작저에서 보내 온 사식에 수상한 가루를 넣었다고요."

"……."

"감옥에 갇혀 속수무책으로 당할 뻔했으나, 다행히도 저를 가련히 여긴 누군가가 그 사실을 알려 주었습니다, 폐하. 또한 그자는 약을 넣은 사식을 다른 이의 것과 바꿔 주기까지 했지요."

아이작은 승리한 것처럼 의기양양하게 말했다. 말뜻을 알아들은 누군가가 헉, 하고 숨을 들이마셨다. 테네르 또한 이미 들켰다는 사실에 놀라 레온하르트를 돌아보았다. 그러나 그의 얼굴은 그저 태연할 뿐이었다.

"그래서, 하고 싶은 말은?"

"저를 불임으로 몰 생각이셨다면 실수하신 겁니다, 폐하. 전 약을 넣은 음식을 먹지 않았으니까요!"

"그러니까…… 황궁에 사람을 심어 놓은 걸 방금 그대의 입으로 자백한 거로군."

레온하르트는 퍽 산뜻하게 결론을 내렸다. 원하던 반응이 아닌지, 아이작의 얼굴이 일그러졌다.

"폐하께서는 핏줄을 부정하기 위해 비겁한 수를 쓰신 겁니다! 제가 정말로 폐하의 친부가 아니라고 확신하신다면……!"

"그렇잖아도 지하 감옥의 관리를 맡은 하인 중 하나가 죄수와 내통하고 있다고 들었네. 난 그자를 색출해 내라고 지시했고."

"……."

"일개 하인이 죄수의 사식을 바꿔치기한 것이 그 윗선의 귀에 들어가지 않았으리라 생각한 건가?"

"그런……. 하지만 폐하!"

"원한다면 그대의 사식을 대신 먹은 죄수를 지금 불러오라고 하겠네. 그자 또한 그대와 함께 검사를 하면 되지 않겠나? 물론 그자는 소금을 조금 넣은 수프를 배부르게 먹었을 테니 아무런 이상이 없겠지만."

거기까지 말한 레온하르트는 다시 의사 쪽으로 고개를 돌렸다. 의사는 머리를 조아리고는 작은 병을 꺼냈다. 투명한 병 안에는 은빛의 시약이 들어 있었다. 빛이 닿자 반짝거리는 것이 꼭 수은 같기도 했다.

레온하르트는 입가에 미소를 띤 채 테네르를 돌아보았다.

"……놀라셨습니까?"

"조금요."

"그리 허술하게 처리하진 않았습니다."

누군가 감옥에 있는 아이작의 편의를 봐주고 있다는 이야기는 간수의 보고를 통해 이미 들은 바 있었다. 내버려 두었다간 계획에 차질이 생길 테니, 먼저 그자를 색출해 내는 작업이 필요했다.

이런 이야기를 구구절절 늘어놓는 건 어떻게든 유능한 사내로 보이고픈 유치한 속내일까. 레온하르트는 테네르의 입꼬리가 올라가는 것을 보며 간신히 안도했다.

"……검사를 시작하기 전 한 말씀 올리자면."

의사가 작게 입을 열었다.

"불임을 유발하는 약이 몇 가지 있긴 합니다."

조용하고 나긋한 목소리였지만, 관중들 모두가 숨을 죽이고 있었기에 그의 말은 꽤 또렷하게 들려왔다.

"그러나 약을 통해 억지로 불임을 유발했을 경우 나타나는 증상이 있습니다. 특정 부위에 일시적으로 반점이 나타나거나, 배설 외에는 아무런 기능도 하지 못하거나, 숨을 쉬지 못하거나……."

"……."

"물론, 마지막 말은 농담입니다. 죽은 사람은 당연히 불임이니까요."

아무도 웃지 않는 농담이었지만, 의사는 멋쩍은 기색도 없이 말을 이었다.

"북부에는 다른 증상 없이 불임만을 유발하는 풀도 있다고 합니다만, 잘 알려지지 않은 데다 보통 한 주에서 열흘 전에는 먹여야 효과를 볼 수 있습니다."

닷새 전까지 내통하던 이가 있었다면, 공작의 말대로 황제가 그의 사식에 불임 약을 넣어도 소용이 없다는 의미였다. 나름대로는 황제의 결백에 편을 들어 주기 위해 꺼낸 이야기였으나, 테네르는 그 말에 놀라 레온하르트를 보았다. 레온하르트는 태연한 척했지만, 그 또한 자신만큼이나 당황했으리란 건 분명히 알 수 있었다.

"폐하. 약을 먹인 건……."

"……닷새 전과 나흘 전, 두 번입니다."

레온하르트가 작게 중얼거렸다. 트라벨 공작이 약을 가지고 온 게 딱 일주일 전이었으니 당연한 일이었다.

레온하르트는 검 손잡이에 손을 올렸다.

차라리 검사를 진행하기 전에 죽이는 게 나을까. 우선 베어 버리고, 의사의 말대로 죽은 사람이니 검사할 것도 없이 불임이라고 일갈한다면.

번거롭게 재판을 연 의미가 사라지겠지만, 차라리 이 자리에서 해치우는 편이 나을지도 몰랐다.

"……폐하."

테네르가 레온하르트의 손등을 움켜잡았다. 눈이 마주치자 그녀가 보일 듯 말 듯 고개를 저었다.

"아직이요."

"……."

테네르의 시선이 칼리언을 향했다. 칼리언은 고개조차 들지 못하고 그 자리에 앉아 있을 뿐이었다. 그 모습을 보며 레온하르트는 작게 고개를 끄덕였다. 의사가 입을 열었다.

"그럼 검사를 시작하겠습니다."

퍽 의미심장한 목소리였지만, 검사의 과정은 너무도 간단했다. 체액을 담은 병에 은빛 시약이 한 방울 똑 떨어졌다.

그리고.

"……검은 연기다."

누군가 작게 중얼거렸다. 그 말대로, 작은 병에서는 시커먼 연기가 피어오르고 있었다. 칼리언은 절망적으로 얼굴을 감쌌다. 아이작의 얼굴이 망연해졌다.

"이, 이게 무슨……."

"뭐야. 진짜 고자였어?"

큰 소리로 빈정거린 것은 에리히였다. 그 말을 시작으로 재판장은 삽시간에 소란스러워졌다.

"세상에, 그럼 씨도 없는 사람이……."

"그럼 공녀는요? 공작을 빼닮았는데."

"아까 폐하께서 하신 말씀 들었잖아요? 닮은 사람이야 스튜어트 자작도 있으니……."

웅성거리는 목소리가 때로는 칼리언을 찾았고, 때로는 죽은 공작 부인을 찾았다. 그리고 그 소란 속에서 칼리언은 손을 덜덜 떨며 앉아 있을 뿐이었다.

"어, 어떻게 된 일입니까, 소공작."

아이작의 편에 섰던 귀족들이 칼리언을 붙잡고 흔들었다. 그러나 칼리언은 대꾸하지 않았다. 아니, 하지 못한 것에 가까웠다.

"소공작. 대답을 좀……!"

"조, 조작입니다!"

멍청하게 앉아 있던 아이작이 돌연 고성을 질렀다. 나이 든 목에 시퍼런 핏발이 섰다.

"폐하, 제게 약을 먹이신 게 아닙니까. 검사 결과를 조작하신 게 아닙니까! 폐하께서, 황실의 혈통이 아니라는 걸 들키지 않기 위해……!"

"아, 씨도 없는 게 말은 더럽게 많네."

에리히는 쩌렁쩌렁하게 중얼거렸다. 그 말에 여기저기서 웃음이 터져 나왔다. 그러거나 말거나 아이작은 그럴 리 없다며 고래고래 소리를 질러댔다.

"검사를 다시 해 보십시오. 다른 의사를 불러서! 공작저의 주치의를 불러 주십시오! 알레이나가 내 딸이 아니라면 누구의 딸이란 말입니까! 폐하께서 제가 감옥에 갇힌 사이 수를 쓴 것 아닙니까! 이는 패륜입니다, 폐하! 세상의 어떤 자식이 부모를 이렇게 대한단 말입니까!"

레온하르트가 손을 들자, 근위대가 얼른 공작을 붙잡았다.

"아무래도 이쪽도 검사를 해 봐야 할 것 같군."

레온하르트는 손가락으로 제 머리를 톡톡 치며 말했다. 그러고는 몸을 일으켰다. 뚜벅, 뚜벅, 발소리가 울렸다.

"다시 한번 묻지, 공작. 무엇을 근거로 내가 그대의 핏줄이라 확신하는 건가?"

"폐, 폐하께서…… 제 사식에 몰래 약을 넣으셔서……."

"아까 그대 입으로 말하지 않았던가. 다른 이의 사식과 바꿔치기했다고. 먹지도 않은 약 때문에 불임이 되었다고 주장하는 건가?"

"……."

"차라리 나이를 먹어서 사내구실을 못 하게 되었다고 하는 편이 신빙성 있겠군."

레온하르트가 빈정거리자, 아이작은 그제야 입을 다물었다. 그러나 여전히 억울한 듯 얼굴이 시뻘겋게 달아오른 채였다. 레온하르트는 칼리언을 돌아보았다. 칼리언은 그와 눈이 마주치자 몸을 덜덜 떨며 고개를 숙였다.

"스튜어트 자작. 아니……. 지금은 살바토르 소공작인가."

"……."

"난 그대들의 내밀한 가정사에는 별 관심이 없지만, 아무래도 그토록 필사적으로 말리던 이유가 있었던 모양이로군."

레온하르트는 빈정거리곤 자신의 자리로 돌아갔다. 상황을 지켜보던 재판장이 입을 열었다.

"살바토르 공작. 본인이 황제 폐하의 친부라는 주장에 또 다른 근거가 있습니까?"

마지막 기회를 주는 듯한 물음이었지만, 불임 판정을 받은 이의 주장이 신빙성 있게 들릴 리 없었다. 아이작은 수치심과 분노로 얼굴이 시뻘게진 채 주위를 둘러보았다. 비웃음을 담은 시선이 자신을 향하고 있었다.

'감히 이런 말도 안 되는 작당을……'

아이작은 칼리언과 알레이나가 앉아 있는 자리를 보았다. 칼리언은 여전히 고개를 숙이고 있었고, 당황한 척 표정 관리를 하던 알레이나는 눈이 마주치자 비웃듯 입꼬리를 올렸다. 그 모습을 보자 아이작의 속이 뒤틀렸다.

네 짓이로구나. 네가 황제와 작당을 한 게로구나.

내가 이대로 넘어갈 줄 알고. 감히 아비를 이런 꼴로 만든 대가를 치르지 않을 줄 알고…….

"그렇다면, 저는 저 아이를 파문하겠습니다!"

아이작은 알레이나 쪽을 삿대질하며 소리쳤다.

"검사 결과가 사실이라면 알레이나는 제 핏줄이 아닌 셈이니, 살바토르 공작가에서 파문해야 마땅하지 않겠습니까!"

아이작 또한 알레이나가 칼리언의 핏줄이 된다면 공작가를 이어받는 데에 큰 무리가 없다는 것을 알고 있었다. 그러나 이대로 물러나기에는 너무도 억울하지 않은가. 자신을 배신한 딸이 아무 벌도 받지 않는 게 말이 되는가.

아이작은 물귀신처럼 알레이나를 잡고 늘어지려고 했다. 물론 위협을 느낀 알레이나가 파문을 피하기 위해 황제와 작당한 것을 고백하기를 바라는 마음도 있었다. 레온하르트가 알레이나를 감싸기 위해 막 입을 열려던 순간이었다.

"아, 안 됩니다!"

돌연 소리친 것은 칼리언이었다. 여전히 얼굴이 하얗게 질린 채였다.

"파문은 안 됩니다. 아, 알레이나는……."

너무나 안타깝게도, 아이작의 말에 위협을 느낀 것은 알레이나가 아니었다. 행여 황제가 그의 말을 받아들일까 봐, 알레이나가 이대로 공작가에서 내쫓길까 봐, 칼리언은 다급히 입을 열었다.

"알레이나는 제 딸입니다. 저 또한 살바토르 공작가의 핏줄이니, 알레이나는 공작가의 피를 이은 게 맞습니다!"

절박한 외침에 재판장이 삽시간에 조용해졌다. 칼리언은 뒤늦게 다시 고개를 숙였고, 알레이나는 놀라 그를 돌아보았다.

"……공녀가 그대의 딸이 맞다고?"

레온하르트로서는 생각지 못한 수확이었다. 정말로 사실인 건지, 제 형이 살 길이 없음을 깨닫고 이제라도 황제의 편에 서겠다는 신호인지는 알 수 없었지만.

"젊은 날의 죄를 덮기 위해 감히 황제 폐하께 거짓을 고했습니다. 형님은…… 오래전 북부에서 나는 불임 풀을 드셨기에…… 회임할 수 없는 몸입니다. 그래서 제가 형수님과……."

"칼리언, 지금 무슨 말을……!"

당황한 아이작이 고성을 질렀다. 칼리언은 그를 보며 머리를 조아렸다.

"죄송합니다. 죄송합니다, 형님……."

긴 침묵이 맴돌았다. 레온하르트가 입을 열었다.

"북부에서 나는 풀을 공작이 먹기는 쉽지 않았을 텐데. 그대가 공작을 불임으로 만들었다는 건가?"

"아, 아닙니다."

칼리언은 얼른 손을 내저었다. 그러나 쉽게 말을 잇지는 못했다. 한참을 머뭇거리던 그는 마침내 결심한 듯 눈을 질근 감고 내뱉었다.

"혀, 형수님이…… 먹이셨습니다."

"뭐?"

그 말에는 레온하르트 또한 완전히 당황하고야 말았다. 칼리언이 말을 이었다.

"형수님은, 이자벨은…… 형님이 태후 폐하와 어떤 관계인지 알고 있었습니다. 그래서 복수를 하려고……."

"거짓말입니다!"

아이작이 또다시 소리쳤다.

"북부에서 난 풀이라고 하지 않습니까. 이자벨은 남부 출신입니다. 저놈이 형을 배신한 것도 모자라 제 형수까지 모함하려고……!"

"계속 말하게."

레온하르트는 근위대에게 눈짓한 후 다시 칼리언 쪽으로 고개를 돌렸다. 칼리언은 근위대가 제 형의 입을 틀어막는 것을 안타까운 얼굴로 바라보다가 다시 입을 열었다.

"무, 물론 이자벨은 남부 출신인 데다 가주였던 형님의 눈을 피해 북부로 사람을 보낼 수는 없었습니다. 하지만 그분과 가까이 지내던 사람들 중…… 북부에서 오신 분이……."

거기까지 말한 칼리언은 고개를 들었다. 그의 시선이 향한 곳은 얌전히 앉아 있던 테네르 쪽이었다. 사위가 삽시간에 쥐 죽은 듯 고요해졌다. 칼리언은 놀란 듯 깜빡거리는 눈을 보며 천천히 입을 열었다.

"황후 폐하의 어머니이자 전 후작 부인이신…… 타샤 님이 그 약을 주셨습니다."

"내 어머니가요……?"

갑작스럽게 등장한 제 어미의 이야기에 테네르는 당혹감을 감추지 못했다. 칼리언은 묵묵히 고개를 끄덕였다.

"황후 폐하께서도 아시겠지만……. 그분과 이자벨은 막역한 사이였습니다. 물론 이자벨이 죽은 후로는 그분에 대해 나쁜 소문이 돌긴 했지만……."

그 소문이 미신이라는 건 다들 알지 않는 듯, 칼리언은 슬쩍 고개를 들었다. 그러나 좌중을 둘러볼 용기는 없는지 다시금 눈을 내리깔았다.

"이자벨은…… 처음부터 형님과 태후 폐하의 관계를 눈치채고 있었습니다. 워낙 자존심이 강한 분이라 주위에 티를 내지 않으려고 하셨지만…….
타샤 님이 그 사실을 알고는 가지고 있던 약을 나눠 주셨다고 들었습니다."

"어머니가…… 그 약을 가지고 계셨다고요?"

숲에서 살아가는 파트로나가 약초에 대해 해박한 거야 테네르도 알고
있었다. 그러나 제 어미가 불임 풀을 가지고 있었으리란 걸 어떻게 예상했
을까.

당혹감의 한 켠에는 스멀스멀 피어오르는 의혹이 있었다. 어머니가 그 약
을 가지고 있었다면, 그리고 그것을 이자벨에게 나눠 준 거라면, 어쩌면 자신
또한…….

"……제가 들은 바에 따르면, 파트로나는 약초와 독초에 두루 능해…….
그분 또한 숲에서 자라는 풀들에 대해 상세히 알고 계셨습니다. 또한 아시다
시피 파트로나는 제국인들과는 다소 가치관이 다르고요. 그러니까…….."

칼리언은 잠시 말을 멈추고는 제 형 쪽을 흘긋 보았다. 눈이 마주치자 아
이작은 눈을 부라렸지만, 칼리언은 얼른 고개를 돌렸다.

"씨를 뿌릴 자격이 없다고 판단되는 이들은…… 약을 써 씨를 말린다
고……."

"……."

"무, 물론 저는 그것이 근친상간을 막기 위한 방편에서 비롯되었다고 생각
하고 있습니다. 파트로나끼리 계속해서 잉태한다면 언젠가는 친인척 간의 결
합을 피할 수 없을 테니, 외부의 씨를 받아들이기 위해…….."

잔뜩 긴장한 칼리언은 그리 중요하지 않은 이야기를 두서없이 늘어놓았다.
레온하르트가 손을 들어 그의 말을 막았다.

"그래서, 죽은 공작 부인이 공작에게 그 약을 먹였다는 건가?"

"예, 예. 폐하. 태후 폐하께서 휴가를 준비하시던 시기에…… 형님이 자베
르 별장에 따라가려는 것을 알고 다툼이 있었다고 들었습니다. 원래는 타샤
님에게 받은 것을 보관만 하고 있었으나, 형님이 끝내 그곳에 가겠다고 하셔

서 홧김에 먹이셨다고요."

"……."

"그러나 당시 형님과의 사이에 후사가 없었던지라……. 후사에 대한 압박이 들어올 즈음 이자벨이 제게 이 이야기를 털어놓았습니다. 그리고……."

"저, 저놈이 끝까지 거짓말을!"

아이작이 자신을 붙잡은 근위대를 뿌리치며 소리쳤다.

"칼리언, 네놈이 감히, 감히 그딴 거짓말로 날 모함하려 하느냐! 나를, 이자벨을……!"

흥분한 아이작이 얼굴에 핏발을 세웠지만 근위대는 금방 그를 제지했다. 칼리언은 겁에 질려 그를 보았다가 얼른 고개를 돌렸다. 레온하르트는 계속 말하라는 듯 턱을 까딱거렸다.

"그 사실이 알려지면 공작가에서 쫓겨나는 것은 물론, 친정인 제로니스 남작가에도 큰 피해를 주게 될 거라며……. 자신을 도와달라고 했습니다. 어차피 형님의 아이이든 제 아이이든 공작가의 핏줄인 건 마찬가지라고요."

"……이해가 되지 않는군."

레온하르트가 입을 열었다.

"공작에게 약을 먹인 거야 홧김에 그렇다고 쳐도, 그 동생인 그대에게 그런 부탁을 했다고?"

"……."

"또한 그대는 그 사실을 공작가에 알리지 않고…… 그런 청을 들어줬다는 건가."

레온하르트의 물음은 칼리언의 말을 부정하기 위함이 아니었다. 오히려 그의 이야기를 좀 더 그럴듯하게 만들기 위해서였다. 그의 말이 사실이든 아니든, 이곳에 모인 사람들이 납득하지 못한다면 의미가 없을 테니. 물론 자신을 포함한 몇몇 이들은 이미 그 대답을 예상하고 있었지만.

"제가 그분을…… 그 이전부터 마음에 두고 있었습니다."

머뭇거리던 칼리언이 마침내 대답하자, 몇몇 이들이 헉, 하고 숨을 들이마셨다.

"세상에……."

"정말?"

웅성대는 소리를 들으며 칼리언은 눈을 질근 감고 입술을 사리물었다.

"그분도 그걸 알고 계셨지만, 당시 제 나이가 어리다 보니 지나갈 감정이라 여기셨기에 문제 삼지 않으셨고요. 그런데 제가 성년이 될 때까지 마음을 정리하지 못한 걸 아시고……."

'억울하지 않아요?'

이자벨은 그렇게 말했었다.

'당신도 살바토르 공작가의 아들인데, 그이의 아량 없이는 작위도 재산도 아무것도 가질 수 없잖아요.'

'…….'

'그러니 복수하는 거예요. 당신은 아무 것도 아니게 된 당신의 피를 이 공작가에 새기고, 난 날 배신한 아이작에게 뻐꾸기 새끼를 안겨 주고.'

'하지만 형수님. 이건 정말로…….'

'먼저 다른 여자와 놀아난 건 저쪽인데, 난 지고지순하게 저쪽 아이까지 낳아 주라고요? 엿이나 먹으라지.'

'…….'

'싫으면 당신 형에게 가서 말해요. 물론 말한다고 해서 죽은 씨가 살아나는 건 아니겠지만요. 날 쫓아내고 다른 여자를 새로운 공작 부인으로 들인다고 해도요.'

'형수님…….'

'공작가의 핏줄이 그렇게 중요하다면서요? 그러니까 그 잘난 핏줄, 이어 주면 될 거 아녜요. 당신을 통해서.'

가느다란 손가락이 가슴팍을 쿡 찔렀다. 칼리언은 여전히 망설였지만, 마음 속 깊은 곳에서 욕심이 피어나는 것을 부정할 수는 없었다.

형이 아닌 자신의 씨로 태어난 아이가 다음 공작이 된다니. 이제는 그저 방계일 뿐 공작가의 무엇도 되지 못하는 자신이 차기 공작의 숨겨진 아버지라니.

스스로도 이해할 수 없는 희열이었다. 설령 정말로 자신의 핏줄이 공작이 된다고 해도 달라질 건 없는 것을. 자신은 여전히 형의 아량에 기대야 하는 처지이고, 형이 명령한다면 언제든 이 공작가를 떠나야 하는 것을.

그것을 알면서도 그녀의 말에 마음이 흔들리는 것은……

'칼리언 당신, 나 좋아하잖아요.'

저 뻔뻔스러운 웃음 때문이었다. 아니, 그 웃음으로 간신히 감춘 불안 때문이었다. 만약 자신이 거절하게 된다면 이자벨이 얼마나 큰 화를 입을지 알기 때문에.

그러나 얄팍한 동정으로 진심을 감추려 해도 그 또한 알고 있었다. 사실은 그간 욕심낼 엄두조차 내지 못한 여자를 감히 품을 기회가 생겨 기쁘지 않은가. 그녀가 의지할 거라곤 자신뿐이라는 것도, 만약 그녀의 요구를 들어주게 된다면 자신에게 무엇 하나 내어 주지 않은 부모에게 복수할 수 있다는 것도, 전부 알고 있기에.

'그러니까 칼리언, 날 좀 도와줘요, 응?'

이자벨은 눈을 휘어 웃었다. 쓸데없는 죄책감을 가지지 말라는 듯이. 당신은 그저 날 안쓰럽게 여겨서, 내 죄를 묻어 주려고 어쩔 수 없이 응하는 것뿐이라는 듯이.

꿈결 같은 나날이었다. 감히 욕심내지 못했던 사람과 남몰래 사랑을 나누고, 마침내 그 결실이 자라고 있다는 소식을 들었을 때. 아무것도 모르는 형에 대한 죄책감은 눌러 둔 채 주제도 모르고 기쁨에 취했었다. 이자벨이 아이만 남겨 두고 세상을 떠나리라곤 생각지도 못하고.

"……행여 이 일이 알려지면 저뿐 아니라 알레이나까지 손가락질당할까 봐 겁이 났습니다. 하여 형님이 폐하의 친부일 리 없다는 것을 알면서도 이 사실을 고하지 않았습니다."

칼리언은 레온하르트를 향해 머리를 조아렸다. 넓은 재판장 안에는 여전히 침묵이 맴돌았다. 기자들이 수첩에 무어라 빠르게 휘갈기는 소리만이 들려올 뿐이었다. 한참 동안 입술을 우물거리던 칼리언이 조심스레 고개를 들었다.

"하지만 폐하, 현재 살바토르 공작가에 후계로 적합한 이는 저와 알레이나 둘뿐입니다. 제가 제 죄를 덮기 위해 그간 진실을 고하지 않은 건 벌을 받아 마땅하나, 알레이나에게는 아무런 죄가 없습니다. 그러니……."

알레이나의 작위 승계를 허락해 달라는 의미였다. 아이작은 무언가 말하려는 듯 계속 발버둥 쳤지만 근위대의 억센 손길에 붙잡혀 역부족이었다. 레온하르트는 그를 흘깃 돌아보고는 다시 칼리언 쪽으로 고개를 돌렸다.

"물론, 그대의 말대로라면 공녀는 살바토르 공작가의 피를 이은 게 확실하니 작위 승계에는 문제가 없네. 다만 그대의 처분에 대해서는 논의가 필요할 듯하군."

"……."

칼리언은 말없이 머리를 조아렸지만, 그 얼굴에는 지울 수 없는 안도감이 있었다. 알레이나는 혼란스러움을 감추고 입을 꾹 다문 채 앉아 있을 뿐이었다. 레온하르트는 재판관을 돌아보았다.

"이야기는 이제 마무리된 것 같지 않나?"

"예, 예. 폐하."

멍하니 있던 재판관이 화들짝 놀라며 대답했다. 몇 번 헛기침을 하며 목을 가다듬은 그는 잠시간의 휴정을 선언했다. 레온하르트는 소란스러운 재판장을 가로질러 다시 테네르의 옆자리에 몸을 붙이고 앉았다.

"……폐하."

테네르는 조심스레 그를 불렀다. 그리고.

"푸하하하!"

반대쪽에 앉아 있던 에리히가 참았던 웃음을 터뜨린 건 그 순간이었다. 행여 겨우 아문 상처가 잘못될까 봐 테네르가 그를 말리려 했지만, 그는 테이블을 탕탕 내리치며 끅끅댔다. 사람들의 시선이 이쪽을 향했지만 에리히는 아랑곳하지 않았다.

"이야, 그렇게 우겨 대더니……. 진짜 고자였다고?"

"오라버니, 말씀을 좀……."

"어? 아, 그래. 고자는 좀 그렇지. 그럼 뭐라고 하나? 생식 무능력자?"

"……불임이라고 하면 되잖아요. 그리고 목소리를 조금만 낮춰서……."

테네르가 속살거리자, 에리히는 그제야 숨을 고르며 웃음을 멈추었다. 그러나 간간이 입을 가리고 어깨를 떠는 걸 보면 어지간히도 우스운 모양이었다. 테네르는 그의 등을 쓸어내리며 레온하르트 쪽으로 고개를 돌렸다.

"알레이나는…… 괜찮을까요?"

칼리언을 알레이나의 친부로 만들자고 작당하기야 했지만, 그게 정말로 사실이었다면 충격을 받지 않았을 리 없었다. 그리고 자신 또한.

"그리고 폐하, 자작의 말이 사실이라면, 어쩌면 저도……."

"설령 그렇다고 해도 달라지는 건 없습니다."

레온하르트가 그녀의 말을 막았다.

"그대의 아버지가 누구이건, 그대는 내 황후입니다."

확신을 주려는 듯 또렷한 목소리에 테네르는 묵묵히 고개를 끄덕였다.

짧은 휴정이 끝난 후, 다시 재판장에 들어선 재판관은 레온하르트를 향해 가볍게 고개를 숙였다. 점잖은 자세로 착석한 그는 정리한 판결문을 읽기 시작했다.

"살바토르 공작가의 가주, 아이작 살바토르는 에브게니아의 공작으로서 여타 귀족들의 귀감이 되어야 마땅하나, 불온한 목적으로 타인의 영지를 침범하여 그 식솔을 해치려 든 것뿐 아니라 무고한 자작가에 그 죄를 뒤집어씌우려 하였다."

판결문에서 읊는 죄목은 가장 약한 것부터 시작했다. 재판관은 뒤이어 로라의 경미한 부상과 자작 성 사용인 여섯 명의 사망과 부상, 그리고 후작 에리히의 큰 부상을 언급했다.

"또한, 그간 궁의를 매수하여 황실을 지탱할 후계의 탄생을 방해하였고, 그로 인하여 황후 폐하께서 모든 책임을 지고 폐위를 택하셨음에도 낙태 약과 암살 길드, 그리고 공작가의 기사들을 동원하여 황자 전하와 황후 폐하께 세 차례나 위협을 가하였다."

"모함이다. 이건 전부 모함이란 말이다! 전부 황제가 제 핏줄을 부정하기 위해 꾸민……! 으읍!"

아이작이 마지막 발악인 양 발버둥치자, 재판관은 잠시 말을 멈추었다.

"알레이나! 감히 아비를 배신한단 말이냐! 칼리언! 그동안 내가 네게 어떻게 했는데……!"

근위대가 이내 그를 제압하자 재판관은 목을 가다듬고는 다시 판결문을 읽기 시작했다.

"아이작 살바토르는 상기의 죄를 부정하고 황제 폐하의 친부임을 주장하며 면책을 요구하였으나 검사 결과 그는 회임할 수 없는 몸임이 밝혀졌으며, 그가 이미 오래전부터 불임이었다는 증언 또한 있었으니 해당 주장에 대한 근거는 찾아볼 수 없다."

아이작은 여전히 받아들일 수 없다는 듯 버둥거렸다. 그러나 근위대가 그의 입에다 손수건을 쑤셔 넣어 그저 몸을 비틀며 도리질할 뿐이었다. 재판관은 그 모습에는 관심도 없는 듯 판결을 이어 갔다.

"자신의 죄를 덮기 위해 이곳 에브게니아의 주인이신 황제 폐하의 핏줄을 부정한 것은 황족에 대한 모독이며, 더 나아가 황실 전체에 대한 모독이라고 볼 수 있다. 이에 영지를 비롯한 사유지 침범과 살인 교사, 황실 모독과 황족 시해 미수, 준반역의 혐의를 적용하여……."

거기까지 말한 재판관은 힘에 부치는 듯 숨을 크게 들이마셨다 내쉬었다. 그의 시선이 아이작에게 가닿았다.

"……사형에 처한다."

예정된 판결이었다. 근위대는 소리조차 지르지 못하고 발버둥치는 아이작을 억지로 끌고 갔고, 테네르는 그제야 가슴을 쓸어내렸다. 그녀의 시선이 알레이나가 앉은 자리를 향했다.

알레이나는 착잡한 얼굴을 더는 숨기지 못한 채 앉아 있었다. 칼리언 쪽도, 아이작 쪽도 쳐다보지 않은 채였다. 테네르와 눈이 마주치자 괜찮다는 듯 슬쩍 입꼬리를 올렸지만 그리 편해 보이지는 않았다. 테네르는 호기심 어린 시선들을 둘러보며 얼굴을 굳혔다.

"……지금 가면 더 시선이 쏠리겠죠?"

테네르의 물음에 레온하르트는 천천히 고개를 끄덕였다. 테네르는 알레이나 쪽을 힐끔거리다 애써 고개를 돌렸다.

* * *

아이작 살바토르가 끌려 나가자, 재판을 관전하던 이들 또한 하나둘 재판장을 빠져나갔다. 그나마 황제가 아직 자리를 지키고 있어 드러내 놓고 조롱하거나 욕설을 내뱉는 이는 없었지만, 아이작을 지지하던 귀족과 일원들은 그들을 스쳐 지나가며 혀를 차거나 헛기침하며 불편한 기색을 숨기지 않았다.

알레이나와 칼리언은 한참 동안 그 자리에 앉아 있었다.

칼리언은 여전히 고개를 들지 못했다. 알레이나는 안타까운 얼굴로 자신을 보던 테네르와 레온하르트까지 재판장을 나간 다음에야 입을 열었다.

"……거짓말이죠?"

"……."

"절 파문하지 못하게 하려고 일부러 그런 말씀 하신 거잖아요."

알레이나의 물음은 확신이라기보다는 바람에 가까웠다. 그의 말은 사실이 아니라고. 그저 자신을 감싸기 위해 거짓말한 것뿐이라고. 그러나 칼리언은 그녀가 원하는 답을 해 주지 않았다.

"미안하다, 알레이나."

"……."

"내가 그동안 널……."

칼리언은 차마 말을 잇지 못했다. 알레이나는 대답할 말을 찾지 못하고 이마를 짚었다.

"……왜 지금껏 아무 말도 안 하신 거예요?"

알레이나가 물었다. 칼리언은 한참을 머뭇거렸다.

"내 딸이 아니라고 생각하려 했단다."

이자벨이 죽은 후, 칼리언은 그녀의 죽음이 자신의 탓이라는 생각을 지울 수 없었다. 형의 아이가 아닌 제 아이를 가졌기 때문에, 자신이 헛된 욕심을 부렸기 때문에 이자벨이 죽고 형은 아내를 잃은 거라고. 자신이 그녀의 요구에 응하지 않았더라면 그녀는 죽지 않았을 거라고.

죄지은 자신에게 아이작이 선뜻 스튜어트 자작위를 내어 주자 그 죄책감은 더욱 커졌다. 장자만을 귀하게 여기던 부모와 달리 늘 동생인 자신을 생각해 주던 사람이었다. 그리고 자신은 그런 형을 배신하고야 말았으니.

"형님 또한 너를 아끼셨으니, 넌 형님의 딸이라고……. 그렇게 생각하려고 했단다."

모든 미련을 떨쳐 버리려 했으나, 칼리언은 끝내 이자벨을 잊지 못했다. 자신을 닮은 딸을 볼 때면 더욱 그랬다. 주제도 모르고 미련을 품는 제 모습을 볼 때마다 죄스러워져 도망치듯 영지로 내려갔으나, 그 영지조차 형이 내어 준 것이 아니던가.

아이작이 이자벨을 배신하고 태후와 부정을 저질렀다는 걸 알고 있었지만,

그렇다고 해서 그에 대한 죄책감이 줄어드는 것은 아니었다. 그가 여전히 좋은 형처럼 굴 때마다, 부성애 지극한 아비처럼 굴 때마다, 칼리언은 욕심을 버리려 애써야 했다.

이 아이는 내 딸이 아니라고. 형의 딸이라고. 자신을 배신한 동생을 아무 것도 모른 채 아껴 주는 형의 딸일 뿐이라고.

그러나 아이작이 불임 판정을 받은 순간, 궁지에 몰린 형이 망설임 없이 파문을 외친 순간, 그는 입을 열 수밖에 없었다. 잊으려 했던 사람을 자꾸만 입에 담게 되자 가당찮은 욕심이 다시금 고개를 들기라도 했던 것인지.

"일이 이렇게 되었지만, 난 아직도 그분께 죄스러운 마음을 가지고 있단 다. 그분은 너를 진심으로 사랑하셨고, 내게도 좋은 형님이었거든."

"……."

"그러니 너도 그분을 너무 원망하지 말렴. 아버지가 늘 완벽할 수는 없지 않니. 파문 이야기는 그저…… 그분도 궁지에 몰려 어쩔 수 없이 뱉은 말일 테니."

칼리언은 알레이나를 다독이듯 말했다. 그는 알레이나가 아이작을 미워하 기를 바라지 않았다. 아이작은 지금껏 자신 대신 알레이나의 아버지 노릇을 해 온 사람이었고, 한순간의 감정으로 파문을 입에 올렸다고 해서 그 사실이 지워지는 것은 아니었으니.

"전 아버지에게 실망하지 않았어요."

알레이나는 이해심 많은 딸처럼 대답했다. 그러나 그녀의 표정은 굳어 있 을 뿐이었다.

"폐하와 제가 남매라 생각하면서도 결혼시키려고 했던 사람이에요. 선황 폐하의 임종 날 제가 그걸 알고 도망치자 절 찾아내 광산에 노예로 팔아 버 린 사람이고요."

"……."

"그런 사람에게 실망할 만큼 기대했을 리가 없잖아요?"

"알레이나, 그건……."

"숙부님이 아버지를 믿건 말건 상관없어요. 어차피 그 사람은 죽을 테니까. 하지만 저에게까지 그 믿음을 강요하지 마세요."

알레이나는 늘 그래 왔듯 또렷한 목소리로 말했다. 아이작의 부정을 알리던 이자벨과 같은 얼굴이었다. 한참 동안 그녀를 바라보던 칼리언이 입을 열었다.

"알레이나, 만약 네가 아직 황후가 되고 싶다면……."

알레이나는 무슨 소리냐는 듯 한쪽 눈썹을 추켜세웠다. 칼리언은 조금 머뭇거렸다.

"물론 황자가 있으니 쉽지는 않겠지만, 네가 폐하와 피가 섞이지 않은 게 알려졌으니 불가능한 일은 아니란다. 그러니……."

"그런 생각은 전혀 없어요."

"……."

"제도에서 도망친 날 이후로 지금까지 단 한 번도 황후가 되고 싶다는 생각 한 적 없어요. 앞으로도 그럴 거고요."

칼리언은 생각에 잠긴 얼굴로 알레이나를 보았다. 그 또한 알고 있었다. 알레이나의 말은 처음부터 지금까지 달라지지 않았다는 것을. 제 형은 알레이나가 황후가 되려는 욕심에 아비를 저버리려고 한다고 말했지만, 정작 알레이나는 그 자리에 일말의 관심조차 없음을.

"……미안하구나, 알레이나. 내가…… 지금껏 네 이야기를 제대로 들어 보지 않아서."

옅은 불신이 슬그머니 고개를 들었다. 제 형이 망설임 없이 파문을 외치던 순간부터 예정되어 있던 일이었다. 아니, 이자벨의 방에서 알레이나를 만났던 때부터일까. 가슴속에 묻어 둔 사람을 떠올리고, 딸의 얼굴에서 죽은 이의 모습을 찾기 시작하면서.

"지금이라도 괜찮다면……. 형님과 무슨 일이 있었는지 자세히 말해 줄 수 있겠니?"

조심스러운 목소리에 알레이나는 칼리언을 마주 보았다. 그녀가 천천히 고개를 끄덕였다.

"먼저 저택으로 가렴. 난 잠깐 들를 곳이 있어서."

알레이나의 이야기를 끝까지 들은 칼리언이 굳은 얼굴로 말했다. 알레이나가 슬쩍 그의 눈치를 살폈다.

"……제 말을 믿으시는 거예요?"

"아비가 딸의 말을 믿는 거야 당연한 것 아니겠니."

"……."

"물론, 지금껏 네 이야기를 듣지 않았던 내가 할 말은 아니지만."

칼리언은 자책하듯 쓸쓸하게 웃었다. 알레이나는 고개를 끄덕이지는 않았지만 달리 부정하지도 않았다.

"저도 황궁에 볼일이 있어서요. 이따 저택에서 뵈어요."

알레이나는 레온하르트가 머무는 본궁을 가리키며 말했다. 칼리언은 고개를 끄덕이고는 그녀와 반대 방향으로 몸을 돌렸다.

* * *

어두운 지하 감옥은 여전히 스산한 기운이 맴돌았다. 사형 선고를 받은 아이작은 처형 전까지 이곳에 머무른다고 했다.

칼리언은 천천히 계단을 내려갔다. 지상에서 멀어질수록 감옥 깊은 곳에서 들려오는 고성이 가까워지고 있었다.

"조작이라고 하지 않았느냐! 검사를 다시 하겠다. 황제를 불러와라. 황제는, 레온하르트는 내 아들이란 말이다! 칼리언이, 알레이나가 모두 황제와 작당을 하고……!"

"자꾸 소란스럽게 한다면 입에 재갈을 물리겠소!"

근위대 중 한 명이 호통을 쳤지만 아이작은 정신 나간 사람처럼 계속해서 소리를 질러 댈 뿐이었다. 칼리언이 천천히 그에게 다가갔다.

"……형님."

칼리언이 읊조리자, 아이작은 그를 향해 고개를 돌렸다. 칼리언은 참담한 얼굴로 그의 몰골을 보았다. 수갑과 족쇄에 묶인 채 좁은 감옥에 갇힌, 공작이라고는 믿기 힘든 모습을.

"칼리언."

동생을 발견한 아이작은 벌레처럼 기어 창살을 붙잡았다. 근위대가 칼리언을 막아섰다.

"참수를 앞둔 중죄인입니다. 면회를 허락할 수 없습니다."

"다른 수작을 부리려는 게 아니오. 자리를 비워 달라고 하지 않을 테니, 잠시만 대화할 시간을 주시오."

칼리언의 간청에 기사는 조금 머뭇거리는 듯했지만 천천히 고개를 끄덕였다. 그러면서도 창살 앞에 선 채 경계를 늦추지 않았다. 칼리언은 무릎을 굽혀 아이작과 눈을 맞추었다.

"형님."

"칼리언. 왜…… 날 배신한 것이냐."

아이작은 가라앉은 목소리로 물었다. 끌려오는 과정에서 저항을 했는지 허름한 죄수복 군데군데가 찢어진 채였다.

"드릴 말씀이 있어서 왔습니다."

"지금이라도 늦지 않았다. 당장 그 말이 거짓임을 밝혀라. 네가 그랬을 리 없지 않으냐. 알레이나에게, 그 간교한 아이에게 속아서 거짓말을 한 것 아니냐."

"……."

"내가 경고하지 않았느냐. 그 애를 믿지 말라고. 알레이나는 황후가 되기 위해 아비인 날 제거하려고 하고 있다. 그러니……."

"파문이라는 단어를 그렇게 쉽게 입에 담으실 줄은 몰랐습니다, 형님."

칼리언이 냉정하게 입을 열었다. 차가운 목소리에 아이작은 잠시 입을 다물었지만, 변명을 하려는 듯 다시금 고개를 들었다.

"날 먼저 배신한 건 그 아이다, 칼리언."

"……."

"그 아이가 아비인 나를 배신하고 황제의 편에 섰다. 그러니 난 그저…… 겁을 주려고 했던 것이다."

"알레이나는 재판장에서 형님을 감쌌습니다. 폐하께서 형님의 씨에 대해 처음 말씀하셨을 때, 분명 말씀을 거두어 달라 청하지 않았습니까."

"……."

"형님이 알레이나를 버리신 겁니다. 제 딸을요."

마지막 말에 아이작의 얼굴이 처참하게 일그러졌다. 사실 거짓말이었다고, 아끼는 조카의 파문을 막기 위해 지어 낸 것뿐이라고 말하기를 바라듯이.

"……정말이라고?"

"……."

"이자벨이…… 정말 날 배신했다고?"

"그분을 먼저 배신한 건 형님이십니다."

칼리언은 단호하게 말했다. 아이작은 믿을 수 없다는 듯 고개를 저었다.

"……그럴 리가. 이자벨은 그럴 여자가 아니다. 이자벨은 정숙한 여자였단 말이다. 그런 짓을 했을 리가……."

"……."

"황제에게 공작위를 약속받았느냐? 네 형수를 모함하고 나를 불임으로 몰면 그 자리를 내어 주겠다고 했느냐? 아니면 알레이나가, 그 교활한 아이가 널 꼬드긴 것이냐?"

"……."

"부탁이니 칼리언, 솔직하게 말해다오. 이 형을…… 살려다오."

칼리언은 대답하지 않았다. 침묵이 이어질수록 아이작의 얼굴은 더더욱 일그러졌다. 그러나 그 얼굴을 보고도 칼리언은 아무 생각이 들지 않았다. 알레이나가 털어놓은 그간의 이야기는 그를 분노하게 만들기 충분했으니.

칼리언은 여전히 굳은 얼굴로 입을 열었다.

"전 거짓을 고한 적이 없습니다, 형님. 알레이나는 제 아이입니다."

"칼리언."

"그리고 덧붙여 말씀드리자면……."

칼리언은 몸을 기울여 철창에 얼굴을 가까이 가져갔다. 그들을 감시하던 기사가 눈썹을 추켜세우고는 비밀스러운 대화를 막으려는 듯 손을 뻗었다. 그러나 칼리언의 입이 벌어지는 게 더 빨랐다.

"……이자벨 말로는, 형님보다 제가 낫다더군요."

그 말에 아이작의 입이 딱 다물렸다. 기사 또한 당황한 듯 손을 멈추었다. 칼리언은 할 이야기가 끝났다는 듯 형에게 가볍게 묵례하곤 몸을 돌렸다. 멍청하게 앉아 있던 아이작이 뒤늦게 말뜻을 알아들은 듯 고래고래 소리쳤다.

"칼리언……! 너, 네놈이 감히……!"

등 뒤에서 들려오는 목소리에도 칼리언은 뒤를 돌아보지 않았다. 그저 그가 태어나고 자라 온 공작저로 돌아갈 뿐이었다.

13

에리히는 곧바로 후작저로 돌아갔고, 테네르는 레온하르트와 짧게 산책한 후 장미 궁으로 돌아왔다. 알레이나가 조금 걱정되긴 했지만, 마음의 문제는 시간이 지나면 해결되기 마련이었다.

그러니 테네르는 산책하는 내내 한결 가벼워진 심정으로 결혼식과 그 이후의 일에 대해 이야기를 나누었다. 장미 궁에서 조슈아와 함께 기다리고 있던 로라는 들뜬 얼굴로 테네르를 반겨 주었다.

"고자였다면서요?"

재판장에서의 일이 벌써 황궁 곳곳에 퍼져 나간 모양이었다. 테네르는 쪼르르 달려온 아이를 꼭 안아 주며 고개를 끄덕였다. 로라는 그제야 안심한 듯 가슴을 쓸어내렸다.

"어휴, 그럼 씨도 없는 게 그 난리를 부렸단 말이에요? 웃기지도 않아."

"그러게 말이에요."

"좀 더 일찍 알았다면 타샤 님 뵈러 가셨을 때 물어보셨을 텐데요."

로라의 말에 테네르는 고개를 끄덕였다. 미리 알았더라면 그때 진위를 물어볼 수도 있었을 텐데. 이번 일뿐 아니라 자신에 대해서도…….

"엄마!"

아이의 목소리에 테네르는 퍼뜩 정신을 차렸다. 눈이 마주치자 조슈아는 까르르 웃고는 내려 달라는 듯 바둥거렸다.

"참, 황자님이 오늘 미끄럼틀을 앉아서 타셨어요."

장미궁의 놀이방에는 블록이나 병, 인형 같은 장난감뿐 아니라 아이가 탈 만한 미끄럼틀과 목마도 빠짐없이 마련되어 있었다. 처음에는 미끄럼틀에서 내려오는 게 무서운지 반쯤 엎드려 타더니, 이제는 제대로 타는 모양이었다. 테네르가 반가운 얼굴로 조슈아를 돌아보았다.

"정말이니, 조시? 이제 앉아서도 탈 수 있어?"

"응!"

"'네' 하셔야죠."

"녜에."

아이는 하루가 다르게 자라나는지라, 삼촌도 제대로 부르지 못하던 조슈아는 이제 존댓말을 배우고 있었다. 물론 방금 '네'라고 지적해 주어도 돌아서면 '응' 하고 답하곤 했지만.

그래도 이제는 걷기도 뛰기도 잘하는지라, 아이는 얼른 미끄럼틀로 달려가 아장아장 계단을 올랐다. 퍽 결연한 얼굴로 궁둥이를 붙이고 앉기도 했다.

"앉아서 내려갈 수 있니?"

"응!"

"'네' 하셔야죠, 황자님."

"녜!"

조슈아는 씩씩하게 대답하고는 보란 듯이 몸을 미끄러뜨렸다. 로라와 테네르가 과장되게 호응하며 박수를 쳐 주자 더욱 신이 나 다시 계단을 올랐다.

"어머, 한 번 더 타시게요? 용감하시기도 하지."

조슈아는 미끄럼틀을 일곱 번 더 타고, 그다음엔 목마에 올라탔다. 언젠가 목마가 아닌 진짜 말에 올라탈 아이를 생각하며 테네르는 작게 웃었다.

"참, 그리고 보니……. 그럼 공녀는 이제 어떻게 되는 건가요?"

로라는 아이가 겁을 내지 않도록 목마를 천천히 흔들어 주며 물었다.

"공작의 핏줄은 아니라고 해도 공작가의 핏줄을 이은 건 맞으니, 예정대로 작위를 이어받을 거예요. 자작의 처분에 대해서는 폐하께서도 고민하시는 모양이고."

"혹시 계속 황후 폐하 자리를 노리는 건 아니겠죠?"

"그러진 않을 거예요."

테네르가 고개를 저었지만, 로라는 여전히 불안한 얼굴이었다.

"하지만……. 이제 폐하와 남매가 아니라는 게 확실하니 자기가 황후가 될 수 있다고 생각할지도 모르잖아요."

로라는 여전히 알레이나가 황후가 되고 싶을 거라 확신하는 모양이었다. 이제 와 자세한 이야기를 해 줄 수도 없었기에, 테네르는 그저 조금 어색하게 웃을 뿐이었다. 그 웃음을 어떻게 이해한 건지, 로라는 주먹을 불끈 쥐고 말했다.

"전 황후 폐하 편이에요. 아시죠?"

"그럼요."

"입에 발린 말이 아니라 정말로요."

"알겠어요."

테네르가 재차 대답하자, 로라는 그제야 안심한 듯 목마를 좀 더 세게 밀어 주었다. 간간이 말 울음소리를 흉내 내기도 했다. 까르르 웃음소리가 들려왔다.

* * *

레온하르트는 테네르를 장미 궁으로 데려다준 후 본궁으로 돌아왔다. 이

제 근심할 일이라곤 완전히 사라졌지만, 레온하르트는 테네르와 함께 걷는 내내 그녀의 눈치를 살폈다.

혹시 황후궁을 다르게 꾸미고 싶지는 않은지, 조슈아의 방은 어디가 좋을지, 후작저에는 며칠이나 있을 것인지, 아이의 가정교사로 생각해 둔 사람은 있는지.

테네르는 늘 그래 왔듯 그의 물음에 성심껏 대답했다. 그가 선황의 핏줄인 게 확실해졌으니 둘째가 조부를 닮아도 안심이라며 농담을 건네기도 했다.

'아직 대답도 하지 않았으면서.'

자신을 사랑한다는 말조차 하지 않으면서 둘째는 선뜻 낳으려 드는 것이 우습지 않은가. 꼭 그런 일은 그녀 자신에게 별다른 의미가 없다는 것처럼.

부러 애태우려 그러는 것도 아닐 텐데 그 무심한 다정함에 속을 끓이게 되는 건 어쩔 수 없었다. 괜스레 기대하다가도 저 혼자 의미 부여 하는 걸 깨닫고, 그러다 에리히가 남기고 간 말을 불현듯 떠올리기도 하고.

곁에 두고 마음을 돌리겠다고, 다시 자신을 사랑하게 만들겠다고, 그런 결심이 다 무슨 소용이란 말인가. 설령 그녀가 제게 사랑을 고백할지라도 자신은 불안에서 벗어나지 못할 텐데.

"폐하, 살바토르 공작영애가 알현을 청합니다."

문을 열고 들어온 시종장이 정중히 고했다. 그녀가 아직 공작저로 돌아가지 않았다는 말에 레온하르트는 조금 의아했지만 고개를 끄덕여 허락의 의사를 표시했다.

얼마 지나지 않아 알레이나가 알현실로 들어왔다. 예상외로 꽤 편안한 얼굴이었다.

"알레이나 살바토르, 제국의 주인이신 황제 폐하를 뵙습니다."

최근 본 적이 드문 정중한 인사였다. 그 모습이 조금은 어색했지만, 레온하르트는 고개를 끄덕이곤 여상한 위로의 말을 건넸다.

"……이번 일은 유감이네."

"……."

"설마 공작이 정말로 불임일 줄은 몰랐지."

그야말로 얼떨결에 이뤄 낸 수확이었다. 제 작당이 정말로 진실일 줄 누가 알았을까.

"……비록 일이 이렇게 되었지만, 그간 폐하께 협조했던 걸 나 몰라라 하진 않으실 거라 생각합니다."

알레이나가 퍽 침착한 목소리로·말했다. 레온하르트는 계속 말해 보라는 듯 그녀를 보았다.

"아시다시피, 저는 제도로 돌아온 후 계속 폐하의 편에 섰습니다. 이번 일에 적극적으로 협조한 것뿐 아니라 황궁의 세작을 추리고 황후 폐하의 행방을 찾는 걸 도와 왔고, 아버지가 수상한 행적을 보이는 대로 보고했으며, 다른 영애들이 황후 자리를 넘보지 못하게 견제하기도 했고요."

알레이나는 자신이 그에게 어떤 도움이 되었는지를 구구절절하게 늘어놓았다. 원하는 것이 있을 때의 버릇이었다.

"그래서, 보상이 필요하다?"

"예."

"보아하니 원하는 게 있어 보이는데."

레온하르트가 말하자, 알레이나는 전에 없이 머뭇거렸다. 한참을 망설이던 그녀가 입을 열었다.

"……아버지의 선처를 부탁드리러 왔습니다."

"그러니까 지금……."

레온하르트가 한쪽 눈썹을 움찔거렸다.

"……어느 아버지를 말하는 건가?"

"……."

"놀리려는 의도는 아니네."

일그러진 얼굴을 본 레온하르트가 덧붙였다. 알레이나는 눈을 질근 감고 한숨을 내쉬었다.

"생식이 가능한…… 아버지요."

"아아."

"비록 아버지가 감옥에 갇힌 아버지 대신……. 아니, 백부……. 공작님……."

알레이나는 아직 호칭을 정리하지 못한 듯 횡설수설하다가 이마를 짚었다. 이래저래 속내가 복잡해 보였기에, 레온하르트는 퍽 너그럽게 말했다.

"편하게 말하면 적당히 알아듣겠네."

"……감사합니다. 어쨌든…… 감옥에 갇힌 그 사람 대신 수족처럼 움직인 건 사실이지만, 폐하께 악의가 있었던 건 아닌 데다……. 결국 그분의 자백으로 일이 원활하게 마무리되었다고 알고 있습니다."

"그렇지."

"그러니 그 점을 고려해 주셨으면 합니다. 또한 그간 폐하께 협조해 온 저를 봐서라도……. 부디 아버지의 선처를 부탁드립니다."

알레이나가 정중히 말하자, 레온하르트는 고개를 갸우뚱했다.

"그를 싫어하지 않았던가?"

"싫어했던 건 아닙니다. 제게는 늘 잘해 주셨거든요. 저를 딸처럼 여긴다고 말씀하시기도 했고……. 이번 일도 아버지에게 속아 넘어갔던 거나 마찬가지라서요."

"최근 가까이 지냈다더니, 정이 붙은 건가?"

레온하르트의 물음에 알레이나는 멈칫했다. 그러나 부정하지 않고 고개를 끄덕였다.

"……그런 것 같습니다."

"……."

"그리고…… 아버지가 절 파문하겠다고 했을 때 곧바로 절 감싸기도 하셨고요."

칼리언이 입을 다물고 있었다고 해서 아이작의 의도대로 되지는 않았겠지만, 그래도 파문이라는 말에 망설임 없이 자신을 감싼 사람이었다. 그가 아비의 수족이 되어 일을 번거롭게 한 것은 사실이었으나, 알레이나는 자신을 도우려고 한 그를 죽게 두고 싶지는 않았다.

"우선 말하자면, 난 그자를 죽일 생각이 없네."

레온하르트가 입을 열자, 알레이나는 놀라 고개를 들었다.

"정말로요?"

"그자가 발뺌했다면야 공작 부인의 방에서 자결로 위장하여 죽였겠지만, 순순히 인정하지 않았나."

칼리언이 알레이나의 친부임을 스스로 인정한 이상, 그를 죽이면 쓸데없는 의혹을 살 우려가 있었다. 그러니 그 사실을 알면서 묵인했던 것에 가벼운 징계로 마무리할 예정이었다. 물론 아이작 살바토르에게 협조한 귀족파에게는 작은 보복이 예정되어 있었지만.

레온하르트의 말에 알레이나는 안심한 듯 가슴을 쓸어내렸다.

"자비로운 처분에 깊이 감사드립니다, 폐하."

"나야말로, 그간의 협조를 잊지 않겠네."

레온하르트는 악수를 청하며 말했다. 알레이나는 그 손을 맞잡으며 작게 웃었다. 이제는 긴장이 풀린 건지, 짐짓 아쉬운 표정을 짓기도 했다.

"……이제 동생 노릇은 못 하겠네요."

"원한다면 마지막 정으로 혼처라도 주선해 주겠네."

"공사가 다망하신 분께 중매까지 맡길 수야 있나요."

알레이나가 거절하자, 레온하르트도 더 권하지 않고 고개를 끄덕였다.

"……그럼 이제 아무 걱정 없으시겠네요. 폐하의 혈통에도 아무런 문제가 없고, 아버지를 처형하고 나면 곧 식도 다시 올리실 거고."

"그래."

"결혼 선물은 정하셨나요?"

"로즈렛산 바이올렛 사파이어와 다이아로 장식한 티아라와 목걸이, 란드 로브 해변과 성을 드릴 예정이네."

보통은 결혼 선물이라고 해도 상대의 취향에 맞는 보석으로 액세서리를 만들어 주는 정도였다. 티아라와 해변이 딸린 성까지 주는 것은 과한 감이 없지 않았지만, 알레이나는 딱히 지적하지 않았다.

"바이올렛 사파이어라면 황후 폐하의 눈 색과 맞춘 건가요? 황후께서 좋아하시겠네요."

"그랬으면 좋겠군."

레온하르트는 쓸쓸하게 웃었다. 정말로 좋아해 줄까. 기쁜 얼굴로 웃어 줄까.

제게 싸늘하게 구는 것도 아닌데, 웃어 주지 않는 것도 아닌데, 그녀의 웃음을 본 게 까마득히 먼 일처럼 느껴지는 건 무슨 까닭일까. 아무렇지도 않게 대화하고 손을 잡으면서도 뒤돌아서면 갈증이 일고 마는 것은.

"……걱정이라도 있으신가요?"

레온하르트의 낯빛이 썩 좋지 않다고 느낀 알레이나가 물었다. 레온하르트는 고개를 저었다.

"아니네."

"제 의견이 필요하실지는 모르겠지만……. 말씀하신 것들이 그리 부족하지는 않을 것 같습니다. 황후께서 달리 원하시는 게 없는 이상은요."

"……그래."

레온하르트는 건성으로 고개를 끄덕였다. 테네르가 원하는 것이라. 그녀가 가장 원하는 것은 아이의 안전이었으니 사실상 들어준 것이나 다름없었다. 그 외에는…….

"황후께서 어려운 걸 바라시나 봐요."

눈치를 살피던 알레이나가 입을 열었다. 틀린 말은 아니었다. 그녀가 제게 유일하게 요구했던 건 아이와 함께 보내 달라는 것 아니었던가. 어떤 말을 하건 황손을 데려가기 위해 하는 말이란 생각을 지우지 못할 거라며.

대답하지 못하는 레온하르트를 보며 알레이나가 슬쩍 입을 열었다.

"불가능한 걸 바라실 것 같지는 않은데."

"……."

"어쨌든 전 이만 돌아가 보겠습니다, 폐하. 자비를 베풀어 주신 점 다시 한 번 감사드립니다."

알레이나는 무릎을 굽히고 정중히 인사했다. 레온하르트는 천천히 고개를 끄덕였다. 문이 닫힌 후에도 그는 한참 동안 그 자리에 앉아 있었다.

'유일하게 바라는 게 불가능한 일이니 문제지.'

차라리 물질적인 걸 바란다면 어렵지 않게 들어줄 터였다. 하다못해 북부에서 지내던 마을에 정이 붙었으니 그곳을 달라고 한다면 그 마을뿐 아니라 북쪽 숲까지 모조리 내어 줄 수 있는데.

혹은, 그녀를 속였던 자신이 지독히도 싫어서 떠나고 싶은 거라면 그 마음이라도 이해할 수 있지 않겠는가. 놓아주지는 않을지언정 백 번이고 천 번이고 사죄하며, 다시는 그러지 않겠다고 애원할 수도 있을 텐데.

그러나 잘못했다 말하면 노여운 기색 하나 없이 미소 짓는 사람에게 더 무엇을 할 수 있단 말인가. 의미 없는 웃음을 짓지 말라고 다그칠까. 자신이 안심할 수 있도록 교태라도 부려 보라고 무뢰배처럼 명령할까.

레온하르트는 어떤 결론도 내리지 못한 채 몸을 일으켰다. 어느덧 어스름해진 창밖으로 불 켜진 장미 궁이 보였다.

* * *

테네르는 멍하니 창밖을 내다보았다. 멀찍이 불 켜진 본궁의 모습이 보였다. 레온하르트가 머물고 있고, 결혼식을 치르고 나면 자신 또한 머물게 될 커다란 궁. 한때는 자신과 어울리지 않는 지나치게 큰 곳이라 여기던 황궁이 이제는 돌아갈 곳이라 여겨지는 것이 새삼스러웠다.

"……걱정이라도 있으세요?"

아이를 재우고 테네르의 방에 들어온 로라가 조심스레 물었다.

"그다지요. 이제 좀 쉬어요. 오늘도 피곤했을 텐데."

황자의 유모로 장미 궁에 함께 머무는 로라는 아이를 돌보는 것뿐 아니라 테네르의 말동무도 자처하고 있었다. 거기다 도서관에 드나들며 따로 공부까지 하는 모양이니, 가끔은 그 부지런함이 신기하기까지 했다.

"같이 차라도 마실래요?"

"좋아요."

얼른 대답한 로라는 시녀에게 차를 가져다 달라고 부탁하고는 침대에 놓여 있던 숄을 테네르에게 가져다주었다.

"밤엔 아직 쌀쌀하니, 이거라도 걸치세요. 추위도 많이 타시면서……."

"고마워요."

테네르는 창틀에 걸터앉은 채 숄을 어깨에 걸쳤다. 로라가 그녀의 옆에 몸을 붙이고 앉았다.

"혹시…… 그거 때문이세요?"

조심스러운 물음에 테네르는 고개를 돌렸다. 로라가 그녀의 눈치를 살폈다.

"타샤 님이 그 풀을 가지고 계셨다고 했으니까요. 그래서, 음……. 다른 걱정을 하시는 건 아닌가 하고요."

에둘러 말했지만, 혹 테네르 또한 에반 후작가의 핏줄이 아닐까 봐 걱정하는 건 아니냐는 물음이었다. 테네르는 고개를 저었다.

"그건 아니에요."

설령 자신이 정말로 루드비히 에반이 아닌 다른 이의 핏줄일지언정, 황자를 낳은 몸이었다. 거기다 황제인 레온하르트가 괜찮다고 말해 주었는데 무엇이 걱정일까. 그가 자신을 정말로 사랑한다고 하는데.

'편리하기도 하지.'

아직 대답조차 하지 않았으면서 그의 마음에 기대는 것은 무슨 경우란 말인가. 그러면서도 여전히 그에게 사랑을 속삭일 마음이 들지 않는 것은.

'애태우려는 것도 아니고.'

시시때때로 제 눈치를 살피는 것도, 조금이라도 여지를 보이면 기대를 감추지 못하는 것도 알고 있었다. 사랑한다고 말했을 때 대꾸하지 않으면 실망한 기색을 숨기려 애쓰는 것도.

그러나 그걸 알면서도 왜 그에게 확답을 주지 않는 것일까. 도대체 무엇을 바라고.

"사람 맘이 참 어려워요."

테네르의 말에 로라는 무슨 말이냐는 듯 그녀를 보았다. 그러나 그녀의 말이 이어지지 않자 천천히 고개를 끄덕였다.

"그렇긴 하죠."

시녀가 문을 두드리자, 로라는 얼른 차가 올라간 쟁반을 가져왔다. 테네르는 따뜻한 찻잔을 받아 들곤 다시 창문에 머리를 기댔다.

"언젠가 해야 할 일은 빨리 끝내는 게 좋겠죠?"

답이 정해진 물음이었다. 이러나저러나 자신은 다시 황후가 될 테고, 불안해하는 그를 조금이라도 빨리 안심시켜 주는 게 좋을 테니. 그러나 당연히 긍정하리라 생각했던 로라는 고개를 끄덕이지 않았다.

"급한 일이 아니라면 꼭 그럴 필요도 없지 않을까요?"

"……."

"내일 먹을 빵을 오늘 미리 먹지는 않잖아요. 미루는 것도 다 이유가 있겠죠."

그 말에 찻잔을 쥔 손이 멈칫했다. 큰 의미가 있는 말은 아니었던 듯, 로라는 다른 말을 덧붙이지 않고 찻잔을 입에 가져갔다.

"앗뜨뜨."

"조심해요, 뜨거워요."

다행히 크게 데이지는 않은 모양인지, 로라는 입술을 두드리면서 민망한 듯 웃었다. 테네르는 고개를 들어 하늘을 보았다. 별이 유달리 많은 밤이었다.

* * *

아이작 살바토르의 참수일은 재판이 끝나고 얼마 지나지 않아서였다. 원래는 준반역으로 곧바로 처형되어야 마땅했으나, 황제의 친부일지 모른다는 이유로 살려 두었으니 당연한 일이었다.

레온하르트는 굳이 오지 않아도 된다고 했지만, 테네르는 아이를 로라에게 맡긴 채 형장에 발을 들였다. 자신의 아이를 해치려 한 이의 최후를 눈으로 확인하고 싶은 마음이었다.

"고자 옮을까 봐 안 오려고 했는데."

이제 목발 없이도 걷게 된 에리히 또한 낄낄거리며 처형장에 들어섰다. 그의 목소리를 들은 레온하르트는 저도 모르게 픽 웃었지만, 테네르가 자신을 돌아보자 헛기침을 하곤 얼른 표정을 가다듬었다.

며칠 만에 다시 감옥에서 나온 아이작은 재판 날보다도 더 처참한 몰골이었다. 제때 자르지 못해 덥수룩하게 자라난 수염과 기름이 지다 못해 쩍쩍 갈라진 머리카락. 툭 불거진 광대뼈와 퀭해진 눈, 음식물이 묻어 불쾌한 냄새가 나는 더러운 죄수복과 그 사이로 보이는 멍 자국까지. 간수들은 참수를 앞둔 그에게 어떤 편의도 봐주지 않았다. 물수건 한 장 넣어 주지 않았을 뿐더러 그가 심하게 난동을 부릴 때면 무력으로 진압하는 것도 서슴지 않았다.

제국의 공작으로서 언제나 군림하는 것에 익숙했던 아이작은 간수들의 태도가 돌변한 것에도 상당한 충격을 받은 모양이었다. 그는 손목에 수갑이 채워진 채 끌려 나오는 동안에도 고개를 푹 숙이곤 혼자 무언가를 중얼거리고 있었다.

"죄인, 아이작 살바토르를 사유지 침범과 살인 교사, 황실 모독과 황족 시해 미수, 준반역으로 참수형에 처한다."

몸을 일으킨 레온하르트가 말했다. 아이작은 여전히 고개를 들지 않았다. 바짝 말라 껍질이 일어난 입술이 천천히 움직였다.

"아니다. 아니야……. 내가 불능일 리가 없어……."

"……."

"다 날 음해하려는 작당이다. 난, 나는……."

"마지막으로 할 말이 있나?"

정신 나간 사람처럼 중얼거리는 그에게 레온하르트가 물었다. 그 말에 아이작이 번쩍 고개를 들었다. 퀭한 두 눈이 그를 향해 번득였다.

"너, 네놈은 다를 것 같으냐!"

갈라진 입술이 찢어져 피가 비쳤지만 아이작은 마지막 발악인 양 소리를 질렀다.

"네가 네 자식이라 믿는 그 아이가 정말 네 아이라 생각하느냐! 네놈이 죽고 못 사는 폐후가 너를 닮은 사내와 정을 통했을 줄 어떻게 알……. 으읍!"

간수들이 황급히 아이작의 입에 다시 재갈을 물렸다.

"더 들을 것도 없군."

레온하르트는 손을 들었다. 고통스러운 죽음을 주기 위해 날을 무딘 것으로 바꾸라 명령할 수도 있었지만 테네르의 앞이었다. 지저분한 꼴은 그리 보이고 싶지 않았다.

"집행하라."

황제의 명령에 집행관이 참수용 검을 들어 올렸다. 커다란 검을 본 아이작은 그제야 겁에 질린 얼굴로 몸을 뒤로 물리려 했지만, 간수들에게 단단히 붙들려 도리가 없었다.

긴 침묵 속에서 형이 집행되었다. 커다란 검이 망설임 없이 휘둘러졌다. 테네르는 무릎 위로 맞잡은 손에 힘을 주었지만 아이작의 목이 떨어질 때까지 그에게서 눈을 떼지 않았다.

툭.

아이작의 머리가 바닥에 떨어지자, 테네르는 그제야 눈을 질근 감았다. 레온하르트가 그녀의 어깨를 감싸 제 쪽으로 당겼다.

"이제 끝났습니다, 테네르."

다독이는 목소리에 테네르는 고개를 끄덕였다. 간수 몇 명이 효수를 위해 잘린 머리를 수거했다. 목 떨어진 몸뚱이를 보며 에리히가 싸늘한 얼굴로 빈정거렸다.

"이야, 이젠 씨도 없고 목도 없네."

작지 않은 목소리였지만 웃는 이는 아무도 없었다. 레온하르트는 테네르의 손을 꼭 잡고 천천히 몸을 일으켰다.

* * *

후작 저택은 테네르가 와서 머물러도 될 정도로 정돈이 되었다고 했다. 결혼식 준비 또한 마무리되어, 이제는 그녀가 후작저로 돌아가 구혼서를 받기만 하면 곧바로 식을 치를 수 있었다.

"……공작의 말은 너무 신경 쓰지 마십시오."

레온하르트는 창백해진 얼굴을 보며 말했다. 테네르는 웃으며 고개를 저었다.

"폐하께서 절 의심하신 적이 없는데, 가치 없는 사람의 말에 마음을 쓸 리가요."

목소리도 내용도 퍽 다정했지만, 저 말에 그 이상의 감정이 없다는 것은 알고 있었다. 그렇다고 해도 그 말에 작은 기대라도 걸고 싶은 건 사실이라, 레온하르트는 작게 웃으며 물었다.

"그럼 난…… 그대에게 가치 있는 사람입니까?"

"물론입니다."

테네르는 스스럼없이 고개를 끄덕였다. 그러나 단지 그뿐이었다. 그 가치가 그저 아이의 아버지로서의 가치인지, 혹은 그 이상인지는 말해주지 않았으니.

괜스레 애가 타 닦달하고픈 마음이 고개를 들어도 차분한 미소를 보면 어쩔 수 없이 말문이 막혔다. 혹 자신이 무서워 어쩔 수 없이 입발린 소리를 하는 건 아닐까. 에리히가 했던 말처럼 언제 사랑을 속삭이면 그럴듯해 보일지 재고 있는 건 아닐까, 두려움이 앞섰으니.

"후작저엔 내일 가도록 하겠습니다."

테네르가 입을 열었다. 레온하르트는 천천히 고개를 끄덕였다.

"그럼 그대가 저택에 도착하는 대로 구혼서를 보내겠습니다."

아이를 오래 떼어 놓고 싶지 않다는 그녀의 말에 따라, 테네르는 구혼서를 받자마자 다시 황궁으로 돌아올 예정이었다. 레온하르트는 테네르의 손을 만지작거렸다.

"식을 치른 후에는 조슈아와 함께 후작저에 머무르다 오셔도 됩니다. 에반 경에게도 말해 두었으니, 행여 그 부분은 염려하지 마세요."

"감사합니다, 폐하."

두 사람은 천천히 발을 옮겼다. 상미 궁이 가까워질수록 아이의 웃음소리가 커지고 있었다.

날씨가 제법 풀린 탓에 로라는 볕이 좋을 시간이면 아이와 함께 정원에 나오곤 했다. 할 줄 아는 말만큼이나 활동량도 많아진 조슈아가 정원에서 뛰어노는 것을 좋아하는 탓이었다.

엄마의 품에 안겨 있기보다는 무엇이든 혼자 해 보려고 시도하는 나이였다. 식사 시간이 되면 작은 손으로 스푼과 포크를 야무지게 쥐고 음식을 먹었고, 물을 마실 때도 스스로 컵을 들고 마시려고 했다. 정원에 나오면 작은 연못에 손을 담가 보거나 혼자서 공을 굴리며 뛰어놀기도 했다.

"어머, 오셨어요?"

아이와 함께 쪼그려 앉아 흙장난을 하던 로라가 테네르와 레온하르트를 보고 벌떡 일어났다. 작은 모형 삽을 들고 있던 조슈아도 엄마와 아빠를 발견하고 까르르 웃었다.

"엄마! 아빠!"

"조시, 재미있게 놀았니?"

"응!"

"'네' 하셔야죠."

"네!"

조슈아는 씩씩하게 대답했다. 로라가 아이의 손과 옷에 묻은 흙을 털어 주었다.

"슬슬 어두워지려는 것 같아서, 이제 들어가려고요."

"그래요. 들어가자, 조시."

"아니야."

조슈아는 흙이 묻은 삽을 꼭 쥐고 세차게 도리질했다. 아직 싫다는 말을 제대로 하지 못하는 아이는 '응'과 '아니'로 제 의사를 표현하곤 했다. 테네르는 웃으며 아이에게 다가갔다.

"들어가서 초콜릿 마시자."

"쪼꼬?"

테네르의 말에 조슈아가 관심을 보였다.

"그래. 초코 좋아하지?"

"응!"

"'네' 하셔야죠, 황자님."

"네!"

조슈아가 얼른 대답했다. 테네르는 아이의 머리를 쓰다듬었다.

"그럼 조시, 초코 마시러 안에 들어갈까?"

"응!"

"'네' 해야지."

"녜!"

"안에 들어갈까?"

"응!"

몇 번을 반복해도 처음 나오는 말은 '응'이라, 테네르는 결국 웃음을 터뜨렸다. 레온하르트는 초승달처럼 휘어진 눈을 보았다. 가장 사랑하는 이를 대하는 시선이었다. 사랑도 애정도 넘칠 정도로 담뿍 담긴, 언젠가 자신에게도 향했던 그 눈길.

제 자식 질투하는 것만큼 못난 아비는 없다고 하지만, 자꾸만 제 것을 빼앗긴 심정이 드는 건 어쩔 수 없었다. 그리고 이런 마음이 들 때마다 꼭 에리히가 남기고 간 말을 떠올리게 되지 않나. 아이를 사랑하는 게 맞냐고 빈정대던 그 물음을.

"테네르."

레온하르트가 입을 연 것은 로라가 아이를 안아 든 직후였다. 나직한 부름에 테네르는 웃는 얼굴 그대로 그를 돌아보았다. 만개했던 웃음이 잔상처럼 옅어지는 것을 보며 레온하르트는 짧게 숨을 멈추었다.

무슨 일이냐는 듯 바라보는 시선이 있었지만, 어쩐지 입이 떨어지지 않았다. 그저 이만 가 보겠다고, 편히 쉬라고 말하면 될 것을. 자신에게는 아이를 보듯 웃어 주지 않는 게 원망스럽기라도 한 것인지.

"날 다시 사랑해 주면 안 될까요."

충동적으로 뱉은 말에 테네르는 당황한 듯 눈을 동그랗게 떴다. 레온하르트는 자신이 무슨 표정을 짓고 있는지도 모른 채 놀란 얼굴을 들여다보았다. 어떤 대답을 들어도 안심하지 못할 거면서 대답을 종용하는 건 무슨 심보일까. 이런 말을 자꾸 꺼내 봤자 곤란해할 것을 뻔히 알면서도.

"······조시와 먼저 들어가요, 로라."

테네르는 난감한 기색을 지우고는 얼른 말했다. 어쩔 줄 모르고 서 있던 로라는 얼른 인사하곤 도망치듯 몸을 돌렸다. 테네르는 로라가 궁 안으로 들어간 다음에야 입을 열었다.

"다른 이들 앞에서 그런 말씀을 하시면 황실의 체면이 상할 겁니다, 폐하."

테네르가 타이르듯 말했다. 물론 레온하르트도 알고 있었다. 황제가 황후에게 사랑을 구걸하는 꼴이 얼마나 우습게 보일지. 그러나 시간이 지날수록 짙어지는 불안을 숨길 수가 없었다. 당신이 앞으로도 나를 사랑하지 않으면 어쩌나. 에리히의 말대로 나를 사랑하지도 않으면서 사랑하는 척하고, 행복하지도 않으면서 행복한 척하게 된다면.

그 속내를 알기라도 하는 것인지, 테네르는 조심스레 입을 열었다.

"……제가 폐하를 불안하게 하는 걸까요?"

레온하르트는 천천히 고개를 저었다.

"내가 그대를 강제하고 있지 않습니까."

"그렇지 않습니다, 폐하. 아이의 곁에 남는 건 제 선택인 걸요."

테네르는 부정했지만, 레온하르트도 알고 있었다. 그녀를 이렇게 곁에 묶어 두기만 한다면 언젠가 원하는 것을 얻게 되리라는 것을. 그것이 굴복이든 진심이든, 아이가 이곳에 있는 이상 테네르는 자신에게 사랑을 말하게 되리라는 것을.

그러니 이 불안은 그녀의 탓이 아니었다. 아이를 인질로 잡은 제 탓이었다. 그녀가 다른 선택을 하지 못하게 만든 제 잘못이었다.

"……오래 걸리진 않을 거예요."

"……."

"저도 마음을 정리할 시간이 필요해서 그러니, 조금만 기다려 주시면……."

눈치를 살피는 듯한 목소리였다. 어려운 이를 대하는 것 같기도 했다. 왜 저토록 조심스럽게 군단 말인가. 무엇을 기다리라는 것인가.

처음부터 결말이 정해진 기다림이었다. 아이와 함께 놓아 달라던 그녀의 말을 거절했을 때부터. 아니, 제게 화내던 그녀에게 아이를 운운했을 때부터. 그녀가 제게 반항하지 못하리라는 건 예정되어 있지 않던가.

"……알겠습니다."

모두 제 잘못임을 알고 있었다. 진실로 자신을 사랑했던 이의 마음을 기만했던 것도, 그것도 모자라 그녀를 겁박하기까지 했었다는 것도.

그러나 그걸 알면서도 괜스레 울컥하게 되는 건 어쩔 수 없었다. 당신의 웃음이, 당신의 사랑이 거짓임을 견딜 수 없어서. 당신의 인내 위에서 피어나는 행복을 감히 맛볼 수가 없어서.

"기다리기만 하면 모든 게 해결된다는 말씀이시지요. 내가 조슈아를 붙잡아 두고만 있으면 그대는 언젠가 마음에도 없는 사랑을 말할 테니."

"폐하, 그런 의미가……."

"그럼 그런 말로 날 안심시키고 도망이라도 치려고 그러십니까?"

테네르는 적잖이 당황한 얼굴이었다. 레온하르트가 조심스레 그녀의 어깨를 움켜잡았다.

"제발, 테네르."

잔뜩 일그러진 얼굴로 레온하르트는 고개를 숙였다.

"내가 뭘 하면 될까요."

"……."

"내가 어떻게 해야 날 다시 사랑해 주실 겁니까."

제게 무엇도 바라지 않는 사람이었다. 첫날밤 자신이 꺼낸 멍청한 말대로 무엇도 욕심내지 않는 사람. 그러니 할 수 있는 건 애원뿐이 아닌가. 부디 나를 사랑해 달라고. 나를 용서해 달라고. 내가 어떻게 해야 할지를 좀 알려 달라고.

"……모르겠습니다."

테네르가 대답했다. 그의 얼굴을 쳐다보지도 않은 채였다. 이럴 거면 웃어 주지나 말지. 그렇게 달려와 안아 주지나 말지. 착각하게 하지 말지.

　그러나 사실은 답을 알고 있지 않은가. 그녀의 입으로 진심을 듣기가 두려워 모른 척했지만, 그녀가 제게 했던 유일한 요구가 무엇인지도, 자신이 포기해야 할 것이 무엇인지도, 모두 알고 있으면서.

　"……그대의 말대로 하겠습니다."

　레온하르트가 무겁게 입을 열었다. 테네르는 무슨 말이냐는 듯 고개를 들었다.

　"조슈아를 데리고 돌아가겠다고 하지 않으셨습니까."

　"……."

　"그 마음이 아직도 여전하다면, 그대가 원하는 대로 하겠습니다. 그러니……."

　"……아."

　테네르가 짧게 탄식했다. 레온하르트는 하려던 말을 멈추고 그녀를 보았다. 잠시 생각에 잠겨 있던 테네르가 조심스레 입을 열었다.

　"재판이 끝나고 알레이나를 알현하셨다고 들었는데……."

　"……."

　"저 대신 알레이나를…… 황후로 삼으시려는 건가요?"

　"……예?"

　생각지도 못한 말에 얼빠진 소리가 절로 나왔다. 당황한 낯을 보며 테네르가 작게 우물거렸다.

　"피가 섞이지 않은 게 밝혀졌으니, 예정대로 알레이나와……."

　"절대로 아닙니다. 난 그저……."

　생각지도 못한 말에 레온하르트는 당혹감을 숨기지 못하고 손을 내저었다.

　"……그대가 날 택해 주기를 바랄 뿐입니다."

　"……."

　"그대가 원했던 대로, 조슈아를 어디에서 키우건 그대의 뜻에 맡기겠습니다. 아이를 데리고 후작저로 가셔도 좋고, 그대가 지냈던 마을은 트라벨 영지로 이전했으니 어렵겠지만……. 원한다면 방법을 찾아보겠습니다."

실상 헛된 욕심을 부리고 있던 것은 자신 쪽이었다. 어미 몸에서 태어난 아이를 제 아이라며 데려가려던 것부터가 욕심이 아니었던가. 제 사랑을 믿어달라고 애걸하는 주제에 사랑을 증명해달라는 말조차 들어주지 않았으니.

"조슈아는 그대의 아이입니다. 그러니 그대의 뜻에 따르겠습니다."

"……."

"그러나 테네르, 그럼에도 그대가 날 택해 준다면."

레온하르트는 천천히 무릎을 꿇고 앉았다. 테네르가 놀란 얼굴로 그를 보았다.

"내게 그대의 옆자리를 허락해 준다면, 난 내 삶이 다하는 날까지 그대의 짝으로서, 조슈아의 아버지로서 충실하겠습니다. 내 모든 사랑과 명예를 그대에게 바치겠습니다. 그러니……."

레온하르트는 조심스레 테네르의 손을 잡았다. 그리고 그 위에 천천히 입을 맞추었다.

"부디 날 택해 주세요."

기대하지 않았던 말을 들어서일까, 테네르는 선뜻 대답하지 못하고 레온하르트를 보았다. 진심으로 하는 말일까. 정말로 아이를 데리고 떠나도 된다는 걸까. 이미 아이를 황손으로 인정했고, 살바토르 공작 또한 준반역으로 처형했는데. 가신들의 반대 또한 만만찮을 텐데.

지극히 현실적인 문제들이 떠올랐고, 동시에 묘한 서운함이 슬그머니 고개를 들었다. 정말 그러겠다고 말하면 어쩌려고 이러나. 아이를 데리고 영영 떠난다고 하면, 자신 말고 새로운 황후를 들여 새로이 후사를 보겠다는 건가.

"조슈아는 유일한 황손이며 황실의 후계입니다. 그런데도 아이를…… 포기하신다는 건가요?"

테네르는 하고픈 말들을 꿀꺽 삼키고 물었다. 행여 자신도 모르는 제 속내를 그가 알아챌까 두렵기라도 한 것인지.

"귀족파가 날 압박하기 위해 기를 쓰고 찾아낸 방계가 있지 않습니까."

"……"

"조슈아가 내 뒤를 잇고 싶지 않다고 한다면 그중 적당한 이를 골라 보겠습니다. 물론 아직은 황위보다 간식을 좋아할 테니 당장 결정하라고 할 수는 없지만……."

마지막 말에 테네르는 작게 웃고 말았다. 레온하르트는 휘어진 입꼬리를 보며 말을 이었다.

"그대가 무엇을 택하든 아이에게는 어떤 피해도 가지 않게 하겠습니다. 그러니 그대가 원하는 대로 하십시오."

레온하르트는 차분히 말을 마쳤지만, 그녀를 바라보는 얼굴에 긴장이 들어찬 것은 부정할 수 없었다. 어떤 강제도 없이 당신이 나를 선택해 줄까. 두려움 없이 사랑해 줄까. 초조함에 괜스레 손이 미끌거리는 것만 같았다. 심장이 제멋대로 두방망이질했다.

"……폐하의 뜻은 잘 알았습니다."

테네르가 입을 연 것은 한참이 지나서였다.

"그럼…… 내일 조시를 데리고 후작저로……."

"……잠깐만."

테네르의 말에 레온하르트는 저도 모르게 손을 뻗었다. 치맛자락을 움켜쥐는 손길이 다급했다.

"조금만 더…… 시간을 주면 안 될까요."

"네?"

"당장 결정하지 말고, 보름만……. 아니, 닷새라도 좋으니."

"……"

"번복하지 않을 테니, 단 며칠이라도 그대의 마음을 돌릴 기회를 주면 안 되겠습니까."

주절거리는 말이 어째 구질구질하기 짝이 없었다. 아이와 함께 떠나도 좋다고 말한 것치고는 너무 질척거리는 것 같지 않은가.

그러나 제 사랑을 붙잡는 데 조금 낯 뜨거운 것쯤 대수일까. 레온하르트는 테네르의 치맛자락을 꼭 움켜쥔 채 그녀의 대답을 기다렸다. 테네르가 난처한 얼굴로 입을 열었다.

"구혼서를 받으려면…… 저택으로 가야 하는데요……."

어색하게 뱉은 말에 레온하르트는 믿을 수 없다는 듯 그녀를 보았다.

"그럼……."

"……."

테네르는 대답 없이 고개를 돌렸다. 하고픈 대답은 이미 정했는데도 괜히 뜸을 들이고픈 건 무슨 심보일까. 그가 원하는 말을 쉽게 해 주고 싶지 않은 것은.

하지만 제 치맛자락을 움켜쥐고 애걸하는 모습에 자꾸만 입꼬리가 올라가는 건 어쩔 수 없었다. 꼭 이런 걸 바라기라도 했던 것처럼.

"날…… 받아 주시는 겁니까?"

레온하르트가 확인하듯 물었다. 그리고 그의 모습을 본 순간 테네르는 불현듯 깨달았다.

아.

나는 사실 당신이 미웠구나.

내 마음 받아 주지 않은 당신이 밉고, 그 마음을 이용하려고 든 당신이 미웠구나.

당신의 사랑이 진심일지도 모른다고 생각하면서도, 지금껏 나만 매달렸던 게 끝내 억울해서. 당신이 내 눈치를 살피고 내 사랑을 갈구하는 게 좋아서 부러 대답을 미루고 있었구나. 나를 놓아주는 게 아니라, 더 붙잡고 매달려 주기를 바라서.

모른 척 묻어 두었던 속내에 괜스레 낯이 뜨거웠다. 그러나 제 마음을 알아채고도 쉬이 대답해 주고 싶지 않은 건 마지막 자존심인지.

"……구혼서를 주셔야 대답을 하죠."

청혼에 확답을 한 것도 아닌데 표정에서부터 티가 나는 것일까. 그녀를 바라보던 레온하르트의 얼굴에 화색이 돌았다. 그리고 그런 그를 보며 괜히 민망해지려던 순간이었다.

"폐하……?"

마른하늘에서 빗방울이라도 떨어진 것처럼, 돌연 레온하르트의 눈에서 눈물 한줄기가 볼을 타고 주르륵 흘렀다. 놀란 테네르는 얼른 그 자리에 주저앉았다. 양손으로 젖은 볼을 감싸 쥐자, 레온하르트는 화들짝 놀라 고개를 돌리고 얼굴을 가렸다.

"……아닙니다. 우는 게 아니라……."

왜 우냐고 물은 것도 아닌데, 레온하르트는 지레 뜨끔한 듯 웅얼거렸다. 테네르는 작게 웃었다.

"제게 또 거짓말하시는 거예요?"

그 말에 레온하르트가 멈칫했다. 붉어진 눈이 흘깃 그녀를 보더니, 눈이 마주치자 민망한 듯 내리깔렸다.

"……기뻐서요."

어물거리는 목소리였지만 그 내용은 여실히 전해졌다. 그러나 고운 말이 나오지 않는 걸 보면 아직 원망이 남아 있는 것일까.

"저 아직 대답도 하지 않았는데……."

괜한 심술에 내뱉은 말이었지만, 자신을 애처롭게 바라보는 젖은 눈을 보자 다시금 마음이 약해지는 것도 어쩔 수 없었다. 망설이던 테네르는 레온하르트의 얼굴을 가린 손을 천천히 떼어 냈다. 그리고 젖은 볼에다 조심스레 입을 맞추었다. 레온하르트가 놀란 눈으로 그녀를 보자, 테네르는 조금 민망하게 웃었다.

"구혼서 기다릴게요."

"……."

"……레온."

멍한 얼굴에 뒤늦게 화색이 도는 것이 어쩐지 부끄러워, 테네르는 황급히 몸을 일으켰다. 그러고는 이렇다 할 말도 없이 도망치듯 출입구 쪽으로 발을 옮겼다. 달아오른 얼굴이 도통 가라앉질 않았다.

* * *

조슈아가 테네르와 함께 후작저로 간다는 소식에 몇몇 가신들이 떨떠름한 기색을 보였다고 했다. 식을 치르기 전 황자가 머무는 장소는 아이에 대한 권리가 우선적으로 누구에게 있는지를 의미하기 때문이었다. 황실의 결정은 귀족가에 유사한 일이 일어났을 때 선례가 되기 마련이었으니, 핏줄을 유달리 중요시 여기는 이들은 정무 회의에서 반대의 목소리를 낼 터였다.

그러나 테네르는 별 잡음 없이 마차에 오를 수 있었다. 첫째로는 정무 회의가 열리기 전인 오전에 출발하는 탓이었고, 둘째로는 아이작 살바토르의 처형으로 많은 귀족들이 몸을 사리는 탓이었다.

"아빠아. 아빠."

유모의 품에 안긴 아이가 아빠를 향해 손을 휘저었다. 테네르가 아이의 볼을 톡톡 두드렸다.

"아빠한테 인사해야지. '다녀오겠습니다', 하고."

"……."

"'다녀오겠습니다'. 응?"

"다뉴우……."

조슈아는 조그만 입술을 아기 새처럼 벌리고 엄마의 말을 따라 했다. 결국

나온 건 '다뉴구따' 같은 의미 불명의 말이었지만, 부모로서는 비슷하지 않냐고 우기고 싶은 말이기도 했다. 퍽 흐뭇한 얼굴로 아이를 보던 레온하르트가 테네르에게 고개를 돌렸다.

"구혼서는 며칠 후에 보내겠습니다."

"저야 괜찮지만, 말들이 많을 텐데……. 괜찮으신가요?"

한나절 정도라면 어린아이를 어미와 함부로 떼어 놓을 수 없어 융통성을 발휘한 거라 치더라도, 며칠 동안 아이가 황궁 밖에서 머물게 된다면 반대하는 이들이 생길 게 분명했다. 그 기간이 길어진다면 더더욱.

"그런 건 걱정 말고 조시와 편히 쉬었다 오십시오."

레온하르트는 웃으며 말했다. 탐탁지 않아 하는 이들이야 있겠지만, 적어도 살바토르 공작의 편에 섰던 이들은 제게 감히 토를 달지 못할 터였다. 지금 제게 밉보여 봤자 좋을 게 없다는 것을 분명 알고 있을 테니.

"아직 돌아오겠다고 말씀드린 건……."

괜히 시치미를 떼려던 테네르는 아이에게 다녀오겠다고 인사를 시켰던 걸 뒤늦게 기억하곤 입을 다물었다. 레온하르트는 작게 웃고는 몸을 굽혀 그녀의 볼에 가볍게 키스했다.

"다녀오세요, 테네르."

다정히 인사한 그는 아이에게도 입을 맞춘 후 마차 문을 닫아 주었다. 테네르는 창밖으로 보이는 레온하르트를 향해 조금은 어색하게 손을 흔들었다. 아이도 멀어지는 아빠를 보며 바바 하고 손을 흔들어 주었다.

"……화해하신 것 같아서 다행이에요."

마차가 움직이기 시작하자, 로라가 아이를 의자에 앉히며 말했다. 테네르가 그녀를 돌아보았다.

"화해라뇨?"

"부부 싸움 하신 거 아니었나요?"

다시 식을 치를 예정이면서도 선을 긋듯 레온하르트의 이름조차 불러 주지 않던 테네르의 모습도, 전날 테네르에게 자신을 다시 사랑해 주면 안 되 겠냐 애걸하듯 묻던 레온하르트의 모습도, 로라는 똑똑히 기억하고 있었다. 그러니 두 사람의 모습에서 다툼을 연상하는 것도 무리는 아니었다.

테네르는 제 눈치를 살피는 로라를 보다가 천천히 고개를 끄덕였다.

"싸움이라기엔 좀 그렇지만……. 비슷해요."

"폐하께서 뭔가 잘못하신 건가요?"

조심스러운 물음에 테네르는 대답 없이 웃었다. 로라는 더 캐묻지 않고 조 슈아의 옷을 정리하며 말을 돌렸다.

"……그건 그렇고, 후작님이 놀라시겠어요. 황후 폐하만 가시는 줄 아실 테니까요."

"아마 오라버니도 간밤에 전해 들으셨을 거예요."

"저도 같이 왔다고 싫어하시는 건 아니겠죠?"

"로라 양을 왜 싫어하겠어요."

테네르가 대답했지만, 로라는 그리 믿는 눈치가 아니었다. 아마 그리 상냥 하다고는 볼 수 없는 에리히의 말투 때문이리라.

"제겐 유모를 잘 고른 것 같다고 하던 걸요."

테네르의 말은 사실이었다. 유모가 보기보다 부지런하다든가, 아이가 말이 느는 속도가 빨라진 것 같다든가, 지니기듯 몇 번 말한 적이 있었으니.

"쑥스러움이 많아서 표현은 잘 안 하시지만, 오라버니도 로라 양을 좋게 보고 있으니 너무 걱정하지 마요."

다독이는 말에 로라는 작게 고개를 끄덕였다. 아이는 어른들의 대화에는 관심도 없이 눈을 동그랗게 뜬 채 창밖을 바라보고 있었다.

* * *

테네르가 저택에 도착했을 때, 에리히는 사용인들 몇을 데리고 대문 앞까지 마중을 나와 있었다. 엄마와 함께 마차에서 내린 아이는 얼른 삼촌에게 달려갔다.

"삼쮼!"

조슈아는 에리히의 앞에 서서 양팔을 번쩍 들었다. 에리히가 낄낄거렸다.

"뭐. 안아 달라고?"

"응!"

"'네' 하셔야죠, 황자님."

"네!"

우렁찬 대답에 에리히는 얼른 아이를 안아 들었다.

"'네'가 뭐야. '네' 해야지. 자, 여기 뽀뽀."

에리히가 자신의 볼을 톡톡 두드리며 말하자, 조슈아는 입술을 쭉 내밀고 그 자리에 입을 맞추었다. 테네르는 스멀스멀 올라가는 입꼬리를 보며 말했다.

"……오라버니도 어서 결혼해서 자식을 보셔야 할 텐데요."

"넌 왜 집에 오자마자 노인네 같은 소리를 하냐?"

"아이들 좋아하시잖아요, 오라버니."

북부에 있을 때 아이들에게 글을 가르쳐 달라던 촌장의 부탁도 기꺼이 들어주었던 오라비였다. 거기다 조카인 조슈아도 이렇게 좋아해 주는 사람인데, 제 자식이면 오죽할까.

"아직 네 결혼식도 안 했는데 뭐. 일단 들어가자."

에리히는 여전히 아이를 품에 안은 채 말했다. 테네르는 기꺼이 저택으로 발을 들였고, 로라가 조용히 그녀의 뒤를 따랐다. 에리히의 시선이 로라를 스쳤다.

"유모는 뭐……. 굳이 올 필요 없었는데."

"……네?"

작게 읊조린 말에 로라가 놀라 되물었다. 그러나 듣기를 바라고 한 말은

321

아니었던 듯 에리히는 집사장 쪽으로 고개를 돌렸다.

"유모 방도 제대로 준비했지?"

"물론입니다."

"그래. 유모는 여기 집사장을 따라가면 방을 안내해 줄 겁니다. 불편한 거 있으면 배정된 하녀나 집사장한테 말해도 되고, 나한테 말해도 되고요."

에리히가 다시 로라를 돌아보며 말했다. 로라가 고개를 끄덕이자, 그는 테네르를 안내해 주려는 듯 그녀 쪽으로 걸음을 옮겼다. 로라는 그런 그를 흘깃 보았지만 이내 집사장을 따라 발을 옮겼다.

* * *

테네르가 쓰게 된 방은 저택에서 두 번째로 큰 방으로, 원래는 에리히가 쓰던 곳이었다. 폐위되었을 때는 테네르에게 후작의 방을 쓰라고 했었지만, 작위를 이어 갈 수 있게 된 지금은 다른 이들의 시선도 의식하는 모양이었다.

"……어떻게 된 거야?"

에리히는 테네르의 방에 들어오자마자 물었다. 삼촌의 품에서 내려온 조슈아는 낯선 방이 신기한 듯 혼자서 이곳저곳을 탐험하기 시작했다.

"내가 어젯밤에 얼마나 놀란 줄 알아? 갑자기 애랑 같이 온다고 해서 무슨 소린가 했다고."

"죄송해요. 갑자기 결정된 일이라."

"아니, 사과를 하라는 게 아니라 설명을 좀 해 달라니까?"

"으음……."

테네르는 무엇부터 말해야 할지 몰라 잠시 고민했다. 그녀의 시선이 카우치 위로 올라가는 아이에게 가닿았다.

"실은 폐하께서 제게 사랑한다고 말씀하셨던 날……. 믿지 못하겠다고 했었거든요. 무슨 말씀을 하시든 조슈아를 데려가려고 거짓말하시는 것처럼 보인다고."

"응."

"그러니 그런 게 아니라면 아이를 다시 북부로 데려가건 후작저에서 키우건 제 뜻에 따라 달라고 말씀드렸었는데……."

"아아."

그 말만으로 대강의 상황을 이해한 듯 에리히는 고개를 끄덕였다. 그러자 테네르가 의아한 듯 그를 보았다.

"이해하셨어요?"

"대충은. 그러니까 애 인질로 잡고 너 묶어 두는 짓 안 한다는 거잖아."

"……."

맞는 말이기야 했지만, 저런 식으로 말하니 레온하르트가 아주 파렴치한이 된 것만 같았다. 테네르는 머뭇거리다 작게 반박했다.

"그렇게까지 말할 정도는 아니잖아요. 그렇게 나쁜 분도 아니고."

"아니긴. 야, 말만 곱게 하면 다 착한 사람이냐? 살바토르 공작도 말투는 항상 점잖았어. 획까닥 돌아 버린 고자 놈이라 문제지."

에리히는 손가락을 제 옆머리에 대고 빙글빙글 돌리며 말했다. 틈만 나면 고자라는 말을 입에 올리는 게, 재판장에서의 일이 어지간히도 고소했던 모양이었다.

"심지어 작위도 공작이야. 공작에서 받침을 빼면 고자잖아. 이게 바로 복선이었던 거지."

"……그건 그렇고 오라버니, 스튜어트 자작의 말대로라면……."

"이야, 내 말은 대꾸할 가치도 없다 이거지?"

에리히는 투덜거렸지만, 그리 기분이 나쁜 기색은 아니었다. 테네르는 민망한 듯 픽 웃고는 말을 이었다.

"자작의 말대로라면, 어머니가 리바노를 가지고 계셨다는 거잖아요."

"그렇…… 야."

별 생각 없이 고개를 끄덕이려던 에리히가 테네르를 돌아보았다. 그의 미간에 가늘게 주름이 생겼다.

"너…… 혹시 뭐 이상한 생각 하는 거 아니지?"

"이상한 생각요?"

"아니, 뭐 그런 거 있잖아. 네가 후작가의 핏줄이 아닐지도 모른다든가, 그래서 황후 자격이 없다든가 하는……. 그런 속 터지는 거."

생각만 해도 답답하다는 듯 에리히는 얼굴을 잔뜩 찡그렸다. 그런 그를 보며 테네르가 작게 웃었다.

"그런 생각 안 해요. 폐하께서 상관없다고 하신 걸요. 거기다…… 반역자 아버지를 둔 것보단 오히려 그 사람의 친딸이 아니었다고 하는 편이 나을지도 모르고요."

"……그런가?"

듣고 보니 틀린 말도 아닌지라, 에리히는 멋쩍은 얼굴로 머리를 긁적였다. 하기야 황제의 비호에 황실의 피를 이은 아이까지 있으니, 그녀의 아비가 누구인지는 상관이 없어졌을 터였다.

"그냥……. 궁금해서 그래요. 아버지에게 그걸 먹였을지 안 먹였을지."

"아버지가 고자인지 아닌지 말이지?"

"고……. 아니, 네."

무심코 에리히의 말을 따라 하려던 테네르가 얼른 입을 다물었다. 에리히가 그런 그녀를 보며 낄낄거렸다.

"……하긴, 정숙한 사람은 아니었는데도 사생아가 없는 걸 보면 의심스럽긴 하지. 네 어머니가 숲으로 가시고 나서, 유모랑도 그런 사이였잖아?"

"알고 계셨어요?"

"나도 알고 싶진 않았지만."

에리히는 어깨를 으쓱하며 말했다. 하기야 테네르보다 나이가 훨씬 많으니, 눈치채는 것도 그만큼 빨랐으리라.

"아마 네 어머니를 찾아서 물어보려는 거면 나보단 폐하께 말씀드리는 게 더 빠를 거야."

"그 정도로 궁금한 건 아니에요. 그냥……. 혹시 저택의 사용인 중에 어머니와 가깝게 지낸 사람이 있나 해서요. 전담 하녀라든가……."

"그래. 한번 알아볼게."

에리히는 스스럼없이 고개를 끄덕였다. 테네르는 흘깃 그의 눈치를 살폈다.

"……오라버니는 아무렇지도 않으세요?"

테네르의 물음에 에리히는 무슨 말이냐는 듯 그녀를 보았다.

"제가 친동생이 아닐지도 모르는 거잖아요. 계속 저 때문에 고생하셨는데."

"뭔 상관이야. 내가 살바토르 공작이냐? 지금까지 계속 가족으로 살았는데. 그까짓 피, 섞이든 말든 무슨 상관이라고."

에리히는 알레이나가 친딸이 아니라고 하자 망설임 없이 파문을 외치던 아이작을 지적하며 말했다. 그러더니 돌연 양팔을 교차해 제 어깨를 감싸 쥐곤 소름 돋는다는 듯 얼굴을 찡그렸다.

"아니면 뭐……. 친남매 아닐지도 모른다고 생각하니까 막 내가 새삼스럽게 남자로 보이고 그러냐?"

"……네?"

"아서라, 너 내 취향 아니니까. 난 좀…… 키도 크고, 어? 좀 똑 부러지고, 그런 사람이 좋거든? 눈매도 이렇게 살짝 올라가고."

에리히는 손가락으로 제 눈꼬리를 위로 올리며 말했다. 테네르도 딱히 오라비 취향에 부합하고 싶은 건 아니었지만, 이런 말을 듣고 있자니 괜히 지고 싶지 않은 마음이 드는 것도 사실이었다.

"……저도 말 예쁘게 하는 사람이 좋아요. 키도 좀 크고, 얼굴도……."

"야, 내 얼굴이 뭐 어때서."

에리히가 발끈하자 테네르는 슬그머니 고개를 돌렸다. 카우치에 앉아 놀던 조슈아는 어느덧 다시 바닥으로 내려와 카펫을 만지작거리고 있었다.

"조시."

이름을 몇 번 부르자 조슈아는 그제야 고개를 들었다. 눈이 마주치자 까르르 웃은 아이는 벌떡 일어나 엄마에게 달려왔다.

"엄마!"

"야, 그래. 애한테 물어보자. 조시 너, 아빠가 잘생겼냐, 삼촌이 잘생겼냐?"

뒤에 나오는 말을 따라 하는 걸 알기에 묻는 말이었다. 그 속내를 아는 테네르가 가볍게 눈을 흘겼지만 에리히는 아랑곳하지 않았다.

"응? 아빠가 잘생겼냐, 삼촌이 잘생겼냐? 삼촌이 낫지?"

"……아빠."

"뭐라고?"

아이의 대답에 에리히는 큰 충격이라도 받은 듯한 얼굴이었다. 삼촌의 표정에 아이는 까르르 웃으며 엄마의 품에 폭 안겼다. 테네르가 아이의 엉덩이를 두드려 주며 말했다.

"들으셨죠?"

"야, 이거 뭔가 잘못된 것 같은데. 전에 유모가 분명히……."

"그치, 조시? 아빠가 훨씬 잘생겼지?"

"너 솔직히 말해. 미리 가르친 거지?"

"그럴 리가요."

테네르가 고개를 저었지만 에리히는 의심스럽다는 듯 그들을 보았다.

"아빠가 발음이 더 쉬워서 그런가? 한 번만 더 해 보자. 조시, 아빠가 잘생겼어, 삼촌이 잘생겼어?"

"아빠아."

에리히의 말대로 아빠라는 발음이 더 쉬워서인지, 혹은 아빠라고 대답했을 때 삼촌의 표정이 재미있어서인지, 조슈아는 몇 번이고 반복되는 질문에도 계속 똑같은 대답을 했다. 에리히는 발끈한 척 조슈아에게 간지럼을 태웠고, 아이는 자지러지게 웃으며 엄마의 품을 파고들었다.

* * *

"폐하, 황자 전하께서는 황실의 핏줄이니 단연 황궁에 머무르셔야 마땅합니다. 이는 사사로운 감정으로 결정하실 일이 아닙니다."

예상외로, 조슈아가 후작저에 머무르는 것에 가장 적극적으로 반대한 건 몸을 사리리라 여겼던 란데르크 자작이었다. 트라벨 공작을 비롯한 황제파 일원들이 황제와 황후를 비호하고 나섰다.

"황자 전하께서는 아직 어리십니다. 모친이신 황후 폐하와 함께 있는 편이 더 안정을 느끼실 겁니다."

"예정대로 오늘 구혼서를 전달하여 곧바로 돌아오시게 하면 되지 않습니까. 후작저와 황궁이 그리 멀지도 않고, 유모도 있으니 한나절 정도는 큰 무리가 없을 겁니다."

귀족파 모두가 황제의 비위를 거스르지 않기 위해 숨을 죽이고 있었기 때문에 회의장에 모인 귀족들 일부는 의아한 기색을 감추지 못했다. 하지만 그러거나 말거나 란데르크 자작은 말을 이었다.

"지금이라도 후작저에 마차를 보내 황자 전하를 모셔 와야 합니다. 식을 치른 다음이라면 모를까, 황후께서는 아직 폐후의 몸이십니다. 그러니……."

"란데르크 자작."

듣고 있던 레온하르트가 무겁게 입을 열었다. 란데르크 자작은 몸을 움찔거렸지만 물러설 수 없다는 듯 고개를 들었다.

"그대는 예나 지금이나 죽은 살바토르 공작과 절친한 사이였다지."

"……."

"그런데 일전 황후의 부친인 루드비히 에반이 반역을 저지르기 전 그대와 자주 시간을 보냈다더군."

"그, 그건 이번 일과는 아무런 관련이 없습니다, 폐하. 반역과 관련해서도 당시 조사를 끝내지 않으셨습니까. 저는 그저 충심에서 간언을 드리는 것뿐이며, 이는 또한 황후 폐하를 위해서입니다."

란데르크 자작은 얼굴이 하얗게 질린 채 변명했다. 마지막 말에 레온하르트가 한쪽 눈썹을 추켜세웠다.

"황후를 위해서라고?"

"예, 폐하. 황자 전하께서는 황실의 핏줄이니 식을 치르기 전에는 황궁에 머무르셔야 마땅하나, 살바토르 공작의 처형 후 이를 번복하는 것은 폐하께서 황자 전하를 황손으로 인정하지 않는다는 의미로 비칠 수 있지 않겠습니까."

란데르크 자작의 말은 아이작 살바토르가 참수되기 전 발악하듯 외친 말을 지적하고 있었다. 너는 나와 다를 것 같냐고, 폐후가 너를 닮은 이의 씨를 품은 걸지도 모른다고 외치던 것을.

"……세간에서는 이를 두고 황제 폐하가 황후 폐하의 정절과 황자 전하의 핏줄을 의심하시는 거라고 떠들어 댈지도 모릅니다. 그러니 부디 황후 폐하를 위해서라도……."

"경은 참 대범하군."

레온하르트가 비꼬듯 입을 열었다.

"나라면, 지금 내 심기를 거스르는 말은 하지 않을 텐데."

그 말에 좌중에 침묵이 맴돌았다. 무거워진 분위기에 몇몇 이들이 서로의 눈치를 살피던 순간이었다.

"참, 그러고 보니 자작. 최근에 부인과 이혼을 준비한다고 하던데요."

돌연 입을 연 것은 새로운 살바토르 공작으로서 정무 회의에 참여한 알레이나였다. 그녀는 란데르크 자작과 눈이 마주치자 빙긋 웃었다.

"사실입니까?"

알레이나의 물음이 사실인 듯, 란데르크 자작의 얼굴이 대번에 굳었다.

"그건 이 일과 전혀 관련 없는 사적인 이야기입니다, 공작."

"이혼 후 아이의 양육권에 대해 부인과 갈등이 있다고 들었는데."

사교계를 떠도는 가십이라면 누구보다도 잘 알고 있는 알레이나였다. 원래 자작에게 불만이 많던 자작 부인이 이참에 이혼을 준비하고 있다는 이야기쯤이야 이미 들어 알고 있었다. 이번 일로 자작이 황제에게 밉보이게 된 게 자명하니, 굳이 그를 견디며 살 필요 없다는 판단이리라.

거기다 란데르크 자작 부인의 친정은 권세 높은 백작가인 만큼 양육권에 대해서도 분쟁이 예정된 모양이었다.

"오해의 여지가 있을 것 같아서요. 이번 일이 선례로 남아 양육권 다툼에 불리해질까 봐 그렇게 기를 쓰고 반대하는 거라고 여기면 어쩌려고 그러십니까?"

"……."

"황실에 대한 란데르크 자작의 깊은 충심이 괜한 오해를 사면 억울할 텐데요."

빈정대는 말에 란데르크 자작은 불편한 심기를 숨기지 못했다.

"황실에 대한 충심이란 폐하의 말씀에 무조건적으로 따르는 것이 아니라, 불이익을 감수하더라도 폐하께 간언을 드리는 겁니다. 그러니……."

"그래, 경의 충심이야 잘 알고 있지."

레온하르트는 팔짱을 낀 채 등받이에 몸을 기대었다.

"거기다 내 결정에 이토록 자신 있게 토를 달 정도로 분별력이 있지 않나? 그러니 그대는 내 어머니를 잠깐 모셨다는 이유로 내 친부라 주장하던 씨 없는 자의 헛소리는 귀에 담아 두지도 않았을 테고."

"……."

레온하르트가 비아냥거리자, 란데르크 자작은 말문이 막힌 듯 입을 다물었다. 레온하르트의 시선이 그를 위아래로 훑었다.

"저택에서 근신 중인 스튜어트 자작의 말에 따르면, 내 어머니의 편지를 퍼뜨리는 데에 적극적으로 공모한 이들이 있다고 하더군."

여상한 중얼거림이었지만, 그 내용에 몇몇 이들이 고개를 숙이고 황제의 눈길을 피했다.

"아마 충성심 지극한 경은 그 일과 무관할 테지?"

"폐, 폐하."

"어디 말해 보게. 나와 내 어머니를 모욕하고 황실을 모욕하는 데에 적극적으로 가담한 이들을 어떻게 처리하는 게 좋겠나?"

란데르크 자작의 얼굴이 하얗게 질렸다. 아이작에 대한 탄원서를 올렸던 이들 또한 숨을 참고 눈치를 살폈다. 자작이 그들을 흘깃 보고는 몸을 떨며 머리를 조아렸다.

"비, 비록 한순간의 어리석은 판단으로 황실의 명예를 훼손하는 데에 일조한 것은 맞으나, 이는 모두 교활한 이의 꾐에 빠져서이며, 황실에 대한 추, 충심에서 비롯된 바, 선처하여 주심이 마땅하다고……."

"그대는 내가 아무것도 모르고 이런 말을 하는 거라고 생각하나?"

레온하르트가 란데르크 자작의 말을 잘랐다.

"그대들이 살바토르 공작 저택에 드나들었던 게 내 귀에 들어오지 않았으리라 생각하는 건가? 또한, 내 어머니의 서신을 대서특필한 그 신문사에 자금을 대 주고 있던 게 누구인지도 모를 거라 생각하는가?"

그의 말에 누군가 마른침을 꿀꺽 삼켰다. 란데르크 자작은 황급히 바닥에 무릎을 꿇었다.

"주, 죽여 주십시오, 폐하."

"그러지."

레온하르트는 거리낌 없이 고개를 끄덕였다. 그가 고개를 돌려 근위대에게 명령했다.

"검을 가져와라."

그 말에 이마를 바닥에 대고 있던 란데르크 자작이 기겁하여 고개를 들었다.

"폐, 폐하……?"

"무릇 성군이란 아랫사람들의 요구에 귀를 기울여야 하는 법이다. 그대의 입으로 죽여 달라 청했으니 소원대로 해 주겠네."

레온하르트는 근위대장에게서 검을 받아 들며 말했다. 검집에서 검을 빼내자 날카롭게 벼려진 날이 샹들리에의 빛에 번쩍거렸다. 자작의 얼굴이 다시금 하얘졌다.

"사, 살려 주십시오, 폐하. 살려 주십시오."

"방금은 죽여 달라고 하지 않았던가?"

"자, 잘못했습니다, 폐하. 제가 경솔하게……."

"아까는 불이익을 감수하고도 내게 간언하겠다고 하더니, 그런 것치고는 쉽게 말을 바꾸는군."

비웃듯 말한 레온하르트는 반쯤 뽑아 든 검을 다시 검집에 집어넣었다. 란데르크 자작은 바닥에 엎드린 채 고개조차 들지 못하고 있었다. 레온하르트가 그를 내려다보며 퍽 너그러운 얼굴로 입을 열었다.

"그럼, 그대는 이만 돌아가 푹 쉬도록 하게."

"예, 예?"

무심코 몸을 일으키려던 자작이 놀라 되물었다. 레온하르트는 출입문을 가리키며 말했다.

"아무리 이혼을 앞두고 있어 마음이 좋지 않다지만, 본인이 했던 말도 제대로 기억하지 못하고 번복하고 있지 않나? 회의에 참석할 상황은 아닌 듯하니, 이만 저택으로 돌아가 보게."

걱정하는 듯한 목소리였지만, 그것은 회의장에서의 퇴출을 뜻했다. 그리고 정무 회의에서의 퇴출이 의미하는 바는…….

"또한 그대가 가지고 있는 작위도 상당히 버거워 보이니, 부인과 이혼하고 나면 곧바로 자작가의 인장을 가져오도록 하고."

"폐, 폐하!"

자작이 다시금 황제의 발밑에 엎드렸다.

"요, 용서해 주십시오, 폐하. 작위를 환수하시면 제 처자식은 어떻게 먹여 살리며, 죄 없는 사용인들은 어떻게 하란 말씀이십니까. 부디 자비를……."

"내가 검을 집어넣은 건 자비가 아니라고 생각하는 건가?"

레온하르트는 테이블에 올려 둔 검을 보란 듯이 만지작거리며 말했다. 작위를 내놓을 건지 목을 내놓을 건지에 대한 물음이었다. 란데르크 자작이 입을 다물자, 레온하르트는 근위대에게 눈짓했다. 근위대는 기다렸다는 듯 자작을 붙잡았다. 그가 끌려 나갈 때까지 회의장의 누구도 입을 열지 못했다.

"그럼 회의를 다시 시작하지."

레온하르트는 퍽 산뜻한 얼굴로 다시 자리에 앉았다. 서류를 넘기는 소리가 다급하게도 들려왔다.

* * *

하루의 일과가 끝난 후, 레온하르트는 곧바로 자신의 방으로 돌아왔다. 최근에는 시간이 날 때마다 장미 궁에 가 테네르를 만났던지라, 혼자 있는 시간이 괜히 낯설고 허전하게만 느껴졌다.

'마음 같아선 내일이라도 구혼서를 보내고 싶지만.'

아니, 내일이 뭔가. 지금 당장 구혼서를 보내어 다시 황궁으로 데려오고 싶은데.

구혼서를 늦게 보낼 테니 며칠 쉬다 오라며 허세 아닌 허세를 부린 게 바로 오늘 일이었다. 그런데도 이런 날이 몇 번이나 반복될 거라 생각하니 괜스레 속이 탔다.

혹시라도 후작 저택에서의 생활이 마음에 들어 황궁에 돌아오지 않겠다고 말을 바꾸면 어쩌나. 막상 황후가 될 생각을 하니 부담스러워져 떠나겠다고 하면 어쩌나. 분명 그녀 스스로 구혼서를 기다리겠다고 말해 주었는데, 지우지 못한 불안감이 제멋대로 머리를 들었다.

레온하르트는 창가에 선 채 불 켜진 장미 궁을 내다보았다. 주인이 자리를 비운 장미 궁은 여전히 불이 밝혀져 있었다. 테네르가 결혼식을 치르고 돌아오기를 기다리는 사용인들 때문이었다. 푸른 첨탑이 높게 솟은 황궁에서 유일하게 장밋빛 지붕을 머리에 이고 있는 작은 궁. 아름답게 꾸며진 정원에는 아직 피지 않은 장미꽃이 만개할 준비를 하고 있었다.

꽃이 활짝 피고 나면 그녀는 아이의 손을 꼭 잡고 정원을 산책하겠지. 그러고는 아마 크고 아름다운 꽃 한 송이를 아이에게 쥐어 줄 것이다. 아이가 웃으면 따라 웃고, 영문 모를 울음을 터뜨리면 꼭 안아 달래 주고. 보지 않았는데도 눈에 선명한 모습이었다.

'나만 그리운 건가.'

당신은 지금 뭘 하고 있을까. 오랜만에 친정에서 시간을 보내며 행복해할까. 당신을 괴롭히는 이 하나 없는 그곳에서 조금쯤은 날 생각해 주고 있을까.

한참 동안 창밖을 바라보던 레온하르트는 개인 서재로 발을 들였다. 종이를 꺼내려던 그는 서랍 한쪽에 두었던 보석함을 발견하고 하던 일을 멈추었다.

"이건……."

이 안에 무엇을 넣어 두었었는지 레온하르트는 기억하고 있었다. 그걸 알면서도 손은 제멋대로 보석함의 뚜껑을 열었다. 그 안에는 손수건이 한 장 놓여 있었다. 테네르가 직접 수놓아 건네주었던 그 손수건이었다. 행여 닳기라도 할까 가지고 다니지도 못하고 고이 보관해 둔 그것. 손수건 한 장조차 애지중지 보관해 왔으면서 사랑이 아니라 우겨 대던 제 모습이 새삼 우스웠다.

비단 손수건뿐이던가. 그녀가 머물던 황후궁도, 그녀가 만들어 준 사셰 하나도 무엇 하나 버리지 못해 그대로 보관해 왔으면서.

레온하르트는 손수건을 만지작거리다가 이내 안주머니에 집어넣었다. 그러고는 종이와 펜을 꺼내었다.

[사랑하는 테네르.]

그가 천천히 손을 움직이자 유려한 글씨가 종이 위에 그려졌다. 밤이 깊어 가고 있었다.

* * *

조슈아는 아기 새처럼 입을 벌렸다. 테네르가 양껏 벌어진 입 안으로 과자를 쏙 넣어 주자, 조그만 입술이 오물오물 움직였다. 알레이나는 그 모습을 보다가 말을 이었다.

"그러고는 황후 폐하의 결혼 선물로 뭘 해 드리는 게 좋겠냐고 물어보시는 거예요. 거기다 곁에 있던 트라벨 공작께서는 황자 전하도 황궁에 복귀하시는 거니 마땅한 선물이 필요하지 않겠냐고 하시고."

"정무 회의에서 그런 이야기를요?"

테네르는 저택에 찾아온 알레이나에게 황궁의 소식을 전해 듣고 있었다. 파티장에서 늘 도도하게 콧대를 세우던 알레이나는 사적으로는 꽤 소탈하고 수다스러운 편이었는데, 그건 살바토르 공작위를 물려받은 후에도 달라지지 않았다.

"사실 결혼 선물은 진작 준비하셨거든요. 그런데 이번 일에 연루된 사람들을 빤히 보면서 그 말씀을 하시는 거예요. 그러니까……."

알레이나는 잠시 말을 멈추었다. 하고픈 말은 있지만 차마 하지 못하는 눈치였다. 테네르가 조심스레 입을 열었다.

"······강탈이군요."

"어머."

알레이나는 테네르가 그렇게 직설적으로 말할 줄은 몰랐던 듯 놀란 기색이었지만 부정하지는 않았다. 진하게 우린 홍차로 목을 축인 그녀가 말을 이었다.

"지금 그 사람들이 결혼 선물로 뭘 준다고 한 줄 아세요? 장인 아델이 평생에 딱 하나만 만들었다던 특상급 머스그레이비트 목걸이랑, 우라엘 지방의 특산물인 난쟁이 나무 벌채권이랑, 또······."

알레이나가 손가락을 하나하나 접으며 귀족들의 결혼 선물을 읊기 시작하자, 테네르의 얼굴에는 당혹감이 들어찼다. 선물 목록에는 단순히 귀한 보석이나 사치품뿐 아니라, 벌채권, 별장이나 작은 성까지 포함되어 있기 때문이었다.

"폐하께 밉보일 수 없다는 발버둥이죠. 처음에는 보석이나 드레스, 도자기 같은 평범한 것들을 주로 말했었는데, 갑자기 트라벨 공작께서 황자 전하께 품종 좋은 망아지와 작은 별장을 주겠다고 하셨거든요. 그러고 나니 그 뒤부터는 자기들끼리 경쟁이 붙은 거예요."

"아아······."

"란데르크 자작이 눈앞에서 작위가 환수되는 걸 봤으니까요. 목이 날아가거나 작위가 몰수되는 것보단 뭐든 가져다 바치는 게 낫다고 생각했을 걸요."

알레이나는 고소하다는 듯 말했다. 테네르는 아이의 입에 과자를 하나 더 넣어 준 후 작게 한숨을 내쉬었다.

"너무 과한 건 거절해야겠네요."

"그럴 필요 있나요? 자기들이 준다는 건데."

"뇌물이잖아요. 이번 일에 대해 보복하지 말고 눈감아 달라는 의미의."

아마 살바토르 공작의 편에 섰던 이들은 레온하르트가 이번 일로 자신들을 벼르고 있다는 걸 알고 있을 터였다. 그러니 레온하르트한테 조금이라도 잘 보이기 위해, 그리고 테네르가 레온하르트의 보복을 조금이라도 막아 주기를 바라는 마음에서 눈물을 머금고 선물을 쥐여 주려는 것이리라.

"받은 다음 눈감아 준다면 뇌물이지만, 눈감아 주지 않는다면 상관없지 않나요? 선의로 주는 선물인데 뭔가 바라는 게 더 이상한 거지."

알레이나는 어깨를 으쓱거리며 말했다. 테네르는 조금 어색하게 웃었다.

"그나저나 알레이나, 요즘은 좀 괜찮아요?"

아무리 표정이 밝다고 해도, 관중 앞에서 출생의 비밀이 공개된 것이 아무렇지도 않을 리는 없었다. 테네르는 걱정스러운 얼굴로 그녀를 보았지만 알레이나는 괜찮다는 듯 손을 내저었다.

"그럼요. 그 사람이 내 아버지가 아니라고 하니 오히려 다행인 걸요."

"……."

"요즘 숙부님이랑…… 아니, 아버지요. 아직 호칭이 익숙하지 않아서. 아버지랑 자주 시간을 보내고 있어요. 어머니 이야기도 자주 하고, 그 사람, 그러니까……. 원래 아버지였던 사람 어렸을 때 이야기도 종종 하고요."

"다행이네요."

"테네르, 당신은 좀 어때요?"

결혼식을 치르기 전까지 사적인 자리에서는 편하게 불러도 된다고 했기에, 알레이나는 테네르의 이름을 부르고 있었다. 테네르는 무슨 말이냐는 듯 그녀를 보았다.

"그 사람이 먹은 약, 당신 어머니가 가지고 있었던 거라면서요. 아마 당장은 다들 모른 척하고 있겠지만, 나중에라도 말이 나올지 몰라요."

"그러잖아도 오라버니를 통해서 알아봤는데, 달리 아는 사람은 없나 봐요. 어머니의 전담 하녀였던 사람도 잘 모르겠다고……."

타샤가 가지고 있던 소지품 중 이름 모를 약초가 몇 가지 있었다고는 했지만, 그것은 이자벨의 죽음이 그녀와 관련 있다는 헛소문에 근거가 되어 주었을 뿐이었다. 사용인들이 용도를 정확하게 아는 약은 그녀가 저택을 떠날 때 사용했던 독한 수면향밖에 없다고 했다.

"혹시 그분과 연락할 방법은 없는 건가요?"

"폐하께 말씀드리면 시일이 걸리더라도 찾을 수 있겠지만……. 그렇게까지 할 필요는 없을 것 같아서요."

"음……. 그래요, 그럼."

알레이나는 선뜻 고개를 끄덕였다. 실상 말이 나온다 할지라도 레온하르트가 가만히 있지 않으리란 생각이 뒤늦게 들어서였다. 그녀의 시선이 조슈아에게 가닿았다.

"그건 그렇고, 정말 폐하를 쏙 빼닮으셨네요."

"아빠?"

레온하르트를 지칭하는 말에 조슈아는 고개를 들었다. 알레이나는 놀란 얼굴로 테네르를 돌아보았다.

"벌써 알아들으시는 거예요?"

"유모 말로는…… 성장도 빠르고 똑똑한 편이라더라고요."

테네르는 부끄러운 듯 말했지만, 그 말에 어미로서의 뿌듯함이 들어 있다는 건 부정할 수가 없었다. 그러거나 말거나 조슈아는 테네르를 바라보며 아빠, 아빠, 하고 중얼거렸다.

"아빠 보고 싶니?"

"응!"

"'네' 해야지."

"네!"

아이가 씩씩하게 대답하자, 알레이나는 저도 모르게 작게 웃음을 흘렸다. 한참 동안 아이를 바라보던 그녀가 입을 열었다.

"주제넘은 말이라는 건 알지만……. 테네르. 꼭 그 사람이 유모여야 할 이유가 있나요?"

337

알레이나 또한 테네르와 마찬가지로 몇 년 전 로라가 무슨 말을 했었는지 똑똑히 기억하고 있었다. 자신이 말을 보탤 일이 아니라는 걸 알고는 있었지만 입을 다물고 있자니 영 찜찜한 것도 사실이었다.

"그리 좋은 인연은 아니었잖아요. 유모한테 인성이 얼마나 중요한데……."

"어렸잖아요. 그때 로라는 열여덟 정도였을 텐데."

"열여덟 정도면 다 컸죠."

"난 성년식을 치른 다음에도 얼마나 실수를 많이 했는데요."

"그거랑은 경우가……."

다르지 않다고 반박하려던 알레이나는 이내 입을 다물었다. 떨떠름한 표정의 그녀를 보며 테네르가 작게 웃었다.

"나쁜 사람은 아니에요."

"뭐……. 알겠어요."

알레이나는 여전히 납득하지 못한 눈치였지만, 남의 일에 여러 번 말을 보태는 걸 좋아하지는 않았다. 찻잔을 내려놓은 그녀가 다시금 입을 열었다.

"이제 슬슬 구혼서를 보내실 때도 됐을 텐데 말이에요."

"편지는 매일 오고 있어요. 아마 결혼식 전까지는 여유를 즐기라고 그러신 것 같아요."

레온히르트의 편지는 매일 이침 후작지로 오고 있었다. 이떤 날은 그날의 날씨를 비롯한 가벼운 안부 인사가, 어떤 날은 그녀에게 용서를 구하는 내용이. 또 어떤 날은 테네르가 제도를 떠난 후 자신이 그녀를 얼마나 그리워했었는지에 대해 구구절절 적혀 있기도 했다.

어떤 내용이든 애정이 담뿍 담겨 있는 건 마찬가지라, 테네르는 아닌 척하면서도 혼자 있을 때면 그의 편지를 꺼내어 몇 번이고 읽어 보곤 했다.

"마지막 자유라는 거네요. 이제 황궁에 들어가시면 다시는 내보내지 않겠다는 의미의."

알레이나는 농담을 하듯 유쾌하게 말했다. 테네르가 눈을 동그랗게 떴다.

"무슨 말이에요?"

"제도를 떠나시고 나서 그런 소문도 돌았었거든요. 폐후는 사실 사라진 게 아니라고. 폐하께서 폐위된 황후를 너무 사랑하셔서 남몰래 방에 가둬 두신 거라고요."

"……세상에."

생각지도 못한 이야기에 테네르는 당혹감을 숨기지 못했다. 알레이나가 입을 가리고 웃었다.

"얼마나 어처구니없었는데요. 그만큼 폐하께서 황후 폐하를 사랑하시는 게 티가 났었다는 거겠지만."

"……."

"저한테도 아니라고 그렇게 우기시더니, 결국 봐요. 다시 만나자마자 온갖 애정 공세는 다 하셨다면서요? 아주 신빙성 없는 이야기도 아니라니까요."

북부에서의 애정 표현은 나름의 속사정이 있었으나, 테네르는 굳이 그때의 일에 대해 설명해 주지 않았다. 부부간의 일을 다른 이들에게 구구절절하게 말하고 싶지 않은 심정이었다.

'부부라니…….'

아직 구혼서도 오지 않았는데 자연스럽게 이런 생각을 하는 게 조금은 우스웠다. 그러나 이미 그에게 입맞춤한 순간부터 청혼에 대한 대답 또한 알려 준 셈이 아니던가. 그러니 레온하르트 또한 결혼식과 결혼 선물에 열을 올리는 거고.

'……그러지 말 걸 그랬나.'

유치한 속내가 부끄러웠던 건 잠깐일 뿐, 시간이 지날수록 너무 빨리 받아준 건 아닌가 하는 아쉬움이 드는 건 어쩔 수 없었다. 레온하르트가 제 치마를 붙잡고 매달리지만 않았어도, 돌연 눈물을 뚝뚝 흘리지만 않았어도 그러진 않았을 텐데.

"그냥 빨리 보내 주시지. 또 따로 준비하는 거라도 있으신 건가?"

알레이나가 작게 중얼거렸지만, 마침 아이가 먹던 과자를 냅다 뱉어 버리는 바람에 테네르는 제대로 듣지 못했다. 테네르는 황급히 아이의 입가와 턱을 닦아 준 후 입을 열었다.

"……어쨌든 구혼서는 시간이 좀 더 걸릴 모양이니, 이참에 조시와 전야제 구경이라도 할까 해요. 결혼식 후엔 지금처럼 마음껏 나돌아 다니지는 못할 테니까요."

정말 황궁에 갇히는 건 아니더라도, 황후가 되고 나면 지금보다 훨씬 바빠질 게 분명했다. 그러니 빨리 구혼서가 왔으면 하는 바람과는 별개로 아이와 함께 지금의 여유를 조금이라도 더 즐기고 싶은 마음도 있었다.

"괜찮겠네요. 폐하께서 근위대도 붙여 주셨으니."

"알레이나, 당신도 같이 갈래요?"

"정말 아쉽지만……. 살바토르 공작가는 축제 기간에 순찰을 돌아야 해서요."

알레이나는 안타까운 듯 말했다. 갑작스럽게 작위를 승계한 그녀는 아직 공작가 내부에서의 지지가 탄탄하지 않았는데, 때문에 기사들과 훈련에 참여하거나 그들과 함께 순찰을 도는 등 수장으로서의 모습을 보여 주어야 했다.

"조만간 영지에 시찰도 가야 해요. 결혼식이 끝나고 몇 달 정도는 제도를 비우게 될 것 같아요."

"고생이 많겠어요. 영지도 워낙 넓어서."

"그래도 무사히 작위를 받아서 얼마나 다행인데요. 승계하자마자 재수 없는 집사장도 내쫓았고……."

두 사람의 대화는 로라가 낮잠을 재우기 위해 조슈아를 데려간 다음에도 오랫동안 이어졌다. 그간 지내 온 이야기와 사교계의 소식, 유행하는 살롱과 친우들의 소식까지. 어느덧 돌아갈 시간이 되자 알레이나는 아쉬운 얼굴로 몸을 일으켰다.

"참, 알레이나. 나 궁금한 게 있는데."

그녀를 배웅하기 위해 자리에서 일어난 테네르가 입을 열었다. 알레이나는 의아한 듯 그녀를 돌아보았다.

"뭔데요?"

"당신이 제도를 떠난 다음 뒤페라크 영애나 오베론 영애가 내게 꽤 친근하게 대해 줬었거든요."

테네르는 레온하르트와 첫 춤을 췄을 때 자신을 살갑게 맞아 주던 영애들을 기억했다. 자신이 황후가 된 다음에도 그들은 줄곧 호의적인 태도를 보였던 것도.

"혹시 당신이 부탁한 건가 해서요."

"……아."

그런 걸 물을 줄은 몰랐던 듯, 알레이나는 선뜻 대답하지 못하고 볼을 긁었다. 머뭇거리던 그녀가 이내 씩 웃었다.

"꼭 대답해야 하나요? 생색내는 거 별로 안 좋아하는데."

"그럼……."

"그리고…… 내가 부탁한다고 무작정 다 해 주는 사람들도 아니에요. 본인들도 마음이 가니 가까이 지내려고 했던 거죠."

초승달처럼 휜 두 눈 아래 보조개가 선명하게 팼다. 테네르는 천천히 고개를 끄덕였다.

* * *

황실에서 전보가 온 것은 전야제를 앞둔 아침이었다. 테네르가 후작저에 온 지 딱 열흘째 되던 날이기도 했다.

원래 이맘때쯤 열리던 축제는 봄을 맞이한다는 의미였지만, 이번에는 황자와 황후의 귀환을, 그리고 황실의 두 번째 결혼식을 축하하는 의미가 더해져 더욱 성대하다고 했다. 결혼식은 축제의 마지막 날 이루어질 계획이었는데, 식이 끝나면 황궁에서 이틀간의 피로연이 이어질 거라 제도는 근 일주일 동안 축제 분위기일 예정이었다.

"어디쯤 왔대요?"

"열한 시쯤 도착할 예정이래. 아니, 원래 이런 건 오후쯤 보내지 않냐? 뭐가 이렇게 급해?"

황제의 인장이 찍힌 서류는 황제를 대할 때와 같은 차림새로 받는 게 원칙이었다. 예정보다 훨씬 늦게 오는 구혼서였지만, 이른 시각에 전보가 왔기에 테네르도 에리히도 아침부터 허둥지둥했다.

두 사람은 각자 목욕을 끝내자마자 드레스 룸으로 가 옷을 갈아입고 머리를 매만졌다. 단장은 에리히가 먼저 끝냈지만, 관리를 맞이할 준비는 그의 몫이었으니 그리 여유롭지는 않았다.

그들이 준비를 끝내고 얼마 지나지 않아 집사장이 황실 마차가 도착했다는 소식을 알렸다. 에리히는 관리를 맞이하기 위해 현관으로 갔고, 테네르는 곧바로 아이를 안고 응접실로 갔다. 아기용 정장을 갖춰 입은 조슈아는 혼자서 돌아다니고 싶은 듯 바동거렸지만, 로라가 얼른 인형을 가져다주자 금방 얌전해졌다.

"드디어 구혼서가 오네요. 언제쯤 오려나 했는데."

로라는 신이 나서 재잘거렸다. 테네르 또한 구혼서를 기다렸던 건 마찬가지였지만, 들뜬 마음을 티내고 싶지 않아 애써 의연하게 앉아 있었다. 곧, 바깥이 조금 소란스러운가 싶더니 이내 노크 소리가 들려왔다.

"……아가씨."

문을 연 집사장은 당황한 얼굴로 응접실에 발을 들였다. 어쩐지 난감한 듯한 표정에 테네르는 의아하여 그를 보았다.

"무슨 일 있어?"

"폐하께서 오셨습니다, 아가씨."

"……뭐?"

난데없는 이야기에 테네르는 저도 모르게 자리에서 벌떡 일어났다. 반쯤 열려 있던 문이 활짝 열렸다.

"……폐하."

눈앞에 있는 커다란 남자의 모습에 테네르는 말을 잇지 못하고 그 자리에 서 있었다. 아빠를 발견한 조슈아는 얼른 소파에서 내려와 그리로 달려갔다.

"아빠!"

"그래, 조시."

레온하르트는 조슈아를 번쩍 안아 들었다. 오랜만에 아빠를 만난 아이는 까르르 웃음을 터뜨렸다.

"어쩐 일로……."

"구혼서를 전하러 왔습니다."

당연하다는 듯한 대답이었다. 테네르는 여전히 어리둥절한 채로 그의 뒤에 서 있는 오라비를 보았다. 에리히 또한 예상치 못했던 일인 듯 얼떨떨한 표정이었다.

"……바쁘신 줄 알았는데, 이렇게 오실 줄은 몰랐네요."

구혼서를 기다린 시간이 길어져 토라지기라도 했던 건지, 나오는 목소리는 기쁜 마음을 감추기라도 하려는 듯 퉁명스러웠다. 그러나 그것도 잠깐, 아빠의 얼굴을 잡아당기며 노는 아이를 보자 저도 모르게 푸핫 웃음이 터져 나왔다.

"그러면 안 돼, 조시."

"이잉."

테네르는 얼른 조슈아를 받으려고 했지만, 아이는 아빠에게 찰싹 달라붙어 떨어지려고 하질 않았다. 레온하르트는 안고 있는 조슈아에게 몇 번 입을 맞추곤 그대로 테네르를 돌아보았다.

"좀 더 일찍 오고 싶었는데, 준비가 더뎌져 늦었습니다."

"마음이 바뀌신 줄 알았어요."

"그럴 리가요."

레온하르트는 웃으며 대답하고는 고개를 돌렸다. 그가 눈짓하자, 열린 문 사이로 시종들이 일제히 들어오기 시작했다. 시종의 상체가 보이지 않을 정도로 커다란 꽃다발이 먼저였고, 그다음 크고 작은 상자들이 줄지어 들어섰다.

"폐……."

차곡차곡 쌓여 가는 상자들은 귀족들에게 강탈했다던 선물이라 치기에도 그 양이 상당했다. 테네르가 얼떨떨한 얼굴로 그를 보자, 레온하르트는 웃으며 입을 열었다.

"이쪽은 후작가에 주는 선물이고, 이쪽은 그대에게 드리는 겁니다."

"뭘 이렇게나……."

"별것 아닙니다."

레온하르트가 눈짓하자, 대기하고 있던 관리가 들고 있던 보관함을 가져왔다. 레온하르트는 그에게서 그것을 받아 들었다.

"에반 후작."

"예, 폐하."

레온하르트의 부름에 에리히는 정중히 고개를 숙였다.

"에반 후작가의 주인으로서, 그대의 동생인 테네르 에반에게 결혼을 청하는 걸 허락하겠나?"

폐후의 신분인 테네르는 에리히의 보호 아래에 있었다. 그러니 테네르의 보호자인 그에게 청혼에 대한 허락을 구하는 것이 우선이었다. 에리히는 테네르를 흘깃 보고는 고개를 끄덕였다.

"물론입니다, 폐하."

에리히의 대답이 떨어지자, 레온하르트는 테네르를 돌아보았다.

"테네르."

보관함을 봉한 걸쇠를 풀고 뚜껑을 열자 황가의 인장이 찍힌 구혼서가 모습을 드러내었다. 테네르는 두 손을 모아 쥔 채 허리를 바로 세웠고, 레온하르트는 그런 그녀의 앞에 한쪽 무릎을 꿇고 앉았다.

"나 레온하르트 에브게니아는, 그대 앞에 영원한 사랑을 맹세하며 다시 한 번 결혼을 청합니다."

"……."

테네르는 말없이 구혼서가 든 상자를 받아 들었다. 황가의 인장으로 봉해진 편지 봉투 아래에는 흰 손수건이 가지런히 접힌 채 깔려 있었다. 첫 번째 구혼서를 받을 때는 없던 물건이었다.

"이건……."

테네르는 봉투와 손수건을 집어 들었다. 흰 손수건에는 붉은 장미꽃이 수놓여 있었다. 장인에게 맡긴 거라기엔 영 어설픈 모양새였다.

"이전에 그대가 손수건에 수를 놓아 줬던 게 떠올라서요."

"……."

"물론 그대가 만든 것에 비해선 영 어설프지만."

레온하르트는 멋쩍은 얼굴로 덧붙였다. 테네르는 대꾸하지 못하고 손수건만 만지작거렸다.

베아트리스가 살아 있을 당시 종종 함께 자수를 놓는 시간을 가지긴 했으나, 레온하르트는 만드는 것보다는 구경하는 데에 더 재능이 있던 사람이었다. 다르게 말하자면, 자수에는 영 소질이 없는 사람이라는 의미였다.

"……직접 만드셨다고요?"

조심스러운 물음에 레온하르트는 천천히 고개를 끄덕였다. 그 또한 제 실력에 그리 자신은 없는 듯 여전히 민망한 기색이었다.

"부족한 실력이지만, 그대가 받아 준다면 내겐 큰 기쁨이 될 겁니다."

테네르가 처음 손수건을 내밀었을 때 했던 말이었다. 테네르는 레온하르트를 바라보다가 페이퍼 나이프로 조심스레 봉투를 잘랐다. 그녀의 시선이 종이 위를 천천히 훑었다. 구혼서는 구혼서로서의 격식을 갖추곤 있었지만,

며칠간 받은 편지와 그리 다르지 않았다. '사랑하는 테네르'라는 말로 시작하는 점이 가장 그랬다.

너무 빨리 받아 준 게 조금은 아쉬웠는데, 이렇게 나오면 더는 괜한 자존심을 세울 수가 없지 않나.

"……황제 폐하의 청혼을 기쁜 마음으로 받아들이겠습니다."

그 한마디에 화색이 도는 얼굴이 눈앞에 있었다. 기쁨이 들어찬 얼굴을 보며 테네르도 봄꽃처럼 웃었다.

* * *

"어릴 때 두었던 자수예요. 아버지가 대부분 버리라고 하셔서 많이 남아 있진 않지만……."

테네르와 레온하르트는 조슈아를 데리고 다락방에 올라와 있었다. 원래는 아이를 유모에게 맡기고 둘이서 저택을 둘러볼 예정이었으나, 오랜만에 아빠를 만난 조슈아가 레온하르트에게 찰싹 달라붙어 떨어지지 않으려 하는 탓이었다.

"이건 나랑 비슷한 것 같은데."

"아, 그건……. 아홉 살 때……."

"……."

비교적 엉성한 자수를 살펴보던 레온하르트는 작게 헛기침하곤 들고 있던 것을 내려 두었다. 알록달록한 자수를 신기한 듯 만져 보던 조슈아는 아빠의 무릎에서 내려와 바닥에 쪼그려 앉았다. 레온하르트는 낡은 장난감을 조물거리는 아이를 보고는 테네르 쪽으로 고개를 돌렸다.

"이 방에서 지내셨던 겁니까?"

"제 방은 오라버니나 아버지 방과 같은 층에 있었어요. 그냥…… 여기서 별 보는 걸 좋아했거든요."

체면을 중요하게 생각하던 루드비히 에반은 딸을 박대하는 걸 다른 귀족들에게 알리고 싶어 하지 않았다. 때문에 햇빛이 잘 들지 않는 작은 방일지언정 방의 위치도 가구도 여느 귀족 영애들과 비슷해 보이도록 구색은 맞춰 주는 편이었다.

그러나 테네르는 이 다락방을 꽤 좋아했었다. 아이들이 딱 좋아할 만한 아늑한 공간이기도 했고, 어릴 적 타샤의 무릎에 앉아 별을 보던 곳이기도 했기 때문이었다.

"……제가 여기 오는 걸 아버지가 싫어하셔서, 어느 순간부터는 오지 않았지만요."

거기까지 말한 테네르는 레온하르트의 어깨에 머리를 기대었다. 정오의 햇빛이 작은 다락방을 비췄다.

"……후작의 반역에 대해 좀 더 알아보았는데."

레온하르트가 입을 열자, 테네르는 고개를 돌려 그를 보았다. 레온하르트는 그녀의 손을 만지작거렸다.

"란데르크 자작이 곁에서 부추긴 건 사실이지만, 정말로 일을 치르려 하자 곧바로 발을 뺐던 모양입니다."

란데르크 자작에 대한 보복과는 별개로, 루드비히 에반의 반역 자체를 없던 일로 할 수는 없었다. 뭐가 되었건 주동자는 그이기 때문이었다. 거기다 그 사실이 발각되어 제도로 끌려온 다음엔 결백을 주장하기는커녕 정신 나간 사람처럼 제 딸을 폐위해야 한다고 지껄이기까지 했으니.

"아버지가 스스로 저지르신 일인 걸요."

테네르는 묵묵히 고개를 끄덕였다. 어차피 란데르크 자작은 작위가 환수된 후 길거리에 나앉을 예정이었고, 에반 후작가 또한 황자를 낳은 황후의 친정으로서 면책이 예정되어 있었다. 그러니 중요하지 않은 일에 그리 신경을 쏟고 싶지 않았다.

경사진 천장의 창문으로 구름 한 점 없는 파란 하늘이 보였다. 맑은 하늘을 보던 레온하르트는 문득 이 방에서 별을 보았을 소녀를 떠올렸다. 혼자 창밖을 바라보며 무슨 생각을 했을까. 외로워 울었을까. 자신을 두고 떠난 어미를 다시 만나게 해 달라고 소원을 빌었을까. 어리고 여렸던 당신은 그 시간들을 어떻게 견뎠을까.

"그대와 조금이라도 더 일찍 만났더라면 좋았을 텐데요."

앞으로 함께할 날이 많다는 걸 알면서도, 그러지 못한 시간들이 새삼 아쉬운 건 어쩔 수 없었다. 당신을 알지 못했던 게 미안하고, 아픈 시간을 혼자 견디게 만들었던 게 죄스러워서. 그때 당신의 손을 잡아 주었더라면 당신의 삶이 조금이라도 더 평온하지 않았을까 하는 생각이 들어서.

"……저도요."

테네르가 작게 웃으며 대꾸했다. 그녀의 시선이 목각 인형을 콩콩 두드리는 아이에게 가닿았다.

"그래도 가끔 조시를 보며 그런 생각을 해요. 당신 어릴 때 딱 저런 모습이었겠구나 하고."

아빠를 지나치게 닮은 아이였다. 빛을 받으면 붉은 기가 도는 검은 머리도, 눈이 마주치면 금방 웃음을 머금는 금색 눈동자도. 내가 모르는 당신과 닮은 모습이 이 자리에 있는 게 신기하고도 사랑스러워서, 이 아이가 어떤 상처도 받지 않고 행복하기만을 바라게 되는 것 아닌가.

"참 신기하죠. 아버지나 죽은 살바토르 공작 같은 사람도 이런 시절이 있었을 텐데."

천진하게 웃는 아이를 보면 종종 그런 생각이 들었다. 자신이 두려워하던, 싫어하던 사람들 또한 존재만으로도 누군가에게 기쁨을 주던 시절이 있었을까 하고. 어렸던 그들을 사랑하던 사람들은 그들이 자란 모습을 보고 무슨 생각을 할지.

"조시는 잘 자랄 겁니다. 그대는 좋은 어머니고, 나 또한 좋은 아버지가 되어 줄 테니."

레온하르트는 테네르의 손을 만지작거리며 말했다. 테네르는 천천히 고개를 끄덕였다.

"이제 슬슬 내려갈까요? 곧 식사시간일 텐데."

테네르의 목소리는 한결 밝아져 있었다.

"식사가 끝난 후에는 정원도 둘러봐요. 오라버니가 예쁘게 꾸며 두셔서……."

테네르는 무릎을 짚고 몸을 일으켰다. 그러나 어린아이들에게는 아늑하기만 한 다락방의 낮은 천장은 어른의 키에는 맞지 않았다. 레온하르트는 그녀의 머리가 천장에 부딪히기 전 얼른 손을 뻗었다. 잡아당기는 손길에 테네르의 몸이 앞으로 확 기울었다.

"아……!"

짧은 비명과 함께 테네르는 그대로 나동그라졌다. 그녀를 잡아당긴 레온하르트도 마찬가지였다.

쿠당탕!

요란한 소리가 들리고, 테네르는 레온하르트의 몸 위에 엎어진 채 고개를 들었다. 큰소리에 놀란 조슈아가 눈을 동그랗게 뜨고 이쪽을 돌아보았다. 그러더니 아빠의 위에 포개어진 엄마를 보며 까르르 웃었다.

"……괜찮으십니까?"

"네. 레온, 당신이야말로……."

얼른 몸을 일으키려던 테네르는 움직이지 못하고 그대로 굳었다. 레온하르트가 의아한 듯 그녀를 보았다.

"테네르?"

"잠……깐만요."

테네르는 움직이지 말라는 듯 그의 어깨를 붙잡았다. 갑작스러운 손길에 레온하르트가 몸을 들썩이자, 테네르는 얼굴을 일그러뜨리며 어깨를 붙잡은 손에 힘을 주었다.

"테네르, 갑자기 왜……."

"……다리가 저려서요."

"……."

"바닥에 너무 오래 앉아 있었나, 갑자기……."

익숙하지 않은 자세로 오래 앉아 있어 다리에 피가 통하지 않은 모양이었다. 갑자기 몸을 움직이자 뒤늦게 다리가 저려 옴짝달싹할 수가 없었다.

"왼쪽입니까?"

"……네. 그, 움직이지 마시고, 잠깐만……."

레온하르트가 몸을 움직여 저린 다리를 주물러 주려 했지만, 테네르는 기겁하여 도리질했다. 바로 그때였다. 막 계단을 올라온 에리히가 두 사람을 발견한 것은.

"어……."

그저 점심 식사 준비가 되었다는 말을 전하러 온 에리히는 뜻밖의 광경에 그 자리에 멈춰 서고 말았다. 그의 눈앞에 보인 것은 반쯤 누워 있는 레온하르트와 그 위에 올라탄 테네르의 모습이었다.

"테네르……?"

"……오라버니."

에리히는 멍청한 얼굴로 두 사람을 보았다. 아무 생각 없는 얼굴이었고, 동시에 쓸데없이 많은 것을 생각하는 얼굴이기도 했다.

"그러니까, 어, 음……. 지금 여기서……."

에리히는 눈앞의 광경을 최대한 열린 마음으로 받아들이려고 했다. 두 사람은 결혼을 앞둔 연인이고, 폐위 전까지도 금실이 꽤나 좋았으며, 자신의 동생은 성인인 데다 매우 젊고 건강하다는 것을.

"뭔가 오해하는 모양인데, 에반 경."

"……괜찮습니다. 다 큰 동생 사생활에 참견할 만큼 꽉 막히진 않았습니다. 거기다……."

거기다 지금 레온하르트의 위에 올라타 있는 건 제 동생 쪽이 아닌가. 그는 숨을 크게 들이마시곤 멀뚱히 앉아 있는 조슈아를 보았다. 한참 동안 입을 달싹거리던 그는 애써 침착하게 말했다.

"야, 근데 아무리 급해도…… 애 앞에선 자제해야 하지 않겠냐?"

"오라버니, 그게 아니라……. 다리가……."

"이리 와, 조시. 맘마 먹으러 가자."

에리히는 테네르의 변명을 끝까지 듣지도 않고 얼른 아이를 불렀다. 자수와 낡은 목각 인형을 가지고 놀던 조슈아는 맘마라는 말에 얼른 삼촌에게 달려갔다. 에리히는 아이를 한 팔에 안고는 다시 테네르를 돌아보았다.

"애 데려갈 테니까, 적당히 하고 내려와. 그리고 잊어버린 것 같아서 하는 말인데……."

에리히는 잠시 말을 멈추었다. 새빨개진 얼굴을 보며 한숨을 쉬듯 내뱉었다.

"……침실은 2층이다. 다락방은…… 방음이 잘 안 돼."

"오라버니!"

비명 같은 외침을 뒤로 하고 에리히는 후다닥 계단을 내려갔다. 아이의 웃음소리가 발소리와 함께 멀어져 갔다.

* * *

"……아니라고 말씀드렸잖아요. 넘어졌는데 다리가 저려서 못 일어난 거라고."

"그래. 그렇겠지. 하필이면 그런 자세로 넘어졌는데, 하필이면 그 순간에 또 다리가 저려서."

"……."

테네르는 발 저림이 가시자마자 다이닝룸으로 와 해명했지만, 에리히는 얼굴이 빨개진 동생을 놀리기 바빴다. 처음에는 테네르와 함께 해명하던 레온하르트는 에리히의 입꼬리가 올라간 걸 보곤 입을 다물었다.

"아, 괜찮다니까? 급하면 그럴 수도 있지. 물론 애 교육에는 안 좋겠지만."

"아니라고요, 정말."

테네르는 도움을 청하듯 레온하르트를 돌아보았다. 왜 가만히 있느냐는 듯한 원망의 눈초리에 레온하르트는 그제야 작게 헛기침했다.

"이제 장난은 그만하게, 에반 경."

"장난이라뇨, 전 진심인데. 비록 다락방이 먼지가 많고 방음이 안 되긴 하지만, 두 분 폐하께서 예나 지금이나 사이가 좋으신 듯해서 저는 정말로……. 아얏!"

참다못한 테네르가 팔뚝을 꼬집어 비튼 다음에야 에리히는 입을 다물었다. 하지만 그것도 잠깐, 그는 얼얼한 팔뚝을 문지르며 연신 낄낄 웃었다. 맞은편에 앉아 있던 로라는 묘한 얼굴로 그를 바라보다가 고개를 돌렸다.

"……?"

에리히는 의아한 시선으로 그녀를 보았다. 그러나 로라는 그를 보지 않고 포크만 깔짝거릴 뿐이었다.

"……저녁엔 조시랑 전야제에 다녀올게요."

"……어? 어, 그래."

들려오는 목소리에 에리히는 뒤늦게 고개를 돌렸다. 얄밉게 놀려 대도 오라비는 오라비라고, 붉어진 얼굴을 가라앉힌 테네르는 당연한 듯 그에게 물었다.

"오라버니도 같이 가실래요?"

"그럴까? 그럼 유모도 같이……."

"아, 저는 괜찮아요."

에리히가 흘깃 쳐다보며 말하자, 로라는 화들짝 놀라 손을 내저었다.

"로라도 같이 가면 좋을 텐데요. 제도 축제는 오랜만이잖아요."

"음, 아니에요. 어차피 전야제인 걸요."

테네르가 재차 권했지만, 로라는 끝내 고개를 저었다. 에리히는 그런 그녀를 보며 고개를 갸우뚱했다.

'뭐야, 왜 저래?'

아침까지만 해도 꽤 밝은 표정이던 그녀였다. 제 구혼서를 받는 것도 아니면서 잔뜩 들떠 있던 사람이기도 했다. 그런데 새삼스레 왜 불편한 기색인 건지.

'설마…… 아직 미련을 못 버렸나?'

황후가 되려는 건 깨끗이 포기한 줄 알았는데, 실은 꿍꿍이가 있었던 건가. 혹은 구혼서를 들고 직접 저택으로 찾아온 황제를 보니 뒤늦게 그 자리가 탐나기라도 하는 건가. 에리히는 미심쩍은 시선을 애써 거두고 입을 열었다.

"……그럼 나도 오늘은 저택에 있을게."

"오라버니도요?"

"생각해 보니까, 내가 끼면 진짜 눈치 없는 거잖아. 그치, 조시?"

에리히는 조슈아를 돌아보며 물었다. 조슈아는 한쪽 손에 포크를 야무지게 쥔 채 접시에 담긴 완자를 찍는 데에 집중하고 있었다.

"……알겠어요. 그럼 셋이서 다녀올 테니, 오라버니랑 로라는 쉬고 있어요."

테네르는 어쩔 수 없다는 듯 대답했다. 에리히는 로라를 힐끔 보았다. 어색한 웃음이 묘하게 눈에 거슬렸다.

* * *

점심 식사가 끝난 후, 테네르와 레온하르트는 저택을 마저 둘러보았다. 보수공사가 끝난 저택은 이전보다 훨씬 깨끗하고 아름답게 변해 있었다. 봄꽃이 알록달록하게 피어난 정원도 마찬가지였다.

"유모가 오늘 조금 이상하네요. 아침까지만 해도 들떠 있었는데."

테네르는 레온하르트와 정원을 거닐며 조심스레 입을 열었다. 딱히 그쪽을 주의 깊게 보지 않은 레온하르트는 고개를 갸웃했다.

"그랬습니까?"

"계속 불편한 기색이었잖아요."

원래라면 혼자 저택에 있을 그녀가 마음이 쓰여 몇 번 더 권했을 터였다. 그러나 식사 내내 불편한 기색을 숨기지 못하던 그녀를 보니 혹 달갑지 않은 권유인가 하는 생각이 들기도 했다. 오라비가 저택에 남겠다고 뒤늦게 말을 바꾼 것 또한 그녀와 관련이 있을지도 모르고.

"계속 그대만 보고 있느라……. 그쪽엔 신경을 쓰지 못했습니다."

"……."

테네르는 대답하지 못하고 그를 흘깃 보았지만, 레온하르트는 딱히 장난을 치는 기색은 아니었다. 어쩐지 민망하고 간지러워 그녀는 조금 웃고 말았다.

"그러면서 내내 가만히 계셨잖아요."

"그대가 그렇게 발끈하는 건 처음 봐서, 신기해서요."

"……."

"혹시라도 에반 경에게 질투하는 걸 들킬까 봐 민망하기도 했고요."

나직한 속삭임에 테네르는 발을 멈추었다. 무슨 말이냐는 듯 바라보자, 레온하르트는 작게 헛기침하곤 고개를 돌렸다.

"질투라뇨, 레온. 그분은 제 오라버니잖아요."

"……그래도요."

"레온."

테네르가 달래듯 말했지만, 레온하르트는 선뜻 고개를 끄덕이지 않았다. 토라진 건지 민망해하는 건지는 몰라도, 자신보다 머리 하나쯤은 더 큰 남자가 이런 모습을 보이는 게 조금은 우습기도 했다.

"오라버니는 그냥 오라버니예요. 얼마 전에 어머니 이야기 꺼냈을 때도 그렇게 말씀하신 걸요. 피가 섞였든 아니든 달라질 것 없다고."

"그 일 때문에 그런 게 아닙니다, 테네르. 난 그저……."

자신은 예전부터 그랬다고, 당신의 오라비는 물론이고 당신과 별생각 없이 인사를 나누던 관리도, 심지어 당신의 입맞춤을 받은 말까지 질투했었다고. 레온하르트는 나오려는 말을 꿀꺽 삼키곤 작게 한숨을 내쉬었다.

"……내가 얼마나 치졸한 사람인지 알면 놀라실 겁니다."

"그런 게……."

테네르는 대꾸할 말을 찾지 못하고 입을 다물었지만, 그의 말에 괜히 기분이 좋아지는 건 어쩔 수 없었다. 유치한 속내를 감추려는 듯 그녀는 부러 눈을 가늘게 떴다.

"예전엔 황손을 보고 나면 정부를 들여도 된다고 하셨으면서."

"그대가 괜찮다고 할 때마다 얼마나 안심했었는지 모릅니다. 그리고 그대도 내게 같은 말을 하지 않으셨습니까."

"……그거야 회임이 되지 않으니 어쩔 수 없이 말씀드렸던 거고요. 하지만 당신은 그런 것도 아니었잖아요."

"……."

"얼마나 서운했었는데."

"……테네르."

레온하르트는 얼른 테네르의 손을 잡고 어깨를 감싸 안았다. 테네르가 짐짓 쌀쌀맞게 고개를 돌리자 몸을 기울여 기어코 뺨에다 쪽쪽 입을 맞추었다.

"테네르, 응?"

"……."

"이제 다신 안 그럴 테니, 나 좀 봐 주세요."

테네르는 간지러운 듯 몸을 비틀었다. 그러다 눈이 마주치자 픽 웃음을 흘렸다. 그녀의 입꼬리가 올라가는 걸 본 레온하르트가 더욱 집요하게 입을 맞춰 왔다. 테네르가 그의 가슴팍을 밀어냈다.

"누가 보면 어쩌시려고요."

"그자가 눈을 돌리겠지요."

"정말……!"

테네르가 웃음을 터뜨리자 레온하르트는 그제야 입맞춤을 멈추었다. 그러나 꼭 쥔 손은 놓을 생각도 하지 않는 듯했다. 테네르는 그런 그의 어깨에 가볍게 머리를 기대었다.

"……이제 오라버니만 좋은 사람 만나면 더 바랄 게 없을 텐데요."

늘 동생 곁을 지켜 주느라 제 가정 꾸릴 생각조차 하지 않던 오라비였다. 거기다 반절의 피조차 섞이지 않았을지 모른다는데도 달라질 게 없다고 말해 준 사람이기도 했다. 그러니 테네르 또한 이제는 그가 온전히 자신의 삶을 찾기를 바랐다. 그가 지금의 자신만큼이나, 아니, 자신보다도 더 행복하기를.

"에반 경은 어떤 사람을 좋아합니까?"

"음……. 키가 크고, 똑 부러지고, 눈매는 이렇게 살짝 올라간 사람이 좋다고 하셨어요."

"그럼 그대는요?"

"저야 당연히 레온, 당신이……."

무심코 대답하려던 테네르는 뭔가 이상하다는 것을 깨닫고 입을 다물었다. 원하는 말을 들은 듯 싱글벙글 웃는 얼굴이 눈앞에 있었다. 테네르가 그를 가볍게 흘겨보자, 레온하르트는 작게 웃으며 입을 열었다.

"그럼 테네르, 살바토르 공작 정도면 괜찮지 않겠습니까?"

"알레이나를요?"

예기치 못한 물음에 테네르는 눈을 동그랗게 떴다.

"외적으로나 성정으로나 에반 경의 취향에 맞을 듯한데요. 거기다 그대와도 좋은 관계이니."

"아……."

테네르는 천천히 고개를 끄덕였다. 하기야 살바토르 공작가 또한 아이작 살바토르의 준반역을 비롯한 추문으로 주춤하고 있으니, 결혼을 통해서 지지 기반을 얻을 필요가 있지 않은가. 에반 후작가는 반역자의 가문이지만 동시에 황후의 친정이니 알레이나의 입장에서도 아주 손해 보는 일은 아닐 터였다.

"조만간 자리를 마련해 봐야겠네요."

테네르의 대답에 레온하르트도 고개를 끄덕였다.

따사로운 햇볕이 봄날의 정원을 비추었다. 테네르는 그 자리에 멈춰 선 채 저택의 모습을 바라보았다.

"보초를 세워 두신 덕에 보수 공사가 일찍 마무리된 모양이에요. 좀도둑이라도 드나들었으면 더 오래 걸렸을 텐데."

아무리 치안이 좋은 제도라고 할지라도, 주인이 사라진 대저택은 도둑들에게 좋은 타깃이 되기 마련이었다. 사용인들이 귀중품을 가지고 도망친 다음에는 여기저기서 도둑들이 몰려들어 멀쩡해 보이는 물건은 죄다 가져가 버리곤 했다.

물건뿐이면 다행일까. 벽에 붙은 쇠붙이와 유리창까지, 팔 수 있는 건 모조리 뜯어 가 금방 폐허가 되지 않던가.

"그대를 반드시 찾아내리라 생각했으니 당연한 조치였습니다."

"제가 조시를 품고 있던 걸 알아서요?"

테네르는 레온하르트를 돌아보며 물었다. 부정을 바라는 물음이었다. 그 사실을 아는 듯, 레온하르트는 허리를 굽혀 그녀의 입술에다 입을 맞추었다.

"줄곧 그대를 사랑해 왔으니까요."

사랑의 속삭임은 왜 몇 번을 들어도 질리지 않는 것인지. 테네르는 자신을 바라보는 레온하르트를 보다가 천천히 손을 뻗었다. 목을 끌어안자 기다렸다는 듯 다가오는 온기가 있었다. 길고 긴 입맞춤이었다.

* * *

전야제는 어느 때보다도 크고 화려했다. 테네르와 레온하르트가 조슈아를 데리고 전야제를 구경하러 간 후, 에리히는 어스름이 지는 창밖을 바라보며 생각에 잠겨 있었다.

'아무래도 수상하단 말이지.'

돌이켜 보면 제 동생의 남편을 노리던 못된 여자였다. 유모가 된 다음 꽤 착실하게 군다고는 하나, 본색을 감추고 다른 생각을 하고 있을 가능성도 있지 않은가.

'너무 안일했어.'

테네르가 그녀를 그리 신경 쓰지 않는다고 해도 오라비인 자신까지 그러면 안 되는 거였는데. 행여 제 동생이나 조카에게 해코지하지 않도록 끝까지 의심하고 신경을 곤두세워야 했는데.

한참 동안 바깥을 바라보던 에리히는 집사장을 불렀다. 나이 든 집사장이 그에게 허리를 굽혔다.

"찾으셨습니까, 가주님."

"유모는?"

"계속 방에 계십니다. 달리 수상한 정황은 없습니다."

"뭐……. 산책 같은 것도 안 하고?"

"예, 가주님."

집사장의 대답에 에리히는 눈썹을 찡그렸다. 내내 방에만 틀어박혀 있다고? 도대체 왜?

"……몸이 안 좋은 건가?"

혹시 괜한 의심을 하는 건가. 불편한 기색이던 게 사실 아파서 그랬던 거라든가. 그러나 집사장은 고개를 저었다.

"그러잖아도 여쭤보았는데, 그건 아니라고 하십니다. 혼자서 쉬고 싶다고……."

"응접실로 올 수 있냐고 물어봐. 그리고……."

집사장은 머리를 조아린 채 이어질 명령을 기다렸다. 한참 동안 생각에 잠긴 채 허공을 노려보던 에리히가 입을 열었다.

"술도 좀 가져오고."

* * *

로라가 응접실에 내려온 것은 집사장을 보내고 얼마 지나지 않아서였다. 소파에 앉아 기다리고 있던 에리히는 문이 열리자마자 짐짓 점잖은 얼굴로 몸을 일으켰다.

"왔습니까?"

"……찾으셨다고요, 후작님."

로라는 쭈뼛거리며 입을 열었다. 에리히로서는 낯선 모습이었다. 정말로 어디가 아프기라도 한 건가.

"뭐……. 어디 안 좋습니까?"

"네?"

"오늘 내내 방에만 있었다고 해서요. 전야제도 안 간다고 하고."

"아……."

에리히의 물음에 로라는 당황한 얼굴이었다. 그러나 그것도 잠깐, 이내 민망한 듯 웃었다.

"그냥……. 조금 피곤해서요. 걱정해 주셔서 감사해요, 후작님."

"아니, 뭐. 걱정이라기보단……."

어쩐지 뜨끔 하는 마음에 에리히는 괜스레 입을 삐죽거렸다. 그러고는 얼른 정신을 차리고 태연하게 입꼬리를 올렸다.

"달리 할 일 없으면, 같이 술이나 마실까 해서 불렀습니다."

"네?"

"두 분 폐하는 황자 전하랑 좋은 시간 보낼 테니, 우린 우리끼리 놀자고요. 어떻습니까?"

에리히는 대답을 기다리지도 않고 오프너를 코르크에 끼우고 빙글빙글 돌렸다. 원래 사람은 술에 취하면 본모습이 나오는 법이니, 잔뜩 취하게 해 본심을 털어놓게 만들 작정이었다.

얼마 지나지 않아 코르크가 뽑히며 경쾌한 소리가 났다. 에리히는 테이블에 놓인 잔에다 와인을 따라 건네었다. 그러나 로라는 잔을 선뜻 받지 않았다.

"안 받고 뭐 합니까? 일부러 비싼 거로 가져왔는데."

"……혹시 지금 저한테 작업 거시는 거예요?"

조심스러운 물음에 에리히의 손이 그 자리에 멈추었다. 그가 헛웃음을 내뱉었다.

"하여간 사람 참. 남자가 여자한테 술 마시자고 하면 다 그런 의밉니까? 그냥, 어? 사람 대 사람으로 술 한잔하면서, 어? 진솔한 대화를 나눠 보자는 거죠, 대화를. 아주 사람이 편견에 찌들어서 말이야."

"경험에서 비롯된 편견이에요. 저한테 술 마시자고 한 남자들은 죄다 그런 의도였거든요."

"……."

담담한 대답에 에리히는 말문이 막혔다. 로라는 당황한 낯을 보며 씩 웃고는 그의 맞은편에 몸을 붙이고 앉았다. 그러고는 스스럼없이 잔을 입에 가져갔다. 에리히는 태연한 얼굴을 흘깃 보았다.

"그……. 문 안 열어도 됩니까? 불안하면 열어 놔도……."

"됐어요. 후작님이 저 왜 부르셨는지 알 것 같으니까."

로라는 나름대로 구색을 맞추기 위해 가져온 비싼 와인과 안주가 꽤 마음에 드는 모양이었다. 한 모금 맛을 보고는 그대로 벌컥벌컥 단번에 들이켰다. 순식간에 비어 버린 잔이 테이블 위로 올라왔다.

"아니, 뭔 와인을 물처럼……."

"후작님."

"……."

"저 떠보려고 부르신 거죠? 제가 이상한 생각 하는 거 아닌가 의심스러워서."

정곡을 찌르는 말에 에리히는 다시금 입을 다물었다. 로라는 불쾌한 기색 없이 그에게 빈 잔을 내밀었다. 에리히는 그녀를 흘깃 보고는 기울어진 잔에다 술을 따라 주었다.

"……말도 안 되는 소리 하네. 뭐 찔리는 거 있습니까?"

"거짓말하실 필요 없어요. 후작님이 황후 폐하 아끼시는 거 잘 아는데 새삼스럽게."

"……."

"제 목표는 황자 전하를 잘 키워서 작위 받는 거니까 너무 걱정하지 마세요. 저 싫어하시는 건 알지만……. 제 손으로 제 밥줄 끊을 만큼 멍청이는 아니거든요."

황실 유모는 황족을 길러야 하는 막중한 임무를 지닌 만큼 큰 보상이 뒤따랐다. 특히나 황태자의 유모는 그가 성년이 된 후 그 공로를 인정받아 작위를 가지게 되는 일도 드물지 않았다. 미혼의 유모가 결혼 시장에서 큰 인기를 끄는 이유이기도 했다.

"뭘 또 그렇게 앞서갑니까? 난 그쪽 싫다는 말은 한 번도……."

"전 안 와도 됐다면서요."

테네르는 에리히가 로라를 좋게 보고 있다고 말했지만, 로라는 그녀의 말을 믿지 않았다. 저택에 왔던 날 에리히가 했던 말 때문이었다.

오지 않기를 바랐다면 미리 말해 주었으면 되는 것 아닌가. 아무 말도 해 주지 않았으면서 자신만 가족 모임에 낀 눈치 없는 사람으로 만들고.

"아니, 이봐요. 그건 그런 뜻이 아니라."

에리히는 얼른 손을 내저었다.

"아, 그거야 굳이 와서 고생할 거 없이 며칠 쉬라는 의미였죠. 여기 와 봤자 애밖에 더 봅니까? 앞으로도 계속 조시 옆에 붙어 있어야 할 텐데, 며칠이라도 숨 좀 돌리라는 거지. 뭘 그렇게 삐딱하게 받아들여선……."

구구절절 이어지는 설명에 로라는 믿을 수 없다는 듯 에리히를 보았다. 그러더니 울컥하고 얼굴을 일그러뜨렸다.

"그럼 처음부터 그렇게 말했으면 됐잖아요. 말 좀 예쁘게 하면 어디 덧나요?"

"아니, 애초에 난 그쪽 들으라고 한 말이 아니었다고요. 혼잣말 몰라요, 혼잣말?"

"평소에 말하는 게 그러니까 그렇죠!"

"아, 내가 뭘 어쨌……."

덩달아 발끈하여 되받아치려던 에리히는 자신의 말투가 그리 곱지 않은 걸 깨닫고 입을 다물었다. 로라는 잔에다 와인을 넘치기 직전까지 콸콸 들이부었다. 에리히가 얼른 그녀를 말렸다.

"뭘 그렇게 무식하게 마십니까?"

"이거 봐요. 숙녀에게 '무식하게'가 뭐예요? 전엔 돌았냐고 하더니."

"……아, 그건 내가……."

"그래요. 내 가족들도 날 사람 취급 안 하는데, 후작님이라고 그럴 마음 들겠어요? 그래도 후작님은 남이라 다행이네요. 적어도 돈 내놓으란 말은 안 하니."

투덜대는 말에 에리히는 대꾸할 말을 찾지 못하고 입술을 우물거렸다. 로라가 가득 찬 와인을 다시 벌컥벌컥 들이켜자, 에리히가 머리를 긁적이며 입을 열었다.

"그게, 내가 유모에게만 그런 게 아니라, 원래 말본새가 그리 곱지는 않습니다. 거기다 북부에서 한 이 년 살았더니 더 심해져서……."

“······.”

“······그, 미안하고. 이제 안 그러겠습니다. 예?”

에리히가 말했지만, 로라는 고개를 푹 숙인 채 입을 삐죽거릴 뿐이었다. 에리히는 환장하겠다는 듯 얼굴을 쓸어내리더니 이내 한숨을 푹 내쉬었다.

“그럼 이렇게 합시다. 앞으로 내가 또 못된 소리 하면, 요 주둥이를 한 대 치십시오.”

“······.”

“아니면 뭐······. 지금 한 대 치시든가요. 어떻습니까?”

에리히의 말에 로라는 그제야 슬쩍 고개를 들었다.

“······치긴 뭘 쳐요. 앞니 영구치라 다시 나지도 않을 텐데, 부러지면 어쩌려고.”

“아니, 주먹으로 치란 말은······.”

얼마나 세게 치려고 저런 소리를 하나 싶었지만, 보일 듯 말 듯 올라간 입꼬리를 보니 안심이 되긴 했다. 에리히는 큼큼 목을 고르고 물었다.

“이제 마음 좀 풀렸습니까?”

“······조금요.”

로라가 엄지와 검지 사이에 틈을 만들어 보이며 대답했다. 그러나 단지 그것뿐, 연거푸 술을 들이켰다. 에리히가 슬쩍 그녀의 눈치를 살폈다.

“그, 자작가에서······ 돈 보내라고 합니까?”

“가끔요. 어차피 숙식은 전부 황궁에서 해결하니까 돈은 필요 없지 않냐고.”

“······보냈습니까?”

“설마요. 편지 받자마자 열 받아서 다 태워 버렸죠.”

“이야······. 화끈하시네.”

에리히는 모처럼 마음에 든다는 듯 중얼거렸다. 로라는 피식 웃더니 잔을 내려놓았다.

“진짜 이상하지 않아요? 난 형제자매가 열한 명이나 되는데, 왜 그중에 후작님 같은 사람은 하나도 없지?"

"……."

"우리 오라버니는 내가 황후가 될 수만 있다면 황제 폐하께 두들겨 맞고 산대도 신경 안 쓸걸요. 폐하께 아양이라도 떨라고 윽박지르면 모를까."

황제 앞에서도 스스럼없이 제 동생을 놀려 대는 에리히를 보며, 로라는 황제의 정부가 되지 못하면 나이 든 귀족에게 팔아넘기겠다며 위협하던 녹턴을 떠올렸다. 아마 그는 황제와 동생, 둘 중 하나를 골라야 한다면 망설임 없이 황제를 택할 터였다.

반면 에리히는 결혼도 하지 않고, 심지어 작위까지 내던지고 내내 동생을 지켜 오지 않았던가. 황제의 앞에서도 아무렇지도 않게 동생에게 장난을 치고, 지나치게 굽실거리지도 않고, 행여 자신이 테네르에게 해라도 끼칠까 봐 이렇게 따로 불러내기까지 하고. 심지어 반절의 피조차 섞이지 않았을지도 모르는데.

"……그것 때문에 그런 겁니까?"

에리히는 조금 누그러진 목소리로 물었다. 로라는 아랫입술을 사리물며 고개를 끄덕였다.

"내가…… 삽으로 오라버니 머리통을 치고 왔어야 했는데."

"……."

"아니, 솔직히 주둥이 맞아야 하는 건 후작님이 아니라 녹턴 그 개새끼라고요. 맨날 나보고 네가 언제까지 젊고 예쁠 줄 아냐고, 값 떨어지기 전에 비싸게 넘길 거라고. 진짜 주둥이를 꿰매 버려야지."

"뭐……. 바늘이랑 실은 테네르한테 많으니까 좀 빌려달라고 하면 되겠네."

"진짜 좋은 생각이에요."

적당히 맞장구를 쳐 주자, 로라는 만족스럽게 고개를 끄덕이고는 다시 잔을 들어 올렸다. 몇 잔을 연거푸 마셔서인지 그녀의 양 뺨은 벌써 빨갛게 달아올라 있었다. 에리히는 텅 빈 와인 병을 테이블 아래로 내려 두며 입을 열었다.

"정 힘들면 테네르에게 이야기하십시오. 걔가 얌전해서 그렇지, 자기 사람

건드리는 거 내버려 두진 않을 겁니다. 아니면 뭐……. 나도 있고."

"됐어요. 해결 못 할 일도 아닌데. 말했잖아요, 편지 전부 태워 버렸다고."

로라는 고개를 저으며 대꾸했다. 사실상 가족들이 아무리 많은 편지를 보낸다고 해도 무시하면 그만이었다. 어차피 자신은 계속 황궁에 있을 테니, 가족은 없는 셈 치고 혼자서 잘 먹고 잘 살면 되는 것 아닌가.

"근데 그냥…… 외로운 거예요. 결혼이야 뭐, 안 맞으면 이혼도 할 수 있고 재혼도 할 수 있는데, 가족은 그게 아니니까."

"……."

"……아무튼, 걱정 안 하셔도 돼요. 이상한 생각 안 할 테니까. 전 지금 생활에 충분히 만족하거든요. 저는 황자 전하의 유모고, 아직 결혼도 안 했고, 거기다 젊고 예쁘잖아요."

뻔뻔한 목소리에 에리히는 저도 모르게 픽 웃었다. 두 번째 코르크가 뻥 소리를 내며 뽑혔다.

"황후 폐하 결혼식만 끝나면……. 아마 저 같은 거 거들떠보지도 않던 공작가 자제들도 저한테 말 한 번 걸어 보려고 안달일걸요? 편지도 보내고, 선물도 가져다 바치고."

로라는 흘러내린 금발을 귀 뒤로 넘겼다. 꽤 즐거워 보이는 모습이었다.

"그럼…… 받아 줄 겁니까?"

로라의 말은 단순한 망상이 아니었다. 미래의 황제의 유모이자 현 황후의 최측근, 황자가 성년이 되면 작위까지 받을지도 모를 사람이었다. 아마 피로연에서는 그녀에게 춤을 청하는 이들이 줄을 설 테고, 그 후에는 첫눈에 반했다는 내용의 연서도 쏟아지겠지. 값비싼 보석으로 그녀의 환심을 사려는 이들은 얼마나 많을지.

그러나 로라는 어림없다는 듯 코웃음 쳤다.

"하, 제가 왜요? 선물만 홀랑 받고 차 버릴 건데."

"……?"

"지금껏 나한테는 눈길도 안 줬으면서 황실 유모라고 하니까 뒤늦게 달려드는 거 아녜요. 나도 눈이 있지, 그런 속물들한테 뭐 하러 넘어가겠어요?"

"아니, 근데……. 솔직히 그건 그쪽도 남 말할 처지는……."

아니지 않냐고 말하려던 순간, 로라의 얼굴에 불빛이 번쩍거렸다. 에리히는 놀라 뒤를 돌아보았다. 이제 불꽃놀이가 시작될 시간인지, 커다란 창밖으로 폭죽이 터지고 있었다.

"……어머."

로라는 작게 탄성을 질렀다. 에리히는 등받이에 팔을 걸친 채 창밖을 바라보다가 다시 로라 쪽으로 고개를 돌렸다. 취기에 새빨개진 얼굴이 불빛에 연신 번쩍거렸다.

"이런 거 좋아하면 지금이라도 나가든가요."

"괜찮아요. 여기서도 잘 보이니까. 후작님도 여기 와서 앉아요. 그렇게 보면 허리 아프잖아요."

로라는 제 옆자리를 탁탁 치며 말했다. 에리히는 고개를 저을까 했지만, 딱히 거리낄 이유도 없었다. 천천히 자리에서 일어난 그는 로라와 한 뼘 정도 떨어진 자리에 몸을 붙이고 앉았다.

"잘 보이죠?"

"……그렇긴 하네."

에리히는 묵묵히 고개를 끄덕였다. 밤하늘에 쏘아 올려진 폭죽이 별처럼 흩어지고 있었다. 아마 정원이나 다락방에서는 더 잘 보일 테지만.

"그……. 많이 외롭습니까?"

에리히는 멍하니 창밖을 바라보는 로라를 흘긋 보았다. 로라는 선선히 고개를 끄덕였다.

"가끔 그런 생각을 해요. 돈 많고 자상하고 외로운 할머니가 날 입양해 주는 거예요."

"진짜 뜬금없네요."

"주말마다 보고 싶다고 편지도 보내 주고, 이상한 사람 만날까 봐 걱정도 해 주고, 선물 같은 거 보내면 네가 무슨 돈이 있어서 이런 걸 사냐고 타박하면서도 하루 종일 품고 다니고, 휴가 받아서 집에 가면 예쁘고 따뜻한 방도 있고⋯⋯."

"할머니면 그쪽이 챙겨야 하는 거 아닙니까? 몸도 약할 텐데."

"아, 왜 남의 상상에 초를 치세요? 전직 군인이라고 해요, 그럼. 후작님보다 잘 싸우는."

로라는 투덜대듯 말하고는 다시 술병을 집어 들었다. 에리히가 얼른 그녀를 말렸다.

"이제 그만 드십시오. 얼굴도 시뻘게져선."

"웬 잔소리예요? 우리 할머니도 아니면서."

"할머니는 무슨. 그런 사람이 진짜로 나타나면 사기꾼인 거니까 이상한 생각 하지 마십시오."

타박하는 말에 로라의 입술이 툭 튀어나왔다. 에리히가 짧게 한숨을 내쉬었다.

"정 외롭다 싶으면 차라리 나한테 오든가요. 이렇게 술 정도는 같이 마셔 줄 테니까."

"⋯⋯지금 저 꼬시는 거예요?"

"그쪽은 사람 선의를 그런 식으로밖에 해석 못 합니까?"

로라는 대답이 없었다. 에리히 또한 구태여 말을 붙이지는 않았다. 이제 할 말도 다 떨어졌으니 어느 쪽이든 방으로 돌아가면 될 텐데, 누구도 몸을 일으키지 않았다.

"⋯⋯후작님은 괜찮으세요?"

긴 침묵 끝에 입을 연 것은 로라 쪽이었다. 에리히는 무슨 소리냐는 듯 그녀를 돌아보았다.

"황후 폐하 결혼하시잖아요."

"아, 서로 좋다는데 결혼하면 좋은 거지. 안 괜찮을 게 뭐가 있습니까? 오라비가 그럼 동생 남편에게 질투라도 할까요?"

"허전하잖아요. 이 큰 집에 후작님 혼자 남으면."

로라는 널찍한 응접실을 둘러보며 말했다. 에리히는 대답하지 않았다.

"저도 그랬거든요. 직접 기저귀도 갈아 주고, 토하는 것도 받아 주고, 잠도 못 자고 업어 주며 키운 애들이…… 어느 순간부터 절 서먹해하는 거예요."

"……."

"어쩔 수 없는 일이란 거 알고는 있는데, 그게 되게 서운하더라고요. 걔넨 그래도 내 편일 거라고 생각했는데."

로라의 머리가 에리히의 어깨에 툭 떨어진 것은 한참이 지나서였다. 에리히는 그녀를 쳐다보지도 않고 코웃음 쳤다.

"……하."

"……."

"누가 누굴 꼬신다고, 지금."

에리히가 중얼거렸지만, 들려오는 대답은 없었다.

"……이봐요."

"……."

"잡니까?"

에리히는 감긴 눈을 흘깃 보았다. 고요히 잠든 얼굴에 외로움이 들어차 있는 것은 착각인가. 사실은 나도 조금 그런 것 같다고, 뒤늦게 대꾸하고 싶은 것은.

"……진짜 내 취향 아닌데."

퉁명스럽게 중얼거린 에리히는 잠든 이의 모습을 찬찬히 살폈다. 붉어진 얼굴에 동그란 이마, 오밀조밀한 이목구비와 작은 어깨까지. 그간 무심히 넘기던 것들이 왜 이토록 가까운지.

한참 동안 그녀를 바라보던 에리히는 입을 삐죽이고는 다시 고개를 돌렸다. 숨소리가 가늘게 들려왔다.

* * *

"……배가 터질 것 같아요."

테네르는 얼굴이 잔뜩 상기된 채 마차에서 내렸다. 온종일 걸어 다닌 데다 사람들 틈에 섞여 춤까지 췄는데도 부른 배가 도통 꺼지질 않았다. 제 눈길이 닿는 건 뭐든 사 버리는 레온하르트 때문이었다.

온갖 고기나 완자가 끼워진 꼬치구이와 해산물 구이, 소가 가득 들어찬 만두와 시나몬 설탕을 듬뿍 뿌린 츄러스, 과일 절임과 튀긴 빵, 제철 과일이 들어간 각종 음료와 맥주까지. 마음 같아선 내일 점심까지 걸러도 될 지경이었다.

"드레스 안 맞으면 다 당신 때문이에요."

투정을 부리듯 말하자, 레온하르트는 깍지 낀 손등에 입을 맞추었다.

"잘 드시니 보기 좋아서 그랬죠."

조슈아도 맛있는 음식을 양껏 먹고 아빠의 품에 잠들어 있었다. 포동포동한 뺨이 아빠의 어깨에 눌린 채였다. 불꽃놀이를 보며 팔다리를 파닥거리던 걸 생각하며 테네르는 작게 웃었다.

"다녀오길 잘한 것 같아요. 조슈아는 기억 못 하겠지만."

"우리가 기억하면 되지 않겠습니까."

레온하르트의 말에 테네르는 고개를 끄덕였다. 꼭 쥔 손에 가볍게 힘을 주고는 저택 쪽으로 발을 옮겼다. 사용인들이 야시장에서 산 물건들을 들고 그들의 뒤를 따랐다.

"내년에도 이렇게 나올까요?"

"정말요?"

레온하르트의 말에 테네르는 반색하여 물었다. 황궁에 들어가면 이런 축제는 참여하지 못하리라 여긴 탓이었다. 레온하르트는 그녀의 손을 만지작거리며 말했다.

"핑계야 만들면 되지 않겠습니까. 축제 기간 동안 잠행을 가도 되는 거고."

"하지만…… 축제 땐 늘 바쁘잖아요. 이번에도 무리해서 나오신 거면서……."

"그대가 좋아하는 걸 하는데 무리랄 게 뭐가 있겠습니까."

말은 그렇게 하지만, 축제 기간에는 인파가 몰리는 만큼 이런저런 사건 사고도 많은 편이었다. 거기다 안전의 문제로 근위대를 대동해야 하니 황족의 외출은 이래저래 번거로운 점이 많았다. 그래도 말이라도 이렇게 해 주는 게 얼마나 기쁜 일인지.

테네르는 레온하르트의 팔에 팔짱을 낀 채 발을 옮겼다. 몸이 무거운데도 발은 유달리 가벼웠다.

"알레이나는 결혼식이 끝나고 한동안 영지로 내려갈 모양이에요."

"예, 아무래도 갑작스럽게 작위를 받았으니까요."

"그럼 그 전에 자리를……."

두 사람은 두런두런 이야기를 나누며 저택에 들어섰다. 도착 소식을 들은 집사장이 그들을 반겼다.

"오셨습니까, 폐하, 아가씨."

"에반 경은?"

"응접실에서 유모와 이야기하고 계십니다. 모서올까요?"

"아니, 그리로 가겠네."

어차피 작별 인사만 하고 황궁으로 돌아갈 예정이었으니 번거롭게 오라 가라 할 필요는 없었다. 테네르와 레온하르트는 집사장을 따라 응접실로 향했다. 커다란 문 앞에 멈춰 선 집사장이 두 사람의 방문을 알렸다.

"가주님, 폐하와 아가씨께서 오셨습니다."

집사장이 출입문을 두드렸지만 들려오는 대답은 없었다. 고개를 갸우뚱한 테네르가 문고리를 돌렸다. 꼭 닫혀 있던 문이 소리 없이 열렸다. 그리고.

"……어머."

눈앞에 보이는 두 사람의 모습에 테네르는 입을 가리고 작게 탄성을 질렀다. 테이블에는 빈 술병과 술잔, 접시가 아무렇게나 널브러져 있었고, 에리히와 로라는 나란히 앉은 채 서로에게 기대 잠들어 있었다. 당황한 얼굴로 그들을 보던 테네르가 슬쩍 레온하르트를 돌아보았다.

"제가…… 눈치가 없었네요."

"……마찬가지입니다."

레온하르트는 조슈아의 등을 다독이며 중얼거렸다. 테네르가 조심스레 오라비의 어깨를 잡고 흔들었다.

"오라버니."

"……으음."

"오라버니, 폐하께 인사하셔야죠."

"괜찮습니다. 많이 피곤한 모양인데, 나중에……."

감겨 있던 눈꺼풀이 천천히 움직인 것은 그 순간이었다. 부스스 눈을 뜬 에리히는 잠에서 덜 깬 얼굴로 테네르와 레온하르트를 보았다. 그리고는 제 어깨에 기대 잠든 로라를 보곤 놀라 비명을 질렀다.

"뭐, 뭐, 뭐야!"

에리히가 벌떡 일어나자, 로라는 그대로 소파에 나동그라졌다. 헤벌어진 입에서 술 냄새가 풀풀 풍겼다. 테네르가 가늘게 미간을 좁혔다.

"오라버니, 숙녀에게 그런 식으로……."

"아니, 숙녀고 나발이고, 뭔데, 이 사람?"

에리히는 소름이 돋는다는 듯 제 어깨를 털어 냈다. 로라는 여전히 정신없이 잠들어 있었다. 어처구니없다는 듯 그 모습을 보던 에리히가 뒤늦게 테네르 쪽으로 고개를 돌렸다.

"야, 너 지금 무슨 오해를 하는지는 알겠는데, 그거 아니거든? 말했잖아. 난 키도 좀 크고……."

"괜찮아요, 오라버니. 어떻게 취향에 맞는 사람에게만 마음이 가겠어요."

"……."

"전 오라버니가 좋아하는 사람이면 누구든 괜찮아요."

"아, 아니라고!"

"쉬이, 조시 자요."

테네르가 검지를 입술에 가져다 대자, 에리히는 얼굴이 시뻘게진 채 소리도 지르지 못하고 입을 뻐끔거렸다. 당장 일어나라는 듯 로라의 어깨를 흔들었지만, 정작 로라는 세상모르고 곯아떨어져 있을 뿐이었다.

* * *

"죄송해요, 오라버니. 제가 눈치가 없어서……. 어쩐지 로라 양을 보는 시선이 예사롭지 않더라니."

"아니라고 했잖아, 응? 진짜 오해라고. 그냥 이야기하다가……."

레온하르트가 황궁으로 돌아간 후, 테네르는 시시때때로 에리히를 놀렸다. 식사 시간이나 티타임 때는 물론, 난데없이 오라비의 방문을 두드리고는 그날 일을 꺼내는 것도 서슴지 않았다.

"그렇군요. 가족도 아니고 연인도 아닌데……. 그냥 이야기하다가……. 어깨에 기대서 잠들고……."

"……."

"말씀드렸잖아요, 전 오라버니가 좋아하는 분 만나셨으면 좋겠다고. 마음 가는 사람을 드디어 찾으신 것 같아서 다행……."

"아, 진짜 아니라고!"

에리히가 발끈하여 소리치면 테네르는 말없이 웃었다. 그 웃음이 어쩐지 의기양양해 보이는 건 착각인지.

"로라 양은 밀크티 마실 때 다른 거 넣을 필요 없겠어요. 오라버니 눈에서 꿀이 뚝뚝 떨어지니 그걸 받아서 넣으면……."

"……우리 그만하자. 응? 나도 이제 안 그럴 테니까……."

"벌써 그만하라뇨, 오라버니. 전…… 이제 시작인데."

"아, 진짜……. 내가 잘못했다고. 응?"

로라 쪽을 쳐다보기라도 하면 눈에서 꿀이 떨어진다고 하고, 고개를 돌리면 부끄러워서 쳐다보지도 못하는 거냐고 묻고, 하다못해 노려보면 눈빛이 왜 그렇게 뜨겁냐고 놀리고. 잔뜩 벼르고 있던 사람처럼 구는 걸 보니, 그간 쌓인 게 어지간히도 많았던 모양이었다.

온종일 시달린 에리히는 무릎이라도 꿇을 기세로 빌었지만, 테네르는 어림없다는 듯 고개를 돌릴 뿐이었다. 숙취로 반나절을 앓아누웠다 일어난 로라 또한 그의 편을 들어 주지는 않았다.

"……그러게 평소에 잘 좀 하지 그러셨어요, 후작님."

"아니, 남의 일입니까? 그쪽도 뭐라고 한마디라도……."

"네? 저한테 그러시는 것도 아닌데 제가 왜요?"

"와, 진짜 돌아 버리겠네."

에리히는 머리를 마구 흐트러뜨렸지만, 로라는 제 알 바 아니라는 듯 테네르에게 찰싹 붙어 있을 뿐이었다. 더군다나 그녀는 그날 무슨 이야기를 주고받았는지조차 제대로 기억하지 못해, 에리히로서는 정말이지 환장할 노릇이었다.

'자기가 먼저 기대 놓곤…….'

가만히 있는 사람에게 먼저 수작을 부린 건 저쪽이 아니던가. 그래 놓고 시치미를 떼고 있는 모습이라니.

'……내가 미쳤지.'

잠깐이나마 분위기에 휩쓸렸던 게 미친 짓이었다. 저런 여자가 달리 보였다니. 에리히는 부글부글 끓는 속을 가라앉히려는 듯 이마를 짚었다.

"야, 너…… 황궁엔 언제 가냐?"

"……절 쫓아내시는 거예요, 오라버니?"

테네르는 안쓰럽게 눈을 내리깔았다. 그 모습에 에리히가 움찔하자, 한쪽 뺨을 감싸 쥐고는 흘깃 눈치를 보았다.

"하지만…… 제가 가면 로라 양도 같이 가야 할 텐데."

"……."

"괜찮으시겠어요?"

"당연히 괜찮거든? 너 진짜……!"

꽥 소리를 지른 에리히는 쿵쾅쿵쾅 발소리를 내며 방으로 돌아왔다. 그러고는 당장 펜과 종이를 꺼내 레온하르트에게 보낼 서신을 쓰기 시작했다. 제발 제 동생을 좀 빨리 데려가 달라는 독촉 편지였다.

뒤따라온 테네르가 조심스레 방문을 두드렸다. 늘 그래 왔듯 다정한 목소리가 들려왔다.

"오라버니, 혹시 로라 양에게 구혼서 쓰고 계세요?"

"아, 아니라고!"

에리히는 비명을 지르고는 편지지를 돌돌 말아 봉했다. 문을 벌컥 열고 나와선 후작가의 인장을 찍은 편지지를 집사장에게 건넸다.

"황제 폐하께 급보로 보내. 지금 당장."

얼굴이 시뻘겋게 달아오른 주인을 보며 집사장은 혼란스러운 기색이었지만, 이내 정중히 고개를 숙였다.

* * *

레온하르트에게서 답장이 온 건 한 시간도 되지 않아서였다. 서둘러 답장을 열어 본 에리히는 내용을 확인하자마자 얼굴을 일그러뜨렸다.

"으……. 으으……."

"왜요, 오라버니?"

"아냐. 아무것도."

에리히는 서신을 감추려 했지만, 테네르가 그것을 낚아채는 게 더 빨랐다.

"야, 너······!"

"안 돼요, 오라버니. 황제 폐하께서 친히 보내 주신 편지인데, 찢어지기라도 하면."

테네르는 편지를 다시 빼앗으려는 오라비를 타이르듯 말했다. 먼저 뺏어간 쪽이 하기에는 지나치게 뻔뻔한 말이었다. 에리히는 어처구니없다는 듯 헛웃음을 뱉었다.

"아니, 네가 뺏어 놓고 무슨 소리야?"

"그러게 꽉 잡고 계셨어야죠."

놀리듯 말한 테네르는 에리히에게서 등을 돌리고 서신을 펼쳐 보았다. 그녀의 시선이 유려한 글씨를 훑었다.

[친애하는 에반 경.

나 또한 황후를 빨리 모시고 싶은 마음이 크지만, 황후께서 후작가에서 즐거운 시간을 보내고 계신 모양이니 마차는 예정대로 결혼식 당일에 보내도록 하겠네.

추신. 경험자로서 하는 말인데, 마음을 부정하는 기간은 짧을수록 좋으니 부디 참고하길.]

내용을 확인한 테네르의 눈이 다시금 휘어졌다. 에리히는 이마를 감싸 쥐었다.

* * *

"황후 폐하, 쌓인 거 정말 많으셨나 봐요."

"그래 보이나요?"

장장 나흘 동안 오라비를 놀린 테네르는 십 년 묵은 체증이 내려간 듯 개운한 얼굴로 황실 마차에 올라탔다. 아이를 안고 맞은편에 앉은 로라가 키득키득 웃었다.

"제가 볼 땐, 두 분 분명 친남매예요."

"……로라 양에겐 미안하네요. 원래는 오라버니만 조금 괴롭히려고 한 건데."

"어머, 아니에요. 황후께서 행복하셨으면 됐죠."

로라는 테네르가 진심으로 자신과 에리히를 엮으리라는 생각은 그리 하지 않는 듯했다. 테네르는 얼른 손을 내젓는 그녀에게 물었다.

"그런데 정말 기억이 나지 않는 건가요?"

"제가 술이 좀 약해서요. 후작님이 자길 주먹으로 때리라고 말씀하신 것 같긴 한데……."

"……때리라고요?"

"음……. 사실 잘 모르겠어요. 꿈인가 싶기도 하고요."

로라는 어색하게 웃으며 볼을 긁적이곤 말을 돌렸다.

"어쨌든, 드디어 결혼식이네요. 우리 황자 전하도 정식으로 황족이 되시는 거고요."

"그러게요. 이젠 본궁에 조시 방도 생길 거고."

테네르는 아이의 볼을 쓰다듬으며 말했다. 조슈아는 장난감을 꼭 쥔 채 간간이 무언가를 이야기했다. 아직은 알아들을 수 있는 말 반, 알아들을 수 없는 말 반이었지만, 아이가 하는 말에 최선을 다해 대꾸해 주는 게 어른의 일이 아니던가.

테네르는 아이를 바라보며 열심히 맞장구를 쳐 주었다. 그 모습을 보던 로라가 조심스레 입을 열었다.

"저, 생각해 봤는데요."

"네?"

"전…… 황자 전하 같은 아기님이라면 다섯 분까지는 괜찮을 것 같아요."

로라는 퍽 결연하게 말했지만, 테네르는 그녀의 말을 금방 알아듣지 못했다. 로라가 그런 그녀에게 씩 웃어 보였다.

"황실의 후계는 많을수록 좋잖아요? 우리 황자 전하도 혼자는 외로우실 테고. 그죠, 황자님?"

"……."

조슈아는 로라의 말을 알아듣지 못한 듯 눈을 말똥말똥 뜬 채 그녀를 살폈다. 로라가 재차 말했다.

"황자님 동생이요. 아기, 아기."

"아기?"

"맞아요. 아기."

"그런 이야기는…… 좀 이르지 않나요?"

테네르는 당황한 듯 얼굴을 붉혔다. 로라는 재미있는 농담을 들은 듯 웃음을 터뜨렸다.

"어머, 황후 폐하. 지금 결혼식 하러 가시는 거잖아요."

"……그렇긴 하지만."

자신도 레온하르트도 아직 젊고 건강하니, 조슈아 말고도 후사가 생길 가능성은 얼마든지 있었다. 자신 또한 둘째가 있었으면 하는 마음이 없지도 않았고. 하지만.

"폐하께서는…… 그리 달가운 기색은 아니었어요."

"아참, 황후 폐하 몸 상하실까 봐 걱정한다고 하셨죠?"

"재판이 끝나고 다시 말을 꺼내 봤는데, 그리 원하시는 눈치는 아니더라고요."

핏줄에 아무런 문제가 없음이 밝혀졌으니 둘째가 조부를 닮아도 괜찮겠다고 말한 적은 있었지만, 정작 레온하르트는 그녀의 말을 반기지 않았다. 당시 자신이 그의 마음을 받아 주지 않았던 탓인지, 정말로 둘째를 낳을 생각이 없는 건지는 모르지만.

"……황후께선 낳고 싶으신 거죠?"

"못 낳을 이유도 없으니까요. 다섯은 좀 힘들겠지만……."

테네르는 머뭇거리다 슬그머니 손가락 세 개를 들었다.

"……셋 정도는 괜찮지 않을까 싶어요."

"그럼 폐하께 확실히 말씀하셔도 되지 않을까요? 황후께서 강하게 나가시면 폐하께서도 말리진 못하실 것 같은데."

"……그럴까요?"

"그럼요."

로라가 확신에 찬 얼굴로 대답하자, 테네르는 저도 모르게 고개를 끄덕였다. 둘째라니. 조슈아의 동생이라니. 조슈아는 낳은 자신이 억울할 정도로 레온하르트를 닮았으니, 둘째는 자신을 닮아도 좋으리라.

"……로라 양은 아이를 많이 낳고 싶다고 했었죠?"

"희망 사항이에요, 그냥. 막상 낳고 나면 너무 아파서 더 못 낳겠다고 할지도 모르고요."

"하긴, 보통 아픈 게 아니니까요."

"실은, 저희 어머닌 별로 안 아팠다고 하시더라고요. 그냥 힘 두어 번 주니까 쑥 나왔다고. 준비하는 시간 포함해서 한 시간도 안 걸렸다고 해서……. 저도 어머니 닮았기만 바라고 있어요."

"그런 것도 가능한가 보네요. 난 여섯 시간 진통이었는데도 순산이라고 하던데."

"보통 초산이 제일 힘들다고 하니까, 아마 다음엔 더 수월하실 거예요."

로라의 말에 테네르는 천천히 고개를 끄덕였다. 황궁이 점점 가까워지고 있었다.

14

그 어느 때보다도 화려한 결혼식이었다.

넓은 홀 안은 하객으로 가득 차 있었다. 급하게 진행되느라 제국 귀족들만 참석했던 첫 번째 결혼식과 달리, 이번 결혼식의 하객 중에는 주변의 우호국에서 온 사절단도 여럿이었다. 폐후가 황손을 낳았다는 게 알려진 순간부터 예정된 결혼식이었으니 당연한 일이었다.

튤립과 베고니아로 장식한 식장에는 악단의 음악 소리가 가득했다. 테네르는 크게 심호흡하며 오라비의 팔에 손을 올렸다. 며칠 동안 동생에게 시달린 에리히는 입을 삐죽거리면서도 순순히 팔을 내어 주었다.

"너도 다 컸는데, 꼭 나랑 같이 입장을 해야 하나?"

"죄송해요, 오라버니. 저보단 로라 양 손을 잡고 싶으실 텐데."

"너 진짜 두고 보자."

테네르가 작게 속살거리자 에리히는 으득 이를 갈았다. 그러나 문이 열리자 언제 그랬냐는 듯 점잖은 얼굴로 발을 옮겼다.

붉은 융단 위에는 화동들이 뿌린 꽃잎이 여기저기 깔려 있었다. 주단의 양옆은 꽃으로 화려하게 장식되어 있었고, 그 사이로 은촛대에 끼워진 양초가 주위를 은은하게 밝혀 주었다.

테네르는 오라비에게 팔짱을 낀 채 천천히 걸었다. 꽃잎들이 구두에 밟힐 때마다 레온하르트의 모습이 점점 가까워졌고, 아름다운 드레스에 대한 찬탄이 여기저기서 들려왔다.

레온하르트는 첫 번째 결혼식과 마찬가지로 주단의 한가운데에 서서 테네르를 기다리고 있었다. 눈이 마주치자 쑥스러운 웃음이 흘러나오는 건 왜인지.

"……아름답습니다, 테네르."

"레온, 당신도요."

테네르는 웃으며 레온하르트의 손에 손을 포개었다. 인도를 마친 에리히가 퇴장하자, 두 사람은 함께 발을 옮겼다.

"이미 한 번 했던 건데도…… 조금 긴장되네요."

테네르의 말에 레온하르트는 말없이 그녀의 손등을 감싸 쥐었다. 레이스 장갑 위로 커다란 손의 감촉이 느껴졌다.

어쩐지 익숙한 기분이었다. 처음으로 그와 함께 이 주단 위를 걷던 날, 긴장한 기색을 숨기지 못하는 자신을 다독여 주던 손길을 기억하고 있었으니.

"……그때도 이렇게 잡아 주셨죠."

"그대가 손잡을 핑계를 만들어 주신 거지요."

나직한 속삭임에 테네르는 소리 없이 웃었다. 그들이 나란히 발을 옮기던 순간이었다.

"으이잉, 엄마아."

하객석에 앉아 있던 조슈아가 엄마를 발견하고는 칭얼거렸다. 로라가 얼른 아이를 안아 다독였지만, 아이는 엄마와 아빠를 향해 손을 휘저었다.

"……사람이 많아서 불안한 모양입니다."

"공식 행사는 처음이니까요."

레온하르트의 중얼거림에 테네르는 작게 고개를 끄덕이며 대답했다. 사람을 워낙 좋아해 그 흔한 낯가림도 없는 아이였지만, 낯선 분위기에서 엄마와 멀찍이 떨어져 있는 게 못내 불안한 모양이었다.

테네르는 걱정스러운 얼굴로 하객석을 보다가 레온하르트 쪽으로 고개를 돌렸다. 마찬가지로 조슈아가 있는 자리를 흘깃거리던 레온하르트는 테네르와 눈이 마주치자 천천히 고개를 끄덕였다.

"황자를 이리로."

황제의 명령이 떨어지자, 로라는 얼른 아이를 안아 들었다. 조슈아는 시선이 쏠리는 걸 아는 듯 유모에게 찰싹 붙어 엄마와 아빠를 힐끔거렸다.

레온하르트는 부케를 든 테네르를 대신하여 아이를 받아 들었다. 아빠의 품에 안긴 조슈아가 안심한 듯 배시시 웃자, 테네르는 부케에서 꽃 한 송이를 뽑아 아이에게 건네주었다. 조슈아는 자그마한 두 손으로 꽃을 받아 들었다.

"조시가 엄마 긴장 풀어 주러 왔나 보네요."

"벌써 아빠를 이기려 하는 걸 보니 크게 될 아이입니다."

두 사람은 작게 속살거리며 단상 앞에 발을 멈추었다. 주례를 맡은 이는 레온하르트의 외조부인 사무엘 트라벨이었다. 노공작은 인자한 미소를 띤 채 두 사람을 보았다.

"두 분 폐하의 주례를 맡게 되어 영광입니다."

긴 축사가 이어지는 동안 테네르와 레온하르트는 간간이 서로를 보았고, 또 눈을 동그랗게 뜨고 단장의 꽃과 양초를 관찰하는 조슈아를 보았다.

이 아이를 지키기 위해 낯선 땅으로 도망쳤다. 행여 누군가 이 아이를 해칠까 봐, 혹은 아이를 무참히 빼앗길까 봐. 짧은 오해로 멀어진 시간이 왜 그리도 길었는지.

"……두 분 폐하께서는 생의 마지막까지 서로를 굳게 믿고 사랑할 것을 맹세하십니까?"

사무엘의 물음에 두 사람은 서로를 바라보았다. 부정할 수 없는 애정이 담뿍 담긴 시선이 그 자리에 있었다. 단 한 번도 꺼진 적 없는 사랑이.

* * *

결혼식과 피로연이 모두 끝난 후, 테네르는 황후궁으로 돌아왔다. 물론 연회는 이틀에 걸쳐 이어질 예정이었지만, 갓 결혼식을 치른 부부가 피로연에서 먼저 퇴장하는 건 일반적인 일이었다.

시녀들은 밝은 얼굴로 그녀를 씻기고 정성스럽게 몸을 주물러 주었다. 긴장했던 몸이 노곤하게 풀렸지만, 한편으로는 그와의 두 번째 첫날밤이란 생각에 기대가 되기도 했다.

"황자는 잠들었니?"

"네, 황후 폐하. 본궁을 낯설어하실까 봐 걱정했는데, 평소보다 일찍 잠드셨대요."

"많이 피곤했나 보구나."

황제를 빼닮은 황자이자 차기 황제가 될 유일한 황손이었다. 하객들의 관심이 아직 두 살도 되지 않은 어린아이에게 쏠린 건 당연한 일이었다. 사람을 좋아하고 잘 따르는 아이였지만, 이런 식의 관심은 퍽 부담스러웠던 모양이었다.

마사지가 끝난 후, 테네르는 얇은 슬립 위에 실크 가운을 걸치고 침실로 들어섰다. 레온하르트가 침대 위에 걸터앉은 채 그녀를 기다리고 있었다.

"어서오세요, 테네르."

다정한 목소리에 테네르는 얼른 그에게 다가갔다. 그러고는 그의 볼을 감싸 쥐고 조심스레 입을 맞추었다. 산장에서 이후로 처음 하는 입맞춤이었지만, 내내 기다려 온 순간이기에 두 사람 모두 거리낌이 없었다.

"……칠 년 만이네요."

큰 손이 허리를 감고 끌어당겼다. 테네르는 기꺼이 그의 품에 안겼다.

"여기서 그러셨잖아요. 사랑을 요구하지 말라고."

"……도대체 어떤 머저리가 그런 말을 했었는지."

한숨 섞인 중얼거림에 테네르는 저도 모르게 웃음을 터뜨렸다. 큰 손이 머리를 쓸더니 이내 볼을 감쌌다. 이마와 볼, 입술에 입술이 차례로 내려앉았다.

"그럼……. 그때 했던 말씀은 취소하시는 건가요?"

"덜떨어진 멍청이가 지껄인 소리이니, 잊어 주시면 더 좋을 것 같습니다."

거기까지 말한 레온하르트는 테네르의 입술에다 길게 입을 맞추었다. 다디단 숨결을 삼켰다. 아랫입술을 몇 번 핥다가 장난스레 깨물고, 쪽쪽 새소리를 내며 웃기도 하고, 벌어진 입 안에서 달콤한 것이라도 찾듯 구석구석을 핥거나 혀를 휘감고 빨아 댔다.

"하아……."

터져 나오는 한숨은 누구의 것인지. 그 한숨을 삼키듯 입술이 다시금 맞닿았다. 한참 동안 그의 입맞춤에 호응하던 테네르가 고개를 들었다.

"레온, 혹시…… 약 드시고 오셨나요?"

피임을 위한 약을 먹었냐는 의미였다. 레온하르트는 고개를 끄덕였다. 테네르가 가쁜 숨을 갈무리하며 이어 물었다.

"그럼……. 둘째는 여전히 생각 없으신 거예요?"

"……."

조심스러운 물음에 레온하르트는 멈칫했지만, 이내 다시금 고개를 끄덕였다. 그 또한 볼이 상기된 채였다.

"전에도 말했지만, 난 그대가 조시를 낳아 준 것만으로도 충분합니다."

"하지만……."

"그대는 너무 작고…… 약합니다, 테네르."

레온하르트는 테네르의 손목을 가볍게 쥐었다. 굵기를 비교라도 하듯 제 손목을 옆에 가져다 대기도 했다. 골격 자체가 다른 것을 어쩌나 싶지만, 제 걱정으로 이러는 것을 보니 괜히 기분이 좋기도 했다.

"걱정하지 않으셔도 돼요. 아시잖아요, 저 그렇게 약하지 않은 거."

"모르겠습니다."

"약한 사람이 어떻게 말을 타고 활을 쏘겠어요. 조시도 동생이 있으면 좋지 않을까요? 저도 둘 정도는 더 낳을 수 있을 것 같고."

승마도, 활쏘기도, 기본적인 체력과 근력이 뒷받침되지 않으면 할 수 없는 일이었다. 테네르는 그를 설득하려는 듯 말했지만, 둘이라는 말에 레온하르트는 더더욱 고개를 저었다.

"하나도 힘들 텐데 둘이라니요. 그대가 나보다 커지거나 팔이 굵어진다면 모를까."

"무슨, 말도 안 되는 말씀을……."

"난 그대가 아픈 게 싫습니다."

레온하르트는 테네르를 부둥켜안고 머리를 비비적거렸다. 간지러운 숨결이 느껴지자 테네르는 그의 손을 제 팔 위로 올렸다.

"저 당신 생각보다 훨씬 튼튼해요, 레온. 그러니 너무 걱정 마세요."

테네르가 타일렀지만, 레온하르트는 말없이 그녀의 팔을 주물렀다. 손목부터 팔꿈치, 팔뚝까지 만져 보고는 여전히 내키지 않는 듯 말했다.

"……잘 모르겠습니다."

"팔만 쓰는 게 아니고, 어깨랑 등도……."

테네르의 말에 팔을 주무르던 손이 어깨로 올라오더니 다시 등으로 미끄러졌다. 그 손길이 어쩐지 점점 은근해지는 것은 착각인지.

"……레온?"

"아무래도 옷이 두꺼워서 그런 것 같은데……."

"……."

얼굴에 그림자가 드리워진 것을 깨달은 건 그 순간이었다. 몸이 한쪽으로 기우뚱했다. 털썩, 소리가 들려왔다.

"……확인해 봐도 될까요."

테네르는 침대에 누운 채 레온하르트를 바라보았다. 그는 허락을 기다리듯 그녀를 바라보고 있었다. 테네르는 짐짓 눈을 가늘게 뜨고 그를 보았지만, 이내 손을 뻗었다.

"아직 이야기 끝나지도 않았는데요."

"예, 지금 한창 이야기 중이지 않습니까."

그래 놓곤 쪽쪽 입 맞춰 오는 것이 능청스럽기도 했다. 레온하르트의 입술이 입술에, 코끝에, 볼에, 목덜미에 간지럽게 내려앉았다. 테네르는 작게 키득거렸다.

"제가 약하지 않으면 된다는 거죠?"

목에 팔을 감으며 묻자 레온하르트는 고개를 끄덕였다. 테네르는 소리 내어 웃었다.

"먼저 지치실지도 몰라요."

"내가 먼저 지친 적은 없었던 것 같긴 하지만요."

레온하르트는 천천히 몸을 기울였다. 허리끈을 풀어 내리는 손길에 테네르는 조금 긴장한 듯 몸을 움츠렸다. 커다란 손이 나이트가운을 벗겨 내자 드러난 맨살에 오소소 소름이 돋았다.

테네르는 침대 아래로 떨어지는 가운을 보고는 다시 레온하르트 쪽을 보았다. 함께 밤을 보낼 때마다 제게서 눈을 떼지 않던 사람이었다. 두 번째 초야를 앞둔 지금도 마찬가지였다.

"계속 그렇게…… 보실 건가요?"

"하긴, 제대로 확인하려면 만져 봐야겠지요."

능청맞은 대답에 테네르는 민망한 것도 잊고 푸스스 웃음을 흘렸다. 그의 손이 테네르의 손목에서 팔꿈치까지를 부드럽게 어루만졌다. 그러더니 손목 안쪽에 입을 맞추었다. 여린 살결에 닿는 숨결이 간지러웠다.

"입도 맞추셔야 하는 거예요?"

"예, 신중을 기해야 하는 일입니다."

대답하는 모양새가 뻔뻔하기도 했다. 그의 입술이 팔꿈치를 지나 어깨로 미끄러졌다. 간간이 확인 도장이라도 찍는 양 자국을 남겼다. 팔에, 어깨에, 목덜미에 발그스름한 흔적이 남았다. 답지 않은 수작을 부리는 모습에 어쩐지 장단을 맞춰 주고 싶기도 했다.

"……그쪽만 보실 건가요?"

조심스러운 물음에 레온하르트가 고개를 들었다. 테네르는 말없이 어깨끈을 끌어 내렸다. 가슴이 반쯤 보일 정도로 깊게 팬 슬립이 젖꼭지가 보일 듯 말 듯 한 자리까지 내려갔다.

이쪽이야말로 어울리지 않는 짓은 아닌가. 너무 과하진 않나. 테네르는 조금 걱정했지만, 쓸데없는 염려라는 건 얇은 슬립을 움켜쥐는 손길만 봐도 금방 알 수 있었다.

벗은 몸을 간신히 가리고 있던 슬립이 순식간에 벗겨졌다. 레온하르트가 그대로 가슴을 움켜쥐자 테네르는 더운 한숨과 함께 웃음을 터뜨렸다. 손바닥의 굳은살이 여린 살결에 생경하게 와 닿았다. 그의 손가락이 아이를 낳고 커진 유두를 가볍게 튕기자 테네르는 작게 신음했다.

"손이…… 으응, 더 거칠어진 것 같아요."

"아픕니까?"

"그건, 흐읏, 아닌데……."

"하긴, 손보다는 입을 좋아하셨으니."

레온하르트는 태연하게 중얼거렸다. 꼭 그녀가 좋아했던 메뉴를 말하는 듯한 뉘앙스였다. 테네르의 얼굴이 붉게 달아오른 건 당연한 일이었다.

"저, 저는 그런 말은, 한 적이……. 흐으응."

그가 손가락 사이에 유두를 비비듯 문지르자, 테네르는 말을 잇지 못하고 초조한 한숨을 내쉬었다. 레온하르트는 꼿꼿한 선단을 두어 차례 가슴 안으로 밀어 넣으며 장난을 쳤다.

"소리가 달랐습니다."

"⋯⋯."

"젖는 정도도 달랐고."

"⋯⋯레온!"

음탕하기 그지없는 말에 테네르는 기겁하여 소리쳤다. 레온하르트는 새빨갛게 달아오른 얼굴에 몇 차례 키스하더니 그대로 가슴에 입을 가져갔다. 짚어진 유두를 혀끝으로 살살 굴려 대자, 아니나 다를까 신음이 터져 나왔다.

"아, 으응⋯⋯."

정말로 커진 신음 때문인지, 가슴께에서 나직한 웃음소리가 번져 왔다. 민망해진 테네르가 얼굴을 가리자, 귀신같이 알아챈 레온하르트는 그녀의 양 손목을 붙잡고 머리 위로 올렸다. 그러고는 보란 듯이 혀를 길게 내밀어 곤두선 젖꼭지를 핥았다. 그것도 모자라 입 안에 머금고 쭉쭉 빨아대기까지 하자 테네르의 허리가 절로 들썩였다.

"아, 레온⋯⋯."

"손목이 너무 가늡니다, 테네르."

한참 동안 가슴을 애무하다 고개를 든 레온하르트는 제 손에 붙잡혀 옴짝달싹하지 못하는 손목을 보며 말했다. 테네르는 가빠진 숨을 몰아쉬고는 대꾸했다.

"아이를⋯⋯ 손목으로 낳는 건 아니잖아요."

"그래도요."

"거기다 레온, 당신 손이 큰 것도⋯⋯. 아, 잠깐⋯⋯."

레온하르트는 제 타액에 범벅이 된 유두를 이로 가볍게 긁었다. 테네르는 어쩔 줄 모르고 허벅지를 비볐다. 쪽, 쪽, 입술이 둥그런 둔덕을 지나 아래로 내려가다 돌연 멈칫했다.

애무가 멈추자 테네르는 의아한 듯 고개를 들었다. 레온하르트의 시선이 튼살이 남은 아랫배에 고정된 것을 알아채자, 그녀는 작게 웃었다.

"……보기 흉한가요?"

"그럴 리가요."

레온하르트는 얼른 고개를 저었다. 큰 손이 아랫배를 부드럽게 어루만졌다.

"그냥……. 그대가 아팠을까 봐."

이런 대답을 예상하고 건넨 질문이었다. 하지만 막상 원하는 대답을 듣고 안심되는 걸 보면 아이를 낳고 변한 몸에 내심 불안한 마음이라도 있었던 것 인지.

그런 그녀의 마음을 알기라도 하는 듯, 레온하르트는 그 자리에 아주 조심 스럽게 입을 맞추었다. 한때 그들의 아이가 머물던 자리였다.

"미안합니다, 테네르."

"그런 말씀 마세요. 도망친 건 저인걸요."

"그렇다고 해도……."

"이젠 그런 말보단 다른 말이 더 듣고 싶은데."

작은 속삭임에 레온하르트는 얼른 그녀를 끌어안고 귓가에 입을 맞추었다.

"사랑합니다."

"……."

"사랑합니다, 테네르."

"저도요, 레온하르트."

테네르는 민망한 듯 간지러운 듯 웃음을 흘리며 그의 머리를 쓰다듬었다. 부드러운 머리카락이 손가락에 감겨 온 것도 잠깐, 입술이 다시금 맞닿았다. 커다란 손이 허리 아래로 미끄러지더니 비부를 가린 속옷을 그대로 끌어 내 렸다. 축축하게 젖은 음부에 서늘한 공기가 닿았다.

잦은 입맞춤은 이전과 다를 바가 없었다. 레온하르트는 정신없이 테네르 의 입술을 빨고 혀를 얽으며 가슴을, 허리를, 엉덩이를 주물러 대었다. 테네르는 가빠진 숨을 헐떡거리며 상대의 벗은 상체를 어루만졌다.

언제든 머리를 기댈 수 있는 넓은 어깨와 달리 힘을 주지 않아도 근육의 굴곡이 선명한 팔뚝, 손끝이 닿을 때마다 꿈틀거리는 두툼한 흉부와 군살 하나 없는 탄탄한 복부.

수많은 밤을 함께 보냈으면서도 이별을 앞둔 밤에나 겨우 만져 보았던 몸이었다. 남의 몸은 아무렇지도 않게 만져 대면서 제 손길이 닿을 때마다 매끈한 살결 안쪽이 긴장하는 게 우스웠다. 그간 뭐가 그리도 부끄러워 만져 볼 생각조차 하지 못했던 건지.

"……예뻐요."

작게 읊조린 말에 레온하르트의 손길이 그대로 멈췄다. 그는 조금 당황한 듯 눈을 크게 떴지만, 이내 너털웃음을 터뜨렸다.

"누가 할 말을."

그렇게 말하면서도 레온하르트는 제법 기분이 좋아 보였다. 제 모습이 테네르에게 좋게 보인다는 사실이 새삼 기쁘기라도 한 걸까.

"아……."

그의 손이 예고도 없이 다리 사이를 파고들었다. 갈라진 틈이 젖어 있는 것을 확인하자 굵직한 손가락이 그 위를 부드럽게 쓸었다. 조심스레 음순을 벌리고 발갛게 익은 클리토리스를 누르듯 문질렀다. 갑작스러운 자극에 테네르는 놀라 베갯잇을 움켜잡았다. 벌어진 다리 사이로 무릎이 쑥 들어와 오므리지 못하게 했다.

"앗, 으응……."

손가락이 조심스레 안쪽으로 밀려 들어오자 테네르의 고개가 뒤로 젖혀졌다. 간만의 삽입이었지만, 쾌감을 기억하는 몸은 그의 침입을 기꺼이 받아들였다. 거부감이 없다는 것을 알아챈 레온하르트가 손가락을 빼내더니, 이번에는 두 개를 한 번에 쑥 밀어 넣었다.

"아, 레온, 잠……. 아흑."

레온하르트는 손가락을 번갈아 움직이며 그대로 그녀의 다리 사이에 얼굴을 묻었다. 테네르는 눈을 크게 뜨고 허리를 들썩였다. 길게 내민 혀가 음핵을 느릿하게 핥고 있었다.

안쪽을 채운 손가락도 진퇴를 반복하며 그녀의 성감을 자극했다. 안팎으로 느껴지는 쾌감에 테네르는 흐느끼듯 신음하며 베개를 움켜잡았다. 바짝 세운 발끝이 시트를 긁으며 주름을 만들었다.

까맣게 잊어버렸다고 생각한 감각이었다. 제도를 떠난 후 레온하르트와는 물론 다른 누군가와도 이런 일을 하게 될 거라 생각하지 않았으니. 그저 그와의 마지막 밤을 추억하며, 그렇게 아이를 기르며 살아갈 거라 생각했는데.

"아, 아앙, 레온……."

익숙한 손길이 그녀를 쾌감으로 이끌었다. 때로는 능숙하게 움직이며 그녀를 몰아갔고, 또 때로는 애가 탈 만큼 느릿하게 움직이며 안달 나게 했다. 입술이 발간 음핵을 빨아들일 때마다 허리가 발발 떨렸고, 젖은 손가락이 안쪽을 찌르자 애액이 넘쳐흘러 시트를 적셨다.

"아, 흐윽, 아……!"

테네르는 베갯잇을 움켜쥔 채 몸을 비틀었다. 안쪽을 헤집는 손가락과 질척하게 감겨 오는 혀의 감촉에 눈앞이 아찔했다. 움찔거리던 허리가 번쩍 들리려던 순간, 음부를 헤집던 손가락이 돌연 쑥 빠져나갔다.

"아……?"

레온하르트가 몸을 일으키자, 테네르는 멍청한 얼굴로 고개를 들었다. 열락에 젖은 보랏빛 눈 아래 양 뺨이 붉게 상기된 채였다. 가쁜 숨을 따라 가슴이 크게 오르내렸다.

"왜……."

열기가 가시지 않은 몸이 혼자서 움찔거렸다. 조금만 더 하면 됐는데. 조금만……. 목전에서 놓친 절정에 앓는 소리가 절로 나왔다.

"흐으, 레온……."

테네르는 조르듯이 몸을 비틀었다. 하지만 레온하르트는 그저 그녀의 다리 사이에 자리를 잡은 채 제 성기를 손으로 훑을 뿐이었다. 굵직한 페니스가 제 무게를 이기지 못하고 한쪽으로 기우는 것을 보며 테네르는 마른침을 삼켰다.

"말씀해 주세요, 테네르."

레온하르트가 말했다. 입가는 누구의 것인지 모를 타액으로 반들반들해진 채였다. 그가 제 성기를 음부에 대고 문지르자, 테네르는 다시금 옅게 신음했다. 레온하르트가 그녀의 다리를 들어 올려 종아리에 입을 맞추었다.

"어서요."

채근의 말이 귓가에 와 닿았다. 테네르는 그가 무엇을 요구하는 건지 알고 있었다. 제 입으로 말하기 부끄러워 뱉어 본 적 없는 말이지만, 그는 침대에서 언제나 그녀의 반응을 살피곤 했으니.

"……해 줘요, 레온."

테네르는 레온하르트를 향해 손을 뻗었다. 허리에 다리를 감고는 재촉하듯 끌어당겼다.

"빨리요, 넣어 줘."

그 말에 커다란 성기가 기다렸다는 듯 그녀의 몸 안으로 밀려 들어왔다. 아이까지 낳은 몸이었지만 오랜만의 삽입은 조금 버겁게 느껴졌다. 테네르는 힘겹게 숨을 몰아쉬며 레온하르트의 등을 끌어안았다. 저도 모르게 손톱을 세웠다가, 행여 그의 몸에 상처라도 낼까 안은 그대로 주먹을 쥐었다. 그래 봤자 몇 번 움직이면 그대로 매달릴 테지만.

레온하르트는 테네르를 숨막히게 안은 채 입을 맞추었다. 그녀의 몸 안을 가득 채운 것이 쑥 빠져나갔다가 더 깊은 곳으로 밀려 들어왔다. 그가 기분 좋은 곳을 찔러 올 때마다 몸에 열이 오르고 등골이 오싹했다.

새된 신음은 제 입을 막은 입술에 그대로 삼켜졌다. 곤두선 유두가 단단한 가슴팍에 뭉근하게 비벼졌다.

"하, 으응, 흐읏……."

입술이 떨어지며 타액이 실처럼 길게 늘어졌다. 테네르는 그제야 눈을 떴다. 그가 밀려 들어올 때마다 흥분으로 달뜬 얼굴이 일그러졌다. 레온하르트는 허리를 느릿하게 움직이며 그녀를 바라보고 있었다. 그 또한 이마에 땀이 송골송골 맺힌 채였다. 늘 온화하기만 하던 얼굴이 찌푸려진 것을 보자 괜스레 아랫배가 저릿했다.

"흐으, 레온……."

조르는 듯한 목소리에 허릿짓의 속도가 더해졌다. 상체를 일으킨 레온하르트는 테네르의 허벅지를 움켜잡은 채 안쪽을 강하게 쳐올렸다. 테네르는 말을 잇지 못하고 고개를 뒤로 젖혔다. 베갯잇을 말아쥔 손에 바짝 힘이 들어갔고, 번쩍 들린 허리가 바들바들 떨렸다.

"아, 아아……!"

관통하는 듯한 쾌감이 몸 깊은 곳에서 퍼져 나갔다. 눈앞이 번쩍거리고 허리가 크게 들썩였다. 단단히 붙잡힌 양 허벅지가 속절없이 발발 떨렸다. 질벽이 그를 빨아들이기라도 하듯 강하게 수축했다. 레온하르트는 그녀의 몸을 껴안은 채 그대로 사정했다. 굵직한 성기가 제 안에서 꿈틀거리는 것이 선명하게 느껴졌다.

"흐으, 으응……."

테네르는 레온하르트의 품에 꼭 안긴 채 가쁜 숨을 몰아쉬었다. 레온하르트는 몸의 떨림이 멎을 때까지 그녀에게 정신없이 입을 맞추었다. 발개진 얼굴의 구석구석에, 이미 흔적이 남은 목덜미와 어깨에 입술이 내려앉았다.

"괜찮으십니까?"

레온하르트가 젖은 머리카락을 귀 뒤로 넘겨 주며 물었다. 테네르는 숨소리를 가라앉히려 애쓰며 고개를 끄덕였다. 레온하르트는 그제야 그녀의 몸에서 빠져나왔다. 입술이 볼 위에 다시금 내려앉았다.

"둘째도 낳겠다는 분이 이 정도로 힘드시진 않을 테고요."

그 말에 테네르는 고개를 들었다. 땀방울이 조금 맺혔을 뿐 지친 기색 하나 없는 얼굴을 보았다가 시선을 아래로 내렸다. 그 자리에 있는 것은, 그러니까…… 그거였다. 방금까지 그녀의 안을 헤집었으면서, 여전히 형형한 크기로 서 있는 그것.

"벌써 지치셨습니까?"

멍청하게 눈을 끔뻑이고 있자, 어쩐지 의기양양한 목소리가 들려왔다. 엄연한 도발이었다. 그렇다고 답하면 둘째 이야기는 완전히 없는 일이 될 테고, 아니라고 하면…….

"……아뇨."

테네르는 애써 태연한 척 고개를 저었다. 그간 함께했던 밤을 생각하면 조금 불안한 것도 사실이었지만, 그래도 북부에 있는 동안 체력이 붙지 않았던가. 아직 젊은 나이긴 하지만, 그 또한 그때보다 나이를 먹었으니 제 기억보다 빨리 지칠지도 모를 일이고.

"그럴 리가 있나요."

답지 않은 허세에 레온하르트의 입꼬리가 부드럽게 올라갔다. 제 판단이 오만임을 깨닫는 데에는 오랜 시간이 걸리지 않았다.

* * *

처참한 패배였다.

테네르는 정오가 되어서야 간신히 눈을 떴다. 여전히 몸이 무거웠지만, 속이 쓰릴 정도로 허기가 져 어쩔 수 없었다.

"레온……?"

천천히 고개를 돌렸지만 옆자리에는 아무도 없었다. 벌써 해가 중천에 뜬 시각이라 잠깐 사절단이라도 만나러 간 모양이었다. 뜯어진 베개 사이로 흘러나온 거위 털과 솜이 아무렇게나 널브러져 있었다.

"……으윽."

몸을 일으키려던 테네르는 짧게 신음하며 허리를 받쳤다. 고개를 숙이자 쏟아진 머리카락에는 흰 깃털이 덕지덕지 붙어 있었다. 테네르는 뻣뻣해진 머리카락에서 거위 털을 떼어 내다가 그대로 다시 드러누웠다. 그러고는 빈 자리를 슬쩍 흘겨보았다.

'어쩜 사람이 그렇게 무지막지하게…….'

그러니까, 처음에는 분명 괜찮았다. 오랜만에 그와 밤을 보내는 것에 대한 기대감도 있었고, 답지 않은 수작을 부리는 모습이 퍽 귀엽게 느껴지기도 했다. 그래서 조금은…… 도발을 했던 것도 사실이었다.

뭔가 잘못됐다는 사실을 깨달은 건 벌써 지쳤냐는 물음을 들은 다음이었다. 그 질문에 고개를 저은 후 몇 번이나 뒤엉켰던가. 절정을 맞고 숨을 고르고 있으면 또 무엇에 동했는지 달려들고, 기진맥진하여 그대로 잠들라치면 작정이라도 한 것처럼 몸을 더듬어 기어이 잠을 깨우고. 도대체 그런 힘이 어디서 나오는지도 의문이었다.

"……."

테네르는 물 먹은 솜처럼 축 늘어진 채 주위를 둘러보았다. 주름 하나 없이 정리되어 있던 시트는 아무렇게나 구겨져 있었고, 보드랍고 푹신한 베개는 무참히 뜯어져 원래의 형태를 알아보기 힘들 지경이었다.

'조시는 일어났으려나…….'

침대 위에 흩어진 머리카락에는 여전히 깃털이 붙어 있었지만 손가락 하나 까딱하고 싶지 않았다. 얼른 일어나 몸단장을 하고 아이를 보러 가야 하는데, 묵직한 눈꺼풀이 자꾸만 감겼다. 밤새 시달렸으니 당연한 일이긴 하지만.

인기척이 들려온 것은 테네르가 까무룩 잠이 들기 직전이었다. 고소한 냄새에 테네르는 천천히 눈을 떴다. 레온하르트가 한 손에 쟁반을 든 채 그녀에게 다가왔다.

"일어나셨습니까?"

"……레온."

테네르는 다 죽어 가는 목소리로 간신히 입을 열었다. 손 하나 까딱할 기운도 없으면서 음식 냄새를 맡으니 군침이 돌았다.

"급한 일이 생기신 줄 알았어요. 옆에 안 계셔서……."

"목욕물을 받고 왔습니다. 식사 먼저 하시고 씻으시면 됩니다."

레온하르트는 쟁반을 잠시 내려놓고는 테네르를 일으켰다. 그러고는 카우치에 있던 쿠션을 등에 받쳐 주었다. 테네르가 욱신거리는 몸을 일으키며 조심스레 물었다.

"……목욕물을 직접 받으셨다고요?"

"사용인들이 들어오는 걸 싫어하실 것 같아서요."

그렇게 말하며 레온하르트는 테네르의 몸을 흘깃 보았다. 이불에 가려진 부분뿐 아니라, 목과 어깨, 팔에도 울긋불긋한 자국이 남아 있었다. 다시금 떠오르는 간밤의 기억에 테네르는 얼굴을 붉혔다. 그저 둘째를 낳고 싶다고 말했을 뿐인데, 이렇게까지 몰아붙여선.

"둘째가…… 그렇게 싫으셨나요?"

"그대가 힘든 게 싫을 뿐입니다."

그렇다는 사람이 사람을 이 지경으로 만든다고? 테네르가 원망스러운 듯 바라보자, 레온하르트는 모른 척 스푼을 들었다.

"아, 하십시오."

"……."

같이 밤을 보냈는데 왜 저 사람의 얼굴만 유독 매끈해 보이는 건가. 테네르는 천천히 입을 벌렸다. 따끈한 수프가 입 안으로 들어왔다.

"……조시는 일어났나요?"

"에반 경이 찾아와서 같이 시간을 보내고 있는 모양입니다. 유모도 있으니 걱정 말고 식사부터 하세요."

테네르는 고개를 끄덕이곤 다시 입을 벌렸다. 수프 한 접시를 다 비우고 고기를 채운 빵과 샐러드까지 먹고 나니 그제야 기운이 좀 나는 것 같았다.

"씻고 조시를 보러 가야겠어요."

시녀들을 불러 달라는 말이었다. 간밤의 흔적이 여기저기 남은 몸을 시녀들에게 보이기는 영 민망했으나, 아직 온몸이 욱신거려 혼자 씻을 자신이 없었다. 하지만 고개를 끄덕인 레온하르트는 선뜻 물러가지 않았다.

"목욕 시중 정도는 나도 할 수 있습니다."

"……정말 씻기기만 하실 건가요?"

테네르는 몸을 가린 이불을 꼭 움켜잡으며 물었다. 경계하는 눈초리에 레온하르트는 짧은 한숨을 내뱉었다.

"그렇게 짐승 보듯 보시면 나도 상처 받습니다."

"하지만…… 당신이 자초한 일이잖아요……."

테네르가 소심하게 반박하자, 레온하르트는 찔리는 구석이 있는 듯 헛기침했다. 그러고는 그녀를 이불째로 안아 들었다.

"레, 레온?"

테네르는 소스라치게 놀라 그의 목을 껴안았다. 레온하르트는 멈칫했지만, 이내 그녀의 이마와 볼에다 입을 맞추었다.

"또 부추기시는 겁니까?"

"제가 언제……."

반박하려던 테네르는 간밤을 생각하곤 뜨끔하여 입을 다물었다. 레온하르트는 그런 그녀를 보며 웃었다.

"정말 씻기기만 할 테니 걱정 마세요."

"지금 손 위치가 조금 불순한 것 같은데……."

"착각입니다."

가볍게 대꾸한 레온하르트는 그녀를 안은 그대로 욕실로 향했다. 뜨거운 물은 몸을 담그기 딱 좋을 정도로 식어 있었다.

* * *

"거짓말쟁이……."

목욕을 마친 테네르는 뽀송뽀송해진 얼굴을 감싸 쥐었다. 욕실에 들어갈 때와 마찬가지로 레온하르트에게 폭 안긴 채였다. 그녀의 낯이 붉은 것은 비단 더운 물의 열기 때문만은 아니었다.

"짐승…… 아니라고 하셨잖아요."

"나도 내가 사람인 줄 알았습니다."

"……."

테네르는 눈을 흘겼지만, 자신이 싫은 기색을 보였다면 아무 일 없었을 것을 알고 있었다. 거기다 먼저 요구한 게 자신이라는 사실도. 물론 결론이 그렇다뿐, 그런 요구를 하도록 유도한 게 누구인지는 다른 문제였지만.

목욕을 하는 사이 시녀들이 방을 정리한 건지 침대는 이미 깨끗해져 있었다. 레온하르트는 푹신한 베개 위에 테네르를 뉘었다.

"직접 가시는 건 어려울 듯하니, 유모에게 조시를 데려오라고 하겠습니다."

"……오라버니는 빼고요."

온몸에 간밤의 흔적이 남은 차였다. 거기다 첫날밤을 치르고 일어나지도 못하는 꼴을 오라비에게 보일 수야 없었다. 에리히가 지금의 모습을 놀리면 놀리는 대로, 모른 척해 주면 또 그것대로 창피할 테니. 테네르의 말에 레온하르트는 고개를 끄덕였다.

"난 알현 요청이 있어서 잠시 다녀오겠습니다. 금방 올 테니 푹 쉬고 계세요."

"……천천히 오세요."

테네르는 기운 없는 목소리로 말했다. 레온하르트가 소리 없이 웃고는 허리를 굽혀 그녀에게 입을 맞추었다.

"금방 오겠습니다, 내 사랑."

다정한 속삭임에 테네르는 짐짓 눈을 흘겼지만, 이내 푸스스 웃으며 그를 끌어안았다.

* * *

로라가 황후궁으로 온 것은 얼마 지나지 않아서였다. 한 손으로는 바구니를 들고 한 손으로는 아이의 손을 잡고 들어온 로라는 침대에 널브러진 테네르를 보고 당황한 얼굴이었다.

"어머, 황후 폐하!"

"엄마!"

조슈아는 얼른 엄마에게 달려갔다. 이제는 도와주지 않아도 혼자서 침대에 올라가는 게 참 기특하기도 했다.

"조시, 우리 아가."

테네르는 웃으며 팔을 벌렸다. 조슈아는 그녀의 품에 폭 안기더니 눈을 동그랗게 떴다. 자그마한 손가락이 흰 목 위에 남은 붉은 자국을 만지작거렸다.

"괜찮아. 아픈 거 아니야, 조시."

"이잉."

말은 그렇게 하지만, 오늘은 꼼짝없이 침대에만 누워 있어야 할 지경이었다. 로라가 걱정스레 물었다.

"괜찮으세요, 황후 폐하? 오늘 연회도 가셔야 할 텐데."

"……괜찮아요. 저녁이 되면 괜찮아질 것 같아요."

아직 피로연이 완전히 끝난 건 아니었기에, 오늘도 황궁에서는 연회가 있을 예정이었다. 타국의 사절단도 왔는데 황후 된 몸으로 침대에 누워만 있을 순 없는 노릇이었다. 로라가 짧게 한숨을 내쉬었다.

"그러잖아도 시녀들이 그러더라고요. 베개를 아주…… 찢어 놓으셨다고."

"……."

테네르는 작게 헛기침하곤 로라의 손에 들린 바구니를 보았다. 그녀의 시선을 느낀 로라는 얼른 편지가 든 바구니를 침대에 내려놓았다.

"시녀들이 황후 폐하께 편지가 왔다고 해서요. 어차피 가는 길이라 저한테 달라고 했어요."

"많이도 왔네요."

"내일은 더 많이 오지 않을까요?"

이제 다시 황후가 되었으니 많은 초대장과 편지를 받는 게 당연한 일이었다. 그러나 얼핏 보기에도 몇 십 장은 되어 보이는 편지에 일일이 답장하는 것도 참 골치 아픈 일이었다. 테네르는 한숨을 꿀꺽 삼키고 말했다.

"분류하는 걸 좀 도와줄래요?"

"물론이죠."

로라는 바구니에 든 편지를 하나하나 꺼내어 분류하기 시작했다. 우선은 초대장과 결혼 축하 편지로 나누었고, 그 안에서 티 파티 초대장과 무도회 초대장으로 나누거나 직급에 따라 나누기도 했다.

아이는 소복이 쌓인 편지가 재미난 장난감처럼 보이는 듯 손을 휘저었지만, 바구니를 내어 주자 그것을 만지며 놀았다. 손으로 주무르거나 흔들어 보는 것은 물론, 엄마를 부르곤 숨바꼭질을 하듯 뒤집어써 얼굴을 가리기도 했다.

"우리 조시가 어디 갔을까요? 방금까지 여기 있었는데."

"어머. 황자님, 어디 계세요?"

두 사람이 봉투를 내려놓고 주위를 두리번거리면 바구니 안에서 키득키득

웃음소리가 들렸다. 그러다 고개를 빠끔 내밀고, 눈이 마주치면 다시 숨고. 그사이 테네르와 로라는 베드테이블 위에다 편지를 차곡차곡 쌓았다. 그러던 중이었다.

"······어라?"

로라가 고개를 갸우뚱한 것은 모서리가 구겨진 편지 봉투의 발신인을 확인한 다음이었다. 테네르가 그녀 쪽을 흘깃 보았다.

"빈트 왕국 인장이네요. 왕실에서 보낸 건 아닌 것 같은데······."

"저기, 황후 폐하. 이거······."

로라는 당혹스러운 얼굴로 봉투를 테네르에게 건네었다. 그리고 편지의 발신인을 본 순간, 테네르 또한 당황하고야 말았다.

"······어머니?"

봉투의 뒷면에 적인 것은 분명 어미의 이름이었다. 소속도 성도 적히지 않은, '타샤'라는 이름으로.

'어머니가 왜······.'

그날 작별하지 않았던가. 다시는 닿지 않을 사람이라 생각했는데 왜.

"저······ 나가 있을까요?"

로라가 조심스레 물었다. 테네르는 잠시 망설였지만, 이내 고개를 저었다.

"괜찮아요. 나이프만 좀 가져다줄래요?"

"네, 네."

로라는 허둥지둥 서랍을 열어 페이퍼나이프를 가져왔다. 그러고는 몸을 돌려 아이를 보기 시작했다. 테네르는 얼른 구겨진 봉투를 잘라 안에 든 편지를 펼쳐 보았다. 향수도, 말린 꽃도, 그림도 없는, 조금 칙칙한 색깔의 거친 편지지였다.

[사랑하는 내 딸, 테네르.

떠나온 곳에 더는 마음을 두지 않으려 했지만, 바다를 건너 전해진 소식에 걱정이 되어 이렇게 편지를 보낸다.

네 남편의 친부라 주장하는 그 자는 오래 전 북부에서 나는 불임 풀을 먹어 임신할 수 없는 몸이란다. 그러니 걱정 말고 불임 검사를 해 보렴.

사정을 설명하자면, 난 그자의 부인인 이자벨과 막역한 사이였단다. 그래서 그자가 이자벨을 배신했다는 걸 알고 그녀에게 그 풀을 나눠 주었지.

이자벨의 딸인 알레이나는 그자의 동생과의 사이에서 태어난 아이란다.

우리는 그런 걸 그리 중요하게 여기지 않지만, 너희는 꽤 중요하게 생각하는 모양이니 사이가 좋지 않다면 잘 이용해 보렴.

그리고 마찬가지로, 내게는 그리 중요하지 않지만 네가 중요하게 여길 수도 있을 것 같아 덧붙인다.

네 아버지인 루드비히 에반도 그 풀을 먹었단다.

네가 태어난 후 그자가 다른 여자를 만나고 다닌다는 걸 알게 됐거든.

그런 남자의 씨는 말려 버리는 게 나을 거라 생각했어.

난 아직도 귀족들의 세력 싸움에 능숙하지 않아서, 이런 사실이 너에게 유리할지 불리할지 판단할 수가 없단다.

그러니 유리하다면 잘 이용해 보고, 불리할 것 같으면 이 편지는 태워 버리고 아무 일 없던 척하렴.

그럼 테네르, 내 아가. 늘 행복하고 건강하기를.]

마지막 문장을 읽은 테네르는 숨을 크게 들이마셨다. 그러고는 편지에 그대로 얼굴을 묻고 작게 웃음을 터뜨렸다.

"아, 어머니……."

해결된 지가 언젠데 이렇게 뒤늦게서야.

그러나 바다 건너 전해진 소식을 듣자마자 서신을 보내온 것을 모를 리 없었다. 문제가 있다면, 어미가 있는 곳과 자신이 있는 곳이 너무 멀다는 것뿐.

"폐하께 가 봐야겠네요."

테네르는 얼른 몸을 일으켰다. 그러고는 로라를 흘깃 보았다.

"읽어 볼래요?"

"……그래도 돼요?"

로라는 조심스레 물었지만, 시선은 이미 편지에 가 있었다. 테네르는 로라에게 편지를 건네곤 얼른 아이를 안아 들었다. 동그란 이마와 통통한 뺨에다 몇 번 입을 맞추자, 조슈아는 간지러운 듯 까르르 웃으며 몸을 비틀었다.

"어머니가…… 참 여러 사람 씨를 말리셨네요."

"에이, 다 그럴 만한 사람들이었잖아요."

편지를 다 읽은 로라가 밝은 얼굴로 고개를 들었다. 테네르가 로라에게서 다시 편지를 받아 들자, 노크 소리가 들려왔다.

문을 열고 들어온 것은 레온하르트였다. 아빠를 발견한 아이가 바구니를 반쯤 뒤집어쓴 채 우다다 달려갔다.

"아빠!"

"그래, 조시. 맘마는 먹었니?"

"응!"

"'네' 해야지."

"녜!"

레온하르트는 조슈아를 한 팔에 안아 들고는 테네르에게 다가왔다. 눈치를 살피던 로라가 얼른 세 사람에게 인사하고는 방을 나갔다. 문이 닫히자, 테네르는 밝은 얼굴로 레온하르트에게 편지를 건네주었다.

"어머니에게서 편지가 왔어요."

"편지가요?"

레온하르트 또한 예상치 못한 일인 듯 놀란 얼굴로 편지를 받아 들었다. 투박한 편지지를 찬찬히 훑은 그가 입가에 웃음을 머금었다.

"멀리 있어서 소식이 늦었던 모양이에요. 오라버니께도 얼른 알려 드려야 겠어요."

"걱정하시는 것 같아서 그분을 찾아볼까 했었는데, 이렇게 연락이 와서 다행입니다."

레온하르트는 아이를 안은 채 침대에 걸터앉았다. 조수아는 편지를 만져 보고 싶은 듯 손을 뻗었다. 테네르는 팔을 벌려 두 사람을 함께 껴안았다. 이제는 사랑하는 사람들과 행복할 일만 남았다는 생각에 괜스레 가슴이 벅찼다.

完.

외전 1. 돌이킬 수 없는

'당신만이 내 유일한 사랑이야, 이자벨.'

달콤한 목소리가 진실이라고 믿던 시절이 있었다. 자신의 손을 잡고 영원한 사랑을 맹세하던 남자가 변하지 않을 거라 믿던 시절도 있었다.

아이작 살바토르는 성년식을 치르기 전부터 인기 있는 신랑감으로 손꼽혔다. 잘생긴 외모에 높은 신분, 입이 떡 벌어질 만큼 많은 재산과 신사적인 태도까지 갖추었으니 당연한 일이었다.

그런 아이작이 사교계에 이름조차 제대로 알려지지 않은 제로니스 남작가의 딸에게 청혼한 건 제법 큰 이슈였다. 부러움과 질투, 선망의 시선을 받으며 이자벨은 자신이 로맨스 소설 속 주인공이 된 것 같다고 생각했다. 그러나 불타는 사랑이란 얼마나 허무하게 사그라지는 것이던가.

'공작 부인은 참 관대한 분 같아요. 부군께서 황후 폐하와 그렇게 가까이 지내시는데도 너그러이 이해해 주시는 걸 보니.'

그 말을 처음 들었을 때, 이자벨은 그것이 자신의 불행을 바라는 이들의 망상이라고 생각했다. 잘난 남자와 결혼했다는 이유로 많은 것을 가지게 된 자신을 질투하여 일부러 헛소리를 늘어놓는 거라고.

"아이작, 당신 요즘 수상한 거 알아요?"

그러니 아이작에게 그런 이야기를 꺼낸 것도 진심은 아니었다. 그저 파티장에서 들은 말들을 핑계로 그에게 어리광을 좀 부려 보려는 심산이었다.

"황후랑 너무 가깝게 지내는 거 아녜요? 향수 냄새가 나는 것 같기도 한데."

이자벨은 아이작을 껴안고 목덜미에 코를 가져갔다. 킁킁 냄새 맡는 시늉을 하며 그가 당황하여 어쩔 줄 몰라 하거나 자신을 다정히 달래 주는 걸 상상하기도 했다. 그러나 아이작은 그녀가 원하는 반응을 보여 주지 않았다.

"지금 날 의심하는 거야?"

불쾌감이 들어찬 목소리에 이자벨은 당황한 기색을 숨기지 못했다. 놀란 얼굴을 본 아이작은 뒤늦게 표정을 누그러뜨렸다.

"……황후의 부관이니 가까이 지내는 건 당연하지."

"……."

"그러잖아도 피곤한데, 쓸데없는 소리 하지 마. 당신도 내게 의심 받으면 기분 나쁘잖아?"

그렇게 말한 아이작은 달래기라도 하듯 이자벨을 껴안고 입을 맞추었다. 이자벨은 멈칫했지만 이내 그의 등을 마주 안았다.

* * *

아이작 살바토르는 꽤 괜찮은 남편이었다.

오랜 연인인 이자벨을 저버리지 않고 청혼한 것도, 그녀에게 다른 귀부인들보다 훨씬 많은 액수의 내탕금을 내어 준 것도 그랬다. 결혼한 다음에도 종종 꽃과 선물을 보내며 낭만을 보였고, 이자벨의 친정인 제로니스 남작가에도 재정적인 지원을 아끼지 않았다.

그러니 이자벨은 그가 자신을 여전히 굳게 사랑한다고 믿어 의심치 않았다. 장난스럽게 꺼낸 말에 아이작이 제 발 저리기라도 한 듯 예민하게 굴지만 않았어도 그녀는 작은 의혹조차 가지지 않았을 터였다.

옅은 의혹이 확신이 된 것은 집무실에서 한 장의 편지를 발견한 다음이었다. 수신인이 쓰이지 않은 편지에는 상대를 향한 애정 어린 찬사가 담겨 있었다.

햇빛을 받으면 붉은 기가 도는 까만 머리에 황금보다 찬란한 눈, 여리지만 다정한 성정과 부드러운 미소. 그 편지가 누구를 향하는 건지 알아챈 순간, 이자벨은 심장이 바닥으로 쿵 떨어지는 것만 같았다.

"지금……."

가장 먼저 든 감정은 짙은 배신감이었고, 그다음은 수치심과 불안이었다.

가진 것 없는 남작가 영애와 소공작이 연인 사이라는 말에 얼마나 많은 이들이 그들의 불행을 점쳤던가. 심지어 결혼식을 치른 후에도 몇몇 이들은 틈만 나면 사소한 일에 꼬투리를 잡아 두 사람의 불화를 예상하곤 했다. 그 같잖은 말들이 사실이 될지도 모른다니.

이자벨은 아이작의 불륜을 알게 된 후 누구에게도 그 사실을 말하지 않았다. 누군가 그와 황후의 관계에 대해 이야기하면 여유롭게 웃으며 이렇게 말했다.

"상관과 부관이 친밀하게 지내는 거야 당연하지 않나요? 부군을 정말로 믿고 사랑한다면 예민하게 반응할 필요 없을 것 같은데."

그것은 이자벨이 할 수 있는 가장 합리적인 선택이었다. 우선 제 처지에 대해 이러쿵저러쿵 떠들어 댈 이들에게 먹잇감을 던져 주지 않을 수 있었고, 공작 부인으로서 누릴 수 있는 모든 것을 그대로 누릴 수 있었으니.

그러나 아무 일 없는 것처럼 군다고 해서 정말로 괜찮은 것은 아니었다. 평생 자신만을 사랑한다고 했던 남자가 다른 여자를 마음에 두는 것을 아무렇지도 않게 견딜 수 있을 리 없었다. 황궁에서 무도회가 있었던 날, 이자벨은 두 사람이 함께 춤을 추는 모습을 보다가 결국 파티장을 빠져나오고야 말았다.

하늘이 높아지는 계절이었다. 신사들의 외투는 두꺼워졌고, 귀부인들은 어깨를 드러낸 야회복 위에 레이스로 짠 숄을 걸쳤다. 쌀쌀한 날씨 탓인지 정원에는 사람이 많지 않았다.

이자벨은 정처 없이 걷다가 바닥에 주저앉았다. 갑자기 혼자 밖으로 나와 버린 걸 보고 사람들이 무슨 소리를 지껄일까. 그 사람은 내가 사라진 걸 알긴 할까. 별빛이 유달리 밝은 밤하늘 아래에서 이자벨은 혼자 흐느꼈다. 배신자. 나쁜 놈. 면전에 대고는 하지 못할 단어들을 입 안에서 웅얼거렸다. 인기척이 들려온 것은 한참이 지나서였다.

"무슨 일이에요?"

귀에 익은 목소리에 이자벨은 천천히 고개를 들었다. 그러나 자신을 부른 이의 얼굴을 확인한 순간, 그녀는 저도 모르게 이맛살을 찌푸렸다.

목소리의 주인은 타샤 에반이었다. 루드비히 에반이 북쪽 숲에서 데려와 후처로 삼았다던 여자. 여느 백작가에서 태어났대도 그럭저럭 납득할 법한 고아한 미인이었지만, 콧대 높은 귀족들은 숲에서 자라 온 그녀를 쉽게 받아들이지 않았다.

"……당신이 참견할 바 아니에요."

이자벨의 대답은 퉁명스러웠다. 한미한 남작가 출신이래도 그녀 또한 귀족으로 나고 자란 사람이었다. 태생부터 다른 유랑 민족 출신의 여자를 후작 부인으로 인정하고 싶지도 않았고, 남편 잘 만난 여자들끼리 어울린다는 이야기도 그리 듣고 싶지 않았다.

이자벨은 얼른 눈물을 닦아 내곤 아무 일 없었던 것처럼 콧대를 세웠다. 그러나 타샤는 싸늘한 눈초리에도 대수롭지 않은 듯 입을 열었다.

"그럼 안 보이는 곳에서 울든가요."

냉랭한 목소리에 이자벨은 정신이 번쩍 들었다. 타샤는 당혹스러운 시선에도 아랑곳하지 않고 그 자리에 털썩 주저앉았다. 얼빠진 얼굴로 그녀를 보던 이자벨은 그제야 정신을 차리고 말했다.

"……내가 먼저 왔어요."

우아하고 고고하게 말하려고 했지만, 때마침 콧물이 나와 훌쩍거리느라 꼭 어린애가 떼쓰는 모양새였다. 타샤는 대답이 없었다.

"내 말 안 들려요? 내가 먼저 왔다고요."

"당신 땅이에요?"

"……."

"그쪽 보러 온 게 아니라 별 보러 온 거니까, 이쪽은 신경 쓰지 말고 실컷 울어요. 나도 그쪽 신경 안 쓸 테니까."

"다 울었거든요?"

발끈하여 내뱉은 이자벨은 뒤늦게야 아차하고 입을 다물었다. 운 게 아니라고 잡아뗐어야 했는데. 그러나 타샤의 대답은 이자벨의 걱정이 무색할 만큼 심드렁했다.

"그럼 방해하지 말고 가든가요."

"뭐라고요?"

뭐 이런 사람이 다 있지? 이지벨은 어처구니없다는 듯 그녀를 바라보았다. 그러나 타샤는 그저 별이 빛나는 하늘을 바라볼 뿐이었다.

'누구 좋으라고 가?'

뭐가 되었건, 이자벨은 이상한 쪽으로 자존심이 강한 사람이었다. 자신이 선점한 자리를 고작 이런 여자 때문에 떠나는 것은 배알이 꼴려 내키지 않았다.

"가고 싶으면 그쪽이 가요. 난 있을 거니까."

"그래요, 그럼."

선심 쓰는 듯한 말투에 이자벨은 이마를 구겼다. 하지만 달리 대꾸할 말도 없어 입을 다물고 말았다.

"⋯⋯별이 없네요."

들릴 듯 말 듯 한 중얼거림이었다. 제게는 눈길조차 주지 않는 타샤를 보며 이자벨은 혼잣말처럼 대답했다.

"난 많다고 생각했는데."

"숲에는 훨씬 많아요."

"어련하시겠어요."

이자벨은 작게 빈정거렸다. 그렇게 숲이 좋다면 다시 돌아가면 되지, 왜 여기서 이러고 있단 말인가. 이곳에서 누리는 것을 선뜻 버리고 가는 건 아까운가.

"정말이에요. 거긴 밤이 이렇게 밝지 않으니까."

타샤는 불 켜진 건물들을 둘러보며 말했다. 밤하늘을 올려다보는 그 얼굴에는 지울 수 없는 그리움이 있었다. 이자벨은 픽 웃음을 흘렸다.

"왜, 숲으로 다시 가고 싶기라도 해요?"

떠나 온 곳을 그리워하는 듯한 타샤의 모습은 이자벨의 눈에는 일종의 기만으로 보였다. 희대의 로맨티시스트라는 루드비히 에반과 결혼한 사람이었다. 자신과 마찬가지로 지나치게 잘난 남자와 결혼했지만, 아직도 변함없이 남편의 사랑을 받고 있을 여자. 그런 그녀가 사소한 불만이라도 품고 있는 것이 이자벨은 밉고도 아니꼬웠다.

"⋯⋯그러려고요."

그러나 타샤는 이자벨의 물음을 부정하지 않았다. 생각지 못한 대답에 이자벨은 놀란 기색을 숨기지 못했다.

"숲으로 돌아간다고요?"

"사랑만 있으면 될 거라고 생각하고 온 건데, 정작 여기에 사랑은 없더라고요."

이자벨은 아무 말도 하지 못하고 타샤를 보았다. 꼭 듣지 말아야 할 것을 들어 버린 것만 같았다. 눈이 마주치자 타샤는 눈을 휘어 웃었다.

"몰랐죠? 그 사람, 밖에선 티를 안 내니까."

"……."

"가끔 후회해요. 차라리 숲에서 헤어졌더라면 서로에게 좋았을 것 같아서. 그럼 지금쯤 우리 둘 다 이루어지지 않은 사랑을 절절히 그리워하고 있을지도 모르잖아요."

평온한 얼굴에 비친 것은 일종의 체념이었다. 이자벨은 파티장에서의 두 사람을 떠올렸다. 희대의 로맨티시스트라는 조롱 어린 별명답게 늘 부인에게 과할 정도로 다정하게 굴던 루드비히, 값비싼 드레스와 보석을 걸치고 인형처럼 서 있던 타샤.

예상치 못했던 고백에 이자벨은 한참 동안 입을 열지 못했다. 타샤는 그런 그녀를 보며 입꼬리를 올렸다.

"그 사람도 가끔 그런 말을 하거든요. 내가 너무 한심하다고, 이렇게까지 엉망일 줄은 몰랐다고요."

"……."

"날 목숨보다도 사랑한다고 하기에 정말로 그런 줄 알았어요. 하지만 사랑을 방해하는 건 죽음이 아니라 현실이더라고요. 간이고 쓸개고 내어 줄 것처럼 굴어 놓고, 막상 손에 들어오고 나니 간도 쓸개도 아까운 모양인지."

냉소적인 목소리에 이자벨은 저도 모르게 타샤의 눈치를 살폈다. 그녀는 이런 이야기를 듣는 것에 익숙하지 않았다. 약점을 드러내는 건 어리석은 일이었고, 이자벨 또한 아이작과 황후의 관계에 대해 그 누구에게도 말할 생각이 없었으니.

"그 사람도 그 말을 할 때는 진심이었을 거라고, 정말 나를 사랑했던 시절이 있었을 거라고, 그렇게 생각했지만……. 그 시절이 다시 돌아올지는 모르겠어요. 난 나를 버릴 만큼 그 사람을 사랑하지 않고, 그 사람은 그런 모습까지 받아 줄 만큼 날 사랑하지 않는 거니까."

긴 침묵이 이어졌다. 타샤는 한참 동안 하늘을 바라보다가 무릎에 얼굴을 묻었다. 우는 걸까. 이자벨의 손이 작게 움찔거렸다.

"……그쪽은 왜 운 거예요?"

타샤가 여전히 몸을 웅크린 채 고개를 돌렸다. 유달리 밝은 별빛 아래 반짝이는 밀 색 머리와 새벽 어스름을 담은 듯한 보랏빛 눈동자가 눈에 들어왔다. 눈꺼풀을 따라 위아래로 움직이는 기다란 속눈썹과 오뚝하게 솟은 코도.

그리 인정하고 싶지는 않았지만, 타샤는 이자벨이 꽤 좋아하는 외모를 가지고 있었다. 만약 그녀가 귀족가에서 태어났더라면 처음부터 호감을 가졌으리라 확신할 수 있을 정도로.

"당신을 어떻게 믿고 말하겠어요?"

"……."

"황후 폐하 이야기 들었잖아요? 여기선 그런 이야기는 되도록 하지 않는 게 좋아요."

선황의 냉대를 친우들에게 털어놓았던 순진한 황후의 이야기는 두 사람 모두 들어 알고 있었다. 그 후 사교계에서 황후를 대하는 태도가 돌변했던 것도. 그러나 타샤는 씁쓸하게 웃을 뿐이었다.

"……뭐 어때요. 계속 볼 사이도 아닌데."

달빛이 내려앉은 얼굴이 유독 희었다. 저 얼굴에 비친 것은 홀가분함인가, 혹은 체념인가. 이자벨은 한참 동안 할 말을 찾다가 이내 입을 열었다.

"……사냥터에서 말이에요."

"……."

"왜 아무것도 안 잡은 거예요?"

무심코 내뱉은 물음에 타샤는 눈을 동그랗게 뜨고 이자벨을 보았다. 당혹감이 어린 얼굴을 보자 이자벨은 괜스레 통쾌한 심정이었다.

"후작이 얼마나 민망했겠어요? 부인이 타고난 명궁이라고 얼마나 자랑을 했었는데."

사냥 대회를 앞두었을 때, 루드비히 에반은 제 부인의 사냥 실력에 대해 온갖 허풍을 늘어놓았다. 열댓 마리의 늑대 떼를 고작 화살 다섯 개로 제압했다든가, 궁병도 제 부인의 실력에는 못 미칠 거라든가.

온갖 과장과 허풍이 섞인 말에 비웃음을 흘리는 이들도 있었지만, 명궁으로 이름난 파트로나의 실력에 호기심을 가지는 이들도 적지 않았다. 그러나 정작 사냥 대회 날, 타샤는 단 한 번도 시위를 당기지 않았다. 얼굴이 시뻘게진 루드비히 에반이 애써 웃으며 달랬지만 그저 입을 꾹 다물고 있을 뿐이었다.

"부군이 부인 기 살려 주려고 일부러 분위기를 띄워 준 거잖아요. 적어도 호응하는 척은 해야……."

"날 궁병으로 차출할 것도 아니면서 내 실력이 왜들 그렇게 궁금한 건지 모르겠어요."

타샤가 말을 잘랐다. 달빛이 내려앉은 보얀 얼굴에 불쾌감이 여실했다.

"그냥 구경거리가 필요한 거잖아요? 그 사람도 그걸 알면서……."

"……미안하지만, 난 부인도 좀 더 노력할 필요가 있다고 생각해요. 물론 숲에서 살던 것보다야 규율도 많고 답답하겠지만……. 얻는 것도 많잖아요?"

그렇게 말하며 이자벨은 타샤의 옷차림을 위아래로 훑어보았다. 어깨를 드러낸 하늘색 드레스는 값비싼 레이스와 진주가 주렁주렁 달려 있었고, 가느다란 목에는 자수정으로 만든 목걸이가 걸려 있었다. 숲에서는 결코 누릴 수 없는 것들이었다.

"당신이 귀족들 사이에 잘 섞여들었다면 부군도 그런 식으로 굴지는 않았을 거예요."

루드비히 에반이 타샤를 가지고 허풍을 떤 것은 결국 그녀가 귀족 사회에 제대로 섞이지 못하는 탓이었다. 태생부터 귀족인 것처럼 굴지 못하니 차라리 파트로나의 장점이라도 부각하려던 게 아니던가.

이자벨은 자신이 틀린 말을 하는 거라고 생각하지 않았다. 금방이라도 떠날 사람처럼 홀가분한 표정이던 타샤가 입술을 깨물며 얼굴을 일그러뜨렸지만 자신의 말을 무를 생각은 없었다.

"여기서 살기로 결심했으면 이곳에서의 삶에 충실해야죠. 자꾸 그런 식으로 구니까 후작도……."

"그래서 다시 돌아가겠다고 하는 거잖아요."

듣고 있던 타샤가 짜증스레 입을 열었다. 이자벨은 멈칫했다. 타샤는 이마를 짚고 가늘게 인상을 썼다.

"……난 내가 이해할 수 없는 것들도 받아들이려고 노력하고 있어요. 적어도 당신들의 놀이를 그 자리에서 비난하지는 않았잖아요?"

"……."

"혹시라도 당신들의 잘난 자존심에 흠집이라도 낼까 봐 입 다물고 있었어요. 당장 식량이 없는 것도 아니고, 겨울을 대비해야 하거나 여비가 필요한 것도 아닌데……. 사람에게 해가 되지 않는 짐승만 모아 두고 죽이며 노는 게 끔찍하고 역겹다고 말하는 게 아니라."

짐승의 날고기와 피를 먹는 이가 내뱉으리라곤 생각지 못한 이야기였다. 이자벨은 잠깐 말문이 막혔지만 아주 할 말이 없는 것도 아니었다.

"사냥감으로 잡은 짐승은 만찬의 재료로 쓰여요. 그리고 내가 듣기론…… 파트로나도 성인식을 위해 사냥을 한다고 하던데요."

"순서가 바뀌었어요. 성인식을 위해 사냥하는 게 아니라, 첫 사냥을 하면 성인으로 인정해 주는 거예요."

"그렇다고 해도 죽인다는 게 달라지진 않겠죠. 당신들 활에 맞아 죽은 짐승들이 불쌍하진 않아요?"

"참 멋지네요. 죽이는 건 아랫사람들에게 시키고, 고고하게 식탁에 앉아서 음식 품평이나 하는 게."

타샤가 코웃음 치며 빈정거렸다. 불쾌감이 어린 옆얼굴을 보며 이자벨은 입을 꾹 다물었다.

타샤의 말을 아예 이해 못 할 바는 아니었다. 지위의 고하나 성별을 막론하고 귀족은 기본적인 교육을 받았고, 타샤가 무엇을 불쾌해하는 건지 어느 정도는 이해할 수 있었다.

그러나 선뜻 그녀의 말을 긍정하기에는 괜히 자존심이 상하는 것도 사실이었다. 한참 동안 입술만 우물거리던 이자벨은 여전히 뚱한 얼굴로 입을 열었다.

"……그때 그 이야기를 했으면 차라리 나았을 거예요."

"……"

"식인종들은 오히려 제국인들을 끔찍하게 여길 거라는 말도 있잖아요? 잡아먹으려는 것도 아니면서 동족을 죽이니까요. 전쟁 같은 것도 있고……."

이자벨이 어물어물 말끝을 흐리자, 타샤는 말없이 그녀를 빤히 보았다. 한참을 그러고 있던 타샤는 그제야 알았다는 듯 아, 하고 탄성을 질렀다.

"갑자기 무슨 소린가 했는데."

"……"

"나한테 미안하죠?"

나긋한 목소리가 정곡을 쿡 찔러 왔다. 정말이지 예의를 모르는 사람이었다. 보통은 이런 말을 하면 민망해하지 않도록 모른 척해 주는 법인데.

"돌려 말하면 모른 척해 주는 것도 예의예요, 부인."

"잘못한 일이 있을 때 제대로 사과하는 건 예의가 아니고요?"

기어이 사과를 받아 내겠다고? 이자벨은 뭐 이런 사람이 다 있나 하는 얼굴로 타샤를 보았지만, 타샤는 그저 그녀를 빤히 바라볼 뿐이었다. 한참 동안 시선을 견디던 이자벨이 이내 툭 내뱉었다.

"……미안하네요, 함부로 말해서."

"그래요."

사과하는 사람의 것이라기엔 지나치게 고압적인 태도였지만, 타샤는 그리 신경 쓰지 않는 듯했다. 원래 성정이 너그러운 건지, 정말 이곳을 떠날 작정이라 사소한 일은 대수롭지 않게 여기는 건지는 모르지만.

"……정말 돌아갈 거예요?"

한참 동안 타샤를 힐끔거리던 이자벨이 물었다. 그녀를 돌아본 타샤가 작게 웃음을 흘렸다.

"왜요, 아쉬워요?"

"누가……."

"사실 잘 모르겠어요."

모호한 대답에 안도감이 드는 이유는 무엇일까. 고작 유랑 민족 출신의 후작 부인에게 동질감이라도 느끼는 건지, 원래라면 자신을 향했어야 할 조롱의 시선을 대신 받아 주던 사람이 떠날까 봐 두렵기라도 한 건지.

"쓸데없는 것들이 생각나는 거예요. 행복하게 잘 살 거라고 큰소리 치고 온 건데, 이대로 돌아가는 건 너무 자존심 상하잖아요."

"……."

"날 비웃는 사람들이 그럴 줄 알았다고 수군대는 꼴도 보기 싫고."

이자벨은 대답하지 못했다. 그녀의 말이 제 생각과 다르지 않기 때문이었다.

"……보기보다 미련하네요."

"사과는 에둘러서 하면서, 그런 말은 왜 그렇게 직설적이에요?"

타샤는 너털웃음을 터뜨리며 물었다. 이렇게 웃을 줄도 아는 사람이었구나. 이자벨은 부드럽게 휘어진 눈을 보다가 돌연 내뱉었다.

"……파트로나는 어떻게 해요? 남편이 다른 여자를 만나면."

돌이켜 보면 그야말로 당치 않은 충동이었다. 약점을 드러내는 것이 위험하다는 건 전부터 알고 있지 않았던가. 심지어는 제대로 말조차 섞어 보지 않은 사람이었다. 그런데도 이런 말을 꺼내는 건 누구에게도 털어놓지 못한 속내를 어떻게든 뱉어 내고 싶어서일까. 혹은…… 당신만 불행한 게 아니라고 위로라도 해 주고 싶었던 걸까.

"공작이 다른 여자를 만나요?"

타샤가 이마를 찡그린 채 물었다.

"좀 예민하게 군다 싶긴 했는데, 이유가 있더라고요."

"……."

"황후의 부관이라 어쩔 수 없이 가까이 지내는 거라고 하던데……. 그럼 들키지나 말든가."

편지를 발견하기 전까지만 해도 이자벨은 아이작의 외도를 얼마든지 부정할 수 있었다. 황제의 냉대를 받는다고 해도 베아트리스는 트라벨 공작가의 적녀이자 황후였고, 아이작은 황제가 임명한 그녀의 부관이었으니. 황후가 힘들어하는 시기에 도움을 주어 신뢰를 얻으면 언젠가 가문에도 큰 이익을 가져다주리라는 것도 알고 있었다.

그러니 그 편지를 발견하지만 않았어도 이자벨은 아이작이 그저 부관으로서의 역할에 충실한 거라고 생각했을 터였다.

"……의외네요. 황후 폐하라니."

"불쌍한 사람이죠. 그 사람이 뺏어 간 게 내 남편만 아니었다면 말이에요."

"……."

"몰랐나 봐요?"

이자벨의 물음에 타샤는 말없이 고개를 끄덕였다. 하기야 귀족들 무리에 섞이지 못하는 사람이니 암암리에 도는 말들은 듣지 못할 만도 했다.

"그냥…… 부관이라 가까이 지내는 건 줄 알았어요. 당신도 황후 폐하를 스스럼없이 대하는 것 같았고."

"일부러 그러는 거예요. 그게 알려지면 고소해할 사람들 생각하니 자존심 상해서……. 일부러 아무 문제없이 행복한 척하는 거죠. 결과적으로는 두 사람만 좋은 꼴이지만요."

타샤는 말이 없었다. 왠지 그녀가 하고 싶은 말을 알 것 같아, 이자벨은 작게 웃었다.

"지금 멍청하다고 생각하고 있죠?"

장난기 어린 물음에 타샤는 어쩐지 뜨끔한 얼굴이었다. 어색하게 웃은 그녀가 어깨를 으쓱했다.

"뭐, 그래도 나보단 낫겠죠. 그쪽은 그래도 후처는 아니잖아요? 나처럼 나이가 열 살 넘게 차이 나는 것도 아니고."

"음. 듣고 보니 그러네요."

선뜻 긍정하자, 타샤는 억울한 듯 얼굴을 일그러뜨렸다. 이자벨은 웃음을 터뜨렸다.

"그래서, 파트로나는 어떻게 하는데요? 남편이 다른 여자를 만나거나 하면."

"고자로 만들어요."

나긋한 대답에 이자벨은 제 귀를 의심하며 고개를 돌렸다. 그러나 타샤의 얼굴에는 장난기가 없었다.

"사실 우린 당신들처럼 결혼이라는 개념이 뚜렷하지 않거든요. 어차피 씨는 바깥에서 받아 와도 상관없으니, 무리에 적합하지 않은 남자가 있으면 씨를 말리는 거예요."

"자른다는 말이에요?"

"그건 너무 극단적이지 않아요?"

타샤가 생각지도 못했다는 듯 웃음을 터뜨리자, 이자벨은 어쩐지 민망하여 입을 다물었다. 그런 그녀를 보며 타샤가 퍽 유쾌하게 입을 열었다.

"숲에서 제일 조심해야 하는 게 뭐라고 생각해요?"

"늑대나…… 곰?"

"풀이에요. 맹수는 활로 쏴 버리면 그만이거든요."

타샤의 말에 이자벨은 저도 모르게 그녀의 손을 보았다. 그러나 장갑에 가려진 손은 제대로 보이지 않았다.

"불임으로 만드는 풀이 있다는 거예요?"

"리바노라고 해요. 주로 추운 지역에서 나는 풀인데, 눈이 와야 볼 수 있어요. 흰색이라 그리 눈에 띄진 않죠."

"……."

"갖고 싶어요?"

이자벨이 입을 가리자, 타샤는 장난스레 물었다. 이자벨은 얼른 손을 내저었다.

"무슨 말도 안 되는 소리예요? 후계도 없는 사람에게."

"이러니 여기 사람들이 이해가 안 간다고 하는 거예요."

타샤가 고개를 절레절레 젓고는 몸을 뒤로 젖혔다.

"공작이랑 결혼했겠다, 성도 바뀌었겠다, 이제 그쪽도 공작가의 일원이 된 거잖아요? 그럼 그쪽이 낳으면 공작가 핏줄이지, 뭐가 더 필요해요?"

얼핏 순진하게까지 느껴지는 물음이었다. 정말로 이해가 가지 않는 듯한 표정을 보며 이자벨은 작게 헛웃음을 뱉었다.

"부인이 왜 여기서 적응을 못 하는 건지 알 것도 같네요."

"……."

"쉽게 말하자면…… 이건 일종의 약속이에요. 난 그 사람과의 결혼으로 공작가의 일원이 되었지만, 그렇다고 내 몸에 공작가의 피가 흐르게 된 건 아니잖아요. 난 그 사람의 부인으로서, 공작가의 피를 이은 아이를 낳을 의무가 있어요."

차근차근 설명했지만, 타샤는 여전히 납득할 수 없는 듯 고개를 갸우뚱했다.

"정작 공작에게도 공작가의 피가 많이 흐르진 않을 걸요? 대대로 근친혼을 해 온 것도 아닐 테고. 거기다 그 약속을 먼저 저버린 건 공작이잖아요."

"그건……."

"정략결혼도 아니고 연애결혼에다, 서로가 평생 서로만을 사랑하기로 결혼식장에서 맹세했잖아요? 그걸 공작이 먼저 어겼고요. 그런데 당신은 끝까지 신의를 지켜야 한다고요?"

"단순히 맞바람을 피워서 될 문제가 아니잖아요. 그럼 살바토르 공작가의 피가 섞이지 않은 아이를……."

이자벨은 말을 잇지 못했다. 그게 뭐가 문제냐는 듯한 타샤의 표정 때문이었다. 몇 번 입을 뻐끔거리던 그녀는 끝내 한숨을 푹 내쉬었다.

"……혹시나 해서 묻는 건데요, 부인."

"뭔데요?"

"후작에게도 먹인 건…… 아니죠?"

이자벨이 조심스레 묻자, 타샤는 의미심장한 얼굴로 그녀를 빤히 보았다.

"……어떨 것 같아요?"

"미쳤……."

이자벨은 경악하여 입을 가렸다. 그 모습을 보며 타샤가 푸핫 웃음을 터뜨렸다.

"장난이에요. 아직 안 먹였어요."

"'아직'이요?"

"마음이 식은 게 그 사람만의 잘못은 아니잖아요?"

흥분하여 언성을 높이던 이자벨은 담담한 목소리에 입을 다물었다.

"그쪽 말대로, 그 사람 덕에 그간 누리지 못한 걸 누리고 있는 것도 사실이고, 그 사람도 날 데려와서 나름대로 힘든 점도 있는 모양이고요."

"……."

"그냥 서로가 맞지 않다는 걸 몰랐을 뿐이잖아요."

사랑이 식는 건 누구의 잘못일까. 영원할 거라 믿었던 감정이 그저 한 순간의 열망임을 깨닫게 되는 것은.

타샤는 입을 꾹 다물고 다시 하늘을 올려다보았다. 이자벨은 쓸쓸한 옆얼굴을 보다가 고개를 들었다. 무수히 많은 별들이 어두운 밤하늘에 수 놓여 있었다. 그들이 한참 동안 말없이 하늘을 보고 있던 때였다.

"타샤!"

419

들려오는 목소리에 두 사람은 동시에 고개를 돌렸다. 귀에 익은 목소리였다. 구두굽이 잔디를 밟는 소리가 가까워지자, 타샤의 얼굴에 어쩐지 난감한 기색이 스쳤다.

"타샤 당신, 말도 없이 왜 또······!"

"루디, 그게······."

애칭이 루디야? 안 어울리게. 이자벨은 입을 삐죽이고는 슬쩍 고개를 내밀었다.

"어머, 예반 후작 아니에요?"

이자벨이 한껏 목소리를 높여 호들갑을 떨자, 루드비히는 그제야 그녀를 발견한 듯 흠칫 놀라 발을 멈추었다.

"고, 공작 부인?"

"바람 쐬러 나오셨나요? 저희도 그런데."

이자벨은 보란 듯이 타샤에게 팔짱을 꼈다. 타샤가 놀란 얼굴로 돌아보았지만 그녀는 아랑곳하지 않았다. 루드비히는 얼이 나간 얼굴로 두 사람을 번갈아 가며 쳐다보았다.

"왜 공작 부인이······ 타샤와 같이······."

"파티장이 너무 답답해서 같이 나와 달라고 했어요. 이렇게 걱정하실 줄 알았으면 미리 이야기하고 나올 걸 그랬네요."

그렇게 말한 이자벨은 친밀한 이를 대하듯 타샤에게 좀 더 몸을 밀착했다. 멍청하게 서 있던 루드비히가 허둥지둥 손을 내저었다.

"아, 아닙니다. 파티장이 조금 덥긴 했죠."

"이렇게 찾으러 나오신 걸 보니 우리 공작님보다 후작님이 더 다정하신 것 같아요. 부러워라."

"공작이야 워낙 유능하니 이래저래 바쁘지 않습니까. 황제 폐하께서 친히 황후 폐하의 부관으로 임명하실 정도인데."

"어머나."

이자벨은 수줍은 듯 입을 가리고 웃었다. 그러곤 타샤의 어깨에 머리를 기대었다.

"참, 아까 부인에게 승마를 가르쳐 줄 수 있냐고 물어봤는데, 후작께 먼저 허락을 받아야 한다고 하더라고요."

"예, 예?"

"안 될까요? 잡아먹진 않을게요."

타샤는 무슨 소리를 하냐는 듯 고개를 돌렸지만, 이자벨은 그녀의 팔을 꼭 껴안은 채 루드비히의 대답을 기다렸다. 루드비히는 만면에 화색을 띠었다.

"무, 물론입니다, 공작 부인. 타샤, 이런 건 내게 허락받지 않아도 되는데……."

허겁지겁 말하는 꼴이 속내가 뻔히 보이는 듯했다. 왜 하필 저런 남자를 사랑했을까. 한심하게도. 이자벨은 비웃음을 삼키고 몸을 일으켰다.

"그럼 전 이만 그이에게 가 볼게요. 파티장에서 봐요, 후작, 타샤."

"모, 모셔다드리겠습니다. 타샤, 당신도 일어……."

"어머, 전 괜찮아요. 혼자 산책도 하고 싶고. 기왕 나오셨으니 후작께서도 부인과 느긋하게 낭만을 즐기시는 건 어떠세요? 별이 참 예뻐요."

이자벨이 검지를 들어 하늘을 가리키자, 루드비히는 천천히 고개를 들었다. 그의 시선이 반짝이는 별들에 가닿았다.

"그러고 보니 두 분은 북쪽 숲에서 만났다고 하셨죠? 숲에는 별이 여기보다 훨씬 많다던데."

"……예. 그랬었죠."

루드비히는 지나간 추억을 되새기기라도 하듯 감상에 젖은 얼굴이었다. 타샤를 향했던 사나운 눈길은 아까와는 달리 한층 부드러워져 있었다.

"배려에 감사드립니다, 공작 부인."

"별말씀을요."

이자벨은 두 사람에게 가볍게 손을 흔들고는 발을 옮겼다. 루드비히가 타샤의 옆에 털썩 주저앉는 소리가 들렸다.

"말이라도 하고 나오지. 계속 걱정했잖아, 타샤."

"미안, 루디. 걱정 많이 했어?"

"당연한 소리를."

걱정한다는 사람이 그렇게 윽박을 지를까. 이자벨은 내심 코웃음 쳤지만, 자신이 참견할 일은 아니었다.

"……이거라도 걸쳐. 추위도 많이 타면서."

"괜찮아. 당신도 춥잖아."

"감기 걸리지 말고 얼른. 응?"

짜증을 내던 것이 언제인지 퍽 다정해진 목소리였다. 그것만으로도 좋은지 타샤는 소리 내어 웃었다. 그 웃음소리를 들으며 이자벨은 다시 밤하늘을 올려다보았다. 별이 유달리 빛나던 밤이었다.

* * *

에반 후작가에서 작은 선물이 온 건 바로 다음 날이었다. 곱게 포장된 상자 안에는 작은 꽃다발과 후작 부인의 인장이 찍힌 편지 봉투가 들어 있었다. 두툼한 봉투 안에는 무언가 딱딱한 것이 만져지는 듯했다.

"……다들 나가 있어."

이자벨의 명령에 사용인들은 모두 방을 나갔다. 문이 닫힌 후, 이자벨은 이맛살을 찌푸린 채 봉투를 잘랐다. 봉투 안에 들어 있던 것이 발치로 툭 굴러떨어졌다.

"이건……."

바닥에 떨어진 것은 손가락 두 마디 정도 크기의 펜던트였다. 금으로 된 체인이 길게 늘어진 펜던트는 뚜껑을 돌려 열 수 있게 되어 있었다.

[어젠 고마웠어요. 도움이 되길 바라며.]

이자벨은 카드에 적힌 글씨를 빤히 보다가 펜던트의 뚜껑을 열었다. 그 안에는 소금처럼 흰 가루가 들어 있었다. 어떤 설명도 없었지만, 그게 무엇인지는 대번에 알 수 있었다.

'누가 이런 걸 보내라고……'

이자벨은 골치 아픈 듯 이마를 짚었다. 친한 척해 주었더니 루드비히 에반이 꽤 잘해 준 모양이었다. 그러나 아무리 그렇다고 해도 이런 걸 답례라고 보내다니.

한숨을 내쉰 이자벨은 곧바로 답신을 썼다. 오늘 당장 저택에 방문해 줄수 있냐는, 친하지 않은 관계에서 보내기에는 무례한 초대장이었다.

얼마 지나지 않아 타샤는 이자벨의 초대에 응했다. 이자벨은 하녀들이 차와 다과를 내어 놓고 물러가자마자 그녀가 보낸 펜던트를 흔들어 보였다.

"혹시 정신이 나간 건지 물어보려고 불렀어요, 부인."

"쓰고 안 쓰고는 당신 선택이에요, 이자벨."

타샤는 태연하게 대꾸했다. 아무렇지도 않게 제 이름을 부르는 모습에 이자벨은 기가 차 헛웃음을 뱉었다.

"난 내 이름 불러도 된다고 허락한 적 없는데요."

"부르라고 지은 이름이잖아요? 거기다 당신도 어제 내 이름 불러 놓곤."

나긋한 목소리에 이자벨은 그만 말문이 막히고 말았다. 한참동안 입술을 우물거리던 그녀가 이내 내뱉었다.

"……정말 뻔뻔하네요."

"결혼까지 해 놓고 다른 여자랑 놀아나는 당신 남편만 하겠어요?"

"공작 부인이랑 말 좀 섞었다고 헤벌레 하는 당신 남편은 어떻고요? 목소리 달라지는 거 봐. 다른 사람인 줄 알았잖아요."

간밤 보았던 루드비히 에반을 떠올리며 반박했지만, 타샤는 그리 노여운

423

기색이 없었다. 무슨 소리를 내뱉어도 지는 것 같아, 이자벨은 퉁명스럽게 물었다.

"숲으로 돌아간다면서요?"

"덕분에 그이랑 분위기가 괜찮았거든요. 서로 오해하는 부분도 있었고, 그이도 그동안 힘들었던 모양이고. 그냥…… 서로 노력해 보기로 했어요."

그러니까, 결국 이자벨로서는 남 좋은 일만 시킨 셈이었다. 큰맘 먹고 제 비밀까지 털어놓은 게 무색하게도.

"너무 안심하진 마요. 지금이야 잘 대해 준다고 해도……. 또 어떻게 변할지 모르는 거잖아요."

못마땅한 마음과는 별개로, 이자벨은 한 번 식은 적 있는 사랑이 또다시 식지 않으리라고 생각하지 않았다. 결국 시간이 지나면 반복될 문제가 아닌가.

"그래서 말인데요, 이자벨."

타샤가 고개를 들었다. 조금 머뭇거리던 그녀가 이내 말했다.

"……나랑 친하게 지낼래요?"

뜬금없이도, 이자벨은 부드럽게 휘어진 눈이 참 예쁘다고 생각했다. 루드비히 에반이 북부에서 그녀를 데려온 이유를 알 것 같다는 생각이 들 정도로.

"……갑자기 무슨 말이에요?"

"어제 봤잖아요. 당신이랑 친한 것처럼 보이니까 그 사람이 어떻게 했는지."

"……."

"어제 들은 이야기, 그이에게도 말 안 했어요."

타샤의 목소리에는 긴장이 어려 있었다. 자신을 보는 두 눈에 절박함이 비치는 것은 착각인가. 이자벨은 이마를 구긴 채 그녀를 보았다.

"정말 구질구질한 거 알아요?"

정말이지 한심한 여자였다. 이곳이 좋은 것도 아니라면서. 이해할 수 없는 것투성이라면서. 더는 버티지 못해 돌아가겠다고 말했던 주제에.

"난…… 그 사람 사랑한단 말이에요. 내 세상을 버리고 왔을 만큼."

애걸하는 목소리에 이자벨은 아무 말도 할 수가 없었다. 아마 그녀도 알고 있으리라. 뜨겁던 사랑은 이미 식어 버렸고, 남은 건 회색 잿더미뿐이라는 것을. 간신히 찾아낸 자그마한 불씨는 다시는 그때와 같은 커다란 불길을 피워 낼 수 없으리라는 것을. 그걸 알면서도 당신은…….

* * *

타샤에게 받은 펜던트는 한동안 이자벨의 서랍 가장 안쪽에 숨겨져 있었다. 이자벨은 타샤와 달리 파트로나가 아니었기에, 바람을 피운다는 이유로 남편을 불임으로 만들 정도로 담대하지 못했다.

그러나 제 속사정을 알고 있는 사람이 한 명이라도 있다는 건 제법 큰 위안이었다. 이자벨은 승마를 배운다는 핑계로 종종 타샤를 만났다. 타샤는 안장에 발을 딛고 설 만큼 말을 잘 탔지만, 가르치는 일은 영 젬병이었다.

"사람이 긴장하면 말도 같이 긴장해요. 그러니까 겁먹지 말고……."

"그…… 긴장을 어떻게 푸는 건데요?"

"그거야 그쪽이 알아서 해야죠."

"당신 진짜 나쁜 거 알아요?"

부루퉁하게 타박하면 타샤는 소리 내어 웃었다. 말에 올라탔을 때의 타샤는 언제나 활짝 웃고 있었다. 햇빛에 반짝이는 밀색 머리, 송골송골 땀방울이 맺힌 이마, 그 아래 생기 있게 휘어진 눈과 살짝 가빠진 숨소리.

즐거워하는 그녀를 볼 때마다 이자벨은 루드비히를 떠올렸다. 분명 이런 모습에 반했던 거겠지. 이 사람을 곁에 둘 수 있다면 어떤 고난과 시련도 이겨 낼 수 있을 거라고 생각했겠지. 화병에 둔 꽃은 금방 시들어 버리는 것도 모르고.

"아무리 생각해도 남 좋은 일만 해 주고 있다니까. 타샤 당신은 내 덕에 후작이랑 사이도 좋아졌는데, 난 아무런 이득이 없잖아요?"

"없긴요. 내가 직접 승마도 가르쳐 주고 있는데. 거기다 약도 줬잖아요? 쉽게 구할 수 있는 약이 아니에요, 그거."

"둘 다 쓸모없거든요?"

그렇게 말했지만, 남편을 불임으로 만들 수 있는 약이 서랍 안에 숨겨져 있다는 건 참 묘한 기분이었다. 사용할 생각은 없을지언정 손에 큰 무기가 들려 있는 것만 같았다.

거기다 이자벨로서는 타샤와 친분을 유지하는 것부터가 아이작에 대한 작은 복수이기도 했다. 루드비히 에반은 타샤가 이자벨과 가까이 지내는 것을 핑계로 아이작에게 접근했고, 아이작은 그런 그를 성가시게 여겼으니까.

"그이가 당신이랑 꼭 친하게 지내야 하냐고 하더라고요. 에반 후작이 자꾸 치근덕거린다고."

"저런. 부군이 인기가 많네요."

"조심해요. 그쪽 남편이랑도 바람날라."

"사생아 걱정은 없겠어요."

"정말이지 제정신이 아니라니까."

이자벨은 고개를 질레질레 젓고는 고삐를 당겼다. 그러나 등 뒤에서 들려오는 웃음소리에 덩달아 입꼬리가 올라가는 건 어쩔 수 없었다.

늘 그래 왔듯, 저택으로 돌아온 두 사람을 반겨 준 것은 칼리언이었다. 황궁에 드나드느라 바쁜 아이작은 동생인 칼리언에게 이자벨을 맡겼다. 일이 바빠서인지, 황후와 놀아나기가 바빠서인지는 알 수 없었지만.

"오셨습니까. 형수님, 후작 부인."

성년식을 치르고 나면 언제든 분가해야 하는 처지의 칼리언은 처음에는 이자벨을 못마땅하게 여기던 사람 중 하나였다. 그러나 머리가 굵어지면서

철이 든 것인지, 혹은 형의 부인에게 밉보이는 게 본인에게도 좋지 않으리라는 걸 깨달은 건지, 어느 순간부터 퍽 깍듯하게 굴고 있었다. 물론, 이자벨은 그것이 전부가 아니라는 걸 알고 있었지만.

"매번 고마워요, 칼리언."

남편의 동생에게 밉보일 생각이 없는 건 이자벨 쪽도 마찬가지였다. 그녀는 방긋 웃고는 칼리언이 허리를 잡아 주기를 기다렸다. 혼자 말에 오르고 내리기에 익숙한 타샤는 여전히 어색한 모양이었지만, 몇 번인가 이자벨의 잔소리를 들은 후론 순순히 그의 에스코트에 응했다.

"형님은 오늘 늦게 귀가하신다고 하니, 식사는 먼저 하시는 게 좋을 것 같습니다."

"그럴게요. 타샤, 저녁 먹고 갈 거죠?"

"초대해 주신다면 기꺼이요."

타샤는 이자벨에게 팔짱을 끼며 대답했다. 친한 척 하는 것 좀 봐. 여긴 에반 후작도 없는데. 이자벨은 내심 입을 삐죽였지만 끝내 그녀를 밀어내지 않았다. 세 사람은 천천히 발을 옮겼다.

"……정말 닮았네요."

한참 동안 이자벨과 나란히 걷던 타샤가 속삭였다. 이자벨은 칼리언 쪽을 힐끔 보고는 고개를 끄덕였다.

"어릴 때부터 닮았다는 생각은 했는데, 점점 심해지는 것 같아요. 가끔 깜짝 놀란다니까요."

"그래도 저쪽 인상이 조금 더 순해 보이긴 해요."

"아직 어리니까요."

이자벨의 대답에 타샤는 무언가 생각하듯 턱을 만지작거렸다. 그녀의 목소리가 다시금 낮아졌다.

"그럼 저 사람으로 하는 건 어때요?"

"뭘요?"

"공작가의 핏줄을 이어야 한다면서요. 그럼 꼭 공작이 아니더라도 상관없는 거잖아요?"

"미쳤……!"

타샤의 말뜻을 알아들은 이자벨은 발끈하여 언성을 높였다. 그러나 칼리언이 의아한 얼굴로 돌아보자, 이내 아무 일 없었던 듯 방긋 웃었다. 그녀가 타샤에게 고개를 돌렸다.

"……미쳤어요? 이상한 소리 좀 하지 마요."

"같은 살바토르 공작가 사람이잖아요."

"맞아요. 그리고 내 남편의 동생이죠."

"그럼 더 잘된 거 아니에요?"

타샤가 태연하게 되물었다. 이자벨은 방으로 돌아가자마자 그녀에게 잔소리를 퍼부어야겠다고 결심했지만, 한편으로는 자신을 놀리기 위해 일부러 저런 소리를 하나 싶기도 했다.

"……몸만 컸지, 아직 성년식도 치르지 않은 어린애예요. 나보다 일곱 살이나 어리다고요. 사람이 양심이 있지, 어떻게……."

이자벨이 말도 안 된다는 듯 고개를 젓자, 타샤는 말없이 그녀를 바라보았다. 묘한 눈빛을 한참 마주 보던 이자벨은 뒤늦게야 아, 하고 탄식했다. 타샤가 입을 열었다.

"잊어버린 것 같아서 하는 말인데, 이자벨. 나랑 루드비히랑은……."

"됐어요. 새삼스럽게 듣고 싶지 않으니까. 어쨌든, 말도 안 되는 소리 하지 말라고요."

"말이 안 돼요?"

타샤가 고개를 갸웃했다.

"……저쪽은 아닌 것 같은데."

자그마한 중얼거림에 이자벨은 못 들은 척 고개를 돌렸다. 눈이 마주치자 칼리언은 기다렸다는 듯 눈을 휘어 웃었다.

* * *

　이자벨이 칼리언의 마음을 전혀 눈치채지 못한 건 아니었다. 자신만 보면 으르렁거리던 소년이 어느 순간부터는 눈만 마주쳐도 얼굴이 빨갛게 달아오르던 이유를 모를 리 없었다.

　그러나 그때의 칼리언은 예쁘장한 하녀에게조차 마음이 술렁거릴 어린 나이였다. 또래보다는 연상의 원숙한 이성에게 끌리는 게 부자연스럽지 않은 시기이기도 했다.

　그러니 이자벨은 어린아이의 감정에 크게 의미를 부여하지 않았다. 철모르는 마음은 성년을 앞둔 지금 당연히 정리했을 거라 생각했다.

　"달리 만나는 사람이 없는 걸 보면……. 지금도 마음이 남아 있는 것 같은데."

　"그거랑 무슨 상관이에요. 몇 년 전 이야기라니까요."

　"그거야말로 상관없죠. 몇 년 전이라도 당신을 마음에 담았다는 건 사실이잖아요?"

　"……."

　"내가 볼 땐, 이자벨. 저 사람에게 선을 긋지 않는 이유가 있는 것 같은데요."

　파트로나 중에서도 사냥에 능하다던 타샤는 눈썰미가 좋고 예리한 편이었다. 그녀는 이자벨이 칼리언에게 제대로 선을 긋지 않는 이유를 조금은 짐작하고 있는 것 같았다.

　"적의보다 호의가 편한 건 당연하잖아요. 그이가 요즘 바빠서 내게 소홀한데, 저 사람까지 날 박대한다고 생각해 봐요."

　아이작과의 결혼으로 졸지에 공작 부인이 되었다고는 하나, 이자벨의 친정인 제로니스 남작가는 귀족이라는 이름만 간신히 남아 있을 뿐 사교계에 이름조차 제대로 알려지지 않은 작은 가문이었다. 살바토르 공작가에서 일한다는 자부심을 가진 사용인들이 그런 그녀를 달갑게 여길 리 만무했다.

그나마 아이작의 애정과 그 동생인 칼리언의 정중한 태도로 인해 공작 부인으로서의 대우를 받는 실정이었다. 만약 거리를 뒀다가 칼리언이 제게 등을 돌린다면 자신을 대하는 이들의 태도 또한 달라질 게 뻔했다.

"설령 당신의 추측이 사실이라고 해도, 선을 넘으려고 들지는 않을 거예요. 어리긴 해도 그렇게 멍청하진 않고요."

"확신이에요? 바람이에요?"

타샤는 턱을 괸 채 물었다. 이자벨은 망설이다 입을 열었다.

"둘 다요."

* * *

다행스럽게도, 칼리언이 선을 넘는 일은 없었다. 그는 아직 어린 나이였지만 자신의 처지에 대해 잘 알고 있었다.

형의 여자를 보고 얼굴을 붉히는 건 젖살이 빠지지 않은 어린 시절에나 용인되는 일이었다. 아직 성년식을 치르지 않았다고는 하나 몸은 성인의 그것과 다를 바가 없었기에, 형수에게 연정을 품은 것은 더 이상 어린 시절의 치기라고 웃어넘길 수 있는 일이 아니었다.

그는 그저 이자벨의 조력자였다. 칼리언이 이자벨을 대하는 것은 가주인 형에 대한 충성 때문이라고 포장할 수 있는 수준이었고, 덕분에 이자벨은 아이작이 자주 집을 비워도 공작 부인으로서 부족함 없는 삶을 누릴 수 있었다.

그러나 타샤와의 대화 후, 이자벨은 그의 도움이 조금씩 불편해지기 시작했다. 정중한 손길과 깍듯한 태도는 시간이 지나도 달라지지 않았지만, 때때로 느껴지는 그의 시선은 그맘때의 아이작과 지나치게 닮아 있었으니.

황후의 휴가 소식을 들었을 때, 이자벨은 그것이 기회라고 생각했다. 아이작의 마음을 다시 붙잡을 기회, 그리고 소원해진 부부 관계를 칼리언에게 들키지 않을 기회.

"……우리도 여행이나 갈까요? 모처럼 당신도 휴가인데."

이러나저러나, 이자벨에게 가장 필요한 건 아이작의 마음이었다. 이자벨은 아이작과 오랜 연애 기간을 거친 만큼 그를 사랑했고, 그가 조용히 황후와의 관계를 정리한다면 한 번쯤 용서해 줄 용의도 분명 있었다.

좀 더 솔직히 말하자면, 두 사람이 아직 육체관계를 가지지 않았으리란 확신이 있었기에 하는 생각이었다. 황후는 아직 황손을 낳지 않았고, 사용인들의 눈이 곳곳에 있는 황궁에서 깊은 관계를 가질 수 있을 리 없었다.

그러니 두 사람이 선을 넘지만 않았다면 이자벨은 얼마든지 모른 척할 수 있었다. 그것이 아이작에 대한 사랑이 깊어서인지, 그와 싸울 자신이 없어서인지는 확신할 수 없었지만.

"난 황후 폐하를 따라갈 것 같아, 이자벨."

그러나 아이작이 그렇게 대답한 순간, 이자벨은 새삼스럽게도 무언가 와르르 무너지는 듯한 심정이었다.

"휴가지까지…… 따라간다고요?"

"난 황후 폐하의 부관이잖아."

아이작은 당연하다는 듯 대꾸했다. 이자벨은 저도 모르게 헛웃음을 뱉었다. 황후와 같이 휴가를 가겠다고? 거기서 무슨 짓을 하려고?

"그럼 나도 같이 가요."

"……"

"도대체 어느 부관이 사적인 휴가지까지 따라가는데요?"

이자벨은 고개를 빳빳이 들고 아이작을 보았다. 그녀를 마주 보던 아이작이 골치 아프다는 듯 머리카락을 헤집었다.

"그분이 따로 명령하신 일이야. 그분은 황후 폐하이자 내 상관이고, 그분이 원하시면 난 따를 수밖에 없다고."

"당신은 내가 바보로 보여요?"

이자벨이 테이블을 쾅, 소리 나게 내리쳤다.

"차라리 황후의 침실까지 보좌한다고 말하지 그래요? 말도 안 되는 소리 그만해요!"

"당신이야말로. 공작 부인이라는 사람이 이 정도도 이해 못 해?"

아이작도 짜증스럽게 목소리를 높였다. 이자벨을 향하는 시선은 꼭 한심한 이를 대하는 듯했다.

"귀족의 모든 권력은 황실이 내려 주는 거야. 내가 제국의 공작인 이상, 난 황실에서 당장 원정을 나가라고 해도 응해야 하는 처지라고. 아무리 시골구석에 처박혀 살았다고 해도 그 정도 상식은 있어야 하지 않아?"

"뭐라고요?"

"난 황명을 따르는 거야, 이자벨. 황제 폐하께서 날 황후의 부관으로 친히 임명하셨다고. 당신이 징징대는 걸 받아 주기 위해 황명을 어기라는 거야?"

"당신, 지금 말 다했……!"

이자벨이 언성을 높이려는 찰나, 돌연 노크 소리가 들려왔다. 문을 열고 들어온 것은 다름 아닌 집사장이었다.

"죄송합니다, 가주님. 급하게 여쭐 일이 있어서……."

오랫동안 공작가에서 살아온 집사장은 머리에 흰머리가 드문드문 보이는 중년의 남자였다. 늘 정중한 태도였지만, 그가 처음에 아이작과 자신의 결혼을 반대했다는 것을 이자벨은 기억하고 있었다. 결혼 후에도 종종 평가하는 듯한 시선으로 자신을 바라본다는 사실도.

"무슨 일인가?"

"이번 달에 남작가에 보낼 물자가 모두 준비되었습니다. 확인해 주시면 이대로 보내겠습니다."

집사장의 말에 이자벨의 손이 움찔거렸다. 집사장의 용건은 주인의 대화를 중간에 막을 만큼 급하지 않았다. 대화가 끝날 때까지 기다리지 않고 방으로 들어온 이유야 자명하지 않은가.

"……지금 이야기 중인 거 안 보여?"

"죄송합니다, 마님."

이자벨이 짜증스럽게 말했지만, 집사장은 그저 정중히 고개를 숙일 뿐이었다. 아이작은 말없이 그에게서 서류를 받아 들었다. 그의 눈이 종이 위를 천천히 훑었다.

이자벨과 결혼한 후, 아이작은 그녀의 친정에 매달 일정한 양의 지원을 보내고 있었다. 식료품과 비싼 옷감, 기름과 가죽, 목재, 그리고 얼마간의 금전까지.

"……남작 영지의 전염병은 잘 마무리되었나?"

"예, 가주님. 빠르게 의사를 보내신 덕에 조기에 진압되었습니다."

"다행이로군."

하필 언성이 높아지던 순간 저런 서류를 가져온 집사장의 속내야 알 만했지만, 이자벨은 아무 말도 할 수가 없었다. 아이작은 고민에 빠진 듯 서류를 훑다가 눈을 들어 이자벨을 보았다. 그가 무심히 입을 열었다.

"이번 달은 모두 두 배로 보내도록 하게. 병마가 잦아들었다고 해도 전염병이 돌았으니 타격이 없진 않을 테지."

언제 언성을 높였냐는 듯 지극히 관대한 목소리였다. 그러나 이자벨은 더 이상 입을 열지 못했다.

* * *

이자벨은 얼굴이 새빨개진 채 방으로 돌아왔다. 언제나처럼 다정히 말을 걸어오는 하녀들을 모두 물리고 침대에 주저앉았다. 얼굴을 감싸고 심호흡했지만 도통 화가 가라앉지 않았다.

돌이켜 보면 그랬다. 작은 갈등이 있을 때면 아이작은 어김없이 이자벨이

나 그녀의 친정에 무언가를 내어 주곤 했다. 그러나 그것이 정말로 애정과 선의만으로 비롯된 일이던가.

"이딴 식으로……."

언쟁의 와중에도 부인의 친정에 두 배의 지원을 보내는 남편이라니. 그렇게 관대하고 신사적인 사람이라니. 그러나 정말로 자신을 배려했다면 부부싸움 중 들어와 그런 이야기를 꺼낸 집사장을 나무라거나 벌을 주었어야 했던 게 아닌가. 어떻게 그렇게 기다렸다는 듯이…….

"……마님. 잠깐 들어가도 될까요?"

들려오는 노크 소리에 이자벨은 고개를 돌렸다. 문을 열고 들어온 하녀의 손에는 카탈로그 몇 장이 들려 있었다. 그것을 본 순간 이자벨은 얼굴을 찌푸렸다.

"계절이 바뀔 때가 되었으니 새 드레스를 맞추시라는 주인님 말씀이 있었습니다. 몇 벌이든 고르셔도 괜찮다고 하셨어요."

하녀의 목소리에는 선망이 깃들어 있었다. 관대하기 그지없는 주인에 대한 선망이었다.

아이작 살바토르는 처가에 대한 지원을 줄이겠다며 부인을 협박하는 치졸한 남자가 아니었다. 오히려 다툼으로 감정이 좋지 않은 와중에도 부인의 친정을 챙기며 넓은 아량을 과시하는 남자였다. 그래, 그것은 과시였다. 신사적이고 귀족적으로 그녀의 자존심을 뭉개 버리는 사람.

'주제를 알라는 거지.'

새삼스러운 모욕감에 이자벨은 가늘게 몸을 떨었다. 분에 겨운 호사라 생각했던 것들은 순수한 애정이나 호의가 아니었다. 어쩌면, 아주 어쩌면, 다른 고위귀족 영애와 얼마든지 결혼할 수 있는 그가 자신을 택한 것도…….

"……주방을 좀 쓸 수 있겠니?"

한참 동안 굳은 얼굴로 카탈로그를 보던 이자벨이 물었다. 하녀는 놀란 얼굴로 되물었다.

"주방을요?"

고위 귀족일수록 노동과는 거리가 먼 삶을 살았기에, 결혼 후 이자벨은 단한 번도 주방에 들어가 본 적이 없었다. 그러나 특별한 날 가족을 위해 손수요리를 하는 게 아주 드문 일도 아니었다.

"그이가 선물을 보내 줬는데, 어떻게 받기만 하겠니. 쿠키라도 좀 구워 드리고 싶어서."

"어머."

하녀는 숫제 감동이라도 받은 양 입을 가렸다.

"물론이죠. 마님께서는 살바토르 공작가의 안주인이신 걸요."

"맛이 없어서 그이가 오히려 싫어하면 어쩌지? 주방장 솜씨가 워낙 좋아서."

"그럴 리가요. 정성이 담긴 건데. 가주님도 분명 기뻐하실 거예요."

하녀의 말에 이자벨은 부끄러운 듯 웃었다. 그러나 그녀의 시선이 꼭 닫힌서랍에 가 있음을 하녀는 끝내 알아차리지 못했다.

* * *

"훌륭하십니다, 마님. 반죽을 오래 하면 퍽퍽해지니, 날가루가 보이지 않을정도로만……."

부주방장은 이자벨이 계란을 깨뜨리며 노른자를 터뜨리지 않았다는 이유로 굉장한 성과를 이룬 양 칭찬했다. 어차피 섞을 거 왜 저러나 싶긴 했지만, 기대치가 그만큼 낮을 테니 그러려니 했다.

이자벨이 있는 곳은 요리사들과 사용인들이 정신없이 오가는 메인 주방이 아닌 작고 한산한 보조 주방이었다. 일하는 사람들을 방해하고 싶지 않다는 핑계로 이곳에 왔지만, 진짜 이유는 다른 곳에 있었다.

"알겠으니까 이만 나가 봐. 일도 바쁠 텐데."

"하지만 마님, 오븐이 뜨겁습니다. 그러니 제가……."

"혹시 내가 못 미더워서 그래? 그이에게 못 먹을 음식을 줄까 봐?"

"그, 그럴 리가 있겠습니까!"

부주방장은 황급히 손을 내저었다. 이자벨은 태연하게 웃으며 주걱을 들었다.

"아니면 맛이 없어서 그이가 던져 버릴까 봐 걱정하는 건가?"

"그런…… 가주님이 그러실 리가요."

"도움이 필요하면 부를 테니 이만 나가도록 해. 누가 보면 내가 아니라 부주방장이 만드는 건 줄 알겠어."

이자벨의 말에 부주방장은 그제야 고개를 끄덕이고 주방을 나섰다. 혹시 불이라도 낼까 걱정되는지 문을 닫으면서도 연신 불안한 얼굴로 그녀를 보긴 했지만.

인기척이 사라진 것을 확인한 이자벨은 웃는 낯을 지우고 주머니에서 펜던트를 꺼냈다. 아직 밀가루가 그대로 남아 있는 반죽을 잠깐 노려본 그녀는 크게 심호흡하고 펜던트의 뚜껑을 열었다. 그러곤 그 안에 들어 있던 흰 가루를 전부 쏟아 넣었다.

'기능에는 큰 이상이 없다고 했지만.'

사실 기능조차도 제대로 하지 못했으면 좋겠다. 황후와 밤을 보내려다 실패하면 그 여유로운 얼굴이 일그러질까. 원래는 이러지 않는다며 당황하고 쩔쩔맬까.

'아니, 그럼 내가 의심받을 거야.'

상상만으로도 가슴이 찌르르했지만, 이자벨은 고개를 젓고 반죽을 섞는 데에 열중했다. 노크 소리가 들려온 것은 팬에 올린 반죽을 막 오븐에 밀어 넣을 때였다.

"……형수님."

문을 열고 들어온 것은 다름 아닌 칼리언이었다. 아이작을 꼭 닮은 얼굴은 어쩐지 걱정스러운 빛을 띠고 있었다.

"……형님과 다투셨다고 들었습니다."

"별일 아니에요. 그냥…… 의견이 조금 안 맞아서요."

"어떤……."

칼리언은 말끝을 흐리며 쿠키 반죽이 올라간 팬을 흘깃 보았다. 이 남자는 모르겠지. 그 사람과 다퉜다는 이야기가 저택 안에 이토록 순식간에 퍼져 나갔다는 사실이 제게 어떻게 다가오는지.

"형님께 드리려고…… 만드신 겁니까?"

칼리언의 시선은 반죽이 들어간 오븐에 꽂혀 있었다. 쳐다보는 모양새가 꼭 제 것도 달라는 것만 같아, 이자벨은 얼른 선수를 쳤다.

"화해의 쿠키예요. 이걸 먹으려면 나랑 싸워야 한다는 의미죠."

그 말에 칼리언은 멈칫하고는 다시 이자벨을 보았다. 앳된 얼굴에 옅은 미소가 어렸다.

"그럼 전 평생 먹고 싶지 않군요."

다정한 목소리는 어린 시절의 아이작과 닮아 있었다. 아이작 또한 7년 전에는 저런 눈으로 자신을 보지 않았던가. 이자벨은 조금 울컥했지만, 아무렇지도 않은 양 미소 지었다.

* * *

아이작의 집무실 앞에 멈춰 선 이자벨은 크게 심호흡하고 문을 두드렸다. 문을 연 아이작은 의아한 얼굴로 그녀를 바라보았다.

"이자벨?"

"바빠요?"

이자벨은 허락도 받지 않고 아이작의 집무실에 발을 들였다. 아이작은 고개를 저었다. 아까와는 달리 한결 부드러워진 태도였다. 꼭 그녀가 찾아온 이유를 알고 있듯이.

"내 부인과 차 한잔할 시간이야 얼마든지 있지."

이자벨은 테이블에 쟁반을 내려 두고는 소파에 몸을 붙이고 앉았다. 아이작 또한 그녀의 맞은편에 앉았다.

"……쿠키를 좀 구워 봤어요."

"당신이 직접?"

자신이 주방을 빌렸다는 것쯤 사용인들에게 들어 알고 있을 텐데, 모른 척 묻는 꼴이 뻔뻔하기도 했다. 그러나 이자벨은 내색하지 않았다.

"맛은 기대하지 마요. 이런 건 원래 정성이 중요하잖아요?"

짐짓 새침하게 말하자, 아이작은 귀엽다는 듯 웃음을 터뜨렸다. 이자벨은 그가 자신의 이런 모습을 좋아한다는 걸 알고 있었다. 내세울 것 하나 없더라도 함부로 고개를 숙이지 않고, 지나치게 순종적이기보다는 적당히 자존심을 세우는 모습. 그를 관대하고 신사적인 사내로 만들어 주는 모습. 그러나 그러면서도 그가 정해 둔 선을 넘지 않는, 그런.

"아깐 미안했어요, 아이작. 요즘 당신이 계속 바빠서……. 나보다 황후랑 같이 있는 시간이 많으니 질투가 났지 뭐야."

이자벨은 아이작의 잔에다 손수 차를 따라 주며 말했다. 아이작은 고개를 저었다.

"나야말로 요즘 바빠서 당신을 통 신경 쓰지 못했지. 칼리언에게 당신을 챙기라고 말하긴 했지만."

"그건 당신이 잘못했네요. 벌로 이 맛없는 쿠키를 먹도록 해요."

"벌이라기엔 너무 황송한데."

그렇게 말하면서도 아이작은 이자벨이 먼저 굽히고 들어온 게 만족스러운 모양이었다. 그는 스스럼없이 쿠키를 집어 입에 넣었다. 턱을 몇 번 움직인 그가 의외인 듯 눈썹을 들었다.

"맛있는데?"

"정말요?"

"그럼. 주방장이 만든 것보다 나은 것 같아."

"거짓말."

"이런, 티 내지 않으려고 했는데."

아이작은 장난스레 대답했고, 이자벨은 눈을 새초롬하게 뜨고 그를 쏘아봤다. 아이작은 웃으며 다시 접시에 손을 뻗었다. 이자벨은 비워지는 접시를 보며 찻잔을 꼭 움켜잡았다.

당신에게만 선이 있는 건 아니야, 아이작.

내가 눈감아 줄 선에서 멈췄으면 이런 일은 없었어.

"황후가 허락할지는 모르겠지만, 일찍 돌아올 수 있으면 그렇게 할게."

아이작은 다정한 남편처럼 말했다. 이자벨은 고개를 끄덕였다.

* * *

'그 사람에게 먹였어요. 당신이 준 약.'

타샤는 오래전 일을 떠올렸다. 딱딱하게 굳은 얼굴에 긴장이 역력하던 모습이 아직도 생생했다.

'다른 사람의 아이를 낳을 거예요. 그리고 그 사람의 재산으로…… 나도 내 아이도 무엇 하나 부족하지 않게 호화롭게 살 거예요.'

'……'

'그 사람이 황후 말고 다른 여자와 놀아나도 모른 척할 거예요. 그리고 그 사람이 임종을 앞뒀을 때 말하는 거예요. 이 아이는 당신 아이가 아니라고. 하지만 당신의 가진 모든 것들이 이 아이의 몫이라고.'

이자벨은 호기롭게 말했지만, 그녀의 손은 덜덜 떨리고 있었다. 타샤는 그녀의 손을 붙잡고 다독였다.

'진정해요, 이자벨.'

'나, 난 잘못 없어요. 그 사람이 먼저 날 배신했잖아요. 그 사람이……'

'……'

'말하면 안 돼요. 죽을 때까지 비밀로 해야 해요.'

이자벨은 타샤를 붙잡고 몇 번이고 당부했다. 뭐가 그리도 두려웠던 건지. 그리고…… 그렇게 말했던 주제에 왜 그렇게 허무하게 가 버렸는지.

"……이맘때쯤이었는데."

타샤는 맑은 하늘을 올려다보았다. 그녀의 말인 카서스가 부지런히 움직이던 발을 멈추었다.

빈트 왕국은 에브게니아 북서쪽의 큰 섬에 자리해 있었다. 날씨가 온후하고 사냥감이 많은 편이라 파트로나가 머물기에 나쁘지 않았다.

"뭐야. 무슨 일 있어?"

타샤가 움직이지 않자, 토토가 말고삐를 움켜쥔 채 다가왔다. 타샤는 고개를 돌려 파트로나 무리를 바라보았다.

"오늘이 며칠인지 알아?"

"린네니 열매가 보이지 않는 건 알지."

"날짜 말이야."

"글쎄. 왜 그러는데?"

토토가 어깨를 으쓱하곤 물었다. 타샤는 짧게 자른 단발을 귀 뒤로 넘겼다.

"그냥. 이맘때가 누구 기일이라서."

"누구? 전 남편?"

토토의 물음에 타샤는 말없이 화살을 시위에 걸었다. 토토가 기겁하여 손을 내저었다.

"아, 알았어. 알았어. 하여간 성질머리 하고는."

"……전에 말했잖아. 아이 낳다가 죽었다던 그 친구."

"아아."

토토는 타샤의 눈치를 살피며 입을 다물었다. 타샤는 고개를 돌렸다.

당신이 그렇게 죽지 않았더라면 나는 지금도 눈이 가려진 채 그곳에 있을까. 당신을 죽였다는 누명도 쓰지 않고, 루드비히와 사이가 틀어지지도 않고, 딸을 버리고 도망치지도 않고…….

"약속을 못 지켰는데 어쩌지."

타샤는 작게 중얼거렸다. 지금쯤 편지는 도착했을까. 죽을 때까지 비밀로 하기로 했었는데.

그러나 죽은 친우의 명예보다 살아 있는 딸이 중요한 건 당연한 일이었다. 그러게 누가 그렇게 죽으라고 했나. 억울하면 오래오래 살았어야지. 당신이 말했던 대로 평생 그 사람을 속이며 호화롭게 잘 살다가, 죽음을 앞두었을 때 통쾌한 복수를 해 줬어야지.

그러나 마음껏 타박하려고 해도 듣는 이는 없었다. 타샤는 잠깐 하늘을 보다가 천천히 말을 몰았다. 오늘 밤은 별이 많았으면 했다.

외전 2. 후일담

"그럼 이곳에 머물도록 하게."

나이 든 촌장은 사람 좋게 웃으며 문을 열었다. 에리히는 경계를 늦추지 않고 테네르의 앞에 섰다. 행여 열린 문으로 낯선 이들이 튀어나올까 하는 걱정에서였다. 테네르 또한 들고 있던 활을 꼭 움켜잡았다.

그러나 문이 활짝 열린 순간, 바짝 긴장한 두 사람의 얼굴에는 당혹감이 들어찼다. 열린 문 사이에서 확 풍기는 먼지 냄새 때문이었다.

"윽……. 이게 뭐야."

에리히는 얼굴을 찡그린 채 중얼거렸고, 테네르는 고개를 돌리고 작게 기침했다. 촌장은 여전히 허허 웃었다.

"한동안 관리를 하지 않아 좀 엉망이로군. 아무래도 청소부터 해야 할 것 같은데."

"……누가요?"

"당연히 자네가 해야지."

태연한 대답에 에리히는 말도 안 된다는 듯 집과 촌장을 번갈아 보았다. 회색 먼지가 앉은 집 안에는 곳곳에 거미줄이 쳐져 있었고, 오래된 가구는 부식되어 금방이라도 무너질 것 같았다.

거기다 바닥에는 죽은 쥐와 분변, 벌레의 사체까지 널브러져 있었다. 폐가는 물론 제 방조차 직접 치워 본 적 없는 입장에서는 뜨악한 상황이 아닐 수 없었다.

"나 혼자…… 말입니까?"

"그럼 임산부가 하나?"

"아니, 뭐 인부라든가……."

에리히는 주위를 둘러보았지만, 영지 밖의 작은 마을에 인부가 있을 리 없었다. 촌장이 그의 어깨를 두드렸다.

"지금껏 어디서 뭘 하고 살았는지는 모르지만, 여기선 어지간한 일들은 스스로 해야 하네."

그것은 그들의 원래 신분을 눈치채더라도 모른 척해 주겠다는 나름의 배려였다.

동시에 그들 또한 티를 내서는 안 된다는 일종의 경고이기도 했다. 에리히와 테네르는 천천히 고개를 끄덕였다.

"혼자 하려면 시일이 걸릴 테니 당분간 우리 딸애 집에서 머물도록 하게."

"아, 예. 그럼 감사……하긴 한데."

딸에게 허락은 안 받아도 되나? 제 집도 아니고 딸의 집에 머무르라는 말에 에리히는 고개를 갸웃했다. 촌장이 먼 곳을 손짓했다.

"아가, 사라."

"어머, 아버지."

촌장을 발견한 여자가 총총 달려왔다. 여자는 아기라고 불리기에는 지나치게 덩치가 컸는데, 입가에 주름이 있고 틀어 올린 머리 사이로 흰머리가 간간이 보이는 것으로 보아 중년에 접어든 듯했다.

"이 사람들은 누구예요?"

"여행자들인데, 머물 곳을 찾고 있다고 하더구나. 마침 빈집도 있으니 머물라고……."

"내가 못 살아. 낯선 사람 함부로 들이면 안 된다고 했잖아요."

여자는 호들갑을 떨며 말했다. 혹 받아 줄 수 없다고 말을 바꾸는 건 아닐까. 에리히와 테네르는 난감한 얼굴로 서로를 보았다. 촌장이 헛기침했다.

"파트로나의 피를 이은 분이란다, 아가. 지금 마땅한 파수꾼도 없으니 도움이 될……."

"그거야 마을 사람들끼리 어떻게든 하기로 했었잖아요, 아버지. 파트로나고 나발이고, 처음 보는 사람들을 뭘 믿고……."

"홑몸도 아닌 사람을 모질게 내쫓을 순 없지 않니."

"임산부요?"

사라는 반색하며 테네르를 돌아보았다. 훑어보는 시선에 테네르는 저도 모르게 몸을 움찔했다. 아직 옷 위로는 티가 나지 않는 배를 흘깃 본 사라는 아비를 향해 이마를 찡그렸다.

"아휴, 제일 중요한 이야기를 빼먹으면 어떡해요, 아버지."

"네가 말을 끝까지……."

"거기다 임산부를 이런 지저분한 집에서 머물게 하시다니요."

타박하듯 말한 사라는 허락도 받지 않고 테네르의 손을 움켜잡았다. 테네르가 놀란 눈을 동그랗게 떴지만 아랑곳하지 않았다.

"어쩌다 이런 외지까지 왔대요. 응? 일단 정리가 될 때까지 우리 집으로 갑시다. 애들이 많아서 정신없긴 해도 이런 데 서 있는 것보단 훨씬 나을 거예요."

사라는 어서 따라오라는 듯 테네르를 잡아끌었다. 눈이 마주치자, 촌장은 그것 보라는 듯 허허 웃었다.

"……다들 많이 도와줘서 생각보다 빨리 끝났었죠. 부인에게도 도움을 많이 받았고요."

"아휴, 저희 같은 사람들이야 늘 하던 일인 걸요. 후작님이 고생하셨죠. 황후 폐하께서도."

사라는 호들갑을 떨며 손을 내저었다. 그녀가 몸을 움직일 때마다 앙즈는 불안한 얼굴로 손을 움찔거렸다.

트라벨 공작 영지에 살고 있던 두 사람이 황궁에 오게 된 건 조슈아가 두 번째 생일을 맞이하고 얼마 지나지 않아서였다. 에리히가 영지 시찰을 위해 제도를 떠나고, 조금은 허전해 하는 테네르를 위해 레온하르트가 마련한 작은 선물이었다.

그러나 레온하르트도 테네르도 예상치 못한 일이 있었다. 쉰이 넘은 사라가 부른 배를 안고 초대에 응한 거였다.

"무리해서 온 건 아닌가 걱정이네요, 부인. 홑몸도 아닌데."

"안정기라 괜찮아요. 이이가 워낙 유난이라 그렇지."

사라는 앙즈의 어깨를 때리며 깔깔 웃었다. 앙즈는 그녀에게 얻어맞을 때마다 작게 비명을 질렀지만 말릴 엄두를 내지는 못했다. 그 모습을 보며 테네르가 미소 지었다.

"여전히 사이가 좋네요. 이제 여섯째인 거죠?"

"예, 황후 폐하. 여섯째……입니다."

그렇게 대답하며 앙즈는 슬쩍 사라의 눈치를 살폈다. 이러나저러나, 사라가 예기치 못하게 여섯째를 임신하게 된 건 전적으로 약을 깜빡 잊은 그의 탓이기 때문이었다.

"난 달거리가 갑자기 안 나오길래 나이가 들어서 그런가 했거든요. 그런데 웬걸, 임신인 거예요. 이럴 줄 알았으면 몰래라도 고자 풀을 먹이는 건데."

마지막 말에 앙즈가 몸을 크게 들썩였다. 그는 충격받은 얼굴로 사라를 돌아보았다.

"가, 가지고 있었어?"

"당연히 가지고 있었⋯⋯."

거기까지 말한 사라는 무언가 생각난 듯 입을 다물었다. 큼큼, 목을 고른 그녀가 얼른 말을 바꾸었다.

"⋯⋯아, 말이 그렇다는 거지. 당신이 리바노만 보면 기겁하고 씨를 말리려고 했는데 어떻게 그걸 구해?"

"그러⋯⋯긴 했지만."

앙즈는 제 잘못을 안다는 듯 듬직한 어깨를 한껏 움츠렸다.

"그렇게 질색을 할 거면 피임약이라도 잘 챙겨 먹든가, 아니면 나이 먹고 주책 부리지나 말든가. 하여간 내가 못 살아."

"그⋯⋯ 내가 잘못했어, 사라."

"말로만 잘못했지, 말로만?"

사라는 자신들이 황궁에 있다는 것도 잊은 듯 한참 동안 잔소리를 쏟아 내었다. 익숙한 광경에 테네르는 웃으며 찻잔을 기울였다. 우물쭈물하던 앙즈가 눈을 질끈 감고 소리쳤다.

"머, 먹을게!"

"⋯⋯."

"고, 고자 풀⋯⋯. 먹을 테니까⋯⋯. 응?"

남의 남편의 생식 기능이 어찌 될지 딱히 알고 싶지는 않았지만, 앙즈의 선언에 테네르는 눈을 동그랗게 뜨고 두 사람을 보았다. 사라 또한 예상치 못한 말을 들은 듯 놀란 눈을 끔뻑거렸다.

"⋯⋯진짜?"

"⋯⋯."

"진짜 먹을 거야?"

사라가 재차 묻자 앙즈는 풀이 잔뜩 죽은 채 고개를 끄덕였다. 사라는 믿을 수 없다는 듯 앙즈를 보더니 이내 울컥하여 그의 귀를 확 잡아당겼다.

"아유, 정말이지……. 애 들어서기 전에 이랬으면 얼마나 좋아, 응?"

"아, 아야, 사라. 화, 황후 폐하 앞이잖아."

앙즈가 다급히 말하자, 사라는 그제야 퍼뜩 고개를 돌렸다. 테네르의 시선을 뒤늦게 알아챈 그녀는 얼른 손을 내리고 호호 웃었다.

"어머, 어머, 제가 황후 폐하 앞에서 주책을……."

"두 사람 금실이야 잘 아는걸요. 다만 아기가 놀랄까 봐 걱정이죠."

테네르가 부른 배를 보며 말하자, 사라도 멋쩍게 웃고는 말을 돌렸다.

"하여간, 우리 엘……. 아니, 후작님도 뵐 수 있으면 좋았을 텐데요."

"한동안 제도를 떠나 있었더니 그간 영지를 돌보지 못했거든요. 폐하께서 대신 관리해 주시긴 했지만……."

테네르가 결혼식을 치른 후, 레온하르트는 그간 대신 관리해 오던 영지뿐 아니라 루드비히 에반의 반역 이후 환수했던 영지 또한 보란 듯이 에리히에게 내어 주었다. 에리히는 찍소리도 하지 못하는 귀족들을 비웃으면서도 신경 써야 할 게 많다며 죽을상이었다.

"우리 황자 전하도 잘 계시죠? 얼마나 예쁘셨는데."

"그럼요. 요즘은 말도 얼마나 잘하는데요. 기저귀도 곧 뗄 것 같고."

정식으로 황자가 된 후, 조슈아는 하루가 다르게 자라나는 중이었다. 아직은 서툴지만 존댓말도 배우고 있었고, 배변 훈련도 끝물이라 잠을 잘 때나 공식 석상에 얼굴을 비출 때를 제외하곤 기저귀도 하지 않았다.

빠르게 자라나는 아이를 보는 건 더할 나위 없이 감격스러운 일이었다. 아이가 조그마한 손가락을 꼼지락거리며 숫자를 세거나 장난감 식기로 식사하는 흉내를 낼 때마다, 엄마와 아빠라며 크고 작은 동그라미를 그려 보여 줄 때마다, 테네르는 온 세상의 행복이 제게로 쏟아진 것 같은 기쁨을 느꼈다.

"그맘때가 제일 예쁘죠. 뭘 해도 신기하고."

사라는 접시에 놓인 쿠키를 와작와작 씹으며 말했다. 테네르는 고개를 끄덕였다.

"곧 유모가 데려올 거예요. 지금은 낮잠을 잘 시간이라서."

"아휴, 절 기억은 하실지 모르겠네요."

세 사람은 한참 동안 이야기를 나누었다. 사라는 간간이 부른 배를 쓰다듬었고, 그럴 때마다 앙즈는 안절부절못하며 그녀를 보았다.

얼마 지나지 않아 로라가 조슈아의 손을 잡고 응접실의 문을 열었다. 조슈아는 엄마를 보자마자 활짝 웃으며 달려왔다.

"어머니!"

"어서 오렴, 조시."

테네르는 얼른 아이를 안아 들었다. 불과 몇 달 전까지만 해도 아기 같았던 조슈아는 키가 훌쩍 자라고 말이 늘어 어느덧 어린이 티가 났다. 사라가 호들갑을 떨었다.

"어머, 어머, 어머, 정말 훌쩍 자라셨네요."

"아이들은 빨리 자라니까요. 나도 놀랄 때가 많아요."

"황자 전하, 저 기억나세요?"

사라가 물었지만, 조슈아는 그녀가 낯선 듯 엄마의 품에 얼굴을 묻었다. 테네르가 아이의 엉덩이를 토닥거렸다.

"사라 아주머니야. 앙즈 부인. 기억 안 나니?"

"이잉."

조슈아는 모른다는 듯 고개를 도리도리 젓고는 앙즈와 사라를 힐끔거렸다. 여전히 테네르에게 꼭 안긴 채였다.

"어머, 낯을 가리시나 보네요. 황자 전하, 과자 하나 드릴까요?"

사라는 접시에 놓여 있던 쿠키 하나를 집어 조슈아에게 건넸다. 그녀를 힐끔힐끔 보던 조슈아는 천천히 손을 뻗어 과자를 붙잡았다.

앙즈와 사라가 흐뭇한 얼굴로 아이를 보았다. 과자를 한 입 베어 문 조슈아는 작은 입술을 부지런히 오물거렸다.

"맛있죠?"

"네."

조슈아는 복숭아 잼을 올린 쿠키가 꽤 마음에 드는 모양이었다. 순식간에 과자를 먹어 치운 아이는 엄마의 무릎에서 내려와 테이블 쪽으로 다가갔다.

사라가 쿠키를 하나 더 집어 건네자 기다렸다는 듯 받아 들었다.

"아휴, 잘 드시네."

"요샌 어른들 먹는 것도 다 먹으려고 해요. 이도 거의 다 났고."

"그럴 때가 되긴 했죠. 얼마나 좋으시겠어요. 아버지랑 어머니도 있고, 맛있는 것도 많고."

사라는 허리를 굽혀 아이의 통통한 볼을 쓰다듬었다. 곁에 서 있던 로라는 움찔했지만, 테네르가 만류하지 않는 걸 보곤 얌전히 있었다. 테네르는 아이에게 다시 한번 두 사람을 소개했다.

"조시, 이쪽은 앙즈 부인이야. 이쪽은 앙즈 아저씨."

달콤한 과자로 경계심이 풀린 조슈아는 얌전히 테네르의 말을 따라 했다. 그러고는 조심스레 사라에게 다가갔다. 아이의 시선이 부른 배에 가닿았다.

"배가 뚠뚠해요."

"그런 말 하면 안 돼, 조시."

테네르가 얼른 말렸지만, 조슈아는 커다란 배가 신기한 모양이었다. 사라는 자신의 배를 쓰다듬으며 웃었다.

"배가 뚱뚱하죠? 여기 아기가 있어서 그래요."

"아기?"

"네. 아기."

"여기 아기 이써요?"

"네. 아기가 있어요."

"우와아."

조슈아는 눈을 휘둥그레 뜨고는 테네르를 돌아보았다. 새로운 사실을 알게 되면 조슈아는 언제나 그것을 주변 사람들에게 알려 주곤 했다.

"아기가 있대요."

"어머, 그러니?"

테네르는 처음 아는 사실인 척 아이의 말을 받아 주었다. 조슈아는 더듬더듬 말을 이어 붙였다.

"으음, 배에 아기가 있어서, 어……. 뚱뚱해요."

"아기가 있어서 배가 많이 나왔지?"

"으응. 배가 마니 나와써요."

조슈아는 사람의 배 속에 아기가 들어 있다는 것이 못내 신기한 모양이었다. 호기심 어린 시선이 연신 사라의 배를 향했다.

"만져 보세요, 황자 전하."

사라가 조슈아의 손을 잡아 제 배 위로 가져갔다. 조슈아는 아주 조심스럽게 그녀의 배를 쓸었다. 태동을 느낀 아이가 눈을 휘둥그레 떴다.

"우와. 우와."

"어머, 어머, 아기가 움직이네."

"으응, 아기. 여기 이써요."

"우리 황자님도 예전에는 황후 폐하 배 속에 있었어요. 어머니 배 속에."

로라의 말에 조슈아는 고개를 돌렸다. 눈이 마주치자 테네르는 웃으며 자신의 배를 가리켰다.

"우리 조시도 여기 있었지?"

"조시도 여기 이써어요?"

"그럼."

테네르가 웃으며 대답하자, 조슈아는 기분이 좋은 듯 배시시 웃었다. 달려 온 아이가 엄마의 품에 폭 안겼다.

"배 속에 계셨던 거 기억나세요?"

"네."

로라의 물음에 조슈아는 얼른 고개를 끄덕였다. 테네르가 놀란 얼굴로 아이를 보았다.

"정말? 안에 있을 때 어땠니?"

"으음. 땃뜨햇구, 어……."

조슈아는 무언가를 곰곰이 생각하는 듯 한참 망설였다. 그러더니 방긋 웃었다.

"장난감 가지고 놀앗써요."

"어머."

아이의 대답에 응접실 안에 웃음이 번졌다. 그러거나 말거나 조슈아는 테네르에게 찰싹 붙어 부르지도 않은 배를 만지작거렸다.

"아휴, 이제 슬슬 우리 황자 전하 동생도 만들어 주셔야겠네요."

한참 동안 조슈아를 바라보던 사라가 손뼉을 치며 말했다. 오지랖 넓고 참견하길 좋아하는 그녀는 남의 집 식기의 개수와 창고에 남은 식료품 종류까지 모조리 알고 참견해야 직성이 풀렸는데, 아이에 대해서도 마찬가지였다.

"저야 이제 나이가 들어서 어디 가서 임신했다고 말하기도 남부끄럽지만……. 우리 황후 폐하께선 아직 젊으시잖아요? 두 분 미모에 둘째는 또 얼마나 예쁠까."

"조금 더 생각해 보고요. 그리고 부인도 아직 젊은걸요."

"어머, 어머, 젊긴요."

손사래를 치면서도 사라는 기분이 좋은 듯 웃었다. 조슈아는 한참 동안 테네르의 배를 만지작거렸다.

* * *

얼마간의 근신이 끝난 후, 칼리언은 스튜어트 자작위를 자진하여 황실에 반납했다. 레온하르트는 다른 욕심 없이 알레이나의 아버지로서 살아가겠다는 그의 뜻을 기꺼이 받아들였다. 칼리언은 한동안 알레이나와 함께 제도를 떠나 공작 영지에 머무르겠다고 했다.

아이작이 불임 판정을 받았다고 해서 모든 의혹이 사라진 것은 아니었다. 황제와 칼리언 사이에 모종의 거래가 있었던 건 아니냐는 식의 수군거림이 간간이 오르내리고 있었다.

그러나 아이작 살바토르가 처형되고 란데르크 자작을 비롯한 그의 수족이 하나둘 귀족 사회에서 퇴출되자, 누구도 함부로 입을 열 수가 없었다.

"……돌아가는 길에는 실력 좋은 산파를 한 명 붙여 주셨으면 해요. 아무래도 부인이 나이가 있다 보니……."

테네르는 걱정스레 말했다. 사라가 리바노를 흔쾌히 넘겨준 후 예기치 못한 회임을 했다는 걸 알기에, 테네르는 그녀의 임신에 다소 책임감을 느끼고 있는 모양이었다. 대강의 경위를 전해 들은 레온하르트는 천천히 고개를 끄덕였다.

"차라리 출산 때까지 황궁에 머물게 하는 쪽이 낫지 않겠습니까?"

"그러잖아도 권해 봤는데, 배가 더 부르기 전에 돌아가는 게 나을 것 같다고 했어요. 북부에 아이들도 기다리고 있고, 거기다 젖먹이를 데리고 먼 길을 가게 되면 더 힘들 것 같다고."

"아아."

테네르의 말에 레온하르트는 고개를 끄덕였다.

"그럼 산파를 붙이고 마차와 숙소도 좀 더 좋은 거로 마련하라고 하겠습니다."

"고마워요, 레온."

테네르는 레온하르트의 어깨에 머리를 기대었다. 오후의 햇살이 넓은 정원을 따사롭게 내리쬐었다. 어쩐지 나른해져 테네르는 길게 하품했다. 레온하르트는 제 허벅지를 가볍게 두드렸다.

"잠깐 눈이라도 붙이세요. 고단하실 텐데."

"하지만……."

"어서요."

레온하르트가 어깨를 가볍게 당기자, 테네르는 어쩔 수 없다는 듯 그의 다리를 베고 누웠다. 큰 손이 그녀의 머리카락을 부드럽게 쓸었다.

무더위가 지나가고 기분 좋게 선선한 날씨가 이어지고 있었다. 부부간의 시간도 중요하다는 유모의 강력한 의견에 따라, 두 사람은 볕이 좋은 시간이면 정원에서 함께 시간을 보냈다.

매일 같은 잠자리에 들면서도 떨어져 있는 시간은 왜 그리도 아까운 것인지. 함께하지 못하는 잠깐의 시간에 대해 도란도란 이야기를 나누다 보면 시간이 훌쩍 지나가곤 했다.

"조시가 동생이 있었으면 하나 봐요. 앙즈 부인 배를 보고 아기, 아기, 하는데……. 자기도 아기면서 말이에요."

마지막 말에 레온하르트는 낮게 웃었다. 테네르는 누운 채로 그의 무릎을 만지작거렸다.

"유모도 조슈아 같은 아이라면 다섯까지는 괜찮을 것 같다고 하던데……."

"……."

"괜찮지 않을까요?"

테네르가 고개를 돌려 그와 눈을 맞추었다. 레온하르트는 말없이 그녀를 바라보았다. 입술을 만지작거리는 손길이 은근했다.

"그대가 아이를 낳을 수 있을 정도로 건강한지 확인해 보고요."

"자꾸 그러지 마시고요. 응?"

테네르는 얼른 몸을 일으켰다. 레온하르트는 여전히 달갑지 않은 표정이었다.

"궁의도 건강하다고 했잖아요."

"진단이 잘못되었습니다."

"정말……."

테네르가 지금껏 둘째 이야기를 꺼내 보지 않은 건 아니었다. 다만 그럴 때마다 아침에 몸을 일으키지도 못할 만큼 시달리게 된다는 게 문제였다.

처음에는 하다못해 건강을 확인한다는 핑계라도 꼬박꼬박 대더니, 요즘은 그 핑계조차 생략하고 대뜸 허리부터 더듬어 오는 일도 부지기수였다.

"제대로 이야기해 봐요, 우리."

테네르는 레온하르트의 양손을 꼭 움켜잡고 말했다. 설마하니 정원에서 애먼 짓을 하지는 않겠지만, 혹시나 하는 마음에서였다. 그 속내를 아는 레온하르트는 소리 없이 웃었지만, 잡힌 손을 빼지는 않았다. 테네르가 조심스레 물었다.

"레온, 혹시…… 다른 걱정이라도 있는 건가요?"

"무슨 걱정 말입니까?"

"그게……. 혹시라도 약이……."

테네르는 쉽게 말을 잇지 못하고 입을 다물었다. 레온하르트는 그녀가 하려는 말을 깨달은 듯 아, 하고 탄성을 질렀다.

"아이가 아이작 살바토르를 닮을까 봐 걱정하는 거냐는 말씀이십니까?"

"……."

테네르는 묵묵히 고개를 끄덕였다.

"혹시라도 전 공작 부인이 약을 너무 늦게 먹였다든가……. 그런 걸 걱정하실까 봐요."

거기까지 말한 테네르는 슬쩍 레온하르트의 안색을 살폈다. 그러나 레온하르트는 딱히 불안해하는 기색은 아니었다.

"난 그저 그대 몸에 무리가 갈까 봐 걱정하는 것뿐입니다."

"그러니까, 전 괜찮다고……."

"안 괜찮습니다."

레온하르트는 절대로 양보할 수 없다는 듯 단호하게 말했다. 아무리 제 걱정에서 비롯되었다고 하더라도, 이쯤 되니 테네르도 슬그머니 반발심이 고개를 드는 거였다. 기가 차다는 듯 그를 보던 테네르가 저도 모르게 중얼거렸다.

"조시 데려가려고 거짓말까지 하셨던 분이 지금……."

"테네르, 그건……."

"그렇지 않나요?"

이러나저러나, 그때의 이야기를 꺼내면 레온하르트는 영락없이 죄인이 되기 마련이었다. 테네르는 어디 입이 있으면 말해 보라는 듯 그를 빤히 보았고, 레온하르트는 차마 반박하지 못 하고 고개를 숙였다.

"……내가 다 잘못했습니다."

"지금 잘잘못을 따지자는 건 아니에요. 물론…… 잘못하신 건 맞지만."

"……."

"전 조슈아를 낳기 전보다 훨씬 건강해요, 레온."

테네르의 말은 사실이었다. 북부에서 지낸 2년간 승마를 비롯한 활동량이 늘어서인지, 지금은 오히려 폐위 전보다도 건강해진 몸이었다. 하지만 그러거나 말거나 레온하르트는 고개를 저을 뿐이었다.

"부족합니다."

"……."

단호한 대답에 테네르는 어쩐지 울컥하여 레온하르트를 보았다. 한참 동안 그를 올려다보던 그녀는 마침내 결심한 듯 입을 열었다.

"……알겠어요. 제가 너무…… 약하다는 말씀이시죠?"

어쩐지 의미심장한 물음에 레온하르트는 멈칫했다. 싸늘해진 눈이 그를 향했다가 언제 그랬냐는 듯 부드럽게 휘어졌다.

"이만 돌아갈까요? 말씀하신 대로 제가 너무 약해서…… 산책을 오래 하니 힘이 드네요."

테네르가 몸을 일으키자, 레온하르트는 덩달아 자리에서 일어났다. 에스코트를 위해 얼른 팔을 내밀었지만 테네르는 그를 흘깃 보고는 고개를 돌렸다.

"괜찮습니다. 혼자 걷는 연습을 해야 조금이라도 더 건강해질 것 같아서요."

"……."

"황제 폐하의 기준에 맞추려면 앞으로 바쁠 것 같네요."

테네르는 쌩하니 몸을 돌렸다. 레온하르트가 다급히 그녀의 손을 잡았다.

"테네르, 난…… 그대가 걱정이 돼서……."

"걱정될 만큼 약한 사람을…… 힘으로 붙잡으시는 건가요?"

테네르가 잡힌 손을 보며 무심히 물었다. 레온하르트는 몸을 움찔하고는 슬그머니 손을 놓았다.

"……화나셨습니까?"

조심스레 물었지만 테네르는 대답 없이 발을 옮길 뿐이었다. 레온하르트는 차마 그녀의 몸에 다시 손을 대지 못 하고 쫄레쫄레 뒤를 따랐다.

"……테네르."

"……."

"테네르."

"……."

"날 좀 봐 주세요, 응?"

애걸하는 목소리에 테네르는 그제야 발을 멈추었다. 그러나 평소와 같은 다정한 눈길은 온데간데없었다. 레온하르트는 저도 모르게 마른침을 꿀꺽 삼켰다.

"테네르, 우리 대화를 좀……."

"그 대화를 매번 거부한 건 당신이지 않나요? 둘째 이야기 꺼낼 때마다……."

"하지만 그건…… 그대도 좋아했……."

거기까지 말한 레온하르트는 테네르의 표정을 보곤 얼른 입을 다물었다. 무거운 침묵이 두 사람 사이를 갈랐다. 다른 이야기를 꺼낼까 했지만, 무슨 말을 해도 괜히 화를 돋울 것만 같아 결국은 입을 다물고 말았다.

"……어쨌든, 전 먼저 돌아가서 쉬도록 할게요. 그럼."

말을 마친 테네르는 다시 발을 옮겼다. 레온하르트는 얼른 그녀를 쫓았지만, 테네르는 끝내 그에게 시선을 주지 않았다.

* * *

그날 밤, 레온하르트는 결혼 후 처음으로 황후의 침실 앞에서 문전박대를 당했다. 황후궁의 시녀는 황송한 얼굴로 테네르가 몸이 좋지 않아 레온하르트를 만날 수 없다는 말을 전했다.

"정말인가?"

"예, 황후께서 오늘은 피곤하시다고……."

시녀는 말끝을 흐리며 레온하르트를 흘깃 보았다. 눈치 보는 꼴을 보아하니 정말 아픈 건 아닌 모양이었다. 레온하르트는 짧게 한숨을 내쉬었다.

"……내일 다시 오겠네."

"저, 폐하. 그게……."

시녀가 조심스레 입을 열었다.

"곧 있을 수확제를 위해 체력을 비축해야 하니, 당분간은…… 뵙기 어려울 것 같다고 하셨습니다."

"……."

레온하르트는 꼭 닫힌 문을 보았다. 닫힌 문 사이로 빛이 새어 나오는 걸 보니 아직 잠자리에 들지는 않은 듯했다.

"내가 꼴도 보기 싫다고 하시던가?"

"다, 당치도 않습니다, 폐하."

시녀가 황급히 머리를 조아렸지만, 레온하르트의 시선은 굳게 닫힌 문에 닿아 있을 뿐이었다. 한참 동안 그 자리에 서 있던 그가 다시금 한숨을 내쉬었다.

"……내일 다시 오겠네."

다시 한번 말한 레온하르트는 시녀의 대답을 듣지 않고 몸을 돌렸다. 터벅터벅, 돌아가는 이의 어깨가 축 늘어진 것 같았다.

* * *

황제의 집무실에는 며칠째 무거운 분위기가 감돌았다. 황후를 다시 데려온 후 처음 있는 일이었다.

엄밀히 말하자면, 그동안 레온하르트가 테네르를 아예 만나지 못했던 건아니었다. 두 사람은 부부이기 이전에 황제와 황후였고 조슈아의 부모였으니, 업무를 위해서나 아이와 함께하는 시간에는 얼굴을 볼 수도 대화를 나눌수도 있었다.

다만 단둘이 있을 시간이 없다는 게 문제라면 문제였다. 조심스레 그날의이야기를 꺼내면 사적인 이야기는 나중에 따로 하자고 선을 긋고, 따로 만남을 청하면 피곤하다든가 체력을 비축해야 한다든가 하며 거절하고. 그래 놓고는 다른 이들과 다과회니 자수 모임이니 승마 같은 건 잘만 했으니 이래저래 고통받는 건 레온하르트뿐이었다.

'돌아 버리겠군.'

레온하르트는 펜을 내려놓고 이마를 짚었다. 한숨을 푹 내쉬자 관리들 몇이 그를 돌아보았지만, 누구도 말을 걸지는 못했다. 보다 못한 델루스가 입을 열었다.

"……폐하, 무슨 일 있으십니까?"

"아."

조심스러운 물음에 레온하르트는 그제야 퍼뜩 정신을 차렸다. 그러고는 얼른 평소처럼 입꼬리를 올렸다.

"아무 일 없네."

애써 태연하게 말한 그는 얼른 다시 펜을 들었다. 그러나 머릿속에서는 상념이 떠나지 않았다.

자신이 무엇을 잘못했는지 모르는 건 아니었다. 테네르가 둘째 이야기를 꺼낼 때마다 그만큼 건강한지 확인해 본다는 핑계로 제 사심을 채운 게 몇 번이던가.

처음에는 장난 반 진심 반으로 시작한 일이었다. 그러나 같은 일을 몇 번 반복하고 나니 이제는 종소리만 들어도 침을 흘리는 개처럼 둘째라는 말만 들어도 몸이 먼저 반응하곤 했다.

테네르 또한 그를 밀어낸 적이 없기에, 나중에는 그녀가 둘째 이야기를 꺼내는 게 에둘러 하는 유혹이라고 좋을 대로 생각하기도 했다.

'둘째를 그렇게 원할 줄은 몰랐는데…….'

열 달 동안 사람을 품는 일이었고, 적어도 몇 시간 동안의 진통을 홀로 감당해야 하는 일이었다. 그런데도 또 낳고 싶다니.

레온하르트는 다시 펜을 내려놓았다. 집무실의 관리들이 몰래 그를 흘깃거렸지만 아랑곳하지 않았다.

"……사이언 경."

"예, 폐하."

황제의 부름에 델루스 사이언은 얼른 고개를 들었다. 레온하르트의 표정은 다시 착잡해져 있었다.

"……부인이 둘째를 낳았다고 들었네만."

"예, 폐하."

"이미 아이가 있는데, 어떻게 또 아이를 가질 생각을 했나?"

"······예?"

난데없는 물음에 델루스는 당황하여 얼빠진 소리를 냈다. 레온하르트가 다시 물었다.

"부인이 첫째를 낳을 때도 고생했을 텐데, 어떻게 둘째를 낳을 생각을 했나 하고."

탓하는 어투는 아니었지만, 레온하르트의 물음에 델루스는 꼭 자신이 부인의 산고 따위는 걱정도 하지 않는 막돼먹은 남편이 된 것 같은 기분이 들었다. 동시에 이 갑작스러운 질문이 황제가 고뇌하는 원인임을 직감할 수 있었다.

"그게······ 부인이 원하기도 했고······."

델루스는 스스로 눈치가 제법 빠르다고 자부하는 편이었다. 거기다 황제의 직속 보좌관으로서 그가 피임약을 꾸준히 챙겨 먹는 것도 알고 있었다. 그러니 둘째를 낳고 싶어 하는 게 누구인지, 반대하는 게 누구인지도 금방 알아챌 수 있었다.

"첫아이가 저를 워낙 닮아서······. 부인을 닮은 아이도 하나 있으면 좋을 것 같다고 생각했습니다."

이러나저러나 델루스는 황실의 관리이므로, 황손이 더 생기는 일에 반대할 생각이 눈곱만큼도 없었다. 거기다 그는 부부 싸움의 승자는 언제나 부인 쪽이어야 한다는 신념을 가진 사람이기도 했다.

"······둘째가 부인을 많이 닮았나?"

레온하르트가 멈칫하더니 물었다. 델루스는 그 순간을 놓치지 않았다.

"예, 폐하. 특히 웃을 때 눈매를 빼닮아서 어찌나 예쁜지 모릅니다."

델루스는 후계로 인한 황권의 강화라든가 하는 말이 레온하르트에게 통하지 않으리라는 것을 알고 있었다. 그러니 그를 조금이라도 혹하게 하려면 이런 이야기를 꺼내야 하는 게 아니겠나.

"조슈아 황자 전하께서 황제 폐하를 빼닮으셨으니, 둘째 황손께서는 황후 폐하를 닮으셔도 좋지 않겠습니까?"

은근한 목소리에 레온하르트는 저도 모르게 테네르를 닮은 딸아이를 상상했다. 작은 얼굴에 엄마를 꼭 빼닮은 이목구비가 오밀조밀 들어찬 아이는 얼마나 사랑스러울 것인가. 통통하게 살이 오른 양 뺨과 까르르 웃는 얼굴은.

"……그렇군."

그러나 레온하르트는 그저 그렇게 대답할 뿐이었다. 귀를 쫑긋 세우고 두 사람의 대화를 듣던 관리들은 그의 미온적인 반응에 다시금 눈치를 살폈다.

* * *

저녁 식사는 특별한 일이 없는 한 세 사람이 함께였다.

다행스럽게도 테네르는 조슈아와 함께하는 모든 시간에 빠짐없이 참석했다. 그러나 그녀의 시선은 연신 아이에게 가 있었기에, 레온하르트는 식사 시간 내내 테네르의 눈치를 살폈다.

"조시는 가지 안 머글래요."

무엇이든 주는 대로 잘 먹던 조슈아는 나름의 취향이 생겼는지 편식을 하기 시작했다. 거기다 식재료의 이름까지 배워 무엇이 좋고 싫은지를 명확하게 이야기하곤 했다.

"어머, 가지는 싫으세요?"

"가지 먹기 시러요."

"그럼 호박 드릴까요? 지난번에 맛있게 드셨잖아요."

로라는 조슈아의 앞에 놓인 가지 요리를 먼 곳으로 옮기고 호박과 콩을 접시에 덜어 주었다. 그 모습을 슬쩍 본 테네르가 제 몫의 가지를 포크로 푹 찍어 입에 가져갔다.

"어머, 오늘 가지가 참 맛있네요."

부모가 되기 위해서는 얼굴이 두꺼워져야 하는 것인지, 부끄럼 많던 테네르는 아이가 싫어하는 음식을 보란 듯이 맛있게 먹으며 능청을 떨곤 했다. 레온하르트도 얼른 튀긴 가지를 크게 썰어 먹으며 맞장구를 쳤다.

"주방장에게 상을 내려야겠습니다."

두 사람은 가지가 세상에서 가장 맛있는 음식인 양 부지런히 포크질을 했다. 그 모습을 유심히 보던 조슈아가 유모를 돌아보았다.

"유모, 나두. 조시도 가지 머글래요."

엄마와 아빠가 하는 건 뭐든 따라 하고 싶은 건지, 싫어하는 음식도 남이 먹으면 맛있어 보이는 건지, 조슈아는 멀찍이 떨어진 접시에 손을 뻗었다. 로라가 얼른 접시를 가져다주었다.

"어머, 우리 황자님, 가지도 드실 줄 아세요?"

유모가 호들갑을 떨자, 아이는 보란 듯이 포크로 튀긴 가지를 푹 찍었다. 그러고는 와앙 입을 벌렸다.

원래라면 아이를 보며 장난스러운 시선을 주고받아야 했을 두 사람이었다. 그러나 테네르의 눈길은 아이에게 가 있을 뿐이었다. 레온하르트는 조심스레 입을 열었다.

"……테네르."

"맛있니?"

테네르는 못 들은 척 아이에게 물었다. 조슈아는 입술을 오물오물 움직이며 고개를 끄덕이더니 뒤늦게 작은 미간을 찡그렸다.

아이의 입에서 씹던 가지가 흘러나온 것은 순식간이었다. 로라가 황급히 빈 접시를 턱 아래에 받쳤다. 입에 든 것을 죄다 뱉어 낸 조슈아가 말했다.

"맛업써요."

"……그러니?"

결국 뱉어 버린 걸 보니 어지간히도 입에 맞지 않는 모양이었다. 로라는 물을 가져다주었고, 아이는 작은 손으로 컵을 쥐고 꼴딱꼴딱 잘도 들이켰다.

"카아."

조슈아는 다 마신 컵을 내려놓고는 다시 포크를 들었다. 식사가 끝날 때까지 테네르는 레온하르트를 쳐다보지도 않았다.

* * *

예나 지금이나, 테네르는 야박한 황후는 못 되었다.

문제가 생겨도 성급히 탓하기보다는 먼저 이해하려고 했고, 벌을 주는 것보다는 상을 주는 것에 더 익숙했다. 거기다 황제가 그녀를 애지중지하는 만큼 그녀도 그를 지극히 아낀다는 사실을 모르는 이가 없었다.

그러니 레온하르트를 대하는 테네르의 태도가 돌연 싸늘해진 데에 여러 이야기가 오가는 것도 당연했다. 제법 그럴듯한 이야기부터 아주 허무맹랑한 이야기까지 있었지만, 뭔지는 몰라도 일단 황제가 단단히 잘못한 것 같다는 의견만큼은 누구나 동의했다.

"지금껏 이런 적이 없었으니까요. 다들 신기한 모양이에요."

황궁 사용인들의 분위기를 전해 주는 것은 대부분 로라 쪽이었다. 황자의 생활 전반을 책임지는 만큼, 그녀는 황후의 시녀들은 물론 주방과 빨래방의 사용인들과도 안면을 익힐 수가 있었다. 그러니 물밑에서 오가는 이야기를 듣게 되면 테네르에게 쪼르르 달려와 전달해 주곤 했다.

"원인은 뭐라고들 하나요?"

"이래저래 말들이야 많죠. 황후께서는 북부에 직접 가고 싶어 하셨는데 폐하께서 못 가게 하셔서 그런 거라는 말도 있고, 폐하께서 밤에 너무 괴롭히셔서 그런 거라고도 하고…….."

"……."

사용인들에게 목욕 시중이나 침실 정리를 맡기는 이상, 어느 정도의 사생활은 포기해야 하는 법이었다. 테네르가 복위한 후 레온하르트는 하루도 빠짐없이 테네르의 침실을 찾았고, 덕분에 아예 황제궁을 없애는 게 낫지 않겠냐는 우스갯소리가 돌 정도였다.

"왜, 얼마 전에도 베개가……."

"그 이야기는…… 그만해도 될 것 같아요."

"아, 네."

테네르가 볼이 발개진 채 만류하자, 로라는 냉큼 입을 다물었다. 테네르는 작게 헛기침했다.

"혹시 다들 불편해하진 않나요?"

"음……. 그렇게 심각하게 생각하진 않는 것 같아요. 그냥 사랑싸움하시나 보다 하고 있어요."

"다행이네요."

레온하르트와 함께 시간을 보내지 않은 지 딱 나흘이 되는 날이었다. 레온하르트는 매일 그녀를 찾았지만, 테네르는 조슈아와 함께 있는 시간을 제외하고는 단 한 번도 그를 만나 주지 않았다. 덕분에 한동안 주인이 머물지 않던 황제궁에서 간만에 대청소가 있었다고도 했다.

"……둘째 문제로 그러시는 거였죠?"

로라가 조심스레 물었다. 테네르는 고개를 저었다.

"그것도 있긴 하지만……. 꼭 그것 때문만은 아니에요."

"그럼요?"

"음, 글쎄요."

테네르는 옅게 웃으며 찻잔을 입에 가져갔다.

마음 같아서는 둘째는 물론 셋째까지 낳고 싶은 게 사실이었지만, 타당한 이유가 있다면 포기할 수도 있었다. 다만 테네르로서는 레온하르트가 대는 이유를 한결같이 납득하기 어려웠다.

작고 약하다니. 아이를 낳을 수 있을 만큼 건강하지 않다니. 처음에야 제 걱정으로 그런다는 게 간질간질하게 느껴진 것도 사실이었다. 하지만 그렇지 않다고 말해도 고집스레 고개를 젓는 모습을 보자 조금씩 불만이 쌓이고 있었다.

"참 우습죠. 정작 흔쾌히 낳자고 하면 이젠 내 걱정을 안 하나 싶어서 서운해할 거면서."

"원래 사람 마음이 그렇잖아요. 황자 전하도 요즘 뭐든 혼자 한다고 하시면서, 정작 옆에서 지켜보지 않으면 얼른 오라고 하시는데."

"조슈아는 두 살이고요."

"커서도 다를 거 없죠, 뭐. 저도 결혼하면 자식은 일곱 명 낳고 싶은데, 정작 남편 될 사람이 그러라고 하면 싫을걸요? 나 고생하는 건 생각 안 하나 싶고."

로라의 말에 테네르는 무심코 고개를 끄덕였다. 그러다 '남편 될 사람'이라는 말에 뒤늦게 멈칫했다.

"혹시 로라, 지금…… 결혼 이야기가 오가는 사람이 있나요?"

테네르는 미혼의 황실 유모에게 얼마나 많은 구애가 쏟아지는지 알고 있었다. 젊고 아름다운 데다 유일한 황자의 유모였고, 황후인 자신의 최측근이니 당연한 일이었다.

'오라버니와 만날 줄 알았더니.'

결혼식 후, 에리히는 황궁이 제 집이라도 되는 양 매일같이 드나들었다. 입으로는 조슈아를 보러 오는 거라고 했지만, 테네르는 그게 전부라고 생각하지 않았다. 로라에게 처음으로 구혼서가 왔던 날 그의 반응을 똑똑히 기억하기 때문이었다.

'아니, 몇 번 봤다고 대뜸 구혼서부터 보낸답니까? 보나 마나 속이 시커먼 놈이네.'

에리히가 투덜거리는 거야 하루 이틀 일이 아니었지만, 그렇게 펄펄 뛰며 열을 내는 이유를 모를 리 없었다. 레온하르트 또한 테네르에게 두 사람의 결혼식은 황궁에서 치러 주는 건 어떨지 슬쩍 물어 왔으니.

테네르와 레온하르트는 에리히가 영지 시찰을 몇 달이나 미룬 이유가 그 구혼서 때문이라고 확신했다. 혹시라도 자신이 자리를 비운 사이 로라가 다른 사람에게 홀랑 넘어가 버릴까 봐.

'오라버니는 죽어도 아니라고 하겠지만.'

그렇게 신경이 쓰인다면 약혼이라도 하고 가면 될 것 아닌가. 그러나 에리히는 죽어도 로라에 대한 마음을 인정하지 않았다. 그러면서도 영지 시찰도 미루고 시간만 질질 끌어, 보다 못한 레온하르트가 당장 시찰부터 하고 오라고 황명을 내릴 지경이었다.

"말이 그렇다는 거지, 달리 만나는 사람은 없어요. 당분간은…… 그럴 생각도 없고요."

"그렇군요."

테네르는 천천히 고개를 끄덕였다. 그러나 태연한 얼굴로 빈 찻잔에 차를 따라 주는 로라를 보자 괜히 이쪽에서 조바심이 나기도 했다.

"……로라."

"네?"

"혹시…… 내 오라버니는 어떤가요?"

"후작님이요?"

대놓고 물을 줄은 몰랐던 듯 로라는 놀란 눈을 동그랗게 떴다. 생각지도 못했다는 듯한 반응에 테네르는 조금 민망해졌다.

"사실, 어디 내놔도 빠지는 사람은 아니라고 생각하거든요. 내 오라버니라서 하는 말이 아니라……."

"어머, 저도 후작님 정말 좋은 분이라고 생각해요. 다정하시고, 외모도 준수하시고요."

로라는 손을 내저으며 말했다. 그런데 왜 관심을 보이지 않는 걸까. 의아한 얼굴로 바라보자, 그녀는 멋쩍게 볼을 붉혔다.

"하지만 제게 과분한 분인 데다, 음……. 저한테는 관심도 없으시잖아요?"

"네?"

"저랑 엮이는 거…… 엄청 질색하시던데요?"

로라의 말에 테네르는 할 말을 잃고 입을 다물었다. 그녀의 말마따나 에리히는 주변에서 로라와 조금이라도 엮으면 난리 법석을 부리며 부정하곤 했으니 이런 반응을 이해 못 할 바도 아니었다. 그래도 눈치 빠른 사람이니 어느 정도 알고는 있을 거라고 생각했는데.

'본인 일에는 눈치가 없는 편이구나.'

그러나 절대 아니라며 펄쩍 뛰던 오라비를 생각하면 한편으로는 자업자득이라는 생각이 들기도 했다. 이러다 정말 로라에게 연인이라도 생기면 어쩌려고 그러나. 얼마나 후회하려고.

"아마 쑥스러워서 그러셨을 거예요. 내가 너무 과하게 놀려서……."

"어머, 아니에요. 과하긴요."

자책하는 말에 로라는 얼른 손을 내저었다. 사심이라곤 보이지 않는 얼굴을 보고 있자니 테네르는 오라비가 조금 가여워졌다.

* * *

'내가 인성이 없지, 눈치가 없나?'

테네르의 생각과 달리, 로라 헤일은 스스로 눈치가 꽤 빠른 편이라고 자부하고 있었다.

데뷔탕트를 치르기 위해 어린 나이에 상경한 후 자리를 잡기 위해 얼마나 아등바등했던가. 시골에서 올라온 어리고 순진한 영애를 꾀어 허튼 욕심을 채우려는 남자들은 또 얼마나 많았던가.

로라는 이성의 호의를, 그 종류를 파악하는 데에 꽤 능숙하다고 자신했다. 물론 에리히는 다른 귀족들과 달리 입이 거칠고 퉁명스러워 빠르게 알아채지 못했으나, 술에 취해 할 말 못 할 말 다 떠벌리던 자신을 서툴게나마 위로해 주던 모습을 똑똑히 기억했다.

'정 외롭다 싶으면 차라리 나한테 오든가요. 이렇게 술 정도는 같이 마셔 줄 테니까.'

에리히는 단순한 선의라고 잡아뗐지만, 로라는 절대로 그렇게 생각하지 않았다. 외로우면 오라고? 같이 술을 마셔 주겠다고? 그래 놓고는 사심이 없다고? 그쪽은 남자고 이쪽은 여잔데? 정말이지 말도 안 되는 소리가 아닌가.

'자기가 꼬셔 놓곤 그렇게 질색하는 게 어디 있냔 말이야. 사람 민망하게……'

로라는 돈과 권력을 가진 남자가 자신에게 홀딱 반해 절절히 매달리는 것을 꿈꿔 온 사람이었다. 돈과 권력이야 황실 유모가 되어 얻게 되었으니 그렇다 쳐도, 남은 것들을 포기할 생각은 없었다. 그러니 에리히가 제게 대놓고 관심을 보이더라도 한두 번쯤은 모른 척 튕겨 줄 작정이었다.

그러나 에리히는 로라에게 절절히 매달리기는커녕 엮이는 것조차 끔찍하다는 듯 야단법석을 부렸다. 조슈아를 본다는 핑계로 매일같이 황궁을 찾아오면서도, 구혼서를 받았다는 말에 펄펄 뛰며 열불을 내면서도.

'이쪽은 자존심도 없는 줄 아나?'

로라는 뾰루퉁하게 입술을 내밀었다. 이런 일은 원래 남자 쪽에서 용기를 내야 하는 것 아닌가. 아니, 적어도 그렇게 싫은 척은 하지 말아야 하는 것 아닌가.

아마 갖고 싶은 물건을 제일 싫어한다고 우기는 어린애처럼 그 또한 쑥스러움에 고집을 부리는 거라고 생각하긴 했다. 그러나 그렇게 이해하려고 해도, 시간이 길어질수록 불만이 생기는 건 어쩔 수 없는 일이었다.

'……내가 다른 놈 못 만날 줄 알아?'

황실 유모가 되었으니, 만나자고 덤벼드는 남자야 발에 채도록 많았다. 그런데 아무도 만나지 않는 게 누구 때문인데.

'두고 봐, 아주. 후회하게 해 줄 거니까.'

로라는 주먹을 불끈 쥐었다. 그때였다.

"유모님, 잠깐 들어가도 될까요?"

문밖에서 들려오는 목소리에 로라는 고개를 들었다. 문을 열고 들어온 것은 그녀의 시중을 맡은 시녀였다.

"헤일 자작가에서 편지가 왔습니다. 이번에는 답신을 주실 때까지 기다린다고 하네요."

"어머, 지금 좀 바쁜데."

로라는 태연하게 말하며 펼쳐져 있던 책을 제 쪽으로 잡아끌었다.

"시간이 나면 답장을 보낼 테니, 돌아가라고 전해 줄래요?"

"시간이 걸려도 상관없으니 답장을 가지고 돌아가야 한다고 해서요."

시녀는 조금 곤란한 듯 대답했다. 로라는 잠깐 인상을 썼지만 이내 방긋 웃으며 편지를 받아 들었다.

"알겠어요. 짧게라도 써서 줄게요."

"네, 그럼 다 쓰신 후에 불러 주세요."

로라의 대답에 시녀는 겨우 안심한 듯 방을 나갔다. 문이 닫히자 로라는 짜증스러운 얼굴로 봉투를 뜯었다. 손으로 잡아 뜯어 내용물이 함께 구겨졌지만 아랑곳하지 않았다.

편지에 쓰여 있는 것은 이전과 다를 바가 없었다. 황궁에 들어간 후 가족들에게 편지 한 통 보내지 않는 로라에 대한 질책, 자작가의 재정난, 그리고 나이가 찼으니 슬슬 신랑감을 찾아보라는 지긋지긋한 이야기들.

"하여간 비싼 값 받을 수 있게 됐다고 신나선……."

애물단지로 여겼던 자신이 황실 유모가 되어 얼마나 신이 났을까. 어쩌면 벌써 제 이름을 대고 여기저기서 돈을 꿨을지도 모를 일이었다. 그들은 예전부터 그런 사람들이었으니.

"이대로라면 분명 결혼에도 어떻게든 관여하려고 할 텐데."

본디 구혼서는 가족과 가문의 보호 아래에서 받는 게 원칙이었다. 지금이야 황궁에서 머물고 있으니 가문을 거치지 않은 구혼서가 날아들었지만, 정식으로 결혼이나 약혼을 하기 위해서는 가주의 동의가 필요할 터였다. 그렇게 된다면 제 부모와 오라비는 결혼에 동의하는 것을 빌미로 많은 것을 요구할 테고.

'작위를 받아서 분가하려면 아무리 빨라도 십오 년은 기다려야 할 거고.'

로라는 구겨진 편지를 한참 노려보았다. 가문에 더 이상 발목 잡히지 않을 방법이 없을까. 가주의 동의 없이 결혼할 방법은…….

"……아."

한참을 그렇게 앉아 있던 로라는 불현듯 탄식했다. 방법이 없진 않았다. 조금…… 과격하긴 하지만.

* * *

신년제가 새해를 맞이하는 의미에서 예의와 격식을 갖춘 행사라면, 수확 제는 일 년 중 가장 풍요로운 행사였다. 온 제도에 술과 음식이 넘쳐 났고, 귀족들은 값비싼 드레스나 보석, 많은 액수의 기부금으로 부를 과시했다.

황궁이라고 다르지는 않았다. 예산의 큰 몫은 구휼을 위해 쓰였고, 수확제를 기념한 파티도 평소보다 훨씬 호화롭게 이루어졌다.

황궁의 행사를 주관하는 것은 원래 황후가 하는 일인지라, 그동안 간소하게 진행되던 여러 행사 또한 테네르가 돌아온 지금에서야 제대로 이루어지고 있었다. 그중에서도 수확제만큼 큰 행사는 복위 후 처음이었다.

"황제 폐하와 황후 폐하께서 입장하십니다!"

시종의 외침에 레온하르트는 테네르를 흘깃 보았다. 만남을 청하기만 하면 몸이 약해서 안 된다는 둥, 체력을 비축해야 한다는 둥, 피곤해서 좀 쉬겠다는 둥 갖은 핑계를 대며 그의 피를 말렸던 테네르는 태연한 얼굴로 그의 옆에 서 있었다. 그나마 공식 행사이니 팔짱이라도 껴 주는 거지, 파티가 아니라면 어림도 없는 일이었다.

"……몸은 좀 괜찮으십니까?"

레온하르트는 슬쩍 물었다. 테네르가 웃으며 대답했다.

"수확제를 위해 체력을 비축해 두어서 괜찮습니다."

새삼스럽게도, 레온하르트는 그 웃음에서 황궁에 들어오기 전 그녀의 모습을 떠올렸다. 제게 스스럼없이 웃어 주던, 그러나 안심한 순간 절망을 안겨 주었던 그…….

"그럼…… 수확제가 끝난 후에는요?"

레온하르트는 그녀의 손등에 은근슬쩍 손을 올렸다. 그러나 역시나 테네르는 호락호락하지 않았다.

"음, 지쳐서 한동안 아무것도 못 할 것 같네요. 아시다시피 제가 몸이 약해서요."

그렇게 말한 테네르는 웃는 낯 그대로 발을 옮겼다. 레온하르트도 한숨을 삼키고 그녀와 나란히 입장했다. 파티 홀에는 이미 화려하게 단장한 귀족들이 가득 모여 있었다.

수확제에는 주로 풍요를 상징하는 보라색 옷이나 소품을 착용했다. 테네르는 결혼 선물로 받은 바이올렛 사파이어 목걸이를 목에 걸었고, 레온하르트 또한 테네르가 골라 주었던 자수정으로 장식된 커프스링크를 소매에 달았다.

황제와 황후의 불화에도 불안해하는 이가 없는 건 여전히 두 사람이 서로를 위하고 있음을 누구나 알기 때문이었다. 레온하르트는 만남을 거부하는 테네르를 억지로 붙잡지 않았고, 테네르 또한 그가 싫거나 미워서 만나지 않는 게 아니었으니.

그러니 날이 갈수록 애가 타는 레온하르트와 달리 주변 사람들은 그저 속 편하게 상황을 관망할 뿐이었다. 내막을 아는 몇몇 이들은 황제가 직접

둘째 황손의 배내옷을 만들어 주면 금방 풀릴 거라며 우스갯소리를 하기도
했다.

"이번 파티는 황후께서 전적으로 준비하셨으니, 다들 즐거운 시간을 보내
도록 하게. 그간 재미없는 연회를 억지로 즐겨 주느라 고생이 많았네."

레온하르트의 말에 몇몇 이들이 작게 웃음을 터뜨렸다. 거진 삼 년 만의
제대로 된 수확제 파티라 다들 제법 들뜬 얼굴이었다. 테네르는 민망한 듯
그를 살짝 흘겨보았지만 싫은 기색은 아니었다.

"그럼 테네르, 내 황후."

레온하르트는 기회를 놓치지 않고 테네르의 손을 잡아 올렸다.

"첫 춤의 영광을 내게 주세요."

손등에 부드럽게 입을 맞추자 테네르는 어쩐지 묘한 얼굴로 그를 보았다.
그러나 그것도 잠깐, 이내 웃으며 그의 손을 마주 잡았다.

"기꺼이요."

웃는 낯을 보고도 레온하르트는 완전히 마음을 놓지 못했다. 그저 음악
이 흐르는 동안은 그녀와 마주 보고 대화할 수 있다는 것에 안도할 뿐이
었다.

파티는 황제와 황후가 첫 춤을 추며 본격적으로 시작되었다. 테네르는 레
온하르트의 손을 마주 잡고 춤을 추면서도 한 마디 말도 하지 않았다.

"……테네르."

"네, 폐하."

"화가…… 많이 나셨습니까?"

"글쎄요."

레온하르트가 아주 조심스레 물었지만, 테네르는 고개를 돌릴 뿐이었다.

"제게 하도 약하다고 하셔서 스스로 조심하는 건데, 뭐가 잘못됐나요?"

"……."

정말이지 사람을 말려 죽이려고 작정한 모양이었다. 레온하르트는 한숨을

간신히 삼켰다.

"둘째를 그렇게 낳고 싶으신 겁니까?"

"……."

"테네르."

애걸하듯 부르자 테네르는 그제야 다시 고개를 돌려 그와 눈을 마주쳤다. 그러나 싸늘한 눈길에 레온하르트는 이러지도 저러지도 못하고 있을 뿐이었다.

"테……."

"……조금 억울해서요."

테네르는 작게 입을 열었다. 레온하르트는 그녀의 말이 이어지길 기다렸다.

"말씀하신 대로 낳는 것도 저고 산고를 겪는 것도 전데……. 설득까지 제가 해야 하는 거잖아요."

"……."

테네르는 정말로 불만이 많은 얼굴이었다. 그러니까, 화가 났다기보다는…….

'토라졌다고 봐야 하나.'

토라지다니, 정말로 어울리지 않는 말이었다. 그러나 전에 없이 뾰로통한 표정을 보니 한편으로는 새롭게 느껴지는 것도 사실이었다. 귀엽다고 해야 할까. 사랑스럽다고 해야 할까. 뭐가 되었건 화난 사람 앞에서 할 말은 아니겠지만.

"내가 잘못했습니다."

어쨌거나 지금 제대로 사과하지 않으면 또 한동안 말을 섞을 기회조차 없음을 모르지 않았다. 레온하르트는 꼭 잡은 손에 힘을 주었다.

"잠깐이라도 따로 시간을 내주면 안 되겠습니까? 이젠 억지 부리지 않을 테니……."

"억지라는 걸 알긴 하셨나 봐요."

테네르는 여전히 싸늘하게 말했지만, 어째 입꼬리는 작게 씰룩거리고 있었다.

"입꼬리가 올라갔습니다, 테네르."

"······착각이에요."

작은 속삭임에 테네르는 뜨끔한 듯 고개를 돌렸다. 그러나 그것도 잠깐, 이내 레온하르트를 마주 보고 푸스스 웃음을 흘렸다.

"그럼 우리, 이따 방에서 이야기할까요?"

레온하르트로서는 기다리고 또 기다리던 말이었다. 그는 행여 테네르가 마음을 바꿀까 얼른 대답했다.

"그대가 허락한다면 얼마든지요."

* * *

한편, 로라는 물 만난 고기처럼 파티장을 누비고 있었다.

온종일 아이와 부대껴야 하는 유모는 크고 화려한 황궁에서 일하면서도 액세서리는 물론 레이스조차 제대로 두르지 못했다. 그러다 보니 파티가 열릴 때마다 테네르에게 선물로 받았던 보석을 목과 귀에 주렁주렁 달았고, 드레스에도 평소 두르지 못했던 레이스를 휘감듯이 했다.

더군다나 수확제 파티는 풍요를 상징하는 만큼 술과 음식이 넘치기 마련이었다. 값비싼 술을 마시며 고위 귀족들과 담소를 나누는 순간이 이토록 즐거울 수가 없었다.

"황자 전하께서는 어쩜 그렇게도 의젓하신지요. 우리 아이는 어찌나 별난지······."

"지난번에는 한여름에 여우 털 목도리를 두르고 외출하겠다고 우겨서 진땀을 뺐답니다."

"저희 아이는 재단사에게 옷값 대신 동생을 데려가라고 했어요. 정말이지 누굴 닮았는지.”

“말도 마세요. 저희 애는⋯⋯.”

아이를 생각하는 마음에는 직급이 없기에, 어린아이가 있는 젊은 부부 몇은 아이들의 골치 아픈 행동들을 토로하느라 야단이었다. 바닥에 떨어진 음식을 주워 먹는 아이, 물감으로 비싼 옷감을 더럽히는 아이, 완두콩을 콧구멍에 집어넣고는 빼내지 못해 온 저택을 뒤집어 놓은 아이까지 있다고 했다.

“요즘 생떼를 부리는 게, 유모가 너무 오냐오냐해서 그런 건가 싶기도 해서요. 영애는 어떻게 생각하시나요?”

“사실 저희도 유모 잘못인가 했는데, 어머니에게 들어 보니 저도 어릴 때 똑같은 짓을 하고 다녔다고 하더라고요.”

처음에는 황실 유모의 조언을 구한다고 다가온 사람들이었지만, 어느덧 로라의 주변은 성토의 장으로 바뀌어 있었다. 로라는 그들의 말에 적당히 맞장구를 쳐 주거나 고개를 끄덕이며 연신 출입구 쪽을 힐끔거렸다.

‘오늘 온다고 하셨는데⋯⋯.’

수확제에는 올 수 있을 것 같다던 에리히는 파티가 시작되었는데도 도통 나타나지 않았다. 원래라면 영식들이 제게 춤을 청하는 걸 멀찍이서 보고 있다가 슬그머니 다가왔을 텐데. 그러고는 조카 이야기를 실없이 꺼내며 말을 걸어왔을 텐데.

‘오기만 해 봐. 눈길도 안 줄 거야.’

로라는 입술을 삐죽삐죽 내밀며 다시금 결심했다. 나이 든 귀부인들은 그녀의 시선이 연신 출입구를 향하는 것을 금방 알아챘다.

“기다리는 사람이라도 있나요?”

“네? 아, 아니에요.”

다정한 물음에 로라는 화들짝 놀라 손을 내저었다. 그녀가 다시 이야기에 끼어들려던 순간이었다.

“헤일 자작가의 녹턴 헤일 소자작님 입장하십니다!”

시종의 외침에 로라는 화들짝 놀라 고개를 돌렸다. 열린 출입문으로 달갑지 않은 얼굴이 들어오고 있었다.

"어머, 소자작이 오기로 했었군요."

"잘됐네요. 그러잖아도 어린 영애가 가족도 없이 혼자 황궁에서 지낸다고 해서 걱정이 많았는데."

로라에게 호감을 보이던 몇몇 노부인들은 그녀의 오라비가 제도까지 찾아온 것에 제법 감동한 모양이었다. 물론 당사자인 로라는 감동은커녕 피가 싸늘하게 식는 기분이었지만.

"오랜만이구나, 로라."

녹턴은 파티장에 들어서자마자 대번에 로라 쪽으로 성큼성큼 다가왔다. 로라는 저도 모르게 뒷걸음질할 뻔했지만, 짐짓 태연한 얼굴로 오라비에게 인사했다.

"어머, 오랜만이에요, 오라버니."

"아무리 바빠도 편지에 답장은 해 줘야 하지 않겠니? 부모님이 얼마나 걱정하시는데."

녹턴은 다정히 말했지만, 로라는 이 말이 동생에 대한 애정에서 비롯된 것이 아님을 알고 있었다. 아마 사람들 앞에서 그녀가 가족들의 편지를 무시했다는 걸 넌지시 알리려는 속셈이리라.

"며칠 전에 답장을 보냈는데……. 길이 엇갈렸나 보네요."

"그래? 난 또 네가 황실 유모가 됐다고 이제 가족들은 나 몰라라 하나 했지."

"어머, 누가 그런 말을 해요?"

"비비안이 그러던데? 언니가 이제 우릴 버린 거냐고. 달래느라 얼마나 진땀을 뺐는지."

녹턴은 아주 유쾌한 농담을 하는 양 너스레를 떨었다. 이것 봐라? 로라는 한쪽 눈썹을 추켜세웠다가 활짝 웃었다.

"아직 어리잖아요. 오라버니가 저 대신 잘 돌봐 주세요."

"그래, 그러마. 그건 그렇고, 잠깐 시간을 내줄 수 있겠니? 오랜만에 만났으니 회포를 풀 시간이 있었으면 좋겠는데."

영지에서야 부모의 총애를 등에 업고 폭군으로 군림해 왔다고 해도, 이곳은 황궁이며 고위 귀족들 앞이었다. 억지로 다정한 오라비 행세를 하는 녹턴을 보며 로라는 비웃음을 간신히 참았다.

* * *

파티장 밖으로 나간 두 사람이 도착한 곳은 사용인들이 주로 사용하는 계단이 있는 2층 복도의 끝이었다. 본궁의 사용인들 모두 파티장과 주방을 오가느라 분주했기에, 두 사람이 서 있는 곳은 아래층과 달리 한산하기까지 했다.

"얼굴 좋아졌네, 로라 헤일."

보는 눈이 없다는 것을 깨닫자 녹턴은 어느덧 평소의 모습으로 돌아와 있었다. 로라 또한 웃음기를 지우고 그를 보았다.

"그렇군요."

"그렇군요? 너 지금, 너 혼자 잘 먹고 잘살면 그만이라 이거야?"

수틀리면 윽박부터 지르는 버릇은 여전했다. 하지만 이곳이 황궁이라는 자각은 있는지, 녹턴은 괜히 주변을 살피고는 로라 쪽을 돌아보았다. 못마땅한 시선이 그녀의 모습을 위아래로 훑었다.

"……얼마짜리냐?"

"뭐가요?"

"네가 걸치고 있는 것들 말이야. 계집애가 사치하느라 정신이 팔려서, 가족들이 어떻게 지내는지는 신경도 안 쓰지?"

물론 로라가 입은 드레스는 레온하르트와 테네르가 영지에 찾아왔을 때 입었던 것과는 비교도 할 수 없을 정도로 값비싼 물건이었다. 그러나 황자의 유모로서 격에 맞는 옷차림을 갖추는 건 당연한 일이 아니던가. 오히려 허름한 몰골로 황실 파티에 찾아온 녹턴 쪽이 예의에 어긋난다고 볼 수 있었다.

"황후 폐하께서 선물해 주신 거라 가격은 잘 몰라요. 이따 얼만지 여쭤볼까요?"

직접 산 옷이 아니라는 말에 녹턴은 멈칫했다. 그러나 그것도 잠깐, 이내 한쪽 입꼬리를 말아 올리며 코웃음 쳤다.

"이야, 팔자가 폈구나. 응? 여자들은 참 살기 편하겠어. 얼굴만 반반하면 잘난 남자랑 결혼도 할 수 있고, 애 좀 봐줬다고 비싼 선물도 턱턱 받고. 책임질 것 하나 없이 호사만 누리잖아?"

녹턴의 빈정거림이 이어질수록 로라는 가슴 한편이 싸해지는 것을 느꼈다. 가진 거라곤 예쁘장한 얼굴뿐이니 어떻게든 좋은 가문의 남자를 잡아 보라고 닦달하던 게 누구였던가.

소가주랍시고 크고 작은 허드렛일에는 손끝 하나 가져다 대지 않고, 자신이 제도에 가 있을 때는 동생들에게 이상한 소리를 지껄여 이간질해 온 사람이었다. 책임질 것 하나 없이 호사만 누리던 게 누군데.

'누가 전처럼 당하기만 할 줄 알고?'

영지에서야 오라비의 폭언에도 말대꾸 한 번 제대로 하지 못했던 그녀였지만, 이제는 황후와 황자를 뒷배로 둔 몸이었다. 얌전히 입을 다물고 있을 리가.

"어머, 오라버니 얼굴에 여자로 태어나 봤자 잘난 남자랑 결혼 못 해요. 저만큼 얼굴 반반한 건 어디 쉬운 일인 줄 알아요?"

"……뭐라고?"

"유모가 그렇게 부러우면 평소에 동생들 좀 돌보지 그랬어요? 오라버니나 저나 젖 안 나오는 건 똑같은데, 여자고 남자고가 무슨 상관이라고."

로라는 제 가슴팍을 탕탕 내리치며 말했다. 빈정거리는 말에 녹턴은 당황한 듯 말을 더듬었다.

"너, 너, 계집애 말본새가 무슨……."

"내가 뭐 틀린 말 했어요? 그리고 말은 바로 해야죠. 내가 황실 유모가 될 수 있었던 건 그때 황자 전하를 구해 냈기 때문이거든요. 영지에 세작이 들어오는 것도 몰랐던 무능하고 멍청한 오라버니랑은 다르게요."

"너, 이게 황실 유모 됐다고 이 오라버니를……."

"개똥으로 보는 거죠. 그걸 꼭 내 입으로 들어야겠어요?"

로라는 어쩔 거냐는 듯 턱을 높게 들었다. 녹턴은 한참 동안 얼이 나간 채 입을 뻐끔거렸다. 그러나 녹턴 헤일은 소자작으로서 늘 군림해 오던 사람이었다. 동생들을 찍어 누르고 깎아내리는 데에 익숙한 사람이기도 했다.

때로는 소리를 지르고, 때로는 손찌검하고, 또 때로는 상처가 될 만한 말을 기어코 꺼내어 속을 헤집고. 너무도 익숙해 그로선 새삼스레 죄책감조차 느끼지 않는 일이었다.

"하, 부모 등골을 그렇게 빨아먹고도 지금까지 결혼을 못 한 이유가 있었네."

"……뭐라고요?"

"너도 이제 스물다섯이니 슬슬 급한 나이잖아? 보아하니 평생 결혼도 못 할 것 같은데 어쩌냐. 성질머리가 그 모양이라서."

녹턴은 결혼 이야기가 회심의 일격이라도 되듯 낄낄 웃었다. 로라는 대답이 없었다.

"황후도 참 멍청하단 말이야. 너처럼 성질 더럽고 이기적인 계집애를 황실 유모로 삼다니, 그야말로 호구가 따로 없지. 너, 설마 황자가 말 안 듣는다고 때리는 건 아니지? 네 성질머리론 보나마나……."

"……야."

로라가 입을 연 것은 그때였다. 낮게 가라앉은 목소리에 녹턴은 멈칫했지만, 동생에게 밀릴 생각은 전혀 없었다.

"야? 이게 감히 오라버니에게……."

"그래도 오라버니라고 예의 갖춰 줬더니, 주제 파악이 안 돼? 멍청한 것도 정도껏 해야지."

"뭐라고?"

녹턴은 위협적으로 으르렁거렸지만, 로라는 아랑곳하지 않고 제 머리를 툭툭 쳤다.

"머리가 있으면 생각을 좀 해 봐. 황후 폐하랑 제일 가까이 붙어 있는 게 난데, 내가 그분께 무슨 말을 할 줄 알고 이딴 식으로 구는 건데?"

"하, 고자질이라도 하겠다?"

"못 할 건 또 뭔데! 그리고 너, 내가 제도에서 지내느라 샀던 드레스랑 보석들 죄다 팔아서 도박장에서 날린 거 모를 줄 알아? 드레스 팔면서 양심도 같이 팔아먹었냐?"

거기까지 말한 로라는 잠시 숨을 골랐다. 곱게 틀어 올린 머리를 거칠게 쓸어 넘기며 오라비의 모습을 위아래로 훑었다.

"……옷 입은 꼴 보아하니 나한테 손 안 벌리면 재기도 어려울 만큼 힘들어 보이는데, 그럼 그딴 식으로 말할 게 아니라 무릎 꿇고 빌기라도 해야지. 혹시 알아? 그럼 불쌍해서 금화 하나라도 던져 줄지."

"이 계집애가……!"

"아, 내가 계집앤데 뭐 어쩌라고, 개새끼야! 꼬우면 파문이라도 하시든가!"

로라는 그야말로 눈에 뵈는 게 없었다. 그간 오라비에게 찍소리도 못하고 살던 시절이 얼마나 길었던가. 황제를 몸으로 꾀어 정부가 되라고 하질 않나, 뜻대로 일이 풀리지 않자 방에 가둬 두질 않나.

'그리고 뭐? 결혼을 못 해? 웃기고 있네.'

"그리고 네가 몰라서 그렇지, 나 벌써 후작님 꼬셨거든? 이제 다 넘어왔어, 이 호로 새끼야!"

빽 소리를 지르자, 녹턴은 눈에 띄게 당황한 얼굴이었다. 로라는 그 순간을 놓치지 않았다.

"야, 후작님이 나한테 뭐라고 했는지 알아? 외로우면 언제든 위로해 줄 테니까 제발 자기한테 와 달라고 했어. 만약에 자기가 나한테 잘못하면 주먹으로 쳐서 앞니를 깨 버려도 된다고 했고. 어?"

물론 과장과 날조를 듬뿍 섞은 말이었지만, 지나치게 구체적인 내용에 녹턴의 얼굴이 점점 하얗게 질렸다. 굳어 가는 얼굴을 보며 로라는 통쾌한 웃음을 터뜨렸다.

"왜, 또 협박해 보지 그래? 말 안 들으면 쓰레기 같은 남자랑 결혼시킨다고. 너 그런 거 잘하잖아."

"……."

"왜 말이 없어? 협박할 거리 없으니까 입이 안 벌어지나 보지? 오라버니야말로 잘하는 게 뭔데! 할 줄 아는 거라곤 동생들 팔아서 번 돈 도박장에서 날려 먹는 것뿐이잖아! 너 같은 걸 소가주로 두고 있는 가족들이 불쌍하지 않아?"

속사포처럼 쏟아지는 말에 녹턴의 얼굴이 점점 일그러졌다. 그는 지금껏 누구에게도 이런 취급을 받은 적이 없었다. 영지민들, 가족들, 심지어 부모조차도 그를 가장 귀하게 대하지 않았던가.

"너, 네까짓 게 감히……."

화가 머리끝까지 난 녹턴은 주먹을 불끈 쥐었다. 건방진 계집애. 뺨 한 대 맞으면 질질 짤 거면서 감히.

"내가 그동안 널 너무 곱게 대했지? 그 빌어먹을 얼굴에 흠집이라도 날까 봐 손도 안 대고 말이야."

"……."

"근데 어쩌냐? 지금은 그 후작 새끼도 없는데."

녹턴은 천천히 로라에게 다가갔다.

"계집애든 뭐든, 맞을 짓 했으면 맞아야지. 안 그……. 악!"

로라가 녹턴의 정강이를 걷어찬 것은 그 순간이었다. 난데없는 고통에 녹턴은 저도 모르게 비명을 지르며 몸을 옹송그렸다.

"너, 너……."

"맞을 짓 했으면 맞아야 한다길래."

"이게 진짜 오냐오냐하니까……!"

화를 참지 못한 녹턴이 손을 올리자, 로라는 얼른 한쪽 구두를 벗어 손에 쥐었다. 그녀가 막 녹턴의 머리통을 후려치려던 때였다.

퍽!

어디선가 날아온 신발 한 짝이 녹턴의 머리를 강타했다. 동시에 휘파람 소리가 들려왔다.

"이야, 명중이네."

"어, 어떤 새끼가……!"

정강이도 모자라 머리까지 얻어맞은 녹턴은 오만상을 찡그리며 고개를 돌렸다. 그리고 그 자리에 서 있는 것은.

"후작 새끼다, 왜."

* * *

에리히가 황궁에 도착한 것은 로라와 녹턴이 자리를 비우고 얼마 지나지 않아서였다. 파티장에 들어서자 또래 귀족들과 이야기를 나누고 있던 테네르가 그를 반겼다.

"오라버니!"

"오랜만에 뵙습니다, 황후 폐하."

테네르가 다시 복위한 후, 에리히는 전과 마찬가지로 단둘이 있을 때가 아니면 깍듯이 존대하고 있었다.

"잘 지내셨어요? 살이 좀 빠지신 것 같은데."

"우리 황후 폐하께서는 살이 조금 찌신 것 같습니다."

"정말……."

에리히가 장난스레 말하자, 테네르는 짐짓 눈을 가늘게 뜨고 오라비를 쏘아보았다. 그러나 그것도 잠깐, 이내 그녀는 활짝 웃었다.

"시찰은 잘 마무리하고 오셨나요? 지난번에 일이 많다고 하셨잖아요."

"뭐……. 생각보다 할 만했습니다. 중간에 장마 때문에 일거리가 늘어서 그렇지."

"고생 많으셨어요. 이동하기도 힘들었을 텐데. 참, 로라는 아까 뒤페라크 백작 부인이랑 같이 있었는데……."

테네르는 로라가 어디 있는지 찾으려는 듯 주위를 두리번거렸다. 그러나 노부인들과 젊은 부부들 사이에 있던 로라는 어디에도 보이지 않았다.

"헤일 영애라면 아까 소자작이 찾아와서 잠깐 자리를 비웠다고 했어요."

뒤페라크 영애에서 이제는 솔렌 소후작 부인이 된 제니스가 입을 열었다. 소자작이라는 말에 에리히가 놀라 그녀를 돌아보았다.

"녹턴 헤일 말씀이십니까?"

"아까 어머니가 그러시더라고요. 여기까지 온 걸 보면 동생을 참 아끼는 사람 같다고."

"아……."

에리히는 짧게 탄식했다. 어째 심각해진 표정에 제니스와 달리아는 영문을 모르고 테네르 쪽을 보았다. 테네르는 지나가던 시종에게 손짓해 가득 찬 술잔을 받아 들었다.

"가족끼리 간만에 회포를 푸는 것도 좋지만……. 황실 파티에서 황자의 유모가 오래 자리를 비우는 것도 그리 좋은 일은 아닌데 말이에요."

테네르는 술을 작게 홀짝이고는 다시 오라비를 돌아보았다. 웃음기 어린 눈으로 쳐다보는 게, 필시 꿍꿍이가 있는 듯했다.

"……유모를 좀 불러 주시겠어요?"

"아니, 제가 왜……."

"주최자가 자리를 비울 수야 있나요."

시종을 시켜도 되는 일을 굳이 제게 권하는 속내야 뻔했다. 에리히는 못마땅한 얼굴로 테네르를 보았지만, 싫다는 말을 하지는 않았다.

"금방 데려오겠습니다."

"괜찮으니 천천히 오세요, 오라버니."

테네르는 웃으며 손을 흔들었다. 에리히는 끙, 소리를 내고는 이내 발을 옮겼다. 제니스가 의아한 얼굴로 테네르를 돌아보았다.

"후작님에게 시킬 필요가 있나요? 시종을 보내면 될 일을."

"싫으면 안 가셨을 거예요."

테네르는 다시금 잔을 입에 가져갔다. 오라비의 뒷모습이 사라지자 그녀는 달리아 쪽으로 고개를 돌렸다.

"참, 그래서 알레이나는 언제 온다고요?"

"우리 공작님, 바빠도 너무 바빠서 빨라도 다음 달에나 온대요."

"듣기로는, 가신들이 충성 서약을 거부한다고 하더라고요. 아이작 살바토르가 누명을 쓴 게 아니냐는 말도 돌고 있다고."

제니스의 말에 테네르는 가늘게 미간을 좁혔다. 달리아가 피식 비웃음을 흘렸다.

"젊은 가주에게는 흔한 일이죠, 뭐. 거기다 여자이기까지 하면 더 흔한 일이고요."

"그러다 혼쭐나는 것도 흔한 일이니, 너무 걱정하지 마세요."

대수롭지 않은 듯한 태도였다. 테네르는 천천히 고개를 끄덕였다.

* * *

"후, 후작님⋯⋯."

에리히는 한쪽 신발만 신은 채 성큼성큼 발을 옮겼다. 두 사람 모두 당황한 얼굴이었지만, 특히 녹턴 쪽은 유령이라도 본 듯 창백해져 있었다.

"잘 지냈습니까?"

"네? 네, 네. 후작님."

로라가 화들짝 놀라 대답했다. 언제부터 있었지? 설마, 아까 했던 말을 들었나? 로라는 어쩔 줄 모르고 그 자리에 굳었으나, 에리히는 아랑곳하지 않고 다가와 바닥에 떨어진 신발을 주섬주섬 주워 신었다.

"아주, 간도 크단 말이야. 황실 유모한테 손도 올리고."

동생 앞에서야 무서울 게 없던 녹턴이었지만, 후작이자 황후의 오라비가 눈앞에 있는데도 그럴 수는 없었다. 변명의 말이 다급하게 튀어나왔다.

"그, 그게……. 오해입니다. 저 애가 먼저 날 발로 걷어찼다고요!"

"영애가? 언제?"

"……."

"난 못 봤는데."

에리히의 말에 녹턴은 눈에 띄게 당황하여 고개를 들었다. 굳은 얼굴을 한참 보던 그는 이내 더듬더듬 입을 열었다.

"가족 간의 일입니다, 후작님. 그저 남매간에 감정이 격해져서……."

웅얼웅얼 말하며 녹턴은 후작을 좀 말려 보라는 듯 로라 쪽을 힐끔 보았다. 그러나 그의 변명에 에리히는 더욱 어처구니없다는 표정을 지을 뿐이었다.

"남매끼리 감정이 격해지면 손을 올려? 미친 새끼네, 이거."

"미친 새끼 맞아요, 저거."

로라는 에리히의 뒤에 몸을 숨긴 채 맞장구쳤다. 손에 들고 있던 구두는 어느덧 얌전히 신은 채였다.

'누굴 호구 등신으로 아나? 내가 왜 말려.'

대놓고 제 편을 들어주고 있겠다, 오라비를 걷어찬 것도 보지 못했다고 하겠다, 로라로서는 에리히를 말릴 하등의 이유가 없었다. 로라는 제게 눈을 부라리는 녹턴에게 떡하니 삿대질했다.

"그리고 후작님, 저게 아까 황후 폐하보고 멍청하다고 욕했어요!"

"내, 내가 언제……."

"나처럼 성질 더럽고! 이기적이고! 인성 바닥인 애를 유모로 들인 게 멍청하고 호구 같다고 했잖아! 나보고 황자 전하 때릴 거라고도 했고!"

어째 실제로 했던 말보다 아주 조금 과장되어 있었지만, 로라는 그런 사소한 일은 전혀 신경 쓰지 않았다. 그저 얼굴이 붉으락푸르락해진 녹턴이 아무 말도 하지 못하는 걸 보고 내심 코웃음 칠 뿐이었다.

"아, 아닙니다, 후작님. 전 그런 말은……."

"이봐, 소자작."

에리히는 싸늘한 얼굴로 녹턴을 보았다. 녹턴은 억울한 듯 연신 로라 쪽을 힐끔거렸지만 후작 앞에서 어쩔 수 없이 고개를 숙였다.

"내 동생이 어떤 분이시지?"

"황후…… 폐하이십니다."

"그쪽 동생을 황자 전하의 유모로 뽑은 사람은?"

"그, 그것도……. 황후 폐하께서……."

"잘 아네. 그럼 오늘 파티를 누가 주최했는지는 알고 있나?"

"……."

녹턴은 대답하지 못하고 입을 다물었다. 에리히가 팔짱을 낀 채 그를 바라보았다.

"대답 안 해?"

"화, 황후 폐하께서…… 주최하셨습니다."

"그래. 황후 폐하께서 주최하신 파티에서, 황후 폐하를 험담하고, 황후 폐하께서 친히 뽑으신 유모를 때리려고 했다, 이거지."

에리히의 말에 녹턴의 얼굴이 창백해지다 못해 파랗게 질렸다.

"후, 후작님. 그게……."

"오늘 일은 두 분 폐하께 말씀드릴 거야. 그쪽 말대로 황후 폐하께서는 마음이 여리셔서 그냥 넘어가려 할지 몰라도, 황제 폐하께서도 그러실지는 모르겠네."

"후, 후, 후작님. 후작님!"

"아, 내가 후작인 거 나도 아는데 왜 자꾸 불러? 됐으니까 꺼져. 소자작 새끼야."

그렇게 말한 에리히는 로라를 돌아보았다. 뚱한 얼굴로 그녀를 보던 그가 대뜸 팔을 내밀었다.

"갑시다."

"네?"

"저런 새끼 때문에 좋은 날을 망칠 수야 있겠습니까? 저 새끼는 꺼지라고 하고, 우린 파티장으로 가야죠."

에리히는 얼른 잡으라는 듯 팔을 더 가까이 들이밀었다. 로라는 망설이다 얼른 그에게 팔짱을 꼈다. 녹턴은 망연자실하게 주저앉은 채 두 사람의 뒷모습을 바라볼 뿐이었다.

* * *

"저런 놈인 거 알았으면서 둘이서 만나면 어떡합니까? 하여간 진짜."

파티장으로 향하는 내내 에리히는 투덜투덜 말이 많았다.

"안 다쳐서 다행이지, 내가 조금이라도 늦었으면 어쩌려고 그랬습니까?"

아무래도 구두로 오라비를 후려치려고 했던 건 정말 보지 못한 모양이었다. 걱정하는 말에 어째 마음이 간질간질했지만, 로라는 일부러 투정을 부리듯 대꾸했다.

"누가 때리려고 들 줄 알았나요?"

"저런 놈들은 머리가 안 돌아가서, 제 자존심 조금 건드린다 싶으면 앞뒤

분간 안 하고 달려든다고요."

에리히는 손가락을 머리 옆에서 빙글빙글 돌리며 말했다. 나무라는 듯한 말투에 로라가 입을 삐죽 내밀었다.

"손 올린 건 저쪽인데……. 왜 저한테 뭐라고 그러세요."

"아, 그럼 내가 도와줬는데 이 정도 말할 권리도 없습니까? 고맙단 말은 못할망정……."

"고마워요, 후작님."

"……참나, 말이나 못 하면."

로라가 얼른 인사하자, 에리히는 멋쩍은 듯 작게 헛기침했다. 로라는 계단을 내려가며 입을 열었다.

"전 그냥…… 그대로 가문에서 쫓겨나는 것도 괜찮을 것 같았단 말이에요."

로라는 녹턴이 자존심이 강하고 감정적이라는 걸 알고 있었다. 그러니 그의 입으로 자신을 파문하겠다는 말이 나올 때까지 온갖 패악을 부리며 바짝 성질을 긁어 주려고 했는데.

"아니, 그쪽이 뭘 잘못했다고 쫓겨나요?"

"잘못한 게 있든 없든……. 그쪽에서 절 내보낸다고 하면 깔끔하게 절연할 수 있는 거잖아요. 내버려 두면 나중에 결혼할 때도 괜히 발목 잡으려 들지도 모르고."

"……결혼이요?"

한참 동안 웅얼거리던 로라는 되묻는 말에 화들짝 놀라 고개를 돌렸다. 에리히가 어쩐지 묘한 얼굴로 그녀를 주시하고 있었다. 괜히 민망해진 로라는 얼른 변명했다.

"그, 당장 결혼을 한다는 게 아니라, 언젠가 할 거니까요. 후작님은 지금까지 제도를 떠나 계셨으니 잘 모르시겠지만……. 요즘 저 좋다는 남자 많거든요."

"얼씨구."

"진짜예요. 그때 구혼서 온 거 보셨잖아요."

"아, 누가 뭐랍니까?"

에리히는 대수롭지 않은 듯 대꾸했다. 처음 구혼서가 날아들었을 때 방방 뛰며 열불을 내던 것과는 확연히 다른 반응이었다.

'반응이 왜 이래?'

설마 그새 마음이 식었나? 로라는 연신 에리히 쪽을 힐끔거렸다. 그러다 눈이 마주치자 변명이라도 하듯 말을 돌렸다.

"그, 그나저나…… 언제부터 계셨던 거예요?"

"언제부터인지가 중요합니까? 뭐가 됐든 안 늦었으니 다행인 거지. 다음에 또 이런 일 있으면 무조건 황후께 먼저 가십시오. 예?"

"……괜한 일로 신경 쓰시는 거 싫단 말이에요. 저 거둬 주셨는데."

로라가 작게 중얼거리자, 에리히는 말도 안 된다는 듯 얼굴을 구겼다.

"이것 보세요. 모든 속 터지는 일은 거기서 시작되는 거 모릅니까? 사람이 좀 시원시원한 줄 알았더니 은근히 답답하게 군단 말이야."

"……."

"어쨌거나, 오늘 일은 이따 두 분 폐하께 말씀드릴 테니까 그렇게 아세요. 이건 황후 폐하까지 모욕한 거니까 두 분 다 아셔야 하는 일입니다."

"……알겠어요."

로라는 얌전히 고개를 끄덕였다. 그러고는 에리히와 함께 문 열린 파티 장으로 다시금 발을 들였다. 위층에서의 작은 소란에 대해서는 아는 이가 없는 듯했다.

"유모를 데려왔습니다, 황후 폐하."

에리히는 파티장에 들어서자마자 테네르를 찾았다. 아까와 같은 빛깔의 술을 홀짝이며 다른 이들과 이야기를 나누고 있던 테네르는 반가운 얼굴로 그들을 돌아보았다.

"고마워요, 오라버니. 소자작은……?"

"제도까지 오느라 피곤하셨나 봐요. 오늘은 먼저 돌아가겠다고 하셨어요."

로라가 얼른 말했다. 파티에 참여하여 주최자에게 인사도 하지 않고 떠난 것은 명백한 무례였으나, 테네르는 눈썹을 한 번 들어 올릴 뿐 달리 문제삼지는 않았다.

"……그렇군요. 하긴 먼 곳에서 왔으니까요. 오라버니는 오래 있다가 가실 거죠?"

"안타깝지만, 아시다시피 제가 보기보다 연약한 남자라서…… 아무래도 내일 정오가 되기 전까지는 돌아가야 할 것 같습니다."

"어머, 파티는 날이 밝기 전에 끝나는 걸요."

"짓궂으셔라."

에리히의 말에 테네르의 주위에 있던 몇몇 이들이 웃음을 터뜨렸다. 물론 아직 짝이 없는 젊은 후작의 시선을 끌려는 수작질이기야 했다. 에리히는 모른 척 말했다.

"참, 아직 폐하께 인사를 드리지 못했는데."

"폐하라면 저기 계세요. 보시다시피 인기가 굉장히 많으시죠."

에리히는 테네르가 가리킨 방향을 돌아보았다. 테네르의 말대로 레온하르트는 한 귀족 무리 사이에 있었는데, 그 주위에도 무리 지은 이들이 있는 거로 보아 황제에게 말을 걸 기회를 노리고 있는 듯했다.

"덕분에 제가 이렇게 방치되고 있어요."

테네르는 웃으며 다시금 잔을 기울였다. 레온하르트가 들었다면 기겁하며 부정할 이야기였다. 듣고 있던 로라가 테네르를 유심히 보았다.

"황후 폐하, 혹시……."

무어라고 말하려던 로라는 주위의 눈치를 살피고는 얼른 입을 다물었다. 에리히가 그녀를 흘깃 보았다.

"어머, 방치라니요. 황제 폐하께서 황후 폐하를 사랑하시는 건 제국민 모두가 알고 있을 텐데."

"아까 춤추실 때 눈빛이 얼마나 다정하셨는데요."

테네르의 주위에 있던 이들은 얼른 황후의 비위를 맞추려 애썼다. 에리히는 한참 동안 그 모습을 보다가 로라의 귓가에 슬쩍 입을 가져갔다.

"……진짜 어색해 죽겠네. 나한테 말 걸기 전에 도망가든가 해야지."

"슬슬 익숙해질 때도 되지 않았어요?"

"아, 나 낯가린단 말입니다. 보기보다 내성적인 남자라고요, 내가."

"그럼 어떡해요. 후작님이신데."

"그쪽이 좀 도와주면 안 됩니까?"

에리히의 말에 로라는 무슨 소리냐는 듯 고개를 돌렸다. 눈이 마주치자 에리히가 씩 웃었다.

"저기 가서 나랑 춤이라도 춰 주시든가."

* * *

로라는 에리히가 이끄는 대로 스텝을 밟으며 그를 흘깃 보았다. 테네르가 복위한 후 몇 차례의 작은 파티가 있었고, 에리히의 춤 신청도 이번이 처음은 아니었다.

'하지만…… 이번엔 첫 춤 아냐?'

파티에서의 첫 춤은 가족이나 연인과 함께하는 것이 보통이었다. 그러니 에리히 또한 매번 첫 춤은 테네르에게 청했었는데.

'……수작 부리는 건가?'

그러나 그런 것치고 말이 없는 에리히였다. 긴 침묵 속에서 로라는 슬쩍 그의 눈치를 살폈다.

"후……."

"아까 무슨 이야기 하려고 했던 겁니까?"

"네?"

에리히가 입을 연 것은 로라가 막 그를 부르려던 순간이었다. 갑작스러운 물음에 로라는 눈을 동그랗게 떴다.

"황후 폐하께 뭔가 말하려고 했었잖아요."

"아……."

뭐야. 그거 물어보려고 부른 거였어? 로라는 실망한 티를 내지 않으려 얼른 대답했다.

"그, 술을 좀 많이 드셨나 해서요."

"술을요?"

"네. 좀 취하신 거 아닌가 하고……."

"예? 테네르, 아니……. 황후 폐하가요?"

조심스러운 말에 에리히는 눈을 크게 뜨더니 이내 푸핫 웃음을 터뜨렸다. 로라는 의아한 얼굴로 그를 보았다. 한참을 웃던 에리히가 그럴 리 없다는 듯 고개를 저었다.

"설마요. 우리 황후 폐하가 술이 얼마나 센데."

"……네?"

"내가 지금껏 살면서 황후 폐하 취한 걸 본 적이 없습니다. 몇 잔, 아니, 몇 병을 마셔도 얼굴빛 하나 안 변하는데요."

"하지만……."

"지금도 보십시오. 저게 취한 사람 얼굴인가. 목소리도 평소랑 다를 거 없지 않습니까? 아마 지금 승마를 하래도 하실걸요."

그야말로 확신에 찬 목소리였다. 꼿꼿하게 서 있는 모습을 보니 그런 것 같기도 했다.

로라는 테네르 쪽을 보며 천천히 고개를 끄덕였다.

"음, 이런 건 후작님이 더 잘 아시겠죠. 제가 잘못 봤나 봐요."

그렇게 말하면서도 로라의 시선은 테네르에게 붙박인 채였다. 테네르는 정말로 낯빛 하나 변하지 않고 멀쩡하게 서 있었다.

* * *

에리히는 로라와의 춤이 끝나자마자 테네르에게 다가갔다. 레온하르트는 댄스홀로 향하는 두 사람을 흘깃 보았다.

조금 떨어져 있어도 시선이 향하는 건 언제나 한곳이었기에, 레온하르트는 테네르가 누구와 이야기를 나누고 누구와 춤을 췄는지 모두 알고 있었다. 그녀가 누구와 이야기할 때 가장 즐거워하는지, 누구를 어색하게 여기는지도 마찬가지였다.

'표정이 좋지 않은데.'

에반 영지에 무슨 일이라도 생겼나. 후작이 보내 온 보고서에는 큰 문제가 없었는데.

레온하르트는 걱정스러운 얼굴로 두 사람을 힐끔거렸다. 한참 동안 오라비의 손을 잡고 스텝을 밟던 테네르는 시선을 느낀 듯 고개를 들었다. 눈이 마주치자, 레온하르트는 저도 모르게 어깨를 움찔했다. 그러나 에리히가 몸을 틀자 테네르 또한 몸을 돌렸다.

"하여, 이번 서임식에서는……. 폐하?"

"……그래. 듣고 있네."

윈체스터 자작의 부름에 레온하르트는 얼른 입가에 미소를 올리고 그의 말을 경청하는 척했다. 하지만 온 신경이 댄스홀 쪽으로 가 있음은 스스로도 잘 알고 있었다.

무슨 일일까. 왜 심각한 표정을…….

음악이 끝난 것은 그 순간이었다. 에리히와 인사를 마친 테네르의 시선이 다시금 레온하르트를 향했다. 그녀가 이쪽으로 다가오고 있었다.

"테네르……?"

"잠시 시간을 내주실 수 있나 해서요."

"어, 얼마든지요."

행여 마음이 바뀔세라 레온하르트는 다급히 대답했다. 윈체스터 자작은 눈에 띄게 당황한 얼굴이었지만 황제의 대답에 토를 달지는 못했다.

* * *

두 사람이 도착한 곳은 빈 발코니였다. 발코니는 주로 파티장에서 사적인 대화를 나누려는 이들이 찾았는데, 종종 대담한 이들의 밀회 장소로도 쓰이곤 했다.

"……날씨가 선선해졌네요."

테네르가 숄을 여미며 중얼거렸다. 그 말에 레온하르트는 퍼뜩 정신을 차리고 겉옷을 벗어 그녀의 어깨에 걸쳐 주었다.

테네르는 재킷을 흘깃 보더니 고개를 들었다. 마주친 눈이 부드럽게 휘어졌다. 아까와는 달리 평온한 표정을 보며 레온하르트는 조금 마음을 놓았다.

"고마워요."

이런 말을 들은 게 얼마 만이던가. 이렇게 웃는 얼굴로 자신을 바라봐 준 것은. 고작 일주일 남짓이었지만, 그녀에게 외면당하던 시간은 아주 사소한 일에도 가슴을 술렁이게 했다.

"……안아 주시면 더 따뜻할 것 같은데."

문득 들려온 목소리에 레온하르트는 제 귀를 의심했다. 잘못 들은 게 아니라는 듯, 테네르는 레온하르트의 옷깃을 잡아당겼다.

테네르가 그의 품에 안긴 것은 순식간에 벌어진 일이었다. 돌연 다가온 온기, 가슴께에 닿는 숨결, 허리를 감싸 안는 손길, 기분 좋은 웃음소리와 옅게 풍기는 술 냄새.

'취하신 건가.'

달리 티가 나지는 않지만, 술과 음식이 풍성하게 준비되는 수확제에서 가볍게 취하는 거야 드물지 않게 일어나는 일이었다. 레온하르트는 테네르의 어깨를 좀 더 제 쪽으로 당겨 안았다.

"술, 많이 드셨습니까?"

"조금 마시긴 했지만······. 취한 건 아니에요. 그냥······. 당신 품이 너무 따뜻해서요."

"내가 무슨 난로인가요."

"그렇게 말씀하시면······. 제가 너무 나쁜 것 같잖아요."

"사람이 가끔은 난로도 되고 그런 거지요."

레온하르트의 말에 테네르는 다시금 웃음을 터뜨렸다. 들려오는 웃음소리가 달았다. 테네르는 그의 품에 안겨 숨을 크게 들이마셨다 내쉬었다.

"······헤일 소자작이 왔었대요."

"녹턴 헤일 말씀이십니까?"

테네르는 천천히 고개를 끄덕였다. 심각하던 얼굴은 아무래도 그자 때문인 듯했다.

"자작가의 채무 때문에 온 것 같아요. 계속 편지가 오는 모양이긴 했지만, 로라가 괜찮다기에 일단 내버려 두고 있었는데······. 오라버니 말로는, 이번에 찾아와선 손을 올렸다고요."

"······."

"절 모욕하는 말도 했다고 하니, 황족 모독죄로 회부할 수도 있을 거예요."

차분한 목소리에 레온하르트의 손이 굳었다.

"죽일까요?"

"자꾸 그러시면 앞으론 이런 말씀 못 드리는데······."

테네르가 곤란한 듯 속삭이자 레온하르트는 얼른 입을 다물었다. 테네르는 그의 가슴팍에 볼을 문질렀다.

"우선 징계하고, 소자작의 작위 승계는 불허하는 게 좋을 것 같아요. 로라에게는······ 따로 선생을 붙여 주고요."

"선생을요?"

"후계자 교육을 따로 받지 못했으니까요."

테네르의 목소리는 평소와 다를 바 없이 맑고 또렷했다. 하기야 5년간 결혼 생활을 하며 치른 수많은 파티에서 단 한 번도 취한 모습을 보이지 않은 사람이 었다. 그러니 이렇게 먼저 안긴 것은 마음이 풀렸다고 넌지시 알리는 것이리라.

"……자작가에 채무가 많다면 오히려 감당하기 힘들지 않을까요. 책임질 식솔이 많아지는 것도 부담될 거고."

"아……."

레온하르트가 잠시 생각하다 입을 열자, 테네르는 짧게 탄식했다. 품 안에 서 한숨 소리가 길게 번졌다.

"조만간 로라와 상의해 봐야겠네요."

"그럼 일단 소자작은 구금하고, 그의 작위 승계를 불허한다는 칙령을 헤일 영지에 보내겠습니다."

그 말에 테네르는 천천히 고개를 끄덕였다. 선선히 불어오는 가을바람에 옅은 머리칼이 살랑거렸다.

"유모에 대해서…… 신경을 많이 쓰시는 것 같습니다."

레온하르트가 테네르의 머리를 쓸어 넘기며 말했다. 테네르는 잠시 말이 없었다.

"그냥…… 옛날 생각이 나서요. 저도 황후가 되기 전엔…… 가문에 도움 되는 사람들과 친분을 다지지 못한다고 많이 혼났었거든요. 헨타온 백작이랑 결혼시키겠다는 말도 들었고."

두려움도 울분도 없는 어투였다. 그저 까마득히 먼 일을 떠올리듯 차분히 이어진 말에 레온하르트는 어깨를 안은 손에 가만히 힘을 주었다.

"저야 오라버니가 있었으니 괜찮았지만……. 로라는 달리 의지할 사람도 없었고요. 그래서 더 마음이 쓰이는 것 같아요."

"……그렇습니까."

"거기다 조시를 봐주는 사람이잖아요. 아이를 또 낳아도 다섯째까지는 돌볼 수 있다고도 했고."

다섯째라는 말에 레온하르트는 멈칫했다. 그가 조심스레 입을 열었다.

"아무리 그래도 다섯은…… 너무 많은데……."

"실은, 저도 그렇게 생각해요. 셋까지는 괜찮을 것 같지만."

레온하르트의 입장에서는 셋도 많았으나, 그는 아무런 반론도 제기하지 못하고 입을 다물었다. 그러나 달갑지 않은 심정이 전해졌던 것일까, 테네르가 슬쩍 고개를 들었다.

"레온."

"……예, 테네르."

"싫어요?"

"……."

"전…… 저 닮은 딸이 있었으면 좋겠는데."

작은 속삭임에 레온하르트는 다시금 움찔했다. 마주친 눈이 초승달처럼 휘어졌다.

"조시도 예쁘지만……. 너무 당신만 닮았잖아요. 제가 낳았는데 억울하게……."

투정하듯 나오는 말에 레온하르트는 저도 모르게 웃음을 흘렸다. 하기야 조슈아는 누가 봐도 자신을 닮았으니, 낳은 사람 입장에서는 억울할 만도 했다.

"그래도 눈매는 그대를 닮지 않았습니까."

"그래도요. 그리고 레온, 지난번에 그랬잖아요. 만약 조슈아가 황위를 잇고 싶지 않다고 한다면……. 원하는 대로 해 주겠다고."

하나뿐인 황손인 조슈아가 아직 황태자가 아닌 황자로 남아 있는 것은 레온하르트가 테네르에게 했던 약속 때문이었다. 조슈아가 황위를 이을 생각이 없다면 방계에서 후계를 고르겠다고 하지 않았던가.

사실상 테네르가 그를 택했으니 의미가 없어진 약속이었지만, 레온하르트도 테네르도 벌써부터 아이에게 무거운 짐을 안겨 주고 싶지는 않았다.

"황손이 자기 혼자라면 분명 부담이 될 거예요. 그러니 원하는 걸 마음 편히 선택할 수 있도록……."

"……하지만 테네르."

듣고 있던 레온하르트가 말을 막았다.

"조슈아는…… 커서 오믈렛이 되겠다고 하던데요."

"……."

농담 삼아 던진 말에 테네르가 멈칫했다. 그러더니 작게 중얼거렸다.

"저한테는 사슴벌레가 될 거라고 했는데……."

"이런."

레온하르트가 낭패라는 듯 중얼거리자, 테네르가 다시금 웃음을 흘렸다. 그가 좋아하는 웃음이었다.

"……테네르."

"네, 레온."

테네르는 그가 무슨 말을 꺼낼지 아는 것처럼 가만히 눈을 들었다. 레온하르트는 한참을 머뭇거리다 입을 열었다.

"아이……. 만들까요?"

걱정되는 마음이 사라진 것은 아니었다. 열 달 동안 아이를 품게 하는 것도, 홀로 산고를 견디게 하는 것도 기꺼울 리가 없었다. 그러나 자신이 지금껏 고집을 부려 왔다는 걸 모르지도 않았다. 사실 알고 있지 않던가. 그녀가 원하는 것을 들어주지 않는 건 불가능하다는 사실을.

테네르는 한동안 말이 없었다. 꼭 믿을 수 없는 말을 들은 것처럼 눈만 끔뻑거릴 뿐이었다. 기뻐해 줄까. 활짝 웃으며 목을 꺼안아 줄까. 레온하르트는 기대에 찬 눈으로 그녀의 반응을 기다렸다. 테네르는 천천히 손을 들어 발코니 바닥을 가리켰다.

"……여기서요?"

"……예?"

"여긴…… 누가 볼지도 모르는데……."

테네르는 레온하르트의 옷깃을 꼭 붙잡고 주위를 두리번거렸다. 레온하르트는 덩달아 고개를 돌렸다.

"이젠 날씨가 춥기도 하고, 방음도 안 될 거고요. 거기다 날벌레도 있고, 그리고……."

테네르는 손가락을 하나하나 접으며 발코니에서 아이를 만들면 안 되는 이유를 차분하게 늘어놓았다. 지나치게 진지한 모습에 레온하르트는 그런 의미가 아니었다고 말하는 것도 잊어버리고 말았다.

눈치를 살피던 테네르가 발뒤꿈치를 들어 레온하르트의 귓가에 입을 가져갔다.

"그리고 저, 지금…… 화장실 가고 싶어서……."

"……."

일반적으로, 귀족들은 용변을 보러 간다는 말을 직설적으로 하지 않았다. 보통은 손을 씻으러 간다든가 옷을 정리한다든가 화장을 고치러 간다는 식으로 돌려 말했고, 화장실이라는 단어는 어린아이들이나 쓰곤 했다.

"테네르."

"네."

테네르는 태연하게 대꾸했다. 보얀 낯이나 또렷한 목소리는 도무지 술에 취한 사람처럼 보이질 않았다. 하지만…….

"술을…… 얼마나 드셨다고요?"

"조금이요. 그런데 너무 많이 마셨나 봐요. 화장실은 아까도 다녀왔는데……."

그래서 조금 마셨다는 건지 많이 마셨다는 건지 도통 알아들을 수가 없었다. 하지만 우선 테네르를 화장실에 보내야 한다는 사실은 확실했기에, 레온하르트는 애써 침착하게 입을 열었다.

"알겠습니다, 테네르. 그럼 일단 화장실부터 다녀오시고……."

"네?"

차분한 목소리에 테네르의 눈이 동그래졌다. 그러고는 못 들을 말이라도 들은 듯 난감한 표정을 지었다.

"저기, 레온. 부부간이라고 해도…… 그런 사적인 이야기를 입에 올리는 건……."

"……."

졸지에 부인의 내밀한 사생활까지 참견하는 남편이 된 레온하르트는 차마 무어라 대꾸하지 못하고 입을 다물었다. 그런 그를 보며 테네르는 한 번의 실수는 넘어가 주겠다는 듯 부드럽게 미소 지었다.

"옷을 좀 정리하고 올게요."

테네르는 그렇게 말한 후 천천히 몸을 돌렸다. 화장실이라는 말은 태어나서 한 번도 써 본 적 없는 것처럼 단정한 걸음걸이였다. 커튼 너머로 사라지는 뒷모습을 보며 레온하르트는 비로소 깨달았다. 지금껏 테네르가 취한 모습을 본 적이 없다는 건 엄청난 착각이었다는 사실을.

* * *

파티는 늘 그랬듯 늦은 밤이 되어서야 끝났다.

대부분의 경우, 파티의 주최자는 초대객들이 모두 돌아갈 때까지 자리를 지키곤 했다. 그러니 잠이 많은 테네르 또한 파티가 있는 날이면 늦은 밤까지 잠들지 못하고 깨어 있었다.

발코니에서 나온 후, 레온하르트는 내내 테네르의 곁에 찰싹 붙어 다녔다. 몰랐을 때야 안심하고 있었다고 쳐도, 취한 상태라는 걸 알게 되자 미처 내버려 둘 수 없던 탓이었다. 덕분에 황제가 황후에게서 잠시도 눈을 떼지 못한다는 수군거림이 있었지만, 틀린 말도 아니었다.

그러나 걱정도 무색하게 테네르는 정말로 멀쩡하게 초대객들을 응대하며 파티를 마무리했다. 취한 사람이 어떻게 이럴 수 있나 신기할 정도로.

"유모도 고생 많았어요. 내일은 시녀들에게 황자를 돌보라고 할 테니 푹 쉬어요. 소자작 건은 너무 걱정하지 말고요."

그러니까, 술에 취하면 보통은 얼굴이 붉어진다든가, 혀가 꼬인다든가, 여하간 티가 나야 하는 게 아닌가. 가끔 멍하게 있는 것을 빼곤 멀쩡하게 행동하는 걸 보니 혹 자신이 착각했나 하는 생각마저 들었다.

"감사해요, 황후 폐하."

로라는 얼른 허리를 굽혀 인사했다. 테네르는 사용인들에게 뒷정리를 지시하고는 레온하르트와 함께 계단을 올랐다.

"……고생 많으셨습니다, 테네르. 전년 파티보다 훨씬 호응이 좋았습니다."

"큰 행사는 오랜만이라 걱정했는데 다행이에요."

테네르는 웃으며 말했다. 황후궁 침실 앞에 도착하자, 레온하르트는 그녀의 손을 잡아 올려 가볍게 입을 맞추었다.

"그럼 좋은 꿈 꾸세요, 내 사랑."

"……어디 가세요?"

아쉬운 마음으로 작별 인사를 하자, 테네르가 그를 붙잡았다. 레온하르트는 멈칫하여 고개를 들었다. 테네르가 어리둥절한 얼굴로 그를 바라보고 있었다.

"둘째 만들기로 하셨잖아요."

차분한 목소리에 뒤따라오던 사용인들이 어머, 하고 입을 가렸다. 레온하르트는 놀란 얼굴로 테네르를 보았고, 테네르는 여전히 태연하게 그를 보았다.

"……테네르, 오늘은 술도 많이 드셨고, 피곤하실 테니……."

"전 발코니에서만 아니면 괜찮아요, 레온."

황실의 이름을 걸고 맹세하건대, 레온하르트 또한 발코니에서 아이를 만들고 싶은 마음은 전혀 없었다. 그러나 이렇게 말하니 꼭 자신이 발코니에서 수작을 부렸다가 거절당한 것 같지 않은가. 당황한 표정을 어떻게 이해한 건지, 테네르는 어쩐지 심각한 얼굴로 그를 보았다. 그러고는 큰 결심을 한 듯 말했다.

　"혹시 발코니가 좋으시면 그쪽으로……."

　"아니, 아닙니다. 들어가겠습니다."

　레온하르트는 테네르가 말을 이어 가지 못하게 얼른 껴안았다. 눈치 빠른 사용인들이 얼른 문을 열었다. 그들이 침실에 발을 들이고, 활짝 열렸던 문이 소리 없이 닫힌 순간이었다.

　"……레온."

　잡아당기는 손길에 레온하르트의 몸이 기우뚱했다. 처음으로 사랑을 고백했던 어느 밤처럼, 테네르는 레온하르트의 목을 껴안고 입을 맞추었다. 보드라운 입술이 말릴 틈도 없이 맞닿았다.

　근 일주일 만의 입맞춤이었다. 코앞에 다가온 체향과 깊게 느껴지는 숨결에 순식간에 눈앞이 어찔해졌다. 레온하르트는 자신이 무엇을 하려고 했는지조차 잊고 허겁지겁 입맞춤을 받아들였다.

　테네르가 숨이 가쁜 듯 입술을 가볍게 뗐지만, 레온하르트는 그녀를 놓지 않았다. 허리와 둔부에 팔을 받쳐 그대로 안아 들었다. 작은 몸은 지나치게 가볍게 들렸다.

　이런 몸으로 무슨 아이를 낳는다고.

　정말이지 말도 안 되는 일이었다. 둘째를 만들자는 말을 제 입으로 지껄인 것도 마찬가지였다.

　그러나 레온하르트는 침실에서만큼은 그리 인내심이 좋은 편이 아니었다. 더군다나 일주일 동안 입맞춤조차 하지 못했기에, 그 또한 테네르 이상으로 몸이 달아 있었다.

"……테네르."

레온하르트는 얼른 테네르를 침대에 앉히고 다시금 입을 맞추었다. 작은 손이 그의 단추를 풀어내었다. 벗어 낸 재킷이 침대 모서리에 걸쳐지는가 싶더니 그대로 바닥에 떨어졌다.

"테네르……."

기다렸다는 듯 다가오는 손길은 얼마나 사랑스러운가. 상기된 볼에 기대 감이 어리는 것은.

"사랑합니다, 테네르."

이제는 숨을 쉬듯 자연스럽게 내뱉게 된 말이었다. 열기 어린 눈이 그의 말에 부드럽게 휘어졌다.

"저도 사랑해요, 레온."

망설임 없이 이어지는 대답이 있었다. 레온하르트는 정신없이 그녀에게 입을 맞추며 다급히 크라바트를 풀어내었다. 가빠진 숨소리가 그를 재촉했다.

구겨진 재킷 위로 옷가지가 하나하나 떨어졌다. 이브닝드레스에 맞춰 틀어 올린 머리를 풀어 헤치고, 목걸이를 풀어 옷 위에 아무렇게나 내던졌다. 레온하르트는 그대로 테네르를 침대에 눕히고 허벅지를 쓸어 올렸다. 스타킹을 고정한 가터를 풀어내려 했지만, 마음이 급해 잘되지 않았다.

성급하게 벨트를 당기는 손길에 테네르는 그와 입술을 맞댄 채 푸스스 웃음을 흘렸다. 작은 손이 그의 손을 붙잡아 걸쇠에 가져갔다. 레온하르트가 걸쇠를 풀어내자 툭, 소리와 함께 얇은 스타킹이 미끄러지듯 벗겨졌다. 맞붙었던 입술이 그제야 떨어졌다. 레온하르트는 가쁜 숨을 몰아쉬며 테네르를 보았다.

"……테네르."

발그레해진 얼굴이 웃음기를 머금은 채 그를 보고 있었다. 끌어당기는 손길에 레온하르트는 기꺼이 그녀에게 입술을 포개었다. 손에 가득 들어차는 가슴을 밀어 올리듯 움켜쥐고 힘을 주어 주물러대었다. 부드러운 젖가슴이 손의 움직임을 따라 모양을 바꾸었다. 손끝이 예민한 유두를 스칠 때마다 바짝 끌어안은 허리가 움찔거렸다.

일주일은 몸 곳곳에 남아 있던 붉은 흔적을 지우기에 충분한 시간이었다. 레온하르트는 가느다란 목덜미와 쇄골에 입을 맞추고 뽀얀 윗가슴을 빨아 자국을 남겼다.

이제는 아이도 있으니 남들이 볼 수 있는 부위에 흔적을 남기지는 않지만, 옷으로 가릴 수 있는 부분이나 가렸으면 하는 부분이 발갛게 물든 걸 보면 영역표시에 성공한 짐승이라도 된 양 뿌듯해지곤 했다.

"레온, 거기는……. 으응, 보일 것 같은데……."

목이 깊게 파인 연회용 드레스를 입으면 보일 듯 말 듯한 자리였다. 테네르는 가슴에 남은 자국을 보며 앓는 소리를 냈다. 하지만 레온하르트는 대수롭지 않은 듯 그 위에다 입을 맞추었다.

"아직 날이 추우니 따뜻하게 입으셔야 하지 않겠습니까."

"정말……."

능청스러운 대답에 테네르의 입에서 웃음이 터져 나왔다. 레온하르트는 들썩이는 가슴 위에 몇 차례 더 입을 맞추고는 꼿꼿하게 선 유두를 길게 핥았다. 머리 위에서 들려오는 신음이 듣기 좋았다.

"벌써 단단해졌습니다."

"흐으, 그러는 당신이야말로……."

놀리듯 내뱉은 말에 테네르가 정강이를 들어 그의 다리 사이를 누르듯 문질렀다. 그러잖아도 통이 넓지 않은 바지 때문에 발기한 성기가 눌려 있던 참이라, 갑작스러운 자극은 아프게 느껴지기까지 했다.

레온하르트는 그녀의 가슴을 소리 내어 빨며 바지춤을 끌어 내렸다. 기다렸다는 듯 튀어나온 성기가 묵직하게 꺼떡거렸다. 테네르는 몸을 일으켜 굵직한 페니스를 잡았다.

"봐요, 레온. 당신도 이렇게 섰어요."

테네르는 천천히 손을 흔들며 말했다. 붉은 귀두 끝에서 맑은 액이 끊임없이 흘러나와 그녀의 손을 적셨다. 젖은 살결이 문질러지는 소리가 음탕하기도 했다. 테네르는 레온하르트의 입가에 몇 차례 입을 맞추다가 몸을 굽혔다. 빼꼼히 내민 혀가 귀두를 핥는가 싶더니 말릴 새도 없이 그대로 입에 머금었다.

"윽, 테네르……."

따뜻한 입 안이 그의 것을 감싸 왔다. 뿌리까지 밀어 넣기는커녕 귀두를 머금는 것만으로도 벅차 보이는 서툰 봉사였다. 하지만 그녀가 제 것을 입에 물고 힘겹게 머리를 움직이는 걸 보자니 아랫배가 뻐근해지는 건 어쩔 수 없었다.

테네르는 천천히 머리를 움직이며 손으로 기둥을 훑었다. 입 안에서 혀를 움직여 귀두를 자극하기도 했다. 레온하르트는 시트에 닿을 듯 말 듯 늘어진 젖꼭지를 만지작거렸다. 그럴 때마다 테네르는 신음을 뱉었지만, 입안에 꽉 들어찬 것 때문에 그리 잘 들리지는 않았다. 그저 웅크린 몸이 움찔거릴 뿐.

테네르가 입술을 떼어 낸 것은 한참이 지나서였다. 끈적한 액이 귀두에서부터 그녀의 아랫입술까지 길게 늘어졌다. 몸을 일으킨 테네르는 턱이 뻐근한 듯 혼자서 입을 몇 번 열었다 닫았다. 그러다 눈이 마주치자 민망하게 웃었다. 체액이 묻은 입술이 반들거렸다.

레온하르트는 얼른 그 입술을 집어삼키듯 입을 맞추었다. 테네르는 그의 목에 팔을 감더니 그대로 무릎에 올라타 안겨 왔다. 말랑한 가슴이 그의 가슴팍을 뭉근하게 눌렀다.

한참 동안 그의 입맞춤에 호응하던 테네르는 천천히 허리를 들었다. 수음이라도 하듯 그의 성기에다 젖은 밀부를 문지르기 시작했다.

"아아……."

레온하르트의 성기가 예민한 부분을 문지를 때마다 테네르의 입에서 탄식이 번져 왔다. 찔꺽, 찔꺽, 젖은 살결이 그녀의 허릿짓에 비벼지며 음탕한 소리를 냈다. 레온하르트는 열락에 젖어 일그러진 얼굴을 보았다. 촉촉하게 젖은 눈과 발그레해진 두 뺨, 헤벌어진 입술까지.

이대로 넘어뜨리면 어떻게 반응할까. 다리를 넓게 벌리고 그대로 박아 넣으면. 위아래로 출렁이는 가슴을 확 움켜잡고 집어삼킬 듯 입을 맞추면. 이 작은 몸 안에 욕심껏 제 것을 쑤셔 댄다면. 취기가 옮기라도 한 양 머리가 어찔했다.

"……어떻게 해 드릴까요?"

테네르가 그의 마음을 알아채기라도 한 양 속삭였다. 함께 밤을 보내며 레온하르트가 수도 없이 해 온 물음이었다. 조르는 말이 듣고 싶어 부러 바짝 애를 태우곤 했던 물음. 이제 와 앙갚음이라도 하려는 듯 같은 것을 묻는 모양새가 깜찍하기도 했다.

"해 달라는 건…… 전부 해 주실 겁니까?"

이런 식으로 되물을 거라곤 생각지 못했던 건지, 얄궂게 접혀 있던 눈이 동그래졌다. 레온하르트는 그녀가 대답하기도 전에 몸을 앞으로 굽혔다. 털썩, 소리와 함께 테네르의 몸이 침대에 파묻히듯 했다. 레온하르트는 얼른 그녀의 다리를 붙잡아 활짝 벌렸다. 벌어진 다리 사이로 젖은 음모가 엉겨 붙은 것이 눈에 들어왔다. 갈라진 틈새가 혼자 꿈틀거리며 액을 흘리고 있었다.

입술을 가져다 대면 기뻐하겠지. 아마 쾌감을 견디지 못하고 다리를 모으려 들 테고, 베개를 움켜잡거나 허벅지를 바짝 모아 머리를 조여 댈 것이다. 다리를 억지로 벌려 쉴 새 없이 핥으면 자지러지는 교성을 내뱉을까.

레온하르트는 벌어진 다리 사이에 얼굴을 묻었다. 난잡하게 벌어진 음부는 혀끝만 가져다 대어도 움찔움찔 떨렸다. 젖은 틈새를 길게 핥자 아니나 다를까 어김없이 신음이 터져 나왔다.

"아, 하윽……!"

엉덩이가 크게 들썩였다. 레온하르트는 그녀의 다리를 붙잡은 채 혀를 움직였다. 테네르는 벗어나기라도 하려는 듯 바동거렸지만, 막상 애무를 멈추면 애처롭게 바라보며 몸을 비틀 것을 알고 있었다. 모른 척 몸을 일으키면 얼굴이 새빨갛게 달아오른 채로 더 해 달라 졸라 댈 것도.

익숙해진 반응을 확인하는 걸 좋아했다. 예상대로 굴면 그것대로, 평소와 다른 반응을 보이면 또 그것대로의 재미가 있었다. 레온하르트는 몸을 일으켜 테네르에게 입을 맞추었다. 손가락으로 젖은 틈새를 문지르며 찰박찰박 소리를 냈다. 입술을 떼어 내자 테네르가 숨을 헐떡거리며 그를 바라보고 있었다. 젖은 눈망울을 보며 레온하르트는 입꼬리를 올렸다.

"어떻게 해 드릴까요, 테네르."

"흑, 으응……."

테네르는 쉬이 대답하지 않았다. 제 것을 입에 물기까지 했으면서 새삼 부끄러운 것인지, 주도권을 도로 빼앗겨 분하기라도 한 것인지. 레온하르트는 그녀의 안을 헤집던 손가락을 빼내어 길게 핥았다. 시큼한 애액에서 단맛이 나는 것만 같았다. 테네르의 다리가 그의 허리에 감겼다.

"어서요, 응?"

채근하는 말이 지나치게 달게 들려왔다. 레온하르트는 기꺼이 젖은 음부에다 제 것을 쑤시듯 박아 넣었다. 갑작스러운 삽입에 테네르의 허리가 번쩍 들렸다. 작은 몸이 바르르 떨리며 그의 것을 조여 왔다.

"하윽, 레온……."

테네르가 숨을 헐떡거렸다. 레온하르트는 천천히 허리를 움직였다. 느릿하게 쳐올릴 때마다 물기 어린 몸이 닿았다가 떨어지며 질척이는 소리를 냈다. 그녀의 안쪽 깊은 곳이 그를 재촉하듯 빈틈없이 조여 왔다.

"흐으, 아, 레온……."

"예, 테네르."

레온하르트는 여전히 느리게 허리를 움직이며 대답했다. 대답을 바라는 게 아니라는 건 알고 있었지만.

"좋아, 좋아요……."

허리를 감은 다리가 재촉하듯 그를 당겼다. 레온하르트는 애타는 모습을 하나하나 눈에 담았다. 제 몸짓에 따라 쉼 없이 흔들리는 모습이 이 자리에 있었다. 발갛게 상기된 얼굴과 살짝 벌어진 채 신음을 뱉어 내는 입술, 거세게 출렁이는 가슴과 깊게 박아 넣을 때마다 불룩하게 올라오는 아랫배, 활짝 벌어진 다리와 그 사이에서 제 것을 꽉 물고 있는 밀부까지.

누구도 본 적 없고, 누구도 볼 일 없는 음탕하기 그지없는 모습이었다. 쾌감에 젖은 두 눈에 자신만이 오롯이 담겨 있는 것도, 저 입술이 제 이름을 부르며 신음하는 것도, 좋지 않은 구석이 없었다. 새삼스럽게도 아랫배가 뿌듯해져 오는 건 당신을 손아귀에 넣었다는 되먹지 못한 정복감일까.

레온하르트는 조금씩 허릿짓의 속도를 높여갔다. 흥분으로 달뜬 얼굴은 그가 몸을 움직일 때마다 자극을 견디지 못하고 일그러졌다. 더 높게 신음했으면. 더 흐느꼈으면. 자신을 원한다고 말해 주었으면. 좀 더. 조금만 더.

더, 라는 말을 들은 것만 같았다. 아니 착각일지도 몰랐다. 레온하르트는 테네르의 손을 깍지 껴 잡고는 그대로 입을 맞추었다. 젖은 숨결을 한껏 들이마시고는 허리를 세게 쳐올렸다.

그가 깊은 곳을 찌를 때마다 테네르가 허리를 들썩이며 크게 신음했다. 그녀의 눈에 그렁그렁 맺혀 있던 눈물이 관자놀이를 타고 흘러내렸다. 테네르가 기어이 울음을 터뜨렸지만 레온하르트는 오히려 더욱 거세게 쑤셔 댈 뿐이었다.

"흐윽, 아……. 레온, 흐으윽……."

테네르가 흐느끼며 도리질했다. 레온하르트는 그녀의 허리를 단단히 받친 채 상체를 일으켜 세웠다. 앉은 채 마주 보는 자세가 되자, 두 사람은 누가 먼저랄 것도 없이 서로에게 입을 맞추었다. 테네르는 그의 목을 꽉 끌어안은 채 스스로 허리를 움직였다. 풀어 헤친 머리카락이 춤을 추듯 허공에서 출렁거렸다. 레온하르트는 정신없이 그녀의 입술을, 목덜미를, 가슴을 빨아 대었다.

아래에서 세게 쳐올릴 때마다 그녀의 눈에서 눈물이 터져 나왔다. 저 울음에 더 동한다는 것을 알기는 하는 건지.

"그만할까요?"

레온하르트는 테네르의 눈가를 핥으며 물었다. 대답을 알고 건네는 물음이었다. 테네르는 세차게 고개를 저었다.

"싫, 좋아요, 흐윽, 더어……."

의미가 불분명한 말이었지만, 여전히 그를 끌어안은 채 요분질해 대는 걸 보면 그 뜻을 알아채지 못할 바도 아니었다. 레온하르트는 그녀의 등을 꽉 안은 채 몸을 앞으로 굽혔다. 허리를 움직이기 편한 자세가 되자, 그는 거리낌 없이 거센 추삽질을 시작했다.

"아, 흐앙, 레……. 흐으윽……."

테네르는 말조차 제대로 잇지 못하고 흐느끼며 신음했다. 푹, 푹, 레온하르트가 허리를 세게 쳐올릴 때마다 젖은 틈이 그의 것을 끈덕지게 조여 왔다. 깍지 낀 손에 힘이 들어가는 것이 느껴졌다. 동시에 그녀의 안쪽이 쥐어짜듯 꿈틀거렸다.

"윽……!"

아플 정도로 단단히 서 있던 것이 그 순간 자제력을 잃고 파정했다. 머리부터 발끝까지 전기가 이는 듯 찌르르했다. 뜨겁게 달아올랐던 머리가 깊게 내쉬는 숨결을 따라 식어 가는 것만 같았다.

"흐응, 흐윽……."

레온하르트는 아직 울음을 그치지 못한 테네르를 껴안고 몸 곳곳에 입을 맞추었다. 땀에 젖은 살결에서 오랫동안 떨림이 느껴졌다.

"괜찮으십니까?"

"흐, 몰라요……."

테네르가 흐느끼며 고개를 저었다. 새치름하게 뜨인 눈이 여전히 젖은 채였다. 그 눈을 본 순간 또다시 아래에 피가 쏠리는 건 무슨 이유인지.

몸을 일으킨 레온하르트는 그대로 테네르의 골반을 붙잡아 들어 올렸다. 순식간에 몸이 뒤집힌 테네르가 놀라 버둥거렸다.

"흐으, 레온, 저 아직……. 하윽!"

레온하르트는 테네르의 엉덩이를 꽉 움켜잡아 벌린 후 그대로 그 사이에 얼굴을 묻었다. 혀를 길게 내밀어 흠뻑 젖은 틈새를 핥았다. 벌어진 구멍에서 제 정액이 줄줄 흐르고 있었지만 아랑곳하지 않았다.

"아, 아앙, 거기, 안……."

테네르는 얼굴을 베개에 묻은 채 신음했다. 레온하르트는 상체를 일으켜 또다시 제 것을 그녀의 안에 박아 넣었다. 바르르 떨리는 몸을 뒤에서 안고 거세게 쳐올렸다. 자지러지는 교성이 성감을 더욱 자극했다. 다리에 힘이 풀린 테네르가 자꾸만 앞으로 고꾸라지려 했지만 제 쪽으로 당기면 되니 큰 문제도 아니었다.

"벌써 지치시면 안 됩니다, 테네르."

레온하르트는 출렁이는 가슴을 꽉 움켜잡고 주무르며 목덜미와 어깨를 핥고 빨았다. 밤은 아직 길었다.

* * *

테네르가 눈을 뜬 것은 정오가 지나서였다. 그녀의 곁에 누워 있는 것은 당연하게도 레온하르트였다.

"……레온?"

"일어나셨습니까?"

"왜 당신이 여기에……."

잔뜩 쉰 목소리가 목구멍을 긁듯 흘러나왔다. 어째 기시감이 느껴지는 장면이었다. 온몸이 익숙한 비명을 질렀고, 정신없이 자고 일어나서인지 골이 띵했다.

"물 드릴까요?"

"네에……. 그런데 왜 여기 계신 건지……."

테네르는 레온하르트에게 유리컵을 받아 들며 말끝을 흐렸다. 레온하르트
는 난처한 듯 그녀를 보았다.

"어제 일, 기억 안 나십니까?"

"어제라면……."

어리둥절하게 중얼거리던 테네르는 불현듯 무언가 떠오른 듯 몸을 들썩였
다. 그 바람에 컵에 담겨 있던 물이 왈칵 쏟아졌다.

"그……."

"기억나십니까?"

"……아뇨."

테네르는 얼른 고개를 돌려 그의 시선을 피했다. 하지만 붉어진 양 뺨마저
감출 수는 없었다. 레온하르트가 그녀 쪽으로 몸을 기울였다.

"정말로요?"

"……."

예나 지금이나 테네르는 거짓말을 잘하는 편은 아니었다. 티가 나는 걸 스
스로도 아는 듯 그녀가 작게 헛기침했다.

"둘째를 만들기로 했던 건…… 기억나는 것 같아요."

"예. 발코니는 안 된다고 하셨죠."

"……."

"누가 볼지도 모르고, 방음도 되지 않을 거고, 날벌레도……."

"……그만."

테네르는 얼른 손을 뻗어 레온하르트의 입을 막았다. 그러자 몸을 가리고
있던 이불이 스르륵 흘러내렸다. 테네르가 이불을 다시 끌어당기려던 순간이
었다.

"테네르."

마디가 굵직한 큰 손이 그녀의 손을 붙잡았다. 원하는 바가 명백한 시선에

테네르는 다시금 고개를 돌렸다.

"이불이 젖었습니다."

분명 주어를 분명하게 말하고 있는데 왜 다른 의미로 들리는 것일까. 테네르는 어색하게 웃으며 그의 말을 반복했다.

"네, 그러네요. 이불이……."

"젖은 걸 두르고 계시면 감기에 걸릴지도 모르고요."

"……."

"테네르. 내가 생각해 봤는데."

레온하르트는 테네르가 들고 있던 물컵을 받아 선반에 올려 두었다. 지극히 침착한 목소리였지만, 자신을 바라보는 눈에 간밤과 같은 열기가 어린 것을 모를 리 없었다.

"고작 한 번으로 아이가 생기진 않을 것 같습니다."

"한 번…… 아니었잖아요……."

거기다 조슈아는 하룻밤 만에 생기지 않았던가. 테네르는 반박하려고 했지만, 레온하르트가 점점 다가오는 통에 그럴 수가 없었다. 뒤통수가 베개에 닿았고, 이내 커다란 그림자가 얼굴을 덮었다.

"거기다 우리…… 정무를 보러 가야 하는데……."

"급한 일이야 수확제 전에 다 끝내 놓지 않았습니까. 거기다 황손을 만드는 것보다 중요한 일이 있다고 생각하는 이도 없을 거고요."

물론 둘째를 만들기로 하지 않았냐고 사용인들 앞에서 당당하게 말했던 건 테네르 쪽이었으니, 레온하르트를 탓할 일은 아니었다. 그러나 잔뜩 벼르고 있었던 듯 다가오는 그를 보자 잘못 건드렸다는 생각이 드는 건 어쩔 수 없었다.

* * *

황제와 황후가 화해했다는 소식은 금방 퍼져 나갔다. 두 사람이 둘째 황손을 계획하고 있다는 것도 마찬가지였다. 누구나 예상한 결과였지만, 그간 제도를 떠나 있던 에리히로서는 처음 듣는 소식이었다.

"야, 무슨 부부싸움을 나 없을 때 하냐? 앞으론 싸울 것 같으면 나부터 불러. 구경 좀 하게."

에리히는 좋은 구경을 놓쳤다는 듯 낄낄거렸다. 건수만 잡으면 놀려 대는 오라비 탓에 테네르의 볼이 빨갛게 물들었지만, 그렇다고 마냥 지지만은 않았다.

"그러는 오라버니야말로 로라랑 진전이 없나요? 누가 또 구혼서를 보내려는 모양이던데."

"……."

당연히 평소처럼 아니라고 난리를 칠 거라 생각하고 던진 말이었다. 그러나 에리히는 대답이 없었다. 테네르는 의아한 듯 그를 보았다. 동그래진 눈을 본 에리히가 발끈하여 소리쳤다.

"아, 표정 뭔데!"

"제가 뭘요."

"흥미진진하다는 표정이잖아. 건수 잡았다는, 뭐 그런."

"그렇게 티가 나나요?"

"그럼 안 나겠냐? 눈 반짝거리는 거 봐라. 별인 줄 알았네."

"그런 말은 로라에게나 하시라니까요."

"너 진짜……."

에리히는 울컥했지만 이내 입을 다물었다. 테네르는 그를 유심히 보다가 조심스레 입을 열었다.

"오라버니, 혹시 뭔가…… 마음에 걸리는 일이라도 있나요?"

"아니. 그런 게 아니라."

에리히는 답지 않게 조금 머뭇거리다가 짧은 한숨을 내쉬었다.

"그래, 솔직히…… 마음이 없는 건 아니거든?"

"어머."

테네르의 눈이 동그래졌다. 늘 로라에게 아무 관심 없다고 우겨 대던 오라비가 이렇게 말할 줄은 몰랐던 탓이었다. 에리히는 작게 헛기침했다.

"아니, 처음에는 좀 밉상이긴 했는데, 보다 보니까 정도 든 것 같고, 좀…… 귀엽다 싶기도 하고."

"……그렇군요."

어디가 귀엽냐, 어떻게 귀엽냐, 언제부터 그렇게 생각했냐. 당장이라도 캐묻고 싶었지만, 붉게 물든 양 뺨을 본 테네르는 애써 태연한 척 중얼거렸다. 에리히는 잠시 말을 멈추고 뒷목을 벅벅 긁었다.

"근데 일단…… 그쪽 나이가 너무 어리잖아?"

"여섯 살 정도면 그리 큰 차이도 아닌걸요."

"아, 너보다 어리잖아. 거기다 결혼이라는 건 가문과 가문 간의 결합이고…… 되도록 권세 있는 가문이랑 결혼하는 게…… 여러모로 낫지 않을까 하고."

"……."

테네르는 말없이 에리히를 보았다. 그녀는 권력에 큰 욕심 없는 오라비가 왜 이런 말을 하는지 알고 있었다.

그러나 에리히는 자신을 위해 모든 것을 포기하고 함께 떠나 줬던 사람이었고, 목숨을 걸고 조슈아를 지켜 주었던 사람이었다. 테네르는 오라비가 더 이상 자신을 위해 희생하기를 바라지 않았다.

"그럼…… 오라버니 말씀대로 권세 있는 가문의 영애와 정략결혼을 하고, 로라와는 정부 관계로 지내도 괜찮겠네요."

"……뭐라고?"

"그렇지 않나요? 결혼은 각자 도움 되는 가문이랑 하고, 그런 식으로…… 즐기는 것도."

테네르가 이런 말을 할 줄은 몰랐다는 듯, 에리히는 당황한 기색을 숨기지 못하고 입을 떡 벌렸다. 한참 동안 입을 뻐끔거리던 그가 간신히 입을 열었다.

"너…… 진심으로 하는 말이야?"

에리히는 아주 큰 충격을 받은 듯한 얼굴이었다. 그러나 테네르는 말을 거두지 않았다. 이렇게라도 말하지 않으면 에리히는 굽히지 않을 테니.

"오라버니는 어떠신데요?"

에리히는 대답하지 못했다. 테네르가 말을 이었다.

"예전에 그러셨잖아요. 제가 만약 폐하 곁을 떠나고 싶은데도 아이 때문에 남는 거라면…… 조시가 커서 그걸 어떻게 느낄지 생각해 보라고."

"……."

"저도 그래요, 오라버니. 전 오라버니가 저 때문에 마음에도 없는 사람과 평생 함께한다면……. 정말 마음이 아플 것 같아요."

조곤조곤 이어지는 말에 에리히는 입을 꾹 다물고 고개를 돌렸다. 여전히 고민에 빠진 얼굴이었다. 테네르가 천천히 손을 뻗어 그의 손을 꼭 잡았다.

"절 정말 생각하신다면, 제가 죄책감 느끼지 않게 해 주세요, 오라버니."

그 말에 에리히는 작게 입을 삐죽였다. 그러더니 잡혔던 손을 얼른 털어 냈다.

"어우, 징그럽게 손은 왜 잡냐? 가서 폐하 손이나 잡아."

"어차피 오라버니는 잡아 줄 사람도 없잖아요, 지금은."

"이야, 이렇게 날 공격한다 이거지?"

에리히는 기가 차다는 듯 말했지만, 입꼬리가 비죽비죽 올라가는 것을 숨기지는 못했다. 테네르는 얼른 몸을 일으켰다.

"전 이제 집무실에 돌아가야 할 것 같아요, 오라버니. 로라는 조시랑 같이 있을 거예요."

"그래."

의도가 명백한 말에 에리히는 순순히 고개를 끄덕였다. 테네르를 따라 자리에서 일어나던 그가 문득 생각난 듯 고개를 들었다.

"참, 유모 말인데. 전에 거짓말했더라."

"네?"

"네 결혼식 전날, 기억 못 한다고 했었잖아. 근데 아주 정확하게 기억하던데?"

"……어머."

테네르는 그럴 줄 몰랐다는 듯 눈을 동그랗게 떴다. 에리히는 더는 덧붙이지 않고 응접실을 나섰다.

* * *

늘 그래 왔듯, 로라는 아침부터 저녁까지 조슈아와 함께 있었다. 활동량 많은 아이와 온종일 함께 있는 것은 꽤 고된 일이었으나, 시중들어 주는 이들은 따로 있었기에 아주 힘들지도 않았다.

"유모, 이거 일거주세요!"

물론 똑같은 일을 몇 번이나 반복해야 직성이 풀리는 아이를 돌보는 일은 지루한 감도 없잖아 있었다. 로라는 벌써 일곱 번이나 읽어 준 동화책을 펼쳤다.

"'헤이즐은 사슴벌레예요. 아주 딱딱하고 멋진 커다란 사슴벌레지요.'"

"여기써요. 사슴벌레."

조슈아는 자그마한 손가락으로 얼른 삽화를 짚었다. 이미 일곱 번 반복된 일이었지만, 로라는 처음 안 사실인 양 눈을 동그랗게 떴다.

"어머, 여기에 사슴벌레가 있네요. '헤이즐은 아주 크고 멋진 턱을 가지고 있는데…….'"

"이거. 이거가 턱이에요."

"그럼 우리 황자님 턱은 어디 있어요?"

"요기 잇뎌요!"

"그럼 유모 턱은 어디 있지요?"

"요기!"

조슈아는 로라의 턱을 가리키고 까르르 웃었다. 노크 소리가 들려온 것은 그때였다.

문이 열리자 고개를 돌린 로라는 화들짝 놀랐다. 열린 문 사이로 보이는 익숙한 얼굴 때문이었다.

"후, 후작님?"

후작이라는 말에 조슈아는 얼른 고개를 돌렸다. 그러고는 자리에서 벌떡 일어나 에리히에게 달려갔다.

"숙뿌임!"

"이야, 우리 황자 전하, 그동안 엄청 크셨네."

에리히는 제게 달려드는 아이를 번쩍 들어 올렸다. 아이는 까르르 웃음을 터뜨렸다.

"숩뿌님, 숙뿌임."

"아, 오랜만에 봤으면 뽀뽀부터 해 주셔야지. 우리 황자 전하, 그렇게 안 봤는데 인심이 아주 야박하시단 말이야."

에리히는 제 볼을 톡톡 두드리자, 조슈아는 얼른 거기다 입을 맞춰 주었다. 에리히는 그 답례라도 되는 양 아이를 이리 들고 저리 들며 야단법석을 부렸다. 그러나 아직 여독이 다 풀리지도 않은 몸이라 금방 지친 듯 소파에 주저앉았다. 조슈아가 에리히의 옷깃을 잡아당기며 더 해 달라고 졸라 대었다.

"또. 또오."

"아, 숙부 힘들어서 죽었습니다."

"아니야. 또 해 주데요."

"아니야. 못 해. 못 해."

에리히는 아예 소파에 드러누웠다. 조슈아는 그런 삼촌의 배 위에 떡하니 엎드렸다. 에리히는 아이의 손에 얼굴이 주물러지며 힐끔 시계를 보았다.

"요샌 낮잠 안 주무십니까? 슬슬 낮잠 시간인 것 같은데."

"책만 읽고 재워 드리려고 했어요. 요즘 낮잠을 통 안 주무시려고 해서요."

"아, 우리 황자 전하, 낮잠을 안 주무시면 어떡합니까? 아기는 잠을 자야지."

에리히는 낄낄 웃으며 아이의 엉덩이를 토닥거렸다. 조슈아가 입술을 비죽 내밀었다.

"조시 아기 아닌데."

"요즘 아기라는 말 싫어하세요. 작다는 말도요."

"허 참, 아기를 아기라고 하지 그럼……."

"아기 아니야!"

에리히가 기가 차다는 듯 말하자, 조슈아는 발끈하여 그의 가슴팍을 콩콩 때렸다. 에리히는 과장스럽게 으악, 으악, 소리를 내고는 낄낄 웃었다.

"왜, 빨리 크고 싶습니까?"

"네."

"커서 뭐 하려고요?"

"사슴벌레 될 거예요."

당당한 선언에 에리히는 눈을 휘둥그레 떴다.

"이야, 사슴벌레? 쉽지 않을 텐데. 사슴벌레 돼서 뭐 하실 건데요?"

"어음, 어머니랑 겨론할 거예요."

"아, 어머니는 이미 아버지랑 결혼했잖아요."

"어으음, 그럼 유모랑 겨론할래."

"아니, 유모는……."

에리히는 얼른 로라 쪽을 돌아보았다. 눈이 마주치자 큼큼 헛기침했다.

"……유모는 황자 전하가 어른 되면 할머니일 텐데요."

"갠차나요."

"아, 할머니라도 괜찮아? 참사랑이네, 진짜."

에리히는 몇 번 키득거리고는 아이의 등을 천천히 쓸어내렸다. 조슈아는 삼촌과 좀 더 놀고 싶은 듯 조금 칭얼거렸지만, 오전에 공놀이를 하고 피곤해서인지 얼마 지나지 않아 스르륵 눈을 감았다. 에리히는 잠든 아이를 조심스럽게 침대에 누였다.

"……안 본 사이에 진짜 엄청 크셨네. 팔다리도 길쭉길쭉해지고."

"그렇죠? 옷 새로 맞춘 지 얼마 지나지도 않았는데 말이에요."

로라는 조슈아의 배에 담요를 덮어 주며 말했다. 에리히가 그녀를 흘깃 보았다.

"그, 소자작 건은 어떻게 됐습니까?"

파티장에서 황실 유모를 위협하고 황후를 모욕한 녹턴 헤일은 숙소인 잉그리드 백작가로 가던 중 근위대에 붙잡혀 구금된 상태였다. 로라는 조금 민망하게 웃었다.

"잘 해결될 것 같아요. 폐하께서 오라버니의 작위 승계를 불허한다고 하셔서……. 아마 지금쯤 죽고 싶을걸요. 부모님도 난리가 날 거고."

"그럼 작위는 누가 받습니까?"

"알 게 뭐예요. 실은 황후께서 제가 승계하는 건 어떻겠냐고 말씀하셨는데……. 아무리 생각해도 망해 가는 가문 물려받는 건 손해 같아서요."

"……그것도 그렇지."

에리히는 천천히 고개를 끄덕였다.

"그래도 전에 황자 전하를 구한 공이 있으니, 일단은 새로운 성이랑 명예 작위를 준다고 하셨어요."

명예 작위는 승계를 할 수 없는 단승 작위였다. 봉토도 따로 주어지지 않는, 그야말로 명예만 있는 작위였기에 황자를 구한 것치고 아주 큰 상은 아니었다.

"아, 겨우 명예 작위요? 세습도 안 되는 걸."

"제가 그거면 된다고 했어요. 어차피 전 영지가 있어 봤자 관리할 줄도 모르고요."

"그런 거야 배우면 되는 거지."

"아, 어차피 제대로 된 작위야 우리 황자 전하 장성하시면 받을 거니까, 그 때까지 천천히 배우면 되죠. 저 정말 아무것도 모른단 말이에요."

로라가 말했지만, 에리히는 어쩐지 뚱한 얼굴이었다. 그러나 그는 예나 지금이나 남의 결정에 함부로 말을 보태는 걸 그리 좋아하지 않았기에, 짧은 한숨을 내쉬곤 고개를 끄덕였다.

"아, 뭐……. 알겠습니다. 그건 그렇고, 나 궁금한 게 있는데."

"뭔데요?"

로라가 묻자, 에리히는 얼른 그녀에게 손짓했다. 이쪽으로 몸을 기울인 로라의 귓가에다 입을 가져갔다.

"나, 언제 꼬실 겁니까?"

"……네?"

에리히의 물음에 로라는 놀라 고개를 돌렸다. 에리히는 잠든 조슈아를 가리키고는 조용히 하라는 듯 검지를 입술에 가져다 대었다.

"아니, 어제 말하지 않았습니까. 나 꼬셨다고."

"……."

"근데 난 꼬셔진 기억이 없거든. 그 반대면 몰라도."

로라는 대답이 없었다. 시뻘게진 얼굴을 보며 에리히는 그것 보라는 듯 코웃음 쳤다.

"참나, 난 기억 안 난다고 그렇게 시치미를 떼길래 진짜인 줄 알았지. 근데 아주 정확하게 기억하고 있던데요? 내가 못된 소리 하면 입을 한 대 치라고 한 것도 그렇고, 그…… 외로우면 오라고 한, 것도 그렇고."

"그, 그게요, 후작님……."

"날 아주 감쪽같이 속였어. 응? 유모가 말이야, 이렇게 사람을 기만해도 되는 겁니까? 내가 뒤통수가 얼얼하다고요, 지금."

에리히는 제 뒤통수를 툭툭 치며 말했다. 그 꼴을 보며 로라가 소심하게 중얼거렸다.

"아니……. 저도 민망해서 그랬죠. 후작님이 하도 질색하고 싫어하시니까……."

"하, 그래서 그게 지금 내 잘못이다?"

"아, 그럼 제 잘못이에요? 저랑 아무 사이 아니라고, 아무 일 없었다고 바득바득 우긴 게 누군데!"

로라는 억울함을 토로했지만, 에리히는 그리 신경 쓰지 않는 듯 손을 휘휘 내저었다.

"됐으니까 빨리 꼬셔 보십시오."

"아니, 제가 왜요."

"아, 꼬시지도 않았는데 어떻게 넘어갑니까? 진짜 날로 먹으려고 하시네."

에리히는 의기양양하게 말했다. 로라는 어쩔 줄 모르고 입을 뻐끔대다 얼른 자리에서 일어났다. 그러고는 소파와 바닥에 널브러진 책과 장난감을 정리하기 시작했다. 에리히가 그녀의 곁에 바짝 붙었다.

"꼬셔 보라니까 왜 안 하던 정리를 하고 그럽니까? 어차피 시녀들이 하는 일인데."

"그, 계속 여기 계실 거예요? 저 바쁜데."

"어차피 황자 전하는 주무시고, 달리 할 일도 없지 않습니까? 한가해 보이는데 나부터 좀 꼬셔 보지?"

"……."

"싫습니까? 그럼 내가 꼬실까요?"

"……."

"아, 알겠습니다. 그쪽이 못 한다면 내가 해야지, 뭐."

어쩔 수 없다는 듯한 목소리에 로라는 고개를 돌렸다. 에리히가 쭈그려 앉은 채 그녀를 보고 있었다. 눈이 마주치자 그가 씩 웃었다.

"연애합시다, 나랑."

"……."

"싫으면 말고."

꼭 산책을 권하는 것 같은 담백한 고백이었다. 받는 입장에서는 헛웃음이 나오는 고백이기도 했다.

"아니, 후작님은 여자 꼬실 때 꽃 한 송이도 안 줘요? 진짜 낭만 없어."

"아, 내가 누굴 꼬셔 봤어야 알지. 잠깐만 기다리십시오. 장미 궁 가서 제일 실한 거로 얻어 올 테니까."

"아, 됐거든요."

로라는 새침하게 고개를 돌렸다. 이렇게 성의 없는 고백이 어디 있담. '싫으면 말고'라니, 누가 고백에 저런 소리를 하나.

"웃는 거 보니까 벌써 넘어온 것 같은데."

그러나 에리히의 말대로 입술은 이미 호선을 그리고 있었다. 꿈꿔 온 것과는 전혀 다른 고백인데도 뭐가 이렇게 좋은 건지.

"……넘어가긴 누가 넘어가요."

로라는 부러 입술을 비죽 내밀며 투덜거렸다. 에리히가 소리 내어 웃었다.

"누구긴 누굽니까, 그쪽이지."

* * *

에리히와 로라는 정식으로 연인 관계가 되었지만, 모두가 그 사실을 환영하는 건 아니었다. 제도로 잠깐 돌아온 알레이나도 마찬가지였다.

"……후작은 알아요? 그 사람이 예전에 무슨 말 했었는지."

근신이 끝난 칼리언과 영지에 내려간 후, 그야말로 오랜만에 제도를 찾은 그녀였다.

일전 제니스가 한 말대로 공작령의 가신들 중에는 칼리언과 알레이나가 공작위를 빼앗기 위해 아이작 살바토르를 모함한 거라고 믿는 이들도 있다고 했다. 덕분에 작위를 이어받았는데도 아직까지 모든 이들에게 충성 서약을 받지는 못한 모양이었다.

"오라버니에겐 말씀 안 드렸어요. 로라에게도 그때 일은 말하지 말라고 했고."

테네르는 몇 번이고 괜찮다고 말했지만, 알레이나는 여전히 예전 일이 신경 쓰이는 듯했다. 그래도 자신을 걱정해서 하는 말이라는 걸 알기에 테네르는 싫은 기색을 내보이지 않았다. 알레이나는 발을 옮기다 말고 한숨을 푹 내쉬었다.

"……저라면 절대 못 그럴 텐데 말이에요."

"그런가요?"

"제가 좀스러워서 그런 건지도 모르지만, 아마 저라면 뺨이라도 한 대 때리고 나서야 용서할 걸요."

"저, 뺨은 때리지 않았지만……."

테네르가 조금 머뭇거렸다.

"……목에 화살을 들이대긴 했어요."

"……?"

"허튼짓하면…… 사지가 멀쩡하지 못할 거라고……. 협박도 했고……."

테네르가 쑥스러운 듯 말끝을 흐리자, 알레이나는 믿을 수 없다는 듯 눈을 휘둥그레 뜨고 그녀를 보았다. 테네르가 고개를 돌렸다.

"음……. 전에 말했잖아요. 그 사람 덕에 어머니를 만났었다고. 그 외에도 헤일 영지에서 이런저런 일들이 있어서……."

"아니, 뭐……. 그러시다면야……."

알레이나는 큰 충격이라도 받은 듯 멍청하게 중얼거렸다. 테네르가 그런 그녀를 보며 웃음을 터뜨렸다.

두 사람의 발길이 향하는 곳은 다름 아닌 마구간이었다. 제도에 돌아오자마자 황궁을 찾은 알레이나가 테네르에게 함께 승마할 것을 권한 탓이었다. 한동안 바빠 승마를 하지 못했기에, 테네르 또한 조금은 들떠 있었다.

"그건 그렇고, 알레이나. 당신은 좋은 소식 없나요?"

"좋은 소식이라뇨?"

"음…… 만나는 사람이라든가?"

앙즈 부인에게 배운 오지랖도 없지는 않았지만, 전 가주의 추문으로 위신이 깎인 공작가에 대한 염려가 담긴 물음이었다. 알레이나는 아무렇지도 않은 듯 어깨를 으쓱했다.

"성에 차는 사람이 있어야 말이죠. 저만큼 잘난 사람이 어디 흔한 것도 아니고."

"음, 그건 그래요."

테네르가 순순히 고개를 끄덕이자, 알레이나는 퍽 기분 좋게 웃었다.

"아무리 그래도 살바토르 공작가가 다른 가문과의 혼사에 매달려야 할 만큼 약하진 않아요. 지금껏 뿌린 투자금을 회수한다고만 해도 벌벌 떨 가문이 몇인데. 후사 문제가 있긴 하지만…… 꼭 결혼을 해야 아이가 생기는 것도 아니고."

"……어머."

시원스레 올라간 입꼬리를 보며 테네르는 생각지도 못했다는 듯 눈을 동그랗게 떴다. 두 사람은 마구간 앞에서 발을 멈추었다.

마구간은 황궁의 사냥터와 가까운 곳에 마련되어 있었다. 사냥을 즐기지 않는 황제와 황후 때문에 이제는 이름만 사냥터인 산책로에 가까웠지만, 친밀한 이들과 함께 간간이 승마를 함께하기엔 부족함이 없었다.

황궁의 마구간지기는 익숙하게 문을 열어 주며 속삭였다.

"저 녀석, 요 며칠 찾아 주지 않으셨다고 잔뜩 골이 났습니다."

"저런."

"산책을 시켜 주려고 해도 저희 말은 도통 듣질 않아서요."

"고생들이 많았구나."

테네르는 까다로운 말을 돌봐 주는 마구간지기를 치하하고는 축사 쪽으로 고개를 돌렸다. 테네르가 온 것을 알아챈 제임스가 그녀 쪽을 빤히 보고 있었다.

"제임스."

알레이나가 자신이 탈 말을 고르는 사이, 테네르는 얼른 제임스에게 다가갔다. 황궁에 있는 말들 중에서도 유독 몸집이 크고 튼실한 제임스는 자신에게 다가오는 테네르를 보다가 외면하듯 고개를 돌렸다. 잔뜩 골이 났다는 게 정말인 모양이었다.

"그동안 오지 않아서 화가 났니?"

"……."

"너무 바빠서 그랬어. 요 며칠 계속 늦잠을 잤더니 낮에 할 일이 많아서."

물론 그 늦잠의 원흉은 다름 아닌 레온하르트였지만, 테네르는 그런 말을 입 밖으로 낼 정도로 얼굴이 두껍지 못했다. 테네르가 부지런히 갈기를 빗질해 주자, 제임스는 이내 마음이 풀렸다는 듯 그녀에게 콧등을 문질렀다.

"옳지. 이제 갈까?"

테네르는 제임스의 고삐를 가볍게 잡아끌었다. 하지만.

"……제임스?"

언제나 기꺼이 테네르의 손에 이끌리던 제임스는 왜인지 축사 밖으로 나오려고 하지 않았다. 고삐를 쥔 손에 좀 더 힘을 주었지만 마찬가지였다.

"왜 그래? 아직 마음이 안 풀렸니?"

테네르는 얼른 제임스를 쓰다듬으며 물었다. 그러나 제임스는 그저 그녀를 바라볼 뿐 움직일 생각조차 하지 않았다.

"어이구. 이 녀석, 아직도 삐져 있냐? 사내자식이……."

지켜보던 마구간지기가 껄껄 웃으며 말했다. 승마할 말을 고른 알레이나가 테네르 쪽으로 천천히 다가왔다.

"무슨 일이에요?"

"도통 나오려고 하질 않아서요. 이런 적이 없었는데……."

"어디 아픈가? 보기엔 멀쩡해 보이긴 한데……."

알레이나는 곧게 서 있는 말을 보며 고개를 갸웃했다. 머리를 치켜들고 있는 커다란 흑마는 늠름하기만 할 뿐, 아픈 것처럼 보이지는 않았다.

"일단 수의사를 불러야겠어요. 어서……."

테네르는 말을 잇지 못했다. 뒤늦게 말발굽 소리가 들려온 탓이었다. 테네르에게 다가온 제임스는 고개를 깊게 숙였다. 그러더니 그녀의 배 위에 조심스레 머리를 가져다 대었다.

"제임스?"

테네르는 놀란 눈을 동그랗게 뜨고 말의 갈기를 쓰다듬었다. 제임스는 눈을 감은 채 한참 동안 그 자리에 머리를 문질렀다.

"이제 괜찮니? 오늘 왜 이럴까."

테네르는 아픈 아이를 어르듯 말을 쓰다듬었다. 그러나 제임스는 그 자리에 서 있을 뿐 좀처럼 제 등을 내어 주지 않았다. 꼭 테네르를 태워서는 안 되는 이유가 있는 것처럼.

"……저기, 황후 폐하."

긴 침묵 끝에 입을 연 것은 알레이나였다. 테네르가 무슨 일이냐는 듯 그녀 쪽으로 고개를 돌렸다.

"정말 외람된 질문이지만요."

알레이나는 슬쩍 주위의 눈치를 살피고는 테네르의 귓가에 입을 가져갔다.

"최근에 회임을 위해서……. 이런저런 노력을 하고 계시다고 들었는데요."

"……네?"

테네르는 화들짝 놀라 되물었다. 질문의 저의를 모를 리가 없었다. 수확제가 끝난 뒤, 둘째를 가지기 위해 레온하르트와 매일 밤마다 노력을 하고 있지 않은가.

테네르는 당황한 얼굴로 제임스를 돌아보았다. 제임스는 여전히 어리광을 부리듯 테네르의 배에 머리를 문지르고 있었다. 그런 애마를 보며 테네르는 믿을 수 없다는 듯 중얼거렸다.

"그런……. 그럴 리가요. 설마."

* * *

설마가 사람 잡는 법이었다.

"경하드립니다, 폐하. 회임이십니다."

진단을 마친 궁의가 만면에 화색을 띠며 말했다. 그의 말이 떨어지자마자 테네르는 잔뜩 상기된 얼굴로 레온하르트를 돌아보았다.

"……레온."

그러나 함께 기뻐해야 할 레온하르트는 말이 없었다. 어째 만감이 교차해 보이는 얼굴이었다. 궁의는 저도 모르게 황제의 눈치를 살폈다.

"폐하……?"

"후……."

조용한 방 안에 번지는 것은 깊은 한숨이었다. 길게 한숨을 내뱉은 레온하르트는 자신을 향하는 당혹스러운 눈길에 퍼뜩 정신을 차렸다. 테네르가 큰 충격을 받은 듯 그를 보고 있었다.

"레온, 지금 한숨을……."

"아, 아닙니다. 잠깐 다른 생각을……."

"지금 궁의가 회임 소식을 전하는데……. 다른 생각을 하셨다고요?"

레온하르트가 얼른 변명했지만, 당연하게도 테네르의 반응이 좋을 리 없었다. 세상에 둘도 없는 파렴치한을 보는 듯한 시선에 레온하르트는 당황하여 손을 내저었다.

"아니, 내가…… 실수했습니다, 테네르."

그러나 이제 와서 사과한다고 해도 부인의 임신 소식에 한숨을 내쉬었다는 사실이 달라지는 않았다. 테네르는 말없이 자신의 배를 쓰다듬다가 무겁게 입을 열었다.

"……제 생각에는, 레온."

"……."

"아기는…… 한숨 쉰 아버지랑 같이 있기 싫어할 것 같은데요."

"……."

"계속 거기 계실 건가요?"

꼴도 보기 싫으니 당장 나가라는 뜻이었다. 레온하르트는 뒤늦게 변명하려고 했지만 테네르는 듣고 싶지 않다는 듯 고개를 확 돌려 버렸다. 레온하르트가 할 수 있는 일은 그저 그녀의 뜻에 따라 터벅터벅 방을 나가는 것뿐이었다.

* * *

"……회임 중에 서운한 건 평생을 간다고 해도 과언이 아닙니다, 폐하."

테네르의 진단을 마치고 온 궁의가 아주 조심스럽게 입을 열었다. 당연하게도, 회임 진단에 한숨을 내쉰 돼먹지 못한 짓거리를 지적한 거였다.

"회임을 하면 감정의 기복이 심해지기 마련입니다. 아주 사소한 일에도 서운해지고, 짜증도 잘 나지요. 물론 폐하께서 황후 폐하의 건강을 염려하시는 점 잘 알고 있지만, 황후께서는 그보다 황손을 잉태한 것을 함께 기뻐하시기를 바라실 겁니다."

궁의의 조언에 레온하르트는 착잡한 얼굴을 쓸어내렸다.

"황후께선…… 건강하신가?"

"물론입니다, 폐하. 그러니 부디 염려 마시고 황후 폐하의 마음을 다독이는 데에 집중해 주십시오."

"……알겠네. 혹 주의해야 할 일이 있나?"

"이미 아시겠지만, 회임 초기에는 승마와 같은 격한 움직임이 필요한 운동은 가급적 삼가셔야 합니다. 또한, 같은 맥락에서 합방 또한 안정기에 들어설 때까지는……."

마지막 말을 하며 궁의는 슬쩍 레온하르트의 눈치를 살폈다. 그 또한 황궁에 기거하는 만큼 황제와 황후의 금실이 얼마나 좋은지 익히 알고 있었다. 레온하르트가 매일같이 황후궁을 찾는 것도 마찬가지였다. 그러나 레온하르트는 알아들었다는 듯 고개를 끄덕일 뿐이었다.

"……그게 단가?"

"회임을 하게 되면 쉽게 피로해지고 수면 시간이 늘어나니, 업무량 또한 줄이시는 게 좋습니다. 그 외의 주의사항은 시녀들과 주방에 따로 전달해 두겠습니다."

"……그래. 고생했네."

황제의 대답에 궁의는 허리를 깊게 숙이고는 자리를 떴다. 레온하르트는 한숨을 깊게 내쉬고 테네르의 침실 문을 두드렸다.

"……테네르. 들어가도 되겠습니까?"

테네르는 대답이 없었다. 레온하르트는 조심스레 문고리를 돌렸다.

"들어가겠습니다, 테네르."

천천히 문을 열자, 테네르는 그에게서 등을 돌린 채 침대에 누워 있었다. 레온하르트는 발소리를 죽이며 그녀에게 다가갔다.

"……주무십니까?"

"……."

"테네르."

"……전 들어오시라고 한 적 없는데요."

누가 들어도 화가 단단히 난 듯한 뚱한 목소리였다. 레온하르트는 조심스레 침대에 걸터앉았다.

"……내가 나빴습니다, 테네르."

"……."

529

"아직 마음의 준비가 되지 않아서 그랬습니다. 그대가 아프고 힘들까 봐 걱정이 돼서."

레온하르트 또한 테네르의 말대로 둘째를 보기 위해 노력하고는 있었지만, 막상 정말로 회임을 했다고 하자 괜한 짓을 한 게 아닌가 회의감이 드는 건 어쩔 수 없었다. 소매 사이로 보이는 손목이 유달리 가늘어 보여서 더욱 그랬다.

"아이가 생긴 건 나도 무척이나 기쁩니다. 다만 내가…… 겁이 많아서 기쁨보다 걱정이 앞섰습니다."

테네르는 여전히 등을 돌린 채였지만, 레온하르트는 그녀가 자신의 말을 듣고 있다는 걸 알고 있었다.

"내가 잘못했습니다."

그 말에 테네르는 그제야 상체를 일으켜 레온하르트를 돌아보았다. 한참 동안 그를 바라보던 그녀가 마침내 입을 열었다.

"저에게만 잘못하신 건…… 아니지 않나요?"

그 말에 레온하르트는 얼른 고개를 숙였다. 아직 부풀지 않은 납작한 배 위에 조심스레 손을 올렸다.

"미안하다, 아가."

"……"

"네가 미워서 그런 게 아니라……. 네 어머니가 걱정이 되어서 그런 거란다."

아직 태어나지도 않은 아이에게 주절주절 변명을 늘어놓는 것도 참 우스운 일이었지만, 테네르는 그것만으로도 마음이 조금은 풀린 듯 팔을 벌렸다.

"……이제 그러시면 안 돼요, 레온."

"물론입니다."

레온하르트는 얼른 테네르를 끌어안고 입술과 볼에다 입을 맞추었다. 그러다 허리를 굽혀 배 위에도 몇 차례 입맞춤했다. 머리 위에서 간지러운 웃음소리가 들려왔다. 테네르가 그의 머리카락을 손가락으로 쓸어 넘겼다.

"걱정되는 만큼 더 잘해 주세요."

"그러겠습니다."

레온하르트의 대답에 테네르는 만족스러운 듯 웃었다.

"테네르, 혹시 드시고픈 건 없습니까?"

"달리 없긴 한데……. ……아."

작게 중얼거리던 테네르는 뭔가 떠오른 듯 탄성을 뱉었다. 그녀가 조금 쑥스럽게 레온하르트를 돌아보았다.

"예전에 북부에서 오라버니가 스튜를 자주 만들어 주셨거든요."

"무슨 스튜였습니까?"

"오라버니가 주방에는 들어가지 못하게 하셔서 구체적으로는 잘 모르겠어요. 매번 재료가 달라지긴 했는데……."

그것만으로도 됐다는 듯 레온하르트는 그 자리에서 몸을 일으켰다.

* * *

"가주님, 황제 폐하께서 서신을 보내셨습니다."

에반 후작가의 가주, 에리히 에반은 소매의 단추를 채우다 말고 고개를 들었다. 동생의 회임 소식에 얼른 황궁으로 갈 준비를 하던 터라, 갑작스러운 서신이 더욱 의아했다.

에리히는 얼른 서신을 뜯어 눈으로 훑었다. 한참을 그러던 그가 허, 하고 헛웃음을 뱉었다. 집사가 조심스레 물었다.

"무슨 일인지 여쭈어도 되겠습니까?"

"북부에서 만들었던 스튜 레시피를 알려 달라고 하시는데."

"……예?"

"아니, 그걸 어떻게 알아. 그냥 그때그때 있는 재료 때려 넣고 끓인 것뿐인데."

물론 잡내가 심한 재료를 넣을 때는 향신료를 조금 넣긴 했지만, 기본적으로 레시피랄 게 없는 음식이었다. 에리히는 집사에게 서신을 돌려준 후 얼른 단추를 마저 잠갔다.

"일단 지금 황궁으로 간다고 해. 걔는 무슨……. 좋은 거 냅두고 그런 게 먹고 싶다고 하냐."

에리히는 언제나처럼 투덜거렸지만, 표정은 꼭 오랜 추억을 떠올리는 것처럼 부드러워져 있었다. 집사는 굳이 그 점을 지적하지 않고 머리를 조아렸다.

*　*　*

황궁에 도착한 에리히는 곧바로 황궁의 주방으로 안내받았다. 주방에 들어서자마자 보이는 것은 흰 앞치마를 허리에 두르고 있는 레온하르트와 어쩔 줄 모른 채 서 있는 황실 주방장이었다.

"폐하……?"

"왔나?"

레온하르트는 퍽 친근하게 에리히에게 웃어 보였다. 태연한 얼굴에 에리히는 헛웃음을 뱉었다.

"지금…… 뭐 하시는 겁니까?"

"직접 황궁으로 온다기에 미리 준비해 두었네. 살펴보고 더 필요한 재료가 있으면 말해 주게."

"재료가 문제가 아니라 지금……."

아니, 사실 재료도 문제였다. 에리히는 얼이 나간 채 주방을 둘러보았다. 조리대에 수북하게 쌓인 것은 딱 보기에도 스튜에 넣을 만한 재료들은 아니었다.

"폐하, 이거 설마 송로버섯……."

"황후께서 송로 향을 좋아하셔서."

"아니, 뭐……."

에리히는 미친 사람을 보듯 레온하르트를 보았지만, 정작 레온하르트는 뭐가 문제인지 모르는 듯 재료들을 만져 볼 뿐이었다. 그 꼴을 보던 에리히가 한숨을 푹 내쉬었다.

"그때 끓여 준 건……. 거창한 재료가 필요한 게 아니라, 정말 말 그대로 집에 있는 재료를 넣어서 만든 겁니다."

"이것도 전부 황궁에 있던 재료들인데."

"그게 아니라, 멧돼지 잡은 날은 멧돼지고기를 넣고, 곰 잡은 날은 곰고기를 넣고, 마을 사람들이 감자를 가져다준 날은 감자를 넉넉하게……. 폐하, 그거 캐비어 아닙니까?"

주절주절 설명하던 에리히는 레온하르트가 집어 든 것을 보고는 기겁을 했다. 레온하르트가 대수롭지 않은 듯 고개를 끄덕였다.

"이건 넣으면 안 되는 건가?"

"아니, 어떤 미친놈이 스튜에 그런 걸……!"

발끈하여 소리치던 에리히는 얼른 입을 가렸다. 그러나 레온하르트는 듣지 못한 듯 캐비어가 든 통을 조리대에 내려놓을 뿐이었다. 에리히는 숨을 크게 들이마셨다가 내뱉었다.

"……폐하. 황후께서는…… 북부에서 드셨던 스튜를 드시고 싶다고 하신 거 아닙니까?"

"그러셨지."

"북부에는 그렇게 비싸고 진귀한 식재료가 없었습니다. 캐비어 같은……. 아니, 캐비어가 문제가 아니라, 해산물 자체를 구하기가 어려웠습니다, 폐하."

"하지만 황후께서는 육류보다는 어류를 더 좋아하시는데."

"……."

"거기다 기왕 만드는 건데……. 좋은 재료 한두 개쯤 더 넣어도 괜찮지 않겠나?"

"폐하, 외람되지만…… 그런 생각은 요리를 망치는 지름길입니다."

에리히의 말에 옆에 있던 주방장은 동의한다는 듯 연신 고개를 끄덕였다. 보아하니 아껴 둔 재료를 스튜를 끓이는 데에 쓸지도 모른다는 사실에 잔뜩 겁을 집어먹고 있던 모양이었다. 에리히는 한숨을 삼키고는 재료를 하나하나 집어 들었다.

"우선 토마토랑, 양파랑, 감자랑, 양송이랑……. 이건 무슨 고깁니까?"

"송아지입니다, 각하."

"소고기는 자주 넣진 않았는데……. 아, 가지랑 양배추도 종종 넣었습니다. 호박을 넣은 적도 있고요."

에리히가 재료들을 집어 바구니에 넣자, 주방장은 이제야 말이 통하는 상대를 만났다는 듯 만면에 화색을 띠었다. 에리히는 남은 재료를 모두 골라낸 후 고개를 돌렸다.

"재료는 대충 추렸습니다. 이제 먹기 좋게 썰어서 냄비에 끓이시면 됩니다."

"이대로 가려고?"

꾸벅 인사하고 주방을 나가려던 에리히는 레온하르트의 부름에 그 자리에 멈춰 섰다. 한숨을 꿀꺽 삼킨 그는 애써 정중하게 말했다.

"스튜 끓이는 거야 그리 어렵지도 않고, 저보다는 여기 주방장이 더 잘 알려 드릴 겁니다."

"하지만 황후께서는 그대가 만들었던 스튜를 드시고 싶다고 하시던데."

"……."

그래서 지금 나보고 만들라고? 앞치마는 자기가 매 놓고? 에리히가 어처구니없다는 듯 바라보자, 레온하르트는 그게 아니라는 듯 손을 내저었다.

"그대가 만드는 방식으로 만들고 싶으니, 옆에서 좀 도와주게."

"아, 안 됩니다. 저도 황후 폐하 뵈어야 하고, 그리고……."

에리히는 잠시 말을 멈추었다. 물론 오늘은 회임한 동생을 보러 온 거였지만, 그렇다고 그런 이유만 있는 건 아니었다.

"저도…… 제 여자 보러 가야 한다고요."

쑥스러움에 입을 삐죽이며 말하자, 레온하르트의 눈이 부드럽게 휘어졌다. 어쩌 테네르와 닮은 웃음이었다.

"순순히 도와주면 아까 내게 미친놈이라고 했던 건 너그러이 눈감아 주겠네."

"……."

아. 들었구나. 에리히는 뜨끔했지만, 사실 틀린 말은 아니라고 생각하고 있었다. 애초에 황제라는 사람이 대뜸 주방에 내려와 앞치마를 두르고 있는 것부터가 조금…… 정상은 아니지 않은가.

그래도 이 난리를 칠 만큼 제 동생을 그만큼 사랑한다는 의미이니, 오라비로서 기분이 나쁜 건 아니었다. 에리히는 큼큼 헛기침했다.

"……그럼 뭐, 손 하나 까딱하지 않고 입만 좀 나불거리겠습니다."

"원하던 바야."

그렇게 말한 레온하르트는 곧바로 식칼을 집어 들었다. 그러더니 껍질 깐 양파를 작게 썰기 시작했다. 에리히는 그 꼴을 어처구니없이 바라보다가 입을 열었다.

"좀 더 크게 자르셔도 됩니다."

"하지만 한입 크기라고 하지 않았나? 그분은 입이 작으시니…… 이 정도는 되어야 편히 드실 것 같은데."

레온하르트가 자른 양파는 새끼손톱만 한 작은 크기였다. 하다못해 조슈아의 음식도 이렇게 작게 썰지는 않았다.

"……송구합니다만, 폐하. 혹시 지금 이유식 만드십니까?"

"……."

"황후께서는 12개월 아기가 아니라 엄연한 성인이십니다. 개월 수로 따지만 한…… 324개월쯤 된다고요."

"……그런가?"

"아, '그런가?'가 아니라요, 예?"

에리히는 답답하다는 듯 가슴을 치더니 레온하르트에게서 식칼을 뺏어 들었다. 그러고는 덜 자른 양파를 숭덩숭덩 망설임 없이 썰었다.

"이 정도 크기로 써시면 됩니다."

"생각보다 크군."

"324개월이 먹는 거니까요."

어째 미심쩍은 얼굴의 레온하르트를 보며 에리히는 당연하다는 듯 대답했다. 레온하르트는 그제야 고개를 끄덕이고는 식칼을 바투 쥐었다.

* * *

그날 저녁 만찬에는 레온하르트가 손수 만든 스튜가 나왔다. 테네르가 깊게 감동한 것은 당연한 일이었다.

"정말 직접 만드셨다고요?"

"그대 입에 맞을지는 모르지만요. 어서 드세요. 식겠습니다."

레온하르트의 말에 테네르는 얼른 스푼을 들었다. 사실, 그가 자신을 위해 음식을 만들어 줬다는 게 기뻐 조금 맛이 없더라도 맛있는 척해 줄 요량이었다.

"……어머."

그러나 스튜를 듬뿍 뜬 스푼을 입에 가져간 순간, 그녀의 결심은 무색해지고야 말았다.

"맛있어요. 어쩜……."

테네르는 믿을 수 없다는 듯 입을 가리고 레온하르트를 보았다. 조슈아 또한 아빠가 만든 음식이 입맛에 맞는 듯 부지런히 스푼을 움직이고 있었다.

"맛있니?"

"네에."

조슈아가 온 입가에 스튜를 묻힌 채 대답하자, 로라는 얼른 아이의 얼굴을 닦아 주었다. 물론 스스로 식기를 들기 시작한 이상 몇 번을 닦아 줘도 또 묻히긴 했지만. 그 모습을 보며 레온하르트가 테네르의 귓가에 입을 가져갔다.

"가지는 일부러 작게 썰었습니다."

"어머."

"잘했습니까?"

"그럼요."

테네르는 얼른 고개를 끄덕였다. 레온하르트는 뿌듯한 얼굴로 스푼을 들었다. 한참 동안 두 사람을 바라보던 에리히가 낄낄 웃었다.

"솔직히 말씀해 보십시오, 황후 폐하. 제가 만든 거랑 폐하께서 만드신 것 중에 어느 쪽이 더 맛있습니까?"

짓궂은 물음에 테네르는 작게 입술을 오물거리며 웃었다.

"음, 솔직히 말하면 오라버니께 죄송할 것 같은데."

"아마 이게 더 맛있을 겁니다. 황제 폐하의 정성과 사랑이 듬뿍 들어 있어서."

사실 북부에서보다 훨씬 질 좋은 재료를 쓴 탓이 크지만, 에리히는 굳이 그런 말은 하지 않았다. 서로를 보며 애정 어린 눈빛을 주고받는 두 사람이 퍽 보기 좋아서였다.

한참 동안 두 사람을 보던 에리히는 스푼을 들고는 슬쩍 로라 쪽으로 몸을 기울였다.

"다음에 저택에 한번 놀러 오십시오. 내가 이것보다 맛있는 거 만들어 줄 테니까."

"……어머."

로라는 슬쩍 테네르의 눈치를 살피더니 작게 고개를 끄덕였다.

* * *

테네르의 업무는 절반 이상이 줄어들었다. 그마저도 회임 기간 동안은 집무실에 발도 들이지 못하게 하려는 레온하르트를 설득한 결과였다. 레온하르트는 영 떨떠름한 얼굴이었지만, 심심할 것 같다는 테네르의 말에 결국은 고개를 끄덕였다.

황후가 둘째를 가졌다는 소식에 많은 이들이 축하의 마음을 전했다. 그중에서도 가장 신이 난 것은 다름 아닌 조슈아였다. 한가해진 엄마와 더 오랜 시간을 함께 지낼 수 있어서 더욱 그랬다.

"조시 형아 될 거예요!"

조슈아의 하루 일과 중 하나는 테네르의 손을 꼭 잡고 황궁 안을 돌아다니며 동생이 생기는 것을 자랑하는 거였다. 테네르의 회임 소식을 모르는 이가 황궁 안에 있을 리 없었지만, 대부분의 사람들은 처음 듣는 소식인 것처럼 놀라워해 주었다.

"어머, 황자 전하 동생이 생기는 건가요?"

"응! 여기에, 어머니 배 속에 돈생 이써요."

의기양양한 대답에 몇몇 이들이 웃음을 터뜨렸다.

"동생 생기는 거 좋으세요?"

"녜!"

"둘째 황손께서 태어나면 뭐 하실 거예요?"

"으음, 가치 놀 거예요. 공놀이도 알으켜 줄 거예요."

"어머, 공놀이를요? 그리고요?"

"장난감 놀게 해 줄 거야. 간식도 노나 주고……."

과연 동생이 태어난 후 정말로 실현할지는 알 수 없었지만, 그 말을 들은 사람들은 하나같이 어린 황자가 귀여워 죽겠다는 듯 탄성을 내질렀다.

"우리 황자 전하, 어쩜 이렇게 의젓하실까."

아닌 게 아니라, 조슈아는 동생이 생긴다는 사실에 전보다 훨씬 의젓하게 굴려고 애쓰고 있었다. 레온하르트가 테네르의 배를 쓰다듬을 때는 아기가 있으니 살살 만져야 한다고 잔소리 아닌 잔소리를 했고, 잠이 많아진 테네르가 꾸벅꾸벅 졸자 자신의 무릎을 베고 누우라며 짧은 다리를 쭉 뻗기도 했다.

거기다 좋아하는 간식을 동생과 나눠 먹겠다며 테네르의 배에 가져다 대기도 했으니, 보는 입장에서는 흐뭇하기 이를 데 없었다. 물론 아직 배 속에 있는 동생이 간식을 먹을 리 없으니 조슈아로서는 나눠 주는 시늉만 하면 제 몫이 줄어들지도 않고 칭찬만 받는 셈이었지만.

"조시도, 조시도 아가일 때는 여기에 이썼어요."

"그랬죠. 황후 폐하께서 우리 황자 전하를 소중하게 품어 주셨죠."

"헤헤."

엄마에게 사랑받아 왔다는 이야기는 언제 들어도 기분이 좋은지, 조슈아는 똑같은 말을 몇 번이나 듣고도 배시시 웃음을 지었다.

"조시도 어머니 배 속에 이썼어."

같은 말을 몇 번이고 되뇌는 것은 그만큼 기뻐서일까. 온 세상 사람들이 그 사실을 알기를 바라기 때문일까.

초산 때보다 배가 빨리 부풀어 불편하고 고된 점이야 있었지만, 아빠를 따라 매일 자신의 배에다 입을 맞추는 아이를 볼 때마다 테네르는 그 이상의 행복감에 웃음 짓곤 했다.

동생이 태어난 뒤에도 이렇게 좋아해 줄까. 테네르는 제 손을 꼭 잡은 조슈아를 보며 아직 태어나지도 않은 동생의 손을 잡아 주는 아이를 생각했다. 아직 작기만 한 아이가 훌쩍 커 버린 것이 기쁘면서도 조금은 아쉬웠다.

* * *

조슈아와 함께 있는 시간이 늘어난 것은 테네르뿐만이 아니었다. 잠이 많아진 엄마가 낮잠을 잘 때면 조슈아는 어김없이 아빠의 집무실로 쪼르르 달려왔다.

그럴 때마다 레온하르트는 잠깐이라도 시간을 내어 아이와 놀아주곤 했다.

"까아!"

레온하르트는 웃음을 터뜨리는 조슈아를 더 높게 들었다. 다리가 시계추처럼 대롱거리도록 작은 몸을 양옆으로 흔들어 주기도 했다.

"아버지, 더. 더 위로요."

체력 좋은 아빠가 있는 건 아이로서는 큰 행운이었다. 한때는 미끄럼틀 내려가는 것도 무서워 엎드려 타던 조슈아는 이제 제법 스릴을 즐기는 아이가 되었다.

눈높이가 높아질수록 아이의 눈에는 기대감이 차올랐고, 그러다 아래로 떨어뜨리는 척이라도 하면 자지러지는 웃음이 터져 나왔다.

온몸이 올려지고 내려지고 흔들리고 뒤집어지고 나자, 조슈아는 그제야 만족한 듯 바닥에 주저앉았다. 레온하르트는 아이의 옆에 앉아 작은 이마에 송골송골 맺힌 땀방울을 닦아 주었다.

"물 마실래요."

레온하르트가 손짓하자 시종은 얼른 차가운 물을 가져다주었다. 조슈아는 두 손으로 물컵을 꼭 쥐고 벌컥벌컥 들이켰다. 다 마신 후에는 시원하다는 듯 카아, 소리를 내는 것도 잊지 않았다.

"고마어."

"별말씀을요."

시종은 기분 좋게 빈 잔을 받아 들고는 아이와 눈높이를 맞추었다.

"황자 전하, 이제 황후 폐하께 가 보시는 건 어떠십니까?"

시종의 물음은 반나절 동안 아이와 시간을 보낸 황제를 위해서였다. 레온하르트는 젊은 남자치고도 체력이 상당히 좋았지만, 아이와 시간을 보낼 때면 요령 없이 제 몸을 써 가며 놀아 주는 편이었다.

공놀이나 뜀박질, 가벼운 대련은 물론, 아이를 들고 흔들고 가볍게 던져주며 혼을 쏙 빼놓곤 했다.

그러나 아이의 회복력이란 기이할 정도라, 지쳐서 헥헥거리다가도 시원한 물 한 잔이면 벌떡 일어나 또 놀아 달라고 조르지 않던가. 황실을 모시는 입장에서는 행여라도 황제가 지쳐 정무에 지장이 갈까 걱정하지 않을 수 없었다.

"근데 어머니는 자신다구 햇어."

"주무신다고 하셔야죠."

"주무신다구 햇어."

"그럼 곧 식사 시간이니 황자 전하께서 깨워 주시는 건 어떨까요?"

"으음……."

조슈아는 무언가 고민하듯 입술을 쭉 내밀고는 이내 고개를 끄덕였다. 그러고는 레온하르트 쪽을 얼른 돌아보았다.

"아버지도 가치 갈래요."

"저…… 황자 전하. 황제 폐하께서는 이제 정무를……."

"그럴까?"

시종이 만류하려고 했지만, 레온하르트는 기다렸다는 듯 자리에서 일어났다. 조슈아도 신이 나서 아빠의 손을 붙잡고 일어났다. 보좌관들의 한숨 소리가 들려오는 듯했다.

* * *

배가 불러올수록 활동이 불편해지고 잠이 많아지는 건 당연한 수순이었다. 만삭이 된 테네르는 하루 온종일 잠을 자거나 책을 읽거나 태어날 아이가 쓸 배내옷과 인형을 만들며 시간을 보냈다.

그 평화로운 일상에서 가장 행복한 순간은 당연하게도 사랑하는 남편과 아이를 만날 때였다.

"어쩐 일이세요? 정무를 보실 시간일 텐데."

테네르는 침실에 들어온 레온하르트와 조슈아를 반갑게 맞아 주며 물었다. 레온하르트는 얼른 그녀에게 다가가 그녀의 입술과 배에다 차례로 입을 맞추었다.

"조시가 어머니를 보고 싶다고 해서요."

어쩔 수 없다는 투였지만, 똑같은 핑계로 정무 시간에 테네르를 찾아온 게 벌써 몇 번째였다. 테네르는 가볍게 눈을 흘기고는 얼른 조슈아를 껴안았다.

"어서 오렴, 조시. 동생에게도 인사해야지."

"으음, 돈생아. 형아 와써."

조슈아는 아빠가 했던 것처럼 테네르의 배 위에 입을 맞추며 말했다. 동생이 여자아이면 형이 아닌 오라버니가 되는 거라고 진작 설명해 주었지만, 아무래도 조슈아는 엄마 아빠와 달리 남동생을 바라는 모양이었다.

"유모가 없으니 많이 심심하지?"

출산을 앞두고 유모에게 휴가를 준 지 나흘째였다. 둘째가 태어나면 한동안 바빠질 테니, 그 전에 조금이라도 쉬라는 의미였다.

원래는 휴가를 받아도 황궁에 머무르며 간간이 외출이나 하던 로라였다. 하지만 소식을 들은 에리히가 대뜸 찾아와 그녀를 후작 저택으로 데려가 버렸다. 말로는 황궁에 있으면 아이를 계속 신경 쓰게 될 테니 제대로 쉴 수 없을 거라고 했지만……. 글쎄, 그게 전부일지.

"갠찬나요, 아버지랑 마니 놀아써요."

조슈아가 배시시 웃으며 말했다. 레온하르트는 뿌듯한 얼굴로 테네르를 보았다. 칭찬이라도 바라는 듯한 모습에 테네르는 웃음이 나왔지만, 이내 꾹 참고 그를 올려다보았다.

"고생 많으셨어요. 이제 조시는 제가 볼 테니 가서 일하셔야죠."

"……."

다정하지만 단호한 목소리였다. 레온하르트는 조금 상처 받은 듯 고개를 숙였다.

"날 쫓아내시는 겁니까?"

목소리가 퍽 애처로워진 걸 보니 애초부터 농땡이를 부릴 작정으로 온 모양이었다. 그러나 보좌관 델루스의 우는 소리를 몇 번 들은 테네르는 더는 그에게 넘어가지 않았다.

"아시잖아요. 불쌍한 척하셔도…… 안 되는 건 안 된다는 거."

"……."

조심스러운 목소리였지만 그를 보내 버리겠다는 의지만큼은 확연했다. 레온하르트는 핑곗거리를 찾는 듯 입술을 우물거리더니 조슈아 쪽으로 고개를 돌렸다.

"조슈아, 아버지 갈까?"

아이를 붙잡고 묻는 꼴에 테네르의 눈이 다시금 가늘어졌다. 조슈아가 붙잡으면 그 핑계로 눌러앉을 모습이 눈에 뻔히 보이기 때문이었다. 테네르가 막 타박의 말을 내뱉으려고 했지만, 조슈아가 입을 여는 게 더 빨랐다.

"녜."

"……?"

예상치 못한 대답에 테네르와 레온하르트는 동시에 아이를 바라보았다. 조슈아는 큰 눈을 깜빡거리더니 다시금 웃었다.

"아버지는 마니 놀앗어요."

그 말이 아버지와는 여한이 없을 정도로 놀았으니 가라는 말인지, 혹은 이제 그만 놀고 일이나 하라는 말인지는 알 수 없었다. 어느 쪽이 되었건 레온하르트의 속셈이 통하지 않은 건 분명했기에, 테네르는 고개를 돌리고 웃음을 터뜨렸다.

"조시, 아까 아버지가 그렇게 놀아 줬는데……."

레온하르트가 서운한 투로 말하자, 조슈아는 얼른 아빠에게 달려가 폭 안겼다. 그러나 그것도 잠깐, 이내 제 할 일은 끝냈다는 듯 몸을 떼어 냈다.

"조시가 꼭 안아 줬으니깐, 이제 가세요."

"……."

아까는 분명 아빠와 함께 있는 게 좋아서 어쩔 줄 모르던 아이였는데. 레온하르트는 억울한 듯 조슈아를 보았지만, 아이는 아빠의 그런 반응도 재미있는 듯 까르르 웃으며 엄마에게 안길 뿐이었다.

* * *

시간은 흐르고 흘러 마침내 출산일이 다가왔다. 진통이 찾아온 것은 예정일 전날 밤이었다.

어김없이 느껴지는 통증에 테네르는 이마를 가늘게 구기며 눈을 떴다.

새벽마다 옅은 진통으로 눈을 뜬 지 벌써 사흘째였다. 테네르가 모로 누운 채로 깊게 심호흡하자, 자고 있던 레온하르트가 얼른 눈을 떴다.

"테네르."

서둘러 몸을 일으킨 레온하르트는 테네르의 배 위에 조심스레 손을 올렸다. 새삼스럽게도 긴장한 얼굴이었다.

"산파를 불러오겠습니다."

"괜찮은데……."

사흘 내내 새벽마다 산파를 불러왔던지라, 테네르는 민망한 듯 말끝을 흐렸다. 그러나 레온하르트는 그녀의 머뭇거림을 가뿐히 무시하고는 몸을 일으켰다. 싸한 통증이 느껴질 때마다 테네르는 숨을 크게 들이마셨다 내쉬었다.

산파가 달려온 것은 얼마 지나지 않아서였다. 궁의가 남자일 경우 출산을 돕는 것은 따로 여의사를 구했는데, 일전 테네르의 회임을 진단했던 의사 에블린이 그 역할을 맡았다.

"곧 분만을 준비하겠습니다, 폐하."

에블린이 말을 뱉기가 무섭게 시녀들과 보조의들이 뜨거운 물과 깨끗한 수건을 준비했다. 아래에 이슬이 비친 후 곧 출산이 있으리라는 것을 예상하고 있었기에, 준비는 군더더기 없이 빠르게 진행되었다. 테네르는 조금 놀란 듯했지만 이내 고개를 끄덕였다.

"내일 조시가 놀라겠네요."

테네르는 웃으며 말했다. 본격적인 진통이 시작되기 전이라 테네르는 아직 대체로 편안한 얼굴이었다.

"……분명 기뻐할 겁니다. 내내 동생을 기다리고 있었으니."

레온하르트 또한 테네르를 따라 입꼬리를 올렸지만, 불안한 기색을 감출 수는 없었다. 테네르는 그런 그를 다독이듯 손을 잡았다.

"유모 말로는…… 보통은 동생을 질투한다고 해서요. 외로워할까 봐 걱정도 되고……."

"내가 더 잘하겠습니다. 공놀이도 더 자주 하고, 책도 더 많이 읽어 주고."

"슬슬 배동을 들여도 괜찮을 것 같아요."

두런두런 이야기를 주고받는 사이 진통은 조금씩 잦아졌다. 테네르는 간간이 말을 멈추고 얼굴을 찡그렸고, 그럴 때마다 레온하르트는 안절부절못하며 잡은 손에 힘을 주었다. 에블린은 저명한 의사답게 시종일관 침착한 태도로 분만을 도왔다.

본격적인 진통이 시작되자, 테네르의 얼굴에서도 점차 여유가 사라졌다. 힘을 줄 때마다 이마에는 송골송골 땀방울이 맺혔고, 잇새로 비어져 나오던 신음은 점점 비명처럼 커졌다. 레온하르트는 그녀의 손을 꼭 잡은 채 눈을 질끈 감았다. 뒤늦은 후회가 가슴을 꽉 죄었다.

이런 모습을 보고 싶은 게 아니었다. 제 살 찢어 가며 또 아이를 낳겠다는 말을 들어주는 게 아니었다. 아무리 원하고 졸라도 어떻게든 설득했어야 했다. 그녀를 닮은 딸이니 하는 말에 혹하지도 말았어야 했다.

고통스러워하는 모습을 눈앞에 두고도 아무것도 할 수 없다는 것이 이토록 무기력할 수가 없었다. 절박하게 제 손을 힘주어 잡는 걸 보고도 할 수 있는 일이 없다는 것이.

"테네르⋯⋯."

꼭 쥔 손이 덜덜 떨렸다. 그 떨림이 누구의 것인지 레온하르트는 알지 못했다. 그저 이 순간이 어서 지나가기만을 애타게 바랄 뿐.

테네르의 손에서 힘이 풀린 것은 한참이 지나서였다. 땀으로 범벅이 된 몸이 축 늘어진 채였다. 레온하르트는 그제야 고개를 들었다. 지친 눈이 그를 향하더니 이내 부드럽게 휘어졌다. 그리고 얼마 지나지 않아 커다란 울음소리가 들려왔다.

"으애앵!"

우렁찬 울음소리에 두 사람의 얼굴에 환희가 들어찼다. 레온하르트는 떨리는 손으로 테네르의 볼을 쓸어내렸다.

"⋯⋯고생 많으셨습니다."

"고생은요."

테네르는 웃으며 말했지만, 힘든 기색을 숨길 수는 없었다. 지친 눈이 천으로 덮여 보이지 않는 아래쪽을 향했다.

"에블린?"

테네르는 조금 의아한 목소리로 산파를 불렀다. 대답은 뒤늦게 들려왔다.

"예, 황후 폐하."

분비물과 탯줄을 먼저 정리하고 있다고는 하지만, 아이가 태어났으면 적어도 아들인지 딸인지는 먼저 알려 주지 않던가. 조심스러운 목소리에 테네르는 불안한 듯 얼굴을 굳혔다.

"뭔가 문제라도⋯⋯?"

"아, 아닙니다."

에블린은 황급히 대답했지만, 목소리에서 당혹감이 묻어나는 건 어쩔 수 없었다. 참다못한 레온하르트가 얼른 몸을 일으키자, 에블린이 강보에 싼 아이를 안은 채 뒤늦게 모습을 드러내었다.

"……건강한 황자 전하이십니다, 폐하."

에블린은 두 사람의 눈치를 살피며 말했다. 그리고 아이의 모습을 본 순간, 두 사람은 그 머뭇거림의 이유를 알 수 있었다.

"왜……?"

먼저 입을 연 것은 테네르 쪽이었다. 레온하르트 또한 할 말을 잃은 듯 입을 뻐끔거릴 뿐이었다. 에블린이 황급히 머리를 조아렸다.

"감히 한 말씀 올리겠습니다만, 어릴 때는 옅은 색이던 머리카락이 자라면서 짙어지는 건 흔히 있는 일입니다. 또한 아이가 조부모나…… 혹은 그 윗대를 닮는 경우도 아주 드물지는…….."

"아이가……."

레온하르트는 테네르의 품에 안긴 아이에게서 눈을 떼지 못하며 입을 열었다. 한 줌도 되지 않는 얇은 머리카락은 부정할 수 없는 은발이었다.

"……아버지를 닮았구나."

레온하르트의 말에 에블린은 그제야 안심한 듯 한숨을 내쉬었다. 테네르가 허망한 웃음을 흘렸다.

"파트로나의 피가 진하다는 건……. 전부 거짓말이었나 봐요."

서운한 듯한 말과는 달리, 아이를 보는 시선에는 애정이 담뿍 담겨 있었다. 테네르는 자그마한 아이를 조심스레 다독였다.

"아가, 엄마야."

다정한 속삭임에 아이의 울음소리가 조금씩 잦아들었다. 아이가 울음을 그치자 테네르는 레온하르트 쪽으로 고개를 돌렸다.

"안아 보실래요?"

그 짧은 한 마디에 어쩐지 울컥하게 되는 것은 왜인지. 레온하르트는 조심스레 아이를 품에 안았다. 무게조차도 제대로 느껴지지 않는 자그마한 몸이었다. 사람이라기엔 너무 작고, 사람이 낳았다기엔 너무도 큰…….

"아빠란다, 아가."

547

흘러나오는 목소리가 형편없이 떨렸다. 아버지를 닮은 아이를 꼭 안은 채 레온하르트는 긴 울음을 터뜨렸다.

* * *

황후가 황제에 이어 선황을 낳았다. 반가운 소식은 황궁 안팎으로 빠르게 번졌다. 비록 머리만 은발일 뿐 눈은 레온하르트를 닮은 금안이었지만, 그것만으로도 황제의 출생에 대한 한 줌 남은 의혹은 삽시간에 가라앉았다.

테네르의 출산 소식에 에리히와 로라 또한 날이 밝자마자 황궁으로 달려왔다. 로라는 어쩐지 볼이 통통해진 채 축하의 말을 전했고, 에리히 또한 기쁜 기색을 감추지 못했다. 다시 영지로 내려간 알레이나 또한 편지와 선물을 보내며 축하의 뜻을 전했다.

그러나 둘째의 출생을 누구보다도 기뻐한 것은 조슈아였다. 아이는 침실에 들어서자마자 작은 손가락으로 동생을 가리키며 소리쳤다.

"아기!"

조슈아는 얼른 유모의 손을 놓고는 테네르 쪽으로 달려갔다. 작은 요람에는 배내옷을 입은 아기가 누워 있었다. 아직 회복 중인 테네르를 대신해 레온하르트가 조슈아를 안아 들었다. 조슈아는 아빠의 옷깃을 꼭 붙잡은 채 물었다.

"조시 동생이에요?"

"그래, 이름은 루카스란다."

"루키, 루카스……."

조슈아는 동생의 이름을 몇 번 되뇌더니 헤헤 웃었다.

"쪼끄매요."

"아직 아기라서 작지?"

"녜. 조시는 형아라서 큰데."

조슈아는 배시시 웃고는 동생의 얼굴을 빤히 보았다. 아직 사물의 초점을 맞추지 못하는 루카스는 형을 꼭 닮은 금색 눈을 느리게 깜빡거릴 뿐이었다. 조슈아는 조심스레 손을 뻗었다.

"아기는 약하니까, 조심해서 만지셔야 해요."

"네. 응."

유모의 당부에 조슈아는 고개를 끄덕였다. 작은 손이 얇은 은발을 조심스럽게 쓸었다.

"······예뻐."

"그러니?"

"으응. 쪼끄맣구, 기여워요."

늘 커다란 어른들 사이에만 있던 조슈아는 자신보다 작은 아이가 못내 신기한 모양이었다. 호기심 어린 손이 머리를 한참이나 만지작거렸다. 루카스의 입술이 오물오물 움직였다.

"으애앵!"

아기가 울음을 터뜨린 건 순식간에 벌어진 일이었다. 조슈아는 자신 때문에 그런 거라고 생각하는지 놀란 얼굴로 아빠와 엄마를 보았다. 레온하르트는 얼른 조슈아를 내려놓고 루카스를 안아 들었다.

"이리 주세요."

테네르가 손을 뻗자, 레온하르트는 루카스를 그녀에게 안겨 주었다. 테네르 얼른 옷을 끌어 내리고 아이에게 젖을 물렸다. 자지러지게 울던 아이는 젖을 입에 물자 언제 그랬냐는 듯 울음을 그쳤다.

"어머, 루카스 황자님이 배가 고프셨나 봐요."

로라가 얼른 조슈아를 안아 주며 말했다. 그러나 아이의 시선은 엄마의 품에 안겨 있는 아기에게 가 있을 뿐이었다. 작은 볼이 통통하게 부풀었다 꺼지는 것을 흐뭇하게 바라보는 엄마와 아빠에게도.

"조시도······."

"네?"

"조시도 맘마 머글래요."

어쩐지 뾰로통해진 목소리였다. 점심을 먹였다고 했는데, 또 배가 고픈 걸까. 테네르는 루카스를 고쳐 안고는 조슈아 쪽으로 고개를 돌렸다.

"배고프니? 유모랑 간식 먹으러 갈까?"

"아니야. 안 갈 거야."

조슈아는 그게 아니라는 듯 세차게 도리질했다. 테네르가 다시 물었다.

"그럼 방으로 가져다 달라고 할까?"

"아냐!"

떼를 쓰듯 소리친 조슈아는 유모를 뿌리치고 얼른 테네르에게 달려갔다. 레온하르트가 붙잡았지만 아랑곳하지 않았다.

"조시두, 조시두 아기랑 맘마 머글래요."

"어머."

그제야 아이의 말뜻을 알아들은 테네르는 놀란 눈을 동그랗게 떴다. 레온하르트도 당황한 건 마찬가지인지 얼른 조슈아를 안았다. 로라가 뒤늦게 아이를 달랬다.

"황자님, 젖은 아기들이 먹는 거예요. 그러니까……."

"조시도 아기 할 거야."

"어머, 황자님은 아기 아니고 형아잖아요."

"형아 안 해!"

조슈아는 유모의 말에도 아랑곳하지 않고 칭얼거렸다. 테네르는 걱정스럽게 조슈아를 보았지만, 루카스가 물고 있던 젖을 놓치자 어쩔 수 없이 시선을 옮겼다. 그 모습을 보며 조슈아가 삐죽삐죽 입술을 내밀었다.

"아기 시러! 아기 저리 가!"

급기야는 떼를 쓰며 발버둥치는 모습에 테네르는 놀라 루카스를 감싸 안았다. 레온하르트 또한 조슈아를 달래기 위해 다독였으나, 아이의 눈에는 이미 눈물이 그렁그렁 달린 다음이었다.

"엄마아……."

조슈아는 아빠의 가슴을 움켜쥔 채 서러운 울음을 터뜨렸다. 물론 아빠의 가슴에서 젖이 나온다면 그건 그것대로 큰일이겠지만, 젖을 찾는 아이에게는 그것이 엄마 것이든 아빠 것이든 별 상관이 없는 모양이었다.

* * *

"그렇게 떼쓰는 건 처음 봐서 놀랐지 뭐예요."

조슈아가 울음을 그친 건 로라의 품에 안겨 침실을 나간 다음이었다. 방을 나간 다음에도 한참 동안 서럽게 울어, 달래는 데에 애를 먹었다고 했다.

"충격이 크셨나 봐요. 동생 빨리 보고 싶다고 매일 말씀하셔서 저도 마음 놓고 있었는데."

조슈아가 방을 나간 후, 젖을 양껏 먹은 루카스는 곤히 잠들어 있었다. 테네르는 잠든 아이를 한참 보다가 고개를 들었다.

"저기, 로라. 그렇게 우는데……. 혹시 한두 번쯤 물리는 건……."

"절대 안 돼요. 기저귀도 진작 떼신 분을."

로라는 단호하게 고개를 저었다. 그래도 막상 먹여 보면 맛이 없어 아이 쪽에서 거부할 수도 있지 않을까? 망설이던 테네르가 조심스레 입을 열었다.

"하지만 짐승도 한 번에 여럿에게 물리지 않나요? 나도 가슴은…… 둘인데……."

"제 눈에 흙이 들어가도 안 돼요. 가슴이 스무 개라도 안 돼요."

시종일관 단호한 태도에 테네르는 조금 멋쩍게 고개를 끄덕였다. 로라가 그런 그녀를 타이르듯 말했다.

"질투가 나시는 거예요. 동생에게 엄마를 뺏긴 것 같아서."

"그건 알지만……."

워낙 순하던 아이였다. 물론 아이인 만큼 떼를 쓰거나 고집을 부리는 일이 없진 않았지만, 어른 셋이서 감당하기 어려울 정도로 울어 댄 것은 이번이 처음이 아니던가. 세상 서럽게 울던 아이를 생각하니 안쓰러운 마음이 앞섰다.

"자작가에선…… 이런 일 없었나요?"

"있기야 했지만, 큰 도움이 되진 않을 거예요. 프렌시아 부인은 좋게 말하면 굉장히…… 단호한 사람이라, 울어도 그냥 무시하라고 했거든요. 아기는 먹을 게 젖뿐인데, 큰 아이가 싫어한다고 굶겨 죽일 거냐고."

"아……."

테네르는 짧게 탄식했다. 아주 틀린 말은 아니었지만 그래도 매정하게 느껴지는 건 사실이었다. 자작가 유모에 대한 이미지가 그리 좋지만은 않아 더욱 그랬다.

"너무 걱정하지 마세요. 폐하께서도 조슈아 황자님과 놀아 주는 시간을 늘린다고 하셨고, 후작님도 더 자주 오겠다고 하셨거든요. 저도 잘 타일러 볼 테니, 우선 젖을 먹이는 모습을 보이지 않으시는 게 좋을 것 같아요."

"……알겠어요."

테네르는 천천히 고개를 끄덕였다. 루카스는 세상모르고 잠들어 있었다.

* * *

조슈아가 루카스를 마냥 미워하는 것은 아니었다. 열 달 동안 동생을 기다려 온 것은 사실인지라, 조슈아는 매일같이 루카스를 찾아가 머리를 쓰다듬어 주거나 말을 걸어 주곤 했다. 예쁘다, 귀엽다, 그렇게 말하며 순하게 웃을 때도 있었다.

그러나 루카스에게 젖을 먹이기 위해 조슈아를 잠시 내보내려고 하면 귀신같이 알아채고 울며불며 떼를 썼다. 로라와 레온하르트, 에리히까지 수시로 아이를 다독이고 타일렀지만 별 소용은 없는 듯했다.

"아기는 혼자서는 아무것도 못 하잖아요. 우리 조슈아 황자님은 혼자서 스푼도 들고, 포크도 들고, 호박도 이렇게 잘 드시는데."

"으응."

"루카스 황자님은 드실 수 있는 게 맘마밖에 없어서 황후 폐하께서 도와주셔야 해요."

로라가 다정히 말했지만, 조슈아는 서운한 듯 입술을 삐죽삐죽 내밀었다.

"그래도 시른데에……."

"우리 조슈아 황자님도 아기일 때는 그랬는걸요."

그래도 울음을 터뜨리지 않는 건 장족의 발전이라고 볼 법했다. 로라는 시무룩해진 황자를 꼭 안아 주며 다독였다.

"우리 황자님은 이제 형아 되셨으니까, 아기가 할 수 없는 거 많이 하시잖아요? 술래잡기도 하시고, 공놀이도 하시고, 맛있는 초콜릿도 드시고."

"……."

마지막 말에 조슈아는 슬쩍 고개를 들었다. 아이의 눈에 기대감이 들어찬 것을 발견한 로라는 작게 웃고는 시녀를 불렀다. 아무리 토라져 있다고 해도 맛있는 간식을 포기할 수는 없는지라, 조슈아는 결국 배시시 웃고 말았다.

* * *

테네르는 보름이 넘도록 자리에서 일어나지 못했다.

회복이 더딘 것은 아니었지만, 가벼운 산책을 하는 것도 불안해 안절부절못하는 레온하르트 때문이었다.

산후조리를 제대로 하지 못하면 몸이 망가진다는 궁의와 에블린의 말을 들은 뒤, 그는 테네르에게 자수를 두지 못하게 하는 것은 물론 식사할 때 식기조차 제대로 듣지 못하게 했다.

거기다 책 한 권 읽으려고 해도 옆에 바짝 붙어 책장을 넘겨 주려고 드는 통에 테네르는 자신이 아기를 낳은 건지 아기가 된 건지 모를 지경이었다.

그사이 루카스는 볼에 젖살이 통통하게 올랐고, 울긋불긋하던 피부도 어느덧 뽀얘졌다. 어미와 연결되어 있던 마지막 흔적인 제대 또한 까맣게 말라 떨어졌다.

아직 눈을 맞추지는 못했지만, 잘 먹고 잘 자고 잘 싸는 것만으로도 아기의 미덕은 훌륭하게 갖춘 셈이었다.

"루카는 맨날 잠만 자요."

조슈아는 하루에도 몇 번씩 테네르를 찾아왔다. 가끔은 유모와 함께 왔고, 가끔은 혼자서 왔고, 또 가끔은 레온하르트와 함께 오기도 했다.

아직 엄마는 무리하면 안 된다는 말을 몇 번이나 들은 터라, 테네르를 찾아온 조슈아가 하는 일은 엄마와 함께 간식을 먹거나 잠든 루카스를 들여다보는 게 고작이었다.

"아직 아기라서 그렇단다. 아기들은 많이 자야 쑥쑥 크거든."

레온하르트는 조슈아의 머리를 쓰다듬어 주며 대답했다. 만족스러운 대답은 아닌지 조슈아는 또다시 입을 삐죽거렸다. 테네르가 웃으며 아이를 달랬다.

"우리 조시도 아기일 때는 내내 잤는걸."

"루카도 빨리 커서…… 조시처럼 형아 됐으면 좋겠다."

조슈아는 요람의 난간에 얼굴을 기대며 중얼거렸다. 통통한 볼이 난간에 꾹 눌렸다.

"왜 컸으면 좋겠는데?"

"같이 놀 거예요. 장미 궁에서 숨바꼭질도 하구, 간식도 같이 먹구."

물론 또래와 함께 놀고 싶은 마음도 있었지만, 루카스가 얼른 자라야 어머니 옆에 붙어 있을 필요가 없어질 거란 속내도 없지는 않았다. 테네르는 얼른 팔을 벌렸다.

"이리 오렴, 조시."

조슈아는 얼른 침대로 뛰어 올라가 엄마의 어깨 아래에 머리를 기대고 앉았다. 아직 엄마의 몸이 다 회복되지 않은 걸 알기에 아이의 몸짓은 전보다도 훨씬 조심스러웠다.

레온하르트는 선반에 놓여 있던 바구니를 들고는 조슈아의 옆에 앉았다. 바구니에 있는 것은 테네르가 임신 중에 간간이 만들었던 인형들이었다. 조슈아의 눈이 동그래졌다. 아는 게 나오면 아이의 목소리는 커지기 마련이었다.

"이거, 어머니가 아기 주려고 꼬맸던 건데!"

"그래, 루카스 모빌에 달아 주려고 만들었지?"

레온하르트가 가져온 작은 인형은 스무 개 남짓이었다. 조슈아는 들뜬 얼굴로 침대에 쏟아진 인형을 만지작거렸다. 곰과 토끼, 말, 알록달록한 공과 나비, 새, 구름과 과일…….

"인형이 너무 많은데, 모빌에 어떤 걸 달지 골라 주겠니?"

"조시가요?"

"그래. 한 예닐곱 개 정도. 그리고……."

레온하르트는 씩 웃더니 조슈아 쪽으로 슬쩍 몸을 기울였다.

"제일 예쁜 건 이쪽으로 주렴. 이따 어머니 몰래 가져다줄 테니."

아빠의 말에 조슈아는 눈을 휘둥그레 뜨고는 슬쩍 테네르를 돌아보았다. 테네르는 레온하르트를 슬쩍 흘겨보았다.

"무슨 비밀 이야기를 다 들리게 하나요?"

"이런, 다 들렸습니까?"

레온하르트가 능청을 부리자, 테네르는 대답 없이 몸을 굽혀 조슈아의 귀에 입을 가져갔다.

"제일 예쁜 거 세 개는 조시가 가지고, 그다음으로 예쁜 건 루카한테 주자. 어떠니?"

"응, 조아요."

조슈아는 신이 나서 인형들을 하나씩 살펴보기 시작했다. 이건 조시 꺼, 이건 아기 꺼. 혼잣말처럼 중얼거리기도 했다.

한참 동안 인형을 고르는 데에 열중하던 조슈아는 문득 유독 쭈글쭈글한 토끼 인형을 집어 들었다.

"이건 이상하게 생겼어요."

"보는 눈이 있구나. 이건 아버지가 만든 건데."

레온하르트는 조슈아의 머리를 쓰다듬으며 말했다. 테네르가 아기에게 줄 인형을 만들 때에 슬쩍 끼어들어 만든 거였다.

테네르를 닮은 딸을 바랐던 레온하르트는 아이가 태어나길 기다리며 아주 귀여운 토끼 인형을 만들려고 했었다. 하지만 정작 만들어진 것은 오른쪽 얼굴이 쭈글쭈글하고 눈이 왼쪽으로 쏠린 데다 양쪽 귀의 길이가 다른 이상한 토끼였다.

만들면서도 뭔가 이상하다 싶긴 했지만, 고치려고 해도 마음처럼 되지 않아 결국은 이 모양이었다.

"아버지는…… 왜 이렇게 못 꼬매요?"

"……그러게나 말이다."

레온하르트가 씁쓸하게 말하자, 조슈아는 재미있는 듯 헤헤 웃었다. 그러고는 그것을 제 다리 위에 올렸다.

"이거는 조시 꺼 할래요."

"예쁜 걸 고르지 않고."

원래는 아이의 정서에 되레 좋지 않을 것 같아 버리려고 했지만 테네르의 반대로 버리지 못한 인형이었다. 아이가 아빠의 마음을 생각해 준 걸까. 혹은 아이의 눈에는 어설픈 게 덜 보이는 걸까. 기대에 찬 얼굴을 보며 조슈아가 대답했다.

"음……. 웃기게 생겼어요."

"……."

아이의 대답에 테네르 쪽에서 웃음이 터져 나왔다. 조슈아 또한 엄마를 따라 키득거렸다. 그때였다.

"으앵, 으애앵!"

요람에서 울음소리가 들려오자, 아이의 얼굴에서 웃음이 지워졌다. 평온하게 지내다가도 동생이 울기만 하면 젖을 줄까 불안해하던 아이였다. 테네르는 얼른 레온하르트를 돌아보았고, 레온하르트는 최대한 자연스럽게 조슈아를 데리고 나가려고 했다.

"어머니."

조슈아는 자신을 안으려는 아빠에게 고개를 저은 후 테네르의 몸에 머리를 기대었다. 작은 입술이 머뭇거리다 벌어졌다.

"아기 맘마 먹어요."

"……."

아이의 말에 두 사람은 놀라 고개를 돌렸다. 조슈아는 자지러지게 우는 아기를 복잡한 얼굴로 보고 있었다. 레온하르트는 얼른 루카스를 안아 테네르에게 건네곤 조슈아를 돌아보았다.

"괜찮겠니? 아버지랑 잠깐 나가 있을까?"

"아니야. 아기 먹는 거 볼래요."

그 말에 테네르는 조슈아를 잠깐 보다가 이내 루카스에게 젖을 물렸다. 배가 고파 운 게 맞았던 듯, 아기는 얼른 오물거리며 젖을 삼켰다. 조슈아는 작은 볼과 입술이 우물거리는 것을 부러운 듯 보았다. 간간이 입술이 삐죽 나오긴 했지만 울지는 않았다.

"조시도 아기 때는, 아기일 때는 이러케 맘마 먹엇어요?"

이미 몇 번이고 해 준 말이었지만, 조슈아는 그것을 다시 확인받고 싶은 모양이었다. 테네르는 얼른 고개를 끄덕였다.

"그럼. 얼마나 잘 먹었는데."

"맨날요?"

"매일매일. 아침에도 먹고, 점심에도 먹고, 저녁에도 먹고, 간식으로도 먹었지."

엄마의 말에 조슈아는 또 한동안 말이 없었다. 한참 동안 동생을 보던 조슈아는 이내 고개를 돌려 레온하르트를 보았다.

"루카는 초코 못 먹지요?"

"그럼. 아기는 초콜릿을 먹으면 배가 아프단다."

"조시는 형아라서 머글 수 있는데."

"그러니?"

"네. 조시는 형아라서, 과자도 먹구 초코도 머거요. 아기일 때는 못 머것는데."

그렇게 말한 조슈아는 들고 있던 인형을 내려놓고 조심스레 손을 뻗었다. 아직 모질이 여린 은색 머리에 자그마한 손끝이 닿았다. 조슈아는 슬쩍 엄마와 아빠의 눈치를 보았지만, 아무도 제지하지 않자 천천히 쓰다듬었다. 아이의 얼굴에 배시시 웃음이 피어올랐다.

"예쁘다."

조슈아는 들릴 듯 말 듯 작게 중얼거렸다. 요 작은 머리로 무슨 생각을 했을까. 무엇을 고민하고, 어떤 결론을 내린 걸까. 테네르와 레온하르트는 어느덧 훌쩍 커 버린 아이를 바라보았다.

"……오늘은 어머니랑 낮잠 잘까?"

테네르는 루카스를 꼭 안은 채 물었다. 조슈아는 얼른 고개를 끄덕였다.

"응, 책 일그다가 잘래요."

"책은 아버지가 읽어 주마."

레온하르트가 얼른 말했다. 그러잖아도 젖을 주느라 루카스를 안고 있는 테네르가 책장을 넘기느라 손목을 쓸까 봐였다. 그러나 조슈아는 어림없다는 듯 도리질했다.

"아니야. 아버지는 다 놀앗으니깐 일하러 가야 대요."

"……."

"아버지가 일을 안 하면은, 음……. 나라가 망해요."

"그런 말은…… 어디서 배웠니?"

레온하르트의 물음에 조슈아는 대답 없이 배시시 웃었다. 테네르가 작게 중얼거렸다.

"오라버니 짓일 것 같은데……."

레온하르트는 대답하지 않았지만, 부정하지 않는 걸 보면 같은 생각을 하는 듯했다. 테네르는 멋쩍게 웃고는 말했다.

"오늘은 회의도 없으니, 잠깐 주무시고 가시라고 하자. 아버지도 피곤하실 텐데."

"네. 아버지, 그럼 쪼끔만 주무세요."

그렇게 말한 조슈아는 그 자리에 냅다 드러누웠다. 레온하르트는 테네르가 옷을 추스르자 얼른 설렁줄을 당겨 유모를 불렀다. 옆방에 있던 로라가 부리나케 달려와 루카스를 안아 들었다.

"조시 낮잠은 내가 재울 테니, 루카를 부탁할게요. 젖은 먹였고, 트림은 아직이에요."

"네, 걱정 마시고 푹 주무세요."

로라는 루카스의 등을 두드리며 방을 나갔다. 테네르는 아이의 옆에 몸을 누였고, 레온하르트는 아이에게 읽어 줄 책을 가져왔다.

"조시가. 조시가 일거 줄래요."

"그럴래?"

조슈아는 더듬더듬 책을 읽기 시작했다. 아직은 한 자 한 자 끊어 읽는 수준이었고, 모르는 글자가 나오면 그대로 멈추기도 했지만, 부모의 입장에서는 그것만으로도 신기하고 기특한 일이었다.

테네르는 책장을 들여다보는 아이를 응시했다. 모르는 것들을 알게 되고,

이해하지 못하던 것들을 이해하고, 받아들이지 못하던 것들을 받아들이게 된 아이였다.

가장 사랑하는 사람과의 사이에서 태어난, 세상의 그 무엇보다도 사랑하는 아이. 무엇과도 바꿀 수 없는…….

아가, 너는 앞으로도 있는 힘껏 자라나겠지. 여린 새싹 같았던 너는 땅 위에 깊게 뿌리를 내리고 무럭무럭 자라, 어쩌면 우리가 예상치 못한 만큼 커버릴지도 몰라.

부디 원하는 만큼 크게 자라나렴. 그러다 힘에 부치면 그 자리에 멈춰도 좋아. 네가 어느 자리에 있든, 어디를 보든, 우리는 언제까지나 너를 사랑할 테니.